东南亚
研究丛书
DONGNANYA
YANJIU CONGSHU

DONGNANYA
YANJIU CONGSHU

东南亚文学史概论

「十二五」国家重点图书出版规划项目

◎尹湘玲 主编

中国出版集团
世界图书出版公司

图书在版编目（CIP）数据

东南亚文学史概论/尹湘玲主编. —广州：世界图
书出版广东有限公司，2011.4

ISBN 978-7-5100-3477-0

Ⅰ.东…　Ⅱ.①尹…　Ⅲ.文学史—东南亚—高等

学校—教材　Ⅳ.①I330.9

中国版本图书馆CIP数据核字（2011）第066639号

东南亚文学史概论

策划编辑：刘正武

责任编辑：刘国栋

出版发行：世界图书出版广东有限公司

（广州市新港西路大江冲25号　邮编：510300）

电　　话：020-84451969　84459539

http://www.gdst.com.cn　E-mail：pub@gdst.com.cn

经　　销：各地新华书店

印　　刷：虎彩印艺股份有限公司

版　　次：2011年5月第1版　2015年2月第3次印刷

开　　本：787mm×1092mm　1/16

字　　数：480千

印　　张：27.5

ISBN 978-7-5100-3477-0/I·0243

定　　价：58.00元

咨询、投稿：020-84460251　gzlzw@126.com

目 录

导　论

一

东南亚,顾名思义,指亚洲东南部地区。其地理位置介于亚洲和大洋洲、印度洋和太平洋之间,地域范围包括大陆半岛("中南半岛")和海岛("马来群岛")两大地理单元,计有越南、老挝、柬埔寨、泰国、缅甸、马来西亚、印度尼西亚、新加坡、菲律宾、文莱和东帝汶等十一个国家。

对东南亚地区的称呼,自古以来各国出发点不同称呼也各异。中国古籍中以中国所处地理位置为中心称之为"南海"、"南洋";西方史学家从印度文化影响的角度称其为"外印度"、"大印度";欧洲殖民者则指称该地区为"东印度"。虽然称呼的术语不同,但有一点是共同的,即都将该地区视为一个地域的整体。第二次世界大战期间,1943年8月的魁北克会议上,同盟国决定建立一个单独的"东南亚战区",它的地理范围包括缅甸、马来亚、苏门答腊和泰国。1945年7月召开的波茨坦会议把东南亚战区的范围扩大到包括荷属东印度的其余部分以及印度支那北纬16度以南地区(只有越南北部、菲律宾和老挝不包括在内)。这是"东南亚"首次作为一个地理名词出现,从一开始就被蒙上了政治、军事色彩。

把东南亚地区作为一个整体研究、且影响比较大的第一部学术著作是英国G·E·霍尔的《东南亚史》(1955)[①],此前各国对东南亚的考察、研究和著述大多是局部性的,只涉及特定的国家或文化。霍尔的著作开启了东南亚整体研究的新阶段。"东南亚"这一名称也被学术界广泛接受和采用。20世纪60年代末期"东盟"成立之后,特别是90年代以来,随着东南亚国家在国际舞台上的地位越来越显著和重要,"东南亚"的概念更远远超出了地理所指,它不仅是一个地缘单位,更是一个政治、经济、文化和精神实体。就像"东方"与"西方"这一对概念,当本来的地理概念被历史、文化、政治等学科借用的时候,它就已经超出地理的意义而具有了一种特定的涵义。半个多世纪以来,随着东南亚在世界体系中的地位和影响不断提升,学术界对东南亚各学科领域的整体性研究也不断升温,且研究层次越来越深入,学术视野越来越宽阔。近年来,学界对东南亚文化与文学的整体性研究在国别研究和专题研究的基础上蓬勃发展,取得了丰富的研究成果。尽管如此,东南亚文学研究仍然是世界文学和东方文学研究中的一个弱项,亟待加强和深入。

---

① ［新西兰］尼古拉斯·塔林主编:《剑桥东南亚史》第一卷(贺圣达等译),昆明:云南人民出版社,2003年版,正文第1页。

二

东南亚文学是东方文学的重要组成部分,是东方文学中独具特色的一部分。它的独特性源自其文化的多元性和多样性。东南亚地处中国和印度两大文明古国之间,得天独厚的地缘条件使东南亚在其早期历史发展阶段就受到中国文化和印度文化的影响,尤其是印度文化通过宗教渠道在东南亚广泛传播。11世纪前,除越南北方确立了中国儒学文化的统治地位外,东南亚的其他国家都处在印度佛教或印度教文化的影响圈内。11至14世纪,缅甸、泰国、柬埔寨、老挝的大乘佛教基本上消融,"小乘佛教文化圈"①最终形成,在这些国家绵延几百年的封建社会发展史中,小乘佛教一直保持独尊的地位。而在东南亚南半部海岛地区,13世纪前后开始了宗教和文化上的转型,阿拉伯伊斯兰文化伴随穆斯林商人的贸易活动自沿海向内地传播,伊斯兰教的影响迅速扩大,至16世纪逐渐取代印度文化成为印度尼西亚和马来半岛占统治地位的宗教文化。16世纪后由于西班牙入侵,天主教逐渐成为菲律宾占统治地位的宗教。19世纪以后,伴随西方殖民者对东南亚各国的政治军事侵略和经济掠夺,西方近代文化和基督教的影响波及并深入东南亚,强烈冲击东南亚传统文化,成为近代东南亚文化转型的支配性影响源和不可抗拒的外在动力。在漫长的历史进程中,儒学、佛教、印度教、伊斯兰教、基督教都先后对东南亚地区产生了广泛影响,葡萄牙、西班牙、荷兰、英国、法国和美国在这里有过殖民经历,大量华人华侨进入东南亚,在各国形成了规模不等的华人社会,促进了中华文化的传播。古代,东方三大文化在这里"交光互影",与东南亚各地本土文化重叠并存,相互渗透,那些彰显着本土民族个性特征,同时又融入了多种外来文化风格和艺术元素的古老遗迹、遗物、遗风,至今记录着东南亚灿烂多彩的古代文明。近现代以来,对西方文化的借鉴吸收融合,使东南亚文化更加异彩纷呈。然而,由于社会经济发展的不平衡性和地理、人文、民族等多方面因素的影响,东南亚并没有出现在整个地区居于主导地位的文化和宗教。相反,其多元性、多样性更加突出和明显。东南亚文学正是在这样一种多元而复杂的文化生态环境中生发、生存和发展的。

文学是社会文化系统中的一个构成因子,文学的道德价值、历史价值和美学价值都是在一定的文化里得到表现和认定。文化对文学的制约十分明显。在东南亚文化生存背景下,东南亚文学的演进过程大致经历了以下四个阶段:

1. 孕育萌动期(3世纪前后—13世纪前后)

从具象思维到理性思维,从审美意识的萌发到口头文学创作,从口耳相传到成文写作,书面文学初露端倪。

在东南亚早期文明阶段,神话、民歌民谣、史诗是相对发达的文学样式,口头流传性

---

① 贺圣达:《东南亚文化发展史》,昆明:云南人民出版社,1996年版,第194页。

是其特点。神话是人类征服自然能力还很低下的时代的产物，它既是原始的文学创作，又是神灵崇拜等原始宗教的反映。在东南亚地区流传的创世神话，人类起源神话，关于自然现象、文化现象的神话等等都充满神秘的象征和幻想的支配力量。比如，由动物、植物图腾崇拜演变成人类起源的神话在东南亚各国十分普遍，这与东南亚地区的自然地理特点不无关系。

民歌民谣的产生与生产劳动密切相关。劳动创造了世界和人自身，也创造了从事艺术创作的生理条件。在从事集体生产劳动中，为了协调动作统一步伐，自然地发出具有节奏感的劳动号子。而在劳动过程中，人的主体创造力得到了实现，外化在劳动对象上，就产生了创造的喜悦，审美感知由此产生。如越南的劳动歌谣、缅甸的插秧曲、柬埔寨的采桑歌等等，无一不是"劳者歌其事"，是劳动者在生产劳动中感情活动的自然流露。在东南亚海岛地区一些表达各民族喜怒哀乐之情或爱情的民歌也多与劳动及劳动环境交织在一起。

碑铭文学被称为书面文学的基石。东南亚一些国家早期出现的碑铭的内容多是关于王朝的记载和佛事功德的记录。从文体上看，印度尼西亚和缅甸的碑铭多为纪事散文，而柬埔寨的碑铭多为韵律严谨的古诗歌体，都具有浓郁的民族特色。碑铭的文学价值和历史价值同样重要。如缅甸蒲甘碑铭中最具代表性的一方《妙齐提碑》（刻于1112年），全文用词洗练，笔调流畅，对话简洁朴实，叙事抒情兼而有之，被认为是缅甸最古老的短篇小说的雏形。

越南书面文学的滥觞是汉语文学，早期诗文中充盈着禅宗的思想和哲理。在东南亚用当地民族语言创作的书面文学，最早见于古爪哇语的"格卡温"作品，它直接源自对印度两大史诗的移植和模仿，反映出印度宗教和文学对当地文学的深远影响。

2. 传统成型期（13世纪前后—19世纪中叶）

文学意识从自发走向自觉，在对同质先进文化和文学的认同、吸收、创造中形成严整的民族性艺术规范体系和文学传统。

东南亚古代文化的特点十分突出，即传统的农业生产方式、封建专制制度和与之相适应的宗教意识形态相结合，构成君权与神权的高度统一。在文学上的体现就是形成了在封建统治时期一直占主导地位的宗教文学和宫廷文学。

佛教与文学之间具有天然的亲缘性，佛教以其丰富深厚的蕴涵为文学作品提供了创作源泉，文学又为弘扬佛法服务。在南传上座部佛教占主导地位的缅甸、泰国、柬埔寨、老挝的古代文学中，佛教文学和宫廷文学属正统文学，封建帝王们正是以佛教教义来统一人们的思想意识和哲学观念，以佛教戒律来约束人们的道德修养和言行举止。文学同样是统治阶级进行道德传播的媒介和工具。佛教文学说到底是为封建统治政权服务。佛教经典，尤其是《佛本生故事》是作家们取之不尽的创作素材。这些佛经故事在进入各国作品时都经过选材和艺术加工过程，文学体裁上经过艰苦的再创作，将原来的散文体佛经故事创作成具有民族特色的长诗、诗体小说、戏剧等，内容上经过民族化，使主题得以深化和升华。

在伊斯兰教占统治地位的海岛地区，见诸文字的马来古典文学是在伊斯兰文化传入之后开始发展起来的。马来伊斯兰王朝建立后，即用伊斯兰教的意识形态作为巩固政教合一的王朝统治的基础。马来伊斯兰教经典文学就是以《古兰经》等经典为指导和基础，结合马来王朝的特点和需要而建立起来的具有意识形态权威的宫廷宗教经典文学。教义传播和文学交流往往同时进行，富有传奇性的伊斯兰教先知英雄故事的流传不仅为马来历史传记文学开辟了道路，而且也促进了备受市民阶层喜爱的"希卡雅特"文体的兴起。

在越南虽然没有出现典型的宗教文学，但与中国化佛教——禅宗的渊源极深，在越南的汉语诗文中充满了禅宗的意境。那些出自王朝统治者和高僧的作品内容多涉及佛教哲理。

东南亚各国的宫廷文学是封建王朝时代兴起并发展起来的一种文学现象，它有特殊的创作群体、表现主题及艺术特质。其内容是记录王朝世系的历史、宫廷典仪、王宫贵族的生活，歌功颂德、点缀升平。其中不乏封建帝王及王族成员的有感而发，更多的是宫廷御用文人的应制奉和之作。它集中体现了统治阶级的政治理想、生活情趣和审美意趣。同时也渗透着强烈的宗教思想。

宗教文学和宫廷文学居于统治地位后，抑制了民间文学的发展。即使这样，具有顽强生命力的、代表民族民间智慧和想象的民间文学并没有被窒息，而是一直处在不断的创造性的积累之中。在东南亚各国广为流传的班基故事及民族化了的罗摩故事，被誉为泰国古代文学鼎盛期代表作的"平律格仑诗之冠"《昆昌昆平》，融汇民间歌谣的语言元素和表现手法的极富艺术感染力的越南古典文学名著《金云翘传》，对印度尼西亚诗歌发展产生深远影响的"班顿"民歌，蕴涵民族文化传统和特质的菲律宾"呼德呼德"英雄史诗等等，无疑都是东南亚民间文学宝库中的瑰宝。

3. 近代转型期（19世纪中叶—20世纪中叶）

从封闭保守到开放兼容，在对传统的扬弃更新和与异质文化的冲突对抗、互识互补中实现文学的近代化过渡转型。

近代以来，殖民统治取代了东南亚各国的封建王朝统治，西方工业文明猛烈撞击东南亚传统农业文明及其社会组织，西方资产阶级文化强烈冲击以宗教信仰为核心的东南亚传统文化。西方资本和资本主义生产方式的涌入，近现代商业贸易、交通、教育、城市、民族工业和民族资本的出现，这一切都从根基上动摇了东南亚长久以来自给自足、封闭保守且稳定不变的传统农业生产方式和寺庙教育，也改变了东南亚文化发展的既定轨道。东南亚文化发展明显发生危机和断裂，同时又进行急遽的重组与更新。伴随着殖民地社会的全面形成，东南亚文化被推向了重要的近代转型时期。文学作为文化系统中最敏感的构成因子，作为社会发展进程的启蒙工具和舆论先导，无疑更加突出地呈现出种种变革和转型的特征。

　　文学体裁的变革首先显现，伴随近代商业中心、都市文化、市民阶层的出现和印刷术、教育的普及，东南亚近代新小说应时而生。近代小说在叙述语言、叙述方式、题材、主题表现上都发生了一场革命。越南小说开始脱去骈文和章回小说的痕迹，走向拉丁化文字的推广。缅甸、印度尼西亚等国家的作家们突破韵文及韵散杂糅等语言文体的束缚，开始使用通俗易懂、文路开阔、可自由挥写的白话散文进行创作；走出神话传说和宗教故事，将目光转向广阔的社会人生；改革宗教文学及寓言故事旧的叙事方法，广泛借鉴西方的艺术观念和技巧，使文学获得了现代的形式与内容，呈现出新的活力、新的面貌。这一变革大多从翻译、改写、模仿西方小说开始，继而进入独立创作阶段。较典型的是东南亚唯一没有沦为殖民地的国家泰国，西方文学作品翻译之风给泰国文坛吹进了一股清新空气，也催生了泰国第一部短篇小说和第一部长篇小说的问世。

　　域外文学观念的借鉴和实践推动文学全面转型和发展。随着西方的殖民入侵，民族主义从西方传到东方。而民族主义在东方的传播又促成了东方民族意识的觉醒，凝聚了摧毁西方殖民主义的精神力量。东南亚的民族主义诞生于反殖民主义、反帝国主义的斗争浪潮，民族主义文学成为反殖民主义文学的同义词。缅怀民族的辉煌历史，振兴民族语言、宗教和教育，维护捍卫民族传统文化，激发民族自豪感和忧患意识，反对奴化教育，抵制西方物质文明，这些不仅是东南亚国家站在民族解放斗争前列的民族精英们的口号和行动宗旨，也是东南亚民族主义文学作品所表达的思想主题。印度尼西亚民族运动先驱迪尔托·阿迪·苏里约、著名诗人穆罕默德·耶明、萨努西·巴奈、缅甸爱国诗人德钦哥都迈等等都是以文学为武器向殖民统治者展开斗争的。

　　产生于近代西方的浪漫主义、现实主义、自然主义、象征主义、存在主义、社会主义等世界性文艺思潮，20世纪20年代以来广泛影响东南亚文坛，成为不同文学流派、文学运动产生的动因和驱使力量，推动了东南亚民族文学的重新建构。在东南亚文坛出现了启蒙文学、反帝反封建的"觉醒文学"、民族主义倾向的反帝文学、民族资产阶级的个人反封建文学、无产阶级反帝革命文学和进步文学、探索时代的"实验文学"、社会改良文学等等，其作品所表现的文学主题都是对国家前途、民族命运的关切和反思，对人的价值、生存状态的追问和思考。不同倾向的文学对不同文学观念和创作方法有所倚重，如反帝反封建文学（尤其是长篇小说）更倾向于现实主义的真实性和社会批判性，偏重对客观生活的反映。立意反叛的革命进步文学、实验文学（尤其是诗歌）则更青睐于浪漫主义，偏重对理想感情的热烈抒发。但同时各种文学观念又呈现出互补与互渗性，没有一种文学现象持有的是单一的文学思想和创作原则，而同一种文学思想和创作方法在东南亚各民族文学中又都有各自的独特反映。

对西方文化、文学的本土性转化和对传统文化、文学的现代性改造始终贯穿于东南亚文学近代转型的整个过程。西方文化和文学长驱直入，对东南亚各民族文学产生了支配性影响，但不可能改变其传统基因。在意识形态上，印度尼西亚和马来西亚的近代文学受伊斯兰教的影响依然强烈，缅甸等佛教国家的文学受佛教思想的影响依然根深蒂固，文化冲突始终存在。尽管近代转型的过程充满了冲突对抗和血与火的斗争，但文学的文化生存空间在这一过程中得到了极大扩展，它必然带来文学意义内涵的转移与变迁。

4. 现代发展期（20世纪中叶至今）

从文化冲突到文化融合，在民族性与时代性相结合中迈向世界性的文学时代，并在"民族性"与"世界性"的对立统一中探寻民族文学发展的道路。

第二次世界大战以来，世界发生了深刻变化。随着殖民体系的土崩瓦解，东南亚各国先后迎来了民族独立。东南亚文学的发展进入了新的历史时期。战后及独立初期的东南亚文学更加贴近社会和人生，在一个时期内较为集中地反映了各国民族独立战争的进程，揭露战争给东南亚带来的深重灾难和损失，记录人民的苦难和抗争，讴歌民族斗争精神。印度尼西亚、越南、缅甸、泰国等国都出现了具有文学史意义的现实主义力作。在西方各种现代派潮流和马列主义革命潮流的交叉影响下，东南亚一些国家先后掀起"为人民（人生）而艺术"和"为艺术而艺术"的两种文艺观、文艺路线的论争，在这场理论争鸣和创作实践活动中，东南亚进步文学得到长足发展，现实主义创作方法得到充分肯定和推崇，逐渐成为文艺思想和创作的主流。20世纪中叶，西方文学形成了现代主义乃至后现代主义、现实主义、社会主义左翼文学鼎足并立的格局。对这些外来思潮的选择和植入，取决于东南亚民族的历史命运、发展道路取向和社会文化土壤的适应性。社会主义文学观念在一定时期内对东南亚文学的发展起到了促进作用，产生了深远影响，也留下了不尽的思考。而对现代主义文学的接受和借鉴则始终经历着坎坷的历程。

战后迅猛发展并一直延续至今的第三次科技革命给人类带来了前所未有的巨变。它不仅极大地推动了人类社会经济、政治、文化领域的变革，而且也深刻地改变着人们的生活方式、思维方式和文化价值观念。20世纪80年代中后期以来，伴随着经济和科技的全球化，多元化的世界文化格局继而形成，世界性文学浪潮势不可挡。在这样的"全球化"语境下，东南亚文学与异域文化文学的交流对话异常活跃，普遍呈现出多元化创作趋向，同时也面临民族性与世界性对立统一的新课题。如印度尼西亚的表现主义诗歌和现代派小说，缅甸的"新风格"、"新感受"短篇小说及新诗中的存在主义元素等等。当然也有一些作家仍对现代主义抱排斥和批判态度，如缅甸就有文学批评家称现代主义是疏离缅甸民族思维方式和审美观念的一种表现形式。不管怎样，对创作方法的选择不再是单一的、封闭的，而是多元的、开放的。尤其对流派纷呈的现代主义、后现代主义文学的各种方法、技巧的借鉴往往与本民族文化传统和心理素质相结合，形成了与现实主义、浪漫主义交融互渗的创作风格。

站在世界文学和东方文学体系的宏观视角上审视东南亚文学的发展轨迹和内在规律性，不难发现文学的发展不仅取决于经济基础，而且取决于上层建筑的各种因素。文学传统的制约、时代思潮的感染、外来文学的影响会形成一种合力，共同驱动文学向前发展，在发展中不断获得新的特质。当东南亚文学冲破传统的宗教文学和宫廷文学的窠臼，构建起反映广阔的社会人生的新文学时，其价值取向与审美特质都发生了变化。创作方法的引进和选择五花八门、此消彼长，但现实主义始终是20世纪以来东南亚文学一以贯之的主要创作方法，这与东南亚国家20世纪所经历的坎坷历史命运和社会进程密切相关。现实主义在东南亚各文学阶段的表现形态并不尽相同，20世纪前期，现实主义多与无产阶级文学思想相辅相成，而20世纪后期现实主义与现代主义既对立冲突，又在实践意义上呈现互补互渗，形成了一个具有开放性和包容性的体系，但现实主义的基本精神和原则始终无可替代。

在当代世界文学总体格局中，东南亚文学是远离中心的一员，在整个东方文学体系中也是处于各大文化圈的边缘。但在全球化文化视野中，边缘地带即是交汇地带。作为世界上民族、语言、文化多元性最为突出的一个区域的文学，东南亚文学的独特性和重要性日益凸显。在这块弥足珍贵的文学湿地上，蕴育着最为多样性的充盈着生命活力和潜力的文学资源，在世界文学生态系统中具有不可替代的特殊功能和价值。如果说东南亚文学与世界文学的关系在古代由于东方三大文化圈的中心向外辐射和影响而呈现出单向授予性和受惠性特点的话，在近代由于西方文化在强势物质力量支持下实施扩散和影响而呈现出被迫性和不平衡性特点的话，那么进入现代以来，这种状况则发生了根本性的变化，东南亚文学与东方各地区文学之间、与西方文学之间都越来越趋向互认互补、受惠施惠的双向交流态势。世界在发展，历史在进步，当今的世界四大文化体系已不是初传东南亚时的单一形态，无论是东方各大文化之间，还是东方文化与西方文化之间，彼此都在相互吸收融汇、兼容并蓄、扬弃更新。在当今世界性的文学时代，东南亚依然是世界四大文化体系汇聚交流的舞台，丰富性、多元性依然是东南亚文学的显著特点。在全球性当代意识的诠释中，东南亚文学不是一个封闭的、孤立的区域本位文学，而是一个开放的概念，是作为世界文学的有机一员与其他区域文学相互参照共同建构世界文学体系，以自己独特的声音和鲜明的区域民族文化特征参与世界文学的交流和对话。东南亚文学从世界先进文化文学（包括同质的和异质的文化文学）中汲取营养，不断更新和完善自己，又以自身的发展不断丰富和繁荣世界文学。

三

如何构建东南亚文学史整体研究的框架体系，对历史长河中纷纭驳杂的文学现象和作家作品如何梳理、取舍和选择，对它们之间的联系和内在规律如何揭示、剖析和评价，都取决于研究者的学术视野和文学史观。我们认为研究东南亚文学史应当具备"区域意识"和"经纬意识"。

"区域意识"体现在研究的整体观上。东南亚文学史的研究属于区域文学史研究,它不应是区域内国别文学史的简单拼凑,而是整体框架中的综合性研究,要特别注重揭示东南亚区域内各国文学之间的相互联系和共通性。力求通过对东南亚文学发生、发展的历史过程和其中互为关联的文学现象进行解析与梳理,形成对东南亚文学有一定深度的整体观照。但整体性不是一体性,文化多样性是东南亚文学的突出特点,这一点不容忽视,必须用整体观和多元观相结合的眼光审视东南亚文学的发展,客观呈现出东南亚文学的整体风貌和内部结构,这是揭示东南亚文学基本特征及发展规律的科学可行的方法。

"经纬意识"体现在历时研究与共时研究的结合上。我国东方学家季羡林教授曾经指出:"任何国家任何时代的文学(文化的一个重要组成部分)都包含着两方面的因素:民族性和时代性。代表民族性的民族文学传统是历时形成的,这是锦上的南北方向的直线,可以算是经;代表时代性的是民族文学随时代而异的现代化,这是共时形成的,这是锦上的东西方向的纬。经与纬、民族性与时代性相结合就产生了每一个时代的新文学。"① 任何国家和地区的文学都是在纵向继承与革新、横向借鉴与融合中获得强大生命力的,东南亚文学的发展同样不能违背这样的历史规律。因此,对东南亚文学的考察应当从纵向和横向两个方面进行,既要考察各民族文学传统形成的历时过程,又要考察它们在各个时代的共时特征,以及它们与异质文化中的不同文学之间的各种关系,在经与纬的交叉点上探寻其内在特质和流变规律。

科学的文学史观是在尊重文学史原貌和客观史料的基础上,对构成文学史的诸多元素——思潮、运动、流派、作家、作品及其关联等,在一定的理论框架内严格筛选和客观评价。凡进入文学史的各要素均是具有历史价值和经得起检验的。只有以科学求实的态度,坚持马克思主义关于"美学的观点"与"历史的观点"有机统一的文艺批评方法,将美学批评、社会历史批评、文化批评的多维视野引入东南亚文学研究,将东南亚总体文学与国别文学、比较文学密切结合,拓展研究的深度和广度,才能为学界奉献有价值的研究成果。

---

① 乐黛云主编:《中西比较文学教程》,北京:高等教育出版社,1988年版,第4页。

第一章 中古文学（3世纪前后—13世纪前后）

概　论

　　中古东南亚文学是指公元3世纪前后至13世纪前后的东南亚各民族的文学，主要包括东南亚早期口头文学和最初的书面文学。这一时期东南亚大部分地区开始出现了国家，并从奴隶社会逐渐过渡到封建社会。由于人种和地域关系，东南亚地区在很早就与中国和印度有了水路和陆路交通，因此中古东南亚文学深受中国文化和印度文化的影响。其中，越南受中国文化影响最深，柬埔寨、老挝、泰国、缅甸受印度佛教文化影响最深，而印尼和马来西亚受印度教文化的影响最深。

　　东南亚早期的文学记载手段相当落后，古时大多用一种叫做"贝叶"的棕榈树叶为纸张，把它截裁成长方形，用竹尖或铁针在上面刻划烫印文字，称作贝叶册或贝叶经；有的则用石刻办法，在石碑或岩壁上刻上图画或文字；在略晚一些时候才用一种树皮制成的灰黄色或黑色的厚糙纸折，灰色的纸用黑色石笔，而黑色的纸则用白色石笔将字写于其上。[①]由于这一地区气候炎热潮湿，那些纸张能保留至今的实属罕见。此外，由于政治争斗、宗教冲突等原因，这一地区留传下来的文字记载便残缺不全，而且几乎都是10世纪以后的。通过口耳相传保留至今的口头文学作品也不是很多，但从中仍然可以看到东南亚早期口头文学是相当丰富的。

　　在东南亚早期口头文学中，民歌民谣等原始诗歌是其主要的组成部分。历史资料表明，原始诗歌是产生年代最为久远的文学品种，它出现在文字产生之前，是其他文学样式的源头。[②]原始诗歌主要起源于劳动生活和情感宣泄的需要，是当时人们组织协调劳动、鼓舞激发劳动热情或抒发内心情感的一种手段。因此，原始诗歌无论从内容上还是从形式上无不与远古人类的生活息息相关，往往表现为摹仿和再现劳动生活的情景，或抒发青年男女的内心情感。这在东南亚早期民歌民谣中有着充分的体现，如印尼、马来西亚的《司谷女神》咒词、缅甸的插秧歌、越南的劳动民歌、柬埔寨的采桑歌等等便是实例。东南亚地区的农作物以水稻为主，耕种过程中很容易形成相互帮助的集体劳动传统，每逢耕种和收获季节，人们就会聚集在一起跳舞和对歌。一首歌谣先由一个人或一部分人传唱，其他人随和，一传十、十传百，传播的过程中又经历了很多人的加工、润色和增益，在不断流动和变化的过程中，实现了原始诗歌的生长和发展。正是经过口耳相传和后人的反复加工，

---

① 季羡林：《东方文学史》，长春：吉林教育出版社，1995年版，第438页。
② 解光穆：《文学起源新论》，载《甘肃社会科学》，2002年第4期，第43页。

东南亚早期的民歌民谣逐渐带有了中、印两大文化影响的痕迹。从内容上看，越南民歌有儒家思想影响的痕迹，而半岛其他国家民歌中的轮回因果思想显然与印度佛教哲学有关。甚至在民歌的形式和表现手法上也可以看到某些相似之处，如印尼、马来西亚的班顿诗其形式为四句式，与印度梵文古诗偈陀的写法颇为近似。而诗中常用的比兴手法又与我国《诗经》的风与小雅相仿。菲律宾诗歌也大多为四行诗，每行12个音节。

生长在东南亚地区肥沃土地上的人民大都属于热情奔放型的性格，而这一带各民族的语言大多属孤立语型，声调丰富，因此其民歌民谣具有共同的特点，那就是简洁明快、节奏活泼，抑扬动听，富有音乐感。透过东南亚早期的民歌民谣，可以看到东南亚原始先民的整个劳动和生活，看到他们的精神面貌，感受到他们最早和最真实的情感宣泄。

神话传说是东南亚早期口头文学中最主要的内容，从中可以看到中国文化的影子。譬如，越南《天柱神》、菲律宾《阿陶的故事》等创世神话中就与我国盘古神话有惊人的相似之处；缅甸《三个龙蛋》、越南《骆龙君传》等神话中都说到他们与中国民族出自同宗，本国帝王是天帝之子，出自龙种。又如柬埔寨的《高棉王与龙公主》、老挝的《九龙的传说》以及东南亚其他龙蛇故事都表现出对龙的崇拜，这与我国的龙文化和自诩为龙的传人恐怕有一定的关联。再如，解释自然现象的缅甸《月中老人》、越南《月亮》故事与我国吴刚伐桂故事或"月中何有？玉兔捣药"之说几乎雷同。

东南亚各国神话也有不少是与印度神话有密切关系的。从出土文物中或古代遗迹中，可以发现不少印度古代神话或传说中的怪兽形象，可见印度神话早已传入东南亚地区。[①]泰国有个关于中印半岛产生的神话《苏伐剌蒲迷的形成》，讲的是很久很久以前，雷雨之神因陀罗和蛇妖弗栗多在天上大战，弗栗多的一把大斧掉到中国南部和印度之间的大地上。但是人们没有看到那把大斧，却看见了一片金色的土地——苏伐剌蒲迷（意即"金地"），所以今日中印半岛的轮廓很像一把大斧，马来西亚是斧柄，柬埔寨、越南是斧刃。而关于因陀罗与弗栗多在天上大战的传说，在公元前13世纪至前10世纪间成书的印度经典《梨俱吠陀》中早已有描述。印尼则有个关于爪哇岛的神话叫《爪哇岛的出现》，说爪哇岛本来是漂在海上的一块陆地，动来动去，晃动不已。毗湿奴大神搬来了须弥神山压在岛上，才使它固定了下来，这神山就是今日爪哇岛上的斯美鲁山。本来他把山压在爪哇的西端，爪哇岛倾斜了；又把山由西向东移动，结果搬山时掉下来的碎块就成了今日爪哇岛旁的一些小岛。毗湿奴大神的化身也就成了这里的第一代君主。[②]在老挝的《吠陀神——因陀罗》故事中也能看到印度神话的延伸和变异。此外，印度神话中常见的大鹏金翅鸟咖咙（又译"迦楼罗"）、人面鸟身的紧那罗等也都成为东南亚一带神话传说中的主角，有的甚

---

① 何乃英：《东方文学概论》，北京：中国人民大学出版社，1999年版，第133页。
② 同上，第133页。

至演变为民族的一个象征。譬如，在印尼最常见的雄鹰形象，乃源自爪哇民间故事中与龙搏斗取得仙药救出生母的迦鲁达神鸟，其实就是咖咙的化身。印尼人已把它看成子女热爱母亲、人民热爱祖国的象征，在国徽、校徽乃至一些企业的标记上都采用这一形象。再如泰国以至我国西南边疆一带傣族的《孔雀公主》的故事，实际就是从紧那罗演变而来。①而泰国国徽上的类似鹰的形象实际上也是咖咙的身形。这些都足以说明印度文化早就对东南亚文学产生影响了。

当然东南亚也有许多神话故事明显地表现出地区特色。如关于人类起源说，菲律宾、印尼都有不同的"人从竹生"的传说。又如缅甸的《拇指哥儿》、越南的《癞蛤蟆告玉皇大帝》、柬埔寨的《为什么蛤蟆叫就会下雨》等故事，虽然情节各异，但都说明此地民众对雨的特殊感情。东南亚动物故事尤为精彩，大多以兔子或小鼷鹿、老虎和乌鸦为主角，表达了对弱小者的同情，对强暴者的憎恶，赞颂弱小者以自己的机智和相互支援战胜凶恶的强暴者，反映人民对抑强扶弱的企盼。有的故事仿佛与我国的动物故事相似，有的则受到印度《五卷书》、《佛本生故事》的影响，但有的是本地区所独有的，很难判定其真正的源头。②

东南亚书面文学的出现都较晚。这一地区文化的发展晚于中国和印度许多，所以初期的书面文学大都是借用中国汉文或印度梵文、巴利文写成的。后来在创造各自的文字时，也分别借鉴了汉字和南印度文字。

中古越南文学的突出特点是与中国文学密切相关。公元10世纪中叶之前，越南藩属于中国，无民族文学可言。即使在吴权起义建立了独立王朝之后，很长一段时期里汉字仍为越南通用的文字，公私文牍皆用汉文。13世纪阮诠在汉字的基础上创造了越南的民族文字——喃字。他的《祭鳄鱼文》（1282）开创了喃字律诗的先河，人们把阮诠比作我国唐朝的韩愈，故又名韩诠。但即使是在喃字出现之后，汉文也没有被取代，文坛上形成汉语文学和喃字文学二者并存的局面。从表面上看，13世纪以前越南的汉语文学与我国文学作品形式上几乎没有差异。但内容和格调却明显不同，后者直接反映了越南民族的特性。万行禅师、满觉禅师等可以说是这一时期越南汉语文学的代表人物。这时期的越南汉文学带有佛教的印迹，禅师们佛禅味十足的诗文在当时的政坛和诗坛影响很大。

除越南外，东南亚其他国家，如扶南、占婆、婆罗洲、爪哇等古国，最早大都借用邻近的古印度文字，如梵文、巴利文、拔罗婆文等。这可以从在这一带发掘到的公元4、5世纪前后的一些古梵文碑铭中得到证实，如在印尼加里曼丹就发现了用跋罗婆字母刻写的有韵律的梵文碑铭，从中多少可以知道印尼古戴王朝的社会文化轮廓。这或许可以看做是

①　季羡林：《东方文学史》，长春：吉林教育出版社，1995年版，第441页。
②　梁立基、何乃英：《外国文学简编（亚非部分）》，北京：中国人民大学出版社，2004年版，第102页。

印尼文学史上最早的见诸文字的作品。[①]然而这一广大地区从未受到印度古王朝的直接控制，所以不像越南出现汉语文学，在这些国家里并没有出现梵语文学或巴利语文学。尽管如此，这些东南亚国家后来的民族文字，不论是曾在缅甸境内使用过、今日已湮没无闻的骠文、古代菲律宾"巴伊巴因"文字，还是今日仍通行使用的老挝、柬埔寨、泰国和缅甸文字，都是从南印度婆罗米字母演变而来的。而且从文学的内容、思想等方面来看也受印度文化影响很深。

东南亚最早运用本民族语言书写的书面文学是古爪哇语文学。它从内容到形式皆受到印度两大史诗《摩诃婆罗多》、《罗摩衍那》等梵语文学的影响。10世纪在中爪哇就已有《罗摩衍那》的古爪哇语改写本。11世纪初东爪哇王朝达尔玛旺夏王在位时，兴起了用古爪哇语改写两大史诗的散文体，称之为"篇章文学"，起到了借宣扬印度教教义以巩固当地王权的作用。其后爱尔朗卡王即位后，宫廷文学突起，多以一种称为"格卡温"的诗体为主要形式，题材多取材于印度两大史诗故事。如当时出现的恩蒲·甘瓦的《阿周那的姻缘》、恩蒲·塞达与恩蒲·巴努鲁的《婆罗多大战记》、恩蒲·达尔玛查的《爱神遭焚》和作者不详的《波玛之死》都是其中的传世名篇。与"篇章文学"不同，这类格卡温作品都是为歌颂本国国王的功德而创作的，所以讲的虽是印度史诗故事，实际歌颂的却是本朝帝王的功德，人物和生活皆已不同于原作，而是加以民族化，成为服务于当时的政治和具有爪哇特色的宫廷文学作品了。

在东南亚略晚于古爪哇语文学出现的是柬埔寨与缅甸的碑铭文学。柬埔寨以诗碑居多，韵脚工整，内容涉及面广，佛事俗事皆有。缅甸的碑文大多为简洁流畅的散文，只有少数带有韵脚的片断文字，以记叙文为主，以记载佛事者居多，其他内容者甚少。柬埔寨、缅甸，乃至更晚出现的其他国家的碑铭文学都是各自国家文学发展的一个源头，对后世文学的发展具有深远的影响，它们在具体的写作体裁和风格上都有着很大的差异，风格不同，但在形式和内容上却都深受印度佛教文化的影响。

当东南亚开始出现国家之时，中国和印度文化体系早已形成并对这些国家产生直接的影响。尤其是在印度先后产生的佛教、印度教等，在这一地区得到广泛的传播与发展。[②]因此，可以说中古东南亚文学是在深受中国和印度文化体系的滋养和影响下发展起来的。与中国文化相比，印度文化对东南亚影响的范围更广。印度文化是宗教文化，以印度教和佛教为主。东南亚南面的马来群岛受印度教文化文学的影响最深，尤其印度的两大史诗《罗摩衍那》和《摩诃婆罗多》对古爪哇语文学的影响最为深远；而北面的老挝、柬埔寨、缅甸和泰国则以佛教为国教，受印度佛教文化文学的影响最大。

进入中古后期以后，印度文化对东南亚文学影响的态势有所不同了。从总体来讲，印

① 梁立基：《印度尼西亚文学史》，北京：昆仑出版社，2003年版，第70页。
② 贺圣达：《东南亚文化发展史》，昆明：云南人民出版社，1996年版，第95—96页。

度文化体系对东南亚的影响仍在继续，而印度文化对东南亚北部地区即半岛地区的影响有所加强，尤其是缅、泰、老、柬诸国因南传佛教在这些国度里的进一步深入传播，在文学领域也有所体现；但东南亚的南部地区即海岛地区则随着伊斯兰教的传入，原已存在的印度文化的影响锐减，只保留了部分痕迹。

第一节　口头文学

一、古代神话

神话是民间口头叙事文学的重要体裁。神话主要产生于原始社会和阶级社会初期，是人们在原始思维基础上不自觉地把自然和社会生活加以形象化而形成的一种幻想神奇故事。其基本特质是对自然现象和社会文化现象起源的解释。这种对"起源"的解释不仅指示出世界在时间意义上的"开始"，而且指示着现存世界秩序之所以如此的"根据"与"前提"。[①] 在这一意义上，我们认为，神话中隐藏着民族文化象征的重要因子，是原始文化的重要组成部分。

东南亚有着丰富的神话资源。从内容题材上，东南亚神话主要分为以下几类：创世神话、人类起源神话、洪水神话、文化起源神话以及英雄神话等。各类神话中都蕴涵着丰富的民族文化信息。

1. 创世神话

创世神话是世界上多数国家共有的原始神话类型。东南亚的创世神话之宇宙起源神话反映了东南亚各族先民形形色色的宇宙观和原始信仰。

越南越族的宇宙起源神话与中国神话中盘古开天辟地较为类似。它讲述的是天柱神头顶天、挖土掘石、砌撑天石柱，最终将天地分开的故事，天地分开之后，天柱神又将撑天柱推倒，把倒塌的石块和泥土四处抛洒，从此大地出现了山地、丘陵、高原和大海。越南瑶族神话认为与盘古同时出生的蟓王的头是天空，蟓王的双脚则是大地，他的两只眼睛分别是太阳和月亮。越南芒族、泰族人则相信天空是因为宇宙的第一次巨变而被风吹鼓起来的，激流猛烈地冲刷，把天地一分为二。越南黑泰人传说是一位嬬妇用刀割断天地的联系，才使天空升高的。

缅甸先民认为是一位由阴电和阳电相会而变成的英高瓦马冈大神改变了宇宙的混沌状态，创造了这个世界，他还命令一条名叫"勃当勒布"的龙将地球固定，用四根柱子支起地球的四个角，用一根柱子立在地球的中心，以固定地球上面的天空。缅甸克钦人认为创世神穆杜姆在巨鱼身上撒下一把土，鱼产巨卵，巨卵裂成两半，一半高升为苍穹，一半

---

① 钟敬文主编：《民俗学概论》，上海：上海文艺出版社，1998年版，第241—242页。

变成大地。

菲律宾的许多民族都相信，人类初始，天空低得可以用手触摸。一位老妪每次捣米举起杵时都会击到天空，在老妪的祈祷下，天空才上升到今天这么高。还有一则关于宇宙形成的神话认为，世界伊始，没有天空、大地，只有无底的深渊。顿功朗伊特大神为了寻找被自己赶走的妻子而做了巨盆——大海，以倒映妻子的影子，他还下到中界创造了大地。菲律宾萨玛勒人传说，天地形成之前，大海中漂浮着一个球体，一天，球体按照上帝的旨意一分为二，一半向上升，变成七重天，一半往下沉，变成七层地。

印尼马来地区的宇宙起源神话也非常多。苏门答腊地区的先民认为地球是由天神巴塔拉·古鲁的儿子创造的，他把地球挂在一条绳索上，从天上垂下，父子两人用数根铁柱将其固定住，使得冥府众神无法将其移走。印尼巴塔克人则认为创世的任务是由天神巴塔拉·古鲁的女儿——创世女神阿克·帕露扎尔用统辖三界的穆拉·贾迪投下的十七把土完成的。印尼西部巴豪人的创世神话说，天上的一块巨石落入水中，一条蚯蚓在巨石上打洞、便溺，砂土和蚯蚓的粪便堆成了大地。加里曼丹地区的雅米人相传，宇宙是由瀛海中的一座金山和一座金刚石山相撞而形成的，万物则由天界之神马哈塔拉与水下世界之神在上界协力制造的金刚石宇宙树的碎片变成。巴厘人也认为最初的宇宙除了一块磁铁什么也没有，宇宙蛇王通过在磁铁上坐禅将这块磁铁变成了一片龟形土地，即巴厘岛。

从上述创世的方式来看，东南亚的宇宙起源神话大致有三种：一种是创世神将天地分离或造天、造地说，如越南越族、瑶族、缅甸克钦人、菲律宾、印尼巴塔克人的创世神话；第二种是创世神创造地球说，如缅甸、苏门答腊地区的创世神话；第三种是物质相互作用创世说，如缅甸神话中的创世神产生于阴电和阳电相会，印尼巴豪人认为大地是由砂土和蚯蚓的粪便堆成的，加里曼丹地区传说金山和金刚石山相互作用形成了宇宙，巴厘人认为宇宙最初就是一块磁铁，越南芒族、泰族先民认为是宇宙巨变导致了天与地的分离，等等。物质创世说反映了东南亚部分地区先民的朴素的唯物主义宇宙观。

与宇宙起源的内容相关，东南亚神话中还有丰富的解释其他自然现象的神话，如日月星辰、风雨雷电、彩虹、地震等。其中关于太阳和月亮的神话最多，它们往往被拟人化为夫妻、兄弟姐妹或朋友。由于东南亚海岛国家地震频繁，因此解释地震的神话也较多。

2. 人类起源神话

人类起源神话在东南亚地区也非常普遍，按其母题可分为天种羁留人间型、天神或上帝造人型、动植物生人型等几大类。

天种羁留人间型主要是讲天神或天民下界居留于人间的故事。如泰国东北部流传着一则传说，说人类最早的一对初民是由婆罗门主神婆罗贺摩用泥土创造的，天界梵众天的天神、天王、众梵被泥土的清香吸引，纷纷下界，并且不愿再返回天界，他们的子孙与那对初民婚配，便诞生了第一批人类。[①]菲律宾比萨牙人传说最初人类生活在天堂上，一位猎人把天空射了个大洞，众人沿着羽毛做成的绳子下到大地，绳子断了，这些人无法返回天堂，只好在地球上安居下来。

天神或上帝造人型神话在东南亚数量较多，其中神用泥土造人说最为流行。比如越南俅俅人传说人类是天神杰耶用泥土捏出来的——因土地神规定杰耶取土后每六十年要归还一部分，所以人活六十年后，身体要变成泥土，回到大地中。菲律宾有些民族的传说认为是生于大海泡沫中的达格娜安和生于水天之间的胡米纳洪造出万物，并用泥土造出亚当和夏娃；或认为是蒂娃达抓起泥土捏成人形，并吐上唾沫，造就了男人和女人；但也有神话认为男人和女人是造物主达干郎分别用卡希利木和奥伊木创造的，泥团则用于创造世界。印尼、马来地区也有不少民族有天神用泥土创世和造人的神话，如加里曼丹地区流传着造物主金哈林甘和妻子向天花病神借泥土以创世和造人的神话，巴厘岛民则相信是众神之首湿婆神的化身巴塔拉·古鲁神和巴塔拉·婆罗摩神共同用泥土塑造初人，并用沉思赋予其生命（湿婆与妻子交媾时滴落的精液则生出巨灵）。此外，印尼塞兰岛地区的乌厄瓦勒人认为人类是太阳神用香蕉花造出来的，部分巴塔克人则相信人类是至高神之女用蘑菇培育出来的。东印尼群岛地区马努塞拉人传说造物主用唾液创造了世间万物，包括人类。

东南亚的动植物生人型神话也非常普遍。越南芒族、泰族人认为榕树创造了万物，从榕树中飞出的一对小鸟产下了数不清的蛋，这些蛋生出了大地上所有的动物，其中的一只方形蛋则生出了两男一女，他们就是芒族、京族和泰族的祖先，也是人类的祖先。印尼苏门答腊地区巴塔克人的神话与之有惊人的类似，即榕树的树枝生出万物，其中一个树枝上生出的两只鸟儿交配后产下一窝蛋，从鸟蛋中走出了世界上最早的先民。老挝的人类起源神话皆与南瓜有关：比如老挝南部流传着这样一则神话，天神之首沃特苏万的女儿爱上了一个宫廷侍从，为了避开父亲的反对，他们一起逃亡下界，但被天将捉拿。侍从携带的两个盛水的南瓜被抛向大地，世人纷纷从南瓜中生出。还有两则神话说洪水过后，剩下了三位国王（一说为"天使"），天神赐予他们一头水牛，三年后，水牛死去，从水牛的鼻孔中长出两根藤蔓（一说为"一根葫芦藤"），上面各结出一个硕大的南瓜（一说为"葫芦"）。国王用铁块将南瓜凿穿，从南瓜洞里走出了人类的初民，包括老挝人、泰国人等。在另一则类似的神话中，南瓜是由洪水过后幸存的兄妹俩生出来的，从南瓜中走出了泰、黎、佬及克穆人（一说为老听、老龙和老松）。菲律宾的一些神话则认为人是从植物中走出来的。如在《大树生万物》的神话中，人和万物都是上帝取下大树上的种子播撒到各处而形成的；菲律宾群岛、苏禄群岛、印尼等很多地区的民族都认为人类最初是从竹节中生出来的。

[①] 张玉安编：《东方神话传说》第六卷，北京：北京大学出版社，1999年版，第185页。如无特别说明，本文中的神话皆取自于该套丛书第六、七卷。

除上述类型外，还有一类是感应生人型，但该母题多与民族起源神话或传说联系在一起。我们将在英雄神话中谈到。

可以看到，在上述东南亚的动植物生人型神话中，鸟、榕树、竹子、葫芦（南瓜）等东南亚地区常见的、生命力旺盛的动植物形象成为孕育人类的母体，它反映了东南亚各民族的图腾观念：鸟在稻作文化民族的信仰中占据重要地位，人、稻、鸟之间存在特殊的关联；榕树被东南亚的不少国家奉为"神树"、"生命树"；竹子也与很多南方民族的生命仪式息息相关；葫芦则被视为母体崇拜的象征物。值得一提的是，虽然竹生人的神话母题在中国南方、日本等地也有流传[1]，但竹生人的神话形态则主要流传于南洋诸岛；葫芦生人神话是中国南方诸族如苗、壮、布依、侗族及印支半岛民族特有的神话类型，是南亚语系诸族的代表性神话之一；老挝两则葫芦生人神话中还出现了牛生葫芦的情节，它是葫芦生人神话的复杂形态，当产生较晚。在蛋生人神话中，除了鸟蛋，还有包含仙女生蛋、蛇女生蛋等母题的，讲述国家、国王起源的传说故事，它们虽出现较晚，但却是古老蛋生人神话观的遗存。

我们还看到，很多民族的人类起源神话同时也是族源神话，这是因为在先民的观念中，人类的起源往往是从本民族祖先开始的。另外，很多人类起源神话还顺便解释了人类不同肤色或相貌特征形成的原因。如老挝的南瓜生人神话说，因南瓜洞洞口太小，人往外走时弄脏了身体，因此皮肤为黑色；后来南瓜洞口变大，走出来的老挝人和泰国人皮肤白，个子也高；菲律宾的一则上帝造人神话说众神用泥土做人的鼻子时不小心将鼻子压扁，所以现在人的鼻根处还能看见神的指印。

东南亚地区的人类起源神话还有一个特点，即大部分民族认为男人往往先于女人问世，如菲律宾的很多神话都认为上帝创造了男人，男人又创造了女人。比如一则竹生人神话说露玛威格将矛插进泥土，从里面走出一个男人，男人用刀砍下一根竹梢，从竹梢中走出一位女子；另一则神话则说巴特哈拉上帝用黏土创造了第一个男人，男人又砍下狗的尾巴造了一个女人；一则动植物生人的混合型神话讲的是大鸟生了一只蛋，从蛋中孵出一个男人，男人劈开竹子，竹子里坐着一位少女。男先于女诞生的情节表明这些神话诞生于父权制社会以后。

3. 洪水神话

洪水神话是世界性的神话故事，主要讲述神如何在洪水之后创造世界——大地、万物及人类，它集合了创世与人类起源的母题。根据洪水产生的性质——世界产生前的原始大水以及带有惩罚性质的大洪水，我们可将洪水神话分为初创世洪水神话和再创世洪水神

---

[1]　如中国最早记录竹生人母题的见于《华阳国志·南中志》："有竹王者兴于豚水，有一女浣于水滨，有三节大竹流入女子足间，推之不肯去，闻有儿声，取持归破之，得一男儿，长养有才武，遂雄夷濮，氏以竹为姓……"布依族以竹为图腾，彝族自称是竹的后裔。

话，这两类神话，尤其是第二类，在东南亚地区有着丰富的表现形式。

越南的洪水神话大都与人类或民族起源神话联系在一起。《洪水》神话讲的是一位天神把即将发大水的预言告诉兄弟俩，并让老大做一只铁鼓，老二做一只木鼓。洪水来时，老大夫妻坐进铁鼓，沉入水底；老二带上亲姐姐钻进木鼓，随洪水升到天上。天神令蛟龙吸走洪水，姐弟俩返回地面，两人通过滚石和抛针的方式占卜天意，最后结为夫妻。婚后，姐姐产下一个肉包，肉包外皮的碎片变成了一个个婴儿，人类又开始在地球上繁衍生息。《越南民族的起源》讲述的是人类被大水冲走，只剩下姐弟俩侥幸活下来，在一位神仙的指引下，姐弟二人成亲，生了一大群孩子，有的叫巴那，有的叫色当，有的叫赫耶、莫侬、京、占等，每个孩子的后代都组成了一个民族。《人类的起源》讲述三兄弟无意中从蛤蟆口中得知将要发洪水，他们按照青蛙的建议做了香蕉树筏，最终幸免于难。大哥因到太阳那里烤虾而被留在太阳上，与太阳的女儿成亲成为太阳神，二哥与弟弟的妻子骑着宝马到月亮上定居；只有弟弟留在地上，后来成为土地神。地面上长出一株葫芦，弟弟将仙水倒进葫芦里，从中走出共六批人，土地神将他们安置在不同的地方，形成了越南各民族共同体。在越南的众多洪水神话中只有《开天辟地》属于初创世洪水神话，天、地、江河、高山、丘陵都是宇宙巨变后的洪水激流冲刷形成的。

老挝的洪水神话也十分丰富。上文提到的《南瓜生人》神话大部分都与洪水有关，且大都属洪水再创世神话。发洪水的原因则或是为了惩罚人类的忘恩负义（人类在吃美食的时候忘了向天帝供奉），或是因人类只顾耕田种地，忘了请示汇报而被天神怀恨在心，或是因人口迅速增长而惹怒了天神等等。洪水来临后的故事情节有：父母把女儿和儿子放进随洪水漂来的大葫芦中，姐弟俩得以逃生，鹧鸪鸟劝姐弟俩结为夫妻，两人十分生气，扔石子把鸟打死，获得了稻种，最终两人决定结为夫妻，妻子生下一只葫芦，从葫芦中走出老听、老龙和老松族的祖先（《老挝民族的祖先》）；或是灰鼠告诉兄妹俩洪水将至，两人找到一棵空树干逃过此劫，并接受小鸟的建议结为夫妻，妻子生下两个大南瓜，泰、黎、佬、克穆人从中走了出来（《南瓜生人》）；或为：天降洪灾时只有躲进南瓜中男童加布和女童盖幸免于难，在蜗牛的劝说下两人结为夫妻并生下七个儿子，七兄弟随父母定居在琅勃拉邦（《二童救世》）。

另几则洪水神话的结构与上述不同：在《葫芦出人》和《两个南瓜生初民》神话中，洪水过后分别剩下三位天使和三位国王，从天神送给他们的水牛中分别长出了一只葫芦和两只南瓜，从葫芦和南瓜中各走出了老挝境内各民族的祖先。在《八个南瓜生初民》中则是至高神命道颂和道岸两位天神在洪水过后带上八个南瓜和八根铜柱下界重整山河；从南瓜中走出不同民族、不同肤色的人，同时带出谷物和种子。

菲律宾也流传着若干洪水神话。《人类初始》是一则初创世洪水神话，它讲的是露玛威格神造出了男人、女人和动物，又通过洪水惩罚离男人而去的女人和动物，并指示男人、女人结为夫妻、繁衍生息的故事。《人类的祖先》讲的是河水上涨,只有一对兄妹用木箱漂浮而幸存,木箱因地震而落在最高的布拉格山,有一天早上兄妹俩发现他们竟睡在一起,后来他们生下一对孪生子女和很多双胞胎,即人类的祖先。达鲁宾人的再创世洪水神话讲述的是上帝被达鲁宾人献祭的随意性给惹恼了,于是决定用洪水扫除世界上的初民;他化作一位身缠蟒蛇的陌生人把涨水的消息告诉了一对年轻的兄妹,哥哥带着妹妹爬上了世界上最高的卡拉威单山;陌生人又出现并指示他们成为夫妻;为了避免尴尬,上帝取出一个藤圈扔给男孩,又扔给女孩一支香烟,从此兄妹俩不再感觉彼此是兄妹,而是夫妻;他们开始繁衍后代,成为人类的始祖。在丁吉安人的洪水神话中,受到洪水威胁的不是人,而是山神阿波尼多劳及海神的美人鱼胡米道。因阿波尼多劳抢走了胡米道,海神发动了洪水来惩罚他;阿波尼多劳的母亲风雨之神得知了这个消息,便劝诫儿子带着家眷到山脉的最高峰躲避,终于逃过了洪水。洪水减退后,阿波尼多劳和胡米道来到低地,繁衍生息,成为大洪水后世界上最初的人类。还有一则洪水神话的故事型版本讲的是天神玛格巴巴乔装成老人来到布吉冬村,将灾难即将来临的消息告诉全村人,只有一位虔诚供奉玛格巴巴、名叫马波普鲁的穷人信了他的话,并准备了木筏和粮食;洪灾来临,全村人只有马波普鲁和妻子逃过此劫。

综观上述各个国家的洪水神话,再创世洪水神话占绝大多数。这类神话具有一个典型的叙事结构,其完整形态是:(1)由于某种原因(如人类的疏忽),神以大洪水的方式惩罚人类;(2)洪水几乎毁灭了人类,只有一男一女(通常是兄妹或姐弟)事先得到神谕,借助某种方法(钻进葫芦、南瓜、木鼓、木箱、空树干,登上高山等)逃脱劫难;(3)遗存的兄妹或姐弟俩听从神明的指示或通过占卜,结为夫妻;(4)夫妻产下正常或非正常胎儿(如肉包、南瓜、葫芦等),人类的整体生命得以延续。

包含上述叙事结构的洪水故事文本不单为东南亚所独有,而是几乎遍及全世界。象征学派对于这类故事的解释,并非认为历史上真有这么一场大洪水,而是认为人类从洪水中得到再创造,是对人类生殖过程的一种象征——初生儿生下来时,也是从胎膜的羊水中获得解救的。[①]在这里,洪水即胎水,避水工具则是母胎的象征。在东南亚的洪水神话中,母胎的象征物除葫芦和南瓜外,还有木鼓、树干,甚至还有高山。高山与葫芦等具有相同的避水功能,也拥有相同的象征:洪水中被重新发现的大地是世界万物的再生之地,因而也可以是母体的象征。洪水神话是以母体生育为原型的。神话认为,现今的人类都是神二次创世后的产物。如果说第一次洪水创造人类是人的"自然性"的初生,那么人类在第二次洪水后重新繁衍则是"文化性"的再生(或伦理性的再生)。自然和文化是人类存在的基本状态。从这一角度说,洪水神话讲述的是自然世界怎样出现以及社会文化如何产生的故

---

① 阿兰·邓迪斯编:《世界民俗学》陈建宪、彭海斌译,上海:上海译文出版社,1990年版,第80页。

事。[1]

值得注意的是，东南亚的洪水神话还存在其他叙事结构，较为典型的是洪水过后剩下三兄弟（越南《人类的起源》）、三位国王或天使（老挝《两个南瓜生初民》和《葫芦出人》），人类则是从神灵赐予的葫芦中走出来的。三人幸存的母题大概与这些民族"三位一体"的思维方式有关，有国外学者认为它来源于先民对"天—地"、"天—人"和"地—人"之间综合与辩证关系的理解。[2]缅甸、泰国等地则没有类似的洪水创世神话，但在缅甸《毁灭地球的雨》的神话中，仍然存在"大雨灭世"和"仅存兄妹"的母题；在泰国人的神话观念中，世界也是在遭受了火劫、水劫和风劫之后才复生的。

4. 文化起源神话

文化起源神话是对文化事象的解释，如种植、语言、文字、历法、火等。东南亚地区最具代表性的文化起源神话要属稻谷起源神话，这类神话数量多，类型全，充分反映了东南亚民族稻作农业文化的悠久历史。

从类型上看，东南亚的稻谷起源神话主要有飞来型、死体化生型、动物运来型、天神赐予型、英雄盗来型等几大类。

飞来型稻谷起源神话多见于柬埔寨、缅甸、老挝、越南、泰国等中南半岛地区，与我国南方广大地区流传的稻谷起源神话有着相同的母题结构。其大致内容是：最初稻谷颗粒很大，而且会自动飞到各家的谷仓。后来被一位懒妇用木棒打碎或赶跑，才变成今天的样子。柬埔寨《水稻的来历》是这样的：从前，水稻成熟后会自动飞入人们的粮仓。一天，一位蛮横的妇人嫌稻谷飞进谷仓时声音太吵，便用木板狠打稻谷，稻谷躲进石头缝里。人们遭遇饥荒，鱼儿替人类央求稻王回来，稻王答应了鱼儿的请求，但条件是人们需要自己耕种，才能收获稻谷。为了表达对稻米的感激之情，柬埔寨人还在收割稻谷后进行祭稻魂仪式。

越南关于稻谷起源的神话则说，起初，玉皇为了使人类不受田间劳作之苦，让稻子自生自长，稻子成熟后会像蚂蚁一样自动走到人们家中。但有一位好吃懒做的妇人屋里脏乱不堪，当稻子走入她家时她竟恼怒地拼命用扫帚抽打稻粒。玉皇知道此事后非常生气，便让稻粒变小，且人们必须辛苦地耕种收割，才能收获。

死体化生型稻谷神话主要流传于印尼、菲律宾等地。印尼加里曼丹地区流传着关于《稻谷女神卢英》的故事：有一年灵沃村久旱无雨，干旱的原因是村民违反了祖先的戒律而受到惩罚，需要用有罪人的生命和鲜血来谢罪。族长的小女儿卢英为拯救众人，自愿献祭。她的血渗入干裂的泥上，转眼，天降大雨，干旱解除，并且在卢英鲜血渗透的地方长出一株结有金黄穗状物的植物，这就是稻子。卢英被村民们尊为稻谷女神，每当举行宗教

① 吕微：《神话何为》，北京：社会科学文学出版社，2001年版，第22页。
② ［越］陈玉添：《越南文化本色探寻》，胡志明市：胡志明市出版社，2001年版，第122页。

大典时，人们边撒稻米，边呼唤她的名字，以求她的保佑。

在菲律宾的稻谷起源神话中，庄稼是从一个小男孩的尸体中长出来的。这个小男孩是上帝苏瓦拉创造的男人和女人生下的孩子，他因吃了魔王换的毒药而死去。上帝令世界四方的四个兄弟去购买了一些泥土，并在世界的中心种下泥土，埋葬死去的男孩。不久，从男孩身体的不同部位长出了不同的庄稼，稻米就是从他的肚脐中长出来的。印尼爪哇、巴厘地区的稻谷起源神话也属此类，不同的是稻子是从斯丽神的眼部和胸部长出来的。斯丽是古鲁神夫妇的养女，由安塔神眼泪化作的蛋孵化而来。因古鲁神欲娶之为妻，众神反对，逼其饮下毒酒而死。

动物运来型的稻谷起源神话如印尼巴厘人的《神鸟送稻谷》故事：毗湿奴神化身普莱图国王治理巴厘岛，他请求土地女神赐予更好的食物，土地神甘愿变成黄牛供人们耕作；普莱图又请因陀罗神教百姓如何耕种，因陀罗神不答应，两人发生冲突。湿婆神派遣神鸟送稻种给普莱图国王。毗湿奴神的妻子丝丽女神隐身于稻种中，保护稻种；因陀罗神则派弟子到人间指导耕种。

天神赐予型的稻谷起源神话如印尼苏拉威西地区流传的《天鹅仙女》神话：九位披着天鹅皮的天神仙女常常偷吃麻玛奴亚种的甘蔗，麻玛奴亚想与其中一位做伴，便乘她们吃甘蔗时偷走了一张天鹅皮。天鹅皮的主人林甘伯妮公主与小伙子结为夫妻，生下布兰顺托。因被碰断一根头发而血流不止，公主只得返回天宫医治。父子俩到天宫寻得公主便一直留在天宫。布兰顺托长大后想返回人间，外公送给他一个包裹，从里面滚出一只大蛋，大蛋中走出一个姑娘，姑娘手中拿着一个盒子，盒子里装的全是各种庄稼和果树的种子。

菲律宾神话《大米》说：天国国王卡布宁邀请穷苦的农夫巴拉巴特去天上做客，并传授于他种稻技术，送给他优良稻种。巴拉巴特回到人间后种植出菲律宾第一代水稻，获得大丰收，成为富翁。但他却不肯教授人们种稻技术，天王派老鼠下凡吃掉巴拉巴特的钱财和粮食以惩罚他，巴拉巴特知错悔改，开始向人们传授种稻技术。

英雄盗来型稻谷起源神话主要流传于印尼。苏拉威西地区流传的《巧偷稻种》神话说：一对夫妻离开人世，留下两个孩子。七位仙女将老大带到天上。在一个村庄，他第一次见到黄澄澄的稻粒，一位老者告诉他，稻米只能在天上吃，不能把它带到地球。老大不死心，将稻粒放到口中，被老者发现，逃跑不成，脚跟被彩虹划破；第二次他把稻粒藏在脚跟的伤疤洞里，终于躲过了老者的检查，将稻种带到地球。

印尼万鸦老岛神话《杜米冷》讲的是一个叫杜米冷的农夫决心到天上弄几颗特大的稻种马兰梭特。在朋友的陪伴下，他通过罗贡山的通天大树爬上天庭，在脚后跟割开几条裂缝，从仙女们晒谷的广场走过，有12粒如朗沙果大小的马兰梭特钻到裂缝里。仙女发现谷粒变少，便派天兵去追。天兵敌不过，仙人便假装叮嘱杜米冷，让它将天稻种在石榴树下。结果长出来的谷粒与普通稻粒一样，一气之下，杜米冷砍倒通天大树，削去罗贡山峰，扔进大海，就形成了今日的旧万鸦老岛，天上与人间也断绝了往来。

上述稻谷起源神话反映了东南亚各国原始农业发生和发展的若干信息。如飞来型稻谷起源神话流传于东南亚的孟—高棉语族，它可能反映了妇女们最早从事稻作农业的情形，由于舂米劳作的辛苦，妇女们很可能一度放弃了稻谷种植，但是由于遭遇饥荒，人们不得不重新恢复比较有保障的稻作农业；这些神话说明孟—高棉语族先民可能是中南半岛最早种植稻谷的民族。半岛民族几乎没有飞来型稻谷起源神话，只有动物运来型、天神赐予型、英雄盗来型等，可能反映了原始马来人进入马来群岛后，才在土著人之中传播稻作农业的事实。死体化生型的稻谷起源神话是人们将稻谷拟人化的结果，稻谷从一个不朽的女神身上长出来，可能反映了土著民族对于母系氏族制度和原始农业的崇拜。[①]

5. 英雄神话

不同民族在不同的社会发展阶段，其英雄神话的主角或是动物，或是半人半兽，或是自然力量的化身，它们逐渐发展成为人神，并被奉为民族的始祖。[②]东南亚的英雄神话描写的多半是神人，这些故事往往产生较晚，它们不再以原始思维为基础，因此更接近于传说体裁；题材上则多与民族始祖神或神性英雄人物的神奇事迹相关，因此往往与民族起源等内容联系在一起。

越南人的英雄传说首推《鸿庞氏传》，它讲述的是貉龙君和雄王的故事。相传貉龙君乃炎帝五世孙，为泾阳王和龙女所生。他是一位开国明君，统治南方赤鬼国，居于水府。后来，貉龙君与哥哥帝宜的女儿（一说妾）妪姬结合，生下一胞百卵开百男，是为百粤始祖。一日龙君对妪姬说："我是龙种，你是仙种，水火相克，合并实难。"于是分五十子从父居于水府，五十子从母归山居于峰州，并推举长子为雄王，建国号文郎，置相曰貉侯，将曰貉将。世世父传子继，皆号雄王。如今，越南人将自己视为貉龙君和妪姬的后代，自称为"龙子仙孙"；有着"开国之功"雄王则被尊崇为"国祖"。

董圣天王也是越南家喻户晓的英雄传说人物，相传为一位年过花甲的老妇人踩到巨人的脚印后怀孕所生。阿董三岁还不会说话，是时逢殷敌来袭，雄王六世派使者去各地寻找抗敌奇才。使者到了阿董家门口，阿董说的第一句话便是叫母亲把使者请到家中来，接着他请雄王为他铸造一匹铁马、一顶铁斗笠和一把铁剑。当三样东西送到阿董面前时，他立刻长成了一个巨人。阿董策马舞剑挥竹大败敌军，之后他脱下战袍，骑马飞上天空。

讲述老挝英雄祖先的《九龙的故事》则与老挝主体民族老龙族的起源有关。古时候，湄公河流域的一个部落中有一位名叫迈宁的妇女，她在生了第八个儿子之后，去湄公河捕鱼。捞鱼时她的腿碰到了一根满是粗糙鳞皮的原木，便怀孕生下第九子，取名九龙。九龙跟着母亲捕鱼时，一条蛟龙钻出水面问九龙的母亲："我的儿子在哪里？"接着便游到九龙

① 刘付清：《东南亚民族的稻谷起源神话与稻谷崇拜习俗》，载《世界民族》，2003年第3期，第71—72页。
② 钟敬文主编：《民俗学概论》，上海：上海文艺出版社，1998年版，第243—244页。

身边，用舌头舔九龙的后背。此后九龙聪明过人，力大无比，成为部落的首领。迈宁的九个儿子相传就是老龙族的祖先。

缅甸也流传着与龙有关的英雄神话。《三个龙蛋》的故事说：龙王的孙女与太阳神之子结合，在缅甸生下三个龙蛋。一位猎人受天神指引来到公主产蛋的地方，将其拾走。其中一枚金色的龙蛋掉进水中，裂开变成宝石矿藏；一枚青蛋漂到中国，成为中国的公主；还有一枚白蛋则被一对骠族老夫妇珍藏起来，后来从蛋里生出一位神通广大、才智过人的神童，就是后来缅甸有名的国王骠苴低。

老挝、缅甸等民族都有射日的神话。老挝的射日英雄叫布纽，是天上神仙的后代。他看到人类生活在黑暗寒冷的世界中，便决心寻找太阳，帮助人类摆脱苦难。布纽勇敢地将天火带到人间，大地变得温暖起来。但因违背了天帝的禁令，他最终被天神活活烧死。缅甸的射日英雄们射掉了七轮太阳中的六个，最后一个被大力士东勃洛托起，抛上天空。

我们看到，在各民族的英雄神话传说中，英雄人物诞生时大都有神奇受胎的经历（感应生人），并且皆幼年智慧、武艺超群，成年时则有驱逐外敌、建立国家或造福于民的功绩。从象征的视角看，神性英雄是对原始先民集体力量的神化，同时对英雄祖先的塑造也是各民族为自身"立传"的需要。上述英雄神话传说还透露出各民族在形成和发展过程中的若干信息。比如貉龙君和雄王的传说反映了越南地区"南部人和北部人、山地人和近海平原人之间的融合、冲突和分离"[①]；越南、缅甸、老挝等国与龙有关的英雄祖先神话则在某种程度上印证了这些民族与中国的文化渊源关系。

通过上文的分析我们看到，一方面，东南亚民族状况的复杂性使得这一民间口头文学呈现出多样化态势；另一方面，东南亚民族间的密切关系以及东南亚地区与中国、印度的民族、文化、宗教交流又使得这一口头文学有很多的相似性和可比性，并且深受中国和印度民间文学的影响，前者如跨境民族共有的稻谷起源神话以及关于龙的族源神话传说等，后者如婆罗门教、印度教和佛教文化因子对东南亚，尤其是西部印尼和马来西亚等地的神话、神灵体系及题材等方面的渗透。

二、民歌民谣

在东南亚的早期口头文学中，民歌民谣是非常丰富多彩的，东南亚各民族人民根据各自不同社会文化的发展特点，创造出形式多样、内容广泛的民歌民谣。这些民歌民谣经过代代口耳相传，直到被人用文字记录下来，其间经过了相当长的过程，由于没有原始记录，人们无法考证其产生的具体年代，只能根据其内容中所反映的社会特征和原始信仰，来估计是否属于早期作品。

东南亚地区的民谣根据内容和表现形式不同，可以大致分为劳动歌谣和仪式歌谣两大类。

---

① 见《不列颠百科全书》"越南历史"条，转引自戴可来、于向东：《越南历史与现状研究》，香港：香港社会科学出版有限公司，2006年版，第59页。

1.劳动歌谣

作为东南亚民间口头文学的主要形式之一，劳动歌谣有着悠久的历史和广泛的群众基础。劳动歌谣是劳动者对生产劳动中所产生的感情活动的高度概括，有着深远的意境和丰富的情感体现。而这些歌谣之所以得到广泛的流传，不仅因为它充分反映了劳动人民的生活经历和感受，还因为它语言简炼、节奏明快、富有韵味、易于吟唱。与上层阶级为歌颂君王和神灵所作的华丽晦涩的长篇诗歌不同，劳动歌谣表达的情感真实质朴，思想内容生动活泼，语言朴实无华，甚至堪称平淡，却是劳动人民现实生活和精神生活的真实写照。例如越南有这样一首劳动歌谣：

> 牛啊
> 我跟你说
> 你到田间与我一起劳动
> 耕作本是家家活
> 你我平等同耕田
> 什么时候收割了稻谷
> 田里才有稻草留给你吃①

越南是一个农业国，由于生产力落后，农民主要依靠牛来耕作，劳动人民对牛有着深厚的感情，牛也是越南劳动歌谣中一个传统而又深受喜爱的题材。这首歌谣在越南很多地方广为流传，被认为是同题材歌谣中最有代表性的作品之一。歌谣用与牛对话的方式，反映出劳动人民质朴、善良的情感。他们把牛当作可以交心的朋友，共同生活、互相支持的劳动伙伴，与大自然和谐同处的朴素情感让人感动。

缅甸也有这样的劳动歌谣：

> 咱们那块宝田上
> 看你插的秧
> 长得多苗壮
> 哟，慢慢来看呀
> 一穗准打十斤粮
> 粒粒饱满圆又亮②

歌谣反映了缅甸人民对获得丰收的殷切期待和乐观向上的精神。歌谣朴实无华，却唱

---

① 参见苏彩琼：《浅析越语歌谣中的六八体歌谣》，载《东南亚研究》，2003年第6期。
② 摘自陈岗龙、张玉安：《东方民间文学概论》第三卷，北京：昆仑出版社，2006年版，第364页。

出了劳动人民的真实情感和质朴情怀。

泰国的劳动歌谣多采用男女对唱形式，双方可借机戏谑。如：

姑娘呦姑娘，快快来到田间，咱们说说话儿吧。
割呦割稻，别东张又西望，小心镰刀割破了小手呀。
收割稻子，野草蔓生，大把大把地拔呀，
姑娘呦姑娘，蕹菜长满了田垄，快来采摘吧。[①]

歌谣反映了泰国人民在劳作过程中男女齐心、共同劳作的情景。轻松活泼的歌谣为消除疲劳、调动情绪起着重要的作用。

在柬埔寨，丰富多彩的劳动歌谣有的产生于田间地头，有的吟诵于庆丰收仪式，有的则出自各种其他劳作，如舂米歌、采桑歌、采莲歌等。劳动者在生产劳动中的感情活动外化为口头上的歌谣而自然抒发出来。如一首采桑歌这样唱道：

阿哥的小船细又长
抬船放在水中央
脚打水来啪嗒响
划过河水采桑忙
对岸采桑的阿哥哟
手采桑来肩背筐
湖光山色不观赏
采桑直到晨星亮[②]

再如一首采莲歌：

满湖的莲花呀开四方
哥哥划船去呀去采莲
听得水声哟哗哗地响
莫道莲藕哟长在污泥中
开出的花朵呀鲜艳又芬芳
结出的莲藕呀雪白又清香。[③]

---

① 摘自陈岗龙、张玉安：《东方民间文学概论》第三卷，北京：昆仑出版社，2006年版，第45页。
② 摘自季羡林：《东方文学史》上册，第454页。
③ 摘自陈岗龙、张玉安：《东方民间文学概论》第三卷，第275页。

这些歌谣将劳动与爱情融合在一起，既是"劳者歌其事"的心曲，又是对心上人的赞美和真挚爱情的表白。

2. 仪式歌谣

仪式歌谣是指在各种祭祀、传统仪式或宗教仪式上念唱的歌谣，如泰国的训谕歌和安抚歌、召唤辞、拜祭辞，老挝的祝福谣、招魂谣、盖房谣、开荒谣和植树谣、制鼓谣，柬埔寨造房谣、祭祀谣、叫魂谣，缅甸的布施歌，印尼的古代咒辞歌谣等等。这些民谣从内容上看，大多是祈求万物神灵保佑人们，表达了古代劳动人民战胜自然灾害、获得丰收，战胜疾病和苦难、获得健康和幸福的美好愿望，也集中反映了当时人们在强大的大自然面前复杂矛盾的心理状态，同时反映了他们相信利用各种仪式上的咒辞歌谣能够消除自然灾害的乐观心理。

在柬埔寨，用唱"阿拉曲"（意为"神曲"）的方式与神灵取得交流是柬埔寨人的传统。流传至今的"阿拉曲"共有56首。而借用古代"阿拉曲"的歌词，重新翻唱或改编的歌曲大概有135首。这些歌谣的歌词多包含大量巴利语、梵语借词，以配合仪式庄严肃穆的氛围，使听者肃然起敬。以《叫魂曲》为例，柬埔寨人认为，魂分19种，当人们受惊或生病时特别容易失去其中几魂，于是就会请叫魂师来主持一个叫魂仪式，以达到治疗疾病、拔除灾祸的目的。一首流传至今的《叫魂曲》是这样吟唱的：

> 收魂，收魂，诸神命我收小魂，诸神命我收大魂，
> 收那藏到大树中的魂，收那被小女巫拿去的魂，
> 收那被堵到石头中的魂，收那被埋进大地里的魂，
> 收躲进坟墓中的魂，躲进新锅中的魂，
> 躲进河中的魂，躲进白蚁巢中的魂，躲进螃蟹洞中的魂。[1]

在老挝民间，流传最广的是拴线祝福仪式上的祝福谣。每逢家有大事，如结婚、生子、贵宾来访、过年过节、新屋落成，甚至有亲友出门远行，人们都要举行拴线祝福仪式，请来祝福师吟诵祝福谣。这些祝福谣内容基本相同，多是祝福被拴线的人身体健康、幸福吉祥等等。以一首《婚礼祝福谣》为例：

> 祝你们小两口互敬互爱，
> 做人心胸要宽如海，
> 对妻子要轻言细语，
> 就连赶鸡时也要说"嘘"，

---

[1] 摘译自宋·皮伦：《高棉文学概况》，金边：高棉出版社（AIK），2003年版，第51—52页。

赶狗时要说"舍"，

赶牛时要说"荷"，

打骂妻子更不该。

祝你们小两口互帮互助，

拧成船缆绳一股。

生个女儿富贵来，

生个儿子荣华在。

疾病莫来骚扰，

恶魔别来捣乱。

丈夫的灵魂长附身，

夜晚及时回家睡。

同床共枕情意深，

只做好事莫学坏。

祝你们大吉大利喜临门，

幸福安康过一生。[①]

泰国的《拜师辞》也别具特色。尊师重道一直是泰国人恪守的传统美德，在他们心目中，"先师"一向笼罩着神圣的光环。在泰国古典诗歌和民间歌谣的开头一般都有一段拜师辞。如：

双手合十举过头，香烛鲜花摆上头。

礼佛求法又拜僧，拜父拜母生儿身，

乳汁、褥垫样样有，再拜教我的众师尊。

拜完师尊约阿妹，唱歌跳舞你最美。

快呀快来对春歌，为啥闭门屋里躲。[②]

古代的印尼人相信，可以用人们的呼声唤起超自然力，召唤神灵来为人们效劳，帮助人们实现某些愿望，于是咒辞就这样产生了。每当人们在从事某一生产活动或面对某一危险时，就会有一个简单的仪式，请专人出来呼唤。念咒的人，除了要声音响亮动听外，还要善于创作美妙的词汇去打动神灵。专职念咒辞的人被奉为"巴旺"（祭师），在族群中往往拥有较高的威望，被族人所尊重，他们可能就是咒辞的创作者或传承人。举印尼的解毒

---

① 摘自陈岗龙、张玉安：《东方民间文学概论》第三卷，第197—198页。

② 同上，第47页。

咒为例：

> 嘿！小圈圈 无毒
> 毒藤 亦无毒
> 毒物 亦无毒
> 毒蛇 亦无毒
> 毒树 亦无毒
> 啊？一切有毒的 亦无毒[①]

该咒辞通过句型的不断重复，产生一种音响共鸣的效果，人们希望通过反复念唱能将所有害人的毒素在咒辞声中化解。

再如在印尼和马来西亚稻米种植区，人们相信有司谷女神可以满足他们的要求和希望，帮助他们提高稻谷产量。于是在从事耕种之前祭师要先念祈求司谷女神帮忙的咒辞，用他们真诚的心和生动的语言感动女神。在咒辞中，通常对生产劳动的对象作拟人化处理，祈求司谷女神"快送来临盆的婴儿"，正是祈求女神为大地播下希望的种子，而对婴儿的悉心呵护则是比喻精耕细作、加强田间管理，让禾苗茁壮成长。这些向女神祈求的内容也正是接下来人们在耕作中所要力求付诸的实际行动。从这一意义讲，咒辞起到了劳动动员的作用，表达了人们积极的劳动态度。

比民间歌谣更能表现人们各种不同的思想感情的是民歌。东南亚各国都有不少独特的民歌曲调。比如老挝的"咔"、"喃"民歌，泰国的"道格穗"、"萨格瓦"对歌，印尼和马来的班顿，菲律宾的他加禄民歌等等。

老挝民族能歌善舞，把吟唱民歌民谣当作日常生活中不可缺少的一部分。在老挝各地广泛流行着"咔"和"喃"两种民歌曲调。实际上，"咔"和"喃"是说、唱、舞交替进行的一种表演形式。根据不同的习惯，老挝北方地区大多称"咔"，而南方地区则大多称"喃"，曲调各地又有不同。"咔"、"喃"民歌常常在节日的夜晚、喜庆宴会或赛歌大会上拿来表演，多是一人或两人领唱，或有多人伴唱，或男女对唱，通常还有芦笙、木琴、鼓、笛等民族乐器伴奏。演唱的内容多为青年男女谈情说爱、讲述故事、猜谜等。其中男女青年的情歌数量最多，以表达他们爱慕、思念、回忆、欢乐或失恋的情感，有的还有戏谑逗乐的成分。在有外村的姑娘来到本村走亲戚时，本村的青年小伙子都要相约与之对唱。这些民歌虽然曲调简单，歌词通俗易懂，但旋律悠扬动听。"咔"和"喃"的歌手被称为"摩喃"，他们个个口齿伶俐，才思敏捷，多以眼前的景物、个人的心情，即兴创作。演唱者精神饱满，十分投入；听众则兴趣盎然，毫无倦意。

---

① 摘自梁立基：《印度尼西亚文学史》，北京：昆仑出版社，2003 年版，第 45 页。

泰国民间也流传着大量的对歌。对歌的歌词多简短且口语化，有多人伴唱时常常会有男伴或女伴重复最后一句歌词应和。歌曲的内容主要是讲述故事、猜谜、男女间的戏谑和调情，以歌传情，以歌对智。"道格穗"、"萨格瓦"对歌是泰国中部常见的对歌形式，由于多在贵族之间进行，因此歌词比较文雅。以一首"道格穗"为例：

> （男）芳香四溢，玉兰花儿气怡人。
>
> 　　　哥来相传情妹妹，皎洁如月可人儿。
>
> 　　　脸蛋儿俏来模样儿俊，百里挑一好人品。
>
> 　　　肤如凝脂眸如星，梨涡浅笑醉哥心。
>
> 　　　妹妹呦，花串儿，怎得把妹芳泽亲哎。
>
> （女）芳香四溢，初次相见话轻浮，
>
> 　　　哥哥假意把妹捧，轻信虚言把身许。
>
> 　　　为人处世又如何，是好是歹不清楚。
>
> 　　　品行如何难定论，叫妹如何领哥情哎。[①]

缅甸早在11世纪就有诗歌在民间口头流传。在后世编辑成书的一部诗选中有一首用词古雅的《卜巴神山》，据信是代表了早期蒲甘民歌风貌的最古老的缅甸诗歌。该诗朴实地抒发了一个少女的内心感受：

> ……
>
> 啊！两小无猜，青梅戏竹马，
>
> 手足情，情如并蒂莲，
>
> 爱奴家，此心永不变。
>
> ……[②]

诗中尚无佛教思想影响的痕迹，格调清雅，反映了蒲甘早期的文化风情。

印尼和马来民歌班顿（Pantun）是两国人民最喜闻乐见的传统民歌形式，同样也有着悠久的历史，其产生和定型的年代已无从考证，但无疑要晚于咒辞、谜语和箴言等古歌谣形态。有一种二言体四句式的"速成班顿"被认为是它最初的形式，一些谜语和箴言的内容被吸收其中。如：

① 参见陈岗龙、张玉安：《东方民间文学概论》第三卷，第49页。
② 参见姚秉彦、李谋、蔡祝生：《缅甸文学史》，北京大学出版社，1993年版，第30页。

过去宝刀

如今废铁

过去宠娇

如今恨切①

这首班顿以谜语起兴，头两句是谜面，后两句则是谜底。语言简单，却包含着丰富的思想内容。班顿诗也盛行于新加坡、文莱一带。

菲律宾有一种他加禄语民歌，被称作"他纳迦"，在形式上与印尼和马来民歌班顿非常相似，但格律更为规整，一般为四言体，由四句组成，每句音节数为七个。下面引其中一首为例：

我把你一直比作

一朵鲜艳的花朵

当我前去采摘时

或许花萼已脱落②

总的来看，作为广大劳动人民语言艺术和智慧的结晶的民歌民谣，在东南亚各国文学的发展史上都占据着不容轻视的地位，它们所表现的文化内涵大大丰富和发展了东南亚民间文学艺术。

第二节　书面文学的开端

一、越南早期汉文学

公元10世纪至12世纪为越南汉文学的发轫期。这一时期，汉文是越南文坛上使用的唯一文字，越南文人均用汉文创作，汉文学在当时越南文坛上占有独尊的地位。

968年越南独立之前的郡县时期是越南汉文学的孕育时期。从公元前214年秦朝设立象郡到公元968年越南独立的1000多年间，交趾（后称交州、安南、越南等）地区的郡县官吏均由历代中国封建王朝派遣。这些官吏大力推行汉字，实行汉文化教育，推动交趾地区逐渐走向"通诗书，习礼乐"的封建社会。西汉末年至东汉初年，锡光、任延担任交趾、九真太守期间，大力推广中原地区的先进生产技术与文化，建立学校，导之礼仪，推行一夫一妻制等。这期间，中原地区历经几次战乱，有许多文人和名士为躲避战乱而移居交州

---

① 摘自梁立基：《印度尼西亚文学史》，第54页。
② 摘自季羡林：《东方文学史》上册，第457页。

地区。他们讲学办教育，传授儒学经典，著书立说。他们的学术活动对汉文化在该地区的传播发挥了有益的作用，提高了当地的文化和民智水平。到唐朝时，安南地区研习汉文化已蔚然成风，有些士大夫来到中原参加科举考试。唐德宗时，"九真姜公辅仕于唐，第进士，补校书郎，以制策遗等，授右拾遗，翰林学士，兼京兆户曹参军"[①]。姜公辅留有著名的《白云照海赋》。杜审言等唐代诗人皆寄寓安南，留有诗作："交趾殊风候，寒迟暖复催。仲冬山果熟，正月野花开。积雪生昏雾，轻霜下震雷。故乡逾万里，客思倍从来。"（杜审言《旅寓安南》）他们的文学创作促进了汉文化、汉文学在安南的传播。同时，安南游学中原者益多，如无碍上人、奉定法师和维监法师等。唐代诗人与他们多有交往、酬和。杨巨源留有一首《供奉定法师归安南》："故乡南越外，万里白云峰。经纶辞天去，香花入海逢。鹭涛清梵彻，蜃阁化诚重。心到长安陌，交州后夜钟。"经过千余载两地人民的播种、耕耘和浇灌，汉文学这朵奇葩终于在安南古老的土地上生根、发芽、破土而出了。

越南现存最早的汉诗是杜法顺禅师（Đỗ Pháp Thuận，915—990）的五绝《国祚》：

> 国祚如藤络，南天理太平。
>
> 无为居殿阁，处处息刀兵。

这是981年杜法顺为前黎朝皇帝黎大行咨询国政而作的。杜法顺虽然是一位禅师，但他对国家的命运和治理极为关心。他认为国家只有和平，才有光明的前途。《国祚》虽是汉诗发端时期的作品，但平仄、韵律还算工整。它文以载道和贴近现实的诗风引导了越南汉语诗歌的创作方向。

万行禅师（Vạn Hạnh，?—1018）处在前黎朝与李朝的更替时期，他曾为黎大行的顾问。当前黎朝衰亡后，万行禅师拥戴李公蕴登基，开创了李朝。由于万行对国家的贡献突出，他深受李朝朝廷上下的敬重。李太祖封他为国师。他的这首《无题》用隐喻的修辞手法描绘出黎朝灭亡、李朝兴立和天下太平的景象：

> 蒴藜沉北水，李子树南天。
>
> 四方干戈静，八表贺平安。

万行的《示弟子》是他现存的5首诗歌中最有艺术价值的一首：

> 身如电影有还无，万木春荣秋又枯。
>
> 任运盛衰无怖畏，盛衰如露草头铺。

---

① ［越］吴士连：《大越史记全书》卷五。

人的一生像天上的闪电或者影子一样短暂，顷刻间飞逝而过。树木春天枝繁叶茂而一到秋天就枯萎凋零。在经历了前黎朝和李朝两个朝代的万行禅师看来，朝代兴衰更替和社会的变迁不过如草头露水而已。《示弟子》流露出佛教虚无飘渺的色空变化，展现了诗人事事无碍、无私无求、无忧无虑的情怀。

满觉禅师（Mãn Giác，1052—1096）真名李长，法号满觉禅师，深受李仁宗的敬重，被请到皇宫旁边的一座寺庙里做主持，便于皇帝请教佛学和与之讨论国事。满觉禅师的《告疾示众》虽然也是感叹人生的短暂，但诗歌的精神是昂扬向上的，给人以耳目一新的感觉：

> 春去百花落，春到百花开。
>
> 事逐眼前过，老从头上来。
>
> 莫谓春残花落尽，庭前昨夜一枝梅。

"莫谓春残花落尽，庭前昨夜一枝梅"，可谓是"山重水复疑无路，柳暗花明又一村"。在黑暗中，他为人点亮灯光；迷茫失望之际，给人以希望。在意境上，这首诗超越了同时代的一些诗歌。

杨空路禅师（Dương Không Lộ，?—1119）的《鱼闲》是这一时期的佳作之一：

> 万里清江万里天，一村桑柘一村烟。
>
> 鱼翁睡着无人唤，过午醒来雪满船。

这首诗前两句绘景，后两句叙事，语言平朴无华。而给我们展示的是作者融形骸于天地间、超然出世、清寂高洁的意境。

10世纪至12世纪的越南汉诗被深深打上佛教烙印，诗歌字里行间渗透着佛理："创自来南国，闻君久习禅。应开诸佛信，远合一心源。皎皎楞伽月，芬芬般若莲。"（李太宗，1000—1054，《赞毗尼多流支禅师》）"人人尽识无为乐，若得无为始是家。"（王海蝉，1046—1100，《感怀》）这时期的诗人多为佛教禅师。其中代表者是：杜法顺禅师、万行禅师、满觉禅师、空路禅师、匡越禅师、圆照禅师和圆通禅师等。他们知识渊博，不仅精通佛教，还工于诗文，在政坛和诗坛均充当了重要角色。禅师们大量佛禅味十足的诗文决定了当时文坛的走向。

这一时期，有些诗人虽然不属于佛教禅师，但他们笃信佛教，与禅师们有密切的交往关系。段文钦就是其中的代表。段文钦生卒年不详，但可以确定他是李仁宗时代的工部尚书。段文钦是当时非常有名的诗人，他的诗歌现留有三首：《赠广智禅师》、《挽广智禅师》和《悼真空禅师》。其中《挽广智禅师》是段文钦诗歌中的代表作，也是这一时期艺术成就最高的一首七律。

> 林峦白首遁京城，拂袖高山远更馨。
> 几愿净巾趋丈席，忽闻遗履掩禅扃。
> 斋庭幽鸟空啼月，墓塔谁人为作铭。
> 道侣不须伤永别，院前山水是真形。

诗歌表达了诗人对尘世的厌倦、对佛禅的向往以及对广智禅师圆寂的悲伤之情。"道侣不须伤永别，院前山水是真形。"广智禅师将永远与天地同存！

李常杰（Lý Thường Kiệt，1019—1105）原姓吴，后赐国姓李，被越南人奉为民族英雄。1076年，中国宋朝军队用兵越南，扶国太尉李常杰奉旨领兵抵抗。经过一年的艰苦战斗，越军在如月江取得胜利。为此，李常杰写了《南国山河》[①]。它被越南人认为是最早一首反映越南民族斗志和独立精神的诗歌：

> 南国山河南帝居，截然定分在天书。
> 如何逆虏来侵犯，汝等行看取败虚。

在这段历史上，李圣宗的倚兰元妃（Ỷ Lan Nguyên Phi，? —1117）虽然不能算做真正的诗人，但她的一首佛偈《色空》却流传甚远：

> 色是空空即色，空是色色即空。
> 色空具不管，方得契真宗。

以诗歌的艺术标准衡量，这一时期的汉诗数量屈指可数，真正的诗人也为数不多。在诗歌形式上，五绝、七绝、七律等已初露端倪，风格平朴、自然。

匡越禅师（Khuông Việt，933—1011），真名吴真流，法号匡越，他是丁朝和前黎朝时期著名的禅师，被丁先皇封为"匡越大师"。在前黎朝时，应黎大行皇帝之邀，他参加了朝廷的许多重大活动，特别是与宋朝使节的交往中为前黎朝立了大功。匡越禅师与杜法顺禅师是当时名噪一时的人物。匡越禅师的《王郎归》（《阮郎归》）是现存最早的一首汉文词，这是他为宋朝使节李觉归国饯行而写的：

> 祥光风好锦帆张，遥望神仙复帝乡。万重山水涉沧浪，九天归路长。情惨切，对离伤，攀恋使星郎。愿将深意为边疆，分明奏我皇。

---

① 此诗的作者在越南还存在争论，有一些学者认为此诗是无名作，但大部分刊物和书籍常引用的作者是李常杰。

在中国词里有"阮郎归"的词牌，全词为47个字。而这首"王郎归"却有49个字。问题出在第二句，"阮郎归"为5字，而吴真流的"王郎归"却有7个字，其他字数、韵均相符。这首词虽不甚规范，但当时的越南文人能写出这样的词已经是难能可贵了。在中国宋朝，词是最为兴盛的一种文学形式。从吴真流能写词为宋朝使者送行可以看出，当时交州文人的汉文学已达到相当高的水平。

汉语散文作品比汉语诗歌产生略晚。现存最早的散文作品是李朝开国皇帝李太祖李公蕴（Lý Công Uẩn，974—1021）的《迁都诏》：

> 昔商家至盘庚五迁，周室迨成王三徙。岂三代之数君，俱徇己私，妄自迁徙，以其宅中图大，为亿万世子孙之计。上谨天命，下因民愿，苟有便辄改。故国祚延长，风俗富阜。而丁、黎二氏，乃徇己私，忽天命，罔蹈商周之迹，常安厥邑于兹，致使世代弗长，算数短促，百姓耗损，万物失宜。朕甚痛之，不得不徙。

> 况高王故都大罗城，宅天地区域之中，得龙蟠虎距之势，正南北东西之位，便江山向背之宜。其地广而坦平，厥土高而爽垲，民居蔑昏垫之困，万物极繁阜之丰。遍览越邦，斯为胜地，诚四方辐辏之要会，为万世帝王之上都。

> 朕欲因此地利以定厥居，卿等以为何如？

李太祖的《迁都诏》采用骈文体，立论得当，说理明晰，有些句子颇讲究对仗，如"其地广而坦平，厥土高而爽垲"。议论性的汉语散文还有圆通禅师的《天下兴亡治乱之原论》。文章首先论述了皇帝的主导作用："天下犹器也，置诸安则安，置诸危则危。顾在人主所行何如耳。好生之得合于民心，故民爱之如父母，仰之如日月，是置天下得之安者也。"之后又讲到官吏的作用："治乱在庶官，得人则治，失人则乱。臣历观前世帝王未尝不以用君子而兴，不以用小人而亡者也。"

在汉语散文作品中，尤其值得一提的是阮公弼的《大越国当家第四帝崇善延龄塔碑文》。它是以记录历史和人物为主的历史散文的发端。这篇碑文记录了李仁宗抵御外来侵略、保卫国家的伟大历史事业，同时也记述了当时越南的社会和文化生活。阮公弼（Nguyễn Công Bật，生卒年不详）是李朝李仁宗时的刑部尚书、兵部员外郎。由于作者是"奉敕撰"，因而，他在文中极尽溢美之词，为李仁宗唱颂歌："可谓绝古今之制度，超造化之生成，倾天下之雍和，夜为昼赏；畅世间之心目，老换童颜。斯则陛下巧胜缘之功也。……虽有渊云之才，班马之学，亦难叙万之一焉。"[1]如果说李公蕴的《迁都诏》文辞拙扑的话，那么《大越国当家第四帝崇善延龄塔碑文》则在辞藻华美的道路上前进了一大步。

二、古爪哇语文学

印尼文学已有相当悠久的历史，自古就有丰富的神话传说、民间故事和动物故事，也

---

① 《越南文学总集》第一集，河内：社科出版社，1997年版，第213页。

不乏咒辞歌谣之类的诗歌，不过都属民间口头创作。从大约公元前3世纪开始，印度孔雀王朝在阿育王时代将其势力向东南印度扩展，迫使南印度人大批逃亡东南亚，印度宗教文化开始影响到包括印尼在内的东南亚。4世纪前半叶，笈多王朝兴起，在南征时又促使南印度人大批移居东南亚。那些南印度人除了婆罗门教，也把跋罗婆文字带到了印尼，成为印尼早期碑铭所使用的文字。那么作为印尼本土最早语言文字代表的古爪哇语是什么时候产生的呢？由于资料匮乏，至今无从稽考。有学者认为，在苏加巫眉发现的804年的碑铭是目前所知道的第一块用古爪哇语"卡威"（kawi）字母写的碑铭，这以前的碑铭都是用跋罗婆字母写的梵语。虽然作为替代梵语的古爪哇语里面仍含有大量的梵语词汇，但无论如何，古爪哇语还是爪哇人自己创造的语言，遵循自己的语法规则。古爪哇语出现后，才有可能产生见诸文字的古爪哇语文学，因此我们所能看到的古爪哇语文学作品都产生于9世纪以后。

9世纪左右在中爪哇先后出现了信仰佛教和印度教的王朝。有两部最早的古爪哇语文学作品恰恰代表了这两种宗教文化的影响。第一部是《尚·希扬·卡马哈雅尼坎》，作品后面提到了辛托克王（929—947年在位）的名字。作品内容是有关佛教大乘教的教义，里面有不少梵文句子用古爪哇语加以解释。另一部作品是《梵卵往世书》，是婆罗门教的经典，主要叙述大梵天的出生和他创造世界的故事。这两部最早作品的问世可以说是古爪哇语文学的发端，说明当时印度佛教文学与印度教文学曾在中爪哇同时流传。[①]后来强盛的佛教王朝夏连特拉大约于9世纪中叶灭亡了，佛教文学也随之衰落。信仰湿婆教的马打兰王朝在取而代之后，便迁往东爪哇，从此，政治中心便从中爪哇转移到东爪哇。

东迁的马打兰王朝初期，为了巩固王朝的统治基础，特别重视印度教的精神支柱作用，积极建立以弘扬印度教为目的的宫廷文学，以便能从意识形态上进一步巩固王朝的统治基础。因此王朝统治者十分看重作为印度教经典的印度两大史诗[②]，认为有必要先把两大史诗尽快译改成古爪哇语加以推广。在马打兰王朝东迁之前，两大史诗中的《罗摩衍那》已在中爪哇广泛流传，建于10世纪的普兰班南罗罗·章格朗陵庙的墙壁上就有罗摩故事的浮雕。差不多在同一时期，《罗摩衍那》也已被译改成古爪哇语格卡温诗体[③]了。这是古爪哇语文学中最早见诸文字的《罗摩衍那》译改本，也是古爪哇语文学第一部采用仿梵

① 梁立基：《印度尼西亚文学史》，北京：昆仑出版社，2003年版，第87页。

② 两大史诗指《摩诃婆罗多》和《罗诃婆衍那》。《摩诃婆罗多》可以说是世界最长的史诗，约有10万颂，成书年代约在公元前4世纪至公元4世纪，经历了漫长的800年才最后完成，相传作者是毗耶娑。"摩诃婆罗多"的意思是"伟大的婆罗多族的故事"，以古代印度列国纷争为背景，叙述同属婆罗多王族的俱卢族和般度族争夺王位继承权的战争。《罗摩衍那》成书稍晚于《摩诃婆罗多》，约在公元前3、4世纪至公元前2世纪，篇幅也小多了，共有2.4万颂，相传作者是蚁蛭。"罗摩衍那"的意思是"罗摩的游行"或"罗摩传"，故事背景与《摩诃婆罗多》相似，叙述宫廷内部王位之争和列国间的争斗，以毗湿奴的化身罗摩和悉多的悲欢离合为主线。

③ 所谓"格卡温"是爪哇宫廷诗人效仿印度两大史诗的梵文诗律而创造的一种古爪哇语诗体。在中爪哇时期就已被用于翻译《罗摩衍那》。格卡温（kakawin）这个词的词根是梵语的"kawi"，原意是"非凡的智者"，后来演变成"kawya"而专指"诗人"。该词被借用过来之后，加上爪哇语的前缀"ka"和后缀"-n"便成了"ka-kawi-n"。所以"格卡温"这个词可以说是梵文与爪哇文的混合体，含意也变了，成为专指模仿两大史诗的那种仿梵体诗。

体诗格卡温诗体的作品，同时还是产生于中爪哇的惟一一部格卡温作品。它比印度的原作在篇幅上要小得多，而且缺《后篇》，但结构紧凑，语言优美，堪称格卡温诗的极品。古爪哇语《罗摩衍那》相当忠实和完整地保留了原著的思想内容和故事情节。罗摩作为毗湿奴大神的转世化身和王者的最高典范得到了充分的体现，特别是在宣传印度教的帝王思想方面可谓不遗余力。大力宣扬统治阶级的"统治论"和颂扬罗摩的崇高伟大。满足王朝统治者巩固自己统治地位的需要，正是当时移植这部印度史诗的主要目的。

政权东移之后，东爪哇王朝统治者更有目的和更有计划地致力于两大史诗的移植推广工作，以使新建立的王权基础更加巩固。达尔玛旺夏王（991—1007年在位）可以说是第一个重视文学宣传功能和社会作用的统治者，他亲自授命宫廷作家把《摩诃婆罗多》按篇章逐一用卡威文改写成散文，后来把《罗摩衍那》缺的《后篇》也包括进去，这就是所谓的古爪哇语"篇章文学"。至此，印度的两大史诗已全部译改成古爪哇语了，并广泛流传于宫廷内外，直接影响古爪哇语文学的后来发展。

达尔玛旺夏王时期开创的"篇章文学"可以说是古爪哇语文学的滥觞，它不仅从意识形态上巩固了印度教在东爪哇王朝的主导地位，也为东爪哇宫廷文学奠定了初步基础。但从严格意义上讲，"篇章文学"作品还不是爪哇宫廷作家自己的创作。由于王朝统治者把两大史诗视为印度教的经典，所以要求宫廷作家必须忠于原著，只求"把广博仙人（毗耶沙）精湛的著作用明快的爪哇语翻译过来"，而不作任意改动。[①] 一般来说，"篇章文学"做到了这一点，译改者除了对与中心内容关系不大的部分作些删减和压缩外，都尽量保持原貌，特别注意保持原著的精华，一点也没有加入爪哇的成分，可以说是对印度两大史诗进行了直接移植。正由于此，它只能起到弘扬印度教的作用而尚不能直接为本朝帝王歌功颂德。达尔玛旺夏王还没来得及进一步发展为巩固王朝统治服务的宫廷文学就战死沙场，这个历史任务是后来由其女婿爱尔朗卡完成的。

1006年东爪哇王朝遭到外敌的侵袭。翌年，达尔玛旺夏王战死沙场。其女婿爱尔朗卡隐遁密林，后来在婆罗门和佛教僧侣的支持下，于1019年打退了敌人，恢复东爪哇王朝的统治并继承了王位。他作为非嫡亲出身的新王，极需利用已有长期影响的印度教宫廷文学从意识形态上巩固他刚确立的王位。而达尔玛旺夏王时期初创的"篇章文学"只是印度两大史诗的移植，所反映的是印度的社会历史，只能起到一般的宣扬印度教的作用而不能直接为本朝帝王歌功颂德。因此，摆在宫廷作家面前的迫切任务是，如何创作出既能弘扬印度教，又能直接歌颂本朝帝王恩威的、具有爪哇自己特色的作品。于是他们以印度两大史诗为典范，在艺术形式上，把中爪哇时期已开始使用的仿梵体诗格卡温诗体进一步加以完善，使之成为宫廷文学独一无二的文学式样。在创作内容上则以两大史诗，特别是《摩诃婆罗多》作为题材素材，结合歌颂统治者的需要和本民族的特点进行艺术加工和改造，创作

---

① 梁立基、李谋：《世界四大文化与东南亚文学》，北京：经济日报出版社，2000年版，第227页。

成新的作品。因此，与"篇章文学"的作品不同，这个时期的格卡温作品应该说是爪哇宫廷作家自己的创作，每部作品一般都著上作者的名字，标出创作的年代。严格地说，真正具有爪哇民族特色的古爪哇语文学这个时候才开始起步，而为之奠基的第一部格卡温作品是恩蒲·甘瓦的《阿周那的姻缘》，它以完美的艺术形式和顺应历史需要的内容为宫廷古爪哇语文学开创先河，成为后来作家仿效的榜样。荷兰著名的古爪哇语文学专家朱慕特尔说："就整个结构和语言风格而言，我们从这部作品里可以看到格卡温诗尽善尽美的样板。"①

　　这部作品的作者恩蒲·甘瓦②是11世纪初爱尔朗卡王统治时期的宫廷作家，曾跟随爱尔朗卡经历王朝失而复得的战乱年代。1028—1035年间，爱尔朗卡终于打退敌人，恢复东爪哇王朝的统治并与苏门答腊公主室利·桑格拉玛威查雅完婚。在王朝恢复和更新的历史时刻，作为宫廷作家的恩蒲·甘瓦创造性地想到了利用印度史诗故事来歌颂本朝帝王的功德，以巩固其统治地位。经过对比挑选，他终于从《摩诃婆罗多》的《森林篇》中找到了一段阿周那求神赐宝和为天庭除魔以及与仙女结下姻缘的故事，在很多方面可与爱尔朗卡的经历相对应，很适合作为创作的素材。于是，他以《森林篇》中的《阿周那出行》、《因陀罗天庭》、《阿周那和尼哇达卡哇查战斗》诸小篇为基础写出第一部格卡温作品《阿周那的姻缘》。全诗共分36章，篇幅比原作大大压缩了，但显得更加紧凑和集中。而最重要的是，作者不是在对原作进行浓缩和简化，而是进行再创作，因此不仅故事情节有了重大改动，表现的主题思想也大不相同。在原著里，这段故事主要是作为般度族和俱卢族大战前的一种准备而安排的，具体地说，是为了把阿周那塑造成未来大战中的大英雄而设计的。而恩蒲·甘瓦借用这段故事主要是想以史诗英雄阿周那暗喻爱尔朗卡，歌颂他统一复国的丰功伟绩以及他同室利·桑格拉玛威查雅公主的美满婚姻。因此，恩蒲·甘瓦对原故事作了大胆的改动，使之服从于他所要表现的主题思想。他首先着力美化阿周那的形象，把他刻画成扭转乾坤、除暴安良的盖世英雄；他把阿周那进山修行的目的从单纯的求神赐宝改写成为民除暴；天庭得以恢复安宁全靠阿周那的大智大勇；阿周那被封为王是因为他功勋彪炳；而他与苏帕尔巴仙女完婚则更是天地良缘。不难看出，作者是想通过美化和歌颂阿周那来美化和歌颂爱尔朗卡。为了这个目的，作者把所有无助于表现其创作意图的部分统统砍掉，一切有损于阿周那高大完美形象的人物情节全部撤换。例如原故事中阿周那与仙女的关系不很融洽，一个叫优哩婆湿的仙女向他求爱，遭拒绝后便诅咒他将一辈子当阴阳人。作者认为这有损于阿周那的英雄形象，同时也有悖于所要表现的主题思想，于是，全部改掉，重新塑造一个绝色仙女苏帕尔巴，改变了阿周那与仙女的关系，使两人成为情投意合、难舍难分的一对理想情侣。苏帕尔巴这个仙女在原故事里是没有的，是作者专门为阿周那塑造的。在作者的精心刻画下，人们看到的苏帕尔巴仙女，无论外表还是气质，都是

---

① 季羡林：《东方文学史》，长春：吉林教育出版社，1995年版，第466页。
② 恩蒲本意是"匠师"，专指具有特殊才能的人，后来成为赐给才华出众的宫廷文人的一个称号。

典型的印尼爪哇美女的形象。作者在其他好多地方对原故事所作的重大改动，都是为了突出主题和美化阿周那的英雄形象，赞扬他的光辉业绩，以达到歌颂爱尔朗卡王的目的。这样改动的结果，使《阿周那的姻缘》实际上已突破史诗故事，学者们都把它看成是恩蒲·甘瓦自己创作的作品，是第一部成功地借史诗故事来歌颂本朝帝王的佳作。它不但得到统治者的赏识，成为"格卡温文学"的样板作品，也是古爪哇语文学中最有影响的作品。[1]

爱尔朗卡之后的東义里王朝（1042—1222）是古爪哇语文学最繁荣的时期。在这个时期里，宫廷格卡温文学不仅是统治者巩固自己地位的精神武器，也是他们宫廷生活中不可缺少的供精神消遣和美学享受的必需品。宫廷里有一批御用文人，以创作格卡温诗为己任，力求以自己的最佳作品奉献国王，博取统治者的欢心，其中才华出众者被冠以"恩蒲"称号。[2]東义里王朝时期涌现出不少著名的恩蒲，名篇佳作接连问世，其中最脍炙人口和具有代表性的作品有《爱神遭焚》、《婆罗多大战记》和《波玛之死》等。

《爱神遭焚》是12世纪东爪哇東义里王朝时期的著名格卡温作品，是为歌颂国王卡默斯哇拉一世（1115—1130年在位）而写的。作者恩蒲·达尔玛查是位宫廷作家，他在序诗中就直言不讳地说，他写这部爱神的颂诗是想以此来报效国王的。《爱神遭焚》以爱神卡玛为拯救天庭而献身的感人故事作为内容。关于爱神卡玛的故事在印度可谓家喻户晓，而且有许多传本，其中最享盛誉的是迦梨陀娑的《鸠摩罗出世》。恩蒲·达尔玛查的《爱神遭焚》可能受其影响，不过二者之间仍有明显的差别。例如湿婆大神与雪山神女结合后生下来的不是战神鸠摩罗而是智慧神塞建陀，即象头神。这可能是因为塞建陀（象头神）在爪哇很受人崇拜，到处都可以看到他的雕像，而战神鸠摩罗则鲜为人知。所以作者进行了大胆的改动，用象头神取代战神的角色，以迎合爪哇人的信仰和喜爱。另外，在好多地方也可以看到同样的情况，作者根据自己的创作意图和爪哇人的审美情趣，大胆地进行他认为必要的改动和增删，使爱情永恒的主题更加突出，爱神的形象更加完美。对史诗故事人物敢于做重大改动，表明这一时期爪哇作家的自主性和创造性，他们在吸收和利用外来文化时是以我为主和为我所用的。作者在诗的最后一章特意叙述了爱神卡玛和妻子罗提的转世经过，说卡玛最后转生为爪哇国王，即卡默斯哇拉陛下，而罗提则转生为戎牙路公主，即吉拉娜王后，他们在湿婆大神的庇护下成了東义里王朝最幸福的国王和王后。这一结尾道出了作者选爱神卡玛故事的全部动机和目的。

《婆罗多大战记》也是东爪哇東义里王朝时期的作品，是为歌颂在王位战争中取胜的查耶巴雅王（1135—1157年在位）而写的。作者是两位宫廷作家恩蒲·塞达和恩蒲·巴努鲁。查耶巴雅在争夺王位的内战中打败了对手查耶沙巴，于1135年当上東义里国王。为了树立自己的绝对权威，巩固自己的统治基础，他授意宫廷作家创作《婆罗多大战记》，前半

①　季羡林：《东方文学史》，长春：吉林教育出版社，1995年版，第468页。
②　同上，第468页。

部由恩蒲·塞达执笔，后半部由恩蒲·巴努鲁完成。整个故事取材于《摩诃婆罗多》有关般度族和俱卢族十八天大战的故事，借般度族最后战胜俱卢族来影射查耶巴雅在王位战争中的最后胜利。作者是在为查耶巴雅王树碑立传，所以处处突出般度族的英雄人物，强调般度族的胜利是因为代表了正义和得到了湿婆大神的佑助，以此向人们暗示这也是查耶巴雅取胜的原因。在故事展开的过程中，作者为了迎合统治者的爱好和爪哇民族的习性，还有意增添了许多适合爪哇风土人情的细节描写，使全篇洋溢着浓厚的爪哇情调。这样的作品不仅赢得统治者的欢心，也为民众喜闻乐见，因此广泛流传，成为古爪哇语文学中的传世名篇。①

　　柬义里王朝时期还有一部很有影响的和最长的格卡温作品，那就是《波玛之死》。然而这部作品无明显的为哪一位国王歌功颂德的用意，在其前言里，既未写明作者的名字和创作的年代，也未提及作者所侍奉的国王名。作者只赞颂了美与爱的创造者卡玛爱神并祈求他帮助作者完成《波玛之死》的创作。这部格卡温作品以"大地之子"罗刹王波玛被黑天所杀而重归大地母神的怀抱作为故事内容，大概出于柬义里王朝的后期，也是柬义里王朝时期最长的一部格卡温作品。全诗共1492节，实际上是由两部分故事组成，前部分讲桑巴与查娘哇蒂的前后姻缘，后部分讲波玛与黑天的生死决战。故事来源于印度史诗和往世书，但我们还找不到有一部作品是以波玛为主角的，因此它更应该看作是爪哇作品。它与其他宫廷格卡温作品不同，语言比较浅显明快，有时近似口语，故事逻辑性较差，但有些细节描写却很真实，更贴近生活。这都表明《波玛之死》可能是从民间流传的各种波玛故事改写而成的，所以爪哇民间情调特别浓厚，不但在爪哇深受欢迎，后来还流传到马来地区。

　　后来的格卡温作品比较偏重于对美的探索和对艺术性的追求，以语言优美和辞藻华丽而著称的《死亡之花》就是其中较有名的一部。作品是讲十车王出世的故事，而实际内容则是有关罗怙王子与维达帕公主的爱情和婚姻故事，充满着浪漫的情调。《死亡之花》还是一部爪哇情调非常浓厚的作品，凡提到的地方、宫廷等，虽然用的仍是印度名，但通过作者的具体描述，呈现在读者面前的完全是爪哇特色的地方和宫廷，包括宫廷生活的内容和礼俗也是爪哇的一套。所以有人说，这部作品所提供的东爪哇王朝时期的各种生活细节知识，恐怕没有其他作品可以相比拟。②公元1222年柬义里王朝灭亡，取而代之的新柯沙里王朝前后不过70年，局势一直动荡不定，宫廷文学的发展大受影响，作家作品不多。其中最重要的作家是恩蒲·丹阿贡，他撰写的《卢甫达卡》是这一时期最重要的格卡温作品，不仅开创了新的诗风，也把格卡温诗带出了宫廷，扩展了创作视野和空间。新柯沙里王朝之后，古爪哇语开始向近古爪哇语发展，到麻喏巴歇王朝时期，近古爪哇语已取代古爪哇语而成为文学创作所使用的语言。

　　总之，印尼见诸文字的古典文学始于印度宗教文化传入之后，特别是古爪哇语文学，

---

① 梁立基、李谋：《世界四大文化与东南亚文学》，北京：经济日报出版社，2000年版，第232页。
② 梁立基：《印度尼西亚文学史》，北京：昆仑出版社，2003年版，第133页。

可以说是在以印度两大史诗《摩诃婆罗多》和《罗摩衍那》为主的梵语古典文学的直接影响下产生和发展起来的。这种影响不仅表现在创作的题材来源上，也表现在文学形式的模仿上。从某种意义上说，古爪哇语文学的发展就是根据本国的需要，对印度以两大史诗为主的梵语古典文学进行移植、模仿的过程。古爪哇语文学作品从内容到形式，从体裁到题材，无不与印度的两大史诗联系在一起，因此有人把古爪哇语文学称作印度文化影响时期的文学。爪哇族是印尼最大的部族，占全国人口的将近一半，因此使用爪哇语的人数最多。不但如此，印尼历史上的封建王朝多出现在爪哇，最早和最丰富的早期文献和文学都使用古爪哇语，因此受印度宗教文化影响的古爪哇语文学可以代表印尼封建社会前期的主流文学。

有必要指出的是，最早被翻译改写成古爪哇语的是《罗摩衍那》，但对东爪哇王朝时期的古爪哇语文学影响最深的却是《摩诃婆罗多》。东爪哇柬义里王朝时期是古爪哇语文学的丰收期，格卡温作品大量问世，但大部分格卡温作品取材于两大史诗中的《摩诃婆罗多》而很少涉猎《罗摩衍那》，就是专门写毗湿奴大神的作品也多取《摩诃婆罗多》里的黑天故事而不取《罗摩衍那》里的罗摩故事。这可能与爪哇王朝战争频繁、崇尚武力、需要加以歌颂的是胜者为王的一方有关。格卡温作品后来又被爪哇民族传统戏曲哇扬所吸收而成为该剧种的主要传统剧目，这更使得《摩诃婆罗多》的故事广泛流传、家喻户晓，其英雄人物的形象更深入人心，影响到爪哇民族文化的各个领域。

三、碑铭文学

东南亚各民族书面文学的产生是与各民族文字的创立和发展共生共存的。公元5世纪前后，随着印度文化，尤其是印度教和佛教的东传，中南半岛大部分以及东南亚的广大岛屿区域，整个成为印度字母的传播空间。这些地区的大部分民族文字都是在印度字母的基础上创立和发展起来的。早期没有纸张和印刷术，文字类作品或雕刻在寺庙的碑铭上，或用铁笔刻于加工过的贝叶上，或书写在兽皮上。由于东南亚气候炎热潮湿，故只有碑铭易于长久保存和流传。

印尼文学史上最早的见诸文字的作品可追溯到5世纪加里曼丹的古戴王朝和西爪哇的多罗磨王朝时期的梵文碑铭，均使用印度的跋罗婆字母刻写而成。碑铭的内容记录了当时的社会文化轮廓，具有极高的历史价值。而与历史价值并存的就是它的文学价值，因此称之为"碑铭文学"。在古戴王朝牟罗跋摩王在位时期的碑铭中有如下内容：

> 至高无上的大王昆东加陛下，有个有名的王子，名阿湿婆跋摩陛下，他像太阳神一样。阿湿婆跋摩生有三个王子，犹如圣火之三光。三王子中最出名的是牟罗跋摩。他是有优秀教养的和强大而有力的国王。牟罗跋摩王在举行命名祭祀的时候，捐献了许多金子。为纪念这个祭祀，由众婆罗门建立这块石碑。
>
> 著名的众婆罗门和一切善良的人们，你们全体都听取这件事啊。无比高贵的牟罗

跋摩陛下，发菩提心，施行善事。这善事就是他给予人们以许多施舍，诸如给予人们生活之资，或给予人们"希望之树"，还赠予人们以土地。由于这一切善行，众婆罗门建立此石柱以资纪念。

高贵而有名的国王牟罗跋摩陛下赐给众婆罗门黄牛两万头。就像圣火给安置在"婆罗羯湿婆罗"这个神圣的土地上。为了纪念圣王陛下发菩提心，行大善事，由来此土地上的众婆罗门建立此碑。

刻此石碑是为了纪念牟罗跋摩陛下施舍两种事物，即油腊和雕花的灯。[①]

以上四段内容分别刻于四条石祭柱上。同样，记载多罗磨王朝的碑铭也是用跋罗婆字母刻成。在一块据称是最古老的石刻上可以看到有一对脚迹印，脚迹印下的内容写道：

这对脚迹是高贵的普纳哇尔曼王的脚迹，就像毗湿奴的脚迹一样。他是多罗磨国的国王，是全世界最勇敢和威武的国王。[②]

其他几块关于多罗磨王朝的碑铭的内容也多是为普纳哇尔曼国王歌功颂德，在一块关于国王开凿运河的石刻中除了对国王加以歌颂外，还记录了运河工程的起始时间和规模："乃由众婆罗门举行落成典礼的祭祀，并赐给他们黄牛一千头。"这些碑铭说明在古戴和多罗磨时期，印度的婆罗门教已渗透到王朝的上层建筑领域，婆罗门僧侣作为王朝的特殊贵族阶层而受到特别的恩宠，同时统治者也利用婆罗门僧侣为其歌功颂德、竖碑立传。从文体上看，这些碑铭都是纪事散文，在当时已经具有了一定的水平。遣词造句不仅带有韵律，而且用了很多修饰语，反映了王权的至高无上，蕴含着特定历史时期的审美意识。

7世纪在苏门答腊岛巨港一带崛起的室利佛逝王朝是当时东南亚最大的商业贸易要地和佛教文化中心。古马来语已在相当大的范围内通行。迄今发现的有7世纪苏门答腊岛的巨港、邦加、占卑一带的古马来语碑铭和9世纪中爪哇甘达苏里的古马来语碑铭。这些碑铭是翻译佛经和记载王朝文治武功政绩的历史文献，也可视为最早用古马来语写成的散文作品，具有历史和文学的双重价值。

在东南亚大陆半岛区域最早出现的有文字留存的文献同样是碑铭。据缅甸文字学家考证，缅甸最早拥有文字的民族是骠族、孟族，其次为缅族和掸族。考古学家曾在骠国古城室利差咀罗的钦跋拱发现20张金贝叶，上刻有用骠文拼写的巴利文三藏经，其成书年代在5世纪左右。骠文的源头是印度的古婆罗米文字，孟文也源于印度。缅文是在改造孟文的基础上创制出来的，在第二蒲甘王朝（1044—1287）初期逐渐成为缅甸的通用文字。据考，在缅文产生之前，缅甸境内曾有梵文、巴利文、骠文、孟文长期并存。在碑刻的同

①　梁立基：《印度尼西亚文学史》上册，北京：昆仑出版社，2003年版，第70—71页。
②　同上，第72页。

时，也有使用贝叶和糙纸折作为缅文书面记载的介质。但由于缅甸的地理环境和热带季风气候，贝叶文和糙纸折上的文字都难以长久保存。只有部分佛像陶片文、佛塔釉片文、壁画文和碑文等得以保存至今。佛像陶片文和佛塔釉片文都只是简短的祝祷词或只言片语的说明文字，称不上文学作品。壁画文大多是佛本生故事图像的简要说明文字，一些连环壁画的说明文字也能连缀成篇，构成简短的叙事文。如蒲甘城劳加太班寺中的壁画文就是这类记载的代表性作品。其中《阇那伽本生》壁画由18幅画组成，每幅画面配有说明文字，连缀起来就是《阇那伽本生》故事的浓缩版。《阇那伽本生》原文有177颂之多，每颂4句，篇幅较长。而壁画文借助画面，用短短几百字的简洁概括使故事梗概一目了然，且流畅不俗，生动形象。最有文学价值的当然是碑文。碑文由较长的成段文字构成，其内容多为佛教徒的功德录，将造塔、建庙、施舍、献地、献奴等佛事善事撰写成文，附施主的名号、行善的日期以及祷词咒语镌刻于石碑或石柱之上志念。目前已发掘到的蒲甘时期的碑铭约在1500方以上，人们统称其为"蒲甘碑铭文学"。这些碑铭不仅对研究蒲甘时期的政治、经济、社会、宗教乃至语言文字提供了重要依据，而且碑文的写作风格和文体对后世缅甸文学产生了深远影响，故有"缅甸文学始自蒲甘碑铭"[1]之说。

蒲甘碑铭中最具代表性的一方是镌刻于公元1112年的《亚扎古曼碑文》（因发掘于妙齐提佛塔附近故亦称《妙齐提碑文》），其内容记载的是1112年蒲甘王朝江喜陀王病重弥留之际，其子亚扎古曼为感谢父王养育之恩，将父王赐予母后的首饰铸成金佛一尊呈献给父王，并建塔供佛一事。《亚扎古曼碑文》的碑身为方棱形石柱，四面分别用骠文、孟文、巴利文、缅文四种文字镌刻了同一内容，其中用缅文镌刻的一面被学界公认为是最完整的并可清晰辨读的最古老的缅文碑铭之一。全文如下：

吉祥如意，归敬佛陀！佛历1628年在阿梨摩陀那补罗城，底里德里巴瓦那底达拉达马亚扎王[2]即位。王之爱妃名底里劳加瓦丹达加生一子，名亚扎古曼。王赐三村奴隶予爱妃。妃死，王将妃之饰物并三村奴隶授予其子亚扎古曼。王在位28年后重病将死，王妃之子亚扎古曼感王养育之恩，制金佛一尊。心中感到快慰对王奏道："此金佛乃儿臣为父王所制。父王所赐三村奴隶也一并献予此佛。"王闻言大喜，说："善哉！善哉！"遂在国师及牟加利卜达蒂达太、杜梅卡班蒂达、边玛巴达、边玛德瓦、多那、德那瓦耶班蒂达等众高僧前洒水。礼毕，亚扎古曼王子建金顶佛窟，置佛其中。建成后将得牟那隆、罗别、汉波三村奴隶献予佛。亚扎古曼王子向佛窟洒水说："愿吾之善行能使吾获得一切种智。日后吾子、吾孙、吾之亲友或他人若欺虐吾献予佛之众奴者，将无缘拜谒阿利弥底耶佛。[3]

---

① ［缅］吴佩貌丁：《缅甸文学史》，仰光：茉莉出版社，2003年版，第51页。
② 江喜陀王的尊号，意为：吉祥三界众生的法王。
③ 引自姚秉彦、李谋、蔡祝生：《缅甸文学史》，北京：北京大学出版社，1993年版，第22页。

　　该碑铭采用清新的散文体，用词简练，行文流畅。事件发生的时间、地点、环境，人物之间的各种关系，以及通过简明的对话所展现的人物性格，构成了碑文的有机整体，叙事抒情兼而有之。再联系碑文背后的历史故事就更能读出个中的文学内涵。亚扎古曼虽然是一个失去王位继承权的王子，但他仍以一颗忠孝之心、感恩之心，让父王在晚年生命的最后时刻感受到亲情的关怀，得到内心的无限快慰。有人说缅甸文学是从感恩图报开始的，这是对《亚扎古曼碑文》的最好诠释。它可称为缅甸最古老的短篇小说的雏形，因而在缅甸文学史上占有重要地位。

　　13世纪后，蒲甘碑铭的文风开始出现一些变化，修饰语和长句有所增多。如在《登卡都之女碑文》（1266）中就出现了带有多重修饰语的长句。在《敏弯寺碑文》（1271）中不仅有带修饰语的长句，还运用了排比、对偶、比喻等修辞手法。刻于敏湾寺碑背面的波苏瓦王后的祷词这样写道：

　　　我愿（来世）成人比所有人得到更多的富贵荣华与幸福；我愿（来世）成神比所有神具有更高贵更美好的肤色、长寿、无病、相貌俊俏、声音优美、身材秀丽，受到一切人神的喜爱钦羡；我愿拥有大量的金、银、宝石、珍珠、珊瑚等无生命的瑰宝，拥有象、马等有生命的财物；我愿威震天下，名扬四方。[①]

　　王后的高贵骄矜、凌人之上的性格形象跃然碑铭，感染着读者，足见当时的缅文写作水平已有长足的发展。

　　还有一类碑铭是记录史实或王令的。如《加苏瓦王公告碑文》（1249）刻的是加苏瓦王为维持国家治安、消除和惩治偷盗而亲自发布的一项公告。公告借用宗教之威严，既有理有据，又有很强的威慑力。《信第达巴茂克碑文》（约1287）则记载了那罗梯诃波帝王与中国元朝交战兵败，高僧信第达巴茂克奉命出使元朝，前往大都（今北京）议和的前后经过。该碑文不仅是一部珍贵的历史文献，同样也是一篇优秀的散文作品。

　　迄今发掘到的缅文碑铭基本上都是散文文体，只有一些碑铭中的片段文字是押韵的，尚没有看到地道的诗碑。而与缅甸碑铭文学不同的是，柬埔寨迄今出土的碑铭大多是韵律严谨的诗碑。这可以说是柬埔寨碑铭文学的一大民族特色。

　　柬埔寨碑铭多是吴哥王朝（802—1426）的遗存。如同缅甸古都蒲甘被称为"万塔之城"一样，吴哥寺在柬埔寨文中的意思亦为"塔城"。而堪与佛塔相媲美、构成吴哥文化的另一重要内容就是碑铭。据考证，古高棉文产生于6世纪前后，9世纪之前的碑铭用梵文刻写的居多，吴哥王朝建立后，出现了用高棉文刻写的碑铭以及高棉文与梵文并存的碑铭。这一变化是历史的一个转折，它凸显出高棉民族文化的发展，反映出当时人们在书刻

---

① 引自姚秉彦、李谋、蔡祝生：《缅甸文学史》，北京：北京大学出版社，1993年版，第24页。

记载重大历史事件和宗教活动的碑铭时已打破梵文的垄断，开始使用本民族的文字，高棉的民族文化已经在印度文化的影响中繁衍起来。吴哥王朝是柬埔寨文化的繁荣期，婆罗门教和佛教的影响已很强盛。诗人们喜欢把自己的诗作刻在石碑上，学者们称这些刻在石碑上的诗歌作品为"石碑文学"。石碑文学的内容多是关于王朝历史的变迁，帝王的言论、业绩，战争的经过，佛事功德和建塔筑庙的记载等。吴哥时期著名的诗人有迪华格拉、耶德阿玛拉彼、西威桑姆、普曼德拉、卡威德拉及因德罗黛维王妃。在迪华格拉、西威桑姆、卡威德拉的诗碑中，都描写了恢弘的战争场面，生动地刻画了国王克敌制胜的机智神勇。耶德阿玛拉彼是耶输跋摩王（889—900）时期的著名学者，其作品宗教色彩更浓。普曼德拉曾任阇耶跋摩七世（1181—1215）的私人顾问，因德罗黛维王妃是阇耶跋摩七世的第二个王后，文学上颇有建树，他们分别在多拉寺、披梅那卡寺留下了许多梵文和高棉文碑铭。这些碑铭记载了阇耶跋摩七世的生平轶事和当时国家发生的重大事件。还记录了一些宗教活动，如在寺院中种植菩提树的情景等。为后人解读和研究吴哥王朝的社会、政治、经济、文化、宗教等提供了珍贵史料。碑文的文字富于韵律，格式齐整，朗朗上口，极具文学价值。对碑铭的研读不仅能够了解真实的吴哥历史，又能领略到高棉人的文学神韵。

泰国与缅甸、柬埔寨一样，同属小乘佛教文化圈，其书面文学的滥觞也是碑铭。公元1238年，泰族人摆脱了吴哥王朝的统治而宣布独立，建立了素可泰王国，根据泰国最早的泰文碑铭《兰甘亨碑文》（立于1292年）的记载推断，泰文创立于素可泰王朝三世王兰甘亨（1275—1317）时代。兰甘亨国王是泰文的创立者，也是第一位为泰国留下详尽碑铭记载的国王。兰甘亨国王统治时期是素可泰国势臻于极盛时期，也是泰民族宗教和文化进入新发展的时期。《兰甘亨碑文》歌颂兰甘亨国王的丰功伟绩，记载了国王从斯里兰卡请来三藏经、邀请上座部佛教高僧到素可泰弘扬佛教、修建寺庙佛塔供放佛舍利等历史事件，反映了素可泰时期泰民族的宗教信仰、风土人情和生活状况。还记录了素可泰王朝的版图疆域，命名了城墙、湖泊和池塘，划定了果园和田地的范围，列举了国王为表示其宗教热诚而建立起来的建筑物等等，内容十分详实。碑文中所描绘的"田中长稻，水中有鱼"[1]、"椰子林和菠萝蜜林在这个国家繁茂地生长"[2]等富庶田园景象，不仅经常为史学家所引用，也是文学史研究者不容错过的经典语句。这些文字形似韵文，质朴简约，文句优美，犹如生动的图画。碑文是一种纪事性文献，并不具备文学作品的所有功能，但它无疑是书面文学的基石。

兰甘亨石碑作为泰国迄今发现的最早的文字作品和文学作品，作为泰国历史学、文学的重要文物，已被联合国教科文组织确认为世界文化遗产。

---

[1]　参见栾文华：《泰国文学史》，北京：社会科学文献出版社，1998年版，第4页。
[2]　参见贺圣达：《东南亚文化发展史》，昆明：云南人民出版社，1996年版，第252页。

第二章 近古文学（13世纪前后—19世纪中叶）

概 论

13世纪前后至19世纪中叶，东南亚各国普遍处于封建社会的发展阶段，我们将其划分为古代文学史上的近古时期。这一时期，在东南亚的大部分地区，社会面貌发生了巨大的变化，最显著的特点就是以前多个小国并存的局面逐渐被某一个主体民族占统治地位的较大的民族国家所取代。在中南半岛地区，越族、缅族、泰族、高棉族、佬族等主体民族分别建立了以他们为统治民族的统一国家。在马来半岛和东南亚海岛地区，中央集权化程度低于中南半岛地区，封建国家较为分散。一度强盛的马六甲王朝也不过是马来半岛南端一个面积不大的国家。由于海岛地区经济社会发展的落后和政权的弱小和分散，这一地区从16世纪起逐渐沦为葡萄牙、荷兰、西班牙等国的殖民地。总之，13—19世纪的几百年间，东南亚各国传统的农业经济基础、封建专制制度和与之相适应的宗教意识形态逐渐巩固，封建社会经历了从发展到兴盛，继而又从鼎盛趋于衰亡的历史进程。在这一时期，东南亚传统主流文化的基本面貌已经比较鲜明：深受中国文化影响的越南文化，南传上座部佛教占统治地位的缅、泰、柬、老文化和接受伊斯兰教的印尼群岛、马来半岛、菲律宾南部的马来伊斯兰文化，以及在殖民统治下皈依天主教的菲律宾中北部的天主教文化，组成了色彩斑斓的东南亚文化地图。

这一时期，东南亚文学体现了东方三大传统文化——汉文化、印度文化和伊斯兰文化的综合影响，在对这些先进文化和文学的认同、吸收、创造中逐渐形成了具有本地区特色的民族性艺术规范体系和文学传统，取得了文学的历史性进步，表现出以下几方面特征：

一、各民族的书面文学获得重大发展，经典的文学样式得以形成。古典诗歌、散文、戏剧得到不同程度的发展，尤其是诗歌的形式体制臻于完备成熟，艺术风格丰富多彩。与此同时，文学的主体审美意识增强，文艺的审美本质真正在作品中得到体现。

二、宗教作为一种重要的文化现象和封建统治阶级的钦定哲学对文学产生了广泛影响。在东南亚漫长的封建王朝时期，宗教一直是各国意识形态的主导。在君权与神权高度统一的封建统治阶级的扶持下，文学话语权掌握在僧侣作家和宫廷作家手中，宗教文学和宫廷文学得到了充分发展，成为正统文学和主流文学。

三、民间文学和反映普通人生的文学作品在宗教文学和宫廷文学的遮蔽下被视为"不雅"、"市井俗词"而排斥在艺术殿堂之外，其发展也受到很大限制。然而，承载着民族民间智慧的民间文学在民族文化的基本构成中占有无法替代的地位，具有强大的生命力。

在东南亚，受汉文化影响最深的是越南，汉语文学在古代越南文学史上占重要地位。

13世纪后，越南历史步入封建制度的巩固与发展时期。越南汉文学进入兴盛时期，呈现绚烂多彩的景象。越南民族文字——喃字也开始用于文学创作，18世纪达到成熟阶段，此后形成了汉语文学与喃字文学长期并存的局面。越南汉诗内容丰富，风格多样，技巧娴熟，具有较高的艺术水平。中期的重要作家有黎文休（1230—1322）和阮廌（1380—1442）。黎文休的《大越史记》长达30卷，是越南第一部史书，也是一部文学巨著。阮廌，号抑斋，是黎朝的开国功臣，有《抑斋诗集》等作品传世。黎朝开国皇帝黎利的开国文献《平吴大诰》就出自阮廌之手，被越南人誉为"千古雄文"，影响极大。另外黎圣宗思诚（1442—1498）也长于汉诗，曾组织"骚坛会"，推进了汉诗的发展。之后越南文学中汉语文学和喃字文学并行发展。阮屿（16世纪）的《传奇漫录》是越南最早的汉语小说集，作品多以鬼狐故事暴露社会黑暗。诗人邓陈琨（1701—1745）创作了477句的长篇乐府诗《征妇吟曲》，遣责不义战争给人民带来的灾难。黎贵惇（1726—1784）以学者作家著称，著有30多部学术著作，并有《桂堂诗集》等文学作品传世。13世纪的陈诠是第一个用喃字写作的作家。15世纪黎朝的大力提倡，促进了喃字文学的发展。喃字诗人借用汉诗韵律，结合越南民歌格调，创造出一种新的"六八诗体"，后来又进一步发展为双七六八诗体。18世纪以后，喃字在越南全面推广，喃字文学也逐渐成熟，出现了一批称为"喃传"的长篇叙事诗，其中以阮攸（1766—1820）的《金云翘传》最为著名。《金云翘传》是一部有3254行的六八体长诗，取材于中国清初青心才人的同名小说。作品通过女主人公王翠翘的不幸遭遇，揭露了社会黑暗，对被侮辱的妇女寄予同情，表现了民主进步思想。艺术上成功地将借鉴因素与民族形式相结合，成为近古越南文学中最杰出的作品。

印度文化的影响则与宗教的传播密切相关。13世纪以后，南传上座部佛教在缅甸、泰国、柬埔寨、老挝等地占据了主导，并在绵延几百年的封建社会中一直保持着独尊的地位。佛教文化对这些国家的哲学思想和文学艺术产生了巨大而深远的影响。《佛本生故事》等巴利文经典不仅成为缅甸、泰国、柬埔寨、老挝文学艺术的启蒙作品，而且也是他们文学艺术创作灵感和创作素材的重要来源。如在这些佛教国家流传最广、影响最大的第547号佛本生故事《须大拏本生》在各国都有各自的改编本：缅甸的《维丹达亚》、泰国的《大世赋》、老挝的《维先达腊本生故事赋》和柬埔寨的《毗输安呾罗王子本生经故事》就是这个故事的翻版。此外，各国都出现了许多著名的僧侣诗人和佛教文学作品。在接受印度佛教文学影响的同时，东南亚佛教国家之间也在进行着相互交流和影响。如《清迈五十本生故事》、印度的罗摩故事等的传播就是典型的例子。罗摩故事因为符合佛教的伦理道德观念，所以在佛教国家备受尊崇，各国流传的罗摩故事文本虽然千姿百态、异彩纷呈，但都带有强烈的佛教色彩和地方色彩，并融入了当地民间故事的一些情节和风俗民情。这些佛教国家的宫廷文学既依附于宫廷，集中体现统治阶级的政治理想、生活情趣和审美意趣，歌功颂德，点缀升平，又与佛教文学相互维系依存，形成了一种重要而特殊的文化现象。

如泰国以历代国王为首的皇室成员作家群体的作品中有相当部分是宣传佛教教义的。缅甸宫廷文学与佛教文学有交集，也有内容和形式上的明显分野。在当时历史条件下，不少宫廷文人都把"忠君"和"爱国"看成是一个统一的概念，一些作品，如加钦诗和埃钦诗除了歌功颂德，也借以激发民族主义感情和爱国主义精神。贡榜时期宫廷女诗人的作品则是另一种风格，她们的诗歌大都抒发相思寂寞的痛苦和被抛弃的哀怨，但在客观上暴露了封建统治阶级的虚伪和荒淫，反映了带普遍意义的封建社会的现实问题。与此同时，具有本地区民族特色的民间文学和市井文学也在肥沃的民间土壤中获得了强大生命力。如代表近古泰国文学最高成就的不是宫廷文学，而是民间文学或与民间有密切联系的作家作品。长篇叙事诗《昆昌昆平》原是民间流传的一个爱情悲剧故事，经民间艺人写成诗歌和说唱话本，最后才由国王召集宫廷诗人整理定型。在缅甸、柬埔寨、老挝也出现了民间文学的名篇佳作，如柬埔寨的《吴哥赞》（1620）、老挝的《娘丹黛》（1507）、《休沙瓦》（17世纪中）和《信才》等，这些作品在维系民族文化传统和民族心理方面发挥了难以估量的精神作用。

与上述国家不同，现在的印尼和马来西亚所处的马来群岛最初是受印度文化的影响，后来又受伊斯兰文化的影响，而印度文化的传播主要是通过印度教而不是佛教。这造成了马来群岛古代文化很不统一，形成了爪哇、马来、巽他和巴厘等几种不同的古典文化。这一时期东南亚海岛地区，即包括马来半岛、苏门答腊、加里曼丹、菲律宾南部的这个范围，居民大部分为马来种族，操马来语，享有共同的文学，统称为马来古典文学，今天的印尼和马来西亚都把它看作是本国文学史的一个组成部分。前期马来文学主要是口头流传的神话传说和各种民间故事，另外还有一种叫做"班顿"的马来民歌，至今为马来西亚和印尼人民所喜爱，成为这一地区生命力最强的文学形式。中期在印度文学影响下出现了文学繁荣，其中以爪哇文学最发达，最初是以翻译和改写印度两大史诗为主，11世纪出现了仿照梵语诗的格律创造的"格卡温"诗体，代表作是恩蒲·甘瓦的叙事长诗《阿周那的姻缘》。13世纪以后的满者伯夷时期，印度梵语文学影响减弱，爪哇文学的民族性增强，宫廷作家恩蒲·帕拉班札写于1365年的《国家兴盛史》就是描写本国国王和宰相的文治武功的，与另一部名著《巴拉拉敦》同被视为最有史料价值的作品。与此同时，富有民歌特色的"吉冬"诗体取代了格卡温诗体。"吉冬"诗大多以本国的历史人物和民间传奇为内容，如《巽达雅那》、《达玛尔·乌兰》就直接反映了爪哇人民的爱憎情感。此外，一种叫做班基故事的爪哇民间传奇也大行于世。班基故事讲述戎牙路王子与达哈公主悲欢离合的爱情经历，在东南亚一带流传很广。后来，随着13世纪伊斯兰教在本地区的传播，伊斯兰文化的影响逐步扩大，到15世纪与16世纪之交成为主流文化。在伊斯兰文化影响下，古典马来文学得到了较大的发展。伊斯兰文学的最初传入是与传教活动分不开的，伊斯兰教的先知故事如《穆罕默德传》、《阿米尔·哈姆扎传》等最先被介绍到本地区，阿拉伯和波斯的神话故事和传奇小说也随之传入。在伊斯兰文学的影响下，马来古典文学取得了很大的发展，主要文学形式包括被称为"希卡雅特"的历史传记文学和传奇故事、伊斯兰宗教文学、长篇叙事诗"沙伊尔"等等。传奇故事的先驱是帝王传记和一些以王朝兴衰为题材的历史传记文学作品。前者以成书于14至15世纪的《巴赛列王传》为代表，叙述1250至1350年间须文答剌——巴赛王朝的王族传奇。后者以成书于1612年的《马来纪年》为代表，该书为柔佛王朝宰相敦·斯里·拉囊整理编写而成，叙述马来半岛上最强盛的伊斯兰王朝——马六甲王朝的兴衰史，被认为是表现马来民族文化思想的代表作。这些作品内容都是历史与传说相结合，虚构与纪实并存，对后世的马来传奇故事影响很大。马来传奇故事的代表作是《杭·杜阿传》，描写14至16世纪马来民族英雄杭·杜阿一生的光辉事迹。该书成书年代不可考，估计不会早于17世纪，作者也不详。该书充满传奇色彩和浪漫主义情调，把杭·杜阿塑造成为马来民族的英雄典范，在他身上集中体现了马来民族的一切优秀品质，被称为马来文学的《奥德赛》，代表了马来古典文学的最高成就。马六甲王朝覆灭之后，马来古典文学的中心转移到亚齐地区。17世纪初，亚齐王朝的宗教学者撰写了一些伊斯兰神秘主义作品，其中最著名的是布哈里·乔哈里的《诸王冠》和努鲁丁·阿尔-拉尼里的《御花苑》。此外，长篇叙事诗"沙伊尔"也得到了长足发展。"沙伊尔"一般以爱情题材为主，也融入神话和历史内容，代表作有《庚·丹布罕》和《猫头鹰之歌》等。

总之，近古时期的东南亚文学，深受外来文化的影响，但同时又具有自身的民族特色。完成了一个消化吸收和加工改造外来文化，形成植根于本地区文化土壤的民族古典文学的过程。这个过程进程不一，发展缓慢，一直延续到19世纪中叶。这个时期的东南亚文学，体裁多样，内容丰富，取得了较高的艺术成就，同时在塑造东南亚各国所特有的文化个性中扮演了举足轻重的角色，从一个侧面使得这个时期成为东南亚各国民族文化发展史上一个最为重要的时期。

第一节　宗教文学与宫廷文学

一、缅甸、泰国、柬埔寨、老挝的佛教文学

在上座部教派即南传佛教[①]的巴利语三藏（律藏、经藏、论藏）中，律藏的主要内容是僧团的规则和比丘、比丘尼的日常生活戒律；经藏的主要内容是佛陀及其弟子宣讲的佛教教义；论藏的主要内容是论证和阐述佛教教义。为了吸引广大民众，佛教经文常常采用通俗的寓言故事或生动的譬喻阐发教义。文体也不拘一格，有散文体、韵文体和韵散杂糅体。这样，不少佛经便带有文学色彩。在巴利语三藏中，经藏包含的文学成分最为丰富。

---

① 佛教在传播与发展中逐渐形成了南传和北传两大支系。南传的一支在亚洲的南部，包括斯里兰卡、缅甸、泰国、柬埔寨、老挝和我国的傣族地区。这一支属于上座部佛教，俗称"小乘"。

其中的《法句经》、《佛本生故事》等堪称是巴利语佛教文学的代表作。《法句经》是一部佛教格言诗选编，所收格言诗大多是关于佛教伦理道德的教诲，是佛教徒探索人生的思想结晶。《佛本生故事》（又称《佛本生经》）是讲述佛陀释迦牟尼前生的故事。根据佛教业报轮回观念，每个人都有前生、今生和来生。释迦牟尼在成佛之前只是一个菩萨，还跳不出轮回，必须经过无数次转生，积累下无量积德，才能最终成佛。据说佛陀前生曾转生为各种动物、人物和神祇，每次转生都有行善立德或惩恶扬善的事迹。《佛本生故事》共编有释迦牟尼前生故事547个。这些故事大多来源于古代印度的民间故事或神话传说，佛教徒将其拿来，以固定格式添加头尾，指定其中某一角色是佛的前身，就成了佛本生故事。佛教倡导众生平等，反对婆罗门教的种姓等级观念；尊重自然界自身规律，提倡辩证，反对迷信；颂扬智慧和知识，反对愚昧；赞誉善良，鞭挞邪恶，还主张容忍、施舍、孝道、公正、友谊等等。这些在当时代表进步的思想和思潮在佛本生故事中都有不同程度的表现。随着佛教在东南亚的传播，佛本生故事在一些佛教盛行的国家流传甚广，在其影响下也相继出现了各国自己的佛教文学。

13世纪以后，上座部佛教在缅甸、泰国、柬埔寨、老挝等地占据了主导，并在绵延几百年的封建社会中一直保持着独尊的地位。佛教文化对这些国家的哲学思想和文学艺术产生了巨大而深远的影响。印度的佛经故事随着佛教的传播而广泛流传，深入人心。《佛本生故事》等巴利文经典不仅成为缅甸、泰国、柬埔寨、老挝文学艺术的启蒙作品，而且也是他们文学艺术创作灵感和创作素材的重要来源。东南亚南传佛教国家的佛教文学大多是从翻译注释佛教经典开始，继而在佛经注疏的基础上以佛经故事为素材进一步拓展发挥，援例阐明佛教教义，或以诗歌、散文等文学形式传教弘法。

11—13世纪的蒲甘王朝是缅甸佛教蓬勃发展的黄金时期，此间不仅有一批研究佛经的重要著作问世，而且促进了包括壁画、雕塑、建筑在内的佛教艺术的长足进步。14世纪中叶阿瓦王朝建立后，京都阿瓦迅速成为上缅甸的佛教中心，各地高僧纷纷云集阿瓦。至15世纪中叶，佛教已有较大发展，佛教文化教育事业渐兴，一些学问高深的长老多有佛学著作传世，出现了专门用来疏释佛陀教义、佛教经典的文体"迪伽"、"甘底"，即"注"，这种韵散杂糅的文体对缅甸文学影响至深，直到近代还有作家继承采用。[①] 阿瓦诗坛一代僧侣名流的出现以及他们在诗歌创作上的斐然成就，不但催生了缅甸佛教文学的灿烂花朵，也使佛教文学深入人心，逐渐成为缅甸文学的主体。

信摩诃蒂拉温达（1453—1518）是阿瓦时期著名的文学大师，比釉诗[②]的创始人。缅甸文学史上第一首比釉诗《修行》、第一部古典小说《天堂之路》、第一部编年史《名史》均出自这位诗圣之手。信摩诃蒂拉温达的文学作品绝大部分是宣讲佛法哲理，规劝人们虔诚皈

---

① 20世纪缅甸爱国诗人德钦哥都迈运用这一文体阐述世事和思想观点。

② 一种四言律诗，没有段落限制，可根据内容长短决定篇幅，是由僧侣诗人为叙述佛经故事而创设衍生出的一种长篇叙事诗体裁。

依佛教,代表作《修行》(1491)和《祈祷》(1493)取材于巴利文的《佛种姓经》。《修行》诗分十章对成佛前十个方面的修行进行了详尽的阐述;《祈祷》诗写佛陀前世都梅达婆罗门抛却万贯家财为僧,捐款筑堤供彬加那佛祖通过,多次修堤不成,最后以自身躯体使堤坝合龙。两首诗均用辞高雅,韵律严谨,内涵深邃,深得缅甸人敬仰。同时期缅甸著名僧侣诗人还有信摩诃拉塔达拉(1468—1530)、信翁纽、信乌达玛觉、信埃加达玛底、信德佐达拉等。

泰国素可泰王朝帕耶立泰国王是泰国第一位出家的国王,对巴利文和《三藏经》均有渊博的学识,为了弘扬佛法,报效母亲,他于1345年写成了《三界经》。《三界经》又称《帕朗三界》,讲的是信仰佛教的修行者,死后可以分别生于"色界"诸天和"无色界"诸天,不再降生轮回。书中讲述了世间划分为三界,即欲界、色界和无色界。阐明了"善有善报,恶有恶报"的因果报应观,教导众生弃恶扬善以求解脱,对于道德的形成起了促进作用。《三界经》引用了三十多部佛经的资料,汇总了当时许多智者、长者和宫廷翰林的见解,具有一定权威性和研究价值,对泰国社会宗教观的形成及泰国古典文学的发展产生了深远的影响。

15世纪中叶,随着斯里兰卡巴利文三藏在柬埔寨的流传,为了传经布道,"解经文学"应运而生,即把少数学问高深的文人才能读懂的巴利文三藏经翻译成高棉文,或是用高棉文进一步阐释佛教教义,往往是原文与注释相间写成,以达到传教弘法的目的。柬埔寨的佛教文学就是从翻译注释巴利文三藏经开始的。在这类作品中,我们常见的有:《巴利佛语》,即记录佛祖的言语的作品;《佛语评注》,即对《巴利佛语》中的专业词汇进行解释的作品;《释言》,即对《巴利佛语》进行评注的作品;《释言注》,即对《释言》中的语言进行注疏的作品。贝叶经是古代柬埔寨用于记录经文的主要载体。现存于柬埔寨各佛寺、金边佛教研究院甚至国外一些图书馆内的柬埔寨贝叶经的内容,大多是从巴利文三藏中撷取,或原文抄写,或改编而成。但已发现的高棉文三藏贝叶经的数量很少,原因可能有两个:一是贝叶经制作工序复杂,周期长,而经文往往篇幅冗长,很难做到全文刻制;二是高棉文人无法完全理解巴利语三藏经中的所有内容,因此常常在已有的三藏经文中看到翻译了一半、有头无尾的句子。

在柬埔寨,真正为普通百姓所熟悉和铭记的不是那些深奥繁琐、晦涩枯燥的佛教经典文献,而是那些以佛经故事为素材,经过高棉文学家的艺术加工和再创造,用活泼生动的语言讲述出来的文学作品。这类作品中的主人公和故事情节基本上都能在《佛本生经故事》中找到原型。

在老挝,随着佛教的广泛传播及统治地位的确立,佛教文化对老挝社会各方面都产生了深刻的影响,尤其是对老挝佛教文学的产生发挥了至关重要的作用。首先,随着佛教的传入,大量的梵语、巴利语借词进入老挝语言文字中,促进了老挝语言文字的发展,也为老挝书面文学的产生创造了条件；其次，各种用巴利文记载的佛教经典及与佛教有关的神话传说故事也不断传入老挝，一些僧侣为更好地宣扬佛教教义，纷纷将这些佛教经典翻译或注释成老挝文字，或用老挝文字将佛经故事作进一步的发挥，使之民族化。《三藏经》等佛教经典在16世纪被译成老挝文。在文学作品体裁上出现了叙事文体小说和散文体诗歌，一批从内容到形式都深受印度巴利文文学影响的老挝佛教文学得以产生。包括一些直接宣扬佛教教义和基本思想的文学作品，如《轮回》、《卡拉那勐率》等。这类文学作品由于不像佛本生故事那样具有精彩的故事情节及内容，因此也不及佛本生故事那样流传广泛。

在东南亚南传佛教国家的佛教文学作品中，数量最多、影响力最大的当数以佛本生故事为题材、素材创作的作品。说起佛本生故事，在这些国家可谓家喻户晓，妇孺皆知。但在547个佛本生故事中，并非每一个故事都被作家们引用，引用频率也不尽相同。最常用的是篇幅较长的最后十个故事，也称"十大佛本生故事"。其中最后一个故事《须大拏本生》是最受推崇、流行最广泛的一个故事。故事讲释迦牟尼前世曾是一位非常乐善好施的国王，他甚至把自己的妻子儿女都施舍与人。这个故事在缅甸、泰国、老挝和柬埔寨都有各自的改编本。即缅甸的《维丹达亚》(Wesantaraa)、泰国的《大世赋》、老挝的《维先达腊本生故事赋》(Vitsandalasado)和柬埔寨的《毗输安呾罗王子本生经故事》(Mahavessantra)。

缅甸的《维丹达亚》讲述维丹达亚王为人慈悯，乐善好施，什么东西都舍得赠与他人，甚至将国中之宝，象征国家繁荣吉祥、保佑百姓安康的白象也施舍给遭灾的邻国，遭到国民反对，只好离开王都，谪居大雪山。他的妻子玛蒂王后甘心随夫到荒野修行。维丹达亚毫不后悔，决心施舍所有，乃至妻室儿女及自身肉体。后来果真将妻室儿女施舍给婆罗门为奴，终于感动天神，合家团圆，回国继承王位。早在缅甸蒲甘时期兴建的拍雷佛塔壁上就有描绘该故事内容的釉片砖画；在劳加太班佛窟中也有该故事内容的壁画，壁画下方还附有简短说明文字；16世纪曾有取材于这个故事的比釉诗问世；18世纪有了《维丹达亚》的译本；19世纪又有不同作者创作的《维丹达亚》比釉诗和讲道故事诗；还有吴邦雅写的同名剧本。这个故事在缅甸深入人心的程度可见一斑。

同样，这个故事在泰国和老挝也是人人皆知。泰国大城王朝初期，1482年为庆贺帕西玛哈塔寺的建成，僧俗学者奉德莱洛迦纳国王之命，根据巴利文第547号佛本生故事译出了《大世词》。"大世"即指释迦牟尼成佛前最后的伟大一生，叙述了其最后一世轮回的故事。译文采用了多种律诗形式，人物形象逼真。《大世词》被用作僧侣布道的文稿后，去寺庙聆听僧侣诵经的人与日俱增，对佛教在泰国的广泛传播起了积极的作用。大城王朝中期帕昭松探国王笃信佛教，在北标府发现佛陀脚印后便大兴庙宇，隆重庆祝，当时僧侣诵经使用的便是《大世词》。因《大世词》是一行巴利文和一行泰文注释相间而成，对一般人来说较难理解，也不连贯，帕昭松探国王就下令再编一部相同内容的《大世赋》。《大世赋》

用长莱体写成，语言变得通俗易懂，内容上也连贯得多，但篇幅变长了，不如《大世词》那样紧凑。后来不少作家也根据这个故事的内容先后写出过许多诗作，被后世统称为《讲经大世词》。

在老挝，该故事是在15世纪由老挝僧王玛哈提帕銮翻译整理而成，现存两个老挝文版本：一是万象版本，称作《维先达腊本生故事赋》，由近代老挝著名学者玛哈西拉·维拉冯校订而成；另一个版本是琅勃拉邦版本，称作《大世赋》或《维先达腊本生颂》，由高僧坎占·维拉吉达特拉整理。两个版本情节相同，都是讲述释迦牟尼前世维先达腊王子彻底布施的故事。他将自己所有的东西都布施给穷人，连卫国神物白象也布施给他人，结果自己与王妃、两个儿子被国王和臣民放逐，在途中又应要求将两个儿子布施给贫穷的婆罗门，将王妃布施给因陀罗大神的化身婆罗门，最后国王知道了儿子的情况后，派人将儿子全家迎接回国，实现了全家团圆的美好结局。由于维先达腊王子是释迦牟尼成佛前的最后一个前生，所以又被称作为"大世"。

《维先达腊本生》故事的中心思想是歌颂佛陀乐善好施、慈悲为怀的佛家精神，这一精神受到了老挝人的广泛欢迎和推崇，并对老挝人的心理、思想、行为以及老挝社会习俗等产生了深刻的影响。但它在老挝得以广泛传播却与另一个佛教故事《玛莱门玛莱盛》密切相关。《玛莱门玛莱盛》主要讲述一个叫帕玛莱的阿罗汉上天碰到来膜拜佛发舍利的弥勒佛，于是便问怎样做功德才能入佛道，弥勒佛回答说在一天之内听完维先达腊这部本生便可以达到。帕玛莱返回人间后，向人们传达了这一法旨。根据这一故事，老挝人相信谁能在一天之内聆听完整的维先达腊故事，就是积了大善，做了大功德。在泰国也有同样的习俗。老挝的"听经节"习俗就产生于此，该习俗在每年的四月初举行，主要活动就是听讲颂维先达腊这部本生及按照《维先达腊本生》故事情节举办各种活动，如迎维先达腊回城、游干笼、献干特①等等；而在老挝寺庙的墙上，也大都描绘有该本生故事内容的壁画。通过这一系列活动，《维先达腊本生》故事得以广泛传颂，为大多数老挝人所熟知。

借助《维先达腊本生》故事，小乘佛教乐善好施，强调"赕"的思想及教义在老挝得到大力弘扬和实施。但《维先达腊本生》故事在老挝的传播过程，并不是一个完全照搬印度佛经故事的过程，而是一个根据当地社会政治、经济和文化发展的需要而不断吸收、改造及民族化的过程。首先，在创作形式上，老挝文《维先达腊本生》故事虽然借用了巴利文《维先达腊本生》故事的大部分情节，模仿了巴利文《维先达腊本生》故事的结构模式，但在创作形式上也作了不少的改动。如巴利文《维先达腊本生》由"偈陀"②构成，每一句偈陀有四句，一句包括八个音节，全书共一千偈陀，三万二千行。为便于传颂，僧王玛哈提

---

① 干笼、干特是一种布施方式。"干"是指维先达腊本生故事的十三个章节，"笼"是指偶遇，"特"是指颂、讲诵。

② 所谓偈陀就是颂诗，它是所述故事的梗概或关键之所在。描述每个故事的偈陀长短不等，传道弘法的高僧只要记颂若干颂偈陀，就可临场发挥讲明该故事的内容。见梁立基、李谋《世界四人文化与东南亚义学》第248页。

帕銮在翻译的时候，有意将偈陀译成较为通俗的老挝文自由诗体形式，并作了删减，全书共分为13章，940偈陀。其次，在内容上进行了再创作和民族化，使其更加符合老挝的风土民情和民族文化心理，如增加了不少反映老挝丧葬习俗、生活习俗、饮食文化等方面的内容。

在柬埔寨，高棉文三藏中纪录的佛本生经故事共550个[1]，其中，最为柬埔寨百姓熟知的是第547号《毗输安咀罗王子本生经故事》。该故事的叙述风格为散文体，但语句中也不乏韵词韵音，因此读起来朗朗上口，深入人心。《毗输安咀罗王子本生经故事》还被当时的能工巧匠雕刻于各个古寺的墙上或是画在大型画布上，在著名的巴扬古寺的石墙上就有大块的浮雕讲述该故事。柬埔寨佛寺的高僧们在节日里颂唱经文时也常常将这个故事拿来颂读，这一过程加入了僧人们自己的理解和创作，使作品越发具有本民族性。

第542号佛本生故事《大隧道本生》也是影响力较大的一个故事。讲的是释迦牟尼前世曾是一位智者，他年仅7岁就能连续判明人们难于解决的19个疑难问题，于是被国王遴选为大臣。这个故事也常被东南亚作家们引用。老挝的《玛诃索德》、缅甸的《玛霍达塔》（Mahawsadhaa）、柬埔寨的《摩睺沙本生经故事》（Mahaosath）就都是这一故事的再创作。为老挝人所广泛熟知的佛经故事集《玛诃索德》包含《追赶老鹰》、《一根圆木》、《一头奇怪的白公牛》等故事，主要叙述佛陀前生中最有智慧的一个前生——玛诃索德，他已成为人们心目中智慧的化身，至今在老挝语中仍保留有"祝您成为一个像玛诃索德一样智勇双全人物"的祝词。作为老挝佛教文学的代表作，《玛诃索德》等佛本生故事从形式到内容都对后世的老挝文学产生了极大的影响，其长篇叙事诗的创作方法成为澜沧王国鼎盛时期文学作品的主要创作形式；其精彩的内容和曲折的情节也为众多的文学作品所引用，成为后世作品取之不尽的再创作素材。在柬埔寨，《摩睺沙本生经故事》是仅次于《毗输安咀啰王子本生经故事》流传非常广的本生经故事。柬埔寨文学家纽泰姆先生认为，"这些故事成文于佛历2000—2200年，即公历1457—1657年间。这段时期正好是中南半岛国家的一些僧侣前往斯里兰卡学习佛法，并学成回国的时期，而这些本生经故事正是僧侣们回国后陆续撰写的"[2]。

18世纪缅甸有了十大佛本生故事的全译本，即在1782—1787五年间由吴奥巴达法师译出八部，信南达梅达、信彬尼亚德卡两位法师各译一部完成的。缅甸人将十大佛本生故事简称为"德、阇、杜、奈、玛、布、山、那、韦、维"，即《德弥》、《阇那伽》、《杜温那达玛》、《奈弥》、《玛霍达塔》、《布利达》、《山达古玛拉》、《那拉达》、《韦杜拉》和《维丹达亚》。十大佛本生故事的翻译极大地促进了缅甸散文的发展，也可以说由此产生了缅甸的古典翻译小说。翻译本生故事的高僧们学识渊博，用凝练的语言、紧凑的结构、生动的描

---

① 摘译自宋·皮伦：《高棉文学概况》，金边：高棉出版社（AIK），2003年版，第35页。
② 同上，第37页。

绘使原故事更加感人，使原本已经为缅甸人民所熟知的故事更加广泛地流传开来。使人们在潜移默化中接受其中的佛教思想。至今本生故事中的人物形象已经妇孺皆知，某些人物的名字已经具有了固定的含义，成了某种个性的代名词：第547号本生故事中的维丹达亚——慷慨大度之人；其妻玛蒂王后——忠贞贤慧的妻子；该故事中的反面人物苏沙伽婆罗门——贪得无厌、卑鄙可憎之人；第538号本生故事中的德弥——沉默寡言之人；第540号本生故事中的杜温那达玛——孝子；第542号本生故事中的玛霍达塔——智者等。这些表示人物性格的代名词在现代缅甸文学作品中也经常看到，其文化伴随意义十分丰富。

在缅甸佛教文学作品中，也还有很多著名作品取材于佛本生故事。如阿瓦时期信摩诃拉塔达拉的林加基长诗《布利达》（1484）、比釉诗《九章》（1523）、信翁纽的比釉诗《六十偈陀》（1517）、信乌达玛觉描写佛陀返乡沿途山水景物的"多拉"诗（1483）、信埃加达玛底的比釉诗《地狱》（1538）和《天堂》（1542）、信德佐达拉的比釉诗《金鸳鸯王》（1509）等等。僧侣诗人们将自身对佛教的体验及信仰融入其中，运用文学的技巧和形式表达出来，使作品既具有宗教的启发性又富含文学的创造性，同时又带有民族特色。他们的创作将缅甸古典诗歌推向了空前的艺术高度，成就了缅甸文学的辉煌。

信摩诃拉塔达拉（1468—1530）是同时期堪与信摩诃蒂拉温达比肩的僧侣诗人和文学大师。他从小攻读经书佛典，博览群书，16岁就写出了取材于第543号佛本生故事《布利达龙王本生》的长诗《布利达》（1484），这是缅甸第一部用优美多彩的修饰性极强的林加基四律长诗叙述佛本生故事的作品。其非凡的艺术才华受到举国称赞。作为该诗的续篇，诗人26岁时又作了比釉诗《布利达》（1494），即该故事的对应部分，将前生故事中的角色与今生故事中的人物对应起来作了介绍。《布利达》比釉诗比十年前的《布利达》林加基长诗无论思想内容还是艺术造诣都成熟了许多。诗人年届50后历时多年创作的比釉诗《九章》（又名《四法精要》）成为他众多佛教文学作品中的最佳代表，一举奠定了他在诗坛的泰斗地位。《九章》诗取材于第509号佛本生故事《哈梯巴拉本生》，故事大意是：波罗奈城的国王和国师婆罗门为挚友，两人都没有子嗣，都为后继无人而终日不安。后两人约定不论谁有子女均属二人共有，继承他们的事业。一日，婆罗门国师外出在城外见一妇人领着几个孩子，得知是向榕树神祈求后得来的，婆罗门便替国王向榕树神求子，并限树神七日内作答。在婆罗门天天施加压力之下，树神无奈请求帝释帮助。帝释答应给婆罗门国师四个儿子，但预言说孩子们长大后必定全部出家为僧，而国王因前世作孽不会有子。不久国师婆罗门得四子。国王和国师为防止孩子们将来出家，以由他们来继承王位和国师的职位，在孩子们出生后便将他们分别托付给牧象人、牧马人、牧牛人和牧羊人照看，并将城内和尚全部逐出，以防孩子们看见僧人而萌发出家念头。可是四个孩子长大后个个聪明过人，精通佛法经典，一心只求出家为僧，坚决拒绝继承王位和国师职位。四个孩子先后向国王和国师广说佛法，最后不仅四子出家，连国王、王后、国师及夫人以及全国众生都跟着他们出家为僧修成正果。《九章》诗不仅以曲折的情节宣传"因果报应"、"成事在天"等思想，更重要的是诗人凭借丰富的想象力，把原来仅有20颂的一个短短的本生故事扩展为一部洋洋数万言的叙事长诗，使用很多新奇独特的比喻手法，塑造了生动的人物形象，使其成为一篇不朽之作。

与信摩诃蒂拉温达的创作特点不同的是，信摩诃拉塔达拉善于在阐述教理、弘扬佛法的同时将宫廷生活、人间俗事穿插其中，使作品生动形象，贴近生活。缅甸学者曾将信摩诃蒂拉温达与信摩诃拉塔达拉进行比较，用这样的比喻来评价两位诗人的创作风格：信摩诃蒂拉温达的作品如同"敲击大鼓，铿锵有力"；而信摩诃拉塔达拉的作品如同"五种乐器的交响，悠扬动听"。①信摩诃蒂拉温达的作品永不离佛法思想，犹如"乌龟的胸脯"，永远贴着大地；而信摩诃拉塔达拉的作品犹如"爬棕榈树人的胸脯"，时而贴着树干，时而离开树干。意即他的作品既宣扬佛法，又描述尘世。②

除诗歌文体外，缅甸古典小说、戏剧、诗体小说、书信体诗文等都与佛教文学有不解之缘。缅语的"小说"一词来自巴利语"沃图"③，缅甸古代第一部小说《天堂之路》（1501），是阿瓦时期信摩诃蒂拉温达从浩瀚的巴利文佛经故事和传说中选出八位僧俗圣人——两位长老、两位居士、两位长老尼和两位女贤人的故事，经过再创作而成。将这些故事穿插串联在一起的中心线索就是佛陀和佛教的道与法，其主题是弘扬佛教教义，用佛教的世界观和价值观教育后人。良渊时期瓦耶比顶加那他大法师的小说《翠耳坠》（1618）主要情节引自第537号佛本生故事，次要情节还引用了不少其他佛本生故事的片段。当辟拉大法师的小说《兴旺》（1619）写的是释迦牟尼在竹林精舍向富翁贡巴过达加讲七条兴旺之道的故事，在其序言中引用了第2、71、114、466、539号佛本生故事，在正文中又多处引用了其他佛本生故事。信达丹玛林加耶的小说《宝雨》是根据《法句经》加工创作的。

缅语的"戏剧"一词是从巴利语"阇陀伽"④一词演变而来的，由此可见缅甸戏剧与佛本生故事之间的渊源关系。贡榜时期著名剧作家吴邦雅创作的戏剧中，《玛霍达塔》、《固达》、《巴东玛》、《卖水郎》和《维丹达亚》都取材于本生故事。但吴邦雅的戏剧不拘泥于本生故事，往往摆脱佛教思想束缚，赋予旧素材以新意，针砭社会时弊和人情世态。吴邦雅一生创作讲道故事诗（诗体小说）30余篇，也主要是取材于佛本生故事。其中最著名的《六彩牙象王》取材于第514号本生故事《六牙本生》。故事大意是：六彩牙象王之王后误以为象王偏爱他象，妒忌成疾抑郁而死，转世投胎成一王后。为报前世之仇，撒娇求国王以重金遣猎手捕杀象王，用六彩象牙作耳饰。猎手用毒箭射中象王，象王询问原因，猎人

① 参见吴佩貌丁：《缅甸文学史》，仰光：茉莉文学出版社，2003年版，第108—109页。
② 参见眉苗莫基：《缅甸文学争鸣》，仰光：新文学出版社，1969年版，第61页。
③ 巴利文wuthtu音译，意为故事、事论。
④ 巴利文Jātaka音译，意为本生经。

据实以告。象王听后牺牲自己，舍给象牙，并为猎人指引归路。王后见六彩象牙，后悔莫及，悲痛而亡。在这篇讲道故事诗中，吴邦雅以丰富的想象力和优美的语言把故事写得引人入胜，人物形象鲜明生动，把象王的慈爱宽容、王后的妒忌偏狭、国王的昏庸无知、猎人的粗犷毒辣都活灵活现地作了绝妙的描写。有学者认为他的这部作品不单单是讲解佛教教义，也为了暴露社会现实问题。

书信体诗文"密达萨"最早出现于阿瓦时期，到贡榜后期曾盛极一时，应用范围大大扩展。密达萨明显受到《法句经》的影响，内容包括很多关于道德标准的训诫和有益的格言。如贡榜时期高僧基甘辛基的密达萨就写出了许多格言、成语、名句，既含义深刻，又朗朗上口，后人广为传诵。

源自印度的佛教文学对东南亚文学，尤其是南传上座部佛教最盛行的缅甸、泰国、老挝、柬埔寨四国的文学产生了广泛而深远的影响，这些影响渗透到了文学作品的语言文字、文体结构、创作手法和主题思想等各个方面。在接受印度佛教文学影响的同时，东南亚佛教国家之间也在进行着相互交流和影响。一个典型的例子就是清迈五十本生故事的产生和传播。《清迈五十本生故事》是由清迈一高僧效仿《佛本生故事》用巴利文所著。该文集原稿的写法、结构与《佛本生故事》相同，也含今生故事、前生故事、偈陀、注释与对应等五个部分，结尾部分出现的具有崇高道德品质的人物就是前世的佛祖。

由于东南亚各民族文化融合程度较高，因而不能确定书中的故事是纯泰族故事，但可以肯定的是，《清迈五十本生故事》不是来自印度，因为在印度的巴利文和梵文佛教典籍中，都没有《清迈五十本生故事》的文集。从文集的最早名称《清迈班纳沙》（《清迈经》）可知它的最初产地是泰国的清迈。该文集中的故事以清迈为中心传往东南亚一带，甚至更广的地区，在泰国、老挝、缅甸等各国的寺院中都保存有各自文字的类似版本。但由于历史的演变，在各国寺院中已很难找到完整保存五十个故事的文本。1923年，泰国学者曾从这些残存的文本中选出五十个故事，出版了十二卷，依照原名仍然叫做《清迈五十本生故事》。

《清迈五十本生故事》中的故事都与佛教教义积德行善联系在一起，旨在弘道布法。如《波德希萨瓦》，先是今生故事：在勾汕国的首府沙瓦城里，有个国王叫帕特森纳吉柯松拉特。他是一个正直、善良的君主，他禁止一切惩罚和死刑。一次他梦见了佛祖，于是大臣们就劝国王在切都万的土地上建造一座纪念佛祖的寺庙。在寺庙落成典礼上，聚集了许多人，一法师向众信徒讲述佛经故事。接着便是前生故事：很久很久以前，阿曼诺沃蒂国有一个名叫孔帕塔库玛拉的富商。有一次，他和许多商人去他国做生意，走到半路时，看见林中寺院里立着一尊泥塑的佛像，佛像断了一个指头。孔帕塔库玛拉和其他商人们把佛像精心修复了，在佛像面前举行了祭祀，并给当地一个老妇留了些钱财，请她照看这尊佛像。由于这种善行，富商孔帕塔库玛拉死后投生为贝拿勒斯国的王子波德希萨瓦，其他商人投生成了大臣们的儿子。王子诞生的那一天,所有的驮宰牲口都来向王子顶礼膜拜。他成了贝拿勒斯国的统治者以后,禁止一切惩罚和死刑。在其统治下,人民丰衣足食。邻国听说这里富足,便来侵犯。面对侵略者,人民赤手空拳簇拥波德希萨瓦国王迎敌。国王阵前与敌人论理,其神圣威严的容貌与震人心魄的论词,摧毁了敌兵的意志。敌营迅速土崩瓦解,偃旗息鼓而去。接下来是颂偈诗和对诗中有关内容的注释。最后是对应部分:指出波德希萨瓦国王是佛祖前世中的某一世。

《清迈五十本生故事》中的其他故事也有类似的结构,如《树屯和曼诺拉》。《树屯和曼诺拉》是泰国人民中广泛流传的民间故事,这个故事很久以来就以口头诗歌和书面文学的形式出现,特别是以戏剧形式出现较多。自古以来,曼诺拉就是民间演出中的女主角,她的舞蹈被看做是完美、优雅和迷人的样板。在老挝和泰国寺院的墙壁上,还保留着描述这个故事中某些情节的图画和文字。在这些图画中,曼诺拉的舞蹈形象占有显著的地位。

《树屯和曼诺拉》的文稿是在拉康和阿仑的寺院中发现的,随后又在泰国、老挝和柬埔寨的其他寺院中找到。最早的手稿属于大城王朝后期,是根据巴利文用泰文写成的,于1924年载入《清迈五十本生故事》。故事内容如下:

在北潘查拉国执政的是阿提嘉旺国王,他的妻子生了一个王子,取名树屯。在王子出生的那一天,王宫墙边出现了四个装满金子的土坑。从北潘查拉国的京城往东,有一个池塘,荷花盛开,水像钻石一样透明。在这个池塘里,住着那伽族的国王乔姆普契特,他常常来到水面,向一颗神圣的无花果树祈祷。北潘查拉国往西,是玛哈潘查国,这个国家大闹饥荒,人们都逃到北潘查拉国去。于是玛哈潘查拉国的国王决定捉住那伽族的国王,强迫他把这个国家从干旱中解救出来,并且使它富足。他找到一个懂得魔咒的婆罗门,命令他去捉拿那伽族的国王。婆罗门来到池塘边埋伏起来。翌日早晨,当婆罗门到树林里去寻找魔草的时候,乔姆普契特来到水面,请求路过的猎人崩塔里克保护他不受婆罗门的伤害。崩塔里克答应打死婆罗门,并且履行了自己的诺言。为了报答救命之恩,乔姆普契特把猎人带到了自己的地下王国,将拥有的一半宝藏赠送给他,但崩塔里克拒绝了他的慷慨馈赠。

一天,猎人崩塔里克在基玛汪特树林里打猎的时候,遇见了隐士卡什雅普,他就住在美丽的池塘附近。他告诉崩塔里克,鸟姑娘们通常在这个池塘里洗澡,其中就有洛伽山上那个王国国王杜玛拉特的女儿曼诺拉。崩塔里克决定捉住鸟姑娘,就向乔姆普契特要了一根具有魔力的套马索。猎人捉到曼诺拉之后,将她送给了树屯王子。有一次树屯出征以后,阿提嘉旺做了一个噩梦,醒后他召集大臣们开了一次会,会上决定拿鸟姑娘当做祭品。曼诺拉为了挽救自己的性命,不得不飞走了。树屯凯旋后,知道鸟姑娘失踪了,马上去寻找。他奔波了七年七个月又七天,克服了层层阻碍,战胜了多个可怕的怪物。最后,他来到了洛伽山,在那儿找到了曼诺拉,他们一起回到了北潘查拉国。

老挝人所广泛熟知的佛教文学作品《陶西吞》(taositun)(《召树屯》)正是这个故事部分情节的翻版。创作年代约在16—17世纪，但具体时间及作者不详，创作形式为长篇叙事诗。其主要内容为讲述佛祖的一个前生——陶西吞面对困难，英勇斗争，最终冲破重重障碍与心上人娘玛诺拉团圆的故事。陶西吞和娘玛诺拉受因陀罗大神派遣，转世为人。陶西吞投生为勐本占王国①王子，出生时身带弓弩；娘玛诺拉投生为吉罗娑山公主。一天，在修道士和龙王的帮助下，勐本占王国的一位猎人捉住了在森林池塘中沐浴玩耍的娘玛诺拉公主，将她带回，献给了陶西吞王子。王子和公主相爱，并结为夫妻，两人幸福美满地生活。后来，勐本占王国遭受外敌入侵，陶西吞带兵出征抗敌。一天晚上，国王做了个恶梦，巫师摩霍哈占卜说，国家将发生大灾难，必须用娘玛诺拉来祭神才能消除灾难，娘玛诺拉只好逃回吉罗娑山。王子班师回朝不见爱妻，决意外出寻找，历尽千辛万苦，终于到达吉罗娑山，在经历了吉罗娑山大王的重重考验后，终于见到娘玛诺拉公主，二人团圆，并双双返回勐本占王国。

缅甸良渊时期诗人巴德塔亚扎也以此故事为素材于1741年创作了比釉诗《杜娑》，描写山神幼女杜娑为了爱情而放弃舒适的天国生活，来到人间与杜塞达亚扎王子结婚并生下一子。外道婆罗门企图破坏这对恋人的幸福，趁王子出征之机欲加害杜娑。杜娑留下儿子，悲痛欲绝地孤身返回天国。但最终王子历尽千难万险找回了杜娑。巴德塔亚扎的《杜娑》文采绚丽，意境优雅，情节感人，是比釉诗中的佳品。

这个故事的柬埔寨版本便是诗人柏克良·侬于1804年创作的高棉文长篇叙事诗《少年波果儿》。全文共1449段，合计8292句。主人公波果儿是一个出身贫穷的少年，但他勤劳善良，得到因陀罗神的怜爱，便把海岛上的公主许配给他，二人婚后过着幸福甜蜜的生活。事情传到国王耳中，十分妒忌，便下令将波果儿抓起来。公主见状只好逃回海岛。波果儿被释放回家后见不到妻子，立即渡海寻找。后来得到一只大鸟的帮助，夫妻二人终于在海岛相聚。波果儿带着妻子返回故乡，并当上了国王。这部作品以圆满的结局歌颂了波果儿善良智慧的品质，并宣扬了佛教积善得报的处世主张。

柏克良·侬的主要代表作品还有《波那萨和赛拉萨》(1797)、《瓦拉妮瓦拉努》(1806)、《海神》(安东国王时期)以及大量训言类作品。《波那萨和赛拉萨》的故事内容几乎全部取自《波那萨本生经故事》，经过作者的再创作，成为现今柬埔寨人家喻户晓的故事。故事梗概为：赛拉萨是毗拉那色国国王的儿子，与波那萨结成义兄弟。由于拔掉了取悦国王的庄稼，二人被驱逐出城。二人沿着大路前行，遇见兽王，赛拉萨吞食了兽王的右眼珠，得到成为国王、统治国家的法力。波那萨吞食了兽王的左眼珠，不论是哭还是笑，都会掉下金子和银子。在赛拉萨登基为王的庆祝仪式上，波那萨被热闹的场面逗得不由哈哈大笑，金银珠宝随着他的笑声噗噗下落，前来祝贺的另一个国家的国王见状十分惊喜，便把自己的

① 印度旁遮普邦的古名。

小女儿莎勒许配给了波那萨。一天，莎勒公主从波那萨那里要来了兽王的眼珠，莎勒的父亲用计将波那萨毒死在一棵榕树下。波那萨并没有死，还从小妖那里得到了一双神鞋，穿上神鞋，飞回了王宫。莎勒又带着波那萨来到林中玩耍，趁波那萨睡着之时，偷走神鞋，独自飞回王宫。波那萨醒来不见了神鞋，却得到了榕树果的恩泽，吃了榕树果的波那萨变身为一只美丽的鹤飞了回去。莎勒的父亲母亲大惊，当得知波那萨是吃了榕树果而得到神力后，这些贪婪的人也大口地吃下了榕树果，可是他们却变成了丑陋的猴子。最后，波那萨带着妻子莎勒去看望赛拉萨，兄弟二人得以团聚。作品歌颂了正直和宽容，鞭挞了贪婪与邪恶。

《清迈五十本生故事》中的大多数故事成了泰国文学最珍贵的一部分，《沙姆塔柯》就是这个文集中最流行的故事之一。故事主人公沙姆塔柯是普罗霍姆崩国王的儿子。有一天，沙姆塔柯外出猎象时，疲倦地躺在一棵无花果树下睡着了。这棵树的精灵把他带到了拉姆崩国国王的女儿温吐玛蒂公主的宫里。两个年轻人一见钟情。第二天早晨，树精又把沙姆塔柯带了回去。公主非常伤心，她不知道他的名字，就吩咐女仆把临近各国所有王子的像都画出来。在一张画像上，她认出了沙姆塔柯。公主举行了一次隆重的祭神仪式，希望神灵帮助她成为沙姆塔柯的妻子。沙姆塔柯王子在四个婆罗门的护送下来到了拉姆崩国，国王将温吐玛蒂公主许配给了他。

有一天，这对年轻夫妇在花园中散步的时候，遇见了从洛伽山来的一个善良的魔鬼，他正在和拉姆崩国的另外一位公主采花。不一会儿，花园里又飞来了舒塔特山的一个魔鬼。两个魔鬼因为争夺这位公主相互搏斗起来。洛迦山的魔鬼负了伤，倒在花园里，沙姆塔柯给他治愈了伤，为了表示感谢，他赠给沙姆塔柯王子一把可以驾着飞行的魔剑。沙姆塔柯和妻子驾着这把魔剑飞到了基玛汪特树林里。一天夜里，他们在山坡上睡觉时，一个魔鬼把魔剑偷走了。夫妇俩历尽千辛万苦才到了海边，他们做了一只木筏，可是大风大浪把它粉碎了。海浪把公主抛在离玛特拉城不远的岸边上，她卖掉了自己的钻石，建了一座皮影戏院，演出她和沙姆塔柯结婚以及共游基玛汪特树林的戏剧。沙姆塔柯被水手们救了，他求助于印特喇神。在印特喇神的帮助下，魔鬼把魔剑还给了他。沙姆塔柯驾着魔剑飞到了玛特拉城，在那儿找到了自己的妻子。

这个故事在泰国各族人民中间流传，根据它的情节，写过几部叙事诗，如《安尼鲁特》，舞台上也曾演出过这个故事。在缅甸也有作家根据这个故事写过比釉诗，贡榜王朝词曲家妙瓦底敏基吴萨（1766—1853）也写过同名戏剧并配了词曲。

《东帕梅达本生》故事也很闻名，在泰国、缅甸、柬埔寨流传都十分广泛。在柬埔寨高棉文版和缅甸文版的《清迈五十本生故事》中这个故事的序号虽然不一，但内容几乎完全一样。柬埔寨诗人高萨特巴蒂·高于1798年创作的著名长篇叙事诗《苏密国王》（或译作《格龙苏皮密特》）就取材于这个故事。高萨特巴蒂·高是当时王宫珠宝库的主管大臣，虔诚的佛教徒，喜爱文学。他创作的《苏密国王》语言优美、情节连贯、引人入胜，既保留了原文的风貌，又具有创新性，深得学者们的赞誉，在柬埔寨文学史上有着重要地位。作品讲述的是王宫内的故事。苏密国王有一位王后，名叫盖萨尼，他们的两个儿子名字分别叫做阇耶多和阇耶色。一天，王位继承人（副摄政王）、国王的弟弟企图谋杀王兄，篡取王位。得知消息的国王不愿与弟弟兵刃相见，便带着王后和两个儿子，半夜离开了王宫，行至一个河口。苏密国王带领王后先过河，留在岸边等候的两个儿子却被一个渔夫带回了自己家中。国王渡河回来接儿子，留在河对岸的王后又被一个驾驶帆船的船主掳走。找不到儿子和夫人的苏密国王悲痛欲绝，四处寻找亲人的踪影，行至达嘎色拉国，正逢该国国王病逝，国民正在通过大象来选举新国王。大象在苏密面前停步不前，苏密国王便被人们拥戴为这个国家的新国王。一日，渔夫进宫将阇耶多和阇耶色献给国王做王宫待卫，国王没能认出自己的亲生儿子。没几日，船主也来到达嘎色拉国，国王准备大宴船上成员，便派阇耶多和阇耶色前去迎接，二人与母后盖萨尼得以相认，并道出事情经过，三人抱头痛哭。船员们见状，欲杀死这两个孩子，却被一位仙人拦下。最后，国王终于与妻儿相认，一家团聚。

　　《清迈五十本生故事》中的《加姬王后》也是一个很有名的故事，尤其在泰国、柬埔寨流传甚广。故事讲波罗奈城一国王的王后加姬美若天仙，但水性杨花。一天，大鹏金翅鸟变成一英俊少年前来与国王下棋，与加姬相遇，两人一见钟情。金翅鸟将加姬王后带回天宫，每日仍来王宫与国王下棋。国王生疑，派谋臣密探加姬下落。谋臣变成羽虱藏在金翅鸟羽毛中跟踪到了天宫。后谋臣在国王与金翅鸟面前弹奏一曲，唱出了金翅鸟与加姬的隐情。金翅鸟只得将加姬送回。国王惩罚加姬不贞，将她放在木筏上流放了。故事并没有到此结束，但各国诗人再创作时大多只写到此。泰国著名诗人昭披耶帕康的故事诗《加姬》即是写到加姬被放逐为止。柬埔寨乌栋王朝安东国王（1796—1861）根据这个故事改写的长篇叙事诗《加姬王后》（1813）也是写到加姬被流放，但故事情节更为曲折动人。大致情节是，美貌无人可比的加姬是婆罗玛多德国王的王后，由于她生于木兰花丛中，走到哪里都是迷人的花香，和她有过床第之合的人也会沾上花香，七天后才可散去。国王酷爱下棋，冷落了加姬。金翅鸟迦楼罗化身一位英俊少年，每天陪国王对弈，加姬心生爱意，频频向迦楼罗暗送秋波，让迦楼罗难以抗拒。一天，迦楼罗将加姬带回天庭，再次回来与国王下棋时，身上散发出的加姬的体香让国王起疑。一位名叫贡谭的谋臣为了跟踪王后，藏在迦楼罗的羽翼中，一起来到天庭。在天庭中，加姬没有抵抗住贡谭的诱惑，与之相好。贡谭当面嘲笑迦楼罗的愚蠢，迦楼罗怒不可遏，遂将加姬交还给婆罗玛多德国王。面对加姬的哭诉和请求，国王没有心软，下令放逐加姬，令其坐于木筏之上，顺水流放。最后，加姬落入滚滚江河之中。可见柬埔寨的《加姬王后》人物形象生动，想象丰富且颇具哲理，不愧为传世之作。故事表达了封建时代对妇女的道德行为规范，蔑视女子用情不专。此外,《清迈五十本生故事》中的还有许多故事成为柬埔寨文学家拿来翻译或重新创作的原型。如《索昆唐王子的故事》就是其中的第二个故事。《特明吉的故事》里的少年特明吉与《摩睺沙本生经故事》中的摩睺沙几乎完全一致。还有《海螺》(1729)、《拜月神》(1833)、《剑事》(1837)、《香蕉苞片王》(1889)等。另外还有大批没有记录作者和创作年代的佛教文学作品。这些作品多用诗歌的方式创作,篇幅较长,平均每篇有约八千句。

《清迈五十本生故事》不仅承袭了《佛本生故事》的外在形式,更重要的是承袭了它的基本思想,对佛教教义、伦理、规范等进行了生动的诠释。佛教是劝人止恶扬善的宗教,《佛本生故事》作为佛教经典中的一部,无疑是宣扬慈悲观的工具。《清迈五十本生故事》也是十分重视劝人以善为本的。大城王朝时期大诗人玛哈拉查克鲁根据其中的《老虎和牛犊》改写的禅体长篇叙事诗《舍阔堪禅》就表达了这一思想。其主要情节为:一天,佛祖见一只虎崽与一头牛犊在田野中嬉戏,便惊奇地问它们何以如此亲密友好,虎崽回答说它们的母亲曾激烈相斗,但双方都不愿伤及对方的孩子,于是两个幼仔就彼此相爱不再互相伤害了。佛祖十分赞赏,便把它们点化为人,到人间做了国王。在各自为王时,他们仍然相互尊重,相互帮助,携手赴汤蹈火,铲除人间苦难邪恶。后来他们的子孙得以绵延继承王位。从这个故事中我们可以看到,《清迈五十本生故事》与后来的泰国作家不但继承了《佛本生故事》的慈悲观,而且对其有了进一步发展:从《佛本生故事》的劝人行善发展到了不计前嫌,从个人行善发展到了国家政治行为的行善,表现出对人间苦难产生原因的思考和对统治者行为的审视。大城王朝时期,之所以会从佛经故事中改写这一作品,是与当时腥风血雨的时代特点密切相关的。大城王朝建立政权后,由于扩张土地的需要和受邻国的侵扰,一直战争不断,王朝内部又因争夺王位厮杀不断,国势衰微,最终导致被缅甸灭国。后来帕纳莱国王复国,但帕纳莱去世后战事又起,导致百姓无一宁日。而这些战争的发动者,往往打着为先人复仇的旗号,酿成生灵涂炭。诗人玛哈拉查克鲁之所以将《老虎和牛犊》改写为《舍阔堪禅》,而此诗又得到广泛流传,是因为这部作品的思想代表了广大人民要求和平安定生活的心愿。长诗以对虎、牛这对幼崽在为畜时不计前嫌、相互友善相处,在为国王时又能以慈悲为怀,从而避免了百姓的战乱之苦的这种"拔苦与乐"的佛教精神的歌颂,对大城王朝统治者因争权夺利酿造战争,带给人民无限苦难的行径进行了谴责。

由上述可见,在东南亚文学发展史上,佛教文学占有很重要的地位。特别是在佛教盛行的国家,佛教文学为人民提供了丰富的精神食粮,促进了这些国家文学的发展。东南亚的佛教文学作品大都取材于佛经故事,这些作品之所以能够为各国读者所接受并且喜爱,一个很重要的原因是佛经故事在进入各国作品时都经过了再创作,即经过了民族化的过程。首先是选材,佛经故事浩瀚丰富,作家们有选择地从中吸取他们认为最富有教益的故事或故事片段。其次是艺术加工,作家们并没有完全拘泥于本生故事的情节、人物,而是根据需要取舍,展开丰富的想象力,使其思想内容超越原来的范围,得到合乎情理的发展，使主题更突出，感情更丰满。在文学体裁上也经过了艰苦的再创作过程，将原来的散文体佛经故事创作成各种体裁的长诗、诗体小说或戏剧等。最后一点最重要，就是使人物形象和故事背景本土化，使它们符合或接近本民族习惯。如在柬埔寨，作家们在翻译佛本生故事的同时，常常会加入一些柬埔寨人民所熟悉的传统习俗的细节，如叫魂仪式、婚庆仪式、祖先神崇拜仪式等等，这样的改动更拉近了作品与本民族人民之间的距离，使这些佛教文学作品真正成为本民族文学的重要组成部分。由柬埔寨著名作家阿里雅基牟尼·朋于1856年根据多个佛本生故事综合编写而成的12集贝叶长诗《真那翁的故事》是柬埔寨佛教文学作品中篇幅最长的一部著作，该诗在叙述佛陀前生曾为国王、婆罗门、商人、女人、大象、猴子时所行善积德的故事时，虽然仍因袭《佛本生故事》的"框架式"结构和其中部分素材，但诗人在写作时还融入了一些柬埔寨的神话传说，塑造出了崭新的人物形象，并将以往佛本生故事未曾用过的新手法运用于自然景物的描写，使作品更具艺术感染力和民族特色。同样，老挝作家关芒梯17世纪中叶所著寓言故事集《休沙瓦》之内容是佛祖给弟子讲经的故事情节，结构方式也是故事中套故事的"连串插入式"，但反映的完全是老挝的社会生活和风俗习尚，其中许多格言、警句已形成民间谚语，为老挝人民世代流传。

同时我们也看到，随着时代的发展，一些取材于佛经故事的作品的意义已不仅是旨在宗教宣传或社会教育，而是有所延伸，已经触及到宫廷政治斗争，或影射、针砭时弊。当然，我们也应该看到，当佛教文学成为文坛上的一种创作风习之后，僧俗作家都竞相创作佛教题材作品，即使非佛教题材作品也离不开佛教信条，因为宣讲佛法是高尚的职责，引人解脱是最高的业绩，其他都是渺小的。这就阻碍了文学作品去深入真实地反映社会现实。另外在个别作品中也不免会有宣传消极思想的、封建迷信色彩浓厚的，甚至违反科学、影响社会进步的内容。

二、缅甸、泰国、柬埔寨、老挝的宫廷文学

宫廷文学是封建王朝时代兴起并发展起来的一种文学现象，它有特殊的创作群体、表现主题及艺术特质。主要指帝王及生活于宫廷的王公贵族、朝廷文武将臣及其御用文人、乐师等创作的，描写宫廷活动和宫廷生活、歌功颂德、点缀升平、应制奉和的作品，有些是为了娱乐享受、相互酬唱和表达讽谕以及抒发内心情感的文学作品。它集中体现了统治阶级的政治理想、生活情趣和审美意趣。在以佛教为国教、以佛教思想为国家钦定哲学、神权与君权高度统一的东南亚佛教国家，宫廷文学又是与佛教文学相互维系依存的重要而特殊的文化现象。

皇室话语权与佛教感召力的交集牢牢巩固了宫廷文学生存的根基。卓有成就的宫廷作家往往也是博学的佛教信徒，而僧侣作家的名作之所以能够传世流芳，也得益于国王和朝廷的扶持。封建君主们正是以佛教教义来统一人们的思想意识和哲学观念，以佛教

戒律来约束人们的道德修养和言行举止。12世纪后相继出现的多部《缅甸法典》均是国王奉遣佛教界的著名高僧、僧人作家及御用文人编纂而成。法典的内容包括处世之道、伦理哲学、家庭婚姻、刑法判例、民事诉讼、财产继承等等，是君王们巩固其统治地位的神圣武器。权力、宗教、文学的结合无疑是封建统治者进行道德传播、巩固政权、安抚民众精神的得力工具。一些备受文坛敬重和信众供奉的僧侣作家，更受到当朝帝王的抬举赏识，他们实际上已经具有了僧侣作家和宫廷御用文人的双重人格，这使得他们的诗作表现出独特的文学品格，在诗坛享有特殊的地位和影响。缅甸阿瓦时期被文坛推崇为诗圣的信摩诃蒂拉温达原师事东敦基镇的那米林法师，为求佛学的更高造诣，40岁时他怀揣得意之作《修行》迁读京城阿瓦，得到国王知遇之恩。他在佛经研究和文学创作方面的卓越贡献为阿瓦国王明康第二所重，赐予他一座名为"亚德那贝曼"（意为"宝宫"）的寺庙。此后他一直居住京城专为国王作诗写文。与信摩诃蒂拉温达齐名的信摩诃拉塔拉也一直受到明康第二王的赞誉和宠用，享受宫廷特殊待遇。

在泰国宫廷文学中有相当部分是宣传佛教教义的，仅以历代国王为首的皇室成员作家群体的作品为例：素可泰王朝三世王兰甘亨的《兰甘亨碑文》、四世王立泰国王的《帕朗三界》都包含佛教的宣传。大城王朝乌通国王的《誓水赋》、德莱洛迦纳国王的讲述佛本生故事的《大世词》、帕昭松探国王编写的《大世赋》、巴洛姆果国王的《卧佛搬迁咏诗》都是直接宣传佛教思想的作品。曼谷王朝一世王到六世王及历代皇室成员也都创作了许多宣传佛教教义和与佛教相关的作品。这样既符合统治者传播佛教教义的意愿，也满足了广大佛教信徒的需要，因此在民众中得以普及开来。

泰国宫廷文学作品涉及各种题材，涵盖各种体裁，在整个泰国古代文学中占有举足轻重的地位。如乌通国王的《誓水赋》，"誓水"是泰国古代百官效忠国王的一种重要仪式，而《誓水赋》便是这种仪式所用的作品。《誓水赋》是泰国第一部律律体作品，前三章是祭拜毗湿奴、湿婆和大梵天的诗文，接着讲到世界遭受大劫而毁灭，在重建世界之时，众梵摩自天而降来吃被火焚过带有香甜气味的泥土，但他们却从此无法回到天界，于是在地上繁衍成人。最后讲的是对忠君报国的颂扬和对背叛的诅咒。这部律律体作品是由克隆体诗构成，把左右两边的诗句分开也一样有其义。

大城王朝帕纳莱国王本人十分喜欢文学创作，他的作品有《沙姆阔堪禅》中的一段；克隆体格言三种，即《拖沙洛训帕拉姆》中的12首、《帕里训弟》中的32首和《克隆拉查沙瓦》中的63首；用长歌诗体写成的《大城王朝预言》和克隆体杂诗各一部。此外，帕纳莱国王还命霍拉堤巴迪编写了泰国第一本教科书《金达玛尼》和泰国历史上不可多得的一部史书《銮巴硕阿卡顺尼迪版本史书》。帕纳莱国王在位期间文学繁荣，他对泰国文学的主要贡献不是他本人的创作，而是他对文学创作的提倡和推动。帕纳莱国王时期的诗人西玛霍索创作了《帕纳莱大帝颂》，该作品用克隆西素帕诗体写成，共七十八首，诗句用词简易，不事雕琢，但词句优美，音韵和谐。诗的开头赞颂了婆罗门教的三尊天神，接着颂扬了帕纳莱国王的丰功伟绩，最后祈祷帕纳莱国王帝业永固。

大城王朝时期德莱洛迦纳国王的儿子创作了律律体长诗《律律阮败》。该诗是为庆贺德莱洛迦纳国王与清迈作战胜利凯旋而写成的，颂扬了德莱洛迦纳国王的英明和丰功伟绩。全诗由七十行莱体诗和二百九十六行克隆体诗构成，共分为六段，第一段颂扬了德莱洛迦纳国王，第二段讲述了德莱洛迦纳的父王攻打柬埔寨时德莱洛迦纳降生的情况，第三段讲述了德莱洛迦纳国王与清迈王作战的情况，第四段讲述了德莱洛迦纳国王出家的情况，第五段讲述了德莱洛迦纳国王看准清迈国内混乱的时机发兵取胜的情况，第六段再次颂扬了德莱洛迦纳国王。

在古代泰国历代王朝的文坛上，以国王为首的王室成员文学创作都十分活跃。除上述提到的以外，素可泰王朝三世王兰甘亨，创作了泰国文学作品的肇始之作《兰甘亨碑文》；吞武里王朝吞武里国王郑信，创作了舞剧剧本《拉马坚》的四个章节；曼谷王朝一世王佛陀约华朱拉洛，创作诗剧剧本4部，记行诗1部，即《战缅甸塔丁当记行诗》，记录了1785年一世王出兵与缅甸交战的经历；二世王帕普勒腊纳帕莱，创作了宫内剧、宫外剧、唱词、长歌和摇船曲等12部作品，二世王的《伊瑙》剧本诗句优美，音乐与舞蹈设计浑然一体，被公认为同名剧本中的最佳版本；三世王帕难格劳昭约华，创作了两部诗作，并曾做过其父亲二世王的宫廷诗歌顾问；四世王帕宗格劳昭约华，创作了舞剧《拉马坚》的一部分，以及长莱《本生经故事》；五世王帕尊拉宗格劳，创作了诗歌12种，散文7种，戏剧2种；六世王帕蒙固格劳，创作翻译的作品数量惊人，现在发现的就有1000多篇，有散文、诗歌、戏剧等，其中绝大部分是翻译作品。

王室其他成员的作品更为丰富，素可泰王朝时期：立泰国王的王妃娘诺玛创作了散文《娘诺玛》。大城王朝时期：探马堤贝王子（贡王子）是最赫赫有名的诗人，在泰国文学史上与西巴拉、顺吞蒲两位著名大诗人齐名；阿派王子有诗作一部；恭吞公主和蒙胡公主创作了取材于爪哇民间故事的舞剧剧本《达朗》和《伊瑙》；西巴里查盛子爵创立了被称为"格仑昆拉宝"的格仑诗体，创作了《西里威本吉迪》等多部诗作。吞武里王朝时期：顺拉维齐子爵创作了《律律佩蒙固》和《伊瑙堪禅》等作品；玛哈奴帕侯爵创作了记述出使中国情形的格仑摆长诗《广东记行诗》。曼谷王朝时期：皇室成员参加文学创作的人数比较多，有关作家和作品的记录保存得也比较完整。一世王时期的四位著名作家中有三位是皇室成员。除一世王之外，还有两位是功门西素林王子和帕康公爵。帕康公爵是一流作家，能熟练运用各种诗体，也能写漂亮的散文，他写的《大世长莱》中的《孩童篇》和《曼陀利篇》直到今日还受到读者的喜爱。他还主持翻译了中国历史小说《三国演义》。三世王时期的著名作家有八位，除著名作家顺吞蒲外，其他七名都是宫廷文学作家。其中有撰写了散文经书《佛陀传》等著作的一世王的王子波拉玛奴期期诺洛，有用克隆诗体写的泰文教科书《克隆金达玛尼》的作者翁沙堤腊沙尼德子爵。特别值得一提的是还有两位女作者。四世王时期的著名作家有五位，有四位是皇室作家。其中蒙拉措泰撰写的《泰国使节出使英国记事》的版权被英国人购买，这是泰国历史上第一次正式的版权交易。

顺吞蒲（1786—1855）是泰国古代诗人中创作数量最丰的一个，他担任过二世王和四世王的诗歌顾问，先后创作了各种长篇诗歌23首以及剧作1部，包括《帕阿派玛尼》等故事诗5首、《随驾记行诗》等记行诗9首、《长歌训诫诗》等格言诗3首、《皇家历史故事诗》等塞帕2首、《加姬故事摇篮曲》等摇篮曲4首和《阿派奴腊》剧本。

在顺吞蒲的所有作品中，最重要的一部作品是长篇故事诗《帕阿派玛尼》。这部浪漫主义的作品描述了王子帕阿派玛尼和弟弟西素旺被父王赶出国家之后的曲折经历。帕阿派玛尼在海边被水鬼海蝴蝶掳进洞穴，强行与其成亲。八年后帕阿派玛尼在美人鱼夫妇的帮助下得以逃脱，途中遇到了帕惹国的公主素婉玛丽，两人一见钟情，不久成亲，帕阿派阿尼继承了帕惹国的王位。公主的原配未婚夫锡兰国王子武沙林为讨回公主举兵攻打帕惹国，帕阿派阿尼在丑女瓦莉的帮助下，擒获了武沙林。丑女瓦莉用计嘲讽武沙林，武沙林当场呕血而死。锡兰王子的尸体运回国后，国王亦悲痛而死，公主拉薇继承王位，她一心想要为父兄报仇，多次发兵与帕阿派玛尼交战。最后，两人终因彼此爱慕，结为连理，两国休战。帕阿派玛尼和拉薇所生一子回锡兰国继承王位后，又和父亲宣战，被帕阿派玛尼击败。外部战事刚熄灭，内部妻妾纷争又起，帕阿派玛尼不堪忍受，便皈依佛门，素婉玛丽和拉薇言归于好，相继出家为尼。

《帕阿派玛尼》这部长篇故事诗场面浩繁，情节曲折离奇，被公认为是泰国文坛上一部不朽的文学巨著。书中对人物的塑造能打破传统的框框，男主人公俊美风流却懦弱寡断、不谙战事，女主人公既温柔多情又刚强自信。此外，顺吞蒲还善于把丰富浪漫的奇特想象和现实生活融为一体，书中有人、有妖、有仙、有洋人；有海的奇景、战场的厮杀和火山的爆发；还有当时泰国人难以见到的风琴、轮船，向读者展现了一个光怪陆离的大千世界。顺吞蒲一改传统文学作品仅取材于现有内容的惯例，从思想内容到构思以及表现手法都是独立创作，这在泰国古代大型文学作品中是首开先河。对诗歌的形式也在继承泰国古典诗歌优秀传统的基础上进行了大胆的创新，率先使用过去只用于写对歌、唱词和戏剧的平律格仑来写故事，而且他还改良了格仑诗的韵律形式，在格仑中加入句内韵，使格仑的表现力大大增强，被誉为"格仑之父"。

缅甸的宫廷文学兴起于彬牙、阿瓦王朝，在东吁王朝时期得到了长足发展，贡榜王朝时期又进一步丰富和繁荣，特别是一批宫廷女诗人崭露头角，写出了宫廷文学的新篇章。缅甸宫廷文学与佛教文学有交集，也有明显的分野。宫廷文学在创作内容、表现主题上主要有以下两个大的方面：一是记录和歌颂封建帝王的功德业绩，包括王朝世系的历史、征战的业绩、宫廷典仪、兴建的佛塔寺庙、修建的桥梁、挖掘的湖泊、国王的御象、御舫等，都用诗歌形式表现出来，歌功颂德，点缀升平，也反映出特定历史时期的国家气象，大多是应制奉和之作；二是反映宫廷王宫贵族奢靡淫逸的生活及王孙爱情，描写深宫姬妃相思寂寞和哀怨的作品。文学形式以诗歌体裁为主，其次还有历史散文（史书）、宫廷剧和宫廷小说等。

宫廷文学中的诗歌体裁十分丰富，早期有"加钦"（舞盾歌）、"埃钦"（摇篮歌）、"茂贡"（记事诗）、"雅都"（赞歌）等，贡榜时期又出现了"雅甘"（谐趣诗）、"波垒"（哀怨诗）、连韵诗、鼓曲、词曲、哀歌等。缅甸宫廷文学虽然大多为应制之作，尤其是歌功颂德的作品，但我们应该看到，在当时历史条件下，不少宫廷诗人和文学家都把"忠君"和"爱国"看成是一个统一的概念。一些作品除了歌功颂德，也借以激发民族主义感情和爱国主义精神。如加钦诗和埃钦诗都是教育鼓动的诗篇。加钦诗是古代士兵们进军习武时手持盾牌集体唱和的战歌，彬牙王朝国君五象主觉苏瓦（1343年即位）就是一位著名的加钦诗人，他的诗起着歌颂祖国、鼓舞士气、克敌制胜的作用。埃钦诗是专为王子或公主创作的摇篮曲和启蒙教育诗，多用于将王子公主放入摇篮时举行的典仪上吟咏，内容都是写王朝世系的历史、歌颂京都城池的宏伟壮丽和君王的英勇无敌，抒发爱国主义情怀，激发民族自尊心和自豪感，对王子公主们进行民族传统教育。阿瓦时期阿都敏纽创作的《若开公主埃钦》、信都耶的《德钦兑埃钦》、东吁时期劳加通当木的《德彬瑞梯埃钦》、信丹柯的《明耶代巴埃钦》、卑谬纳瓦德基的《信漂辛梅埃钦》、《明德耶梅道埃钦》和《阿瑜陀耶王妃埃钦》等都是在缅甸文坛上享有盛誉的埃钦诗。特别是卑谬纳瓦德基的三首埃钦诗比先前的诸篇更有气魄，从骠纪梯、阿奴律陀等缅甸开国皇帝说起，介绍王朝历史和帝王功绩，在激发爱国情绪上更具感染力和鼓动性。

茂贡诗作为记事体诗歌，主要以作者亲自经历或作者生活年代发生的事件为题撰写。阿瓦时期军旅诗人信兑纽创作的《南下卑谬》是一首很有名的茂贡诗。1472年，底哈都王领兵南下征讨卑谬王叛乱时，信兑纽曾随军出征，战事平息后将此事赋诗一首，题为《南下卑谬》。该诗记载了国王的行程路线和每日战况，不乏对国王的功绩和威武之势进行讴歌赞美。诗中还对御舫、战船作了介绍，包含了许多有价值的史料和丰富的历史知识。茂贡诗与埃钦诗一样，在风格上都是长于铺叙、气势恢弘。

雅都诗是缅甸文学史上出现最早、流行时间最长并历代长盛不衰的一种诗体。雅都也是一种四言律诗，形式上分为一段诗、两段诗和三段诗。雅都诗描写的题材非常广泛，从仪式典礼、歌功颂德、祈神祈塔，到田园山水、时令季节、边寨征战、誓约、爱情等等，无所不包。几乎文学史上著名的诗人均有雅都诗留世。被称为雅都之王的那信囊（1578—1612）所作的以征夫思妇为题材的《出征》，感情真挚，富于浪漫主义色彩。列维通达拉吴妙山（1727—？）流放时的名篇《美娑山麓》和《皎洁月光》，以诚挚的感情倾诉了思念故土的肺腑之言。

　　那信囊是东吁王明耶底哈都之子，自幼英勇善战，9岁时随父征战泰国，24岁被立为王储，并历尽坎坷终于与大他十几岁的亚扎达杜格勒亚完婚，不幸的是结婚当年妻子就去世了。1609年那信囊继承父位成为东吁王，同年阿那毕隆王攻占东吁，那信囊沦为阿那毕隆之臣。坎坷的情感经历与多舛的仕途变故使他的诗篇感情充溢、内涵丰富。他的雅都诗主要有"祈塔雅都"、"季节时令雅都"、"征人雅都"、"誓约雅都"、"鹦鹉传书雅都"、"爱情雅都"等，实则内容大多数都是描写爱情的。如祈塔雅都把东吁周围的有名佛塔作为讴歌对象，但诗中用很多笔墨描写青年男女如何对着佛塔信誓旦旦，永世相爱，祈求神明保佑他们白头偕老永远幸福等。征人雅都是写长年出征在外的将士厌倦边寨戎马生涯，留恋家庭生活，或写征人思妇，担心在家的妻子久等丈夫不归而产生误会等，真实地反映了社会生活的某些侧面，具有一定的社会意义。那信囊的雅都诗充满激情，被誉为缅甸古代最美的浪漫主义爱情诗篇。

　　贡榜时期的辞书作家盛达觉杜吴奥也是一位著名的雅都诗人。盛达觉杜吴奥前后曾在六代国王手下任宫廷作家，"盛达觉杜"衔是贡榜王雍籍牙所赐，意为"智慧超群者"。称他为辞书作家是因他作了《加威莱克那正字法》，实际上他的作品很多，有雅都、埃钦、比釉、鲁达等，其中尤以雅都诗最为有名，雅都诗中又尤以描写征战的征人雅都数量最多。《在直柳漂》是他征人雅都诗的代表作。这首诗写的是雍籍牙的水师南下汉达瓦底城，雨夜进驻直柳漂城的经历。从正面讴歌了雍籍牙的水师，歌颂将士们为复兴祖国、实现统一大业，舍弃家园、抛下妻子儿女和年迈的父母，历尽艰辛、英勇牺牲的精神。同时客观描写了将士们在战船搁浅、身心疲惫、饥饿难忍和极端恶劣的气候条件下思念故乡亲人的情景，反映了戎马生活的真实情景。吴奥的雅都诗的主题大多是歌功颂德，歌颂雍籍牙的丰功伟绩和皇城的庄严美丽。正如缅甸著名学者吴佩貌丁《缅甸文学史》中所言："讴歌爱情是那信囊雅都诗中不可缺少的主题，同样，功德颂是吴奥的雅都诗中必写的内容。"

　　贡榜时期宫廷女诗人的作品是另一种风格。这些宫廷女诗人都是身份高贵的妇女，如辛古王的王后信敏、达亚瓦底王西宫王后玛妙格礼、加囊亲王的王妃兰太康丁、大臣之女梅贵等人。她们的作品大多是闺情诗、哀怨诗，与她们的生活环境及身份不无关系。她们身份高贵，有较好的文化文学修养，又大多写的是她们的生活体验、发自肺腑的声音，因此感情真挚，诗风秀雅细腻。尽管她们的诗歌大都抒发相思寂寞的痛苦和被抛弃的哀怨，但在客观上暴露了封建统治阶级的虚伪和荒淫，反映了带普遍意义的封建社会现实问题。信敏的连韵诗《秀发已散乱》、玛妙格礼的鼓曲《我所爱的一切》、兰太康丁的波垒诗《盼王归》等都真实地反映了宫廷贵族妇女的生活风貌、文化心态和审美趣味，堪称佳作。

　　缅甸古代文史不分，著名的历史著作同时也是优秀的文学作品。东吁时期由吴格拉完成的《缅甸大史》（1714—1733）和贡榜王朝巴基道王在位时组织学者们集体编写的《琉璃宫史》（1829）就都既是权威性的史书，又是文学性很强的散文巨著。尤其《琉璃宫史》作为一部"既是历史巨著又是文学巨著的缅甸宝典"（季羡林语）不光具有巨大的史学与佛学学术价值，也具有珍贵的文学价值。作为意识形态，历史与文学都是精神生产的产物，它们之间本来就有着密不可分的亲缘性，二者在叙述语言、叙述结构、社会功能、价值取向上都有相通之处。《琉璃宫史》作为一部国王钦定的"正史"，一部世界公认的著名史籍，其真实性与可信度是毋庸置疑的。而另一方面，它在文笔上的流畅典雅，叙事上的故事性、传奇性，人物塑造上的形象性和感染力等文学性特征又是显而易见的。这正是《琉璃宫史》具有历史和文学双重学术价值的原因所在。

历史叙述追求真实性，文学叙述则带有虚拟性，《琉璃宫史》将二者糅合在了一起。它在历史叙述中一个突出的文学表现技巧就是神化。如神妖赐眼药使太公国双目失明的两王子重见光明；宫错姜漂王的即位有天帝释等保护佛教之神的扶助；江喜陀为救苏卢王遭鄂耶曼甘部下追击，途中疲劳不支时得到摩诃吉里神暗中相助方得以脱险等等。在描写君王即位登基、被黜或临终情景时都会联系一些奇妙而震撼的宇宙景观，充满神话意境。神话是远古劳动人民思想观念的反映，闪耀着民族的智慧，是缅甸古代独特的民间文学样式。它涵盖着深广的社会内容，又携带着历史的影子。在缅甸接受了佛教信仰后，很多神话故事又融入了佛教色彩。《琉璃宫史》对部分神话传说去伪存真，去粗取精，在历史客观性的基础上保留早期神话传说和民间故事的遗韵，构成了今人能够认识的缅甸上古历史风貌，使历史叙述在可靠、可信基础上又增加了形象和生动的色彩，大大提高了它的文学欣赏性和可读性。

历史和文学都离不开语言文字，不论历史著作还是文学作品都要借助语辞表达。一般认为历史叙述必须朴实无华，而文学语言则具有形象性，为达到形象性的效果可施以各种修辞手段，如意象、比喻、象征、夸张、变形等等。其实，中外许多史书的实践证明，没有不加夸饰的历史叙述，许多史学家、史论家都主张历史叙述要有文学味，这文学味就主要来自语言的修饰性，来自语言的文采。读《琉璃宫史》犹如阅读优美的散文，其原因也正在于此。对历史事件和景状的记载是单纯采用实录的手法，还是在实录的基础上运用一些艺术手法对所写之事进行烘托和渲染，是史家的选择。《琉璃宫史》多采用后者。

《琉璃宫史》是一部大王统史，其中的主要历史人物是缅甸历代帝王及世族成员。在《琉璃宫史》的历史叙述中，通过人物的行动和语言来刻画人物是一种成功的艺术手段。我们看到，历史年代越久远，历史人物的神话色彩越浓，而随着历史年代的进展，神话色彩也渐趋淡化甚至消失，年代越近，历史人物越接近生活的本来面貌。显而易见，在史书中的历史人物身上同样附有时代审美意识的表现和创作主体审美理想的熔铸。神话色彩的褪去，并不等于人物就变得干巴巴了，历史人物也是社会中的人，也是有鲜明的个性特征的，同样可以用语言文字或其他艺术手段加以表现。《琉璃宫史》的写作特色之一就是善于通过历史人物的语言来表现人物的思想感情和性格特征。在文学作品中，人物语言是人物"思想的外衣"，是刻画人物性格、揭示人物心理活动和推动情节发展的重要手段。《琉璃宫史》中也有着丰富的人物语言，正是有了这些可以透视人物内心的人物语言，才使书中的历史人物立体化、形象化，使他们还原为活生生的真实的人。

宫廷剧和宫廷小说是缅甸宫廷文学的重要体裁。贡榜时期女诗人兰太康丁写有两部宫廷剧，即《维泽亚加意》和《恩达温达》，都是为了讽刺加囊亲王嫔妃众多而作。因两部宫廷剧纯为阅读文本，所以也有人将其视为宫廷小说。兰太康丁通篇使用典雅的宫廷用语，同时还用了很多诙谐词语，增加了可读性，风格独特，感染力很强。

贡榜时期著名诗人、剧作家吴邦雅（1812—1866）的作品虽然从表面看大都属于佛教文学和宫廷文学的范畴，但仔细研读便不难发现，他总是用犀利的笔锋对社会恶习、腐败现象、宗教界和宫廷内部的黑暗进行大胆揭露和鞭挞。他"倾注全部精力写成的"、也是他最成功的一部剧作《卖水郎》就是一篇影射宫廷政治斗争和社会现状的优秀作品。这部剧作本为应制之作，并取材于佛经故事，但作者却以艺术家特有的敏感和良知，准确地把握住所处时代急剧变化的脉搏，在创作中表现出了非凡的创造才能。他既未陈陈相因典故旧说，也未全盘秉承皇族旨意、一味逢迎，而是大胆拓展原佛本生故事的情节内容，摆脱佛教思想束缚，一方面影射宫廷纷争，另一方面着意于反映社会现实和下层人民生活。通过剧中人卖水人之口，对劳动人民的贫苦生活状况作了生动的描述。作品对贫苦人民的深切同情，对真善美的执着追求，对宫廷内部腐败现象的无情揭露都是具有进步意义和民主性的。《卖水郎》剧的不朽，不仅在于该剧的思想意义，也在于其精湛的艺术魅力。该剧剧情集中，结构精巧，语言洗练，意象深邃。尤其在人物道白及修辞手法的运用上，更显出不同凡响的大手笔。吴邦雅阅历丰富，熟谙世事，又精于言辞，富于联想，因此他的比喻新颖别致，带有浓厚的民族、地域色彩。如用"填饱肚子的猪将刚吃空的食槽拱翻"喻忘恩负义，用"量体做好草笠衣，恰逢雨连绵"喻卖水郎巧遇卖水女，用"豁嘴的陀螺相撞，双方都不吃亏无损脸面"形容两个经济地位相当、命运相同的贫苦人结合，用佛本生故事中"统治四大部洲的曼达杜王为享受神仙的快乐，到达天宫，天帝赐他忉利天的一半，他却想杀死天帝独霸天廷"来比喻王储想独霸王权。这些入喻的事物都是缅甸人民十分熟悉的，因此显得格外清新而又通俗易懂。不仅如此，吴邦雅的比喻还不落俗套，能做到雅俗共赏。如卖水郎用"好似饿虎扑食，把猎物捕到嘴边"，来形容自己对卖水女的渴求心情，而卖水女则说他"恰如壁虎贴身墙上，紧追不舍把小妹抓"。这些比喻用在表现男女美好爱情方面似乎有些粗俗不雅，但通观作者对卖水郎这一人物性格的多面塑造，就会发现这些话语不但符合卖水郎的秉性，而且把他耿直、鲁莽而又有些贪婪的样子描绘得更加形象。作者将比喻、夸张、反语等修辞手段有机地结合运用，使语言风趣幽默，极富感染力。

贡榜王朝初期，瑞当底哈杜与东敦基吴达合作的宫廷小说《宝镜》（约1780）与其他宫廷剧、宫廷小说有很大不同。宫廷戏剧主要通过人物对白和韵文唱词来表现剧情发展，是专为舞台演出而创作的。而《宝镜》则通过相当篇幅的白话文叙述来展现故事情节，只有人物对话使用韵文诗词或散韵杂糅，形式上与近代小说有相似之处，是专为阅读而创作的，在当时主要供宫廷消遣。从内容和主题上看，《宝镜》反映世俗情感，歌颂王子公主的爱情专一，与脱胎于佛经故事以讲道弘法为目的的小说完全不同。小说作者没有因袭前人、拘泥陈规，一改从现成题材中撷取故事情节的做法，只是借用《清迈五十本生故事》中的一些人物（如王子、公主、帝释、龙王、咖咙等）和神话故事中的一些地名（如传说中的喜马拉雅山七神湖之一的阿诺陀湖等），展开想象的翅膀，编织了一部神奇曲折、情趣盎然的神话故事。贯穿整个故事的是恩达贡玛王子与惠如妙苏瓦公主的爱情线索，围绕这一主线，铺开4支主要情节：

1. "王子篇"中关于蒂拉珊达公主的故事；

2. "公主篇"中关于曼拉德瓦山神与杜温那雅蒂仙女的故事；

3. "宫殿篇"中关于埃亚巴塔龙王的故事；

4. "相遇篇"中关于恩达亚扎与杜兹达的故事（即王子与公主的前生故事）。

在这些主要情节中又通过小说人物的叙述援引出12支小故事情节。可见，故事情节是《宝镜》小说叙述的基本构造。通过主次交错的情节线索展现人物的性格、命运和引人入胜的特殊生活场面。当然，它不可能完全摆脱佛教文学的影响，否则也就不是那个时代的产物了。

在小说前言中有这样一段话：

　　　　在万物之主阿朗帕耶王之下臣、大元帅、学者、朝廷参事摩诃奈苗底哈杜的敦促与鼓励之下，余瑞当底哈杜欣然接受其意，援笔引例，以优美典雅之文字、传统之语言撰写此作。

有些学者据此认为该小说创作于贡榜王朝初期阿朗帕耶王在位时期，即1752—1760年期间。而据缅甸学者考证，《宝镜》写作时间为辛古王在位时期，约1780年间。前言中的话并不能完全作为写作时间的依据，但据此可确认作者宫廷御用文人的身份。从小说中对罗莫尼耶国太平盛世的描绘和对王孙贵族奢侈繁华生活细节的刻画，都可明显看出是出自宫廷作家之手。同时也可说明小说写作时期缅甸封建社会尚处于走向衰落前的鼎盛时代。或许作家在创作初始并无明确的主观意图，仅是应国王下臣授意而作。但一部作品创造了某种艺术形象体系，它本身就成了某种社会存在。作品的意义，即作品的客观价值并不取决于作家的创作意图，而取决于它存在于其中的社会条件（主要是社会关系），取决于读者的接受意识，人们会从同一部作品中发掘出不同的意义。因此作品的客观价值会在时代的变迁中不断变化，在一代代受众的读解中不断诠释和丰富。小说《宝镜》的主题是歌颂王子公主的爱情专一。有近代学者认为，作者创作这部作品是另有一番苦心的。当时正是缅甸战乱纷纭的时代，大批男子应征出战，他们思念家中妻子。作品的意义在于教育妇女们，尤其是宫中女子，应对自己的丈夫、情人矢志不移，从一而终。而一些现代学者的看法则完全不同。他们认为作品创作于辛古王在位时期。辛古王登基后封仓廪大臣的女儿信敏为正宫王后，但到了后期，辛古王终日沉迷于三宫六院的美姬佳丽之中，长期不回南宫，早把信敏王后遗忘了。信敏贵为王后，在封建社会的女性中其地位不可谓不高，其物质生活不可谓不优裕，但精神生活却孤寂痛苦。《宝镜》在此时问世，其意义在于与喜新厌旧的君王形成鲜明的对照，以表示对封建婚姻制度的不满。

笔者认为，《宝镜》虽为应制之作，但其表现的主题在客观上是具有一定程度的反封建意义的。作品讴歌的是青年男女对真挚爱情的追求，肯定并歌颂的是一夫一妻的美德和思想，这符合缅甸传统的伦理道德思想。缅甸封建时期产生的各类法典，如《达摩维拉法典》(1281)、《伐丽流法典》(1281)、《摩奴基律例》(1750)等，对家庭婚姻、夫妻关系及妇女地位等方面的道德规范及标准均有具体的规定，其中包括"实行一夫一妻制"，"妇女的社会权益受到法律保护"等等。历代君王都运用"法典"这一神圣武器，约束人们的道德行为，谋求民心归顺，稳定社会秩序，维护国家安宁，以巩固其统治地位。但在宫廷内部，封建帝王及王孙贵族们的婚姻制度却与王法相悖。尤其在贡榜王朝，没有一个君王不是骄奢淫逸、嫔妃众多、沉溺女色的，辛古王就是一个典型。《宝镜》塑造了一个爱情专一的王子形象，表现了与宫廷现实不同的爱情道德观，这无疑对君主君少们是一种委婉的告诫。处于作者的身份和地位，是不可能对宫廷的腐朽没落现象和淫乱生活作公开揭露和鞭挞的。用文学作品塑造出符合社会道德规范和价值观念的完美的艺术形象，其本身在客观上就起着生活教科书和针砭时弊的作用。在作品前言中借先王的威力为保护伞，也许正是作者不露锋芒的一种手段或策略。

老挝宫廷文学作品主要有《昭法昂的训词》、《被遮挡的太阳》等。

《昭法昂的训词》的作者是老挝澜沧王国的开创者昭法昂。据考证是昭法昂于1357年统一全国后，在万象举行的庆功宴上对大臣所作的训词。该作品的最初版本是刻写在贝叶经上的，受风化虫蛀已损坏，现有的文本由玛哈西拉·维拉冯收集于《老挝历史》一书。内容主要为教导国民要努力创造财富，提高警惕，保卫国家。要求各级首领要爱护部下，体恤民情，不要把老百姓当奴隶等等，都是一些治国的训导。《训词》语言简洁，通俗易懂。[①]

由于在老挝至今为止尚未发现早于《昭法昂的训词》的文学作品。因此《昭法昂的训词》也是老挝的第一篇书面文学作品，被视为老挝书面文学的开端。

《被遮挡的太阳》作者为老挝万象国国王昭阿努，写于19世纪初。1695年，苏里亚旺萨王去世，为争夺王位，澜沧王国陷入内乱，分裂为琅勃拉邦、万象、占巴塞三个王国，并

---

① 黄洪清:《老挝文学》,载《亚洲人文百科论丛:语言·文学》(张光军著),北京:军事谊文出版社,2000年版,第189页。

相继遭受邻国暹罗的入侵，至1779年，三个王国全部被暹罗征服，丧失国家主权，沦为其附属国，三个王国的王位继承与高级官员的任命均由暹罗决定。1804年，昭阿努在暹罗的支持下，即位为万象国国王。昭阿努励精图治，一心想恢复澜沧王国的独立与统一。他表面上对暹罗国王百依百顺，处处表达忠心；暗地里却招兵买马，不断积蓄力量，意图起兵反抗暹罗的统治。

《被遮挡的太阳》采用诗歌的创作形式，主要表达了作者不愿做亡国奴，号召人民起来反抗暹罗殖民统治，争取国家的独立与统一的爱国情怀。全诗分为三章。第一章主要讲述作者对祖国的热爱和对敌人的仇恨心情；第二章主要表达作者希望通过武装斗争来反抗敌人的殖民统治及获取国家独立的决心；第三章主要反映作者救国救民的急迫心情以及勇于牺牲、绝不退缩的决心。

由于《被遮挡的太阳》写于昭阿努起兵反抗的准备阶段，在上述政治形势下，作者只能采用隐晦的创作手法，让读者自己去体会、理解其意。在诗中，作者还采用了一系列的暗喻来表达自己的思想，如通过相爱的青年男女天涯离别来比喻沦陷的河山，阴晦的月亮比喻荒芜的首都万象，被散发光芒的金翅鸟所遮盖的飞龙来比喻受苦受难的老挝人民等等。

《被遮挡的太阳》所表达出的强烈爱国情怀为后人所推崇，全诗风格优美、语言通畅、描写细腻，被视为老挝最优秀的古代文学作品之一。

柬埔寨王室一贯重视"文武之道"，从小就拥有优越学习环境的王室成员们在当时的社会里可以算得上是才华出众的人物，大都具备一定的文学创作能力。由于历代国王都非常重视文学，一些民间的文学才子也会很快被召入宫中封官加爵，成为国王的御用文人。一般来说，凡是由王室成员或宫廷文人撰写，内容上主要是为国王歌功颂德，或反映宫廷生活、辞藻华丽、多以诗歌形式出现的文学作品，都可以被纳入古代柬埔寨宫廷文学的范畴。

就目前所知，在吴哥王朝时期著名的宫廷诗人有六位：迪华格拉、耶德阿玛拉彼、西威桑姆、普曼德拉、卡威德拉及因德罗黛维王妃。他们或是才华横溢的诗人和作家，或是造诣极深的学者，都得到国王的赏识和重用。他们的作品多善用词藻，在内容上多是为统治者歌功颂德，也不乏有反映那个时代政治文化经济生活的。因此，他们留下的不仅是经典文学作品，也是珍贵的历史文献资料。在迪华格拉所著的一篇碑文上就用生动夸张的比喻手法、丰富奇幻的想象，向人们展现了一个激烈雄壮、亦真亦幻的战争场面，被视为柬埔寨古典文学的名篇佳作。耶德阿玛拉彼曾被耶输跋摩誉为全国最高学者，曾被封为僧王。他的作品中充溢着深厚的宗教气息。在巴扬寺发现的由他撰写的碑文中，他以精美绝伦的诗句祈求婆罗门教诸神保佑功德无量的国王，显示出其高深的神学造诣。作为阇耶摩贡国王的老师，西威桑姆具有渊博的知识，满腹经纶，被誉为语言大师。《大战的故事》和《语法集成》是他的代表作。干丹达姆寺出土的碑铭上就有他的作品。他的作品笔调流畅、语言优美，堪称经典。普曼德拉曾任阇耶跋摩七世的顾问。他的作品多是反映吴哥王朝最强盛时期的繁荣景象，着力讴歌阇耶跋摩七世的英明统治。多拉寺的碑铭中便有他这方面的代表作品。卡威德拉曾担任苏利耶跋摩的顾问，语言造诣极高，且精通法律。卡纳寺的碑铭中记载着他的作品，作品中运用多种文学手法塑造了国王英勇的形象。因德罗黛维王妃是阇耶跋摩七世国王的妻子，是一位才华出众、能力过人的作家，她撰写的诗文多在颂扬她丈夫的文治武功。据史料记载，她还辅助国王在推动民族文化的发展上做了许多工作。正因如此，阇耶跋摩七世在位期间，柬埔寨无论在宗教或是文学方面都呈现出空前繁荣的景象。①

吴哥王朝之后比较有影响力的宫廷作家主要是斯雷托玛利阇、安东和桑托沃哈·莫克三位。斯雷托玛利阇1634年创作的诗歌《咏冬》通过对大自然的细腻描写，抒发情怀，文句优美，音调铿锵，被誉为17世纪的佳作。安东（1796—1861）是柬埔寨乌栋王朝的一位国王（1841—1860年在位），年轻时留学泰国，热爱文学创作，是一位杰出的作家和诗人。他在位期间，着力发展民族文化，改革和规范高棉语言和文字，编写过有关柬埔寨传统习俗的文集，对柬埔寨文学的发展起到了重要的推动作用。比较著名的作品有长篇叙事诗《加姬王后》（1813）、《索昆唐的故事》，训言类作品《女经》（1837）等。桑托沃哈·莫克（Santhor Muk，1846—1908）是诺罗敦国王时期的文官兼诗人，曾创作了长篇叙事诗《神曲》（1859）和《王朝史》，都在远东法语国家图书馆收藏。

柬埔寨宫廷文学在题材上除了为国王歌功颂德或反映宫廷生活外，有相当一部分是宣传佛教教义的，这既符合统治者传播佛教教义的意愿，也满足了广大佛教信徒的需要。因此，古代宫廷文学与佛教文学之间有很明显的交集。统治者根据自身需要，吸收那些有利于统治的因素，如对国王的敬仰和忠心，对佛祖的虔诚崇拜等。比如安东国王创作的叙事诗《加姬王后》就是取材于《清迈五十本生故事》的改写作品，讲述的是用情不专、朝秦暮楚的加姬王后的故事。佛教中贬斥和歧视妇女的思想在这部作品中得到体现，对君主要忠心耿耿的思想也得到了宣扬。这部作品在1935年由金边佛教研究院整理出版，在柬埔寨流传甚广，几乎无人不知。"加姬"也成为用情不专、招蜂引蝶、放浪形骸的妇女的代名词；而对于那些喜欢拈花惹草、不忠于妻子的男人，也有"男加姬"的蔑称。21世纪初，柬埔寨优秀青年作家育·索彼的作品《加姬夫人》讲述了一个现代版"加姬"的故事，又勾起人们对这部经典文学作品的怀念。

相对这些有证可考的作家作品而言，摆在我们面前更多的是没有留下作者姓名和创作日期的宫廷文学作品。掌握着绝对话语权的国王和宫廷文人们创作了大量内容不一的文学作品，都具有安抚民众精神、巩固封建统治的目的。但这些作品也在客观上丰富了那个年代人们的精神文化生活，在柬埔寨文学史上留下浓墨重彩的一笔。

---

① 参见陈显泗：《柬埔寨两千年史》，郑州：中州古籍出版社，1990年版，第440页。

自从柬埔寨在乌栋建都以来，各朝各代都开始用高棉语来编写历史。这项工作通常由僧王或王宫中的专职诗官负责。他们从保存下来的一些资料文献中整理，不完整的地方就从前辈的讲述中补充。这些史书在很大程度上也是对历代柬埔寨国王的赞颂，凝聚着宫廷文人的心血，也被视作古代柬埔寨宫廷文学中不可缺少的一部分。

三、越南的宫廷文学

在越南古代文学史上，越南古代帝王参与的文学创作现象可以称为帝王文学或宫廷文学。在越南，古代封建帝王作诗、为文甚多，蔚然成风，成为越南古典文学一道独特的、亮丽的风景线，也是越南汉文学发展的一大特点。

在越南封建社会中，帝王们在少年阶段均受到了以儒学为主的各种文化的熏陶和教育，他们享受的教育资源是最优厚的，是独一无二的。"矻矻灯前十年读，眼窥未遍圣贤书。"（黎圣宗《驻昌江》）他们登基后，均重视"文武之道"。因此，越南帝王大都具有深厚的汉文功底，大都有一定的文学创作能力，有的还非常突出，著有诗集、文集等。在他们的诗文中还出现了一些出类拔萃的作品。越南帝王参与的文学创作以汉诗文为主。他们的汉诗文数量较大，成就颇高，在越南汉文学的发展历史上占有一定的地位。越南陈朝学者胡元澄对越南封建帝王诗歌成就予以充分肯定："其清新雄健迥出人表。千乘之君趣兴如此，谁谓人穷诗乃工乎？""自性清高，天然富贵，国君风味与人自别矣。"[①] 由于越南古代帝王们所处的时代不同，他们的诗文内容和风格上有些差异。我们可把越南古代文学史上的宫廷文学分为两大流派：李、陈朝流派和后黎朝流派。

李朝是越南封建社会的初创时期，处在越南汉文学的发端时期。这一时期帝王们的诗文呈现出质朴的特点。李太宗（Lý Thái Tông，1000—1054，在位1028—1054）留有2首汉诗，其中《赞毗尼多流支禅师》一诗是为追赞毗尼多流支禅师而作的：

> 创自南国来，闻君久习禅。
> 应开诸佛信，远合一心源。
> 皎皎楞伽月，芬芬般若莲。
> 何时临面见，相与话重玄。

李仁宗（Lý Nhân Tông，1066—1127，在位1072—1127）留有3首汉诗，内容全是追赞佛教禅师的。在追忆李朝初年赫赫有名的万行禅师时他写道：

> 万行融三际，真符古谶诗。
> 乡关名古法，挂锡镇王畿。

（《追赞万行禅师》）

---

① 《李陈诗文》第三集，河内：社会科学出版社，1978年版，第716页。

陈朝帝王们从陈太宗起就工于汉诗，其后陈圣宗、陈仁宗等对汉诗更是喜爱有加。陈太宗（Trần Thái Tông，1218—1277，在位1225—1258）著有《陈太宗御集》（一卷），全集今不传，留有汉诗2首，其中《寄清风庵僧德山》表达了他对佛学的景仰、迷恋和乐此不疲：

> 风打松关月照庭，心期风景共凄清。
>
> 个中滋味无人识，付与山僧乐到明。

陈圣宗（Trần Thánh Tông，1240—1290，在位1258—1278）的汉文作品有《箕裘集》、《贻后录》以及《陈圣宗诗集》（一卷）。现有4首诗存于《越音诗集》和《全越诗录》中。

> 朝游浮云峤，暮宿明月湾。
>
> 忽然得佳趣，万象生毫端。
>
> （《幸安邦府》）
>
> 窈窕华堂画景长，荷花吹起北窗凉。
>
> 园林雨过绿成幄，三两蝉声闹夕阳。
>
> （《夏景》）

陈仁宗（Trần Nhân Tông，1258—1308，在位1278—1293）是陈朝第三代皇帝，也是陈朝时期文学创作成就最大的皇帝。陈仁宗自幼笃信佛教，喜读佛典。做了皇帝后，他仍对佛教痴迷不改，执着追求。1293年，他禅位于英宗，自命太上皇。1299年，他正式到安子山出家当和尚，自号"香云大头陀"，晚年创立了竹林派禅宗，被称为"竹林第一祖"。根据《三祖实录》记载，陈仁宗撰写了《禅林铁觜语录》、《后录》、《僧伽粹事》和《石室寐语集》等，以上书籍已佚。陈仁宗现存的汉文散文作品有《上士行状》。《上士行状》记述了慧忠上士的生平以及作者对慧忠上士的评价，还有作者向慧忠上士请教的一些问题和他的回答。诗歌著作有《陈仁宗诗集》（一卷）和《大香海印诗集》（一卷），可惜这两部诗集已经遗失。在《越音诗集》和《全越诗录》中保留了24汉首诗。陈仁宗的很多诗歌都透着一种对佛教的向往和陶醉之情：

> 年少何曾了色空，一春心在百花中。
>
> 如今堪破东皇面，禅板蒲园看坠红。
>
> （《春晚》）

陈仁宗的诗歌放旷，清雅，无尘世间的尘埃，非常的纯净、清远。《春晓》是这种诗风的典型代表：

> 睡起启窗扉，不知春已归。
> 一只白蝴蝶，拍拍趁花飞。

作者在睡梦中醒来，却发现春天已经悄悄到来。明媚的春色中只有一支白色的蝴蝶在花丛中飞舞，春天是那样的安详、静寂，一点也没有喧嚣之感。

《天长晚望》描绘了夕阳西下、牧童归来的田园风光：

> 村前村后淡似烟，半无半有夕阳边。
> 牧童笛里归牛尽，白鹭双双飞下田。

《题普明寺水榭》则是诗语颇意味的一首：

> 熏尽千头满座香，水流初起不多凉。
> 老榕影里僧关闭，第一蝉声秋思长。

"第一蝉声秋思长"中的"蝉"是双关语，"蝉"与"禅"字是同音字，蝉声悠长，也就是佛禅之深意绵绵、悠长。此字运用极为巧妙。陈仁宗的诗歌体现了越南佛教无言通派的特点，追求"即心即佛"的学说："地僻台愈古，时来春未深。云山相远近，花径半晴阴。万事水流水，百年心语心。倚栏横玉笛，明月满胸襟。"

陈英宗（Trần Anh Tông，1276—1320，在位1293—1314）著有《水云随笔》（二卷），今不传。诗歌《冬景》展现了一幅南国越南独特的冬天的景色：巍峨壮观、苍翠的山峰，高耸的紫府楼台，在几番春华秋实之后，碧桃已经是果实累累。作者最后笔锋一转：冬天即将过去，更加碧绿的春天即将来临：

> 苍描翠抹削晴峰，紫府楼台倚半空。
> 几度碧桃先结实，洞天三十六春风。

《征占城还舟泊福城港》描绘了征伐归来"万队旌旗光海藏"的盛况：

> 锦缆归来系老榕，晓霜花重湿云蓬。
> 山家雨脚青松月，渔国潮头红蓼风。

万队旌旗光海藏，五更箫鼓落天宫。

船窗一枕江湖暖，不复油幢入梦中。

陈明宗（Trần Minh Tông，1300—1357，在位 1314—1329）陈英宗的第四子，著有《明宗诗集》。现有21首诗存于《越音诗集》和《全越诗录》中。《白藤江》表达了作者凭吊古战场的情怀：

挽云剑戟碧瓒芜，海蜃吞潮卷雪澜。

缀地化钿春雨霁，撼天松籁晚风寒。

山河今古双眼开，胡越赢输一倚栏。

江水淳涵残日影，错疑战血未曾干。

《乂安行殿》表达了明宗对黎民的体恤之情：

生民一视我胞同，四海何心使困穷。

萧相不知高祖意，未央虚费润青红。

陈裕宗（Trần Dụ Tông，1336—1369，在位 1341—1369）陈明宗第十子，陈宪宗之弟。陈裕宗御制《陈朝大典》现在已经遗失，《全越诗录》存有汉诗一首《唐太宗与本朝太宗》：

唐越开基两太宗，彼称贞观我元丰。

建成诛死 安生在，庙号随同德不同。

陈艺宗（Trần Nghệ Tông，1322—1395，在位 1370—1372）的《送北使牛亮》是他为明朝使者送行的一首诗：

安南老臣不能诗，空对金樽送客归。

圆伞山青泸水碧，随风直入五云飞。

陈艺宗作为越南的皇帝，在明朝使节面前，自称"安南老臣"，表现出了相当谦逊的姿态。这也在某种程度体现了当时中越两国的宗藩关系。《望东山了然庵》则是一首"望庵兴叹"的诗歌，观望佛庵，他发出人生苦短、当及时游乐的感叹："古木扶疏暂系舟，禅房岑寂枕清流。明年此夕知谁健，且喜登临访旧游。"

1400年，胡季犛（Hồ Quý Ly，1336—？，在位1400—1407）废陈少帝，取代陈朝帝位，建立胡朝。胡季犛为帝时间不长，只有7年，但改革颇多。他重视教育，在科举考试中增加了考算法。他重视文学的发展。胡季犛现在留存下5首诗歌，他的诗歌平朴直述，通俗易懂，朗朗上口。如《答北人问安南风俗》：

> 欲问安南事，安南风俗淳。
>
> 衣冠唐制度，礼乐汉君臣。
>
> 玉瓮开新酒，金刀斫细鳞。
>
> 年年二三月，桃李一般春。

从诗中，可以看出当时越南的衣冠、礼乐等都沿袭中国汉唐制度，与中国文化一脉相承。同时，诗歌也展示两国的密切关系。

后黎朝时期，越南封建制度巩固，国家兴旺，社会太平，文学事业蓬勃发展，帝王们的诗文体现了盛世奇观和他们的雄才大略及其对文学的孜孜以求。他们的诗歌风格华丽、清虚，略显空洞。越南古代大学者潘辉注评价黎朝帝王的诗文：“圣尊御制，大抵英气雄迈，词意飘丽。”[①]黎朝的黎太祖、黎太宗等均有汉诗作问世，尤其是黎朝第四代皇帝黎圣宗，他堪称封建皇帝诗人中的杰出代表。

黎太祖（Lê Tháo Tổ，1385—1433，在位1428—1433）执行抑佛重儒的政策，独尊儒学，佛教逐渐走向衰落，儒学开始占据了优势地位。黎太祖时期越南封建社会进入鼎盛时期。黎太祖的《征刀吉罕还过龙水堤》（顺天二年孟夏）展示了开国皇帝征战沙场的雄风和安邦治国的雄才大略：

> 崎岖险路不辞难，老我犹存铁石肝。
>
> 义气扫空千嶂雾，壮心夷尽万重山。
>
> 边防为好筹方略，社稷应须计久安。
>
> 虚道危难三百曲，如今只作顺流看。

黎太宗（Lê Thái Tông，1423—1442，在位1433—1442）登基之后，便下诏设立学校，培养人才，形成了“内有京都国子监，外有各府学堂”的繁荣局面。他亲自挑选官吏及平民的“俊秀子弟”充为国子监的监生；下令各府官员“广泛挑选民间的良家子弟充为生徒，置儒师教授之”。1434年，黎太宗规定乡试和会试每三年进行一次，儒学科举考试更加频繁。儒学文化的发展极大促进了黎朝汉文学的进步。黎太宗的《亲征武令乡》描绘了自己的征战生涯和胜利后的太平生活：

① ［越］潘辉注：《历朝宪章类志》（卷之四十二）。

穷山逆寇敢干名，劳我王师几日行。

桑柘暖回春万落，貔貅令肃夜三更。

为民本欲除残暴，偃武终当洗甲兵。

边塞已清尘已静，从今九寓属太平。

黎圣宗（Lê Thánh Tông，1442—1498，在位1460—1498）是黎太宗的第四子，1460年即位，在位38年，这一段时间是黎朝的鼎盛时期——史书上称之为"盛黎"（1460—1504），也是古代越南历史上最兴盛的时期之一。黎圣宗崇文尚武，是越南历史上功绩最卓著的一位皇帝，也是15世纪下半叶最有名的诗人。黎圣宗好吟诗，正所谓"山清水碧之处无不有圣宗的诗文"。他精通汉诗音律，御制《琼苑九歌》。1494年，黎圣宗组织了越南文学史上规模最大的文学组织——"骚坛会"，他自称"骚坛元帅"，与28位文臣宿将吟诗唱酬，留有大量汉诗，如《春云诗集》、《古今宫词诗》、《英华孝治诗集》和《文明鼓吹诗集》等。"骚坛会"的成立标志着黎朝宫廷文学的昌盛。黎圣宗所倡导的诗歌创作是越南古代文学中唯美主义的典型代表，他重视诗歌的韵律、辞藻和意境的美，这无疑对提高越南古代诗歌艺术起到了重要作用。

作为盛世的皇帝，黎圣宗在他的诗歌中为他的贤明治理、百姓安居乐业和歌舞升平大唱赞歌："海上万峰群玉立，星罗棋布翠峥嵘。鱼盐如土民趋便，禾稻无田赋薄征。波向山屏低处涌，舟穿石壁隙中行。边氓久乐承平化，四十余年不识兵。"（《安邦封土》）

黎圣宗的《思家将士》和《驻河华海口，夜坐听雨，悲感俱生》则流露了其心灵深处较少流露而颇为感人的一面——对征战沙场将士的悲思之情："北风携手与谁俱，不夜天高月影孤。梅落五更增远恨，愁来一日似三秋。魂能引梦存心否，酒到忘形惜醉无。欲识古人旧消息，恐稀便雁到神州。"（《思家将士》）"渺渺波涛穷望目，匆匆时序惜流年。却怜泥露劬劳士，覆首囊无沐惇钱。"（《驻河华海口，夜坐听雨，悲感俱生》）《题扇》则体现了对劳动人民劳作辛苦的理解："南熏楼阁日长时，纨扇挥风午梦宜。拂拂凉风宜午梦，夏畦劳苦未曾知。"

黎圣宗作为一国之君，居殿堂之高位，能体恤下层兵士与农民的牺牲与辛苦，实属难能可贵。黎圣宗的《东巡过安老》表现了他所追求"清莹澄彻"的风格：

渺渺关河路几千，北风有力送归船。

江涵落日摇孤影，心逐飞云息万缘。

霜雾零时无绿树，桑麻深处起青烟。

海山逦迤穷游目，只见雄雄亘碧天。

"江涵落日摇孤影，心逐飞云息万缘。"正是黎圣宗所追求的"清莹澄彻"的意境，可谓是"兴象玲珑，无迹可求"。黎圣宗的诗风非常鲜明。他认为诗歌应该"情动于中，言形于外"。他对李商隐的诗《锦瑟》评价道："真奇丽精美，可与吾侔。而清莹澄彻，未及吾诗句也。"[①]黎圣宗组织的"骚坛会"的奉和御制诗则呈现出华艳、纤巧、空洞的倾向。潘辉注对黎圣宗的诗给予高度评价："逸词丽句雄奇，千古帝王之作，未可能及者也。"[②]

黎圣宗在文学事业上的身体力行和大力提倡，不仅推动了越南汉诗文的蓬勃发展，而且还促进了整个越南文学事业的繁荣昌盛。黎圣宗在越南文学史上留下了浓重的一笔。另外后黎朝还有黎宪宗等。黎宪宗（Lê Hiến Tông，1461—1504，在位1498—1504）作有《题绿云洞》、《题盘阿山》等汉诗。

从16世纪开始，越南封建国家进入衰落阶段，起义不断，割据纷争。1527年至1592年为黎、莫对峙的"南北朝"时期，1627年至1672年出现北郑、南阮的纷争局面。这两个世纪几乎没有出现在诗文方面有所作为的帝王。

历朝越南帝王们的身体力行极大推动了越南宫廷文学的发展，为汉文学创作水平的提高、为越南汉文学走向成熟与兴盛做出了贡献。

四、近古爪哇语文学和班基故事

1293年麻喏巴歇王朝取代新柯沙里王朝，印尼的封建社会开始进入全盛时期。麻喏巴歇王朝平定了国内的叛乱之后，大力发展生产，使社会趋于安定。经济的繁荣和国力的强盛促使了麻喏巴歇王朝的文学艺术日益兴旺发达，从而牵动了文学语言的改革。这一时期，近古爪哇语逐渐取代古爪哇语而成为文学创作所使用的主要语言。所谓近古爪哇语是指从古爪哇语向近代爪哇语过渡的一种语言，它逐渐摆脱了梵语的影响而日益接近爪哇社会的大众语言，所以更容易为大众所接受。语言的趋向大众化，也是文学更加爪哇民族化和世俗化的一个重要标志。根据语言的这种变化，这个时期的文学被称作近古爪哇语文学。[③]

麻喏巴歇王朝是印尼历史上最大和最强盛的封建王朝。这一时期爪哇的封建文化和文学已日臻成熟，其发展趋势有了明显的变化。首先，在艺术形式上，仿梵体诗的格卡温诗体已走向式微，不再是文坛的独秀，源于爪哇民间唱词的吉冬诗体异军突起而大受欢迎。还有散文体裁的作品也开始进入爪哇古典文学的殿堂，使爪哇文学的形式和体裁多样化。在文学内容上，虽然传统的印度宗教文化的影响仍居主导地位，但整个文学创作已逐步摆脱过去那种仿效印度古典梵语文学的模式，表现出更强烈、更浓厚的爪哇民族的特色。与柬义里王朝时期的宫廷文学相比，麻喏巴歇王朝时期以印度两大史诗和神话故事为

① ［越］吴士连：《大越史记全书》（卷之十三）。
② ［越］潘辉注：《历朝宪章类志》（卷之四十二）。
③ 梁立基：《印度尼西亚文学史》，北京：昆仑出版社，2003年版，第147页。

题材的作品日益稀少，而直接叙述本民族的王朝历史演变和本民族的帝王将相人物的作品则大量涌现。可以说，麻喏巴歇王朝的宫廷作家无需再假借印度史诗神话故事来影射和美化自己的帝王，可以直接用本民族的历史故事和现实人物来歌颂统治者。有些作品，即使讲的是印度大神的故事，也可以看出作者在有意淡化印度的色彩，或者使印度教的大神爪哇化，或者让印度教的大神与爪哇本民族的主神相融合，混为一体。

但应该指出的是，爪哇作家的作品虽然比过去更贴近本国的社会现实，更富有自己的民族情调，同时也更加世俗化，但这些历史题材的作品并不是史书，而是文学著作，其中所述史实多不可靠，不宜作为史料看待，但可作为历史的写照参考。①

麻喏巴歇王朝时期，格卡温作为历来宫廷文学的正统虽然仍被继承下来，但在内容上已有重大的变化。印度史诗故事不再是题材的唯一来源，印度教已失去昔日的独尊地位，佛教的影响有卷土重来之势，两教相融合又相斗争的现象也反映到文学中。例如我们在恩蒲·丹杜拉尔写的《阿周那凯旋》和《输打梭玛》中就可以看到这种现象。前者取材于《罗摩衍那》的《后篇》，后者取材于佛本生故事。一般而言，佛教文学在古爪哇语文学中不占重要地位，佛教题材的作品屈指可数。《输打梭玛》的问世有其特殊的意义，它不但表明佛教在这个时期有回潮之势，而且还把两教的相容和相斗显示出来。作者在这两部作品中都有意贬抑印度教的大神以抬高佛祖的地位，把传统的印度教史诗故事变成他宣传佛教的讲坛。在同一时期，还有两部比较重要的格卡温作品《巴尔达雅茨那》和《昆加拉卡尔纳》，也可代表印度教和佛教两种不同的倾向。前者取材于传统的印度史诗故事，宣扬印度教的思想；后者取材于佛本生经故事，宣扬佛教思想。

哈奄·武禄执政时期，有著名宰相卡查·玛达辅政，文修武偃，物阜民安，是麻喏巴歇王朝的盛世。过去的宫廷作家都是借印度史诗神话故事来歌颂本朝帝王，如今王朝已如此强大，宫廷作家完全可以把国王的丰功伟绩和国家的繁荣昌盛直接写进自己的作品加以歌颂。普拉班扎于1365年写的《纳卡拉克达卡玛》（《国运昌盛颂》）就是这样一部格卡温作品。哈奄·武禄王每年都要亲自出巡视察，接受四方臣民朝拜。普拉班扎把国王出巡的盛况以及他途中的所见所闻逐一记录下来写成这部长篇颂诗。这部作品可以说是麻喏巴歇王朝全盛时期的真实写照，向我们提供了14世纪爪哇王朝的社会政治、宗教文化、民情风俗等多方面十分难得的翔实资料，这在爪哇古典文学中，可以说是独一无二的。②哈奄·武禄王去世后，麻喏巴歇王朝开始走向衰落，统治阶级内部矛盾逐渐激化，战乱频仍，朝政废弛，民不聊生。面对这种颓势，许多宫廷作家对王朝的前途充满忧虑，他们一反过去对统治者的歌颂，也写出一些针砭时弊的作品。这类作品在麻喏巴歇王朝后期日益增多，其中最有影响的是《尼迪沙斯特拉》（《统治论》）。随着麻喏巴歇王朝的没落，盛行数

---

① 季羡林：《东方文学史》，长春：吉林教育出版社，1995年版，第701页。
② 梁立基：《印度尼西亚文学史》，北京：昆仑出版社，2003年版，第157页。

世纪之久的格卡温文学在爪哇走到了终点，取而代之的是吉冬诗体（Kidung）。

　　格卡温之外吉冬诗的出现，应该说是麻喏巴歇王朝时期诗歌创作上的重大突破。吉冬诗体在柬义里王朝时期曾流行于民间，不过一直受以格卡温诗体为正统的宫廷文学的排斥而不能登大雅之堂。当印度宗教文化的影响逐渐衰减、民族化爪哇化的倾向加速进行的时候，这一土生土长的爪哇诗体才获得了发展的机会。吉冬诗与格卡温诗最大的不同在于，它完全不受印度梵体诗的影响。它使用的语言是近古爪哇语，其词汇和语法在许多地方有别于古爪哇语，更具有民族语言的特点。吉冬的诗律遵循爪哇语的规律，不分长短音，但有固定的音节数和韵脚，句子有长有短，随词调的不同而异。①吉冬诗不但在形式上，在内容上也基本摆脱了印度梵语文学的传统影响，其作品大都取材于爪哇王朝的历史故事和民间传奇，很少采用传统的印度史诗神话故事，所以爪哇民族色彩特别浓厚。

　　吉冬诗一般不属宫廷文学，诗中既没有提到国王和作者的名字，也没有标出创作的年代，往往很难断定其来历。最有代表性的吉冬诗主要有：《哈尔沙威查耶》、《朗卡·拉威》、《梭兰达卡》、《巽达吉冬》等。这些作品都属历史题材，叙述麻喏巴歇王朝建立前后发生的重大历史事件。其中流传最广的是《朗卡·拉威》和《巽达吉冬》，前者讲的是麻喏巴歇王朝的开国功臣朗卡·拉威因受国王的不公正对待而被迫进行叛乱的故事；后者讲的是哈奄·武禄王与巽达公主的婚姻悲剧故事。这两部作品对王朝统治者的不仁不义有比较深刻的揭露，对被损害的弱者表示深切的同情，较好地表达了人民大众的爱憎感情。②通过作品可以看到吉冬诗的作者不是专为帝王服务的宫廷作家，他们往往站在统治者的对立面，对帝王贬多于褒，所以吉冬诗也不像格卡温诗那样重声色，精雕琢，力求迎合王朝统治者的审美情趣。相比之下吉冬作品更为朴实无华，有时甚至不免粗糙、拖沓，可能是受民间唱词的影响。

　　麻喏巴歇王朝时期文学朝民族化、爪哇化方向发展的另一个重要标志，是历史散文作品的出现。其中最重要也是影响最大的是《爪哇诸王志》（Pararaton）。《爪哇诸王志》在近古爪哇语文学作品中占有重要的地位，对后世文学有深远的影响。作品主要叙述从新柯沙里王朝到麻喏巴歇王朝初期这一段的历史演变，比较集中地描述了这两个时期的开国君主庚·阿洛与拉登·威查耶的曲折经历和丰功伟绩。有关庚·阿洛事迹的描述占了大半篇幅，这可能是因为他被视为麻喏巴歇王室的祖先，有必要为他竖碑立传，以荣耀后代。有关拉登·威查耶创建麻喏巴歇王朝的经过以及王朝建立初期发生的许多重大的政治和暴乱事件，书中也有较详尽的描述。这些不但成为史学家所珍视的历史参考资料，也成为后来作家进行创作的重要题材和素材来源，甚至在现代作家中，仍有到这部作品里寻觅灵感和创作素材的，耶明创作的历史剧《庚·阿洛与庚·德德丝》就是其中的一例。

---

① 梁立基：《印度尼西亚文学史》，北京：昆仑出版社，2003年版，第161页。
② 季羡林：《东方文学史》，长春：吉林教育出版社，1995年版，第703页。

其他以爪哇本土王朝历史为题材的较重要的散文作品还有《丹杜·邦格拉兰》、《查仑·阿朗》等。前者讲湿婆大神在爪哇创建人类文明的经过，把爪哇的第一个帝王竟说成是毗湿奴大神的转世化身。这个故事显然是爪哇作者自己杜撰的，在印度神话里根本没有。但通过这个故事可以看到爪哇人以一种创新精神自己来创造王族起源的神话，把印度教的主神改造成爪哇人的主神，这应该说也是爪哇文学进一步民族化的一种表现。当然，这个时期的文学创作仍受印度教的影响，湿婆大神和毗湿奴大神仍经常出现在作品里，但已日益脱离传统的印度神话体系而融入爪哇的神话体系里了。

如果说麻喏巴歇王朝时期散文作品的大量出现，是近古爪哇语文学的一个重要发展，是其走向世俗化和民族化的结果，那么班基故事（Cerita Panji）的出现则是近古爪哇语文学朝民族化、爪哇化发展的顶峰。班基故事不仅对印尼的后世文学，而且对东南亚不少国家的古典文学都有深远的影响。可以说，班基故事是继印度两大史诗之后在东南亚范围内流传最广、影响最深远的文学作品，也是在印度两大史诗的影响下独创的东南亚第一部具有民族特色的史诗性作品，在印尼文学史和东南亚文学史上均占有特殊的地位。

关于班基故事产生的年代，学者们历来有争论。荷兰学者贝尔赫博士认为，班基故事早在1277年至1400年之间便已在东爪哇形成，而麻喏巴歇王朝鼎盛时期，伴随王朝的扩张政策开始在印尼—马来地区广泛传播。他还认为，此时应该有从古爪哇语翻译成的马来文传本。但他没有足够的证据说明自己的观点。而对班基故事研究最有权威的印尼学者普尔巴扎拉卡博士则认为，班基故事是麻喏巴歇王朝（1294—1478）全盛时期以后的产物。[①]因为麻喏巴歇以前的文学作品使用的都是古爪哇语，而至今发现的班基故事传本全是以近古爪哇语写成的。此外，班基故事中的地名和人名绰号与麻喏巴歇时期的著作《爪哇诸王志》相同。后来爪哇发现一处刻有班基与情人夜奔画面的浮雕，下面所刻写的完成日期是1413年。这证明班基故事最晚于15世纪初在爪哇便已广泛流传，家喻户晓。[②]

班基故事是个统称，其实有数十种传本，虽然都是以固里班（戎牙路）王子和达哈（柬义里）公主的爱情故事为经纬线，但编制出来的故事在细节上却千差万别。我们无法确定哪一部是原本，更无法考证其作者和产生的确切年代，它很可能导源于民间的话本，具有口头性、集体性和变异性的特点，在流传中不断被人增补和修改，以至出现纷繁不一的传本。这里只能拿比较流行而且故事相对完整的一部传本《班基·固达·斯米朗传》作为代表加以介绍。故事的梗概如下：

话说古时爪哇有王族四兄弟，他们是固里班（戎牙路）王、达哈（柬义里）王、格格朗王和新柯沙里王。固里班王祭神求子，得一王子取名伊努，才貌出众，武艺超群。固里班王向三兄弟宣布，谁有美丽的公主就让伊努娶她。达哈王也去祭神，得一公主取名赞德

① Dr. Liaw Yock Fang. *Sejarah Kesusastraan Melayu Klasik*（Jilid 1）. Penerbit Erlangga, 1991：142-143.
② 梁立基、李谋：《世界四大文化与东南亚文学》，北京：经济日报出版社，2000年版，第274页。

拉，美貌绝伦，聪慧过人。王子和公主长大后，固里班国王决定让伊努王子娶达哈公主赞德拉为妻，约定下月会面订亲。两国朝野为这门亲事而兴高采烈，忘了祭祀酬神。巡回天地的卡拉神发现后决定让这对即将订亲的年轻人饱尝分离之苦，以示惩戒。

　　一天，伊努外出狩猎，因追赶一只黑鹿而进入一个村子，巧遇村长的女儿玛尔达琅娥。伊努对玛尔达琅娥一见钟情，当即把她带回宫里。从此两人如胶似漆，形影不离，早把和赞德拉公主订亲一事丢到脑后。固里班王后为此气恼万分，便借口要吃虎心，将伊努骗出打猎，趁机亲手把玛尔达琅娥刺死。伊努发现心上人被害，痛不欲生，当夜离宫出走，改名班基，浪迹天涯。

　　卡拉神发现达哈王也不把天神放在眼里，便吹起一阵狂风把赞德拉公主卷走，放到查邦安山上修苦行，从此赞德拉公主改名为桑拉拉。不久伊努也辗转来到查邦安，见到从未谋面而今已改名为桑拉拉的赞德拉公主，长得与玛尔达琅娥一样美貌绝伦，便向她求爱。桑拉拉对他怨气未消，故意冷落，不予理睬。一天，卡拉神让他俩在河边突然晕倒，把桑拉拉摄走，带到杜马锡国附近。桑拉拉苏醒后换成男装，改名班基·固达·斯米朗，从此闯荡江湖，南征北战，所向披靡。

　　伊努失去桑拉拉后便失魂落魄，像个疯子。他改名为克拉纳·埃丹（意即疯流浪汉），到处寻找心上人，最后来到格格朗国，被国王收为义子。后来斯米朗也投奔格格朗国，与伊努相遇但未相认。伊努极力向她讨好，而斯米朗却故意冷落，以此来考验他。

　　梭扎温杜王想娶格格朗公主而遭到拒绝，于是兴兵攻打格格朗国。格格朗国王求助于伊努和斯米朗，要他俩挂帅御敌。敌人被打退后，斯米朗怕暴露身份便不辞而别，在达努拉查山与其弟古农沙里相逢。斯米朗恢复女装，当上国王，由其弟辅政。

　　伊努班师回朝后，发现斯米朗已不在，便托故告别国王，四处去寻找。在七仙人的指点下，他来到了达努拉查。那时巴厘王正在围攻达努拉查，因为他向女王求婚遭到了拒绝。伊努立即参战，把敌人赶跑，在祝捷大会上见到了女王，真相终于大白，原来桑拉拉、斯米朗和女王就是赞德拉公主。历经种种磨难之后，有情人终成眷属。从此，固里班、达哈、格格朗和新柯沙里国泰民安，繁荣昌盛。

　　以上是班基故事的基本框架，各传本在枝节上简繁不一，但总的说来不外乎由两个部分组成：头一部分讲伊努与村长之女（有的传本是大臣之女）的恩爱故事，以村女惨遭王后杀害而告终，是个悲剧；后一部分讲伊努与赞德拉的恩恩怨怨和悲欢离合，以花好月圆为结局，是个喜剧。所谓班基故事，一般就是这爱情悲剧和爱情喜剧的组合，但二者之间并不完全一致，有明显的断层。前一部分在思想内容上更高出一筹，表现了主人公对爱情的执著和对封建礼俗的叛逆精神；后一部分则以情节曲折、富有戏剧性和传奇性而取胜，着重于表现好事多磨和有情人终成眷属这一传统主题。

　　班基故事之所以大受欢迎和久传不衰是与它在思想上和艺术上的出色成就分不开的。

首先，它以感人的艺术形象生动地表现了具有永恒和普遍意义的主题，即男女之间真挚和纯洁的爱情。通过伊努与玛尔达琅娥的爱情悲剧和伊努与赞德拉的爱情喜剧，这个主题得到升华，从而在普通人们的心中引起强烈的共鸣。其次，它所反映的是本民族的现实生活而不是印度的神话世界，这就更能直接地表现本民族的思想感情和生活风貌。再次，它在艺术上有所突破和创新，能以个性鲜明的人物形象和曲折多变的故事情节吸引人们的浓厚兴趣。在塑造人物形象方面，已经从人物的神性化回到了人性化，伊努、赞德拉、玛尔达琅娥都是生活在凡人中间的血肉之躯，有自己的性格特征，他们的形象不是高不可及的，所以历来为恋人们所标榜，成为情人的象征。此外，人们喜爱班基故事还由于它情节变化多端，往往一波未平，一波又起，不断给人以悬念，于峰回路转之后豁然开朗，最后善恶有报，否极泰来，满足了人们对圆满结局的美好愿望。[①]

后来，随着麻喏巴歇王朝势力的扩展，班基故事也走出爪哇地区的范围而流传到马来西亚、泰国、柬埔寨、缅甸等其他东南亚国家，成为那些国家古典文学的重要组成部分。例如：在马来西亚就有许多班基故事的马来语文本；在泰国、柬埔寨、缅甸则以"伊瑙"故事和伊瑙剧而著称[②]，泰国有著名的《大伊瑙》、《小伊瑙》以及各种伊瑙剧本，柬埔寨也有《伊瑙剧》，而缅甸的伊瑙剧是18世纪以来一直非常受欢迎的剧目。爪哇班基故事能在东南亚其他国家产生持久而巨大的魅力和反响，这在东南亚文学史上是绝无仅有的。其主要原因除了班基故事本身的内容和情节具有非凡的吸引力之外，还有一个不可缺少的重要前提，那就是，泰、缅、柬等国的文学艺术家们将班基故事从内容到形式实现了较完全彻底的民族化和地方化，使之成为这些国家人民文学艺术不可分割的一部分。比如，东南亚其他国家的伊瑙故事除保留了原来故事的框架、爪哇的人名和地名，或采用几个爪哇语和马来语的词汇外，已经完全变成了这些国家的"特产"。在泰国、缅甸、柬埔寨人民的心目中，伊瑙故事已不是发生在爪哇岛上的柬义里王朝，而是在自己国家的某个时代，他们活动的地点也变成了这些国家所熟悉的城市。此外，伊瑙故事在泰国和缅甸的流传方式已不是印尼人民所喜爱的哇扬戏，而是为泰、缅两国人民所欢迎的民族戏剧。

从最早的婆罗门教王朝算起，印度宗教文化对印尼的影响已有上千年的历史。而印度两大史诗对爪哇古典文学的影响从"篇章文学"算起，到麻喏巴歇王朝结束也有近五百年的历史。麻喏巴歇王朝是爪哇最后一个印度教—佛教王朝，它的没落和崩溃标志着印度宗教文化影响占主导地位的时代结束了。而16世纪初爪哇淡目伊斯兰王朝的建立则标志着伊斯兰文化影响时期的开始。这里需要指出的是，伊斯兰文化对爪哇古典文学的影响不同于对马来古典文学的影响。因为爪哇古典文学受印度宗教文化的长期影响已形成一种牢

① 季羡林：《东方文学史》，长春：吉林教育出版社，1995年版，第708页。
② 班基故事在泰国、缅甸、柬埔寨等东南亚国家均被称为"伊瑙故事"。"伊瑙"就是班基故事中的伊努王子。在印尼—马来文中作为词尾的"u"常常可以用"o"来替代，所以"伊努"（Inu）也可以译成"伊瑙"（Ino）。

固的文学传统，即使是在班基故事这样具有民族特色的独创文学作品中，仍然可以在其内容和形式上看到印度两大史诗的影子时隐时现。可以说印度宗教文化文学的长期影响已渗透到爪哇古典文学的骨髓，成为永远磨不掉的历史印记。后来的伊斯兰文化和文学是很难绕过它另辟蹊径的，只有设法去适应它才有发展的可能。

五、马来王朝的伊斯兰教经典文学

在伊斯兰教传入之前，马来地区虽然出现过强大和兴盛的佛教王朝室利佛逝，但几乎没有留下什么文学遗产传给后人。见诸文字的马来古典文学是在伊斯兰文化传入之后才开始发展起来的。相比之下，印度宗教文学对其影响很有限，这与爪哇古典文学的情况大为不同。爪哇古典文学长期受到印度宗教文学的深刻影响，已形成自成一体的文学传统，因此伊斯兰文学传入爪哇，首先必须穿越已有的爪哇文学传统的壁垒。所以，在爪哇的伊斯兰文学作品里，仍然可以看到印度宗教文学留下的深深痕迹。

伊斯兰文学的最初传入是与传教活动分不开的，但从何时和从何处开始传入、包含哪些内容，学界仍众说纷纭，莫衷一是。然而得到一致肯定的是，伊斯兰教是通过和平的方式伴随着商业贸易活动传入东南亚的。很早以前，就有一条国际贸易的航道联系着西亚、南亚、东南亚和东亚。伊斯兰教向东大肆扩张之后，来自波斯、印度、阿拉伯的穆斯林商人前来东南亚经商的与日俱增。他们边经商边传教，把传播伊斯兰教当作扩大他们经商活动的重要手段。所以伊斯兰教首先在商业比较发达的沿海地区，特别是马来族地区得以立足。后来从商业活动中得利的沿海商港领主们逐渐形成新兴的商业地主阶级，他们与传统的印度教—佛教王朝麻喏巴歇在利益上的矛盾日益尖锐，极力想摆脱其控制和限制，这就需要有一个新的强有力的精神武器来与传统的印度教—佛教意识形态相抗衡。政教合一的伊斯兰教正好适应了他们的这一需要，所以他们纷纷皈依伊斯兰教。而一旦统治者改奉伊斯兰教，其所统治和管辖的地区也就全部伊斯兰化了。在历史上，首先伊斯兰化的是马来族的沿海地区，因此在文学上首先受伊斯兰文化直接影响的也正是马来古典文学。[1]

马来族地区的第一个伊斯兰王朝是13世纪末左右建于苏门答腊的须文答剌—巴赛王朝。伊斯兰文化首先就从这里取代了传统的印度文化的影响，而马来古典文学也由此产生。更大的马来伊斯兰王朝是15世纪左右在马来半岛南部崛起的马六甲王朝，马来古典文学也在这个王朝时期得到较大的发展。当出现第一个马来伊斯兰王朝的时候，王朝统治者意识到文学的意识形态作用，所以开始着手建立以伊斯兰教为指导思想的宫廷文学，以巩固王朝的统治基础。这时的宫廷文学，一方面要大力宣传伊斯兰教和政教合一的思想，使伊斯兰教成为王朝惟一的意识形态；另一方面要大力美化王朝统治者，宣扬王族的显赫历史，以树立国王的绝对权威。根据这个要求，马来宫廷文学的主要内容集中在两个方面：一方面是有关王朝的兴衰史，尽量把王族的世谱与伊斯兰教的先知英雄挂上钩，把皈

---

[1]　季羡林：《东方文学史》，长春：吉林教育出版社，1995年版，第710页。

依伊斯兰教的过程加以神圣化；另一方面是有关宗教的经典和教法教规的论述，把伊斯兰教思想贯彻到朝野的各个领域。^①

其实，早在穆斯林商人最初把伊斯兰教传入东南亚的时候，他们就首先引进了有关伊斯兰先知和英雄的传记故事。所谓先知和英雄的故事，主要讲伊斯兰教创始人穆罕默德的生平传略和在伊斯兰教中有影响的其他先知的故事，再就是讲穆罕默德的伙伴和信徒们为护教和反异端而进行的征战故事。这类故事充满宗教神话和传奇色彩，寓宗教宣传于娱乐之中，引人入胜，流传甚广，对扩大伊斯兰教的影响和巩固伊斯兰教的地位无疑起到了促进作用，同时也对马来古典文学的产生具有催化作用。当时的那些作品大都来自阿拉伯和波斯，其中有的是由在那里学习或居住的马来人翻译改写成的，有的则由到马来地区经商的穆斯林商人口述改写而成。这些译改的作品都是用爪威文^②写的，这也说明在阿拉伯语言文字传入一个时期之后，这些作品才成文流传于世。

有关穆罕默德先知的故事大都来自波斯，统称《先知传》，讲的虽是穆罕默德的生平事迹，实际目的却在宣扬伊斯兰教的至高无上。许多故事是根据《古兰经》以及《圣训》编写的，也有许多是以先知的某一神奇经历和传说为内容而独立成篇的。例如《穆罕默德之灵光》，讲的是真主的创世、诸先知的出现，一直讲到穆罕默德的女儿法蒂玛和女婿阿里以及外孙哈桑、侯赛因之死，里面还穿插了从《圣训》里引来的故事。《切月记》讲的是穆罕默德如何向哈比卜国王显示神迹的故事。其他故事如《先知修发记》、《先知登霄记》、《先知归真记》等，也都是为证明穆罕默德是真主的"封印使者"而显示种种神迹的故事。这类故事的神话色彩非常浓厚，直接为宣传伊斯兰教服务。

穆罕默德以外的先知故事主要出自《古兰经》，实际上是对《古兰经》的注释，讲述穆罕默德之前诸先知如何坚持不懈地向人间传达真主的旨意，弘扬一神教，与偶像崇拜的异教徒进行不屈不挠的斗争。那些故事不是干巴巴的说教，而是以生动的人物形象和引人入胜的情节来展示思想主题，以达到宣传伊斯兰教的目的。故事从真主开天辟地和阿丹（亚当）、哈娲（夏娃）的神话故事开始，接着出现的是《古兰经》里提到的穆罕默德之前的许多先知，如伊德利斯、努哈（挪亚）、易卜拉欣（亚伯拉罕）、穆萨（摩西）、尔撒（耶稣）、优素福（约瑟）、达伍德（大卫）、苏莱曼（所罗门）等。这些先知故事都是紧紧围绕着一个中心思想和主题，那就是大力宣扬一神教的基本信仰信条，让人相信真主是创造宇宙万物的独一无二的神，反对一切偶像崇拜。

从宗教宣传效果和对马来古典文学的影响来看，最突出的还是伊斯兰教的英雄故事，其中最著名的有《伊斯坎达尔传》、《阿米尔·哈姆扎传》、《穆罕默德·哈乃菲亚传》等。

《伊斯坎达尔传》是最早传入马来族地区的伊斯兰教英雄故事之一，对马来古典文学

---

① 梁立基：《印度尼西亚文学史》，北京：昆仑出版社，2003年版，第194页。
② 指借用阿拉伯字母的马来语拼写文字。

有很大的影响。伊斯坎达尔是亚历山大的阿拉伯语译名，讲的正是马其顿亚历山大大帝的征战故事。不过，在这部英雄传里，他是作为传播伊斯兰教的先驱者和弘扬一神教的英雄而出现的。他东征西伐，从埃及一直打到波斯和印度，使当地人个个皈依易卜拉欣（根据《古兰经》，他是安拉六大使者之一）的一神教。他是宗教传播者，又是王朝统治者，被视为政教合一的典范，在穆斯林的心目中享有崇高的威望。因此，新兴的马来王族为了抬高自己的身世，便穿凿附会地把他说成是自己的祖先，马来王族成了他的后裔。在马来古典文学中，《伊斯坎达尔传》也就成了叙述马来王族世系渊源的重要依据。

《阿米尔·哈姆扎传》的影响也很大，学者们认为它来源于波斯，因为其序言是用波斯语写的，里面还引了不少波斯诗歌和波斯的英雄故事。阿米尔·哈姆扎是真实的历史人物，是穆罕默德的叔父。他起初敌视伊斯兰教，后来悔悟，成为穆罕默德和伊斯兰教最骁勇善战的捍卫者之一，被视为伊斯兰教的大英雄。需要指出的是，《阿米尔·哈姆扎传》的编写者的目的不在于写一个历史人物的传记，而在于塑造一个弘扬和捍卫伊斯兰教的英雄形象，而作品确实实现了这一目标。阿米尔·哈姆扎在波斯备受尊崇，有关他的英雄传奇故事早已在民间流传，经后人不断加工补充，特别是吸收了波斯菲尔多西《王书》里有关鲁斯坦姆的一些英雄故事和阿拉伯《一千零一夜》里的一些冒险故事，内容越来越复杂，被编成《阿米尔·哈姆扎传》时，已成为一部由91个故事所组成的卷帙浩繁的巨著，有的传本长达1843页。除了马来语，这部传记还被译改成布吉斯语、爪哇语等其他地方语，对各地方的文学都有很大的影响。

《穆罕默德·哈乃菲亚传》与《阿米尔·哈姆扎传》差不多在同一时期从波斯传入，主要讲第四任哈里发阿里及其后裔的教派斗争。哈乃菲亚也是历史上的真实人物，他是阿里之子，与哈桑、侯赛因是同父异母兄弟，全书以歌颂阿里派为中心内容，由此可看出编写者大概是波斯什叶派的人。以上两部英雄传奇故事在马来经典名著《马来纪年》里都已提到。这说明两部作品较早已传入马来地区，有学者估计，在15世纪就已经广为流传了。[①]

除先知和英雄故事之外，马来王朝宫廷文学的另一个重要组成部分是伊斯兰教经典文学。这部分文学主要是为确立王朝的伊斯兰教意识形态的统治地位服务的。伊斯兰教最权威的根本经典是《古兰经》，其内容主要是阐述伊斯兰教的教义教法，规定伊斯兰教最基本的六大信仰：一、信安拉，相信安拉是世上独一无二、至高无上的主宰；二、信使者，承认诸先知是安拉的使者，他们受到过安拉"启示"，而穆罕默德是安拉的最后使者；三、信经典，承认《古兰经》是安拉"降示"的最后一部"真经"，是唯一神圣的、最完美无缺的经典；四、信天使，相信天使是听候安拉的调遣传达安拉旨意的天神，是安拉用光创造的一种妙体；五、信末日，人在今世死后转后世，世界末日之时，死人将复活，接受末日审判，善者进天堂，恶者下地狱；六、信前定，世间一切都是真主预先安排好的，要懂得顺从

---

① 梁立基：《印度尼西亚文学史》，北京：昆仑出版社，2003年版，第210页。

法则，遵循规律。① 仅次于《古兰经》地位的经典是穆罕默德的言行录《圣训》，被认为是穆斯林生活和行为的准则，是伊斯兰教立法的重要依据。另外还有各派经注学也对伊斯兰教意识形态的形成起着不同的作用。马来王朝的伊斯兰教经典文学就是以伊斯兰教这些基本的经典为指导和基础，结合本王朝的特点和需要而建立起来的、具有意识形态作用的宫廷宗教经典文学。②

　　马来伊斯兰王朝建立后，如何用伊斯兰教的意识形态来巩固政教合一的王朝统治的基础，就开始成为宫廷文人的重要任务。1511年马六甲王朝为葡萄牙殖民主义者所灭，伊斯兰教的中心转移到亚齐王朝，伊斯兰教学者和宗教师纷纷转到亚齐并深受王朝统治者的青睐，不少人在宫廷里担任要职，充当御用学者。亚齐王朝成为马来王朝伊斯兰教经典文学的基地。在传播伊斯兰教思想的过程中，以哈姆扎·凡苏里和山素丁·尔-苏马特拉尼为代表的苏菲派在宫廷里一度占了上风，起过重要的作用，他们撰写了很多书，宣传该派的教义教法，具有相当的影响。但后来正统派更受王朝统治者的器重，在宫廷文学里占主导地位，苏菲派便遭到严重的打击和排挤，其著述和作品多被销毁。为了消除苏菲派的影响，确立正统派的意识形态在王朝里的统治地位，同时也为了对付西方殖民主义日益严重的威胁，王朝统治者和正统派认为有必要加强伊斯兰教意识形态的建设，编写正统派的宗教经典，宣扬正统派的宗教思想和观点，以正视听。这样，在亚齐王朝的宫廷里，伊斯兰教经典文学得到了充分的发展。正统派学者中最有影响的是布哈里·乔哈里和努鲁丁·阿尔—拉尼里，他们的作品成为马来王朝统治者的治国理论基础和穆斯林的行为准则。

　　布哈里·乔哈里（Bukhari Al-Jauhari）的生平不详，有人说他可能是来自柔佛的阿拉伯裔马来人。他最有影响的作品是《众王冠》（Tajus-Salatin），有学者认为该书是于1603年从波斯作品译改过来的，里面采用了不少波斯诗体，王公大臣也多用波斯名，看来深受波斯的影响是毋庸置疑的。《众王冠》是一部带有"统治论"性质的马来王朝伊斯兰教宗教经典类作品，其内容涉及面相当广泛，从真主创世造人、教义真谛、人生哲理、君臣之道、治国安邦、道德信条到占卜星相等无所不及。作者布哈里指出，他撰写这部经典的目的是为了阐明君王和文臣武将以及庶民百姓的职责和义务，并通过简短扼要的寓言故事阐释相关的道理，使人们能从中获益并遵照其言而行事。因此把这部经典叫做《众王冠》，意思是所有君王的王冠。③

　　这部作品的确影响很大，新加坡王和爪哇的日惹素丹和梭罗素丹在制定政策和做出决断时往往参考这部书，甚至亚齐的伊斯坎达·塔尼素丹选王后的时候也是依据这部书提出的条件而定。英荷殖民主义者同地方马来王朝打交道时，也往往参考这部书。后来努鲁

---

① 金宜久：《伊斯兰教》，北京：宗教文化出版社，1997年版，第84—92页。
② 梁立基：《印度尼西亚文学史》，北京：昆仑出版社，2003年版，244页。
③ Dr. Liaw Yock Fang. *Sejarah Kesusastraan Melayu Klasik*（*Jilid 2*）. Penerbit Erlangga, 1991:70.

丁想以他的《御花苑》取代《众王冠》的地位都没能得逞，可见其受人重视之程度非同一般。[①]

《众王冠》由二十四章组成。第一章讲人必须先知己而后知真主。然后详细地论述人的一切是真主创造的和赐予的，所有人最后都要受到末日审判。

第二章讲真主是宇宙万物的创造者、恩养者和惟一的主宰，是全能的、全知的、大仁大慈和独一无二的，因此必须绝对顺从。

第三、四章讲今世的暂时性和后世的永恒性，告诫人类无论何时都不要忘记死亡和最后的归宿。

第五章讲阿丹先知为何被逐出天国而罚降到世间，要人们时时不忘所犯的过错。接着讲诸先知如何过简朴的生活，以及作为君王所必须具备的十个条件。

第六章讲的是君王的公正。所谓公正是指下令释放被迫害的人。

第七章讲如何当一位公正贤明的君王。作为明君必须与贤明且乐善好施的人交友。君王应该关心百姓使他们免受迫害，还应该言行一致，履行诺言。古代明君把一天分为四个部分，一部分用于敬奉安拉；一部分用于料理朝政，如督察是否有人迫害他人或遭人迫害，并与那些贤明博学的人交谈；另一部分用于饮食起居；还有一部分用于习武和射箭等。

第八章讲一位公正的伊斯兰国王如何对待异教徒的国王。这一章特别强调国王要公正，要施仁政。公正的异教徒国王同样也会受到赞扬。为了说明这一点，书里还列举了好些公正的异教徒国王施仁政的生动故事，特别有意思的是还讲了中国皇帝亲自体察民情的故事。有一位中国皇帝患病失聪，身体羸弱，便让百姓把冤情写成状子，穿红色的衣服面见皇帝。这一章还说，有好名声的人能活两次，第一次活在今世；第二次是死后，其名声依然活在世上。

第九章讲残害百姓的无道暴君，最后遭到灭亡。

第十章讲大臣要贤能和称职，说一个王朝要靠四根顶梁柱支撑：一是睿智沉稳、德高望重的老臣；二是英勇善战、敬君爱民的武将；三是善于理财、忠实可靠的财政大臣；四是精明能干、消息灵通的情报官。此外，本章还阐述了君臣之道和为臣的27条准则。

第十一章讲，安拉所创造的一切中最伟大的是安拉的教诲。除非聆听安拉的教诲，否则无从知晓宇宙万物的始末。

第十二章讲，接受国王使命的人必须言真行实，不撒谎，不欺瞒，不折不扣地传达国王的旨意。

第十三章讲，所有的官员必须遵循25个条件。这些条件更多地阐述了如何讲话、如何料理好国王个人性质的事情。其中引人关注的是，建议官员要把至高无上的安拉放在第一

① 梁立基:《印度尼西亚文学史》，北京：昆仑出版社，2003年版，第247页。

位，而不是国王。

第十四章讲对子女的教养。孩子出生7天，要宴请宾客并举行剃发仪式；满6岁时要行割礼，教孩子礼仪，给孩子取个好名；满7岁时要与孩子分床睡，教孩子祈祷；满16或17岁时，要给孩子娶亲，这样，便尽完了父母的责任。

第十五章讲，人必须有正确的思想。有思想的人才能行为得体、符合伦理，才能言谈有度、考虑时间和场合，才能使自己成为高尚的人。

第十六章讲，品德良好的人有七个特点，其中包括积德行善、谦虚恭谨、困难时呼吁安拉的尊名、求主佑祝。

第十七章讲的是为君者的条件。所提的10个条件包括：（1）设身处地，公正待民；（2）亲近百姓，体察民情；（3）效仿明君，公允贤明；（4）注重劝诫、处罚从宽；（5）信守教法，时时倾听宗教师和学者的谏言。

第十八、十九章讲各种宗教学问，如天启、占卜、功修等。

第二十章讲的是国王对穆斯林百姓的职责。国王务必要善待百姓，不侵犯他们的权利。如果百姓犯罪，要尽可能原谅他们的罪过。如果必须予以惩处，最好从轻量刑。此外，国王应该建造清真寺，让百姓多行善举，远离坏人。

第二十一章对伊斯兰教国王统治下的异教徒百姓提出了20条规定。如不准盖新的庙宇，不准穿穆斯林服装和使用穆斯林的名字，不许家藏兵器，禁止出售烈酒等等。

第二十二章讲的是慷慨仁慈和义捐善行。

第二十三章讲的是信守诺言的重要性。

第二十四章讲的是作者布哈里向四类读者提出希望：第一类是虔诚公正的国王，希望本书能成为他忠实的伙伴，读了此书的国王将能明察和公允地对待臣民；第二类是文武百官，希望本书有助于他们辅助国王治理朝政；第三类是有信仰有头脑的臣民，希望本书能教导他们忠于国王；第四类是抄录者，希望他们能正确无误地抄录本书。

布哈里的《众王冠》可以说是马来地区第一部系统地用伊斯兰教教义教法阐述马来王朝君臣之道的统治论著述，影响深远。19世纪著名的马来作家阿卜杜拉·门希在《吉兰丹航游记》一书中提道："所有国王都应拥有《众王冠》并每日不离手，要找精通的学者向他求教，接受贤者的一切教诲，以便了解一切有关明君与暴君之分野。"[①]

马来伊斯兰王朝的另一部有很大影响的宗教经典类作品是《御花园》（ *Bustan al-Salatin* ），作者努鲁丁（Nuruddin Ar-Raniri）是激烈反对苏菲派的正统派御用学者。他不是地道的马来人，据说是阿拉伯古来氏的后裔，生于印度瞿折罗的拉尼尔城，从小就在那里学习马来语。1618年他移居亚齐王朝管辖下的彭亨，并开始用马来语撰写有关伊斯兰教

---

① 梁立基：《印度尼西亚文学史》，北京：昆仑出版社，2003年版，第253页。

正统派学说的著作。^①1638年努鲁丁奉伊斯坎达·塔尼素丹之命撰写《御花园》，其目的在于肃清苏菲派言论的影响和系统宣扬正统派的宗教伦理观点。《御花园》的全称是《众王之园和所有事情的来龙去脉》（Buatan al-Salatin fi. Dhikr al-Awwalin wa 'l-Akhirin），它是马来伊斯兰教经典类著作中最大的一部，全书分七篇，长达1250页。讲述了天地之形成、世界和印尼群岛的历史、公正的国王以及修行的国王等。这部经典有很多手抄本，但是大多数只有一篇或两篇。最全的一部是收藏在马来亚大学图书馆的手抄本。^②

《御花园》第一篇分十章，讲述了天地万物之形成、日月星辰和风雨雷电的出现、天神恶魔的产生等创世神话。第二篇分十三章，从上古西亚、埃及、印度等诸王的谱系，一直讲到满剌加（马六甲）、彭亨和亚齐王朝诸王的谱系。第三篇分六章，讲明君贤臣的职责，当君王应具备的条件，哈里发和君王们应有的德行，当宗教法官、宰相、文武官员等应具备的条件等。第三篇起初被认为已经遗失，后有学者指出，在马来亚大学图书馆收藏的一部《御花园》手抄本中存有这一篇。法国的图书馆也有一部《御花园》手抄本，其中也有第三篇。第四篇分两章，讲君王出宫修行，履行教规义务和过去先知圣人的故事。第五篇分两章，讲暴君奸臣的恶行和最后遭到真主的惩罚。第六篇分两章，讲乐善好施的人和在征讨异教徒的圣战中无所畏惧的勇士。第七篇分四章，讲人类的学问、医学、门第、婚姻、妇道等。

全书在说教中穿插了许多神话故事和历史记载，所以具有一定的文学和史料价值。特别是第二篇的第十三章所讲的亚齐王朝的历史基本上是根据事实所作的记录，即使有的地方有所夸张，也是出于美化统治者的需要，不是拿虚构的神话传说当做历史的真实。这部分可以说是书中最真实和最有史料价值的精华。作为宫廷文学中的宗教经典，《御花园》主要是为巩固王朝的上层建筑服务的，把正统派的主张变成王朝的建国思想基础。所以，《御花园》的内容以宗教方面的说教为主，作者引用了《古兰经》、《圣训》等伊斯兰教权威经典的话来论证正统派有关宗教哲理、君臣之道、伦理纲纪等各个方面的主张，使之成为人们的信条和行为的指南。但是，作者生活的时代与过去已有所不同。伊斯兰王朝正面临西方殖民侵略的威胁，这一现实多少也反映到他的作品中来。尤其在讲亚齐王朝历史的部分，可以看到亚齐素丹对西方侵略者的敌对态度。这一段的历史记载近乎实录，虽很简要，但也反映了亚齐王朝在一个时期内的动荡，宫廷内部的斗争从不间断。努鲁丁著述甚丰，约有29部，大都属于宣传其宗教思想的作品，如《人类的认识灵魂和真主的秘诀》、《贤者拒绝异教徒信念的论据》、《宗教论述》等等。

亚齐王朝时期还有一些知名的伊斯兰学者，如阿卜杜尔·拉乌夫·辛格尔等，也有不少著述，但其影响远不及布哈里和努鲁丁。由于这些正统派学者得到王朝统治者的信赖和支

---

① 《印度尼西亚文学史》，北京：昆仑出版社，2003年版，第254页。

② Dr. Liaw Yock Fang. *Sejarah Kesusastraan Melayu Klasik*（Jilid 1）. Penerbit Erlangga, 1991: 52.

持，他们的作品流传甚广，所宣扬的宗教观点和伦理思想，渗透到东南亚穆斯林精神和文化生活的各个领域，影响非常深远。

亚齐以外地区，特别在巨港，也有一些关于伊斯兰教的经典类作品问世，其中流传较广的有《一千个问答》，原著是用阿拉伯文写的，年代不详，1762年已经有人提到它，1865年被人从波斯文翻译成查威文。该书一开始讲，犹太修士阿卜杜拉接到穆罕默德先知的信，先知吁请他及其部族皈依伊斯兰教。阿卜杜拉说，如果穆罕默德先知能回答他提出的一千个问题，那么他和他的部族就同意入教。于是阿卜杜拉和穆罕默德先知之间的问答就此展开。阿卜杜拉提出的问题可归纳为三大类：一类有关万物起源和生死末日；一类有关地狱和天堂；一类有关大自然的现象和本质。阿卜杜拉对穆罕默德先知的答复非常信服，于是皈依伊斯兰教。

还有一部较有影响的作品《鲁克曼·哈金遗训》也是从阿拉伯原文译改过来的。鲁克曼是伊斯兰世界里非常著名的一位人物。在蒙昧时代（伊斯兰教产生前的时代）他作为英雄和学者闻名遐迩，被视为早期的智者和修士，善于写寓言故事，留下的遗训和箴言以及处世之道常被后人所引用，其名与欧洲的伊索相当。有一次，客人让鲁克曼做最好吃的食物，他端出来的只是舌和心，因为没有比甜舌和好心更好的了；第二次，客人让鲁克曼做最难吃的食物，他端出来的还是舌和心，因为没有比毒舌和坏心更坏的了。[①]鲁克曼的名字在马来文学中家喻户晓，《众王冠》中摘录了他的箴言，在《御花园》中他的名字则与埃沙、沙斐仪等相提并论。

六、马来王朝的历史传记文学和《马来纪年》

研究马来文学的学者通常把马来文学划分为"古典文学"（sastera klasik）[或称"传统文学"（sastera tradisi）]和"现代文学"（sastera moden）[或称"新文学"（sastera baru）]两个范畴。二者的分野就是19世纪中叶西方文化开始对马来社会产生广泛影响这一时期，在此之前的马来文学属于古典文学，在此之后受到西方文化影响而产生的马来文学属于近现代文学。总体而言，马来古典文学受外来宗教文化的影响极深，留存于世的早期作品很多都打上了印度文化的烙印，而后期则受到阿拉伯伊斯兰文化的影响。

大约从公元1世纪或者更早些时候开始，印度文化就随着印度商人和僧侣的到来而在马来群岛地区广泛传播。印度文学对马来文学的影响极为深远，在马来古典文学中印度文化的因素随处可见，例如印度著名的古典史诗《罗摩衍那》的故事就被改编为各种不同体裁的马来文学作品。公元13—14世纪，另一种文明——阿拉伯伊斯兰文明为马来社会带来了新的文化因素。伊斯兰教与伊斯兰文化初期通过波斯和印度商人传入马来群岛，其思想与价值观迅速被马来社会所接受，并且给马来古典文学带来了巨大的推动和发展。当代马来西亚著名学者默罕默德·泰益·奥斯曼教授（Prof. Muhammad Taib Osman）认为，伊

---

① Dr. Liaw Yock Fang. *Sejarah Kesusastraan Melayu Klasik*（Jilid 1）. Penerbit Erlangga, 1991: 76.

斯兰教的传入对马来民族最大的贡献就是引进了阿拉伯文字，它对发展马来文学具有重大意义。阿拉伯文被本土化之后，用阿拉伯字母拼写的马来文被称为"爪威文"（Tulisan Jawi），流传至今的马来古典文学作品基本上都是以爪威文撰写和记录的。

　　马来古典文学包括宫廷文学与民间文学两大类。前者是马来王朝的宫廷文人用爪威文撰写的，内容包括宗教学说和宗教法典、统治者世代谱系、伊斯兰教先知和英雄故事、历史故事和神话传说等等，属于书面文学。后者则大多属于世代相传的口头文学。

马来王朝与历史传记文学

（一）历史背景

　　马来民族是东南亚历史悠久的主要民族之一，在历史上曾经出现过多个由马来民族建立的伊斯兰封建王朝，如马六甲王朝、亚齐王朝、柔佛王朝、文莱王朝等等。13世末，在苏门答腊北部出现了第一个马来伊斯兰政权——须文答剌—巴赛王朝，它为后来的马来伊斯兰王朝奠定了政教合一的初步基础，也为马来宫廷文学开了先河。14世纪末，马来王族在马来半岛南部建立了东南亚地区历史上最强盛的伊斯兰王朝——马六甲王朝。从此，伊斯兰教在今马来西亚、印尼和文莱一带逐渐占据主导地位，伊斯兰文化的影响也日益扩大。马六甲王朝在全盛时期，成为闻名于世的港口和经贸中心。由于其位置处于航海和经贸的中心，又有良好的深水港口，东去资源丰饶的东方文明古国——中国，西接印度、阿拉伯世界及欧洲西方列强，这使得马六甲不仅成为繁荣一时的商业中心，同时也成为东西方多种文化碰撞和交流的地方。中国明朝的郑和就曾在七度下南洋的时候，到访过马六甲。马六甲王朝通过朝贡与明朝保持了密切的外交关系，借此以抗衡北面信奉佛教的暹罗王朝和南面信奉印度教的满者伯夷王朝。马六甲王朝盛极一时，在政治、军事、经济、文化上都有极大的发展，它控制海上丝绸之路咽喉要道长达一百余年，直到1511年被葡萄牙人攻陷，马来半岛才开始其殖民史。

　　（二）宫廷文学

　　宫廷文学（sastera istana）顾名思义就是指宫廷文人的作品，由于它属于书面文学，便于保存和流传，所以成为马来古典文学宝库中的主要组成部分。历代马来伊斯兰王朝都留下了许多宝贵的历史文献，其中就包括内容丰富的宫廷文学。当代马来西亚学者根据保存下来的历史资料将马来宫廷文学归纳为以下几种主要形式：

　　1. 史诗与希卡雅特

　　马来史诗（epik）或称"希卡雅特"（hikayat）无疑深受印度古代史诗的影响，内容多为英雄人物的传奇。流传至今的最古老的马来英雄传奇都是改编自印度两大史诗《罗摩衍那》和《摩诃婆罗多》。《罗摩衍那》的马来文改编版本名为《斯里·拉玛传》（Hikayat Seri Rama），这部在印度家喻户晓的史诗对马来古典文学的影响不可低估，很多马来文学经典作品中都能找到它的影子，其中就包括《马来纪年》（Sejarah Melayu 或 Sulalatus Salatin）

和《杭·杜阿传》（Hikayat Hang Tuah）。

2.历史文学

历史文学（sastera sejarah）不同于一般史书，因为其内容只包含部分史实，另外还加入了作者的演义和杜撰，并且往往掺杂许多神话、故事和传说。马来历史文学作品在内容结构上往往大同小异，一般包括以下五个方面：（1）描述某某王朝统治者的身世来历；（2）叙述这位统治者建国的经过；（3）叙述统治者的文治武功、王朝的内政外交、民风民俗等；（4）描述王朝的重大事件，如战争、结盟、王族的婚丧嫁娶等；（5）描写王朝没落与灭亡的过程。代表作有《巴赛列王传》（Hikayat Raja-raja Pasai）和《马来纪年》。

3.伊斯兰文学

马来伊斯兰王朝的一个重要特征就是政教合一，王朝统治者为了加强伊斯兰教的意识形态作用，不断通过宫廷文人和宗教师来改编、创作与伊斯兰教有关的文学作品，这种以伊斯兰教的历史和教义为题材的文学形式被称为伊斯兰文学（sastera Islam），并成为马来古典文学的重要组成部分。最著名的作品有讲述先知故事的《先知穆罕默德传奇》、宣扬伊斯兰学说的《御花苑》和《众王冠》等。

4.法律文学

历代马来王朝都制定了各种法律和规章制度来加强其统治，巩固其政权。由于当时社会上尚未出现现代法律的概念，统治者往往命令宫廷文人来完成这项工作，习惯于舞文弄墨的文人在编撰各类法典时也极尽文采辞章，使其文学色彩十分浓厚，近乎于文学作品而迥异于现代法律著作，因此通常被归入文学范畴，称为"法律文学"（sastera undang-undang）。其中比较重要的有《马六甲法典》（Hukum Kanun Melaka）、《马六甲海事法》（Undang-undang Laut Melaka）、《彭亨法典》（Undang-undang Pahang）等。

5.罗曼

在现代小说出现之前，马来古典小说被称为"罗曼"（roman）。这种文学形式起源于14世纪满者伯夷王朝统治时期流传在民间的一种叫做"班基"（Panji）的传奇故事。初期深受古印度文化的影响，在其人物身上可以看到许多印度史诗中英雄人物的影子。后来题材逐渐演变为描写宫廷生活和王公贵族的趣闻轶事，其中以描写王子与公主的爱情故事最为流行，但其内容一般都是虚构的。最有名的一部"罗曼"是描写固里班国王子与达哈国公主坚贞不渝的爱情故事的《固里班王传奇》（Hikayat Raja Kuripan）。

6.古典诗歌

马来古典诗歌（puisi klasik）形式多种多样，有起源于本民族民歌的，如"班顿"（pantun），也有由本国诗人汲取外国诗歌形式创作的，如源于阿拉伯国家的"沙伊尔"（syair）、源于古印度梵语诗的"古玲达姆"（gurindam）和源于印度南部泰米尔语的"斯罗卡"（seloka）等。

（三）历史传记文学

这里所说的历史传记文学，即上文中马来西亚学者所称的"历史文学"，只是称呼上的不同而已。须文答剌—巴赛王朝建立伊始，统治者便从伊斯兰教先知和英雄故事在马来地区的传播中，看到了文学所起的意识形态宣传作用和效果，所以在建立宫廷文学时，首先提出的任务是修王朝史，撰写王书（列王本纪），通过文学创作来神化和美化马来王族和马来王朝伊斯兰化的历史过程，确立马来王族的显赫地位。第一部马来王朝历史传记文学作品《巴赛列王传》就是这样产生的，它记述了1250—1350年间巴赛王朝的历史故事。之后的几部同类作品不少内容颇有相似、雷同之处，很可能是作者们互相抄袭或者重复前人之作，只做些添枝加叶的修改。较后的几部比较著名的同类作品大多是记述15—17世纪马来王朝各统治者的身世传奇和王朝的兴衰史。例如著名的《马来纪年》详细记述了马六甲王朝从立国到兴盛直至衰亡的全过程；《马来圣灵》（*Misa Melayu*）则是记述18世纪霹雳苏丹的统治史；《亚齐传奇》（*Hikayat Aceh*）除了叙述亚齐王朝历代统治者的世袭史之外还着重描述了亚齐王朝著名的统治者依斯干达·慕答苏丹的雄才大略；《眉龙·马哈旺萨传》（*Hikayat Merong Mahawangsa*）前半部记述伊斯兰教传入吉打之前各代吉打君主的传奇轶事，后半部主要记述伊斯兰政权统治下的吉打历史；《班加尔与玲荆城诸王列传》（*Hikayat Raja-raja Banjar dan Kota Ringin*）的内容包括婆罗洲和苏门答腊一些马来城邦以及彭亨与登嘉楼州马来王朝的历史故事。此后，还有18—19世纪期间反映布吉斯王朝、马来王族与西方殖民者三方在马六甲海峡两岸互相攻伐，争夺控制权的《柔佛国传》（*Hikayat Negeri Johor*）、《廖内列王传》（*Sejarah Raja-raja Riau*）、《马来和布吉斯王族世系》（*Silsilah Melayu dan Bugis dan Sekalian Raja-rajanya*）和《珍贵礼品》（*Tuhfat al-Nafis*）等。

以上这些作品在写作手法上有一个共同特点，就是都以王朝创建者的身世为开篇，描述他们的来历时往往掺进神话传说，使其充满神秘传奇的色彩，以彰显他们绝非凡人。这类历史传奇作品中，有的情节显然是取自印度古代神话，虽然说法千奇百怪，但无非为了突出两点：一是隐喻统治者的地位是天传神授，另一点就是炫耀统治者的文才武略。这些由宫廷文人撰写的作品还有一项重要的内容，就是宣扬封建伦理纲常，强调"尊王守礼"是马来民族的传统，以此巩固统治者至高无上的权威。这类作品往往真实与虚构并存，有的真实多于虚构，有的虚构多于真实。编撰者的目的十分明确，就是为了让普通百姓对统治者常怀敬畏与崇拜之心，为此他们不惜将各种荒诞不经的神话传说统统收罗起来当做"史料"，因此可信度一般不高。

《马来纪年》

（一）简介

《马来纪年》是马来古典文学中最重要和最有影响的作品之一，并被马来人奉为反映马来历史的经典之作。该书涉及的内容十分广泛：马来民族的起源、马来王朝的历史演变、伊斯兰化的经过，以及马来封建社会的政治、宗教、文化等多方面的情况，被认为是水平最高的一部名著。该书的作者，根据《原序》中的署名是柔佛王朝的宰相敦·斯里·拉囊（Tun Sri Lanang，又名敦·穆罕默德）。但研究者普遍认为他并非原作者，而是整理者和修改者。在书中已经提到"从果阿带回一部马来传奇"。就书中所反映的现实来看，它的原作者应该是生活在马六甲王朝都城，广泛接触过各国文化，阅读过大量马来古典文学作品和外国文学作品的马来文译本，并懂一些阿拉伯文、梵文、爪哇文和汉语。同时，在1511年马六甲陷于葡萄牙人之手后，作者仍在那里生活了一段时间以继续完成他的著作。关于写作年代的问题，根据《原序》中所说是伊斯兰纪年1021年，即公元1612年。但这应该是柔佛宰相整理和修改的日期。专家推测它的成书时间应该是在1511年之后，1612年之前。这部马来文学名著的书名"Sejarah Melayu"原意并非"纪年"、"编年史"，而是"世系"或"系谱"，因此该书又被称为《马来由史话》、《马来传奇》等。但《马来纪年》一名已经广为人知，遂予以沿用。自十九世纪以来，对该著作的整理出版受到各界人士的重视。1821年，英国人约翰·莱登（John Leyden）把它译成英文。1831年，著名马来文学家阿卜杜拉曾用阿拉伯字母整理出版。1952年，由英国人布朗（C. C. Brown）用拉丁字母整理出版。1967年，牛津大学又出版了一个较详细的版本。2004年，由广东外语外贸大学教授黄元焕先生翻译的中文版在马来西亚首都吉隆坡出版发行。

（二）内容梗概

《马来纪年》的内容异常丰富，可以说是包罗万象。其中有历史故事，有神话传说，有哲学问题的探索，有王朝礼仪的介绍，还有掌故、珍闻、轶事等等。故事发生的地点时而在马六甲，时而在印度，时而在中国，时而在满者伯夷，时而在暹罗，时而在望加锡。每篇故事都是独立的，但它们之间又有一定的联系。作者一支笔同时写出宫廷生活和民间百态，浪漫主义与现实主义并用。一方面记述国家大事，一方面又演绎民间故事。马六甲王朝的社会情况和风土人情，在书中得到全方位的展示。全书共三十四章，故事开头具有神话性质，叙述马来王族与伊斯坎达王（亚历山大大帝）之间的渊源。第二章中有国王与臣民之间的约法，可看作是马来古法典的起源。马来国王向人民保证，有义务改善人民的生活，但臣民必须忠于帝王，不管帝王多么残暴。臣民愿意忠于帝王，但不可受辱，不管犯有何等错误或罪行。书中的很多故事脍炙人口，广为流传，如第一章中国宰相妙计退敌、第五章满者伯夷与狮城交兵、第六章大力士斗智斗勇、第八章须文答剌国王被掳、第十章少年奇计除剑鱼、第十二章宫廷政变、第十三章暹罗与马六甲交战、第十九章望加锡王子出国流浪、第二十三章马六甲王亲手擒贼、第二十五章水师提督出使彭亨、第二十七章苏鲁马益王子抢亲、第二十九章马六甲与彭亨明争暗斗、第三十三章宰相满门抄斩的故事等等，不仅精彩生动，还闪耀着马来民族智慧的光辉。书中还叙述新加坡、马六甲王国的兴起以及马六甲王国与暹罗、诃陵、占婆、中国及满者伯夷王朝之间的关系。马六甲王曾与满者伯夷王朝公主联亲,也曾将公主嫁给中国皇帝。传说中的马来英雄人物亦在书中出现。其余内容为葡萄牙人的入侵、马六甲帝王至柔佛等地巡视的情况。由于作者对朝廷事务了如指掌,对宫廷内幕叙述详细,同时对社会风俗、人民生活记载也十分详细。所记事实虽非全部杜撰,但不能作为历史依据,尽管如此,对研究马来王朝的政治、文化和社会习俗等仍有重要参考价值。

(三)历史文学价值

从内容上来看,《马来纪年》显然不能作为信史,书中所述的历史事件和过程都无法得到印证,有的甚至干脆就是神话和传说,与真正的历史事实相距甚远,其历史价值甚至远远低于中国的《三国演义》、《说岳全传》这类演义小说。但是作为历史传记文学作品,它还是能够艺术地再现马来王朝的兴衰过程,并且可以从中折射出马来王朝的社会面貌和马来民族的思想感情。根据北京大学梁立基教授的总结归纳,我们可以从以下几个方面来评价《马来纪年》的历史和文学价值:

1. 作为宫廷文学,为巩固王权的统治基础作出了重要贡献。它把马来王族祖先的血脉与伊斯兰教先驱英雄亚历山大大帝衔接起来,使“君权神授”成为“历史事实”。

2. 奠定了马来王朝君臣应遵守的基本原则。归纳起来就是君要臣忠,臣要君仁。这种建立在封建关系上的君臣之道被认为是马来王朝兴衰的根本,后来更进一步把“绝对忠君”视为马来民族的灵魂。

3. 通过艺术形象比较真实地反映了马来王朝的对外关系史,尤其反映了与中国的睦邻友好关系。在当时北有暹罗、南有满者伯夷威胁的历史条件下,与中国建立亲密关系成为马来王朝对外政策的一个重要基石。书中有大量情节描绘了马六甲与中国的密切来往。

4. 形象地揭示了马来王朝成败兴坏之理。在一定程度上做到了“不隐恶”,把王朝末期的腐败现象和导致灭亡的过程充分地揭示出来,让后人引以为戒。

5. 在文学上汇集了不少民间文学的精华。作者搜集了不少精彩的神话故事和民间传说,把其中最富有传奇性的人物杭·杜阿经过艺术加工改造成为马来王朝历史上赫赫有名的英雄人物,使其流芳百世。

6. 在语言方面对马来古典文学产生重大影响,它那典雅、规整和洗练的语言风格被视为马来古典文学最高语言典范,代表了马来语言发展史上的一个里程碑。

7. 在马来民族面对殖民化的命运中,具有唤起马来民族自豪感、鼓舞马来民族自信心的精神价值。[①]

综上所述,在马来古典文学史上,《马来纪年》无疑占有举足轻重的地位。正如著名的东南亚史学家许云樵先生对《马来纪年》作出的总体评价:“它是马来文学作品的精华,是马来民族唯一的文献,它的内容是集一切旧闻和传说,并摘录一切马来文学名著而成的。

---

① 梁立基:《印度尼西亚文学史》,北京:昆仑出版社,2003年版,第228—233页。

《马来纪年》的价值，不全在它的史实而在乎它的文献地位。""是表现马来民族文化思想的代表作。"①这一评价客观、准确地概括了该书独一无二的珍贵价值。

七、菲律宾的宗教文学

菲律宾的宗教文学是伴随着菲律宾的基督教化而出现的，它是西方殖民主义侵略的副产品。宗教文学在西方社会里随处可见，其主要功能是以一套独特的价值观念体系和文学手段构筑成一种信仰模式，借此模式策励世人不断超越有限的自我，追求卓越、永恒和无限，趋于至善至真的境界。而在菲律宾，如果把西班牙对菲律宾的占领说成是"十字架"的胜利，这种文学则在其中发挥了重要的作用。

1521—1569年，西班牙殖民主义者数次派遣远征军船队入侵菲律宾群岛，每次都有传教士跟随。殖民军每占领一个地方，就强迫当地居民信仰天主教，对不服从者即以"异教徒"罪名加以关押或处死。16世纪末，西班牙占领菲律宾后，全力推行天主教文化，以实现对菲律宾的"精神征服"。天主教在菲律宾的迅速扩张主要依靠五大传教团即奥古斯丁会、方济各会、多明我会、耶稣会以及奥古斯丁重拯会传教士的努力。奥古斯丁会是最早到达菲律宾的传教团，在菲律宾的传教史上占有重要地位。他们传教范围主要在以马尼拉为中心的吕宋岛地区，以及米沙扬的宿务和班乃岛等地。从1564至1898年的300多年的时间里，共有2368名奥古斯丁会传教士到菲律宾传教，建立了385个传教区，共管辖200万教民。

紧跟奥古斯丁会来到菲律宾的是方济各会。该会的15名传教士于1577年到达马尼拉。1578年在该会的第一次教团会议上，方济各会普拉森西亚神父建议对菲律宾人实行"移民并村"政策，即动员菲律宾人集中居住在较大的村庄和市镇里，居住在山上的部族也迁移到沿海低地居住，并积极倡导修建道路和桥梁，以利于派遣传教士传教。"移民并村"政策对天主教在菲律宾的迅速传播起了积极作用。

除上述两大修会外，耶稣会和多明我会也是菲律宾群岛传教的主力。耶稣会于1581年来到马尼拉，起初只有3名传教士。1596年，又有14名耶稣会士来到马尼拉，并建立了永久传教团。1661年，在菲律宾的该会传教士已有101人。耶稣会除了在马尼拉有少数教堂外，其势力范围主要在米沙扬群岛和棉兰佬地区。多明我会于1581年到达马尼拉，当时只有2名传教士，其中一位便是大名鼎鼎的主教萨拉查。随后，又有39名传教士于1585、1587年到达马尼拉，并在马尼拉建立了菲律宾圣玫瑰省。至1898年，估计共有1755名多明我会传教士来到菲律宾，建立了90个教区。多明我会主要负责管理华人传教事务以及班加西兰与卡加延地区。此外，奥古斯丁重拯会也是一支重要力量，第一批重拯会传教士于1606年来到菲律宾，在整个17世纪里，共有270名该会传教士在菲律宾传教。

这些教会组织和西班牙殖民统治当局沆瀣一气，他们控制了教育、宣传、印刷等阵地，也培养了一些懂西班牙文的菲律宾传教士和知识分子作为传教的工具。他们一方面焚

---

① 许云樵译注：《马来纪年》增订本，新加坡：青年书局，1966年版，第1、50页。

毁所谓异教的书刊，一方面对当地民间的口头文字加以改造，使之成为宣传解释基督教义的宗教文学。西班牙传教士为了更快更广泛地传教，也学习了当地各民族的语言，用拉丁字母为这些语言创造了新的拼音文字，并出版了大量的宗教读物。第一部宗教书是多明我会于1593年印行的《基督教义》。随后，方济各和奥古斯丁等教会也竞相印行圣徒书、祈祷书、受难诗等等，大力推行宗教文学，扩大天主教的影响和势力。

这时期的宗教文学主要是宗教诗和宗教剧。17世纪初，懂西班牙文的菲律宾诗人费尔南多·巴贡班塔和托玛斯·彬彬等率先同时用他加禄文和西班牙文，以互相间隔的形式创作了感谢天主的宗教诗，诗的第一、三、五、七行是他加禄文，二、四、六、八行是西班牙文。这些宗教诗，主要是赞颂圣母、宣扬圣人事迹和描述耶稣的诞生、受难和复活的奇迹，充满神秘色彩。第一部完全用他加禄文写成的宗教诗《尽管有风雨和黑暗》出版于1605年，作者是作为词典编纂学家和传教士的弗朗西斯科·布兰卡斯·德·圣何塞。1704年，菲律宾传教士卡斯帕尔·阿·德·贝伦又出版了诗集《主耶稣的受难》，这个诗集后来被翻译成多种不同的地方语言广泛流传。他加禄文宗教诗的特色是每节五行，每行八个音节，韵律和谐，情感庄严。

在宗教戏剧方面，最早的是1598年为纪念宿务省的第一任大主教佩·德·阿古尔托而上演的喜剧，剧作者是比生特·普彻。1609年又有一部重现圣女巴尔巴拉生平的戏在菲律宾南部的保和岛上演。那一时期比较流行的宗教戏剧是"受难剧"，也称"晚餐室戏"，多在教堂前的广场上演出。它选取旧约和新约中的相关故事，重现了耶稣在最后晚餐的次日被钉死在十字架上的受难经过。如今在每年圣周举行的宗教纪念活动中，它仍旧作为重头戏而上演。另外一种是"摩罗摩罗戏"，最早出现于1637年，剧作者多为天主教神父，剧情通常表现基督徒如何战胜穆斯林，以及不同信仰的王子和公主之间的恋爱、历险、私奔和背叛伊斯兰教、改信天主教等等。演员登场和退场都是程式化的，他们的姿势和动作幅度很大很夸张。剧中的台词多以慷慨激昂的雄辩家式的口吻诵出，歌唱的节奏和韵律传达着宗教的忠诚。因为这种戏剧常常伴随着穆斯林舞蹈和斗剑，所以也常被称为"枪剑戏"。

这些宣扬西方宗教价值观的诗歌和戏剧在菲律宾文坛占据统治地位长达两个世纪之久，它们给菲律宾民众不断灌输着接受命运、屈从权威、承认殖民者的优越性、相信天主教的至高无上等观念。民族主义的文学史家普遍认为，这些带有宗教神学色彩的作品加重了菲律宾殖民化程度。

第二节 绚烂多彩的越南汉文学

自13世纪，越南历史步入封建制度的巩固与发展时期。越南汉文学进入兴盛时期，呈现绚烂多彩的景象。越南汉文诗人们创作视野开阔，诗歌内容丰富多彩。抒发军旅情怀、描写山水田园的秀美风光、讽喻时弊及感叹人生际遇等题材的汉诗均呈现于越南诗坛。诗歌风格也趋向多样化。越南的汉文赋模仿中国汉赋，篇章结构、遣词造句等极为地道、娴熟，表现了较高的艺术水平。

在抒发军旅情怀方面取得成就的诗人有陈光启和范五老等，边塞诗人的代表是范师孟。1285 年 5 月，陈光启、陈国峻等陈朝名将率兵在章阳渡、咸子关等地击退元朝军队。凯旋时，陈光启（Trần Quang Khải，1241—1294）写道：

> 横槊章阳渡，擒胡咸子关。
> 太平当致力，万古此江山。

（《从驾还京师》）

范五老（Phạm Ngũ Lão，1255—1320）的《述怀》展示了陈朝三军的气势，抒发了作者学习诸葛亮、为国建功立业的豪情壮志：

> 横槊江山恰几秋，三军貔虎气吞牛。
> 男儿未了功名债，羞听人间说武侯。

范师孟（Phạm Sư Mạnh，生卒年不详）的诗风刚劲、雄浑，具有军人的威武雄壮的特色。《关北》描写的是他自己的军旅生涯：

> 奉诏军人不敢留，青油幢下握吴钩。
> 关山老鼠谷嵝濑，雨雪上熬岚禄州。
> 铁马东西催鼓角，牙旗左右肃貔貅。
> 平生二十安边策，一寸丹衷映白头。

范师孟南征北战，铁马东西，历经千难万险卫国戍边，头发斑白仍壮志不已。范师孟的"青油幢下握吴钩"颇似唐朝诗人李贺的"男儿何不带吴钩"（《南园》）之意。

> 偏裨小校拥辕门，左握弓刀右属鞬。
> 万马千兵巡界首，高牙大纛照丘温。
> 关山险要明经划，溪涧藩屏广抚存。
> 白首谅州危制置，一襟忠赤塞乾坤。

（《上螯》）

《上嶅》对边塞军营和士卒进行了比较详尽的描述，歌颂了他们为国尽忠的高尚品质。可以说，只有像范师孟这样的戍边将领，才能如此形象地描绘出边塞军旅的生活，才能体验出将领与士卒的艰难与牺牲。

范师孟在边塞诗方面取得的成就，在越南文学史上无人能出其右。他的边塞诗不仅真实再现了军旅生活，体现了军人的豪迈气概。同时，在诗歌艺术上达到了很高的水平，叙事与抒情相结合，抒情与绘景相结合，成为了越南边塞诗的典范。

> 日照征鞍月映鞭，西风旗帜正翻翻。
> 百千万瘴桄榔洞，九十三盘溇濑泉。
> 兵势军形遵圣略，蛮乡番落护穷边。
> 试将廊庙经纶手，草写平戎第一篇。

（《桄榔道中》）

陈光启、范五老和范师孟的这些诗歌充满了强烈的民族自豪感和昂扬的斗志。诗风恣肆旷达，慷慨雄浑。

13、14世纪越南汉诗的一个显著进步就是意境清新、韵味隽永的田园山水诗歌的大量出现，阮忠彦、朱文安和阮飞卿等是其中具有代表性的诗人。陈元旦则以沉稳、深邃的反思、劝戒、讽喻的诗歌居多和见长。

阮忠彦（Nguyễn Trung Ngạn，1289—1370）的田园诗歌平朴自然，无雕凿之痕。

> 萦回竹径遶荒斋，避俗柴门昼不开。
> 啼鸟一声春睡觉，落花无数点苍苔。

（《春昼》）

"啼鸟一声"、"落花无数"，作者在这无限春色中，享受着春天的芳香和安详，可谓是"蛮酒一樽春睡足，觉来山色满柴扉"。（《即事》）

朱文安（Chu Văn An，1292—1370）的诗歌体现了他对生活敏锐的观察和对诗歌艺术高超的把握。如描写初夏的到来，他写了非常能代表初夏特点的两句："燕寻故垒相将去，蝉咽新声断续来。"（《初夏》）朱文安的诗歌用词精当、含蓄，风格清淡、隽永：

> 山腰一抹夕阳横，两两鱼舟畔岸行。
> 独立清凉江上望，寒风飒飒嫩潮生。

（《清凉江》）

《清凉江》描绘了一幅清凉江优美的风景画：夕阳西下，晚霞当空，两三条渔船沿岸划行。诗人伫立江边，飒飒寒风袭来。"寒风飒飒嫩潮生"一句，咀嚼体味，似有一种悲凉之感。

阮飞卿（Nguyễn Phi Khanh，1355/1356—1428/1429）是14世纪末15世纪初越南田园山水诗成就最高的诗人。在他的汉诗创作中，田园诗数量最多，成就最大。

> 抱篱竹树万条枪，老屋弓余古寺旁。
> 过雨池塘蛙语聒，落花庭院燕泥香。
> 闲情湛湛春醪足，世路茫茫午睡长。
> 醒后出门携仆归，逢人只向说农桑。
>
> 　　　　　　　　　　　　　　　　（《村家趣》）

这首《村家趣》充满了浓郁的乡村生活气息。诗人那世外桃源般的日子、悠闲自适的心情令人羡慕不已。

> 筠松三径在，岁晚薄言归。
> 把酒看秋色，携节步夕晖。
> 云空山月出，天阔塞鸿飞。
> 忽听昏钟鼓，呼童掩竹扉。
>
> 　　　　　　　　　　　　　　　　（《村居》）

恬静优美的田园景色，惬意闲适的情感，两者完美和谐地融合在一起，此乃绝妙佳作。其神韵、意境颇似唐朝王维的田园诗。

阮飞卿的晚年正逢乱世，对世间的灾难和民众的疾苦多有体验和观察。《中秋感事》是作者后期思想的写照：

> 金波似海漫空流，河汉微云淡淡收。
> 雨后池台多贮月，客中情绪不胜秋！
> 愿凭天上清光夜，遍照人间疾苦愁。
> 长使国家多暇日，五湖归梦到扁舟。

阮飞卿诗歌中表现出来的不仅是个人的"愁"，更是"人间疾苦愁"，他盼望国家安宁，黎民安康。阮飞卿在才学横溢的豆蔻年华，未被重用，郁郁不得志。得到胡朝的重用，又逢乱世，自己的理想、抱负难以实现。《秋中病》是他对自己一生的回顾。诗歌荡气回肠、哀惋凄清：

> 萧萧风动转凄清，天地初秋客子情。
> 隆庆二年新进士，翘材三观旧书生。
> 少年敢负韩忠献，多病还怜马长卿。
> 万事背人霄渐永，贮愁欹卧数残更。

阮飞卿的诗歌创造了一种别具一格、超凡脱俗和清雅妩媚的意境："一筇山上柱云烟，回首尘埃路隔千。雨后泉声流簌簌，天晴岚气净涓涓。半日偷闲我亦仙。兴去欲来僧院宿，昏钟催月挂峰前。"（《游昆山》）诗中的"一筇山上柱云烟"是一种超出世外、居高临下的感觉。

阮飞卿在田园山水诗所取得的卓越成就，奠定了他在14世纪末15世纪初，甚至在越南汉语诗歌发展史上的重要地位。

陈元旦（Trần Nguyên Đán，1325/1320—1390）的诗歌体现了忧国忧民的情怀和对自己一生的反思和自责：

> 白日升天易，致君尧舜难。
> 尘埃六十载，回首愧黄冠。
>
> （《题玄天观》）

在《秋日》一诗中，作者自比历经沧桑的苍松瘦竹，表现了他在经过宦海风浪、人生沉浮后，看透一切、处乱不惊的心态："梅早菊芳贤子弟，松苍竹瘦老公卿。树喧风怒心难动，云尽天高眼自明。"诗中对似梅花和菊花的子弟们也寄予了厚望。

陈元旦开了讽喻诗的先河。"王不勤政，权臣多不法，元旦数谏不纳。"乃作《寄台中僚友》：

> 台端一去便天涯，回首伤心事事违。
> 九陌尘埃人易老，五湖风雨客思归。
> 儒风不振回无力，国势如悬去亦非。
> 今古兴亡真可鉴，诸公何忍谏书稀。

陈元旦敢于犯颜直谏的事迹，在越南历史上流传甚广，他的气节甚得后人的景仰。陈

No

元旦的诗歌形成了自己沉稳、深邃的艺术风格。

13、14世纪，儒学较前时期有很大的发展，处于上升时期。但佛教仍占上层建筑的统治地位，佛教在社会文化生活中依然极为盛行。越南汉文诗歌受佛教的影响虽较前期有所减弱，但仍不容忽视，尤其是陈朝前期更为突出。这方面的代表诗人有慧忠上士和玄光等。

慧忠上士（Tuệ Trung Thượng Sĩ, 1230—1291）真名陈嵩（Trần Tung），法号慧忠，人们称之"慧忠上士"，他的诗歌独树一帜，个性色彩鲜明。《出尘》表达了作者离开恼人的尘世之后、轻松愉悦的心情："曾为物欲役劳躯，摆落尘嚣世外游。撒手那边超佛祖，一回抖擞一回休。"

慧忠上士的诗歌所表现出来的正是修炼佛禅所达到的境界：不为物累，不为世困，放浪形骸于天地间，无拘无束，潇洒自在，"乐吾乐兮布袋乐，狂吾狂兮普化狂"：

> 天地眺望兮何茫茫，
> 杖策优游兮方外方。
> 或高高兮云之山，
> 或深深兮水之洋。
> 饥则餐兮何罗饭，
> 困则眠兮何有乡，
> 兴时吹兮无孔笛，
> 静处焚兮解脱香，
> 倦小憩兮欢喜地，
> 渴饱啜兮逍遥汤。
> …… ……
> 放四代兮莫把捉，
> 了一生兮休奔忙，
> 适我愿兮得我所，
> 生死相逼兮于我何妨！

（《放狂吟》）

"生死相逼兮于我何妨"，此等崇高的境界非大彻大悟的慧忠上士不能达到，此等洒脱的诗歌非修炼到家的慧忠上士是很难写得出来的。《放狂吟》所包含的精髓正是佛教禅宗派的宗旨："教外别传，不立文字，直指人心，见性成佛。"同时也暗合了禅宗的修行之道："不起一切心，诸缘尽不生，即此身心便是自由人。"

玄光（Huyền Quang，1254—1334）为"竹林派第三祖"。他的汉诗充满了浓厚的书卷气和佛教意味，意境隽永，耐人寻味。诗歌《山宇》表达了他皈依佛禅后"禅心一片"、矢志不移的信念：

> 秋风午夜拂檐牙，山宇萧然枕绿罗。
>
> 已矣成禅心一片，虫声唧唧为谁多。

13至14世纪，越南的汉文赋模仿中国汉赋，篇章结构、遣词造句等极为地道、娴熟。陈朝期间有13篇赋，名篇当推张汉超的《白藤江赋》和莫挺之的《玉井莲赋》。

张汉超（Trương Hán Siêu，? —1435）的《白藤江赋》以纵横恣肆的笔锋，描绘了发生在白藤江上越南历史上几次比较有名的战役，追忆、歌颂了历史上的民族英雄。

客有：挂汗漫之风帆，拾浩荡之海月。朝戛舷兮沅湘，暮幽探兮禹穴。九江五湖，三吴百粤。人迹所至，靡不经阅。胸吞云梦者数百，而四方之壮志犹阙如也。乃击楫乎中流，纵子长之远游。涉大滩口，溯东潮头。抵白藤江，是泛是浮。接鲸波之无际，蘸鸡尾之相缪，水天一色，风景三秋，渚荻岸芦，瑟瑟飕飕，折戟沉江，枯骨盈丘。惨然不乐，伫立凝眸。念豪杰之已往，叹踪迹之空留。江边父老，谓我何求。或扶藜杖，或棹孤舟，揖余而言曰：此重兴二圣擒乌马儿之战地，与昔时吴氏破刘弘操之故洲也。

当其：舳舻千里，旌旗旖旎。貔貅六军，兵刃蜂起。雌雄未决，南北对垒。日月昏兮无光，天地凛兮将毁。彼必烈之势强，刘龚之计诡。自谓投鞭，可扫南纪。既而，皇天助顺，凶徒披靡。孟德赤壁之师，谈笑飞灰。符坚合肥之阵，须臾送死。至今江流，终不雪耻。再造之功，千古称美。虽然，自有宇宙，固有江山。信天堑之设险，赖人杰以奠安。孟津之会鹰扬若吕，潍水之战国士如韩。惟此江之大捷，由大王之贼闲。英风可想，口碑不刊。怀古人兮陨落，临江流兮厚颜。行且歌曰：大江兮滚滚，洪涛巨浪兮朝宗无尽。仁人兮闻名，匪人兮俱泯。

客从而歌曰：二圣兮并明，就此江兮洗甲兵。胡尘不敢动兮，千古升平。信知不在关河之险兮，惟在懿德之莫京。

《白藤江赋》是一篇韵赋，对仗讲究，语言凝炼。它抚今追昔，纵横驰骋，"胸吞云梦"，引用历史上的赤壁之战、合肥之战等来比喻白藤江之战的波澜壮阔，气势磅礴。白藤江滚滚东去，一切荡涤殆尽，唯有英雄芳名长存。

莫挺之（Mạc Đĩnh Chi，1272？—1346?）的《玉井莲赋》采用主客对话方式展开赋文，作者自比"太华峰头玉井莲"，表达了自己高洁无比，傲世独立的情怀。

客有：隐几高斋，夏日正午。临碧水之清池，芙蓉之乐府。忽有人焉：野其服，黄其冠。迥出尘之仙骨，凛辟榖之臞颜。问之客来，曰从华山。乃授之几，乃使之坐。破东陵之瓜，荐瑶池之果。载言之琅，载笑之。即而目客曰：非爱莲之君耶。我有异种，藏之袖间。非桃李之粗俗，非梅竹之孤寒。非僧房之枸杞，非洛土之牡丹。非陶令之东篱之菊；非灵均九畹之兰花。乃泰华峰头玉井之莲。客曰："异哉！岂所谓藕如船兮花十丈，冷比霜兮，甘比蜜者耶？"昔闻其名，今得其实。道士欣然，乃袖中出。客一见之，心中幽郁郁。乃拂十样之笺，润五色之笔。以为歌曰：架水晶兮为宫，金凿琉璃兮为户。碎玻璃兮为泥，洒明珠兮为露。香馥郁兮层霄，帝闻风兮女慕。桂子冷兮无香，素娥纷兮女妒。采瑶草兮芳洲，望美人兮湘浦。蹇何为兮中流，盍相返兮故宇。岂濩落兮无容，叹婵娟兮多误。苟予柄之不阿，果何伤乎风雨。恐芳红兮摇落，美人来兮岁暮。道士闻而叹曰："子何为哀且怨也？独不见凤凰池上之紫薇，白玉堂前之红叶。忧地位之清高，蔼声名之昭灼。彼皆见贵于圣明之朝，子独何之为骚人之国。"于是有感期言起敬起慕。哦诚斋亭上之诗，赓昌黎峰头之句。叫阊阖以披心。敬献玉井莲之赋。

汉文学在13、14世纪兴盛的基础上，15世纪开创了全面繁荣的局面。这一时期，汉文学无论内容还是形式方面都取得了空前的成就。诗歌内容丰富，意境清远、淡雅，韵律和谐、优美，语言洗练、精当。著名的诗人有阮廌、李子晋、阮梦荀、黎少颖、朱车、阮直、蔡顺、阮保和黄德良等。

阮廌（Nguyễn Trãi，1380—1442）汉诗的艺术风格既有慷慨激昂之雄浑，忧伤感怀之凄婉，又具清新飘逸之浪漫。《观阅水阵》展现了黎朝初年越南水兵浩大的气势、威武的雄姿，同时也指出休养生息、文治太平是阮廌和黎朝皇帝的愿望和目标。《观阅水阵》是一首气势恢弘、激昂雄浑的诗歌：

> 北海当年已戮鲸，燕安犹虑诘戎兵。
> 旌旗旖旎连云影，鼙鼓喧阗动地声。
> 万甲耀霜貔虎肃，千艘布阵鹳鹅行。
> 圣心欲与民休息，文治终须致太平。

《梦山中》体现了阮廌诗歌飘逸、浪漫的风格：

> 清虚洞里竹千竿，飞瀑霏霏落镜寒。
> 昨夜月明天似水，梦骑黄鹤上仙坛。

这首诗虚实结合，现实与梦境结合。在皎洁的月光下、在秀美的山水画卷中，作者着力营造了一个梦境，希望自己能得道成仙，脱离累人的尘世。

国家承平日久，鸟尽弓藏，兔死狗烹。文臣武将深感失落，纷纷归隐山野，寄情山水。阮廌面对茫然的仕途万般无奈，只好辞官隐居于昆山，有诗道：

> 世上黄粱一梦余，觉来万事总成虚。
>
> 如今只爱山中住，结屋花边读父书。

（《偶成》）

阮廌的诗总是与梦有缘："老去虚名付梦寻"（《漫兴》）；"昨夜月明天似水，梦骑黄鹤上仙坛。"（《梦山中》）；"故国归梦三更雨，旅舍吟怀四壁虫。"（《寄友》）；"眼边春色熏人醉，枕上潮声入梦寒。"（《海口夜泊有感》）

李子晋（Lý Tử Tấn, 1378—1454/1459）在为官多年后，对官场上小人的"横行霸道"深恶痛绝：

> 借问人生为底忙，胶胶扰扰利名场。
>
> 窗间野马乾坤大，枕上黄粱日月长。
>
> 弄巧徒劳蛇有脚，横行谁悟蟹无肠。
>
> 何如乐道安天命，损益随宜任取将。

（《漫兴》）

阮梦荀（Nguyễn Mộng Tuân, 生卒年不详）的《咸子关》抚今追昔、感叹天下兴亡如流水，表达了作者不问天下事、只管逍遥自在的情怀：

> 成败原来本一关，时人莫把两般看。
>
> 陈家上相真龙钟，胡氏签闻是鼠肝。
>
> 椿木埋河春草绿，髑髅啸月夜寒潮。
>
> 鱼舟那管兴亡事，醉卧蓬窗挂钓杆。

黎少颖（Lê Thiếu Dĩnh, 生卒年不详）的《礼梯山寺》是一篇充满诗情画意的佳作：

> 山深清涧寂，寺古白云闲。
>
> 客至僧无语，松风自启关。

山深林密，清清的小溪在静静流淌，古寺白云缭绕，悄无人声，只有清风在吹拂。这是多么圣洁、淡远和幽静的景色。

朱车（Chu Xa, 生卒年不详）的《舟中远望》是其中的代表作：

> 极目斜阳际，残霞抹晚空。
>
> 人归山坞外，舟泛玉壶中。
>
> 水面双飞鸟，江心一钓翁。
>
> 兴观犹未已，微月挂新弓。

此首诗堪称佳作。一是意境新奇：诗人面对眼前的美景，如痴如醉，忘我未归，不知不觉已是皓月当空的夜晚了。二是语言的锤炼："残霞抹晚空"的"抹"字极妙。三是对仗工整。

阮直（Nguyễn Trực，1417—1474）对争斗激烈的宦海已经厌倦之极，早生归去之意。可是君命难违，他只好违心地干下去。他多么向往：在夕阳的余晖下，披蓑衣，戴斗笠，坐在小路旁静心地观看农民春耕。在这首诗歌中，他追求一种纯净、静谧的心境，追求心理上的安详：

> 病承恩诏许留京，归计如今一未成。
>
> 何日西山山下路，蓑衣小笠看春耕。

（《偶成》）

"蓑衣小笠看春耕"，阮直的诗歌艺术是在平淡中见出思想的深邃，体现诗歌意境的高远。

阮保（Nguyễn Bảo，1452？—1504？）的诗歌描绘了美丽的大自然以及恬适的田园风光，表达了诗人对田园生活的向往："拥书床上闻鹈鹕，欲访村翁学种田。"（《春日即事》）《澄迈村春景》是阮保田园诗中的佳作：

> 阴云漠漠雨霏霏，秉耒驱牛著短衣。
>
> 幼妇莳瓜侵晓去，老姑锄豆向圃归。
>
> 篱边翳翳蔗苗长，草里青青芋叶稀。
>
> 想得田园真乐趣，虽非衡泌亦忘饥。

蔡顺（Thái Thuận，1441—？）的《普赖寺》是体现他艺术水平的代表作：

> 东来山欲断，复起驾寒泷。
>
> 浮夜钟归海，涵秋月坠江。
>
> 龙吟门外水，鹭过雾边窗。
>
> 往往敲僧梦，鱼舟笛几腔。

　　夜半钟声似有似无，江中月影似幻似真。读后令人浮想联翩，不禁想起李白的两句诗："银箭金壶漏水多，起看秋月坠江波。"（《乌栖曲》）

　　蔡顺的田园山水诗善于捕捉生活中一个个细小的场景，善于发现大自然中被人忽视的一个个倩影：袅袅炊烟中的茅舍，三四个村童沿着江边觅蟛蜞，农民在晨曦中耕作，吆喝耕牛的声音惊起了白鸟……：

> 茅舍人烟里，孤舟小泊时。
>
> 村童三四辈，缘水觅蟛蜞。
>
> 　　　　　　　　　（《黄江即事》）
>
> 平浦乘潮上，农人趁晓耕。
>
> 喝牛飞白鸟，风外两三声。
>
> 　　　　　　　　　　　（《闷江》）

　　"喝牛飞白鸟，风外两三声。"作者用一种平铺直叙的语言，创造了一种独具匠心的诗歌意境。

　　黄德良（Hoàng Đức Lương，生卒年不详）的田园诗是他汉语诗歌中成就最大的部分，他的诗自然，清新，毫无雕琢之痕迹：

> 桑暗蚕正眠，檐低燕初乳。
>
> 力倦荷锄归，昼永鸠声午。
>
> 　　　　　　　　　　　（《村居》）

　　16、17世纪，越南汉文诗歌逐渐朝着抨击时弊、控诉战争和反映社会现实的方向发展。有名的诗人是阮秉谦、冯克宽等。

　　阮秉谦（Nguyễn Bỉnh Khiêm，1491—1585）是16世纪汉、喃诗均成就卓著的一代名家。在诗歌风格上，阮秉谦继承了15世纪诗歌的浏亮、清丽，同时，增添了浓厚的工稳与感伤的色彩：

相逢乱后老相催，缱绻离情酒数杯。

夜静云庵谁是伴，一窗明月照寒梅。

（《与高舍友人别后》）

阮秉谦生活的时代，越南封建制度开始发生危机，封建国家正走向衰落，统治阶级内部分崩离析。1527年，莫登庸篡位建立了莫朝。同时，郑氏、阮氏集团与之抗衡，形成了南北对峙的局面。阮秉谦的诗歌反映了当时越南社会的混乱局面，表达了当时封建知识分子彷徨和无奈的心理状态。《寓意》（Ⅱ）抒发了阮秉谦奋斗一世后的失落和困惑的情怀：

济弱扶危愧无才，故园有约重归来。

洁身只恐声名大，剧醉那知老病催。

山带秋容青转瘦，江涵月影白相猜。

机关了却都无事，津馆柴门尽日闲。

阮秉谦面对乱世虽有忧天下之志："光景逐人年似矢，危时忧国鬓成丝。"（《秋思》），"何年再现唐虞治，偿了君民致泽心。"（《自述》）然而命运多舛，时势难违：

满目干戈苦未休，暂乘余暇觅闲游。

棲棲燕壁多坤衍，寂寂箕山几许由。

千丈光摇新剑气，三春暖入旧书楼。

老来未艾天下志，得丧穷通岂我忧。

（《中津馆寓兴Ⅰ》）

阮秉谦的一些汉语诗歌包含有对当时社会状况以及世界万物的深深思考，充满了思辩，凝聚了他自己的人生经验。这类诗歌，人们习惯称之为"哲理诗"。有些诗歌还充满了说教的意味，如《责子》："父在不远游，惟疾父之忧。圣贤所垂训，斯言岂我污。而既生为人，胡不业为儒。"

冯克宽（Phùng Khác Khoan，1528—1613）是16世纪末越南汉、喃均工的著名诗人。他的《答朝鲜国使李睟光》是汉文化圈内三个国家——中国、越南和朝鲜友好交往的历史见证：

义安何地不安居，礼接诚交乐有余。

彼此虽殊山海域，渊源同一圣贤书。

交邻便是信为本，进德深惟敬作舆。

记取使诏还国日，东南五色望云车。

"彼此虽殊山海域，渊源同一圣贤书。"中、越、朝三国虽山河地域不同，但文化的源头都是出自孔孟的圣贤书，出自源远流长的中华文化。

越南汉诗的绝句、律诗经过8个世纪的发展，取得了极为辉煌的成就。到18世纪，这些诗歌形式已经是盛极而衰，难以为继。而汉文叙事诗却异军突起，代表性的诗人是邓陈琨和阮攸。

邓陈琨（Đặng Trần Côn，1701—1745）的《征妇吟曲》（Trinh Phụ Ngâm Khúc），以古乐府杂言体写成。作品描述了征人征战沙场无归期、征妇忆君思悠悠的故事以及征妇悲愁的心路历程。

边塞起烽烟，丈夫应征戍边，妻子依依不舍送别丈夫：

> 渭桥头，清水沟，
> 清水边，青草途。
> 送君处兮心悠悠，
> 君登途兮，妾恨不如驹，
> 君临流兮，妾恨不如舟。
> 清清流水，不洗妾心愁，
> 青青芳草，不忘妾心忧。
> 语复语兮，执君手。
> 步一步兮，攀君襦，
> 妾心随君似明月。

两人忍痛别离后，妻子日夜挂念着战场上的丈夫，为他的艰苦和危险担忧。妻子通过想象，描述出战争的残酷无情以及戍夫的艰苦生活：

> 古来征战场，
> 万里无人屋。
> 风紧紧，打得人憔悴，
> 水深深，怯得马蹄蹴。
> 戍夫枕鼓卧龙沙，
> 战士抱鞍眠虎陆。
> ……
> 艰难谁为画征夫，
> 料想良人经历处，

> 萧关角，瀚海隅。
> 霜村、雨店、虎落、蛇区，
> 风餐、宿露、雪胫、冰须，
> 登高望云色，
> 安得不生愁！

在丈夫归来难成现实的情况下，他们也只能在梦中相会了："惟有梦魂无不到，寻君夜夜到江津。"团圆的希望化为泡影，征妇开始由思念转为感叹自己的青春与幸福：

> 可怜枉守一空房，
> 年年误尽良时节，
> 良时节兮，急如梭，
> 人世青春容易过。

在漫长的痛苦煎熬中，征妇深切盼望战争早日结束，丈夫平安归来，夫妻得以团聚，永享太平：

> 与君整顿旧姻缘，
> 交颈成双到老天。
> 偿了功名离别日，
> 相连相守太平年。

《征妇吟曲》控诉了战乱给人民带来的痛苦和灾难：

> 祁山旧冢月茫茫，
> 肥水新坟风袅袅，
> 风袅袅，空吹死尸魂，
> 月茫茫，曾照征夫貌。
> 征夫貌谁丹青，
> 死尸魂谁哀吊。

作品展现了征妇思君悲怀、丰富细腻的内心世界：

帘中坐，夜来心事只灯知，

灯知若无知，

妾心只自悲，

悲又悲兮，更无言。

灯花人影总堪怜，

咿呜鸡声通五夜，

披拂槐阴度八砖，

愁似海，

刻如年，

强燃香，花魂欲消坛柱下，

强临镜，玉箸空坠菱花前，

强援琴，指下惊停鸾凤柱，

强鼓瑟，曲中愁歇鸳鸯。

　　《征妇吟曲》是一篇抒情成分占很大比重的叙事诗。它的诗句抒情淋漓，凄凉悲哀，如诉如泣，读罢令人潸然泪下：

老亲兮倚门，

婴儿兮待哺。

供亲食兮，妾为男；

课儿书兮，妾为父；

供亲课子此一身。

伤妾思君今几度，

思君昔年兮已过，

思君今年兮又暮，

君淹留二年、三年、更四年，

妾情怀，百缕、千缕、还万缕。

　　征妇怨吟就是越南人民反对战争的内心呼喊！封建社会的战争不仅让男人捐躯沙场，也让女人遭受了战争带来的亲人分别的巨大精神痛苦。虽然，由于作者阶级与时代的局限，他没有认识到这是一场非正义的战争。但是，通过征妇声泪俱下的控诉，作品反对战争的主题是鲜明的。这是《征妇吟曲》的最大价值所在。作品除了有较高的思想性外，其艺术性也值得称道。

　　首先，《征妇吟曲》情景交融，描绘景色为突出、衬托当时人物的处境、感情服务：

望君何所见？

空山叶做堆，

自飞双白雉。

自舞满江梅，

东去烽烟惨不开，

西风零落乌声哀。

望君何所见？

河水曲如钩，

长空数点雁，

远浦一归舟，

西去松秋接短芜，

行人微没隔仓洲，

望尽天头又地头，

几日登楼又下楼。

　　其次，《征妇吟曲》使用了各种修辞方法。如比喻：以"嫩花"喻正当年华，以"黄花"比喻青春已过；夸张："愁似海，刻如年"。作品还成功地使用了重叠、回环、排比和联珠等。如叠字："猎猎旌旗"，"喧喧萧鼓"等；叠词："苍苔苍苔又苍苔"，"斜晖斜晖又斜晖"等；叠句："相顾不相见，青青陌上桑，陌上桑，陌上桑，妾意君心谁短长。"回环在诗篇中运用得非常成功："顷刻兮分程，分程兮河梁。徘徊兮路旁，路旁一望旆中央。"《征妇吟曲》丰富多样的修辞使诗歌语言优美、流畅和朗朗上口。再加之灵活多变、富有韵律的句式，使诗歌真正成为了可以吟唱的曲子。

　　在《征妇吟曲》中汉语典故俯拾皆是，引用很多中国名家名句，尤其是李白诗歌的名句。《征妇吟曲》中有"燕南壮士一掷轻鸿毛，……"，李白诗歌有"燕南壮士吾门豪，泰山一掷轻鸿毛"。《征妇吟曲》有"昔年寄信劝君回，今年寄信劝君来。信来人不来，杨花零落委苍苔。"李白诗歌《久别离》有"去年寄书报阳台，今年寄书重相催。……待来竟不来，落花寂寂委青苔。"

　　阮攸的汉文叙事诗为这一时期越南汉文学的发展做出了贡献。《所见行》是阮攸汉文叙事诗的代表作，诗歌中描绘了一妇人携三儿沿路乞讨的悲惨情景，有力地控诉了"朱门酒肉臭，路有冻死骨"的不公平社会。诗歌前半部分描述的是：有一妇人领着两个年幼的孩子，怀抱着一个尚不会行走的婴儿，他们衣衫褴褛，饥饿难耐，面前摆着竹筐，在等待行人的施舍。在饥荒连绵、饿殍遍野的年代，等待他们的命运只能是"委沟壑，饲豺狼"。见此凄惨的情景，行人无不凄然泪下：

> 有妇携三儿，相将坐道旁。
> 小儿在怀中，大者持竹筐。
> 筐中何所盛，藜藿杂秕糠。
> 日晏不得食，衣裾何框襄。
> 见人不仰视，泪流襟浪浪。
> 群儿且嬉笑，不知母心伤。
> 母心伤如何，岁饥流异乡。
> 异乡稍丰熟，米价不甚昂。
> 不惜弃乡土，苟图救生方。
> 一人竭佣力，不充四口粮。
> 沿街日乞食，此计安可长。
> 眼下委沟壑，血肉饲豺狼。
> 母死不足恤，抚儿增断肠。
> 奇痛在心头，天日皆为黄。
> 阴风飘然至，行人亦凄惶。

作者将今日所见母子的饥肠辘辘与昨夜西河驿官兵们的铺张、豪吃进行了强烈的对比：

> 昨宵西河驿，供具何张皇。
> 鹿筋杂鱼翅，满桌陈猪羊。
> 长官不下箸，小们只略尝。
> 拨弃无顾惜，邻狗厌膏粱。

最后作者怀着对贫苦劳动人民的强烈同情心和一个知识分子的责任感，呼吁人们关心"此穷儿娘"，将这些情况"持以奉君王"：

> 不知官道上，有此穷儿娘。
> 谁人写此图，持以奉君王。

　　阮攸的诗歌多取材于劳动人民的生活，与现实生活密切结合，充满浓厚的现实主义的色彩。阮攸的叙事诗以通俗易懂的语言和口语入诗，如"群儿且嬉笑，不知母心伤"、"长官不下箸，小们只略尝"等，增加了诗歌的真实感和亲切感。阮攸的汉语叙事诗标志着越南汉诗的又一进步。

　　阮攸的《龙城琴者歌》是一首杂言体的叙事诗，诗中描绘的人物形象美丽动人，描绘的琴声惟妙惟肖，美妙绝伦，四个排比句大大渲染、烘托了演唱的气氛：

<blockquote>
龙城佳人，姓氏不记清。

独擅阮琴，举城之人以琴名。

学得先朝宫中供奉曲，自是天上人间第一声。

余疑少时曾一见，鑑湖湖边夜开宴。

其时三七正芳年，红妆暗暧桃花面，

酡颜憨态最宜人。历乱五声随手变：

缓如疏风渡松林；清如双鹤鸣在阴；

烈如荐福碑头碎霹雳；哀如庄鸟病中为越吟。

听者靡靡不知倦，便是中和大内音。

西山诸臣满座尽倾倒，彻夜追欢不知饱。

左抛右掷争缠头，泥土金钱殊草草……
</blockquote>

　　从《龙城琴者歌》中，我们看到阮攸汉诗的另一个不同于以往的特点是他灵活的句式、不定的字数。他采用这种自由的诗体，更便于表现起伏跌宕、无拘无束、富于变化的思想感情。

　　阮攸敢于创新，大胆采用一些诗歌新的表现形式。如在《阻兵行》中，多处运用象声词：

<blockquote>
金锵锵铁铮铮，

车马驰骤鸡犬鸣。

……州弁闻贼至，磨砺刀剑嘎嘎鸣；

州人闻贼止，三三五五交头细语声咿嘤。
</blockquote>

　　阮攸的汉文叙事诗丰富了越南汉诗的表现形式，开拓了越南汉诗的艺术表现力，是对越南汉诗发展的重要贡献。

第三节　民间文学与市井文学

一、阮攸与《金云翘传》

阮攸（Nguyễn Du，1766—1820）是越南古代最著名的诗人，他的代表作是六八体喃字长篇叙事诗《金云翘传》。《金云翘传》是越南喃字文学发展到顶峰的经典名著，是越南古典文学的瑰宝。

阮攸字素如，号清轩，又号鸿山猎户，何静省宜春县仙田乡人。他出生于官宦世家，书香门第。当地流传着这样的歌谣："何时鸿山无树，蓝江水尽，阮氏才会无人做官。"阮攸的幼年是在升龙度过的。家谱记载：阮攸小的时候，有一次越郡公黄伍福来访，见阮攸相貌俊秀、聪颖过人，便赠送宝剑一把。阮攸六岁上学，此时，家境优越、富贵，阮攸过着无忧无虑的生活，这种生活不久便随着社会和家庭的变迁而结束。阮攸10岁时，父亲去世。12岁时，母亲去世。之后，阮攸靠当时任刑部左侍郎的大哥阮侃维持学业。19岁参加了山南乡试中举人，后来承袭了其养父的官职——正守校，在太原做了一小武官。1788年西山王朝建立。1789年黎朝皇帝黎昭统逃奔清朝求援，阮攸及其兄弟试图跟随昭统出逃，但未获得成功。阮攸回到了其妻的家乡山南镇琼瑰县海安乡，靠其妻兄段阮俊维持生计，段阮俊当时已与西山朝携手，担任吏部侍郎。妻子去世后，阮攸回到家乡河静仙田，打猎、垂钓、酬唱、寄情山水，自命为"鸿山猎户"和"南海钓徒"。他在家乡度过了十多年穷困潦倒的生活："鸿岭无家兄弟散，白头多恨岁时迁。穷途怜汝遥相见，海角天涯三十年。"（《琼海元宵》）这期间，阮攸目睹并感受到穷苦民众的生活，认识到动乱给人民带来的灾难。这对他世界观的改变起到极大作用。18世纪末的战乱打碎了他报效朝廷的梦想。1796年，阮攸图谋前往嘉定辅佐阮映，不料被西山王朝的将领阮蟗逮捕，关押了三个月。他在诗中描述了他这段时间的心情："钟子援琴操南音，庄舄病中犹越吟，四海风尘家国泪，十旬牢狱死生心。平章遗恨何时了，孤竹高风不可寻。我有寸心无与语，鸿山山下桂江深。"（《麽中漫兴》）1802年阮朝建立，同年8月，他出任芙蓉知县，11月升任常信知府。1805年，升为东阁大学士。1807年任海洋省乡试主考官。1813年升为勤政殿学士并奉命出使中国。1814年，回国后出任吏部右参知。1820年，嘉隆帝驾崩，明命皇帝登基，阮攸再次奉命出使中国，为越南新皇帝请求册封，他未及启程便身染疫病在顺化逝世。

阮攸的《金云翘传》（Truyện Kiều），又名《断肠新声》，是以中国明末清初青心才人的章回小说《金云翘传》为蓝本写就的。《金云翘传》是一部长3254句的六八休长篇叙事诗，是阮攸第一次出使中国回国后完成的。据《大南实录》载，阮攸"长于诗，善国音，清使还，以《北行诗集》及《翠翘传》行世"。

《金云翘传》从故事框架、故事发生的地点、环境及其作品中的人物等都与中国的《金云翘传》完全相同，只是一些情节有所差异。其故事梗概是这样的：王员外家有两位千金，大千金翠翘，二千金翠云，十分艳丽；尤其是翠翘，聪明优雅，才色超群，知书识礼。清明时节，翠翘姐弟三人在踏青途中与书生金重相遇，翠翘与金重一见钟情，不久，两情缱绻，月下盟誓，私订终身。叔父辞世，金重回乡奔丧，两人忍痛分别。王员外家，飞来横祸——奸商勾结官府，诬陷栽赃，王员外父子身陷囹圄。翠翘被逼无奈，违心地放弃与金重的爱情，卖身赎父，为人做妾。翠翘被人贩子马监生玷污后卖到妓院。翠翘发觉上当受骗，便毅然拔刀自刎。当翠翘被救活后，妓院老鸨秀婆甜言蜜语地对她进行哄骗，翠翘相信了老鸨秀婆。接着翠翘中了秀婆和流氓楚卿的连环计：流氓楚卿以一副文质彬彬面目出现，花言巧语，骗取了翠翘的信任，带着翠翘乘夜私奔，结果半路被追回。翠翘身遭毒打，在老鸨的淫威逼迫下，无奈地走上了卖笑生涯，翠翘受尽折磨，痛苦不堪。在外求学的富家子弟束生，经常光顾青楼，对翠翘产生爱恋，后赎她出来并娶她为妾。束生的原配宦姐，阴险异常，设计将翠翘劫回家中，让她做自己的奴仆。大妇在束生面前百般耍弄、摧残翠翘。束生懦弱无比，在泼悍的大妇面前，忍气吞声，连大气都不敢出。宦姐又令其住观音阁孤守青灯，写经了愿。如此境地，使翠翘备尝酸楚。翠翘忍受不了大妇的折磨，夜半出逃，逃入尼姑庵为尼。命运多舛，翠翘落入骗子薄幸之手，又被骗入另一家妓院，沦落风尘，遭受无情的摧残。翠翘二次为娟，更觉命苦孽重。恰遇起义英雄徐海，将她救出了火坑。英雄美人，两情相悦。半年后，徐海挥师十万出外征战，无多时，称霸一方，衣锦凯旋。复又发兵临淄、无锡，来替翠翘雪怨伸仇。随将一干男女带到，由她全权依次发落：仇人报仇，恩人报恩，赏罚分明。官军在与徐海的交战中屡吃败仗，派人劝降。徐海犹豫不决之时，翠翘以"忠孝功名"、"夫荣妻贵"等封建道德从旁力劝，徐海同意，全军解除武装，当即投降。结果误中奸计，胡宗宪施展假招安，徐海被杀。翠翘追悔莫及，投江自尽，为老尼姑觉缘救起，佛门草堂朝夕相聚。金重"会试高中"，补官上任，沿途查访翠翘踪迹。后到钱塘，得知翠翘噩耗，设台江边，祭奠亡灵。最后由于觉缘指引，金重与翠翘劫后团圆。

全书以翠翘和金重的爱情故事为起端，描写了这对青年男女由纯洁相爱，发展到觉翠园定情、誓结百年之好。结局是王翠翘和金重历经磨难，终成眷属。诗中以满腔热情讴歌了两人的崇高爱情，赞颂了他们敢于冲破封建礼教、勇敢追求爱情的勇气：

金生道："我们偶尔相逢，

暗地相思，说不尽心情怅惘。

骨比梅消瘦，

怎知道日日思君，竟成就今朝愿望。

耿耿此心，

守株待兔，敢辞痴想？

片语温存，

借你的容光，温暖我的心房。"

翠翘细听了倾诉，

内心非常感动。

回答道："我们初会生疏，

感君意，令我心情沉重。

过蒙君子爱宠，

惟有铭诸金石，深感五中。"

金重与翠翘互相交换定情之物，金重拿金钗和红巾送给翠翘，翠翘送秀巾、葵花画扇给金重。随后，两人"情话绵绵，如胶似漆"，难分难舍。趁其家人外出为他人祝贺生辰的时机，翠翘"乘机约会情郎"，"安排好时珍佳果，/ 急步走向围墙。隔花低声呼唤，/ 那少年，早已站在那边守望"。两人"相看脉脉，幸福融融，/ 道过万福，他忙忙回礼谦让。/ 两人比肩，进入金重书房，/ 说不尽山盟海誓，旖丽时光"。最后两人写下誓言："锦笺共书盟誓，/ 金刀断发，两人珍重收藏。/ 明月中天，/ 叮咛遍，絮语双双。/ 说尽心中无限事，/ 百年永誓，刻骨无忘。"

翠翘与金重的爱情体现了他们敢于自我追求、敢于冲破"男女授受不亲"等封建礼教的束缚，这是令人钦佩的。同时，我们也注意到，他们之间的爱情体现了当时社会的客观现实和道德标准。一是"发乎情，止乎礼"，二是爱情必须以贞节为先：

翠翘怕金生逾越礼防，

进言规劝："礼尚端庄，

我还有心头话，待你商量。

诗诵'桃夭'，婚姻事，

好比宿鸟投林一样。

但侍奉巾栉，

从夫道，贞节是尚。

桑间濮上行为，

岂足为我们榜样。

但求片刻欢娱？

珍重百年名节，不能一旦毁伤！

（翠翘）她说："红叶传书，赤绳系足，

彼此心期同样。

> 风月闲情休说，
> 愿此生，甘苦共尝。"

　　翠翘在"爱情"与"孝悌"上发生冲突，需要她做出抉择。父亲被官府所抓，"'劬劳'、'情爱'，/一边情，一边孝，那样为先"？她最后选择了"孝"：

> 当时虽是海誓山盟，
> 但儿女职，以孝为贤。
> 想到这，沥情上达，
> 卖身赎父从心愿。

　　在痛苦、难熬的青楼岁月中，翠翘仍然念念不忘金重，"她又想起盟心旧友，一别惹千愁"。翠翘身陷污泥，内心纯洁，痴心不改。后来，她与束生、徐海的结合，则体现了翠翘在苦海中挣扎而盼望抓到救命稻草的一种行动，也是翠翘"择人而事"的表现。

　　两人的爱情经历了残酷现实的考验，愈显盟誓之金石般坚硬、爱情之坚贞不移。金重并没有因为翠翘风尘失身而抛弃她，这对于爱情佳话的圆满结局起了决定性的作用。诗歌中一段金重对妇女贞操的认识在当时的社会是非常难得的：

> 金重又说："你巧于词令，
> 但要照顾周全。
> 古来妇道相传，
> 贞节亦须权变。
> 处变处常，
> 不能全依经典。
> 象你尽孝失贞，
> 何损本来良善。
> 天道循环，
> 正好雾散花明，云开月现。
> 残花反觉添鲜，
> 斜月愈增留恋。
> 休再迟疑，
> 忍把萧郎疏远。"

从以上分析，我们认为，翠翘与金重的爱情既有自由恋爱的浪漫情调，又有封建社会环境下的现实特色，既有突破封建桎梏，勇敢追求，又有囿于封建礼教的局限。这种爱情的描写是典型和真实的。

作品以翠翘的平生际遇为线索，展开故事的叙述。通过描写翠翘所遇到种种磨难和不幸遭遇，揭露了封建社会制度的罪恶和种种腐败现象：官府的横行霸道、官吏的贪赃枉法、地痞流氓的胡作非为、社会渣滓的甚嚣尘上、花街柳巷的淫荡污秽、豪门恶妇的倚势凌人、官军的懦弱无能和阴谋诡计等，从而勾画了一幅封建社会的黑暗图景：

> 挟棒持刀，
> 个个似牛头马面。
> 老人幼弟都戴上枷锁，
> 父子紧紧绑缠。
> 青蝇声嗡嗡一片，
> 织机捣毁灭，女红散乱一边。
> 不管家私细软，
> 歹徒肆意抢夺，无一幸免。

官府罗织罪名，对王员外家大肆洗劫，他们的目的是对王员外家进行勒索、敲诈："滥施刑毒，无非志在金钱。"最后，翠翘卖于他人做妾，得银四百两，赎回父亲和弟弟。一妙龄少女仅值四百两银子，生命价值贱如秕糠。有钱者可以买女做妾，广大妇女毫无尊严与法律保障。这是社会腐败、堕落、惨无人道的写照，这是对封建社会迫害妇女丑行的有力控诉！可以说封建制度的腐败和歧视妇女的不合理制度是翠翘悲惨命运的根本原因。

翠翘先是被马监生欺骗，坠入青楼。在妓院又陷入了秀婆和楚卿的连环骗局，被逼到绝境。第三次遭到薄幸的暗算，又被卖到妓院。翠翘的人生旅途是多么地凶险啊！她所处的环境可谓社会污浊，骗局丛生，陷阱遍地。卖女为娼，逼人为娼，这是践踏妇女人权、损害妇女尊严的非人性、非道德的行为！这是对封建社会残害妇女的娼妓制度的血泪控诉！

翠翘逃跑被抓回来，遭到老鸨的毒打，"只见横飞血肉，首背重伤"，一弱女子岂能忍受如此的毒手！秀婆之流"造尽摧花折柳的勾当"、做尽摧残女性的坏事，是不齿于人的丑类！是封建社会发展到尽头的残渣余孽！

在《金云翘传》中，有两个人物对翠翘的悲惨命运负有主要责任，这就是马监生和楚卿。他们衣冠楚楚、表面斯文、正经：马监生"年纪已过四十，/须眉修整，服饰斯文"。楚卿"衣裳修洁，举止安详。/看样子是世代书香，/探知名唤楚卿，名字也还漂亮"。他们表面楚楚衣冠，道貌岸然，其实他们的内心极其丑恶肮脏、阴险毒辣。他们善于玩弄骗人手段。单纯、善良的翠翘不幸先后落入了这两个骗子的魔掌。尤其是马监生，他是翠翘坠入黑暗深渊的原始罪魁祸首。马监生和楚卿这两个人面兽心的骗子恰恰是封建科举制度培养出来的所谓"人才"。国家的"栋梁之才"竟然干出"人贩子的勾当"。这真是对科举制度的莫大讽刺！科举考试原本是封建社会选拔国家、社会栋梁之才的一条途径。可是，随着封建制度的没落，科举制度已失去了它原来进步的历史地位，不少科举文人也堕落了，甚至出现像马监生和楚卿这样的举子败类。

正是上述各种黑暗势力汇成了一股强大的封建恶势力，在这股浊浪的无情冲击下，良家少女王翠翘被推到了社会的底层，在肉体和精神方面横遭摧残，成为了一个封建时代被侮辱被损害的典型代表。

我们不能说阮攸主张推翻封建制度，但诗篇中所表现出来的对封建制度腐败、社会黑暗的无情揭露和对人性遭践踏的有力控诉，实际上已使作品具有了反封建的主题。

阮攸在《金云翘传》中塑造了一些个性鲜明、突出的人物形象如：翠翘、徐海、楚卿、马监生和秀婆等。

阮攸塑造了翠翘这位美貌无双、多才多艺、受尽凌辱却刚强不屈的越南妇女的典型形象。翠翘"她眉似春山，眼如秋水，/正所谓花妒娇红柳妒青。/倾城倾国貌，/才华拔萃，美态娉婷。/天禀聪明，才华似锦，/既娴诗画，又会歌吟"。翠翘才华非同一般："笔落惊风雨，/片刻间，翠翘已把四绝填上。/金重惊叹：'咳唾生珠玉，/班昭谢女，未遑多让。'"

翠翘得知自己被骗卖进妓院后，她宁死不受侮辱、"举刀自戕"，表现了她刚烈守贞的性格："我宁愿死得忠贞"。同时，翠翘也是一位遇事有主见的女子。如在与束生的交往中，她多次分析利弊得失，嘱咐束生如何办事。与翠翘相比，束生就显得做事毫无主张，胆小怕事。

翠翘是越南妇女"忠孝节义"的典型代表。当官军招安时，翠翘劝徐海投降，是其"忠"。翠翘在"忠"的问题上有一套"高见"：

她想自己是昙花朝露，

几番流落，历尽凄惶。

如今归命王臣，

青云上，大道荡荡。

忠孝具全，

异日荣华归故乡。

我是堂堂命妇，

父母同受恩光。

上报国，下为家，

尽忠尽孝，同样辉煌。

会议在商量战守，

翠翘便提出主张。

她说："圣德深广，

雨露万方。

平治久，

万民拥戴非常。

自从干戈掀动，

无定河边骨，高似山岗。

底事万年遗臭？

黄巢气运岂能长？

怎能比高官厚禄，功名快捷异常。"

　　父亲被诬入狱后，翠翘卖身赎救，是其"孝"；丈夫徐海中计牺牲后，翠翘以死相报，是其"节"；报仇雪耻、惩恶除奸时，翠翘不忘旧恩并赠束生、女尼、管家以金帛，是其"义"。从上述翠翘的人物性格塑造，我们可以看出作者的良苦用心，那就是把翠翘塑造成一个典型、完美的封建社会妇女形象。

　　翠翘是一个在封建伦理道德的陶冶之下成长起来的大家闺秀，作为封建时代妇女的典型代表，她身上存在种种封建社会的思想，存在着封建传统观念的消极因素，可以说是封建社会历史环境下人物不可避免的性格缺陷。这也是作者"忠"、"孝"等思想的真实体现和自然流露。

　　徐海是作者着力刻画的另一个典型人物。徐海虽然篇幅不多，但有血有肉，丰满典型。阮攸塑造了一个器宇轩昂、勇猛无比的起义英雄的形象：

他生得虎须、燕颔、蚕眉，

阔肩膀，体貌轩昂。

雄姿英发，

精通拳棍，更兼才略高强。

顶天立地男子汉，

他名唤徐海，原在越东生长。

他惯在江湖间，恣意流浪，

半肩琴剑，一把桨，漂过高山与海洋。

徐海"统率十万大兵"，驰骋天下，"四海震威名"，俨然为一名大元帅。作品也表现了徐海疾恶如仇的性格。当他听完翠翘遭受凌辱的伤心经历后，"不禁怒气填膺，声似雷鸣"，他"立刻集结队伍"前去为翠翘报仇雪恨。作者树立了一座徐海起义领袖的丰碑，他打天下，建伟业："从此后，战果连连，徐公兵威震远。/ 立朝廷，称霸南天，/ 分文武，界划山川。气象万千，/ 举足踏破南疆五县。"在翠翘的劝说下，徐海"决计投降"。胡宗宪背信弃义，趁起义军"全军驰懈设防"之时，发动突然袭击，徐海猝不及防，"阵前殉难"。徐海是翠翘"忠君"思想的牺牲品，徐海的死是悲壮的，他虽死犹生："仍然意气轩昂。/ 英灵宛在，/ 遗骸直立不僵。/ 恍似一柱擎天，/ 那怕千斤击撞。"这几句诗歌可谓是浓墨重彩之笔，对突出徐海的高大、光辉形象以及他的英雄悲剧形象起到了决定性的作用。

对宦姐这个人物，作者着墨不多，就将一个老谋深算、颇有心计的女子描绘得栩栩如生。宦姐是一个口蜜腹剑、笑里藏刀的两面派："外表谈笑从容，/ 内心阴毒无比。"宦姐为惩治束生和翠翘更加隐蔽、不给别人以口实，当两个熟人告诉她束生在外面纳妾事情的时候，她故意勃然大怒、装腔作势地骂道："我痛恨你们胡言一片！我丈夫决无此事！"这给外界造成一种印象，她非常相信她的丈夫。这为后来她不动声色地收拾束生和翠翘奠定了一个基础。她挖空心思、费尽心机地设计惩治束生和翠翘："其实我成竹在胸，/ 杯沿蚂蚁，爬行得多远！/ 我使他们互失照顾，/ 使他们无脸见天！再使他们相对无词，/ 务要使'贪夫'认识我手段。"宦姐偷偷派人把翠翘从外地劫回家中，让翠翘在自己家里做一个丫鬟。等束生从外地回来，宦姐默不作声，佯做不知，故意不把事情捅破。当着束生的面，宦姐唤翠翘为花奴，百般折磨她。一个城府很深、诡计多端的大妇形象就跃然纸上，呈现在读者面前。

金重是一个重感情的男子。他敢于追求真挚的爱情，并且珍视这种高尚、纯洁的爱情。当金重听说翠翘作古后，肝肠痛断："忽然昏厥在地，/ 泪痕满面，神志彷徨。/ 几次昏迷不醒，/ 言动失常。"

束生是一个多情而懦弱、放荡不羁的公子哥："色胆包天，/ 日日纵情放浪。"他为了与翠翘相聚，不惜一掷千金，"束生挥金似土，/ 百金一掷意洋洋。"在宦姐摧残翠翘的时候，束生虽然痛彻肝肠，仍然不敢有丝毫怨恨或反抗的表示："束生如万箭穿心，悲恻酸辛，难以启齿。惟恐牵连翠翘，措辞尽求妥适。"

楚卿外表风度翩翩、温文尔雅："原来一个青年，衣裳修洁，举止安详。/ 看样子是世代书香，/ 探知名唤楚卿，名字也还漂亮。"他夸夸其谈，用花言巧语来哄骗翠翘，"真不愧，国色天香！底事飘零在异乡！自应高处蟾宫上，底事深渊沦降？含恨摧肝问彼苍！问谁认取热心肠！婵娟倘识英雄汉，摧破牢笼如反掌。"在翠翘轻信、求他救自己出牢笼的时候，楚卿满口答应："有我在，救你逃出魔掌。"其实楚卿早已暗通秀婆，布置人员准备拦截。结果翠翘被抓回，遭毒打一顿。此时，他狡诈、虚伪和阴险的真面目在世人面前暴露无遗。

在艺术手法上，阮攸善于通过描写景物来烘托人物的情感表现。当金重盼望见到翠翘而"一日三秋苦断肠"时，作者写道：

> 油尽灯枯明月缺，
> 撩起相思怅惘。
> 凄冷书斋，
> 案上兔毫枯，琴弦弛放。
> 最难堪，风动绣帘声响，
> 熏香惹恨，茶失清芳。

在写到翠翘和金重分手辞别的时候，作者用了"只见枝头鹊噪，天边雁影凄零"的情景作为衬托，渲染了两人的离愁别恨："怅望情人远去，/ 留得相思无限情。"当翠翘挥泪踏上远去的旅途、悲伤地告别家人的时候，作者这样绘景来为人物的出场做铺垫："暮天云黑望迷离，/ 草枯原上，霜满繁枝。"当写到翠翘初落娼家之时，作者有一段颇令人悲怀不已的景物描写："四望天涯无际，/ 黄土堆，红尘路，荒凉景。/ 朝云灿烂，午夜灯昏，/ 对景伤怀，半为多情。"在翠翘做了束生的妾之后，两相爱睦。束生策马返家乡，翠翘洒泪惜别。此情此景，阮攸写了如下几句诗来描绘：束生"他跨上雕鞍远去，/ 枫林秋色凄零。/ 马足扬尘，/ 夕照一丝鞭影。/ 归来后，她捱尽五更寂寞，/ 马上人，也觉山川万程。/ 一轮月色，/ 半照孤眠，半送长征。"

在诗篇中，阮攸极其重视人物心理活动的刻画和复杂的感情变化的抒发。如翠翘自杀被救之后，被迫入青楼为娼妓。她触景生情，抚今追昔，想起与金重的一段情缘，不禁愁丝绵绵，如春江之水流不尽："忆当年，月下共含杯，/ 星霜换，信息无凭。/ 天涯海角独凄零，/ 何日把污名洗净。"她又想到不能在父母面前伺候他们，内心极为内疚："辜负倚闾人，/ 问阿谁替我问暖嘘寒孝敬？/ 莱衣舞，知在何年？/ 想门前小桐梓，今已长成？"这两段心理描写把翠翘那千愁万绪、思乡念亲之情抒发得酣畅淋漓。

阮攸不愧为语言大师，国音喃字诗在他的笔下已达到炉火纯青的地步。诗人熟练运用民族语言，广泛吸收中国汉文学的语言成就，包括典故、经典诗句等，为越南民族语言的丰富和发展做出了贡献。比如在描绘琴声时，阮攸连用四个比喻句，令人如同亲临其境，亲听其声：

> 清音似天边鹤唳；
> 浊声如飞泉激响；

缓调比清风拂拂；

急拍像骤雨浪浪。

在描写翠翘站在翠楼上眺望远方时，作者连用了四个"凄然望"排比句：

凄然望，黄昏海港，

掩映征帆，天际归舟谁放？

凄然望，滚滚狂波，

花谢水流，流到何方？

凄然望，绿草平原，

连天碧，云海茫茫。

凄然望，风卷海涛来，

危坐处，惊涛激荡。

《金云翘传》中的语言具有极高的审美感和鲜明的审美意象：

忽然，看见一个美人，

举止轻盈，无限风韵。

正是霜印面，雪披身，

金莲摇曳，若远若近。

三寸金莲，步履轻盈，如风中花、水中月，飘忽荡漾，若隐若现。作者用了短短的几句，就将少女的举止神态、步履姿态描绘得如此具有审美意味，可嘉可叹！

《金云翘传》不仅具有深刻的思想内容，而且还在语言、诗歌技巧、人物刻画等诸方面取得了炉火纯青的艺术成就，不愧是一部内容与艺术形式完美结合的经典之作。

二、泰国长篇市井诗《昆昌昆平》

在泰国文学史上，具有口头传统的民间文学占据着十分重要的地位。民间文学不仅是构成泰国文学整体的不可或缺的一部分，而且为泰国文学经典提供了基本的精神资源，为文人创作提供了富厚的人生题材。泰国的许多文学名著都是在民间文学的基础上加工和再创作而形成的。如立律诗之冠《帕罗赋》、文学巨著《拉马坚》、诗剧剧本之冠《伊瑙》、平律格仑诗之冠《昆昌昆平唱词》无一不是取材于民间故事或传说。

泰国民间文学的体裁也十分丰富，有神话、传说、故事，也有歌谣、说唱、戏剧等等，都带有鲜明的泰民族的民族特征和文化特色。如最著名的民间传说《昆昌与昆平》，最初以说书人讲故事的形式流传,后被艺人编成说唱艺术形式广为传唱。大城王朝时期,在泰族村社的自然经济生活方式和自给自足的封闭状态下,口头诗歌创作与传承对于村社居民伦理标准和美学趣味的形成起了显著作用。集体劳动的间歇、节日及业余时间,人们都喜欢各种诗歌表演和比赛。在少男少女的成人仪式结束后,晚上要请来说书人给宾客讲故事。讲故事要有吸引人的艺术手段,要营造气氛,于是有人便加上韵律诗文和曲调,边唱边打竹节板,以助其兴。这样,一些民间故事在口头流传过程中借助诗歌形式和音乐节奏逐渐丰富起来。"讲故事"逐渐发展成了说唱"塞帕"[①]。"塞帕"这一说唱表演艺术形式不仅在民间流行开来,还从民间传入了宫廷。早在大城王朝德莱洛迦纳王统治时期的《宫廷内制》中就有"六时唱塞帕,七时听故事"之条文。曼谷王朝二世王时期对"塞帕"更加喜闻乐见,在原有说唱基础上还加进了民乐伴奏。"塞帕"唱词采用平律格仑诗体,又叫"市井诗",是最为通俗易懂的一种韵文形式,非常适合于说唱表演。

"塞帕"唱本的代表作品是《昆昌昆平》,它取材于泰国家喻户晓的民间故事,讲的是富豪昆昌、武将昆平和美丽女子婉通之间的三角爱情和婚姻悲剧。故事发生在大城王朝帕潘瓦萨国王时代素攀府和北碧府一带。素攀府的帕莱构、昆昌和娘萍是儿时的伙伴,长大成人后英俊潇洒的帕莱构与美丽的娘萍相爱结为夫妻。身为一方富豪却丑陋无比的昆昌一心想把娘萍抢到手,趁帕莱构出征御敌之际,设计骗娶了娘萍,但娘萍一直未与昆昌同房。帕莱构凯旋,获封爵"昆平",成为北碧府的地方长官,娶班宗通地方首领之女劳通为妻。昆平带领劳通回到素攀,与已改名婉通的娘萍生出误会,弃婉通愤然离去。婉通怅惘之余,与昆昌合房。后来昆昌在国王面前陷害昆平,昆平被贬去戍边,劳通也被幽禁。戍边之时,昆平纳门汉之女普克莉为妾,得"金童子",又获"天醒"宝剑和"雾色"好马。回到素攀后夜间潜入昆昌家,携婉通出逃。昆昌在国王面前谎奏昆平谋反,国王发兵追赶,昆平拒捕并杀死两员大将。为躲避官府捉拿,昆平带婉通逃入森林。但为了怀有身孕的婉通和即将出生的婴儿,昆平回京城与昆昌了结官司,结果昆昌败诉,昆平夺回了妻子婉通。昆平思念被幽禁的劳通,便奏请国王请求宽恕,国王大怒,将昆平囚禁。当婉通去牢狱探监之时,昆昌又派人将婉通劫到了素攀。婉通生下一男孩,取名帕莱安。当昆昌得知他是昆平的儿子时,便想方设法加害于他。帕莱安到北碧府投奔祖母娘通巴喜,并学会了父亲昆平留下的法术和武艺,十三岁时在宫里当了一名侍卫。此时大城与清迈发生战事,帕莱安主动请缨,并恳求国王放出狱中的父亲协同出征,国王准奏。昆平父子大胜而归,昆平被封为北碧太守,帕莱安得职"乍门怀瓦拉纳",国王御赐美女与其成婚。结婚之日,昆昌喝醉了酒,和乍门怀发生争吵,之后昆昌又去国王面前状告乍门怀,但昆昌谋害童年乍门怀之事被提起,昆昌犯了死罪,此时婉通又为昆昌求情。国王下诏,问婉通到底想与谁生活在一起,婉通答道:"全凭陛下决断!"国王以为她一心二用,大发雷霆,下令推出

---

① "塞帕"(sepha),即唱词,泰国民间流行的一种说唱表演艺术。

斩首，结束了婉通的一生。

据丹隆亲王（1862—1943）考证，故事中的昆昌、昆平和婉通都实有其人，《昆昌昆平》的口传说唱本早在大城时期就广为流传，但没有文字文本传世。民间文学的一个本质特性就是创作过程的集体性和传承的口头性和变异性。在《昆昌昆平》两百多年的流传过程中，它始终以敞开的方式，以不确定的口头文学形式接受着流传者的加工、增减，甚至是编织和重构。它融合了众多普通百姓和民间艺人的智慧和想象，将大城王朝至曼谷王朝初年泰国的社会风习、宗教信仰、人生环境、心理积淀等等全面地、生动地、丰富地展现了出来，是流动的、鲜活的文化标本。曼谷王朝二世王和三世王时期（1809—1851）说唱艺术风行，出现了《昆昌昆平》的"官本唱词"，即新"塞帕"。"官本唱词"是在民间流传已久的"原本唱词"的基础上形成的，除了以二世王、三世王为首的皇室成员作家外，不少塞帕艺人和宫廷诗人也参与了创作。但当时作者还是各人写各人熟悉的段子，并没有一部完整的连贯始终的唱本。现存皇家图书馆的版本之《昆昌昆平唱词》是后来由丹隆亲王和素巴里查亲王搜集、整理后于1917年出版的，即"瓦奇拉奄皇家图书馆版本"。在这次整理校订过程中，删去了原作中为迎合有些听众的低级趣味而创作的粗俗下流的段落，保留了健康的打情骂俏和双关隐语；删去了与情节无关的由说唱者即兴加进去的噱头，使整个作品和谐一致；整理了连接的段落，使全篇整齐划一；对于历史遗留下来原作的，以原作校订，没有留下原作的，而又确实是错了的，按常规改正。不可否认，经过官方和文人墨客整理后的民间文学，其价值形态和本真样态都会削弱，一些最本真的人生信息也会随之丢失。但毕竟实现了"永久保存这些用泰语写成的优秀诗篇"之目的，其意义远远大于保存一部塞帕唱词。校勘整理后的《昆昌昆平唱词》成为一部结构完整、风格一致、内蕴丰富的长篇叙事诗。语言艺术上经过精雕细琢，达到了炉火纯青的境界，不愧为"平律格仑诗之冠"。

在《昆昌昆平》问世以前，泰国的文学受印度文化和文学的影响极深，文学作品几乎都是以宗教、神怪故事或帝王传奇为内容。只有在《昆昌昆平》的故事出现以后，才开始描写普通百姓的生活和思想感情，表现他们的喜怒哀乐，慨叹他们的命运。原本唱词中对人物的爱憎褒贬，对事件的品评论说，都反映了当时人民群众的道德观和价值观取向。思想内容上的人民性正是《昆昌昆平》能够得到民间的共鸣、深受广大人民群众喜爱的根本原因，也是它成为传世名著的根基所在。在反映社会生活的深度和广度上，《昆昌昆平》也前进了一步。以前泰国文学作品的背景不是天堂、地狱、仙山、洞府，便是宫廷，而《昆昌昆平》的背景是实实在在的社会人生，它生动地再现了大城王朝中期至曼谷王朝初期泰国的社会制度、宗教信仰、文化习俗和生活方式。如朝廷的巡幸围猎、出兵征战；寺庙的佛日诵经；生老病死、婚丧嫁娶的规矩；人们如何施斋敬神、圆梦招魂；僧侣巫师怎样占卜念咒、兴妖作法；乃至人们的装束打扮、饮食起居等等，无一不有。因此人们称这部作品是那个时代泰国社会的真实写照，是一部包罗万象的生活"百科全书"。

《昆昌昆平》和其他一些民间故事，如《帕罗故事》、《格莱通》等，虽然都是爱情婚姻题材的作品，都离不开爱情、战争等母题，但它们所表现的主题和思想意义并不尽相同。《昆昌昆平》的着意处不在于赞美青年男女的真挚爱情，也不在于批判封建社会的婚姻制度，而着意于在昆昌、昆平为争夺婉通而产生的爱恨情仇中表现人性的善与恶、美与丑，唤起读者、听众的是非感和道德感。在《昆昌昆平》诞生的那个年代，人民的理想和愿望就是对光明的追求，对黑暗的鞭笞；对善的褒扬，对恶的诅咒；对强权的憎恶，对弱者的同情，这一切《昆昌昆平》都表现得相当鲜明。

《昆昌昆平》在艺术上的一个突出特色是人物性格的立体性、丰富性，改变了以往脸谱化、模式化的倾向。由于故事本身源自民间，又有人物的原型，所以避免了凭空臆造，避免了千人一面。与《拉玛坚》和《伊瑙》相比，《昆昌昆平》中的人物形象和性格显然要真实得多，生动得多。故事主线始终围绕着昆昌与昆平对婉通的争夺而层层展开，昆昌、昆平和婉通三人是故事主人公，也是一代代作者们倾注情感和笔墨最多的人物。昆平的风流勇敢，昆昌的丑陋狭隘，婉通的软弱、游移，这些性格的形成是他们的身世、家庭和所生活的时代、社会环境使然。

昆平是故事中美化的正面人物。大城王朝时期由于常年与缅甸作战，泰民族的爱国主义情绪得到发展，忠诚和勇敢得到推崇。因此忠君尽职、武艺高强、精通魔法、刀枪不入、钻天入地、驱使鬼神，这些传统作品中对英雄人物的赞美都用在了昆平身上。但与传统英雄人物不同的是，在昆平身上，我们还看到了偏狭、固执、刚愎自用、恃强凌弱和随心所欲。从"自幼听话人聪慧，面目清秀身材美，年纪轻轻懂礼节，行为端正无瑕疵"的美少年，到驰骋疆场、无往而不胜的骁勇战将，昌平确实是一个光彩照人的形象。不仅在战场上是常胜将军，在情场上也是征服女人的"猎艳"高手。婉通（娘萍）、赛通、劳通、普克莉、巧基里雅，都在他的魅力之下倾倒，成了他的妻妾。一夫多妻是阶级压迫和人身压迫的一种混合物。如果将它放在当时的社会制度和文化背景中去考察，这种现象无论在宫廷还是民间都十分普遍，我们不能超越时代去苛求古人，但不等于对它的认同，应当划清真挚爱情和追求享乐的界限。虽然作者对昆平的一次次"艳遇"和占有欲是以欣赏的笔调，赞美的词句去写的，但仍掩盖不了封建意识和低级趣味的流露。

昆昌是昆平反衬下的反面人物，一个从外貌到灵魂都丑陋无比的男人。他"胸上长毛，头发秃光，浑身漆黑，又粗又大"，连他的母亲都不想多看他一眼。为了把娘萍弄到手，他使用了一切卑鄙的手段，引诱、欺骗、献媚、诬告，还惯于玩弄阴谋诡计。他仗着拥有家财万贯，买通官府，几次把昆平置于死地。但由于他心胸狭窄，无德无能，又一次次败在昆平手下。在作者笔下，昆昌是一个被尽情丑化了的人物。尽管他对娘萍（婉通）的爱是专一的，当他要把婉通"弄到手"时已是一个鳏夫。但这种爱又是极端自私的，而为了得到这份自私的爱所采取的一系列厚颜无耻的卑鄙手段早已将爱情的美好毁灭殆尽。特别是当他得知帕莱安是婉通与昆平所生的儿子时竟想对他狠下毒手，哪里还谈得上对婉通的真爱？！

婉通是夹在昆平和昆昌之间的一个的悲剧人物，也是内心情感最复杂的一个人物。她美丽温柔，与昆平因相爱而结合，却因战争和昆昌的破坏而未能从一而终。而此后她便无法掌握自己的命运，陷入昆昌和昆平无休止的争夺之中，成了他们的猎获物和战利品，直至最后在昏君的决断下了结了可怜的一生。婉通悲剧命运的形成，有她自身性格的原因，更有封建礼教、社会观念等外在因素的使然。她性情懦弱，优柔寡断，缺乏主见，这与她的成长经历和家庭生活环境有关，也是她性格上的弱点。她深爱昆平，讨厌昆昌，但当昆昌假传昆平已经战死疆场，拿来伪造的骨灰，并且弄死了报讯的菩提树时，她却识破不了昆昌的诡计，在势利母亲的一再威逼和昆昌的引诱之下，同意和昆昌结婚。当昆平凯旋，真相大白之时，她本应该与昆昌决绝，但她嫉妒劳通，谴责昆平在感情上的不贞，一气之下却和昆昌同房，铸成了终身大错。当昆平重来"抢回"她的时候，她内心又充满了矛盾。既愿意跟昆平走，又对昆昌有所留恋，生恻隐之心，逃离时还留下字条，致使昆昌得以追上昆平，使昆平蒙上了十五年的牢狱之冤。当她探监之时又被昆昌劫回素攀，她又安之若素，甚至当她的亲生儿子险遭昆昌毒手时，她也没有像样的抗争，只是让儿子去北碧找祖母，即昆平的母亲。当儿子长大，将亲生父亲昆平救出，逼着她离开昆昌之时，她又游移不定。最后当国王让她在昆昌、昆平和自己的儿子之间做出选择的时候，她谁都难于割舍。对婉通命运的处理不难看出后期作者的思想观点和情趣爱好，体现出作品在思想内容上的驳杂倾向。婉通悲剧的真正原因究竟是她个人性格所致，还是封建礼教下两个权势男人的争夺所造成的，确实值得人深思。

《昆昌昆平》在艺术上的另一个突出特色是以曲折动人的故事情节吸引人，如昆平为报仇搜寻"三宝"，得"金童"、"天醒"宝剑和"雾色"好马等情节，富有传奇色彩，符合市井民众的审美心理。人物对话用语准确，贴切自然，符合各自的身份和性格特征。无论思想意义和艺术水平都不愧是泰国古代文学鼎盛时期的代表性作品，是泰国民间文学的精粹。

三、老挝民间文学

14世纪中叶澜沧王国建立后，国势渐趋强盛，尤其是16—17世纪，澜沧王国多次成功地抵御了暹罗和缅甸封建主义者的入侵，老挝封建社会进入了上升阶段，社会的繁荣稳定也促进了文学的蓬勃发展。作为老挝古代文学的集大成者，老挝世俗文学呈现出两个显著特点：

一是文学体裁驳杂，作品数量可观。14世纪之前老挝基本上没有文字记载的文学作品留世，到16—17世纪，文学创作进入活跃期，出现了寓言、长篇叙事诗、诗体小说、散文体小说、纪事体散文等名目繁多的文学体裁。最著名的作品有寓言故事集《娘丹黛》、《休沙瓦》，长篇叙事诗《帕拉帕拉姆》、《信才》、《陶洪》、《占芭西顿》，诗体小说《祖父教孙子》、《孙子教祖父》、《因梯央教子》等。多样化文学体裁的产生，既是社会生活发展的反映，也是文学自身演进的必然结果。

二是在内容和形式上与佛教文学相互渗透融合。最明显的就是作品结构大多承袭佛本生故事的"框架式"，以故事套故事的结构方式将诸多故事情节串联为一个整体。在表现手法上往往将作品主人公附会为佛祖的前生，以求得内容的正当性和合法性。从题材、主题上看，不外乎道德教化、讴歌爱情、英雄传奇、历史传说等，各种题材又有所交叉。作品都贯穿着老挝的伦理文化和道德文明，又充盈着佛教色彩。

老挝古代世俗文学包括"外来"作品和"本土"作品两部分。外来的主要指根据印度史诗或寓言翻译改编的作品，本土的是指老挝作家的原创作品。这两部分作品并没有决然的分野，因为印度作品在进入老挝后都经历了民族化过程，一切外来文化都是被本土文化过滤后而发挥作用的；同样，老挝本土文学在发展中也会有意无意地在文化框架的过滤下接受着外来文化和文学的影响，从印度作品中汲取滋养，二者是相互融合互补的。为叙述方便，试从这两个方面对老挝世俗文学加以介绍。

1. 改编自印度的作品：影响最大、流传最广的作品是叙事长诗《帕拉帕拉姆》（*palapalam*）和寓言集《娘丹黛》（*nangdandai*）。

《帕拉帕拉姆》由印度史诗《罗摩衍那》改编而成，《帕拉帕拉姆》为音译名，意译为《罗什与罗摩》。该改编本约成书于17世纪，但改编作者及具体年代不详。该书在老挝流传非常广泛，几乎每个寺庙都有收藏，并曾于1971年由万象国家图书馆出版。1973年印度学者嘎亥博士以万象省南班那宋寺的藏本为基础，并与波喔寺、班洪寺藏本进行比对、整理，最后用老挝文出版。此外，《罗摩衍那》在老挝还存在多个不同的译本，如在芒辛地区广泛流传的傣语版本《蓬玛加》和《小兰嘎》以及收藏于琅勃拉邦王宫的安南语版本《吐拉披》等。

《帕拉帕拉姆》以讲述佛祖的一个前生帕拉姆的故事为主要内容。故事分为两大部分，第一部分讲因闷巴塔城和西萨塔纳城的兴起、哈帕那算和帕拉姆的出生。其中重点讲述哈帕那算强迫堂姐占达做自己的妻子，违背了老挝社会近亲姐弟不能通婚以及结婚必须要有求亲等程序而不能强迫他人为妻的风俗，最后失去百姓的敬重，甚至哈帕那算的祖父都为孙子的所作所为感到耻辱而隐居到双持山。

第二部分主要讲述哈帕那算有所悔悟，率全家逃到楞枷岛，但还是恶性不改，继续干出了许多伤风败俗的事情，如骗奸因陀罗之妻苏萨达，因不能举起神弓，就采取欺骗手段，欲偷抢悉达，但因法力不如昭拉西而没有成功等等。当帕拉姆成功地完成昭拉西提出的各项条件，娶到悉达后，哈帕那算又密谋杀害帕拉姆及其随从，并设下计谋成功地将悉达骗取到手，但因悉达反抗而一直不能与其成婚。帕拉姆到处寻找悉达，最后历经艰难险阻，终于将哈帕那算杀死，悉达重新回到帕拉姆身边，二人返回占他布里城。故事的末尾讲述帕拉姆怀疑悉达的贞洁，导致二人时常发生争吵，但最后双方相互原谅，幸福地生活在一处。

从《帕拉帕拉姆》的主要故事情节来看，跟《罗摩衍那》有很多相似之处，二者存在渊源关系，《帕拉帕拉姆》取材于《罗摩衍那》。但二者之间也存在着重大的差别，与印度史诗《罗摩衍那》以及在东南亚其他国家广泛流传的《罗摩衍那》改编本，如泰国的《拉玛坚》、柬埔寨的《罗摩赞》以及缅甸《罗摩达钦》相比，老挝的《帕拉帕拉姆》在主题、内容以及所反映的社会文化背景及习俗上都与原著及其他流传版本存在较大差别，它不是《罗摩衍那》的简单模仿或改编，也不是在流传过程中的简单变异，而只是借用了原著的结构、部分内容以及人名、地名进行重新创作的结果。

在主题思想上，《帕拉帕拉姆》主要表达了遵守社会伦理道德和风俗习惯的重要性——谁违反祖训、规矩，谁就将受到惩罚。整个故事也围绕这一主题展开。按照老挝的社会风俗，近亲姐弟不能通婚，而结婚则必须明媒正娶。但哈帕那算强娶自己的堂姐为妻并且事先没有经过求亲等程序，最后导致人神共怒，成为破坏风俗习惯的反面人物，变成非正义一方；而帕拉和帕拉姆两兄弟却是老挝人民心目中遵守社会伦理道德及风俗习惯的模范，变成正义一方，并最终战胜哈帕那算。

在内容及人物形象上，与《罗摩衍那》相比，《帕拉帕拉姆》也有很大的不同。作品先讲述哈帕那算的出生和早期生活，然后再说到主人公帕拉姆的出生。哈帕那算的人物形象也不是如《罗摩衍那》中的十首魔王，而是一个充满智慧、英勇善战和熟知佛教教义的英俊潇洒美男子，但他爱自夸、炫耀并且蔑视传统习惯和道德，最终变成非正义一方，被代表正义的帕拉姆打败。

帕拉姆在作品中被塑造成社会道德和传统习俗的维护者，被视为正义方的代表，最后登上王位并与悉达终成眷属；而同样作为遵守传统习俗和佛教教义的代表——帕拉，在作品中的地位并不突出，甚至为便于书写和顺口，将名字也与帕拉姆拼写到一起。同时，为加大与《罗摩衍那》差异，突出表现《帕拉帕拉姆》是根植于老挝民族土壤上的艺术成果，作者还重新塑造了一些新的角色，并赋予重要地位，如"飞马"等。此外，作者还对原著中的一些人物作了改编，如混拉蛮（哈奴曼）变成了帕拉姆的儿子，按照老挝人生活来描写占达和悉达的日常行为等等。

在典型环境及社会文化习俗的描写方面，作者以叙述的形式对地名、山川、河流、牲畜以及老挝各民族的风俗习惯等作了广泛的介绍，并在其中穿插了不少的格言、谚语和诗歌。如给各种树木、水果、鱼、鸟等取名，用"穿牛鼻子"、"长嘴泥鳅"、"槟榔青"①等非常

---

① "穿牛鼻子"指娶媳妇，"长嘴泥鳅"比喻长舌妇，"槟榔青"比喻年轻姑娘。

形象而又具有老挝民族特色的词语来反映老挝人和大自然的密切关系，用大量的篇幅来介绍老挝的民俗习惯、文化风情，如老挝人的热情好客、拴线仪式、婚庆祝福等等。此外，作品还反映了老挝人的宗教信仰习惯及婆罗门教、小乘佛教在老挝的融合过程。17世纪，小乘佛教在老挝已得到广泛传播并确立了主导地位，为顺应人们的宗教信仰习惯，作者在创作时将帕拉姆附会为佛祖的一个前世，并穿插佛教的教义内容，以吸引读者和听众；同时，作为取材于《罗摩衍那》的文学作品，《帕拉帕拉姆》还保留了许多婆罗门教的色彩，如在作品中多次提到"天堂"、"地狱"、"须弥山"、"梵天界"等词语，在描写战斗场面时，作者用了大量的巫术和咒语等等。[①]

《帕拉帕拉姆》是老挝人民结合自己的社会需要，加以重新构思，并在主题思想、人物形象、典型环境等方面进行再创造的一部具有老挝特色的独立完整的叙事长诗。它是根植于老挝民族土壤上的艺术成果，是老族人民在接受印度文化的过程中，经过吸收、融合、发展后的新的艺术创造。它已经成为老挝人民精神生活中不可缺少的内容，老挝人相信，《帕拉帕拉姆》就是讲述佛祖一个前生的真实故事，寺庙僧侣也会时常念诵《帕拉帕拉姆》的故事，甚至于一些故事情节也以壁画的形式出现在寺庙的墙上，或被改编于古典舞剧，在老挝人中不断传诵。

《娘丹黛》由僧王玛哈维哈于1507年根据印度著名寓言故事集《五卷书》从巴利文译成老挝文，后来由老挝现代著名学者玛哈西拉·维拉冯改写成通俗文学。在改写时，作者删去了翻译版本中不合常理的部分，并借用《一千零一夜》的故事情节来替代。全书分为四部，即：狮子和牛交朋友、鸟选主、蛙和蛇的故事、鬼选主。主要讲述维玛腊因皇后不忠、有外遇而大怒。他决定放弃王位外出，但在外又遭受了同样的待遇，于是重返王位，决心报仇。他每天要一个姑娘陪他过夜，但第二天天亮时便把这个姑娘杀掉，这样的行为持续了很长时间，无辜的姑娘一个个被杀，使得全城的百姓十分恐慌。娘丹黛是为国王寻找年轻女子的大臣的女儿，为了制止国王的杀戮行为，便决定进宫服侍国王，她为国王讲了一个又一个的故事，度过了一夜又一夜。国王最后被故事的内容所打动，醒悟过来，娶了娘丹黛为王后。

在文章的结构方式上，《娘丹黛》采用"连串插入式"，即故事中套故事，一个故事引出另一个故事，每个故事既各自独立，又相互串连。同时在每个故事中插入具有激励或警示意义的格言、警句，使故事的主题得到升华。作为一部独立的寓言故事集，《娘丹黛》的情节曲折生动，故事性强，每个故事又都具有现实教化意义，因此受到老挝各阶层人民的广泛欢迎，对老挝文学的发展也产生了很重要的影响。

2. 产生于老挝本土的作品：最著名的有以道德教化为主题的故事集《休沙瓦》、《祖父教孙子》、《孙子教祖父》、《因梯央教子》等等；以讴歌爱情和英雄传奇为主题的长篇叙事

① 布胜坎·翁达拉等著：《老挝文学》，万象：教育部社会科学研究所，1987年版，第255—264页。

诗《信才》、《陶洪》、《占塔卡》、《卡拉吉》、《娘登温》等等；以历史传说、地方史志为内容的散文作品《坤巫龙的故事》、《琅勃拉邦纪事》、《芒芬纪事》、《万象纪事》、《占巴塞纪事》等等。

《休沙瓦》原是刻在贝叶经上的十卷经文，由关芒梯创作于17世纪中叶，后由玛哈西拉·维拉冯首先改编成通俗文学。在创作时，作者仿照《娘丹黛》的创作结构，每列举一条格言都配上一个故事来说明；同时，为增强作品的教化色彩，作者还将《休沙瓦》附会为佛祖给阿难讲经的故事情节，教导人们要深刻理解佛教教义，掌握做人处事的原则，遵守社会风俗习惯和伦理道德，以创造和谐幸福的生活；作品采用韵文体裁，语言通俗易懂，其中不少富有教育意义的格言、警句逐渐变成老挝的民间谚语，为老挝人广泛传诵。

《祖父教孙子》、《孙子教祖父》的作者分别为普塔可萨占和乔东达，创作时间约在澜沧王国苏里亚旺萨时期，但具体年代不详。《祖父教孙子》的主要内容为教导孩子们要尊敬长辈，要懂得以恩报德，做人要诚实，要按照佛教的五戒要求自己；交朋友要有所选择，要远离色狼、赌徒、酒鬼、好吃懒做者等等。《孙子教祖父》的主要内容为敬告长者要有长者的样子，要使子孙敬畏，否则将被子孙所唾弃。

《因梯央教子》则是按照封建主义的观点，教导女儿怎样当好家庭主妇，怎样谈情说爱、洁身自好、守规距、懂礼仪。

《信才》由陶邦坎创作于1644年。全诗长达15章，4000多行。这篇长篇叙事诗主题鲜明、结构严谨、格律整齐、语言优美，无论写人、写事或写景都表现了高深的艺术造诣，是澜沧王国时期最优秀，也是受百姓欢迎的作品。

作品主要叙述勐本占王国王子信才的故事。勐本占王国国王古沙拉最心爱的妹妹苏么恩塔在御花园赏花时，被魔王古潘掳去。国王十分着急，决定出家为僧，一边化缘，一边寻找妹妹。一天，当他来到占巴城化缘时，遇见一富翁的七个女儿出来布施，他便想方设法将她们娶来当妃子。后来王后和这七个妃子都生了儿子，王后的儿子叫西何，最小的王妃的儿子叫信才。宫中占卜师说：西何和信才日后要比其他六个王子有福气。六个王妃听后十分嫉妒，便收买了占卜师，要占卜师欺骗国王说，西何和信才是灾星，留住他们必有后患。国王信以为真，将西何和信才流放，王后和最小的王妃也要求与儿子一同受苦受难。他们四人到处流浪，最后来到深山密林中住下，受尽了苦难，但信才和西何却练就一身好功夫，能呼风唤雨。

许多年过去了，其他王妃的儿子们也都长大了，国王让他们学习武艺法术，以便搭救姑姑苏么恩塔。六个王子不知道要到何处去学本领，在林中迷路时，碰上了信才，在信才处住了一段时间，也没学到什么，就回到宫中，骗国王说，他们学到了很大的本领。国王便派他们去救姑姑。六位王子为难了，只好去找信才，骗信才说，如果找到姑姑，国王将把王位让给他。善良的信才相信了他们的谎言，便与他们一块儿去搭救姑姑。信才与西何勇敢地与魔王撕杀，最后终于战胜了魔王，救出了姑姑。六位王子本来就不愿意让信才回到宫中，于是设计将信才推下深谷，然后骗姑姑说信才不慎掉下山崖摔死了。姑姑不信，将从魔王处取得的三件法宝抛下山崖，同时祈祷说，如果有人将这三件法宝送回，说明信才还活着。

苏么恩塔回宫后不久，果真有人将这三件宝物送回。当知道信才还活着，她便将事情的真相告诉国王。国王恍然大悟，马上下令将占卜师和六个王妃、王子关押起来。然后亲自到林中接信才回宫，并举行隆重典礼，将王位传给信才。

从故事内容可以看出，《信才》在创作时深受印度文学的影响，如从魔王掳走苏么恩塔、信才与魔王搏斗、救出姑姑等故事情节都可以看到《罗摩衍那》故事的影子。该作品作为老挝古代文学中最为优秀的作品之一，揭露了老挝王室的宫廷斗争和王公贵族的腐朽无能，表达了人们对社会公平正义的追求，印证了正义一定会战胜非正义的真理。全诗语言生动，描写细致，格律规范、整齐，深受到老挝人民的广泛喜爱。

《陶洪》根据公元8世纪时期发生在老挝的历史传说"昆壮"的故事改编而成。主要描写巴甘王国（现川圹境内）国王陶洪（昆壮）征服邻国、开疆扩土的英雄轶事。该作品创作年代较早，文中较少出现巴利语、梵语及佛教用语，对人物描写也多使用神化手法，显示当时佛教及印度文学对老挝文学的影响还不深。

《占塔卡》主要讲述主人翁占塔卡是个贫苦穷人，深受苦难，后得仙人的帮助，战胜富人，成为部落国家首领。

《卡拉吉》主要讲述王子卡拉吉和公主玛尼占为纯洁的爱情与邪恶的侯爵和恶魔斗争的故事。卡拉吉是佛陀的托生，因没有按照当时的风俗，先求婚后娶嫁，而做出越轨的事，被处死刑，但最后在仙人的帮助下，两人最终得以团圆，幸福地生活到一起。作品语言通俗易懂、诗韵格调搭配恰到好处；战斗场面描写十分生动，深受百姓欢迎。

上述这些长篇叙事诗有的歌颂纯洁的爱情，有的赞颂正义必将战胜邪恶的真理，讴歌人们为追求幸福与大自然或社会黑暗势力进行不屈不挠斗争的精神。但从总体看，这些作品在创作上都具有以下几个特点：一是充满佛教色彩。无论是作品的语言文字、创作手法，还是主题思想都深受佛教思想的影响。如将作品主人公附会为佛陀的一个前生或者在开篇时说明故事源自于《五十本生故事》等等，以顺应小乘佛教在老挝社会得到广泛欢迎的潮流，但实际上《五十本生故事》里并没有这些人物或故事。二是民族化倾向。"普遍性的佛教哲学观和价值观在各国的具体表现各有不同，因为都已融入各自民族的精神文明传统并形成了定势的思维模式"。[①] 虽然佛教的思想已成为老挝长篇叙事诗创作时的指导思想，但作品中所反映的却是已老挝化的佛教思想。如大多数作品都突出表现要尊重老挝社会传统风俗习惯和社会伦理道德等主题。三是故事情节同质化。大部分作品讲述的都是正

---

① 梁立基、李谋：《世界四大文化与东南亚文学》，北京：经济日报出版社，2000年版，第251页。

义与非正义之间的斗争，正义方的代表往往都是相貌英俊、能力超群的男主人翁或漂亮、勇敢、对爱情忠贞不渝的女主人翁，他们在某种神秘力量如仙人、隐士等的帮助下，最后都会战胜代表邪恶势力的非正义方。四是大都没有具体的创作年代及作者名。这主要是为了使读者或听众相信作品是源自于佛本生的真实故事，而不是作者的杜撰捏造，因此不注明创作年代及作者名。

史传作品大多数是根据历史传说所创作。这类作品夸张性地描述历史事件，神化历史人物，虽然对老挝国家和地方历史有叙述和描写，但较为简略；而作品的名称，也大都为"××传说"、"××纪事"、"××故事"等。

《坤巫龙的故事》是15世纪由僧王玛哈提帕銮首次创作而成，后经后人多次修改，现有五个版本，即15世纪由僧王玛哈提帕銮创作的第一版，创作于赛亚塞塔提腊王及森苏林王时期的第二版，由僧侣西苏塔希那郎卡创作于1627年的第三版，由赛翁威创作于1708年的第四版以及澜沧王国沦为暹罗附属国后创作的第五版。每一版本都在继承前一版本内容的基础上，根据当时的历史事件，增加了新的内容。故事主要根据民间传说，讲述老挝民族的产生、澜沧王国国王世系事迹等。[①]

《琅勃拉邦纪事》、《芒芬纪事》、《万象纪事》、《占巴塞纪事》采用《坤巫龙的故事》的创作方法，根据民间传说来讲述地方历史。

除上述以讲述老挝国家和地方历史为主题的文学作品外，还有一些有关老挝文物古迹历史的文学作品，如《玉佛史》、《大佛史》等等。

老挝古代世俗文学作品无论形式还是内容都对老挝文学的发展产生了深远的影响，成为后世老挝文学作品模仿的对象和取之不尽的文学素材，并对老挝民族思想、意识和行为的最终形成发挥了较大的促进作用。

四、柬埔寨民间文学

在柬埔寨漫长的历史长河中，广大劳动人民也创作了不少文学作品，特别是口传文学。但是由于没有文字记载，我们无法说清这些作品的具体数量。柬埔寨1953年独立后，王国政府组织专家学者在全国范围内进行深入的民间文学调查，陆续整理出版了一批有价值的民间文学作品。金边佛教学院于1963年分八辑出版的《柬埔寨民间故事集》包含了总共216个故事，基本涵盖了被人们口口相传、流传至今的经典民间故事。这些精选出来的民间故事多短小精美，贴近百姓生活，揭露统治阶级入木三分，分析道理形象生动，歌颂了普通人民的机智勇敢，谴责了统治者的残酷无道，与统治者宣扬的对国王的敬仰和对神佛的崇拜形成鲜明对比，是民间文学中的精华。

表达对封建统治阶级的批判的有《勇敢的贡布》、《狗和马的故事》等等。《勇敢的贡布》生动刻画了一个软弱无能，却又自高自大的贡布的形象。贡布胆小如鼠，却又几次三

---

① 布胜坎·翁达拉等著：《老挝文学》，万象：教育部社会科学研究所，1987年版，第192—199页

番，依靠妻子和运气，歪打正着，连连高升。故事中有这么一句话："聪明的人知道他（贡布）怯懦，愚蠢的人对他敬慕。偏偏国王不明真相，连连奖赏，恰恰是愚蠢人的代表。"讽刺的矛头直指君主，大胆辛辣。《狗和马的故事》中看门狗在效忠主人后得不到应有的奖赏，便不再尽忠职守。马忠于主人反被误解，惨遭毒打，也揭露了统治阶级是非不分和昏庸愚蠢。

对封建迷信进行揭露的有《好心的贼》、《学生和老师》等。《好心的贼》描写一个小官想升官却没有钱敬献给国王，一个好心的小偷来他们家偷东西时，看到夫妻俩求神拜佛，实在可怜，偷偷给了他们钱，这样小官如愿，当上了大官。从侧面反映了求神拜佛不可信，在封建统治者大力宣扬神佛的当时，人民还有这样的意识，实在难能可贵。《学生和老师》讲述一个庙里有一个主持，脾气暴躁，经常打骂门下学生（柬埔寨寺庙具有教育机构的性质），学生结伴而逃，主持于是开始学习咒语，学生们见状，又回到了庙中，并对主持说："您的咒语神通广大，我们只有回来了。并且您还会隐身啊。"一天，一位信徒请主持吃饭，学生们劝他不要穿安陀会（和尚的内衣），穿上袈裟就行了。主持信以为真，只穿了袈裟就来到了信徒的家中。吃饭时，主持盘腿坐下，大大出丑。咒语的欺骗性和统治阶级的无知蛮横完全暴露无遗。

还有对人民朴素的传统美德的赞美的，如《不孝之子》讲述一位老人非常疼爱儿子，生前就把所有的财产都分给了他们。可是儿子儿媳不孝，对日渐衰弱的老人不闻不问。于是老人谎称还有一罐金子（实际上是一坛屎尿），儿媳争先恐后孝敬老人一直到死。儿子请来法官分金子，最后贪心的法官和儿子都弄得一身屎尿，真正遗臭万年。故事谴责了儿子儿媳虐待老人的不道德行为，反映了柬埔寨人民敬老爱老的精神。《阿索斯洛和阿索盖的故事》中阿索斯洛父母双亡，只有与奶奶相依为命，但他善良友好，村民们非常疼爱他；阿索盖家境殷实，却时常打架闹事，并对阿索斯洛非常妒忌。一天他心生毒计，邀阿索斯洛去削竹片，乘机刺瞎他的眼睛并扔入河中。阿索斯洛被林中隐士救治，并成了有钱人。阿索盖得知，让阿索斯洛照样对他，但因无人救助，成了孤魂野骨，祸害四方，惹人讨厌，下场悲惨。它反映了人民群众"善有善报，恶有恶报"朴素的善恶观念。

有对人民群众智慧颂扬的，如《雷电的来历》反映了高棉人民对自然现象的丰富想象。《蟾蜍和乌龟智胜老虎》讽刺了自高自大的强者终被聪明机智的"小人物"所打败，弱者团结起来力量也是无穷的。《虫子与乌鸦》中，凶恶的乌鸦满以为能吃掉弱小的虫子，但虫子与乌鸦斗智斗勇，提出了四个看似简单，其实富有深刻哲理的问题。虫子依靠自己的智慧战胜了愚蠢的乌鸦。故事赞美了弱者的智慧，引出了许多发人深思的哲理，如世界上最甜的是人们之间的礼貌和友爱的语言，最臭的是龌龊的行为带来的臭名声等。

从现有的材料中，我们可以发现许多民间故事与印度两大史诗——《罗摩衍那》和《摩诃婆罗多》，以及《佛本生经故事》、《五卷书》中的一些故事有着密不可分的关联。我们将柬埔寨古代民间文学作品与印度一些著名文学作品相比较，不难发现两者在故事情节和反映精神上有很多相同之处。如柬埔寨民间文学中《鸽王》与《五卷书》第二卷第一个故事《鸽王》，它们都讲述的是一群饥饿的鸽子不听鸽王的劝告，结果落入猎人布下的圈套。在鸽群惊慌失措之时，鸽王深明大义，不计前嫌，教导群鸽只有齐心协力，才能获救。鸽群听从鸽王的命令，振臂齐飞，奋力冲出罗网，终于死里逃生，重获自由。两个故事的情节和寓意均相同。柬埔寨民间故事《鹿、乌鸦和乌龟》则是《五卷书》中第八个故事《大象与老鼠》与第九个故事《四个伙伴》的融合。它讲述在森林中的三个好朋友鹿、乌鸦和乌龟之间发生的小故事。一次小鹿不幸被猎人捕获，乌龟舍命前往救助，它咬断绳子，放跑小鹿（与《大象和老鼠》中老鼠咬断绳子、放跑大象的情节相似），自己却被猎人逮个正着。小鹿不忍见好友落入猎人之手，便找到乌鸦兄弟，在它的帮助下，小鹿佯装受伤引开猎人，最终一起逃脱（与《四个朋友》情节相似）。《五卷书》第一卷第二十八个故事《老鼠吃秤》和柬埔寨民间故事《两个邻居》，都是以子之矛攻子之盾，批判了人性的贪婪，从侧面赞扬了正直英明的法官（也就是统治阶级的一部分）。《老鼠吃秤》讲一个家道衰落的商人的儿子出门，临行前将一个用一千斤铁打成的秤交给一个大商人保管，大商人欲将秤据为己有，主人回来后，谎称秤被老鼠吃掉了，赖着不还。于是机智的年轻商人把他的儿子带到河里洗澡，然后藏在山洞里，回来对大商人说："老爷，真是太悲惨了，一只老鹰把少爷叼走了。"最后找到法官评判，"老鼠岂能吃秤砣，老鹰怎能叼孩子"，大商人理屈词穷，只得把秤交了出来，年轻商人也把孩子还给了他。《两个邻居》讲两个邻居设捕兽器打猎，捕兽器设在树上的人十分贪婪，他半夜将树下的猎物放在自己的捕兽器里，并贿赂兔子判官。另一个不服，告上法庭，兔子判官不但不理，反而判他诬告。聪明的鹦鹉判官知道后，心生妙计，他故意在宣判时迟到，解释说是为了打天上的飞鹿才迟到的。真相昭然若揭，贪婪的人终究受到了惩罚。

　　除了直接借用故事内容外，还有很多民间故事所表现的精神主题也受到印度文学的影响。如《英明的国王》写一个偷牛贼，被主人抓住后，拒不承认，最后带到国王殿前，国王通过询问两人各自喂牛吃过什么，根据反刍的原理，做出了正确的判断，赞美了国君的英明。这个故事所体现的"摩诃婆罗多"式的一方面对无道帝王、贵族、奴隶主深恶痛绝，另一方面极力赞美关心人民、英明勇武的理想统治者的精神主题一目了然。

　　这些一致性再次证明了印度文化对古代柬埔寨文学创作的巨大影响。但是，印度文化就其体系和内容而言，在柬埔寨民间文学作品中都有所弱化，如印度教与佛教的调和与杂糅、印度民间文学庞大的体系和大故事套小故事的结构的舍弃、意向选择的移换等等。取而代之的是作品中随处可见的柬埔寨古代村社文化和部落文化，以及在主题思想和人物形象上所体现出的柬埔寨历史、战争、风土人情和浓厚的生活气息，如人们削竹片、建竹房、棕榈采汁等工作，大米、鱼、肉、槟榔烟叶等生活必需品，以及盘坐而食的生活习俗等柬埔寨人民生活的图景。这些无不昭示着柬埔寨人民的创造性。

除了短小精悍的民间故事作品外，流传至今的、人们耳熟能详的史诗类作品《吴哥赞》、《罗摩赞》也属于民间文学范畴。[①]

现存最完整的《吴哥赞》是柬埔寨智者索恩·迪普于1878年在西贡出版的。全书共31页，采用古体诗风格，运用了四行诗、四言诗和三言诗。这部作品还被人改编为适合孩子们学习的版本，收录在1942年出版的《经典作品选》中。还有另一份资料记载的《吴哥赞》是抄于纸上的手抄本，名为《古法吴哥赞》，在扉页上写着"索贡亲王"字样以示作者或抄写者。据考证，这位索贡亲王是安东国王和诺罗诺国王时期达摩育特派佛教的僧王，姓"班"。这位僧王还与莫克一起撰写了《王朝史》。因此我们认为，这部《古法吴哥赞》是在大约19世纪中后期由索贡·班僧王所撰写。

法国学者莫拉（J. Moura）于1883年第一次在其文章中简略介绍了《吴哥赞》，但没能确定其成文的时间。1973年，萨威洛斯·普女士（S. Pou）根据自己的调查提出，《吴哥赞》的成文时间是公元1620年。在确定了成文时间后，萨威洛斯·普女士继而对其使用的语言文字与同时期的作品进行了对比研究，研究结果还帮助确定了同样没有确切时间记载的《罗摩赞》的产生年代。

《吴哥赞》首先叙述了吴哥窟的来历：前世是因陀罗儿子的格多曼（阇耶跋摩二世）请求继续做因陀罗的义子，居住到天庭中去。因陀罗满足了他的请求，而他身上散发出的人类的气味让众神无法忍受，请求因陀罗将他送回人界。因陀罗只好将格多曼送回人间，并派出毗湿奴在人间修建了一所和天庭一样的宫殿让格多曼居住。这所宏伟壮观的宫殿就是吴哥窟。文章继而描述了吴哥窟上精美绝伦的浮雕作品的内容，最后赞颂了格多曼王的英明贤能。文中提到，在格多曼王执政期间，有101位番王前来进贡。

《罗摩赞》讲述的是罗摩王的传奇故事。这部作品在柬埔寨人人皆知，被称为吴哥时期最有价值的民间叙事诗，在柬埔寨文学史上享有盛誉。但是由于作品中生僻词太多，使得作品不易读懂。在整理和解读《罗摩赞》的过程中，一些法国学者做出了重要的贡献。萨威洛斯·普女士采用现代语言学理论和研究方法，对《罗摩赞》进行了全面系统的研究，其论文分四部分刊于远东国家法语学校杂志上。在她的研究中，她根据对语言文字的研究将柬埔寨《罗摩赞》分为两大部分：第1—10分册为第一部分，共5034段，为公元16—17世纪哲塔四世国王（Chettha IV）至安恩国王（Ang Em）时期所著；第75—80分册为第二部分，共1774段，成文于公元18世纪中叶安恩国王至安东国王（Ang Ton）时期。柬埔寨现存的《罗摩赞》是卡尔普贤莱斯（S. Karperles）根据瓦塔查雅翁亲王保存在河内法国远东学院的版本编辑、1964年第4次印刷的版本。

[①]　印度另一部著名的史诗作品《摩诃婆罗多》在柬埔寨没有发现有文字记载的史料，但在吴哥窟的浮雕上能找到这部作品中的情节故事，说明在吴哥时代，柬埔寨人是知道这部作品的。

柬埔寨《罗摩赞》明显融合了佛教的教义，宣扬佛教"善有善报、恶有恶报"的观点。通过大量战争的描写，使人们清楚地看到战争给世人带来的痛苦，从而表达了人们对和平生活的追求和向往。《罗摩赞》与印度史诗《罗摩衍那》在主要人物的名字、故事发生的地点、自然景物描述等方面有许多相似之处，但在人物形象塑造、作品宣扬的理念、情节的发展等方面又有诸多不同，例如猴王哈努曼与美人鱼公主的爱情故事就是柬埔寨《罗摩赞》所特有的情节，深受柬埔寨人民的推崇和喜爱。

综上我们认为，柬埔寨民间文学是外来文化特别是印度文化影响下的产物，更是广大柬埔寨人民的创造的结晶，是外源性和民族性两者的有机统一。柬埔寨民间文学在维系民族团结、国家统一、共同的民族文化传统和民族心理方面发挥了难以估量的精神作用。作品中大胆讽刺统治阶级的无知、残酷和贪婪，赞美贫苦人民、妇女的美德，反对迷信，大大超出了统治阶级所宣扬的内容；作品所体现出的正义与非正义的冲突、善与恶的斗争、美与丑的对立，也都是社会存在的事实；其中，父母之爱、兄弟之情、夫妻之恋、朋友之义这些伦理关系始终是社会生活的基础，人们总不厌其烦地把它们重新塑造，注入时代的要求和自己的理想。柬埔寨民间文学必将继续在民族文化中发挥其巨大作用。

五、缅甸民歌的复兴与反映普通人生的歌体诗

缅甸是盛产稻米的农业国，在漫长的农耕社会，自古以来源自田间地头的劳动民歌就口口相传、代代流传于民间百姓之中。那些形式活泼、语言质朴、充满乡土气息的民歌，尤其是那些或反映劳动的苦与乐，或反映劳动青年纯真爱情的插秧歌就是广大农民生活的本真表现。但在佛教文学与宫廷文学主导文坛的封建社会，反映劳动人民生活的文学作品被视为"不能登大雅之堂"的"低俗之词"，使民间文学的发展受到极大限制，甚至窒息了民间文学生存的空间。然而，真正健康的民间文学具有强大的生命力，它孕育滋养于民族民间智慧之中，在民族传统文化基本构成中占据着无法替代的位置。17世纪良渊时期民歌的复兴和插秧妇之歌的盛行就说明了这一点。

自古以来，缅甸妇女是田间劳作和家务劳动的主要力量，插秧、薅秧、收割，直至舂米、做饭等都是她们份内的事。劳动给予她们智慧，人生给予她们经验和想象，而在劳动之际即兴说唱出来的歌谣——插秧妇之歌，便是她们人生感悟和诉求的最集中的承载体和表现体，也是缅甸劳动妇女精神生活的主要内容。"插秧妇之歌"其实并不局限于插秧，在其他劳动场合产生的劳动妇女之歌都包括在内。它涉及的内容十分广泛，从劳动场面到生活场景，从佛事活动到男女恋情，从地域民风习俗到百姓生存状态尽收其中。

缅甸民歌的特点是口口相传，人们在传诵中又以自己的理解和想象参与加工创作，保持着地域文化的原态与鲜活。如以下一首插秧妇之歌：

喂……姑娘们！

快把秧插完，

快把秧插完，插完秧，把家还。

我们村，路遥远。

天黑了，赶不上磨研黄香楝，

赶不上打水到溪边。①

插秧的妇女们在田间辛劳一天，收工回家后还得忙着劈柴、打水、烧饭。每天傍晚到溪边打水是少女们最快乐的时光。打水前，她们先在屋里磨黄香楝，用黄香楝香汁涂脸抹身，梳妆打扮，然后再到溪边打水。这时村里的小伙子们会跟在姑娘们的后面，吹笛弹唱，表露爱慕之情。姑娘们若收工晚了就会错过与心爱人相会的时刻。上述民歌正是表达这一心情的。追求婚姻自由和幸福是广大农村妇女的心声，但在封建精神枷锁的束缚下，她们的挣扎反抗往往又是软弱无力的。如她们在民歌中所唱：

东边出来个红太阳，

乌云满天又把亮光遮掩。

我亲生的妈妈啃，

要把我许给那满脸痘疤的青年。

我怎么能要他？

恨不得跑到西头"瑞因基"佛塔前，

敲锣打鼓把他献。②

与早期插秧歌不同的是，良渊时期的一些插秧妇之歌中还表达了对地主剥削农民的不满，对劳动人民的生活困境反映得更加近切。如有一首插秧妇之歌描写的是给地主打工的农妇们在烈日炎炎下弯腰插秧，挥汗如雨，腹中空空。一大块秧田插完，地主仍不让歇晌吃饭。在大家的强烈要求下，地主才不得已给饭吃。可狠心的地主给的是清水煮薯蔓汤，连地主的身影都能映在汤里。真实地反映了当时缅甸农村的生产关系和农民的生活。

民间文学不仅在反映生活方面具有特殊的文学效果，而且也为文人创作提供了富厚的人生题材，对于一个民族的文学和文化具有直接的资源意义。良渊时期民歌的复兴无疑对当时以及之后诗人的创作产生了影响，良渊时期诗人巴德塔亚扎的"德耶钦"诗、女诗人信宁梅的"嗳钦"诗，贡榜时期诗人吴基、吴桑的"峦钦"诗等歌体诗，无论文体样式还是内容都从民歌中汲取了营养。从文体样式看，当时的诗歌作品还保持着歌、乐相结合的特色，"钦"即歌，"德耶钦"即乐歌，就是与乐配合，按一定的乐调歌唱的歌辞。"嗳钦"即

---

① 引自姚秉彦、李谋、蔡祝生：《缅甸文学史》，北京大学出版社，1993年版，第104页。

② 同上，第105页。缅甸自古有向佛塔献奴的习俗，沦为塔奴者地位卑贱，不得与常人婚配。

全声乐调。"峦钦"意即抒怀歌或感伤歌，类似词曲，亦为边吟边唱。

巴德塔亚扎（1684—1754）是东吁王朝后期一位有创新意识的诗人。在封建王朝时期，反映下层劳动人民的生活和思想感情的作品如凤毛麟角，而巴德塔亚扎的德耶钦诗歌可谓是其中最具代表性的作品。巴德塔亚扎出身于世袭贵族家庭，由于文学上的才能，受到德宁格内王和摩诃德玛亚扎底勃帝王及王室的赏识，他既是国王的近臣又是获得尊衔的御用作家，"巴德塔亚扎"就是国王赐予他的衔号，意为"学识渊博之王"。在当时普通臣子能获得带有"王"字的衔号是极不容易的，足见国王对他的器重。巴德塔亚扎的创作主要包括两部分：一部分属于宫廷文学，包括比釉诗、埃钦诗和宫廷剧；另一部分则是他的创新部分，即德耶钦诗歌（乐歌）。巴德塔亚扎曾任朝廷平民事物大臣，有机会走出宫廷深入民间，体察民情，而他又敢于将社会下层普通百姓的生存状态、劳动人民的劳作场景付诸于诗歌创作。这在封建王朝时期，作为宫廷大臣和御用文人的他是需要相当胆略的。巴德塔亚扎的德耶钦诗歌留存至今的有《农夫》、《爬棕榈树人》、《船夫》、《运货船主》、《赶驮人》等几首。这些德耶钦走出了传统诗歌的窠臼，直接反映下层平民的生活，表现劳动人民勤劳、朴实的性格和乐观向上的人生态度。如《农夫》诗一开头就描写了一幅农家雨中耕作图：

> 旱季过，
> 雨绵绵。
> 恩爱夫妻，
> 双双去下田。
> 手挽手，
> 喜心间。
> 裙衫虽破，
> 头巾红色艳。
> 身无蔽体衣，
> 雨淋感微寒。
> 幼儿怀中抱，
> 烟斗口中衔。
> 耙平田一方，
> 蟹穴处处显。
> ……

农夫一家的生活是清贫的，身上的筒裙汗衫都已破旧，雨水淋湿后感到丝丝寒意，只得将光着身子的幼子搂在怀中。但诗人巧妙运笔，独具匠心，在褴褛间突出了红艳艳的头巾，在艰辛中突出了恩爱夫妻的劳动喜悦，为农家生活增添了一抹亮色，表现了他们热爱生活、质朴、乐观的生活态度。诗中描写农夫一家在劳动间隙采集鲜菜野味，肥嫩的田鸡、螺蛳，新鲜欲滴的苋菜、狸红瓜、空心菜、黄麻菜、相思叶、天茄儿、篱青藤……应有尽有，大自然就是为他们提供美味佳肴的天然菜园子。诗歌最后描写了傍晚农夫一家从田间归来，粗茶淡饭、儿孙满堂、其乐融融的动人情景：

> 耕罢返家，
> 忙整锅灶。
> 饭菜飘香热气冒，
> 掸邦小辣椒，
> 味辛好佐餐。
> 狼吞虎咽，
> 风卷残云弹指间。
> 儿孙满堂，
> 左右环绕乐非凡。[①]

《爬棕榈树人》一诗与《农夫》异曲同工，描绘了爬棕榈树人一家劳动和生活的情景。在初夏的朦朦晨雾中，爬棕榈树人身背各种专用工具，携妻带小，前去收集棕榈汁，酿酒熬糖。诗中对爬棕榈树人使用的各种工具描写得细致入微，如支在棕榈树根部的竖梯、固定在树干上部的软梯、割棕榈果取棕榈汁用的刀具和捆扎用的竹篾、为操作方便用来支开树枝的木棍、装棕榈汁的罐子等等。丈夫在树顶上割果取汁，妻子在树下打杂，将采集到的一罐罐鲜嫩的棕榈汁集中倒在一起。孩子们则在附近捕捉野味，用棕麻做成捕捉野兔的套索，然后在林中发出敲击声，此时野兔、石龙子、鹧鸪、鹌鹑、蜥蜴就都被惊动了出来，悉数落入陷阱或圈套。晚上回到家里，熬野菜，烤野味，还有极辣的朝天椒下饭。饭菜都盛在一个大竹匾上，全家老少围坐一起，你抓我拿，饱餐一顿。饭后竹匾也不用洗，狗就把它舔干净了。诗人用写实的语言将爬棕榈树人一家的劳动和生活勾画得生动活泼，富有情趣。

巴德塔亚扎的德耶钦诗歌不仅内容上有所突破，在体裁形式上也大有创新，吸收了民歌的优点，诗风朴素自然，摆脱了传统宫廷文学辞藻堆砌、繁缛雕琢的旧习。因此，巴德塔亚扎的作品被后人誉为"旧时代的新文学"[②]，他本人也被称为缅甸现实主义诗歌流派的

---

① 引自姚秉彦、李谋、蔡祝生：《缅甸文学史》，北京：大学出版社，1993年版，第96—98页。
② ［缅］佐基：《缅甸文学概论》，仰光：亲教文学出版社，1976年版，第85页。

创始人。尽管如此,我们也应当看到巴德塔亚扎的局限性,看到他的德耶钦诗与民间诗歌的不同。首先作者的文化背景决定了思想感情的差别。民歌源自民间,流传于民间,带有集体性、口头性、变异性的特点,人们传诵着各种民歌,并以自己的理解和想象参与加工性创作。民歌中所传达的是劳动人民最真朴的人生体验和生命况味;有欢乐喜悦,也有愤懑不平,都是发自他们心底的。而巴德塔亚扎的德耶钦作为文人创作,所描写的劳动场面固然生动,但对劳动人民的生活和内心世界毕竟缺乏切肤之感。现实中爬棕榈树人的生活十分艰辛,他们靠爬棕榈树取棕榈果汁为生,干的是危险性很强的活儿,要爬上七八米高的棕榈树顶割果取汁,稍不小心就会跌落下来,后果凄惨。他们和农民一样都是生活在社会底层的贫苦人。《农夫》和《爬棕榈树人》中所描写的劳动景象多是轻松欢快的,甚至是浪漫的,但作者却难以体察劳动者的艰辛和生活的酸甜苦辣。

信宁梅(约1738—1788)是东吁晚期在民众中声誉很高的一位女诗人。她的嗳钦诗具有很强的时代特征。她生活的时代正值战事频仍,统治阶级昏庸无道,横征暴敛,国力衰微。孟族势力扩大,不时来犯。阿瓦北面的曼尼坡、东面的桂掸也起来分庭抗礼。英法殖民主义者频频在沿海地带骚扰。在此乱世之秋,老百姓生活贫困,民不聊生,还要被迫服兵役、徭役,苦不堪言。信宁梅的嗳钦诗正反映了广大百姓渴望国有宁日、民有安时的强烈愿望,表达了人民反战、厌战,企盼天下太平的心声。后人称信宁梅为“人民诗人”,称她的诗为反抗之歌。信宁梅的嗳钦诗带有集体唱和的特点,第一句多以女性之间亲昵的称呼开头,以诉说的形式展开,听来令人愉快惬意,有时又会让人潸然泪下。她的《听说要打仗》一诗描写的是姑娘与即将出征的情郎的临别对话,姑娘担心爱人行军打仗的安危,又担心他会移情别恋。当听到青年坚定的回答,看到心上人忠君爱国、爱情专一时,她更加信赖和爱慕自己的心上人了,思念之情也更加强烈了。感情描写十分细腻。另一首《没钱没势的人》是以第一人称控诉官府横征暴敛、敲诈勒索的,老百姓对官府敢怒不敢言,为了还债,上交苛捐杂税,不得不变卖土地。

吴基和吴桑(生平不详)生活的年代在19世纪上半叶,正是缅甸文学由古代迈向近代的前夜,文学题材开始发生重大变化的时代。文人们不再局限于传统的佛教、宫廷题材,而开始注重反映社会现实和普通民生。峦钦诗就是当时贡榜王朝后期流行的一种诗歌体裁。吴基和吴桑的作品主要反映农民生活,他们的峦钦诗从不同角度描写上缅甸农村人民的生活和情趣。如吴基的《朋友,请到咱村来》:

> 朋友,
> 有空请到咱村来!
> 近在咫尺离这儿不远。
> 罗望子树林在村北,

沙针树高耸村中间。

一条大道，

东西伸延。

路北拐角偏西处，

有板着个面孔，

人人畏惧的村长庭院。

由此向南，

就到俺那矮小的茅屋前。

屋中虽无细席坐，

但为你备有牛皮垫。

俺家里人整日忙碌，

有人磨黄香楝粉，

有人弹棉花，

有人纺纱线。

等到天黑，

俺将为你做好上等玉米饭，

还有那青菜香汤，

管叫你吃撑流连忘返。[①]

恬静优美的缅甸村庄、朴实好客的普通农户跃然纸上。再如吴桑的《乡村小景》：

夜色消，天将亮。

牛铃响，备耕忙。

溪水潺潺低声唱，

稻田葱葱禾苗壮。

汗珠滴，去插秧。

晚归来，映斜阳。

农事繁忙苦犹乐，

年年季季习为常。

焖米饭，野菜汤。

深底锅，赛小缸。

虽无油星一丁点，

---

① 引自姚秉彦、李谋、蔡祝生：《缅甸文学史》，北京：北京大学出版社，1993年版，第166页。

味道鲜美分外香。

非夸口，咱村庄。

物丰饶，好时光。

天然景致乡野美，

吃食丰富实在强。①

诗中描绘的乡村景象色彩鲜明，生意盎然，劳动生活气息浓郁，将缅甸农民勤劳、朴实、豪爽、乐观的性格展现得自然生动。农民的生活虽然清苦，却充满乐趣和情致。吴桑的另一首《木棉花》写村里的妇姑们相唤去收木棉花，劳动和丰收的喜悦溢于言表。吴基和吴桑的诗歌语言大众化、口语化，诙谐有趣。刻画人物内心活动细致入微。在他们的诗中还能了解到当时缅甸农村的社会状况，如村民与村长的生活差异和农民讽刺的口吻，都反映了农村阶级关系的某些侧面，具有一定的社会意义。他们的写作对后世缅甸现实主义文学创作有着深远的影响。

六、海岛地区民歌的代表——班顿

马来班顿（Pantun Melayu）是马来民族最富盛名的一种民间诗歌，班顿是马来民族历史最悠久的一种文学形式，作为民间歌谣在中古时代就已经产生，广泛流传于马来西亚与印尼等国的马来族社会中。马来班顿自古以来就由那些不知名的民间诗人和歌手在劳动和生活中即兴创作，以口耳相传的形式流传于马来人社会当中。从本质上而言，由于马来班顿的诞生及成型过程中没有受到印度教、佛教或者伊斯兰教的影响，所以被公认为最"纯正"的马来古典民间文学。因为马来班顿具有鲜明的民族和地域特征、顽强的生命力和深远的社会影响力，所以一直以来它都是各国学者研究马来人的情感、生活、文化和习俗的一个最佳读本。班顿既是马来民族的诗歌源头，也是马来民族的诗歌宝藏，蕴含着巨大的美学价值和认识价值。班顿有特殊的结构和格律，其词句易于吟诵，形式便于记忆，内容富于表现力，所以它能以口头传诵的方式世代相传。"没有任何人可以不了解班顿而揣度马来人精神世界之广阔的。"②班顿的题材内容涵盖社会生活的各个层面，马来人的情感、思想、审美、社会价值、宗教信仰、生活环境等，都可以从中得到体现。班顿的受众群体可谓老少咸宜，青年男女用它来诉说衷情，老年人用它来教诲晚辈，小孩用它来戏谑同伴。直到今天，在各种社会活动和民间集会中，不论迎宾送客、婚丧嫁娶、祭祀占卜，马来人都习惯和喜爱通过咏诵几首优美的班顿来表达自己的情感。班顿的表演形式一般为朗诵或演唱，表演时通常有马来民间乐器伴奏，即兴创作的对歌和比赛的方式尤其为人们所

---

① 参见姚秉彦、李谋、蔡祝生：《缅甸文学史》，北京：北京大学出版社，1993年版，第168页。译文略有修改。

② Richard O Winstedt, 1955.

喜爱。按照最通俗的定义，班顿指的是隔行压尾韵（a-b-a-b）的四行诗（quatrain）体裁。[①] 除了最常见的四行班顿，也有两行、六行、八行甚至多行连环班顿。每行一般由四个基词（kata dasar）构成，含有八到十二个音节。在四行班顿中，通常前两行为"引子"，马来语称之为"sampiran"（吊钩）或者"pembayang"（影子），后两行才是作者要表达的真实内容，马来语称之为"isi"（内容）或者"maksud"（含义）。"引子"与"内容"之间不一定有意义上的直接连贯，大部分只是为了提供韵脚。试举一首广为流传的班顿为例：

> Pisang emas bawa belayar,
>
> Masak sebiji di atas peti,
>
> Hutang emas boleh dibayar,
>
> Hutang budi dibawa mati.

译文：

> 带上金蕉去远航，
>
> 熟了一根在箱上，
>
> 欠人钱财可偿还，
>
> 欠人恩情永难偿。

在这首班顿中，每行由四个基词、9—10个音节组成，第一行与第三行同押"ar"韵；第二行与第四行则同压"i"韵。"Pisang emas bawa belayar, Masak sebiji di atas peti,"（带上金蕉去远航，熟了一根在箱上）为"引子"；"Hutang emas boleh dibayar, Hutang budi dibawa mati."（欠人钱财可偿还，欠人恩情永难偿）才是"内容"，二者在意义上并无关联（当然也有一些班顿的"引子"和"内容"在意义上是有联系的，在此不一一列举），但在节奏、韵律上却是环环相扣的。从这个典型范例可以看出，班顿的格式、韵律比较有规则，咏诵时朗朗上口，极富音乐感。

班顿的起源

（一）文字典籍中最早可见的班顿

在所有的文学样式中，诗歌是起源最早、历史最久的一种样式。散文、小说等文学作品要靠文字记录才能流传，而最早的诗歌是人们的口头创作，靠口耳流传，可以不依赖文字。所谓"饥者歌其食，劳者歌其事"，所反映的既是最初的民歌内容，也是最初的民歌精神。一言以蔽之，班顿起源于古代马来人民的劳动与生活。研究马来文学的学者们对班顿的起源提出了种种不同的看法、假设和推论。大部分的研究者把班顿的起源和马来社会的文化特征紧密联系在一起。他们更倾向于把关于班顿起源、要素及产生年代的各种可能性

---

① 廖裕芳，*Sejarah kesusasteraan Melayu klasik*，Jakarta：Penerbit Erlangga，1993，p.195.

的研究置于古代马来群岛（Nusantara Melayu）文明的框架之内。困扰广大研究者的是，由于班顿是一种口耳相传的民间文学体裁，是马来人民群体创作的结果，这使得它最初产生的年代或日期很难得到确切的证实，只能根据已掌握的种种史料作出大致的推断。

著名的马来文化研究者、英国的温士德爵士（Sir Richard O Winstedt，1878—1966）认为，班顿可能是于15世纪左右开始流行于马六甲的马来人社会。他的这种假设是基于以下证据：文字记载上最早可见的班顿出现于《马来纪年》（Sejarah Melayu）一书中，而此书的原型《马来由传》（Hikayat Melayu）最早成书于公元1424—1444年苏丹穆罕默德·沙阿（Sultan Muhammad Syah）统治马六甲期间，今日所见的《马来纪年》一书是在此基础上不断增补、修改，后于1615年由柔佛王朝宰相敦·斯里·拉囊（Tun Sri Lanang）所编著的。正是该书中所出现的13首完全符合今日典型定义的班顿让温士德爵士做出了上述推断。另一位当代本土学者德乌古·伊斯坎达尔（Teuku Iskandar）则认为，班顿可能于14世纪左右最先流行于在比马六甲更早一些的巴赛（Pasai）。他的这种假设是基于对成书于公元1326年的《巴赛列王传》（Hikayat Raja-raja Pasai）的研究，在该书中已经出现了最早形诸文字的两首班顿。"我们认为这两首诗歌是具有巴赛背景的班顿作品，同时也是用马来文创作的最古老的班顿。"[①]由此可见，班顿起源于民间，后来因为深受文人墨客的青睐而逐渐登上大雅之堂。早期的马来宫廷文人在他们各类著作中常用班顿这种诗歌形式来表达人物的思想感情，描绘宫廷里的爱情故事或用以作为道德训诫的格言。

（二）对班顿起源年代的进一步推测

以上两种观点都是基于对书面文字材料的研究，而更多的研究者如荷兰著名马来文学专家德欧（A. Teeuw）、马来西亚学者穆罕默德·塔伊布·奥斯曼（Mohd Taib Osman）、哈伦·马特·皮亚（Harun Mat Piah）等则认为班顿最初出现的时期要早于《马来纪年》甚至《巴赛列王传》的时代。这是因为班顿属于口头文学的范畴，它必定是在社会中已经成型甚至广为流传之后才会被书面文字作品所记载。正是基于这种理论，马来西亚当代最著名的班顿研究学者哈伦·马特·皮亚大胆推测，最早的班顿创作源于峇达曼达林（Batak Mandaling，位于苏门答腊岛北部）社会中流行的"比喻"（umpama）和"假设"（andai-andai）等口头文学形式和其他一些"文字前社会"（masyarakat pratulisan）中流行的口头诗歌体裁。也就是说，古代马来人在学会书写文字之前，就已经开始创作班顿。班顿的起始年代肯定要早于14世纪。哈伦·马特·皮亚认为，典型意义上的班顿最早应出现于古代马来群岛的口头文学中，早于或者与印度文化影响期处于同一时期（4—15世纪），肯定早于伊斯兰教的到来（14世纪初）。马来西亚当代著名华人作家碧澄（黎煜才）先生也认为："在古代马来群岛，就有一些有节奏的所谓短语，被学者们看作是最早的诗歌形式。这些

---

① Teuku Iskandar, *Kesusasteraan klasik Melayu sepanjang abad*, Brunei Darussalam, 1995, p.171.

短语在当时还不怎么讲究压韵，却具有一定的节奏，这似乎就是早期的班顿雏形。从这些朴实而富有生活气息的短语中，我们可以看出，班顿是广大马来人民群众所创作出来的。"这种观点与哈伦·马特·皮亚等人的推断不谋而合。还有学者认为班顿是从古代马来民间的猜谜游戏演变而来。或者说，由于马来民族是受东方文化熏陶的民族，表达感情的方式比较含蓄，因而喜欢用比较委婉的"借喻"（pantun）方式来表达思想感情。这些观点是从班顿的艺术表现手法来对其源头进行分析和推断，都有一定的道理。

（三）班顿的起源与中国的《诗经》

《诗经》是我国第一部诗歌总集，共收入自西周初年至春秋中叶大约五百多年的诗歌三百零五篇，故又称《诗三百》。有趣的是，看似风马牛不相及的马来西亚班顿和中国《诗经》，却被一些学者以各种方式联系在了一起，尤其是涉及到班顿的起源问题时，有一派学者认为《诗经》在班顿最初形成的过程中起到了非常重要的作用，甚至认为班顿就是起源于《诗经》。另一派学者则对此观点不以为然，至今争论不休，无法形成定论。"班顿源于《诗经》"这一理论的创始人，正是研究马来文化的权威学者、英国的温士德爵士。他的论据是：班顿在结构上与《诗经》中的诗歌极为相似，比如每首（节）分为四行，每行由四个词（字）构成，隔行押尾韵等，尤其是《诗经》中前两行"起兴"、后两行"点题"的表现手法，更是与班顿中"引子"与"内容"的关系有着异曲同工之妙。而在他所推断的班顿产生的年代——15世纪左右——中国文化早已传播到马来群岛了，作为中国文化精华的《诗经》流传到此地并影响当地人民的文学创作是完全有可能的。于是他断言："在四行班顿诗中前两行与后两行的关联与中国古代诗歌（指《诗经》——作者注）的情况颇为相似，因此很有可能在国际性港口城市马六甲的中国人在马来班顿的形成过程中扮演了重要的角色，使得它呈现出如今我们所见的面貌。几十年甚至几个世纪以来，这些中国人都是这种四行诗的热心创作者。"[1]

温士德爵士的上述观点在马来西亚学界并没有得到广泛的认同，尤其是广大马来学者对此将信将疑、不置可否，华人学者如许云樵、廖裕芳（新加坡）等，更是直接指出了该理论的谬误之处。许云樵认为班顿虽与《诗经》中的某些诗歌在形式上相似，但不能证明它就是受《诗经》的影响，因为各民族的历史背景和民族心理常有相似之处，所以产生形式相近的文学品种不足为奇。他认为温士德爵士论据不足，观点难免有些牵强附会。廖裕芳则指出："这件事情很难确定。《诗经》与班顿确有相似之处，比如两者都是由四行组成并且每行有四个词（有例外——原注）。《诗经》中的前半部分通常也是对自然图景的描绘或者是对后半部分的起兴。但我们必须了解到，《诗经》是经过孔子编纂之后的民歌。所以如果一定要寻找班顿与中国诗歌的关系，我们最好找一种民间诗歌进行比较而不是《诗

---

① Richard O Winstedt, *Pantun Melayu*, Singapura: Malaya Republishing House Limited, 1969, p.196.

经》。"①

在这个问题上，笔者完全同意许云樵先生的观点，即"班顿源于《诗经》"证据不足，难以采信。没有证据能够证明生活在马六甲的"中国侨生"（Cina peranakan 或 Straits-born Chinese）用《诗经》影响了班顿的诞生，甚至没有证据能够证明这些"中国侨生"能够熟练地背诵、运用《诗经》，更不用说"创作"《诗经》式的中国诗歌。首先，温士德爵士的论断是建立在对《诗经》的片面和错误认识上面的，因而很难站住脚。温士德爵士只知道"诗经"是中国传统诗歌，但并不了解《诗经》的历史背景和它在中国文化中的真正含义和准确定位。其最大的谬误之处就是想当然地认为马六甲的"中国侨生"仍然在创作"诗经"。《诗经》所代表的诗歌形式在传统中国社会中更多的时候只是作为一种古典文学经典范本供后人尤其是知识分子阶层学习和研究，而不再是一种活的诗歌体裁。中国的《诗经》在格律和艺术手法上与班顿的确存在着某些相似之处，但是这些相似之处只是世界各国各类文学体裁中所出现的偶然现象，基于民歌这种体裁所具有的一些共性特征，这些相似性的出现有其必然性因素。如果仅仅凭这些"相似之处"就推断出马来班顿是起源于中国的《诗经》，那么无疑这种论断是轻率和缺乏根据的。当然，不容否认的是，华人在班顿的发展过程中发挥过积极的作用和影响，尤其是马六甲的"中国侨生"运用他们的智慧和热情，在特定的一段历史时期内丰富了班顿的创作，起到了"锦上添花"的作用，对中马两种文化的交流作出了自己的贡献。

班顿中的隐喻与意象

（一）班顿源于隐喻

从修辞学的角度看，作为一种修辞格，隐喻是在一类事物的暗示下谈论另一类事物的语言行为。② "班顿"（pantun）一词，在马来语中本来就含有"比喻、借喻"的意思。其词义和用法近似于"seperti"或"umpama"。苏门答腊的米南加保（Minangkabau）语至今仍有这种用法。如民歌中：

> Kami sepantun telur itik,
> Kasihan ayam maka menjadi.

译文：

> 咱俩好比是鸭蛋，
> 全靠母鸡孵成雏。

米南加保的老人在给小孩吟唱的歌谣中，也有：

---

① 廖裕芳, *Sejarah kesusasteraan Melayu klasik*, Jakarta: Penerbit Erlangga, 1993, p.199-200.
② 季广茂:《隐喻理论与文学传统》, 北京: 北京师范大学出版社, 2002年版, 第15页。

Sepantun ayam tidak berinduk,

Menampi orang maka makan.

译文：

好比无母的鸡雏，

人们簸米就有吃。①

由此可见，"班顿"一词既是这种诗歌体裁的名称，同时也恰恰反映出隐喻是这种诗歌体裁中最常用的表现手法。马来民族是深受东方文化浸淫和熏陶的民族，感情丰富而含蓄，自古以来就喜欢使用比较委婉曲折的方式来传情达意。在这样的文化背景之下，"班顿源于隐喻"的观点可谓顺理成章。关于班顿的起源，有一种观点认为班顿是从马来民族古代民间的猜谜游戏演变而来。"由 A 推想出 B"是这种猜谜游戏的基本模式，带有明显的"暗语"或"隐喻"色彩。另一种观点则认为，古代马来人要表达某种想法而又不愿意直截了当地说出来，便采用委婉的语言来表达，于是久而久之就创作出了许多蕴含着各种思想感情的"班顿"。例如在印尼苏门答腊有一种民间习俗，结婚时新郎送给新娘一条名叫"belanak"的鱼，意思是希望新娘"早生贵子"（beranak），但又羞于直说，便借用赠送带谐音的鱼来表达。② 著名的马来文化研究者、英国学者威尔金森（R. J. Wilkinson）认为："班顿的产生是跟马来人嗜好使用隐喻或带有暗示或启发联想的词语有关。"因此可以这样说：没有隐喻就没有班顿，隐喻是马来班顿与生俱来的重要特质。

（二）班顿中的隐喻

"隐喻"（metaphor）一词源于古希腊语，在马来语中，可以表示"隐喻"的词汇有不少，例如"kiasan"、"ibarat"、"misalan"等，这也从一个侧面反映了马来人对隐喻的喜爱。在马来班顿中，隐喻的运用不但可以帮助听众（读者）更加方便、形象、具体、直观地理解诗句背后的含义，还可以提升班顿作为民间诗歌瑰宝的艺术性和感染力。因此，隐喻成为一种最为重要的表现手法，被大量运用于班顿，尤其是爱情题材班顿的创作当中。以下两首班顿是运用隐喻手法比较成功的范例：

Merpati dua sejoli,

Terbang dua sekawan,

Di mana matahari,

Di situ pula bulan.

译文：

---

① 许有年：《马来民歌研究》，香港：南岛出版社，2001年版，第65页。
② 王青：《马来文学》，北京：外语教学与研究出版社，2004年版，第14页。

> 鸽子出双入对，
>
> 比翼双飞，
>
> 日月如影随形，
>
> 彼此相依。

　　在这首班顿中，"比翼双飞的鸽子"被用来隐喻忠贞的爱情，这还不够，"如影随形的日月"更能强化前半部"引子"的效果，仿佛只有这样才能达到"海枯石烂、至死不渝"的程度。

> Singgah sana berdinding kaca，
>
> Kaca biru buatan Cina，
>
> Bulan purnama terang cuaca，
>
> Sangat merayu dagang yang hina.

译文：

> 独居客栈对四壁，
>
> 四壁如镜色如蓝，
>
> 一轮满月碧空净，
>
> 唤我游子徒思乡。

　　这首班顿描写的是一位为谋生而背井离乡的马来商人，在一个月圆之夜面对客栈墙壁上投射的蓝色月光时浓浓的思乡之情。与此同时，商人也在哀叹自己异乡漂泊的悲惨命运。"如镜的墙壁"、"蓝色的月光"、"仿佛在呼唤着自己的月亮"……无不对商人顾影自怜的孤独境遇形成绝佳的隐喻。这首诗在意象和隐喻的运用上达到了高度的统一，感情真挚，意境高远，颇有中国诗仙李白《静夜思》的神韵，无疑是马来班顿中的上乘之作。

（三）班顿中的意象

　　诗歌离不开意象，象是诗歌形象形成的原初物质基础，意是诗歌意象形成和提升的意蕴基础。有着悠久历史的马来班顿，在意象的使用上从来都是浓墨重彩，信手拈来。在班顿的"引子"部分中，通常都会以某个象征性景物来引起听众的联想和共鸣，从而在后面的"内容"部分达到"解谜"或者"点题"的效果。班顿诗的前两行主要是以自然界的景物、过去的史实、日常琐事或处世格言等作为描写对象，用意在于托出后半部要倾吐的内容。所以一般有经验的班顿迷，往往由前两行的韵脚就可以猜出后两行的真情实意。

　　班顿中"象征性景物"的范围，涵盖了整个努山达拉马来群岛（Melayu Nusantara）地区自然与人文环境的方方面面，呈现出一个包罗万象、丰富多彩的意象世界。因此，法国学者雷尼·戴利（Francois-Rene Daillie）在他的著作《马来班顿的世界》（Alam Pantun Melayu）一书中指出："一首班顿就是一个果壳中的宇宙。"[①]意思是说马来班顿所使用的语言虽然极其短小精悍，但从中却投射出纷繁复杂的自然和人文世界。

当我们仔细审视一首班顿，我们可以发现它的"引子"部分通常都与马来人的日常生活有关。其中出现的各种意象，要么反映的是自然环境，要么反映的是人类活动，其内容通常涵盖了以下领域：马来群岛地区的海洋、热带雨林、动植物、渔民、商人或农民的生产活动等等。雷尼·戴利在他的著作中将马来班顿中常见的一些意象作了一个列表[②]：

鱼类	剑鱼、河鳗、鳐鱼、大眼鲷、鲨鱼、石首鱼、海鳗、鲤鱼等
动物	水牛、猴子、鼠鹿、松鼠、黄牛、鳄鱼、蜥蜴、老虎、狮子等
海产	螃蟹、蚶、牡蛎、海螺、虾、珍珠贝等
鸟类	燕子、鸽子、布谷鸟、斑鸠、麻雀、鹤、乌鸦、文鸟、孔雀、喜鹊、雉、苍鹭、枭、鸡、鸭、鹅、鹰等
水果	椰子、石榴、硕莪、菠萝蜜、板栗、楠楣果、红毛丹、柑橘、黄皮果、枣、槟榔、野芒果、金蕉、包丰果、无花果、菠萝、山竹、榴莲、豆蔻等
蔬菜、农作物	黄瓜、丝瓜、水稻、胡椒、玉米、香草、蕨菜、茅草、茉莉、冬青、红木、素馨花、木棉、棕榈、罗勒、白桂、梦苓等
地点	沼泽、森林、水田、海角、河口、海岸、他乡、山地、海上、海湾、海岛、陆地、激流、码头、港口、埠头、堤岸等
职业	商人、渔民、垂钓者、撒网者、织网者、农民、工匠等

这个表格还可以以其他项目继续延续下去：天气、工具……如此丰富的意象世界，并非漫无目的任意为之，而是具有其特定的职能和效果，那就是反映马来人的生活。

就题材而言，马来班顿最重要的主题就是爱情和婚姻。根据马来西亚学者哈伦·马特·皮亚的统计，在他收集的3000余首班顿当中，有60%以上与婚恋有关。[③]韵律优美、朗朗上口的班顿成为最好的媒介语言，被马来男女青年广泛用于传情达意，示爱求欢。花鸟虫鱼、自然景观、身体发肤……无不成为马来班顿，尤其是爱情班顿中常用的典型意象。哈伦·马特·皮亚所编著的《马来班顿集》中一组关于马来班顿使用"他物"起兴的统计数字（第三列为在该书中出现的次数），就很能说明问题。

abang	阿哥、情哥	273
kakanda	姐姐/情哥	97
adinda	阿妹、情妹	85
cinta	爱、爱情、爱恋	45
kasih （kasih sayang）	爱、亲爱的	162
rindu	思念	51
jantung hati	心肝	464

---

①　Francois-Rene Daillie, *Alam Pantun Melayu*, Kuala Lumpur: Dewan Bahasa dan Pustaka, 1990, p.13.

②　同上，p.136.

③　Harun Mat Piah. *Pantun Melayu*, *Bingkisan Permata*, Kuala Lumpur: Yayasan Karyawan, 2001, p.167.

续表

buah hati	心上人	15
badan/Tubuh	身体、肉体	186
baju/kain	衣衫、衣裙	216
bantal	枕头	28
malam	夜晚	84
bulan	月亮	116
tumbuh-tumbuhan	各类植物	2421
buah-buahan	各类果实	77
bunga	花卉	182
padi	稻谷	238
burung	鸟类	68
ikan	鱼类	170
kapal	船只	361
api	火	34
bakar	烧	4

班顿作为一种流传已久的民歌体裁，有着特定的格式和韵律，是马来民族传统文学中的瑰宝，具有浓厚的马来地域特色和民族特色，至今在马来人民的生活中扮演着重要的角色。班顿起源于古代马来劳动人民的生活和劳动，由最初的口头相传到被记载于各类文学典籍当中，经历了一个漫长的发展过程。由于民间文学所特有的创作和传播方式，班顿的确切诞生年代如今已经很难考证。但是基本上可以肯定，在伊斯兰教传入马来群岛的十四世纪初之前，班顿就已经以今天我们所见到的面貌定型并流传于马来社会当中了。相比于其他一些外来的诗歌形式，土生土长的班顿更加受到马来人民的青睐，因而其发展和流传在所有的马来传统诗歌体裁中独树一帜，无与比肩。

班顿从它诞生的第一天开始，就与隐喻有着不解之缘。在其漫长的发展过程中，意象与隐喻这一对基本元素如影随形，不断增添和丰富着它的内涵和魅力。马来班顿中所特有的意象及隐喻，已经形成了独具特色的文学传统。在马来班顿的创作中，大量使用具有典型意义的意象，通过隐喻来表现意象，使意象具有更加丰富的美学意蕴。与此同时，通过各种隐喻来组织意象，使意象具有更加广阔的内涵和更加巨大的生命力，从而使二者实现有机结合、和谐统一，最终达到水乳交融、交相辉映的效果，这正是千百年来马来班顿经久不衰的重要原因之一。

七、马来传奇故事和《杭·杜阿传》

在马来民间文学宝库当中，传奇故事一直占据着重要的地位。这类作品产生的年代无法考证，因为一般都没有作者署名，写作日期也不明确，故事的时间、地点、人物都是虚构的。传奇故事多取材于神话和民间传说，往往把神话和历史结合起来，带有历史故事和人物传记的性质，具有浓厚的浪漫主义色彩。早期的传奇故事大多是从印度作品中移植过来的，如《斯里·拉玛传》（Hikayat Seri Rama）、《班度五子传》（Hikayat Pandawan Lima）。后来随着伊斯兰教的传入，源自阿拉伯和波斯的作品逐渐取代了印度作品，如《卡里来和迪木乃》（Hikayat Kalilah dan Diminah）、《巴赫迪尔传》（Hikayat Bakhtiar）等。而在马来传奇故事当中，最具有马来民族特色和最脍炙人口的就是《杭·杜阿传》。这部描写马来民族传奇英雄杭·杜阿生平的长篇巨制，是唯一一部具有马来民族主义色彩的英雄史诗，人称"唯一地道的马来故事"、"最纯粹的马来传奇"、"马来文学的《奥德赛》"。作品讲述的是英雄杭·杜阿成长的经过和他一生为效忠君主而战的故事，在今日马来西亚和印尼的马来人社会可谓家喻户晓。

马来民间文学

自远古以来，马来民族就在马来群岛繁衍生息。同世界上其他国家一样，这片土地上最早出现的文学形式也是流传于民间的口头文学。这种土生土长的民间文学包括神话传说、动物故事、笑话、谜语、民歌民谣、民间小说等等。随着文字的出现，有一部分民间口头文学也变为书面文学。一些宫廷文人进行创作时也往往会从民间文学中汲取营养。随着社会文化的发展，民间文学与宫廷文学的互相影响、互相渗透更加明显。与宫廷文学由宫廷文人进行书面创作的形式不同，民间文学绝大多数是口头文学。马来民间文学也和其他民族民间文学一样，是通过世代口头相传而流传下来的。当书面文学在马来古代社会的核心——宫廷中蓬勃发展的时候，一代又一代的民间艺人则在村社市井、田间地头用绘声绘色的语言将口头文学发扬光大。这些民间艺人所到之处无不受到百姓们的热烈欢迎，他们走村串巷，如同古代希腊的游吟诗人。根据马来西亚现代研究者的总结，马来民间文学可以分为以下八大类：

1. 神话传说（mitos dan legenda）

初期马来神话多与人类起源、自然现象的产生、山川湖泊的由来等有关。这类神话传说反映了"万物有灵"的原始宗教信仰。随着时间推移和外来宗教的影响，神话的内容也逐渐演变为与印度教、佛教、伊斯兰教有关的传说故事。

2. 动物故事（cerita binatang）

这类故事大多是从人类视角解释动物世界的种种奇特现象。各种动物的形象拟人化之后往往被赋予了鲜明的性格特征，其中《聪明的鼠鹿》（Sang Kancil yang Cerdik）最受人们喜爱，"鼠鹿"一词在马来语中已经成为"聪明机智"的代名词。

3. 笑话（cerita jenaka）

马来民间笑话大体上可分为两类：本土的和外来的。前者如《愚公》（Pak Pandir）、《可怜的阿訇》（Lebai Malang）、《大肚佬》（Si Luncai）和《傻瓜伯》（Pak Kaduk）等，后者如《杰宁将军》（Mat Jenin，源自印度）、《有胡须的狸猫》（Musang Berjanggut，源自阿拉伯）、《阿布纳瓦斯》（Abu Nawas，源自阿拉伯）等。

4. 成语（peribahasa）

马来语中有成千上万条言简意赅的成语，与汉语成语大多源自历史典故不同，这些成语大部分来自民间，多用象征、比喻、隐喻来表达意思，如"Seperti belur pulang ke lumpur"——"好比泥鳅回到泥潭里（如鱼得水）"、"Seperti telur di hujung tanduk"——"好比鸡蛋放在牛角尖上（危如累卵）"。

5. 谜语（teka-teki）

流传于马来民间的谜语很多类似简短的韵律诗，语言精练优美，因此往往也被纳入文学范畴。这类谜语后来逐渐发展成为民间诗歌"班顿"（pantun）的一种。

6. 民歌民谣（puisi rakyat）

马来民歌民谣中最艳丽的一枝奇葩无疑是"班顿"，它是马来古典文学的重要组成部分，至今为马来民族所喜爱，可以说是一种最具有生命力的民间文学形式。

7. 民间小说（hikayat rakyat）

这种体裁的出现要晚于以上几种文学形式，它最初也是一种口头文学，由说书艺人世代口耳相传。初期内容大多改编自印度史诗《罗摩衍那》，后来逐渐产生本民族的人物和故事，《杭·杜阿传》在诞生之初就属于民间小说。

8. 民间戏曲（drama rakyat）

早期马来民间戏曲多与宗教迷信仪式密切相关，常在祭祀、驱邪、治病时进行表演。这些戏曲往往具有鲜明的地方特色，比较有名的有"马克咏"（makyong）、"波利亚"（boria）、"吉克"（jike）、"皮影戏"（wayang kulit）等。《罗摩衍那》、《摩诃婆罗多》、《爪哇"班基"》、《马来纪年》、《杭·杜阿传》中的许多故事都曾被艺人们改编为戏剧进行表演。

《杭·杜阿传》

（一）简介

《杭·杜阿传》的具体创作年代已经无从查考，但从书中提到葡萄牙和荷兰相继占领马六甲的情况来看，成书应不会早于十七世纪，是在《马来纪年》一书面世之后。《马来纪年》是最早提到杭·杜阿的文献，书中关于他的故事是以书面形式记录下来的口头传说，但《马来纪年》属历史演义性质，故事拘泥于史实，且平铺直叙，缺乏吸引力，该书中的杭·杜阿只是一个平淡无奇的水师提督，并非主要人物。而《杭·杜阿传》则是在《马来纪年》基础上，对杭·杜阿这一人物不惜浓墨重彩，用虚构和夸张等艺术手法加工而成的鸿篇巨制。该书把杭·杜阿塑造成了一位所向无敌、无所不能的超级英雄。成书后大受欢迎，传世版本不下二十种。从已出版的三个比较完整的版本来看，内容上大同小异，可见其在长期流传过程中一直被完好保存下来。由于无署名，作者是谁也无法知晓，但从作品表现的思想倾向、故事情节的完整和语言风格的统一来看，可能是由一位文人在民间口头流传版本的基础上加以整理、润色、改编而成。同《伊利亚特》和《奥德赛》一样，《杭·杜阿传》也是一部英雄史诗，带有神话色彩，并非一部历史著作。但它在一定程度上反映了马六甲王朝兴衰成败全过程，同时又生动描绘了充满动荡与不安的中世纪时期马来社会的真实生活画面，因此具有很高的历史和文学研究价值。自从1726年荷兰学者凡伦太因（Valentijin）首次提及此书以来，该书受到了学者们尤其是对马来地区有极大研究兴趣的西方学者的广泛关注。学者们对其给予了高度评价，俄国的马来文学专家布拉津斯基（V. I. Braginsky）赞誉它为"罕见之美文"、"最美妙的马来著作"。马来西亚国内学者对这部著作的研究更是汗牛充栋、不胜枚举。以上这些足以说明《杭·杜阿传》在马来西亚国内外的地位之高、影响之大。2006年，由广东外语外贸大学教授黄元焕先生翻译的中文版在马来西亚首都吉隆坡出版发行。

（二）历史背景

《杭·杜阿传》产生的年代估计至少是在葡萄牙和荷兰殖民主义入侵并灭马六甲王朝之后。马六甲地处古代"海上丝绸之路"的重要通道——马六甲海峡的咽喉部位，因而在十五世纪迅速发展成为东西方贸易和文化交流的中心。也正因为地理位置的优越性，马六甲成为西方殖民者向东方拓展殖民地时的首选目标之一。1511年，由于无法抵挡葡萄牙人的进攻，加上王朝内部的腐败与衰落，享受了一百多年国泰民安的马六甲王朝寿终正寝了。1641年，荷兰人又从葡萄牙人手中夺取了马六甲，并将其置于荷兰东印度公司的统治之下。在此期间，葡萄牙和荷兰殖民者只是疯狂地掠夺财富和开拓市场，并无意于发展当地的经济和文化、改善当地的社会状况。他们对待当地人民的态度极其恶劣，无情地压榨和剥削当地人民，整个马来社会长期动荡不安，民不聊生。受尽屈辱的马来民族迫切需要一位如杭·杜阿那样忠勇双全、智谋过人的大英雄来鼓舞民族士气，捍卫民族的尊严和利益。在这种时代背景下，《杭·杜阿传》应运而生了，书中的杭·杜阿与其说是一个真实的历史人物，毋宁说是马来民族为自己塑造出来的一个民族英雄的艺术形象更为确切，他身上集中了马来民族的一切优秀品质，也寄托了马来民族的一切希望。[①]

在长达四百多年的西方殖民统治期间，殖民者允许原马来封建统治阶层保存其在农村的部分政治和经济势力，让其继续成为马来社会意识形态上的统治者，整个马来社会封建思想根深蒂固，忠君爱国是社会的主流价值观。另外，在马来民族受到西方侵略威胁而处于生死存亡的时候，社会的主要矛盾集中在本民族与外来侵略者之间的矛盾，而不是下层人民与马来统治者之间的矛盾。基于以上这些因素，像杭·杜阿这样带有封建愚忠色彩，同时又为捍卫马来民族利益作出突出贡献的民族英雄，很容易得到整个社会的认同，受到人们的尊敬和赞扬。

（三）故事梗概

杭·杜阿出身贫寒，父母在民丹岛开小饭铺。他自小在家劳动，帮父母劈柴烧火。他和

---

① 梁立基：《印度尼西亚文学史》，北京：昆仑出版社，2003年版，第287页。

杭·哲巴特等五人结拜兄弟，他们都学得一身好武艺，杭·杜阿尤其出众。十岁起，杭·杜阿就大显身手，和他的四个结义弟兄一起奋力击退前来骚扰的一股海盗，平息了岛上的一起暴乱。由于援救宰相有功，他们被引进宫里给国王当侍从。杭·杜阿以智勇双全、人品出众尤受国王器重。国王欲娶因陀罗布拉宰相之女敦·德佳而未成，便派杭·杜阿去满者伯夷求亲。满者伯夷当时已称雄东南亚，早已觊觎马六甲王国。宰相卡查·玛达发现杭·杜阿武艺非凡，恐其日后成心腹大患，决心除掉他。卡查·玛达先后十次设计陷害杭·杜阿，每次都为杭·杜阿的大智大勇所挫败，最后迫使满者伯夷既赔了公主，又损兵折将。卡查·玛达与杭·杜阿之间惊心动魄的较量，实质上反映了满者伯夷王朝与马六甲王朝之间征服与反征服的斗争。杭·杜阿的胜利意味着维护了马来王朝的独立和尊严。杭·杜阿由于功勋彪炳被提升为海军统帅，掌管全国军权，成为马六甲国王最宠信的大臣。这不免要引起宫廷贵族和佞臣的嫉妒，他们合谋陷害杭·杜阿。国王听信谗言，把杭·杜阿驱逐出国。杭·杜阿为表白忠心，设计把因陀罗布拉宰相之女敦·德佳拐走献给国王。为此杭·杜阿重新获得国王的恩宠。之后，战争叠起，杭·杜阿率军御敌，屡建奇功，扬名四海。杭·杜阿的辉煌功绩和显赫地位更遭贵族大臣的仇视，他们又多方设计陷害他。这次国王下令处死他，幸亏宰相把他藏了起来才保全性命。后来，杭·哲巴特接替了杭·杜阿的职务，但他不满国王对自己的结义兄弟杭·杜阿的处置而起来造反。国王被迫逃到宰相家中避难，这时他才后悔杀了杭·杜阿，因无人可对付杭·哲巴特。宰相趁机把杭·杜阿的情况告诉国王。国王大喜，立即召回杭·杜阿并命令他杀死杭·哲巴特。杭·杜阿为效忠国王挥泪杀了杭·哲巴特。小说用了很大的篇幅详述杭·杜阿远涉重洋，先后出使印度、中国、阿拉伯、埃及、罗马等国的情景和冒险经历，反映了马六甲王朝强盛时期的国际友好关系。其中出使中国的一段描写相当生动，详述杭·杜阿如何受到中国皇帝的破格接待以及他如何设法亲睹中国皇帝的"龙颜"。从这段描写中，可以看出两国的友好关系由来已久。

此外，小说还着重描述杭·杜阿与葡萄牙殖民主义者的英勇战斗。在出使中国期间，杭·杜阿第一次遇到葡萄牙殖民主义者的挑衅。为了维护马来民族的尊严，杭·杜阿在海战中给了他们狠狠的教训。葡萄牙殖民主义者不甘心失败，从本国调遣庞大舰队卷土重来，直犯马六甲。这时，杭·杜阿已年老多病，但他仍抱病迎战，奋勇杀敌，毙敌统帅，他自己也身负重伤。打退敌人之后，杭·杜阿便告老引退，从此隐居山林，不知所终。后来，葡萄牙殖民主义者再次进犯马六甲，由于杭·杜阿不在，马六甲终于被葡军用狡诈的计谋所攻陷，显赫一时的马六甲王朝就此灭亡。

该书的核心情节出现在第十四到十六回：由于杭·杜阿功勋彪炳，被提升为水师提督，成为马六甲国王最宠幸的大臣。这引起了众大臣的嫉妒，他们多次合谋陷害杭·杜阿。国王听信谗言，先是将杭·杜阿逐出国门，第二次又下令将其处死。幸亏宰相冒死相救，偷偷将其放走，他才保全了性命。此后，杭·哲巴特接替了杭·杜阿的职务，但他因不满国王对自己义兄的处置而起来造反，霸占王宫，为所欲为，没有人能制服他。国王被迫逃到宰相家中避难，听说杭·杜阿没死，喜出望外，立即召回杭·杜阿，命令他杀死杭·哲巴特。杭·杜阿为效忠国王，与杭·哲巴特大战几天几夜，最后用计谋亲手将义弟杀死。

这段情节是《杭·杜阿传奇》全书的高潮部分，两位结拜兄弟之间这场你死我活、惊天动地的决斗堪称马来文学史上最著名的一场决斗，《杭·杜阿传奇》把这场决斗描绘成"正"与"邪"、"王"与"贼"两种势力的对决，虽然对杭·哲巴特寄予了相对的同情，但对最终胜利者杭·杜阿的褒扬和肯定是绝对的。这从两兄弟间的最后对话就可以看出来：

> 他（杭·哲巴特）大声喝道："我和您都是马六甲王的武将，两人同归于尽有何意义？如果我们奉国王命令，攻城略地，不是可以建功立业吗？"
>
> 水师提督（杭·杜阿）答道："你说得不错，我心里也是这么想。可是你罪恶深重，恶贯满盈。你犯的若不是这个滔天大罪，还是不至于死的。我可以网开一面。"
>
> 杭·哲巴特听了水师提督的话，不禁伤心地哭起来。水师提督也潸然泪下，为他惋惜。杭·哲巴特说："我也是因为看到您无辜为宰相所诛，感到气愤。国王听信谗言，滥杀无辜，而玩弄阴谋的人，却逍遥法外。我想，您忠心耿耿，劳苦功高，尚难逃一死，更何况是我这样的人，因此我就做出这些事来。一不做，二不休，坏事做到底。马来歌谣说，果树底下种红葱，果熟全砸烂。大丈夫不流芳百世，也得遗臭万年。"
>
> 水师提督说："你说得对，但我们位列国王属臣，凡事要多商量。正如老人常说的，死而流芳胜于顶着恶名苟且偷生。"[①]

（四）人物形象分析

杭·杜阿这一形象的出现有着重大的意义和深远的影响。首先，杭·杜阿是由马来人民塑造的英雄，他的象征意义大于现实意义。在马来语中，杭·杜阿的名字本身就有特定含义。在古代，"杭"（Hang）这一称谓用于自由之人，而非奴仆；"杜阿"（Tuah）则是洪福之意。杭·杜阿在国王身边时，马六甲繁荣昌盛；杭·杜阿归隐后，马六甲即被攻陷。《杭·杜阿传》把杭·杜阿说成是不死的，一直在庇佑着马来民族，给予马来民族勇气和力量。这表达了遭受侵略的马来民族的美好愿望，说明杭·杜阿已经成为马来民族精神力量的源泉，是马来民族性格的艺术体现。另外也不能否认，《杭·杜阿传》中，杭·杜阿身上体现的封建道德伦理观念和奴性思想也影响了马来民族几个世纪，"可以说已渗透到马来民族的灵魂中，直到今天仍未消除"[②]。这种消极因素在相当长的一段历史时期内严重阻碍了马来民族的进步。

---

① 《杭·杜阿传奇》（黄无焕译），吉隆坡：学林书局，2006年版，第365—366页。
② 王青：《马来文学》，北京：外语教学与研究出版社，2004年版，第26页。

　　《杭·杜阿传》篇首语就指出，"本书是关于无限忠于其君主，处处为其君主效力的杭·杜阿的传记"①，可见"忠诚"是杭·杜阿最突出的英雄品质并构成了杭·杜阿的全部信仰基础，为此他一生都在为君主效忠，而置个人得失甚至生死于度外。例如在两次出使满者伯夷的过程中，他凭借机智和勇敢化解了卡查·玛达的挑衅，小心谨慎地保卫国王，捍卫国王的尊严。但他对君主的无限忠诚在某些时候简直到了毫无原则甚至荒唐可笑的程度。例如马六甲王向敦·德佳求亲遭拒绝后仍思慕敦·德佳，杭·杜阿便设计诱骗她，转而献给国王。王子的爱马跌入粪坑，身为水师提督的他跳入粪坑救马。国王出于好奇想知道地府的状况，他竟然让人将自己活埋。

　　杭·杜阿身上与忠君并步齐驱的品质是爱国和忠于民族。在出使外国时，他时刻不忘捍卫马六甲的尊严和利益；他的才能多次受到当地国王的赏识，但他一再表示自己只效忠于马六甲国王。特别是在马六甲遭葡萄牙人进犯时，杭·杜阿拖着病体，上阵杀敌，为捍卫国家和民族利益作出不懈努力。在国家面临外来侵略处于生死存亡的时候，杭·杜阿的忠君和忠于民族应该说是一致的，二者无法分开。②他的"忠"又可以说是建立在深厚的爱国精神的基础上，这也是他至今仍为马来西亚人民爱戴的重要原因。

　　此外，杭·杜阿还具备出众的才能和一些其他的优秀品质。他是一个多面手，擅长驯马，能建屋造船，懂占星术和法术，精通多国语言，见多识广，善于言辞和外交等。他虚心刻苦，拜师学艺，功夫了得；他深谋远虑，慷慨仁慈，将抓获的文莱王子遣送回国，实现两国友好邦交；他谦逊有礼，小心谨慎，身居高位从不骄傲或是肆意妄为；他耐心隐忍，坚强不屈，在遭诬陷被宰相放走后，他专心学艺，等待时机重返马六甲等。综上所述可以看出，马来传统社会所推崇的"十三种美德"③基本上都在杭·杜阿身上得到了体现，这使得他顺理成章地成为了马来传统社会的民族英雄典范。

　　（五）艺术文化价值

　　与《马来纪年》记述帝王宰相的故事不同，《杭·杜阿传》的主角是出身平民的英雄豪杰，帝王宰相退居为次要的配角，因此更受普通民众的欢迎。《杭·杜阿传》充满着传奇色彩和浪漫主义情调，该书在艺术上的突出成就就在于它能够紧紧地抓住杭·杜阿的性格特征加以精雕细刻和反复锤炼，使人物形象既高大又丰满，栩栩如生。书中前后出场的人物共计有160多个，但核心人物只有杭·杜阿一人，其余角色全部成为他的陪衬和烘托。作者通过曲折复杂的故事情节，表现他身上的种种美德，这种勇敢、机智和富有航海冒险精神，正是马来民族性格的艺术体现。《杭·杜阿传》几世纪来之所以大受马来民族的欢迎，

---

①　*Hikayat Hang Tuah*, Dikaji dan diperkenalkan oleh Kassim Ahmad. Kuala Lumpur：Yayasan Karyawan dan Dewan Bahasa dan Pustaka. 1997, p.1.

②　梁立基：《印度尼西亚文学史》，北京：昆仑出版社，2003年版，287页。

③　"十三种美德"指：斯文有礼；虚心谦逊；慷慨大方；诚实忠厚；小心谨慎；耐心隐忍；坚强不屈；互相帮助；团结友爱；信守诺言；尊敬长辈；忠于君主；遵守习俗。

杭·杜阿这个人物形象之所以被马来人当作是自己的民族英雄来崇拜和歌颂，原因就在于此。《杭·杜阿传》采用虚构和夸张的手法，使情节更加生动，人物更加鲜明。此外，大量的细节描写也成为本书一大艺术特色，正面叙述与侧面烘托交相辉映，使艺术效果更加强烈。该书还配上很多朗朗上口的马来歌谣，达到了一种诗文并茂的艺术境界。《杭·杜阿传》之所以具有如此旺盛的生命力，是与它高度的艺术成就密不可分的。《杭·杜阿传》在马来文学史上的地位和对马来社会的巨大影响力是无与伦比的。

八、菲律宾民间英雄史诗

菲律宾是一个多民族的国家，也是一个史诗文化非常丰富的国家。世界上一些国家的人民把本国的史诗视为民族文化的象征。两千多年来，希腊人一直把《伊利亚特》和《奥德赛》视为至高无上的荣耀；德国人以《尼伯龙根之歌》为骄傲；印度人则把《罗摩衍那》、《摩诃婆罗多》视为国宝。史诗集中体现了民族文化的传统和特质，蕴涵了一个民族在形成之初的世界观和价值观，它不仅在这个民族的生活中占有举足轻重的位置，而且对民族文化传统的形成和发展产生了巨大而深远的影响。

西班牙建立殖民统治之前，口头传承的民间英雄史诗是菲律宾文学的主要形态之一。这些史诗热情讴歌民间英雄人物的优秀品质和功绩，如勇敢机智、忠于爱情、为民除害等等，在艺术上常常显示出巨大的生命力、强烈的色彩和丰富的想象力。据统计，目前已有20部民间英雄史诗得到搜集、整理和出版。纵观这些菲律宾的英雄史诗，大体可以分为三类，即：浪漫史诗、战争史诗和迁徙史诗。"浪漫史诗"中英雄的一系列历险行为主要是为了寻找爱情或者为了自己部族的联姻，英雄爱上了一个女子，而后不断追求，经历了一系列波折和事件后，和心上人结婚。"战争史诗"中英雄为了家庭、村社和部族的利益、生存和荣誉，为了保护他的家人或部落或者救助别人，开赴征程，和敌人、恶魔、敌对部族等血战，打败对手，赢得族人的敬意。"迁徙史诗"中英雄率领家族、部落，为了逃避苦难或邪恶势力，跋山涉水，定居他方，追求幸福生活。前两类占据了菲律宾史诗的绝大多数，迁徙史诗相对要少得多。

与其他国家和地区的英雄史诗相比，菲律宾英雄史诗的故事情节是相当程式化的，概括起来主要有两方面的特点：第一，史诗以严格的时间顺序讲述主人公的英雄故事，基本上没有倒叙、插叙的形式；第二，史诗一般是喜剧式的结局。最后的场景大体上是主人公获得了心爱的人，或征服、战胜和杀死了所有的对手，即使主人公死了，也一定会死而复生。

在英雄形象方面，菲律宾史诗主要呈现以下三个方面的特点：

第一，具有非凡的身世和成长经历。史诗从英雄的出生开始，不平凡的身世就伴随着他们。例如在《拉姆昂》中，拉姆昂的母亲分娩的时候，唯有一个有经验的老妪才能接生，拉姆昂出生时就可以说话，并且可以为自己起名。更神奇的是他出生9个月之后就想知道父亲的下落并且决定要去寻找父亲。

　　第二，具有英俊的外表及其他突出的身体特征。英雄身上，从头到脚，从声音到动作，全是史诗反复歌颂的对象，使民众不自觉地产生一种英雄崇拜情结和美的遐想。例如《希尼拉沃德》中这样描写英雄的声音：

> 他是这样呼喊的／他的声音好像破裂／的金属，咔嚓／声音非常雄壮／声音蕴含力量／在全世界／回响了十次／在这种力量下／竹尖都在作响。[①]

　　英雄俊美的外表配上洪亮的声音，足以鼓舞斗志，吓退劲敌，艺术地再现了英雄的豪气和非凡的号召力。

　　第三，具有超凡的魔力和能力。史诗中的英雄们凭借着与生俱来的种种不可思议之力，完成人生历险并且成就伟业。《达拉根》中的班图岸王子可以起死回生，《拉姆昂》中的拉姆昂可以呼风唤雨。拉姆昂还拥有魔法石和具有魔力的公鸡。这只公鸡在向卡诺扬求婚的过程中作为拉姆昂的代言人，它在拉姆昂的复活过程中也发挥了很大的作用。这些超自然的力量使史诗的情节呈现出丰富多彩的变化。

　　以上是对菲律宾英雄史诗特征的概括，下面再介绍一些具体作品。菲律宾民间流传的著名英雄史诗有：伊富高人的《阿里古荣》、伊洛干诺人的《拉姆昂》、比萨扬人的《希尼拉沃德》和玛拉瑙人的《达拉根》等。《阿里古荣》原名《呼德呼德》，讲述的是两个敌对部族化干戈为玉帛、最终相互联姻的故事。史诗总长40段，全部吟唱下来需要三到四天。其故事梗概是：在哈那干有个叫阿里古荣的少年，他偶然得知自己父亲原来是被仇人所杀，于是决定去复仇。他经历了各种技能的考验，在占卜求得吉兆后，带领同伴出征达利迪干，寻找杀父仇人巴干伊万。在那里，他遇到了巴干伊万的儿了布巴哈用。虽然两人是世仇，但很快便英雄惜英雄，互相钦佩起来。阿里古荣向布巴哈用提出挑战，布巴哈用迎战，战斗竟持续了一年半，直到稻田荒芜也未分出胜负。阿里古荣主动停战返回了哈那干，布巴哈用带人追来，又在哈那干较量了一年半，哈那干的稻田也荒芜了，但仍未分出胜负。于是布巴哈用返回达利迪干，阿里古荣也追来打算再次交手。此时巴干伊万出面了，阿里古荣与布巴哈用终于和解，阿里古荣娶了布巴哈用的妹妹布干，布巴哈用娶了阿里古荣的妹妹阿吉纳亚，从此两个部族在各自的土地上过上了富足美满的生活。这个故事反映了古代菲律宾人对残酷的部落战争的不满，希望能通过联姻等和平方式化干戈为玉帛。《阿里古荣》的语言形象性极强，大量使用象征、明喻、暗喻等修辞手法和重复的词组、语句，是一种极具地方性色彩的口头叙事文学，已被联合国列为"人类口头非物质文化遗产"，有很高的学术价值。

　　《拉姆昂》是歌颂伊洛干诺勇士拉姆昂的历险和求亲故事的史诗。它经过许多民间艺人的不断加工，后由伊洛干诺的盲诗人、奥古斯丁教会传教士佩德罗·布卡内格收集整理而成，共有305节，每节有6行到12行不等。这部史诗被行吟诗人用吉他伴奏到处演唱，极受欢迎。其故事大意是：拉乌尼翁省纳尔布安镇的拉姆昂一生下来就会讲话，并要求母

---

① 转引自陈岗龙、张玉安等著：《东方民间文学概论》（第三卷），北京：昆仑出版社，2006年版，第491页。

亲为他取名"拉姆昂"。在他出生之前，父亲胡安为追踪强盗而离家远行，很久没有音讯。九个月后拉姆昂即长成大人，体格强壮结实。他决心带上他的魔石、两只鸡和一只狗去寻找父亲。在路上休息时他做了一个梦，梦见伊戈洛的族人正围着父亲的人头跳舞。梦醒之后，拉姆昂找到了伊戈洛族居住的村子，果然发现父亲是被他们所杀。拉姆昂怀着满腔怒火和伊戈洛人决斗，并将其消灭殆尽。回家后他又捕杀了大鳄鱼，为民除害。在求亲的道路上，他先后战胜了大眼怪人、蛇妖和所有的求婚对手，终于与美女卡诺扬成亲。后来他又应一位老人的要求，潜入海底杀死吃人的鲨鱼，但为此他也身负重伤而献身。七天后，其妻请人将他的尸骨打捞上来，在公鸡、母鸡和狗的帮助之下，拉姆昂居然奇迹般地复活了。从此，夫妻过着幸福美满的生活。这部富有神话色彩的史诗，赞颂了战胜邪恶和为民除害的民间英雄，寄托着菲律宾人民对美好生活的向往。

《希尼拉沃德》是班乃岛的一部最长的史诗。它含有18个故事，主要内容是：东海女神阿露西娜下嫁世俗凡人包巴利，他们为了躲避风暴和洪水的袭击而移居到马迪亚斯山上。后来她生下三胞胎，三个儿子都长成巨人，并具有超人的神力。这三个巨人先后战胜妖魔鬼怪之后，都娶了娇妻，并分别成为怡朗怡朗、安蒂克金和阿克兰三个地区的统治者。

《达拉根》是菲律宾南部棉兰老岛马拉瑙人的英雄史诗，因深受伊斯兰文化的影响，被认为是菲律宾穆斯林文学的重要作品。全诗共有17部，72000多行，它以神话般的英雄人物班图岸王子为主人公，描述了他历经千难万险创建伟大业绩的故事以及与达丁邦公主的恋爱经过。譬如史诗中提到，班图岸王子为神灵所护佑，有起死回生的能力。一次，敌人得知班图岸已死，就肆无忌惮地进攻他的部落。在千钧一发之际，班图岸死而复生，拯救了他的子民。还有一次，班图岸用他的神奇的宝剑与敌人战斗，后来因为过度劳累而跌入水中。一条鳄鱼乘机把他送给了他的敌人。但是班图岸很快恢复了体力，逃出了敌人的魔爪，指挥着战船最终取得了战役的胜利。"达拉根"在马拉瑙语中意为"用歌声讲述"，史诗既借用象征、暗喻、讽刺等文学手法，探讨了生死、爱情政治和美等人类文化的永恒主题；同时也成为马拉瑙人丰富的文化传统和地方性知识的载体，它被马拉瑙人奉为关于社会和文化规范的行为准则。今天在婚礼庆祝仪式上，人们会持续数夜在音乐和舞蹈的配合下吟唱这部史诗。

黑格尔曾说：一部优秀的民族史诗是"一个民族精神标本的展览馆"。[①]从菲律宾的英雄史诗中，我们能清晰地看到人类童年时期鲜活的生活画面和多彩的精神世界，感受到先祖们朴素而睿智的思想、传统的道德准则、丰富多彩的信仰以及对理想世界的憧憬，"人类童年时期的幼稚和天真永远纯真的复活于其中"[②]。这些英雄史诗应该说是菲律宾民族宝贵的文化财富。

---

① 黑格尔：《美学》第三卷下册（朱光潜译），北京：商务印书馆，1986年版，第108页。
② 钟敬文：《民间文学概论》，上海：上海文艺出版社，1980年版，第294页。

第三章 近代文学（19世纪中叶—20世纪中叶）

概 论

东南亚近代社会和文化的形成，伴随西方殖民主义者的入侵，经历了漫长而痛苦的历程。19世纪初期，东南亚的大部分地区还没有被欧洲强权所控制。然而随着欧洲工业主义和民族主义重构，整个世界开始出现飞速发展之势。欧洲殖民主义者为适应欧洲资本主义发展的需要，疯狂地在亚洲发动殖民战争，加快了对东南亚的侵略。在海洋群岛地区，英国先后占领槟榔屿、新加坡和马六甲后，于1826年将三地合并为海峡殖民地。继而从19世纪70年代至20世纪初将整个马来半岛和北加里曼丹变成了英属殖民地。荷兰在20世纪初确定了在印尼的政治统治制度，整个印尼群岛成为荷属殖民地。19世纪90年代菲律宾在美国与西班牙新老殖民主义者的争夺下最终沦为美国殖民地。在大陆半岛地区，英国先后在1824、1852和1885年发动三次英缅战争，最终吞并了整个缅甸。法国势力开始出现在印度支那，1858年法国发动大规模侵越战争，到1884年使越南完全沦为法国殖民地，柬埔寨在1863年沦为法国的"保护国"，1893年老挝也沦为法国殖民地。泰国成为英法两大殖民帝国的缓冲区。至20世纪初，荷兰、英国、法国和美国控制了几乎东南亚所有的陆地和海岛，只有泰国保持形式上的独立。所有东南亚国家的政治秩序都发生了具有深远意义的变革。

西方殖民主义者在东南亚美丽而富饶的国土上肆意掠夺，倾销商品，攫取廉价劳动力和资源，使整个东南亚殖民地经济纳入了世界资本主义经济体系，东南亚原来的自给自足的自然经济基础遭到严重破坏。西方资本主义国家在向东南亚扩张势力的同时，通过传播宗教、创办学校、出版报纸等各种方式，向东南亚国家输出自己的文化。这种文化输出由于有着强大的政治、经济、军事力量做后盾而处于强势地位，猛烈冲击着东南亚古老的封建专制制度和与之相适应的宗教传统。东南亚各国的传统主流文化丧失了政治上的保护和语言、宗教、教育等方面的支撑，在既成规范和界限内向纵深发展和凝聚的力量受到严重阻滞，不得不突破既成规范和界限，走向以横向开拓为特征、外求于他种文化、开辟新发展之路的文化转型时期。

东南亚文化中的近代因素带有明显外源性和复杂性。其中既有西方欧美国家近代思想文化的影响，也有先进于东南亚的日本、中国、印度、土耳其、埃及等东方国家近代思想文化的影响。且东南亚国家近代文化的兴起和发展都带有以民族主义为中心的强烈的政治色彩，这是由于近代东南亚文化发展与东南亚民族觉醒以及争取民族独立和解放的斗争密切相联。东南亚殖民地化的结果，导致东南亚各殖民地国与宗主国之间的民族矛盾上升为主要矛盾。而殖民主义、帝国主义又往往与殖民地封建主义相勾结，共同镇压人民革命。东南亚人民在民族矛盾和阶级矛盾相互交织的状态下承受着当地统治者和殖民当局的双重压迫和剥削。在反帝反殖和反封的斗争浪潮中，东南亚人民的民族主义意识开始觉醒并焕发出巨大的能量。

促进民族觉醒的另一个动因是西方文化的传播和西方式教育的推行。为满足殖民地资本主义市场经济的发展和近代化行政管理对人才的需求，西方殖民统治者不得不从原住民中培养一批掌握近代文化知识的人才。这样做的一个意外结果就是学校制度的建立及中、高等教育的发展，并有许多青年有机会到欧洲留学。新的知识分子阶层形成了，他们所学到的西方的思想、文化、历史、科学技术和组织形式，以及西方考古学家和学者对东南亚古代文化艺术的发展整理，引发了他们对自己民族的历史和传统文化的反思和新认识，也激发了他们新的自觉的民族主义意识的觉醒。"学而优则进"的观念是西式教育基本要素之一，但它建立在设置种族障碍的基础上，就在殖民体系中开创了危险的先例。由西方教育所造成的个人蒙辱和希望受挫点燃了20世纪30年代出现的反抗殖民主义的革命。[①]自19世纪中后期以来，西学东渐、西方文化的广泛传播和东方各国波澜壮阔的反帝反殖的民族解放运动一直是东南亚民族觉醒的外部动因。西方先进的文化开阔了新一代知识分子的眼界，提供了新的文化视角和新的思想观念，使他们得以树立起崭新的世界观和民族观。正是在新兴的一代知识分子中，产生了东南亚民族运动的政治精英，产生了新文学的先行者，他们中间也有不少是将文学活动与政治活动紧密结合在一起，活跃在政界和文坛的两栖领袖。

伴随着东南亚整个社会文化的近代化进程，东南亚文学揭开了近代化时代的序幕。在这个时代，文学既是社会近代化进程的启蒙工具和舆论先导，又是近代化过程中各种社会状况、社会思潮和作家个体意识的忠实反映和表现。[②]东南亚近代文学是西方文化影响与民族觉醒的产物，是东南亚从旧封建社会向近代半封建殖民地社会过渡和争取民族解放历史进程的反映。其近代化演进过程又经历了以下两个阶段。

第一阶段：19世纪下半叶至20世纪10年代末（第一次世界大战、俄国十月革命前后），是东南亚近代文学的启蒙期。绵延了几个世纪的以宗教文学、宫廷文学为主体的传统文学在西方资产阶级文化的猛烈冲击下，其自足而封闭的整体结构被彻底打破，必然地走向了衰微；而以人学为中心、以现实为审美观照的新文学在扬弃传统和吸收异质文学营养的过程中开始孕育萌发。

在东南亚，最早对西方文化作出强烈反应的当推马来作家阿卜杜拉·门希（1796—1854）。当东南亚的文人们还束缚于封建主义意识形态的羁绊而裹足不前时，阿卜杜拉就

① ［新西兰］尼古拉斯·塔林主编：《剑桥东南亚史》第二卷（贺圣达等译），昆明：云南人民出版社，2003年版，第78页。
② 王向远：《东方文学史通论》（《王向远著作集》第1卷），银川：宁夏人民出版社，2007年版，第163页。

超前具有了文化批判的眼光。世代书香门第的家庭文化背景，与英殖民官员、基督教传教士、西方学者、商人密切接触的个人经历，都为他思想的形成奠定了基础。在其代表作《阿卜杜拉传》（1840）中，他毫不掩饰对西方文明进步的崇拜和对封建愚昧落后的厌弃，他把自己在许多重大历史事件和世事变化中所切身体验到的西方资产阶级文化的进步性和本民族封建文化的落后性公布于世，通过两种文化的对比向马来人进行西方文化的启蒙教育。在阿卜杜拉笔下，西方人的科学、民主、法治精神与马来封建阶级的愚昧迷信、残暴专制形成了强烈反差，作者的立场也昭然若揭。当马来民族正遭受西方殖民入侵而陷入深重灾难、人民对西方文化充满敌视和排斥之时，阿卜杜拉却站在英殖民者一边，为资产阶级文化大唱赞歌，充当批判马来封建阶级文化的急先锋，这势必把自己推向了备受争议的焦点。显然，缺乏民族意识是阿卜杜拉最大的历史局限性。然而从文化文学发展的视角看，他的著作打破了旧文学传统，直接反映社会现实，回归作家的主体性地位，这些无疑都起到了文学启蒙的作用，是具有社会进步意义的。

19世纪下半叶，在东南亚各国先后出现维新运动和启蒙运动。缅甸的敏东王（1853—1878年在位）在其同父异母兄弟加囊亲王的扶持下实行改革，图谋中兴。他改革政府机构，派遣使臣前往英、法、意等国考察，派留学生去欧洲和印度学习科学技术，回国后委以政府要职。鼓励开设西式学校，翻译外国科技著作和文学作品，创办民族语言报纸，扩大臣民见识。泰国的拉玛五世王（1868—1910年在位）废除奴隶制和各种封建依附关系，加强中央集权，实行行政、财政、军事、立法、司法等方面的制度改革。越南1896年抗法勤王运动失败后，越南爱国志士另谋救国兴邦之路，成立"维新会"等组织，大力宣传维新改革和民主自由的新思想。这些举措带来的影响无疑都渗透到文学领域，促进了文学观念的改变。在伊斯兰教为主的马来地区，直接来自西方国家和间接来自中近东穆斯林国家的西方文化也给马来新文学的兴起提供了借鉴和动力。

缅甸作家詹姆斯·拉觉（1866—1920）和吴腊（1866—1921）是东南亚近代文学初期启蒙主义文学的重要作家。他们都出生于下缅甸新教育制度开始实行的1866年，是受西方教育的新一代知识分子，并且他们都有在英殖民政府任职的经历，也都当过翻译。詹姆斯·拉觉还曾是基督教徒。他们生活的时代正是新旧交替的时代，他们的作品也反映了这个时代的特点。新的生产力和生产关系的产生并发展、仰光城市的兴起、市民阶层的形成、商业文化的发展为缅甸近代小说的生发提供了社会土壤。1904年，詹姆斯·拉觉根据法国通俗小说《基督山伯爵》改写并创作了缅甸小说《貌迎貌玛梅玛》，他的改写不是简单的模仿，而是作了由表及里的"创造性转变"，使小说的文化旨趣发生了质的变化，切合了缅甸读者的审美标准和欣赏趣味。它打破了旧文人的垄断，用市民自己的白话语言表现他们自己的生活，体现普通人的人生观和道德观，让文学走出了佛教故事而转向描写社会人生。如果说《貌迎貌玛梅玛》是为缅甸文学近代转型铺就的第一块基石，那么吴腊的《瑞卑梭》（1914）就是缅甸文学在近代转型道路上迈出的坚实一步。小说采用双线复式结构，在副线叙述中以仰光的知识分子阶层为背景，聚焦殖民主义者的文化渗透和奴化教育，揭露其实质，体现了作者观察社会的独特眼光。其中蕴藉着强烈的时代因素和萌动的民族意识。

在东南亚，民族主义文学发轫最早的是菲律宾，菲律宾的民族主义作家大都同时是民族解放斗争的战士，他们的斗争与创作将启蒙主义蕴含于民族主义之中，产生了反帝反封建的"觉醒文学"。菲律宾"觉醒文学"的伟大旗手何塞·黎萨尔（1861—1896）不仅是菲律宾，而且是东南亚乃至整个东方近代民族主义文学的代表性作家，是东方最早以文学为武器唤起民族觉醒、推动民族解放运动发展的杰出诗人和作家。他的著名小说《不许犯我》（1887）和《起义者》（1891）是菲律宾殖民地社会悲惨现实的真实写照，是菲律宾爱国志士探索民族出路艰难历程的真实记录。

第二阶段：20世纪20年代初至20世纪中叶（第二次世界大战、各国民族独立前后），是东南亚近代文学的全面转型期。在这一阶段，东南亚文学与民族运动紧密结合，充分体现近代民族意识的觉醒与成长，植根于民族文化的土壤，学习借鉴西方文学思潮、创作方法及表现形式，在与西方文化、文学的交流碰撞和互识互补中最终完成了从旧文学到新文学的蜕变，为东南亚现代文学的崛起打下了坚实的基础。

20世纪10—20年代之交，东南亚早期民族主义运动兴起。1906年，缅甸全国性的知识分子组织"佛教青年会"成立，提出了复兴"民族语言、宗教、教育"之口号；1908年，印尼第一个民族文化运动的团体"至善社"成立，提出了兴办教育、发展经济、发扬民族文化、改善民生等六点纲领，标志着印尼民族意识的觉醒；1912年，越南潘佩珠效法中国辛亥革命主持成立了"越南光复会"，向法国殖民主义者宣战；在东南亚其他各国，民族民主运动的风暴也在酝酿之中。第一次世界大战的爆发和俄国十月革命的胜利进一步推动东南亚民族民主运动的深入开展，各地工人运动、农民运动此起彼伏。西方无产阶级革命思潮开始波及东南亚，在印度尼西亚、越南、菲律宾、缅甸等国先后成立了无产阶级政党或革命组织，民族解放运动逐渐形成波澜之势。

在东南亚民族意识日益觉醒、民族运动浪潮不断高涨的推动下，民族主义倾向的反帝文学和爱国主义文学充分发展起来。印尼的迪尔托·阿迪·苏里约（1880—1918）、耶明（1903—1962）、阿卜杜尔·慕依斯（1886—1959）、缅甸的德钦哥都迈（1875—1964）等一批作家都直接站在民族运动第一线，以文学为武器向殖民统治展开斗争，将个人命运与民族命运紧密相连。越南的潘佩珠（1867—1940）、潘周桢（1872—1926）等作家将文学活动与政治活动紧密结合在一起，将毕生精力贡献给了越南民族独立和解放事业。在菲律宾、马来西亚也涌现出许多充满爱国激情、民族忧患意识和带有反殖民主义倾向的文艺作品，产生了广泛影响，对民族主义思想的发展起了推动作用。

在东南亚文学从传统走向现代的转型过渡时期，西方文艺思潮产生过支配性影响，不论观念的转换、方法的借鉴、形式的更新、新意的创造，西方文学都烛照着东南亚文学的革新之路。所谓"支配性"影响并非意味着西方文学改变了东南亚文学的传统基因，而是在一定时期内制约了东南亚文学的发展方向。文学的交流就像水往低处流一样，处于较高阶段的文学必然影响处于较低阶段的文学。西方文学从14—16世纪的文艺复兴时期开始进入近代化的过程，经过四五百年的发展，到19世纪各方面都已成熟，其发展势头如日中天，到19—20世纪之交已开始迈进现代文学的门槛。而东方文学的近代化过程在19世纪中期刚刚开始，晚于西方几百年。因此，东南亚各国的进步思想家、文学家都希望从西方国家和早于东南亚接受西方文化的东方大国的经验中找到民族复兴的出路，在民族新文化、新文学的探索中，吸收近代西方文化与文学的有益营养。

西方三大文艺思潮——浪漫主义、现实主义、现代主义自身发展经历了长达百余年的历史过程，但在20世纪20年代几乎是共时地展现在东方作家面前。然而在东南亚文坛主流作家的接受屏幕上，现代主义只是浮光掠影，并没有留下清晰的痕迹，而浪漫主义和现实主义及其变体则与东南亚近代文学发生了本质性的契合。浪漫主义反抗封建传统对作家个性的压抑和束缚，追求自由和解放。30年代缅甸"实验文学"的诗歌从英国浪漫主义诗人华兹华斯、雪莱、济慈的抒情诗中汲取了营养；越南"新诗派"是在法国的自然主义、浪漫主义、象征主义等流派传入的基础上形成的，"自力文团"也深受法国浪漫主义文学的影响；印尼"新作家派"部分诗人的作品中都带有强烈的浪漫色彩。现实主义是东南亚作家更为倚重的文学思想和创作方法，无论民族主义倾向的反帝文学、民族资产阶级的个人反封建文学、探索时代的"实验文学"（小说创作）、社会改良文学、历史题材文学等等，都融入了冷静、客观的现实主义精神。虽然没有达到成熟的现实主义的程度，有的与浪漫主义相互依附，有的带有人道主义色彩，但作家们关切的都是民族忧患、现实社会和人的生存状态。30年代后，东南亚文坛出现了［越］阮公欢（1903—1977）、［泰］西巫拉帕（1905—1974）、［缅］摩诃瑞（1900—1953）、［柬］纽·泰姆（1903—？）、［老挝］西沙纳·西山（1910—？）、［印尼］尔敏·巴奈（1908—1970）、［马来］伊沙克·哈吉·穆罕默德（1910—？）、［菲］洛佩·桑托斯（1879—1965）等一批杰出的现实主义作家。他们直面现实，真实地反映社会矛盾和斗争，以激发广大民众变革现实的热情。随着20—30年代左翼文学的勃兴，东南亚进步作家从新兴的苏联社会主义文学（无产阶级文学）中受到极大鼓舞和启发，他们在民族解放斗争的政治背景中与无产阶级文学找到了契合点，现实主义创作方法为更多作家所接受，东南亚的无产阶级反帝革命文学和进步文学迅速发展起来。

1941年底，太平洋战争爆发，东南亚再次陷入战争的磨难和日本法西斯的残暴统治。东南亚很多国家的文学也经历了一段"黑暗时期"。但东南亚人民争取民族独立的历史潮流是阻挡不了的，东南亚文学的民族意识、现代意识也更加高扬。

第一节　近代意识的启蒙与文学转型

一、马来启蒙主义作家阿卜杜拉

马来文学何时进入近代文学阶段？这个问题在当代马来西亚学界并未形成统一的认识。总体而言有两种不同的看法：一部分学者主张以1925年作家赛义德·谢赫·阿尔哈迪（Syed Sheikh Al-hadi）发表第一部用通俗马来语创作的长篇小说《花丽达·哈努姆传奇》（*Hikayat Faridah Hanum*）作为近现代马来文学诞生的标志，因为这部小说从内容、题材到表现手法都与马来古典文学有着明显的区别，已经具有近现代文学的特点；更重要的是，在这部作品影响下，马来文学界掀起了一场新文学运动。另一部分学者则主张以19世纪中叶，马来作家阿卜杜拉·宾·阿卜杜尔·卡迪尔·门希（Abdullah bin Abdul Kadir Munsyi，1796—1854）进行文学创作的年代作为马来文学进入近代转型时期的标志。这一观点与国际上一些长期从事马来语言与文学研究的权威学者，如德乌（Teeuw）、斯金纳（Skinner）等人不谋而合。从文学史研究的角度综合分析来看，阿卜杜拉·门希的家庭出身和生活经历都过于独特，在同时代文学家当中缺乏广泛的代表性。他的作品虽然大胆突破了马来古典文学的窠臼，但未能引起当时马来文学界的共鸣。当时整个马来社会还处于以村社为基础的封建社会状态，培育近代先进思想的土壤还是一片贫瘠。他去世后的六七十年时间里，马来文坛的近代因素依然十分薄弱，现代文学的春天还远远没有到来。他的时代，依然是古典文学的时代。他既是最后一位马来古典文学家，也是第一位马来近代文学的启蒙者。他是先行者，但也是独行者，可以被视为马来文学近代时期一位最重要的过渡性人物。

历史背景

阿卜杜拉·门希诞生的年代，是一个动荡不安的年代。在他出生前的两个多世纪，历史上显赫一时的马六甲王朝于1511年覆亡于葡萄牙殖民者之手。马六甲的统治消失后，马来亚分裂为众多互相之间争战不停的小国。作为东西方交通要道的马六甲成为西方殖民者竞相争夺的对象。1596年荷兰人到达这个地区。出于宗教原因和贸易上的竞争，荷兰与葡萄牙矛盾重重，荷兰执意要将葡萄牙驱逐出富饶的东印度群岛。他们与柔佛联盟来对付马六甲的葡萄牙人和强大的亚齐苏丹国。1641年，在数次尝试后荷兰与柔佛的联盟终于占据了马六甲，打破了葡萄牙的统治。在阿卜杜拉·门希出生时，马六甲还是荷兰东印度公司统治下的殖民地（1641—1824）。到他成年的时候，马六甲又变成了英国的殖民地。经过英荷两国长期拉锯式的争夺，1824年英国与荷兰签署协议最终确立了英国对马来亚的霸权，同时也决定了今天马来西亚的雏形。荷兰撤出马六甲并放弃所有在马来亚的利益，而英国则承认荷兰对东印度剩余地区的利益。19世纪上半叶，英国派莱佛士到马来半岛担任各邦总督代办，在他推行的"前进运动"作用下，马六甲、新加坡先后成为英殖民者的统治和活动中心。马六甲特殊的历史背景使它成为马来半岛上最早受到西方文化和西方思想影响的地区。当时在马六甲从事政治、经济和文化活动的除了西方殖民者的官员、商人和基督教传教士之外，还有不少来自中东、中国和印度等地的商人和知识分子，马六甲因而成为当时东西方文化交流与碰撞的重要场所。

生平简介

阿卜杜拉·门希1796年诞生于马六甲，1854年卒于前往麦加朝觐的路上。他出生在一个知识分子家庭，祖父是阿拉伯也门人，祖母是印度泰米尔族人，祖父母在马六甲共同开办了一所教授马来语、阿拉伯语和泰米尔语的学校。阿卜杜拉·门希从小就就读于这所学校。在祖父母的精心培育下，阿卜杜拉14岁就掌握了阿拉伯语、马来语和泰米尔语。另外，他还从与各国商人的交往中学会了英语和汉语。阿卜杜拉的父亲是一位伊斯兰教传教士和语言教师，主要教西方人学习东方语言，此外还从事翻译工作。从小，父亲对阿卜杜拉管教甚严。1810年，年仅14岁的阿卜杜拉的聪明才智就已经被当地英国殖民官员所赏识，英国驻东南亚的高级官员拉弗尔斯雇请他担任自己的翻译和助手。由于拉弗尔斯当时正忙于为英国在东南亚开拓殖民地，阿卜杜拉便追随他奔走于马来群岛各地，这给他提供了开阔视野、增长见识的机会。1815年，阿卜杜拉又成为西方传教士米尔恩和汤姆森的马来语教师。这项工作大大提高了他的英语水平。后来他还协助他们二人将《圣经》等书籍翻译成马来语。1817年，他从西方学者那里学会了石板印刷术，这项技术对他后来出版自己的书籍发挥了很大的作用。1819年，阿卜杜拉被当地英国殖民者的头号人物莱佛士聘请为文书和马来语教师，并深得其赏识。1838年，他接受信使任务，冒险前往战火纷飞的吉兰丹州为英国人送信。这次任务使他有机会穿越各马来土邦，看到封建统治下贫穷落后的社会景象。可以说，阿卜杜拉·门希的大半生都在为英国殖民者服务，他还经常与西欧商人、传教士等来往。他对英国十分崇拜，对莱佛士更是推崇备至。英国人对他也非常器重，让他参与当地许多重大的历史事件，使他在时代的风云变迁中能亲眼目睹东西方文化在马来半岛的较量和马来封建统治者的没落。

重要作品

阿卜杜拉是一位勤于笔耕的作家，给后世留下了不少有价值的文学作品。在整个马来社会还处于腐朽的封建意识形态控制下的年代，他的作品往往独树一帜，别开生面。他完全摆脱了当时马来文学沉迷于为王公贵族歌功颂德和荒诞不经的神话传说的风气，大胆反映社会现实和个人生活经历，并且勇于针砭时弊，无情地揭露并批判马来封建统治阶层的专制腐败和马来社会的陈规陋习。在写作技法上，他也摒弃了马来古典文学的老旧手法，代之以富有现实主义色彩的创作手法。他的主要作品有：《阿卜杜拉传》（*Hikayat Abdullah*，1849）、《阿卜杜拉自新加坡至吉兰丹的旅途见闻》（*Kisah Pelayaran Abdullah dari Singapura ke Kelantan*，1838）、《阿卜杜拉麦加朝圣记》（*Kisah Pelayaran Abdullah ke*

Jeddah，1854）以及长篇诗歌《新加坡毁于大火》（*Singapura Dimakan Api*，1838）。此外，他还整理出版了马来古典文学巨著《马来纪年》，翻译出版了《卡里莱和迪姆乃》，并参与翻译了《圣经》和一些西方科技书籍，晚年他致力于编纂一部马来语词典，可惜未完成便辞世了，但给后人提供了有价值的范本和资料。阿卜杜拉对马来语言文学的发展做出了重大的贡献。

《阿卜杜拉传》（*Hikayat Abdullah*，1849）

这是阿卜杜拉最重要的一部代表作。这部400多页的自传堪称19世纪马来文坛最有分量和最有影响的经典之作。该书始作于1840年，1949年在新加坡第一次出版。作品采用自传体，作者以写实的手法叙述了自己的生活经历以及在他视野中的社会万象。大部分内容是作者自己在马六甲和新加坡任职期间所经历的社会万象和时代变迁，仿佛一幅十九世纪马来社会的大型风俗画。该书详细描绘了阿卜杜拉与西方学者和官员交往中的种种感受。作者的意图并非是给自己树碑立传，而是想把自己在大半生中感受到的近代西方文化的先进性和马来民族封建传统文化的落后性，通过一件件具体事实的鲜明对比来写进书里，以此来向马来民族进行西方文化的启蒙教育。在与西方文化的对比中，作者深入剖析了当时马来社会的种种腐朽和落后现象，尖锐批判了马来封建贵族的专制、愚昧、保守和腐败。该书记录了马六甲、新加坡以及马来半岛逐渐沦为英国殖民地的历史变迁。这个时期历史政治舞台上的主角是英国殖民者和马来封建贵族，他们的种种表现都被作者生动、详实地记录在书中。作者每每拿西方文明的开明、先进与当地社会的闭塞、落后进行鲜明对比，站在英国殖民统治者的一边对土著贵族的愚顽腐败进行抨击和嘲讽，因此被有些人称为"亲英派"。尽管书中他的亲英立场显而易见，但对殖民者犯下的种种罪行也有所揭露。该书还记录了一些有关当时新加坡华人社会的情况，尤其是作为当时一股重要社会力量的华人秘密会社"天地会"的情况。阿卜杜拉·门希在这部作品中表现出来的"崇洋"立场是不言而喻的，这也是该书遭到诟病的一个主要原因。

《阿卜杜拉自新加坡至吉兰丹的旅途见闻》（*Kisah Pelayaran Abdullah dari Singapura ke Kelantan*，1838）

这是一部日记体的游记性作品，但并非一部记录游山玩水的书，而是采用夹叙夹议的写法，发表作者对旅途所见所闻的独特见解。作者几乎没有提及什么山水风景和名胜古迹，而是把目光完全集中在封建主统治下的马来社会问题上。在沿途经过的彭亨、丁加奴（今译"登嘉楼"）和吉兰丹三州土地上，他看到的一方面是马来贵族骄奢淫逸、残暴专制，一方面是社会贫困、民不聊生，因而指出其根源就是封建统治阶级，他大胆预言"他们的王国和他们的习俗最后将会灭亡，他们绝对无法长此以往下去"。这在当时封建专制一统天下的马来社会无疑是激进和超前的，但是作者并非一位革命家，因为与此同时他极力美化英国的殖民统治，把英国殖民者统治下的地方视为"人间天堂"，看不到西方殖民者背信弃义、野蛮掠夺的一面，使得作品的进步意义大打折扣。

《阿卜杜拉麦加朝圣记》(*Kisah Pelayaran Abdullah ke Jeddah*, 1854)

这是一部未完成的作品，因为作者在朝圣的道路上不幸病逝了。上述两部游记后来被人汇编成一部《阿卜杜拉游记》(Kisah Pelayaran Abdullah)出版。这些游记都带有纪实文学的特色，含有社会批判的内容。许多学者认为这部游记除了具有文学价值以外，还是很好的历史资料，可以帮助人们了解当时马来群岛（今印尼与马来西亚）的社会状况。

启蒙意义

阿卜杜拉·门希独树一帜的文学创作无疑对当时死气沉沉的马来旧文学体系带来巨大的冲击，尽管由于他特殊的身世和背景，他的作品并未被同时代的马来社会所广泛接受，但是他对后来的马来现代文学具有浓厚的启蒙意义，在以下几个方面对马来旧文学具有重大突破：

其一，长期以来，马来文学以非现实的人物情节和脱离社会现实的虚幻故事为内容，使文学与现实相脱节。阿卜杜拉的作品则以他生活其中的社会现实为创作基础，采取写实的手法直接反映现实社会发生的重大事件和各种人物的精神面貌，使文学贴近现实生活，跟上历史发展的步伐。

其二，旧文学作品采用传奇故事的形式，一般无作者署名，作者只不过是"故事的叙述者"，失去自我，看不到作者的个人作用。阿卜杜拉的作品则截然不同，采用纪实文学的形式，把作者放在创作主体的位置上，强烈表现出作者的自我意识和对周围客观事物的个人评价。这样作品从内容和主题思想到体裁和表现形式便完全摆脱了旧文学的窠臼。

其三，旧文学使用的是"古典马来语"，阳春白雪，一成不变，脱离了人民大众的生活。阿卜杜拉在语言方面虽然还没有完全摆脱"古典马来语"的束缚，但已注意从社会生活中汲取活生生的语言材料，使马来文学语言开始出现转机，向大众化语言靠拢。这也是新旧文学在语言上的一个分水岭。①

阿卜杜拉·门希最大的贡献就在于他从旧文学向新文学的过渡中迈出了历史性的第一步。他生活在由封建社会转变为殖民地社会的交替时代，在他身上既有传统的马来封建文化的影响，又有殖民主义者带给他的西方资产阶级文化的影响，这使他成为一个矛盾复杂的作家。他有崇洋媚外的一面，但也有重视民族传统文化的一面。他大力提倡马来语，并亲自整理不少马来古典名著，对传承马来文学经典居功至伟。他的作品风格鲜活犀利，密切关注社会现实，生动记录了那个时代的风云变幻，并且将矛头直指马来封建贵族，这在当时的历史条件下是非常难能可贵的。尽管由于时代的局限，在他的作品中还看不到民族觉醒的思想，并且往往对西方殖民主义缺乏批判精神，表现出一种矛盾的是非观和"反封建主义不反殖民主义"的模糊立场，但这些都无法抹杀他对发展现代马来语言文学所作出

---

① 梁立基、何乃英：《外国文学简编》（亚非部分）修订本，北京：中国人民大学出版社，1998年版，第306页。

的杰出贡献。他虽然没有能够掀起一场马来新文学运动，但称其为这个运动的先驱并非言过其实。他是一位典型的承前启后式人物，真正具有近代意识的马来文学在他逝世之后的半个多世纪才姗姗来迟。

二、从翻译、模仿到创作实践

对于沦为殖民地的东南亚各国，西方文化是凭借殖民侵略者的坚船利炮强行进入，并在强势的物质力量的支持下实施扩散和影响的，这就使得处于民族危亡的殖民地人民在接触西方文化伊始，理所当然抱着仇视和抵制的态度，救亡图存、守卫传统文化的情绪占据上风，对西方文化充满矛盾和斗争。然而腐朽衰退的封建机体和文化已不堪一击。从人类历史发展和社会革命的角度来看，西方殖民者在给东南亚人民带来深重灾难的同时，也"充当了历史的不自觉的工具"，从外部助推了东南亚封建专制制度的瓦解。殖民地历史对东南亚各国来说，既是屈辱的历史，又是民族觉醒的历史。东南亚受西方教育的新一代知识分子在与西方文化的接触中最先感受到了西方文化的先进性，不得不承认域外文化包含了值得本土文化借鉴的新思想和新观点。他们从西方资产阶级文化所提倡的科学、民主、平等、自由和人文主义思想中受到启迪和鼓舞，开始用新的观念和思维方式重新审视自己民族的历史和命运。同时也参照西方的文学观念、文学样式和创作方法反思自己民族的传统文学。19世纪下半叶，东南亚各地先后出现了维新和启蒙运动。在西方文化和文学的影响下，启蒙主义文学和民族主义文学孕育发展起来，从不同侧面推动着东南亚文学的近代化转型。

泰国作为保持"独立"的缓冲国，较之其他殖民地国家，对西方文化的抵触势力相对较弱，启蒙主义思想和文学的发育较为充分。四世王（1851—1868年在位）和五世王（1868—1910年在位）都是思想开明、励精图治的帝王，尤其在五世王执政期间主张"泰体西用"思想，积极引进西方文化与近代科学，在不根本改变封建制度的前提下，大力推进行政、财政、军事、立法、司法等方面的制度改革，其中重要一环是大力兴办西方式的教育，开展外语（尤其是英语）教学，发展印刷业和报业，向国外派遣留学生，改变闭关锁国的传统政策。这些措施也无疑加快了文学近代化进程，传统文学的影响逐渐缩小，翻译之风渐盛，西方文学的地盘逐步扩大。在五世王的鼓励支持下，大量译自西方的短篇小说见诸报刊杂志。1900年，泰国第一部长篇翻译小说也是第一部新小说《仇敌》问世。这部作品译自英国女作家 Marei Corellid 的小说 *Vandetta*。虽然原作和作者在英国都难称一流，但在泰国却起到了样板作用。其后，爱情、侦探、幽默、惊险等题材的外国小说不断被译成泰文，其中著名的作家作品有大仲马的《玛连娜》和《三剑客》、狄更斯的《匹克·威克外传》、柯南道尔的福尔摩斯系列等。文学翻译为泰国文坛打开了一个新的世界，给泰国读者带来了全新的审美感受，带来了不同于传统文化的思想道德观念和价值观念，无疑起到了文学启蒙的桥梁作用。在经历了翻译模仿阶段之后，泰国文学进入了借鉴创作阶段。1913—1914年间，泰国人自己创作的第一部长篇小说《并非仇敌》出版，这是对《仇敌》的反其意的戏作。

在殖民地国家缅甸，近代知识分子在民族主义运动中起了重要作用。西方文化的影响和民族存亡的危机启发了他们的反封建意识和反帝反殖的民族意识的觉醒，启蒙主义与民族主义交融互渗，构成文学近代化初期主要的文学思潮。而文学启蒙的起点同样是从翻译、模仿、改写西方作品开始的。缅甸第一部近代新小说《貌迎貌玛梅玛》（1904）的产生就是一个具有代表性的例子。

《貌迎貌玛梅玛》问世于20世纪初，但孕育它的是19世纪中期以来缅甸社会发生的深刻变革。从1852年第二次英缅战争至19—20世纪之交的五十年是缅甸社会动荡最为激烈、社会结构变化最为巨大的时期。第二次英缅战争后英国人占领并统治了下缅甸，他们首先控制下缅甸的经济命脉，疯狂掠夺缅甸丰富的自然资源和农产品，采取一些政策使缅甸稻作业、柚木加工、农林产品输出等得到迅速畸形的发展。日益扩大的殖民地贸易，特别是1869年苏伊士运河通航后，缅甸的大米、柚木、矿产品等大量进入欧洲市场，而其他生产和生活产品越来越依靠市场和外来商品，致使下缅甸变成了英国资本的输出地和商品的销售市场。在对缅甸的自然资源进行掠夺性开发和对缅甸人民进行剥削的过程中，一些由英国人创办的工商、交通运输等行业的企业迅速发展成初具规模的具有垄断性质的大公司。西方资本的涌入，也把资本主义生产方式带进了缅甸，伴随自然经济向商品化经济的过渡，民族资产阶级、中产阶级随之产生。与此相联系的则是作为工商业中心的城市的较快发展和市民阶层的出现，城市的文化生活需求日益扩大。随着经济发展，传统的寺庙教育客观上已不能适应殖民地社会发展的需要，近代教育应运而生，政府开办的西式学校及英缅双语学校在仰光、勃固、毛淡棉等较大城市逐渐建立起来，报刊出版业也迅速发展。缅甸人与西方的接触日见增多，了解日益加深，民族主义和民主主义思想有了进一步增长。

在缅甸国王统治的上缅甸，由于失去了最富庶的下缅甸地区和出海港口，财政收入锐减，加上战争赔款的沉重负担，处境极端困难。1853年即位的敏东王在其同父异母兄弟加囊亲王的帮助下实行改革，加强与其他西方国家的交往，派遣使臣前往英、法、意等国考察；引进设备，开办工厂；派留学生到欧洲、印度学习科学技术；创办报纸（《雅德那崩京都报》，1875），扩大臣民见识；起用一批留学归来的学者担任重要职务。在这一系列改革措施的影响下，资产阶级民主和科学思想得到传播。这期间，金蕴敏纪撰写的《赴伦敦日记》、《赴法国日记》介绍资本主义国家情况，大开缅甸人的眼界；"约"内廷大臣吴波莱撰写的《君法统一论》提倡政治改革、君主立宪；吴波莱还与法国归来的玻璃监翻译了包括解剖学在内的医学、化学等著作，介绍西方先进科学技术；对西学感兴趣的密克耶亲王支持英国商人编纂了英缅词典，翻译了英国百科全书，在引进西方的语言、数学、天文、科技的同时认同西方人重现实的治学态度。下缅甸出现的新生事物也悄然影响到上缅甸，外国商人、西式学校、带有欧洲建筑元素的庙宇等都在上缅甸出现了。

　　1885年英军发动第三次英缅战争使整个缅甸沦为了殖民地。缅甸的国门被彻底打开了，只满足于本土传统文化和文学的缅甸人，在时代的推动下，不得不放弃固守封闭的状态去看篱笆墙外面的世界。近代报纸、教科书、英缅字典的出现使白话文得到普及，为翻译和阅读提供了便利，同时也进一步促进了白话文的发展。印刷技术的进步降低了出版成本，也降低了阅读的门槛，读者群日益扩大。缅王时代的读者群以僧侣和宫廷读者为主，而19—20世纪之交的读者群中新生市民阶层、中产阶级、新式学校及英缅双语学校的毕业生居多。他们既对民族传统文化非常留恋，又对时代带来的新思想新文化有着强烈的渴求。对文学作品的阅读需求也在不断增加。从19世纪后半叶起，外国翻译作品开始进入缅甸读者群的视线。较早被译介到缅甸的外国文学作品有英国清教徒小说家班扬的作品《天路历程》（1678）和英国小说家笛福的著名长篇《鲁滨逊漂流记》（1719），这两部小说都是先在缅甸邻国英属印度的孟加拉邦和阿萨姆邦由西方基督教传教会翻译出版后继而进入缅甸的。《鲁滨逊漂流记》缅译本（吴波佐译）1902年在缅甸出版后，部分章节还被编入了中学教科书。《伊索寓言》、阿拉伯民间故事集《一千零一夜》等也在缅甸翻译出版。但这些翻译作品并没有引起缅甸读者的强烈兴趣。《鲁滨逊漂流记》是18世纪初英国文坛现实主义小说开始崭露头角时的产物，小说用写实的态度虚构一个想象的故事，连贯的情节，自然的时序，确切的地点，都使小说建立在严格意义的现实主义基础之上。然而该小说是英国资本主义飞速发展、国力迅速上升时期的作品，鲁滨逊的个人勇敢和冒险有着深刻的阶级背景，它以经典的形式表现了西方殖民主义者殖民侵略的全部秘密。主人公身上那种强烈的开拓疆土的意识和视海外殖民为帝国使命的精神是缅甸人民的民族情感所不能容忍的，或许这是作品没有引起缅甸人共鸣的真正原因。小说中的生活场景也让缅甸人感到十分陌生。尽管如此，西方文学作品所带来的近代文艺思潮和文学观念给闭塞的缅甸文坛吹进了新鲜气息，大大开阔了缅甸作家的视野。

　　1904年，缅甸律师詹姆斯拉觉（1866—1920）根据19世纪法国作家大仲马的历史通俗小说《基督山伯爵》改写的小说《貌迎貌玛梅玛》由仰光"缅甸之友"出版社出版。詹姆斯拉觉原名貌拉觉，早年父母双亡，由信奉基督教的姨父母抚养成人，故随姨父母入教，易名詹姆斯拉觉。他1886年毕业于仰光公立英缅双语学校，属于受西式教育的新一代知识分子，曾任英殖民政府翻译、官员、律师等职，晚年重新皈依佛教。家庭背景和个人经历使他受西方文化熏陶颇深，但晚年皈依佛教则说明他终究未能脱离缅甸民族文化传统。《基督山伯爵》是当时流行于东南亚地区的一部畅销书，在不少国别语言中都有译本。詹姆斯拉觉从该小说的英译本中受到启发，将它改写成了缅甸小说《貌迎貌玛梅玛》。改写中保留了原作最吸引人的部分情节，特别是小说前半部主人公极具传奇色彩的曲折经历，如被诬陷入狱、掉包越狱、挖掘宝藏等，而在小说的故事背景、社会风貌、人物性格气质上则完全进行了改写。

改写不同于翻译，改写是模仿借鉴的过程，更是民族化的过程。作者在将一部法国小说改写为缅甸小说时，并不仅仅是给人物换上了一套缅甸服装，而是作了由表及里的"创造性转变"，使小说的文化旨趣发生了质的变化。小说主人公貌迎貌的原型是原作中的主人公邓蒂斯。但是将这两个人物作一比较便可以发现，他们存在本质上的区别。邓蒂斯是西方资本主义社会精明能干的暴发户典型。他富有自我奋斗精神，不畏艰险，坚韧不拔，善于运用钱财的力量及各种手腕去实现他的每一步复仇计划，解决个人恩怨。但他又是西方人道主义的体现者，"惩恶扬善"的"天使"。貌迎貌则是完全不同的典型。他是缅甸市民阶层的一个普通青年，笃信佛教，善良宽厚，爱情专一。他拿到宝藏后没有让自己变成暴发户，更没有利用钱财去报复陷害过自己的人，相反处处为他人考虑，只要自己有一点功利私念，便立即作自我反省。邓蒂斯反映了金钱在资本主义社会的主宰作用，而貌迎貌则反映了天命缘分、善恶有报、慈悲为怀等佛教思想在缅甸社会的支配作用。小说中所描写的生活环境也完全是缅甸化的。很明显，《貌迎貌玛梅玛》并非《基督山伯爵》的简单模仿。文化框架在文学接受中默默起着过滤作用。接受方必然根据自身的文化积淀、文化传统和时代精神的要求，对外来文化进行重新解读和重新改造利用，一切外来文化都是被本土文化过滤后而发挥作用的。《貌迎貌玛梅玛》借用《基督山伯爵》的情节却呈现出截然不同的社会主题，借用原情节中的人物关系却塑造出迥然相异的人物典型，这正反映了在与异质文学接触中本土文化的过滤作用。缅甸作家根据自身的文化背景对外来因素进行有意识地选择、分析和借鉴，按照缅甸的思维方式、价值标准和需要进行创造。在貌迎貌身上，有原作人物身上具有的那种坚韧不拔、不畏艰险、勇敢进取和自我奋斗的精神，更有缅甸人的传统美德和特有气质，反映了异质文化间审美心理的共同性与差异性。作者借用原小说的部分情节线索将自己积累的生活素材贯穿起来，小说后半部又完全是作者自己的构思创作，前后情节连贯，看不到外国小说的痕迹，读起来是一部地道的缅甸小说。缅甸人的生存状态、情感思绪、行为方式，特别是新兴市民阶层的生活和思想感情，普通人的悲欢离合、爱恨情仇在小说中得到了真实的体现。通过爱情、道德、伦理等多方面的冲突，表现缅甸人的道德标准和传统美德。原来的复仇故事变成了宽容大度、坎坷动人的爱情故事。《貌迎貌玛梅玛》产生的时代正是新旧交替、新兴市民阶层日益发展壮大的时代，小说的出版引起了轰动的社会效应，广大读者争相阅读，爱不释卷。民族认同感、归属感使缅甸读者对改写小说与翻译小说的反映迥然不同。

《貌迎貌玛梅玛》之所以被誉为缅甸第一部近代小说，是因为它突破了韵文及韵散杂糅等语言文体上的束缚，开始使用通俗易懂、文路开阔、可自由挥写的白话散文进行创作；走出了神话传说和宗教故事的窠臼，摒弃一味歌功颂德、训诫教诲的价值取向，将目光转向广阔的社会人生，描写现实社会中普通人的精神风貌和文化心态；改革宗教文学及寓言故事旧的叙事方法，广泛借鉴西方的艺术观念和技巧，使文学获得了现代的形式与内容，呈现出新的活力、新的面貌。它既突破了旧有文学的俗套，体现时代的追求，又在文学的内在品格、审美特征及形式技巧等方面具有本民族特点和创造性，符合缅甸读者的审美标准和欣赏趣味。使小说形式与时代变迁、现实生活相适应，拉近了小说与人民大众的距离。这对于长期禁锢在佛教文学和宫廷文学樊篱中的缅甸作家来说是一次思想的解放。

作为从旧文学向新文学过渡的第一部长篇小说，《貌迎貌玛梅玛》的时代局限性显而易见，它的通俗性迎合了新兴读者群的阅读趣味和市民闲暇时间娱乐消遣的需求，注重故事情节和人物命运归宿，仍以佛本生故事中的人物为模特去塑造心目中理想的人物形象，而不对社会本质和人物内心世界作深入探索。在语言表达和一些环境描写上也还缺乏艺术性。但这些局限和瑕疵并不能遮蔽它在小说内容、形式上的深刻变革和划时代意义。

《貌迎貌玛梅玛》出版的当年，即1904年，吴基的小说《卖玫瑰茄菜人貌迈》也由仰光罕礁瓦底出版社出版。吴基曾是锡袍王（1878—1885年在位）时期曼德勒宫廷的大臣秘书，时任出版社编辑。罕礁瓦底出版社看到《貌迎貌玛梅玛》十分畅销，也有意出版同类小说以迎合读者口味。吴基主动请缨承诺这一任务，只用了几个月就写出了《卖玫瑰茄菜人貌迈》第一卷并交稿付印。原计划写四卷，实际写了三卷。第二、第三卷在1905年相继出版。小说主人公貌迈是一个20来岁卖玫瑰茄菜的小商贩。他经常出入豪门贵府兜售供家奴们吃的玫瑰茄菜，由于能说会道所以讨得买菜主妇们的欢心。一次他在阿瓦都城以突然袭击的方法骗到了宫廷侍卫官之女的爱情和钱财，从此开始了他的欺骗生涯。他沿伊洛瓦底江一路南下，假冒采邑主、富商、宫廷采买等身份在敏拉、卑谬、仰光等地骗得一个个妇女的爱情和钱财，并在当地举行盛大的婚礼。这样往返于伊洛瓦底江沿线，招摇撞骗，寻花问柳，每得手一次就又换个地方继续前面的勾当，前后共娶了13房妻妾。最后貌迈依仗岳父的权势，取悦于皇上，受诰晋封，当上了内廷大臣。他的十几房妻妾也都跟着沾光，个个受封采邑，貌迈也不得不频频周旋于各房妻妾之间，徒增不少烦恼。小说明显带有传统宫廷小说（宫廷剧）的痕迹，承袭了一些情节套路，并且糅合进了一些宫廷说书人笔下的人物形象。但与传统小说所不同的是，主人公由半人半神的王子变成了现实社会中真实存在的人，特别是在反映社会生活方面采用了写实手法。如描写貌迈作为朝廷命官，奉旨筹办佛会一事。貌迈前往视察佛会彩棚搭建情况，下属们请戏班演戏接待，不料貌迈的几房妻妾也不约而同来到现场，于是导致了一场群芳斗艳、争风吃醋、群雌粥粥的闹剧。对各种人物的刻画十分客观。小说中的貌迈玩世不恭，诈骗有术，却能处处得心应手，左右逢源，竟然从一个出身微贱的小菜贩子摇身变成了朝廷命官。

小说出版后不同反响纷至沓来，多数对其道德价值提出质疑，引发了革新思想与保守思想的对垒。一些守旧思想较严重的人在报纸上发表文章说当前小说借用"沃图"[①]两字称

---

① 巴利文wutthu音译，意为故事、事论。

呼是对佛陀的亵渎。"沃图"只能用于记述佛陀轶事。还说这些小说公开描写卿卿我我男女之爱，简直是煽情，公开点燃人们的情欲。缅甸研究会会刊编辑撰文评论说作者或许是利用小说进行教唆，或许是从反面提出道德警醒。客观地讲，不管作者主观愿望如何（也许只是迎合某些层次读者的口味，供读者消遣，并无针砭时弊或进行道德评判之意），但通过貌迈这个人物，把封建制度下堕落的社会暴露得淋漓尽致，使人们看到这种社会没有任何出路而必然灭亡的结局，具有启蒙意义。

　　缅甸文学评论界从反封建的角度肯定了该小说的价值。评论家马利克①在《缅甸小说指南》中说："小说时代背景是模糊的，说不清具体是哪个年代。但它在一定程度上反映了官僚阶层的情况。作者以貌迈为代表，讽刺了这个官僚阶层。"马利克认为，貌迈这个人物近似莫泊桑的长篇小说《漂亮朋友》（1885）中的杜洛瓦——以勾引女人为手段飞黄腾达的冒险家、卑鄙的成功者形象。②貌迈是个卑鄙的骗子却总能获得机会和成功。在人物身上显示出一种可怕的丑恶力量，折射出人物生活在一个腐朽、庸俗的时代。

　　著名作家、评论家佐基在《缅甸现代小说的产生》一文中说，《卖玫瑰茄菜人貌迈》属于受西方18世纪流浪汉小说影响的那一类。在貌迈身上带有英国小说家笛福笔下的《摩尔·弗兰德斯》（1722）和法国作家勒萨日笔下的《吉尔·布拉斯》（1715，1735）的影子③。这些小说的主人公都是封建等级社会中的小人物，他们之所以走上卑鄙肮脏的道路，罪恶根源在于腐朽没落的封建社会。小说以暗示手法揭露封建社会的黑暗面，但都具有现实主义因素。

　　虽然《卖玫瑰茄菜人貌迈》小说的艺术水平不高，既无细腻的刻画又无跌宕起伏的情节，但貌迈这个极端的人物形象却深深留在了缅甸读者的心里。"貌迈"成了玩世不恭、道德败坏的代名词。缅甸爱国诗人吴龙（德钦哥都迈）在1914年发表《洋大人注》时就采用了"密斯脱貌迈"的笔名。当时在英殖民主义者的统治下，一些缅甸上层分子盲目追求"西方文明"，丢弃缅甸民族的优良传统，甚至连自己名字前的"吴"、"哥"、"貌"等传统称呼也不要了，代之以英文的"密司脱"，以此炫耀自己的身份。而吴龙将"密司脱"与"貌迈"连在一起作为笔名，就形成了强烈的讽刺效果，不仅大大震惊了"密司脱"阶层，也辛辣地讽刺和鞭挞了那些"崇英恐英病"患者们。从1919年创作《孔雀注》开始，吴龙还首创一种修道人与尼姑或女施主交谈的文体形式，作品中"密司脱貌迈"就是这个似瑜伽僧人又似圣贤、道人身份的出家人，与女施主们毫无约束地云游四方。运用这种形式同样是为了嘲讽当时在形形色色"西方文化"的影响下一些僧侣与尼姑、女施主们经常结伴而游、言行不羁的现象。这不仅说明《卖玫瑰茄菜人貌迈》在当时缅甸社会有相当影响，也

---

① 作家纳内（1933—　）和敏觉（1933—1991）两人合作的笔名。

② 参阅［缅］德都：《小说批评》，载《文学批评论文集》（上卷），仰光：文学宫出版社，1986年版，第124页。

③ 参阅［缅］佐基：《缅甸文学概论》，仰光：亲敦文学出版社，1976年版，第240页。

反映了20世纪初文学过渡时期缅甸传统文化与西方近代文明之间的冲突。

《貌迎貌玛梅玛》和《买玫瑰茄菜人貌迈》两部小说出版后的十年间，缅甸文坛出现了一系列从书名到内容都十分雷同的小说。从总体看，作品内容都比较肤浅，创作题材不够开阔，还只是限于通俗爱情故事，以投合市民趣味，满足他们消遣的需求。很多是新瓶装旧酒，老故事新编。其中也不乏传统小说的翻版。

1914年吴腊的《瑞卑梭》和1916年密司脱貌迈的《嘱咐》两部小说的出现是缅甸近代小说走向成熟的转折点。这两部小说在语体上传统因素仍占上风，尤其是后者。但在作品的主题表现上却蕴藉着强烈的时代因素，主要体现在小说叙事结构的创新和反映社会的独特视角。自《貌迎貌玛梅玛》问世后，小说叙事结构基本上是单线纵式结构，围绕中心人物的经历，按照事件的发生、发展、结局的自然进程和时间顺序安排情节线索，形成了"见面—相爱—离别—思念—重逢"的基本模式。而《瑞卑梭》走出俗套，将传统小说和西方小说的叙事手法融为一体，采用双线复式结构，主线与副线交错叙述，扩大了作品的历史纵深感和生活容量。同时它将目光投向更广阔的社会，并聚焦现实性的社会、政治主题。吴腊（1866—1921）出生的时代，缅甸已在两次英缅战争中丧失了半壁江山，曼德勒封建王朝风雨飘摇，仰光及整个下缅甸国土已经沦于英国的殖民统治之下，国家面临空前的民族危机。吴腊一生经历了封建王朝统治末期和殖民统治时期两个时代，目睹了过渡时期缅甸传统文化遭受西方文化的冲击、破坏甚至吞噬的危险状况。殖民主义者的文化渗透和奴化教育已经使一些缅甸人的价值观和道德标准发生变化并逐步充当殖民主义者统治的工具。在他的小说中，新旧时代的冲突无处不在。《瑞卑梭》的主线以末代国王锡袍被英军劫持前夕的曼德勒王城为背景，描写税务官之子貌貌梭与王族姑娘钦钦泰神秘坎坷的爱情故事。受西方通俗小说的影响，其中还穿插了一些寻觅宝窟的惊险情节，增加了吸引力和可读性。这一部分使用的手法与同时期流行小说没有太大区别。然而在小说副线叙述的故事中却体现了作者观察社会的独特眼光。小说副线以殖民统治下的仰光的知识分子阶层为背景，塑造了不惜血本送儿子去英国读书的吴耶觉夫妇，留学归来便数典忘祖、全盘西化、丢弃民族本色的大律师貌当佩，以及在女人面前举止轻浮、不成体统的律师貌改底等人物。吴耶觉的可悲，貌当佩与貌改底的可恶、可笑，无一不是当时仰光的社会现实和文化圈内部状况的真实写照。吴腊用文雅而冷静的然而一针见血、切中要害的笔触表达了对吴耶觉夫妇的同情和对貌当佩、貌改底们的厌恶嘲讽，同时表达对西方文化入侵和民族传统文化前景的担忧。《瑞卑梭》创作的年代正是缅甸"佛教青年会"高喊振兴"民族、语言、宗教、教育"之口号唤醒民族意识之时，吴腊以作家的敏锐，以他丰厚的生活积累，用文学作品提醒人们注意那些披着宗教外衣道貌岸然的伪君子和丧失民族感情、崇媚外国文化、鄙视民族文化的知识分子阶层，启发人们对文化冲突中一些社会现象的思考和深省。正是基于这一点，《瑞卑梭》的出现标志着缅甸近代长篇小说开始走向成熟。

　　密司脱貌迈的《嘱咐》同样是从作者独特的视角反映社会，塑造人物形象。小说描写的是敏东王时期曼德勒、阿瓦、瑞波一带的风俗和社会动荡中各种人的心态。小说人物都源自作者青年时代在上缅甸游历求知时所观察到的生活原型。古怪诡谲的破落官僚遗孀钦翁、喜欢强词夺理与人作梗的还俗者吴觉堆、憨傻老实的商贩鳏夫郭宝，还有靠欺骗过活的貌貌瑞、塞耶埃、施主纽等形形色色的人物在作家笔下个个性格鲜明。特别是在钦翁这一人物的性格刻画上，既描写她算计别人时的狡黠诡诈、矫柔造作，也描写她因伎俩失败而遭对方攻击时的无能无助，剖析她本质上软弱的一面，表现了作者对人物心灵深处的敏锐观察力和造诣深厚的笔力。这些对人物性格的刻画，对人性的挖掘，以及通过人物心态折射时代和社会变迁的特点都是小说现代性之所在。《嘱咐》是密司脱貌迈由写剧本转向小说创作的试笔之作，剧本中常出现的两节诗、四节诗、连韵诗、哀怨诗、哀歌等在他的小说叙述语言中俯拾即是，很多人物对话也是文白相杂。密司脱貌迈的创作植根于悠久而深厚的民族文化土壤，他着力从传统中寻找和发掘有生命力的素质，以表现时代的内容和思想。

　　与德钦哥都迈的着力点不甚相同的是小说家瑞乌当（1889—1973）和比莫宁（1883—1940），他们更主张借鉴西方近现代小说的观念和形式，用以革新、发展、完善、巩固缅甸小说。采用完全的白话文写作是近现代小说的重要标志之一，在这方面《貌迎貌玛梅玛》的小说语言通俗、平易，开了缅甸白话文学之先河。但在其后的十余年间，散韵杂糅的文风仍然一直笼罩着文坛，有些作家甚至刻意引经据典或夹杂成语诗词以让读者赏识自己的才华。而瑞乌当和比莫宁通过他们的创作实践扭转这一风气，在探索创新缅甸小说形式和语言方面作出了不可磨灭的贡献，代表性作品是瑞乌当的《仰基昂》（1917）和比莫宁的《内意意》、《内纽纽》（1920）。《仰基昂》是受英国小说家雷诺兹（1814—1879）的《伦敦宫廷秘闻》的启发而创作的惊险传奇小说，比莫宁的两部作品也都是借鉴英国小说创作的，比莫宁借小说人物纽纽之口阐发他的文学观，"小说不是书写文字而是书写心灵，个人想象力和创造力在经书里是找不到的，而要到生活中去找。"即提倡文学创新，反对因袭老路。他强调小说要写实、写人，号召作家们走出佛教经典，到普通人中去体验生活。这些文学思想无疑对缅甸小说现代性发展起着举足轻重的作用。

　　综观缅甸等东南亚国家近代文学初期的小说创作，翻译、模仿、改写、借鉴是文学启蒙的重要途径，在东西方文学的碰撞、复古与革新，本国传统与外来影响的冲突融合之中走上民族新文学创作之路。在这样动荡变革的时期，作家们有的"立足传统"，坚持对民族形式的开掘与创新，从民族传统形式中挖掘新质，注入时代内容；有的"主动外求"，借鉴西方小说的叙事方法和创作技巧，从人物、情节和环境等小说构成要素入手，不断完善近代小说形式。虽然作家们的文学旨趣和态度不尽一致，但他们的创作实践共同推进了东南亚文学的近代化进程。

第二节　民族主义与爱国主义文学

一、菲律宾"觉醒文学"与黎萨尔

菲律宾是东南亚最早出现民族觉醒的国家。19世纪下半叶，菲律宾和西班牙的民族矛盾日益尖锐，民族独立运动日益兴起。1869年菲律宾三位爱国神甫布尔戈斯、戈梅斯和萨莫拉等人掀起的"教会菲律宾化运动"和1872年爆发的甲米地工人武装起义，震醒了沉睡的菲律宾民众，激发了知识分子的爱国热情。接着一批留学欧洲的青年学生满怀激情地在菲律宾和西班牙开展了旨在唤起民众觉醒、争取民族独立和民族自由的"宣传运动"，运动造就了一批爱国作家，并使菲律宾走上"觉醒文学"的崭新道路。1896年爆发了震撼西班牙殖民统治的"卡蒂普南"（意为最尊贵的民族儿女协会）武装起义。同年，美国向西班牙发动了第一次帝国主义重新瓜分殖民地的战争。菲律宾人民也被迫进行抗美的独立战争，并于1899年成立了菲律宾第一共和国，可惜遭到了美国的扼杀，于1901年又沦为美国的殖民地。

在激烈动荡的民族斗争岁月中，菲律宾文坛涌现出一批以"菲律宾国父"何塞·黎萨尔和民族英雄安德列斯·波尼法秀等为代表的爱国作家和诗人。

安德列斯·波尼法秀（1863—1897），笔名阿加皮托·巴拱巴扬。1892年参加黎萨尔创立的"菲律宾联盟"，不久亲自创建秘密的革命组织"卡蒂普南"。著有他加禄文爱国诗篇《对祖国的爱》、《菲律宾的最后申诉》等。1896年8月发动"卡蒂普南"起义后，于次年被保守派谋杀。在饱含爱国激情的代表诗作《对祖国的爱》中，诗人用提问、赞颂、感叹、号召等不同语调和质朴语句，抒发对祖国的无限深情，并发出为祖国献身的庄严誓言。最后，诗人号召同胞"要不怕牺牲一切……流尽最后一滴血……"去拯救祖国。全诗壮怀激烈、感人肺腑，极富感召力，同时也是波尼法秀伟大一生的写照。

何塞·帕尔马（1876—1903），是第一共和国时期的爱国诗人，与格雷罗、阿波斯托尔一同被誉为"诗中三杰"。他原为阿提尼奥学院文学系学生，1896年投笔从戎，参加"卡蒂普南"武装起义当战地记者。1899年在抗美烽火中用西班牙文创作了抒情诗《菲律宾》，发表后备受赞赏，被定为国歌歌词。这首诗虽然只有五节，但却简洁有力、充满爱国主义豪情。诗歌歌颂了祖国的锦绣河山、英雄的人民和庄严的国旗，更表达了菲律宾民族酷爱自由和誓死保卫祖国的决心："美丽的国家，/光辉灿烂，/在你的怀里欢乐无边，/但我们将以受苦和牺牲为荣，/如果祖国遭受侵犯。"[1]

被誉为"菲律宾第一共和国时期最伟大的抒情诗人"的费尔南多·玛·格雷罗（1873—1929）也是当时杰出的民族诗人。在他写的缅怀先烈的《革命烈士》、赞颂祖国美丽山川的《我的祖国》等诗篇里，诗人尽情地赞美祖国玫瑰色的黎明、迷人的黄昏、蓝色的海洋和翠

---

① 季羡林主编：《东方文学史》，长春：吉林教育出版社，1995年版，第915页。

绿的山谷,表达了对祖国深沉的爱。

另一位著名诗人塞西略·阿波斯托尔(1877—1938),是具有古典派气质的抒情诗人,以写作歌颂黎萨尔的名诗《致民族英雄》而备受赞赏。这首诗气势悲壮雄伟,表达了菲律宾人民对自己的民族英雄黎萨尔的深切怀念和无比的敬仰:"在淹没的阴影中安睡吧,/受奴役的祖国的救世主!/不要因为西班牙人的暂时胜利,/而在幽静的墓穴里哭泣,/如果说一颗子弹击溃了您的脑壳,/您的理想却摧毁了一个帝国!"[①]

菲律宾的反帝反封建文学是在民族解放斗争的第一次高潮中诞生的,与菲律宾的民族觉醒和民族独立运动有着紧密的联系。从涌现出来的众多诗人和作家中,可以看到其共同的特征。他们大都受过西方教育,必然受到西方人文主义等进步思想的影响。同时,他们又是民族解放运动的先锋或积极参加者,站在民族斗争的最前列,所以也集中体现了民族觉醒的时代精神。实际上西方先进的文化只是向他们提供了新的文化视角、新的思维方式和新的思想观念,藉以打破封建思想意识的长期束缚,而把他们引向民族觉醒和民族解放征途的是西方殖民压迫所造成的民族矛盾。菲律宾"觉醒文学"的突出之处也就在于作品具有强烈的反帝反封建的色彩和高昂的爱国主义精神。

黎萨尔

何塞·黎萨尔(1861—1896)是菲律宾民族独立运动的先驱和杰出文学家。1861年6月19日出生在吕宋岛内湖南卡兰巴镇一个富裕农民家庭。父亲弗兰西斯科·莫尔卡多有中国血统。他三岁时就跟母亲特奥多拉·阿伦索学字母,后来进入比尼安小学,八岁能用他加禄文创作诗歌和短剧,被誉为神童。11岁时,深爱的母亲被诬企图谋害西班牙军官,坐牢两年,历尽非人的折磨和屈辱,在他幼小的心灵深处埋下了仇恨和反抗西班牙殖民统治的种子。就在这一年,菲律宾甲米地的工人、兵士和农民一道起义,提出"打倒西班牙"的口号,遭到西班牙殖民当局的残酷镇压,殖民当局还趁机杀害了极力主张改良和教会菲律宾化的三位菲律宾神甫,并流放了一批菲律宾资产阶级代表人物,民族陷入殖民统治者疯狂掠夺和压榨的悲惨境地。但是这次起义对西班牙的殖民统治是一次沉重的打击,显示了菲律宾人民民族觉悟的高涨,对黎萨尔的思想成长和后来的文学创作产生了深远的影响。他曾在给朋友的一封信中说:"没有1872年,黎萨尔就会是一名耶稣会会员,而且会写出完全相反的东西,而不是《不许犯我》[②]。"而在后来的《起义者》[③]前言中,作者也明确说是献给1872年甲米地起义中牺牲的三位菲律宾神甫的。

1872年,黎萨尔进入马尼拉一所耶稣会办的学校读书,1876年毕业。在民族解放斗争的推动下,黎萨尔积极参加社会政治文化活动,开始从事文学创作。18岁时,他在著名诗篇《献给菲律宾青年》里,号召菲律宾青年要树立民族自豪感,要为争取光明的未来而斗

---

① 梁立基、李谋主编:《世界四大文化与东南亚文学》,北京:经济日报出版社,2000年版,第394页。

② 黎萨尔:《不许犯我》,又名《社会毒瘤》(陈尧光、柏群译),北京:人民文学出版社,1977年版。

③ 黎萨尔:《起义者》,又名《贪婪的统治》(柏群译),北京:人民文学出版社,1977年版。

争，并且第一次提出祖国是菲律宾而不是西班牙的概念，从而传播了争取民族独立的爱国思想。第二年，又在一个讽刺剧里，嘲笑了西班牙教士的伪善，揭露了行政官员的卑鄙和残暴，因而受到西班牙殖民当局的迫害。

1882年，黎萨尔不得不离开菲律宾，出走欧洲。他先在西班牙马德里中央大学攻读医学、文学和哲学，1885年赴法国巴黎专攻眼科学。1886年又转到德国海德堡大学研读历史和心理学，同时运用他掌握的多种语言研究了欧洲古典文学。大学毕业后，他游历了欧洲各国。留学期间，他同其他一些知识分子一起，创办刊物，掀起了一个改良主义的"宣传运动"，抨击西班牙殖民者，宣传菲律宾民族自豪感，呼唤菲律宾民众的觉醒。1887年他在德国柏林出版了第一部用西班牙语写作的长篇小说《不许犯我》，并设法将一部分书偷运回国。1887年7月他回到国内，但为殖民当局所不容，不到半年，又经由日本和美国重返欧洲。1892年，在比利时根特出版了他的第二部长篇小说《起义者》。

1892年6月，黎萨尔经香港回到菲律宾，于7月3日创建"菲律宾联盟"，提出"把整个群岛统一成强大的民族共同体"的纲领，希望通过和平合法途径建立统一的民族国家和民族经济，数日之后即被殖民当局拘捕，流放到棉兰老岛的达比丹要塞长达四年。在此期间，与外界断绝了联系的黎萨尔创办了学校、医院和农场，并从事一些科研工作和诗歌创作，在教育、医疗卫生和农业科技等方面为当地人民服务。

1896年8月，菲律宾爆发了波尼法秀领导的"卡蒂普南"武装起义，并发展成为轰轰烈烈的民族独立运动。西班牙殖民者对这次起义进行了血腥镇压，与这次起义无关的黎萨尔再度被捕并被扣上"组织非法团体"和"通过他的写作煽动人民叛乱"等罪名而被判死刑。同年12月30日清晨在马尼拉巴贡巴扬广场英勇就义，终年35岁。临刑前，他写下了长达70行的充溢着爱国热情和献身精神的绝命诗《我最后的告别》。

黎萨尔对菲律宾民族解放运动和菲律宾近代文学的重大贡献，就是他的两部内容连贯的小说《不许犯我》和《起义者》。这是东方最早的反殖民主义长篇小说，是唤起民族觉醒的第一声号角，也是对西班牙殖民统治的控诉书和菲律宾民族的苦难写照。小说通过主人公伊瓦腊的教育救国事业和席蒙（伊瓦腊流亡后改此名）三次发动起义的失败，以及伊瓦腊和玛丽亚的爱情悲剧，农民埃利亚斯、塔勒斯等家破人亡的悲惨事件，深刻地揭示了西班牙殖民统治的罪恶本质，艺术地再现了菲律宾人民灾难深重的生活，以及他们的觉醒和斗争。鲁迅曾高度评价说，从他的小说中听到了"复仇和反抗的"呐喊和"真挚壮烈悲凉的"声音[①]。

这两部小说首先真实地反映了殖民统治下菲律宾人民的深重灾难。小说中描写了茜沙、埃利亚斯、老巴勃罗和塔勒斯四家家破人亡的悲惨经历，为我们展示了一幅人民受奴役、压迫、剥削、欺骗、凌辱的悲惨生活场景。埃利亚斯的祖父被西班牙商人诬陷下狱，含恨死去。祖母上吊自缢，伯父被逼当了强盗后旋即被杀害。父亲隐姓埋名，不敢公开承认

① 鲁迅：《鲁迅全集》（第八卷），北京：人民文学出版社，1996年版，第79页。

自己的儿子以致伤心而死。妹妹因受到家族连累结婚不成，最后含恨死去。埃利亚斯被逼漂泊江湖，最后也被国民警卫队杀害。他一家三代饱受摧残，是西班牙统治下菲律宾人民苦难的缩影。茜沙是个备尝命运辛酸的妇女，她的丈夫忍受不了生活的痛苦而成为浪荡的赌徒，她因生活无着，把两个儿子送到萨尔维神甫那里当圣器管理员。小儿子克里斯宾受诬偷了金币而被神甫活活打死，大儿子巴西奥逃走远方，茜沙受不了种种折磨而发疯，死得非常凄惨。老巴勃罗是一个勤劳、本份的农民，对上低声下气，事事委屈求全，只求平安无事。但他的女儿被一个神甫糟蹋，神甫担心他两个儿子报复，以莫须有的罪名诬陷他们，动用酷刑将其迫害致死。无家可归的老巴勃罗被逼得只好上山成为绿林头目，在一次报仇行动中被国民警卫队打死。一个原本勤劳幸福的家庭就这样被毁灭了。

在对菲律宾民众苦难生活的真实描述的同时，作者也无情揭露了西班牙殖民统治和为其服务的反动教会的罪恶本质。黎萨尔以生动的描绘、讽刺的手法揭露了宗教骗子的荒淫伪善和殖民管理者的贪婪凶残。作品中代表着教会和教士形象的是方济各会神甫达马索和萨尔维。"满嘴教义道德，一肚子邪恶贪婪"的达马索神甫，参与迫害伊瓦腊的父亲，破坏伊瓦腊和玛丽亚之间的美满姻缘，采取暗杀、开除教籍和诬陷策动暴乱等各种卑劣手段将伊瓦腊逮捕入狱。而萨尔维神甫这个伪君子和好色之徒，表面上一本正经，却一直贪图玛丽亚的美色，参与破坏伊瓦腊和玛丽亚的婚姻，并利用忏悔的机会，对玛丽亚进行精神折磨，探听人民暴动的秘密，对人民施行残酷的镇压。在《起义者》中，教会无理抢占农民塔勒斯一家辛勤开垦的土地，派人绑架塔勒斯，并强征其子塔诺去当兵。接着卡莫拉神甫又对其女儿胡丽威胁利诱、调戏逼奸，迫使她跳楼身亡。这一连串令人触目惊心的悲惨事件，加上学生被镇压、校长被迫害、作家被逮捕等等，构成了对西班牙殖民统治的血泪控诉。小说揭露了殖民主义反动统治和反动教会对菲律宾民族的戕害，雄辩地表明殖民主义是产生悲剧的社会根源。

除了描述民族苦难、揭露殖民统治的罪恶以外，这两部小说最为重要的目的是探索菲律宾人民反抗殖民统治、争取民族独立的道路。黎萨尔在《不许犯我》的前言中明确指出，"这本书包含着一些至今谁也没有讲过的问题，因为人们对这些问题都非常敏感，所以任何人也不敢轻易去接触。我想做在我之前谁也不愿意去做的事，我敢于回答几百年来对我们和我们祖国的诽谤。我写了社会情况，写了生活，写了我们的信念、我们的希望、我们的意愿、我们的不平和悲苦。我揭露了伪善，这种伪善在宗教的面具下，在我们中间传播，把我们贬低、降到牲畜的地位。"《不许犯我》及其续篇《起义者》的思想意义，就在于它严肃地提出了当时菲律宾社会现实中的各种尖锐问题，如反殖斗争、民族独立、祖国前途等等，并且试图给予回答。

探索民族独立、反殖斗争道路的主题，主要体现在小说的主人公伊瓦腊这一艺术形象身上。伊瓦腊的探索经过了两个阶段。前一阶段，他是抱着教育救国的理想，希冀通过走改良主义道路来实现民族的觉醒和解放。他从欧洲留学归来，对西班牙殖民政府、天主教会存在着很多不切实际的幻想。他认为西班牙殖民者是"真为菲律宾人民的好处着想的"，天主教会把菲律宾人民"从异端邪说"中拯救出来，菲律宾"国家的幸福，是建筑在与西班牙联盟的基础上"。他反对变革殖民统治的现实，主张通过兴办教育来拯救祖国。然而在反动的达马索神甫一伙的破坏下，他的温和的改良愿望无法实现，自己却几乎丧失性命，幸有埃利亚斯相救，才得以逃亡古巴避难。残酷的现实和亲身受迫害的经历，使伊瓦腊逐渐了认清了殖民统治黑暗、罪恶的本质。"现在，我已经看见侵蚀我们社会的那个可怕的毒瘤，它紧紧地附在社会的肌肉上，它需要我们采取激烈的措施把它连根挖掉。"

伊瓦腊探索的后一个阶段，是在他逃脱西班牙殖民者的迫害十三年后，从美洲回来，改名席蒙，以珠宝商和总督顾问的身份，在祖国进行的一系列斗争。这时期，他的思想认识和斗争经验都有了提高，对改良主义的危害进行了批判。他揭穿有人鼓吹菲律宾可以和西班牙合作，那只是欺骗人民，并指出参加西班牙议会没有用处。他主张"以暴抗暴，以牙还牙"，采取"煽动和鼓励贪婪"、"怂恿罪恶"、"制造灾难"的办法，竭力鼓动总督为非作歹、无恶不作，从内部加速殖民统治集团的溃烂，以迫使人民铤而走险，起来造反，并且直接策划暴动，企图用个人暴力的方式来一举推翻西班牙的殖民统治，但因缺乏群众基础，三次起义均告失败。席蒙自己在被追捕中受了重伤，最后服毒自杀。小说通过主人公的实践表明，在殖民地采取教育救国的改良主义不可能推翻殖民统治，没有群众基础、只靠个人英雄的冒险恐怖活动也不能解救菲律宾民族。值得重视的是黎萨尔在《起义者》里提出了"不要争取做西班牙的一个省，而要争取成为一个独立的国家"，以及要实现一个永远摆脱剥削制度的人民政权等深刻的政治思想。

此外，小说对菲律宾的美丽山川、民情习俗和节日庆典等复杂场面的描写精细生动、使人读后如身临其境。对各类典型人物的塑造和刻画也有血有肉，栩栩如生。特别是小说饱含时代悲剧的精神和强烈的艺术感染力，至今仍深受读者的喜爱，具有强大的生命力。

黎萨尔在短暂的一生中，还创作了《我的幽居》和《流浪者之歌》等抒情诗37首。他的诗歌感情丰富，风格多样，有时豪迈奔放，有时忧愤哀婉，但无不洋溢着爱国热情，充满着对祖国无比的爱和对殖民统治无比的恨。在艺术表现手法上也很有特色，比如在《海德堡的花朵》中，他把花朵和微风注入人的主观感情，使它们能递言传情，把游子思乡的感情表达得生动而感人；在《流浪者之歌》中，他把海鸥与流浪儿，把别人合家欢聚与流浪儿无家可归进行了旁衬对比，凸显了流浪儿的孤独与哀愁。最为感人的是他的绝命诗《我最后的告别》，诗歌共14节70行，诗人将就义前夕的内心情绪加以形象化，以化虚为实的表现手法抒发了火热的爱国激情："在迎接曙光时，我将安息长眠，/黎明将冲破黑暗，阳光要普照人间。/假如您需要颜料来把黎明渲染，/请让我的热血奔流在美好的时辰，/让它把这新生的曙光染得更加金光闪闪。""当我的骨灰还留在人世间，/就让它化为尘土，覆盖祖国的良田。"①

黎萨尔的文学创作为东方文学的瑰丽宝库增添了异彩，它是菲律宾民族，也是东方各国人民的宝贵精神财富。它打破了宗教文学长期盘踞菲律宾文坛的局面，使菲律宾文学跨入了"民族觉醒文学"的新阶段。黎萨尔不愧是菲律宾文学发展史上一颗耀眼夺目的明星。奥地利人类学家布卢门特里教授衷心称赞黎萨尔是"前所未有的最伟大的马来人"。②黎萨尔堪称东方现代民族觉醒文学的先驱。

二、越南抗法爱国主义文学

在越南近代文学史上，越南志士文人们运用诗歌、赋等艺术形式，对越南人民进行民主、民权等方面的启蒙思想教育，让越南人民认清法国殖民者的丑恶面目，鼓舞人民为民族独立而斗争。这时期的文学作品多取材于现实生活，反映越南人民与殖民主义之间的矛盾，描绘人民的苦难，反映人民的觉醒和斗争。作品内容也多为抨击法国殖民者的统治，抒发革命的壮志与情怀，表现坚强不屈的民族精神。这时期的文学充满了强烈的爱国主义精神和积极的现实意义。文学风格犀利畅达，遒劲豪迈。这时期的文人以抗法将领、文绅居多，代表诗人有阮春温、阮光碧、潘庭逢、潘佩珠、阮尚贤和潘周桢等。

阮春温（Nguyễn Xuân Ôn，1830—1889）是抗法勤王运动中的出色将领，著有《玉堂诗文集》，其中收有300余首诗歌。《朔望拜》（其一）抨击了国破家亡之时，朝臣们仍醉生梦死，"隔江犹唱后庭花"：

> 区区告朔礼徒施，城郭人民半已飞。
>
> 钟虚已移唐庙貌，车徒犹作汉威仪。
>
> 羊堪称兕民何乐，象可投杯物更悲。
>
> 却得宫中言笑好，庭前葡萄是何为。

阮春温的诗歌笼罩着战争的烽火硝烟，透射着驰骋疆场战将的英雄气概：

> 有此江山有此身，枕戈击楫古何人。
>
> 撑扶宇宙心仍壮，板荡关河势已分，
>
> 烽火一场劳战将，雪霜三载老孤臣。
>
> 古今理乱都常事，风会如今不尽论。

> （《感怀》）

---

① 季羡林主编：《东方文学史》，长春：吉林教育出版社，1995年版，第922页。
② 转引自高慧勤、栾文华主编：《东方现代文学史》，福州：海峡文艺出版社，1994年版，第713页。这里使用的是广义的马来人概念，指分布在太平洋和印度洋各岛国的民族，他们大多属蒙古人种和马来类型。

《感怀》（其四）是一首表现抗法将领豪情壮志的诗歌：

> 落日挥戈志气高，三年百战不会劳。
>
> 友人岂足知文相，儒士何能难武侯。
>
> 一片孤忠天地白，两间正气岳河流。
>
> 平陂自是循环数，扶世英雄那肯休。

阮光碧（Nguyễn Quang Bích，1832—1889）留有汉语的《渔峰诗集》，诗集中的诗歌是在1884—1889年领导义军抗法期间写的，是越南勤王抗法运动的真实写照，他的诗歌表达了他精忠报国的决心：

> 精忠不忍弃西州，制胜洮沱自古优。
>
> 独挽孤军持远塞，共怀尺剑斩东流。
>
> 依稀此地游鸿雁，仿佛南风助马牛。
>
> 报国丹心河岳在，艰难将见鬓霜秋。

阮光碧的诗歌反映了当时严重缺少基本的生活必需品、战争生活极端艰苦的情况：

> 索米寻盐日日谋，何能酾酒且炊牛。
>
> 此情难向江山白，忙得将军不尽愁。

随着抗法斗争的向纵深发展，随着敌人围剿的日益残酷，阮光碧流露出了对事业无成的感慨和对前途的担忧：

> 寂寞山头瘴又烟，谋生无计日如年。
>
> 涓埃未报家何有，霜雪逢人路不前。
>
> 身世已甘随化转，义师犹是枕戈眠。
>
> 归人遥送愁添倍，独立斜阳听杜鹃。

潘庭逢（Phan Đình Phùng，1847—1895）的诗歌是他抗法生涯的忠实反映和内心感情的自然流露。他在密林艰苦的环境中患上了疟疾，身体日渐衰弱，就在生命弥留之际，他仍念念不忘处在水深火热中的越南人民，同时为抗法斗争的未来忧虑不已：

> 戍饬奉命十年冬，武略犹然未进攻。
>
> 穷户嗷天难宅雁，匪徒遍地尚屯烽。
>
> 九重车马关山外，四海人民水火中。
>
> 责望愈隆忧愈重，将门深自愧英雄。

（《临终时作》）

20世纪初，越南民族解放斗争进入了资产阶级民主革命阶段。一些接受了中国进步思想和西方思想的爱国文绅们，在汲取了他们前辈的经验和教训之后，开始寻求新的救国之道。这一时期涌现出来的诗人基本都是思想家和政治家出身，他们中的佼佼者是潘佩珠、阮尚贤和潘周桢等。

潘佩珠（Phan Bội Châu，1867—1924）是越南近代历史上民族民主革命的伟大先驱、卓越的革命活动家。同时，他又是20世纪初期著名的诗人和作家。潘佩珠的诗文创作与他的革命事业紧密相联，伴随着他的民族解放运动而产生，是他人生轨迹的真实记录，是丰富、深邃内心世界的写照，是他真情实感的自然流露。潘佩珠强烈的爱国热情、对法国殖民者的满腔仇恨、为真理而战斗的顽强意志无不渗透到他诗文的字里行间，使他的作品具有鲜明而深刻的人民性和现实主义风格。

1905年初，潘佩珠踏上了东渡日本游学的征程。此时，他壮志满怀，信心百倍，要在广阔的天地里大展宏图：

> 顶天立地好男儿，肯许乾坤自转移。
>
> 于百年中应有我，岂千载后更无谁。
>
> 江山死矣生如赘，贤圣廖然诵亦痴。
>
> 便逐长风东海去，鲲波鲸浪一齐飞。

（《东游寄诸同志》）

"东游运动"以及黄花探的抗法斗争先后失败，越南革命陷入了低潮。面对这种局面，身在国外的潘佩珠心情极度忧伤、悲哀。同时，一股强烈的思念祖国、怀念同胞的情感撞击着他的心扉。这时他写下了《在朱伯玲家感作》：

> 倚楼南望日徘徊，心绪如云郁不开。
>
> 骤雨深更人暗泣，斜阳初月雁孤回。
>
> 可无大火烧愁去，偏有狂风送恨来。
>
> 顾影自怜还自笑，同胞如此我何哀。

潘佩珠是一位革命宣传家，他常常以诗歌为武器，打击敌人，号召人民。他的这类政治诗歌富有战斗力和革命激情。《爱国歌》是一首颇有号召力的政治诗歌。作者热爱祖国的大好河山，痛心于祖国的灭亡，号召人民起来解放自己的国家："辱我山河痛我先，此恨海号山亦哭。吁嗟国魂归乎来，万众齐声唱光复。"

潘佩珠的《自语》"一唱三叹"，作者那股难以遏制的感情，像决堤的洪水，奔泻而下。国民的愚昧麻木、革命者的不被理解、国亡城破和人民涂炭之残状都表现得淋漓尽致：

> 君不见，
> 长安宫外胡笳吹，
> 断肠一曲凝愁思。
>
> 君不见，
> 升龙城上胡马驰，
> 尘埃满眼卷天飞。
>
> 君不见，
> 城郭人民半已非，
> 零汀何处可来归。
>
> ……

潘佩珠的诗歌气度恢宏，有俯仰于茫茫无垠的宇宙之胸怀、并吞八荒之心：

> 一夜山中雪罩身，石为长枕草为茵。
> 明朝残月披毡走，四顾苍茫我一人。
>
> 　　　　　　　　　　　　　　　　　（《在雪上睡觉》）

读完这首诗歌，我们不禁想起唐朝诗人陈子昂的《登幽州台歌》："前不见古人，后不见来者。念天地之悠悠，独怆然而泪下。"两诗在意境上都展现了空间的浩瀚、旷荡以及个人的孤独。

潘周桢（Phan Chu Trinh，1872—1926）是越南近代著名的爱国志士、民主民权学说的倡导者，同时他也是一位诗人。潘周桢为救国救民呼号奔波了一生，最后被捕，被判死刑，后减刑下狱，流放昆仑岛。法国殖民者的淫威并没有慑服潘周桢。在获悉将流放昆仑岛时，他题诗道：

> 累累枷锁出都门，慷慨悲歌舌尚存。
> 国土沉沦民族悴，男儿何必怕昆仑。

阮尚贤（Phan Thượng Hiền，1866—1925）既是革命活动家，又是诗人。他的作品有《南枝集》、《梅山吟集》、《南香集》和《梅山吟草》等。阮尚贤在辞官回家乡的路上，写了《还山》一诗，表达了他脱离官场、回归故居与野鹤为伍的愉快心情：

> 朝开松下窗，暮依花间扇。
>
> 青山满眼不辞醉，白云有约今归来。
>
> 明月微微映溪晚，我心忽与愁香远。
>
> 西来白鹤东南飞，一曲瑶笙已忘返。

阮尚贤深感到"匹夫有责"，决心为祖国的独立而献身：

> 万里秦城在，胡兵自入关。
>
> 轻身辞魏阙，间道夺阴山。
>
> 月黑边尘惨，霜高塞草斑。
>
> 男儿生许国，终破月氏还。

（《从军行》）

越南汉语词，与汉诗赋的泱泱大观相比，只是凤毛麟角。词的集大成者为阮绵审（Nguyễn Miên Thẩm，1819—1870），他在词学方面造诣很高，深得宋词的真谛，著有词集《鼓枻词》，风格婉约、清丽。阮绵审善于运用中国文化典故，参酌或浓缩中国诗词的一些佳句，使他的词凝练、优美，成为越南汉文学阆苑中的奇葩。

疏帘淡月　　梅花

朔风连夜，正酒醒三更，月斜半阁。何处寒香，遥在水边篱落。罗浮仙子相思甚，起推窗，轻烟漠漠。经旬卧病，南枝开遍，春来不觉。谁漫把，几生相攉。也有个癯仙，尊闲忘却。满瓮缥醪，满拟对花斟酌。板桥直待骑驴去，扶醉诵南华灿嚼。本来面目，君应知我，前身铁脚。

在这首词里，阮绵审巧妙地运用了一些中国跟梅花有关的历史掌故，并参酌或凝缩了一些著名的佳句，颂扬了梅花幽韵、冷香的气质，表达了作者傲世、高洁的情怀。在意境上，深受南宋诗人姜夔《暗香》、《疏影》两首词的影响。

法曲献仙音　　听陈八姨弹南琴

露珠残荷，月明柳疏，乍咽寒蝉吟候。玳瑁帘深，琉璃屏掩，冰丝细弹轻透。旧轸涩，新弦劲，沉吟抹挑久。泪沾袖，为前朝、内人遗谱，沦落后、无那当筵佐酒？老大更谁怜，况秋容、满目消瘦。三十年来，索知音、四海何有？想曲终漏尽，独抱曩桐低首。

作者在深秋的夜晚听到悠凄的南琴声音时，情不自禁想到了孤寒的宫女，又想到了人生知己难寻。这首词抒发了作者孤独悱恻的情怀。这首词模仿中国南宋词人张炎的《法曲献仙音·席上听琵琶有感》。其中有："语声软，且休弹，玉关愁怨，怕唤起，西湖那时春感。"

阮绵审的词与中国宋词一脉相乘、渊源有自，但却也有新意，别具特色。阮绵审的词与他同时代的清朝词相比毫不逊色，受到清朝词人的赞赏和推重。清末著名词人龙启瑞曾经填了一首词对阮绵审大加赞许："蝇楷书成，乌丝界就，天南几帧琼瑶。茶江印水，惠人佳景偏饶。曾记画屏、春山淡冶似南朝。风流甚，锦囊待滕，彩笔能描。暮到盛唐韵远，但宋、元后，比拟都超。知音绝久，今番采入星轺。一自淡云句邈，使臣风雅总寥寥。同文远，试登韎乐，聊作咸韶。"

这一时期，赋这种古老的文学样式并没有退出历史的舞台，有名的作家有黄叔抗和潘佩珠等。黄叔抗（Huỳnh Thúc Kháng，1876—1947）的《良玉名山赋》是一篇号召人们奋起斗争的革命赋。首先，作者叙述了越南人面对亡国之残状却无动于衷，沉湎于八股文章和功名利禄中：

> 自一时之失策，逐万古之遗殃。
> 俗尝文章，士趋科目。
> 大股小股，终日鱼鱼；
> 无言七言，穷年鹿鹿。
> 文策希仰官之鼻息，跖可是而舜可非；
> 辞赋拾北人之唾馀，骈为四而俪为六。
> 扰扰功名之辈，齐市攫金；
> 滔滔利禄之徒，楚庭献玉。

黄叔抗号召越南各界人士抛弃束缚人思想、行动的一套旧制度，为民智的提高、祖国的复兴而奋勇向前！他自己也发出誓言，虽赴汤蹈火，肝脑涂地在所不惜：

> 上自官吏，下及诸生。
> 投笔而起，挂冠而行。
> 残喘可延，则破斧沉舟之有日；
> 余生何乐，纵涂肝破脑以优荣。

潘佩珠的《湖上跨驴赋》是他1882年16岁时，在科举考试中的惊人之作。这篇赋表现了他少年有志和博学多才。潘佩珠想象中骑着毛驴，悠然地徜徉在西湖边，观赏着旖旎的风光，思绪万千，追溯历史，缅怀英烈、骚客，场景壮观：

> 一枝红杏十里斜阳，
> 轻盈驴背荡漾湖光，
> 驾言游兮杭州府，
> 怀美人兮韩靳王……
> 踏破莲叶荷花七月东坡之兴，
> 到处梅香竹影三冬李靖之游。
> 雪可冒于灞桥知我心如郑圉，
> 骑辰凭于墨术爱他面似子瑜。

历史上，杭州西湖是无数骚人墨客吟诗唱酬的地方，也是许多英雄豪杰拼杀一世后欢娱寄情的场所。在这里表现了作者对西湖胜地的向往（潘佩珠后来在中国活动期间曾在杭州居住了多年）和对历史名人的仰慕和凭吊。潘佩珠少年有志，此时，他就萌发了一股强烈的爱国热情和远大的报国志向：

> 鹿角谁梗而侵疆还，
> 马足谁斫而贼心寒，
> 公弗能为之虑乎？
> 胡为乎驴之上湖之间。

三、印度尼西亚民族主义文学与慕依斯

20世纪初，西方文化影响的加深和殖民地民族矛盾的加剧激发了印尼新一代知识分子的民族意识，他们深感西方的殖民统治严重限制了他们的发展，民族矛盾日益尖锐，需要打破地方和部族观念，使全民族统一起来，共同进行民族斗争。在民族觉醒的推动下，民族主义思想得到迅速的发展，并出现了一些走在时代前面的民族觉醒先驱者。他们大力鼓吹爱国主义思想，提倡发扬本民族的语言文化。他们中的一些先进分子通过文学创作来实践他们的主张，用知识分子在学校使用的"高级马来语"[①]写新诗和小说，抒发民族情怀，表达对殖民地现实的不满和对民族前途的冀盼。其中最具代表性的人物是迪尔托·阿迪·苏里约、耶明、鲁斯丹·埃芬迪、萨努西·巴奈等，他们创作的新诗成了20

---

① 需要指出的是，这时的"高级马来语"与马来古典文学使用的"高级马来语"已有所不同，已发展成为现代语言了。

年代印尼民族主义文学的先声。在早期的民族主义文学中，长篇小说的创作显得更为困难，发表的机会也更少，但仍有像阿卜杜尔·慕依斯这样杰出的民族主义者能排除种种困难，写出很有深度的批判殖民主义种族歧视和奴化政策的现实主义小说。

迪尔托·阿迪·苏里约是印尼民族运动的先驱，他既是民族新闻工作者的开路先锋，也是印尼民族主义文学的先行者，可以说是印尼最早用文学作为武器向荷兰的殖民统治展开斗争的作家。早在1902年，他就在报刊上发表短篇小说，直接取材于现实生活，反映殖民地社会的民族矛盾和阶级矛盾，具有民族觉醒的内涵。他的主要作品《拉特纳姨娘的故事》（1909）和《金钱夺妻》（1909），都是通过对19世纪末20世纪初印尼殖民地社会的畸形产物"姨娘"们的命运和遭遇进行描写，深刻揭示了殖民地社会的丑恶现象，以启发人们对民族命运的关注。而最能表现其民族主义思想的是他带有自传性质的小说《布梭诺》（1912），通过一位民族新闻创业者的奋斗史表现了民族觉醒初期的时代风貌，表现了最初的民族主义理想，可以说是民族主义文学的滥觞。

20年代前后，在民族解放浪潮的推动下，一些在荷兰学校受教育的印尼青年学生纷纷建立起带有地方民族主义色彩的组织，如苏门答腊青年联盟、爪哇青年联盟等。在他们中间，一些先进分子极力提倡发扬本民族的文化和使用本民族的语言，但地方民族主义色彩较浓，直到1928年印尼青年代表大会提出"一个祖国、一个民族、一个语言"的口号后，才突破狭隘的地方观念，表现为全国统一的民族主义思想。这种从地方民族主义到大印尼的民族主义反映了民族资产阶级的成长和发展过程。20年代民族主义文学的代表人物有耶明、萨努西、阿卜杜尔·慕依斯等。

耶明是20年代青年学生运动的领袖之一，他提倡用民族语言文化来激发人们的民族意识。1920年他发表第一首用"高级马来语"写的诗《祖国》，歌颂祖国的大好河山，但那时他所歌颂的祖国实际上并没有超出自己的出生地苏门答腊的范围。他的祖国概念在1928年写给全国青年代表大会的献诗中才突破地方主义的局限性而具有全印尼的涵义。这首著名的长诗《印尼啊，我的祖国》，以磅礴的气势和炽热的激情赞叹印尼美丽的江山，颂扬印尼辉煌的历史，讴歌历代抵御外侮的民族英雄，倾诉作者对民族美好未来的期望。这首诗一发表就在青年学生中引起强烈的反响，大大激发了他们的斗志。除了在思想内容上，在诗歌形式上耶明也有所突破和创新，他是最早把西方商籁体诗歌引进印尼的诗人之一，使商籁体诗歌在20年代的印尼诗坛上风行一时。为了宣扬民族统一的思想，耶明在诗歌之外还写了一部历史剧《庚·阿洛克与庚·德德斯》（1934）。该剧借古喻今，寓民族主义思想于历史传奇故事之中，宣扬民族统一的思想和为民族统一敢于自我牺牲的精神。

与耶明差不多同时期的诗人是鲁斯丹·埃芬迪，他是20世纪20年代反帝的民族主义精神表现得最激进和最坚决的新一代诗人。他早年在荷兰学校念书，20年代初加入印尼共产党，1926年民族大起义失败后流亡荷兰，曾任荷兰共产党的议员，后来脱离了共产党。与耶明、萨努西等民族主义诗人不同的是，鲁斯丹的作品所表现的反帝精神更加强烈，战斗性更加突出。[1]但从创作风格和文学语言来看，鲁斯丹也不属于与马尔戈为代表的无产阶级革命文学作家，因为他虽然加入过印尼共产党，但他写诗不是为了宣传共产党的政治纲领和主张，而是为了表达自己的感受和民族情怀。[2]他的作品属于纯文学的类型，所以为文学界所承认，并在印尼现代文学史上占有重要的地位。鲁斯丹也是印尼新诗歌的开拓者，是最早引进西方商籁体的诗人之一。他于1926年发表了诗集《沉思集》，对祖国命运深深的忧患意识和对自由独立的热切期望构成了整部诗集的基调，表达出诗人忧国忧民的心情和强烈的爱国主义情怀。但最能表现他反帝战斗精神和要求民族解放的民族主义思想的作品是他的诗剧《贝达沙丽》，这是印尼现代文学史上的第一部诗剧，是在1926年民族大起义的风暴中诞生的。诗剧以富有浪漫主义色彩的神话故事来表现非常严肃的反殖民主义和争取民族解放的时代主题。作者借用史诗《罗摩衍那》中的反面人物十首魔王罗波那来影射荷兰殖民主义者，揭露他如何对印尼进行掠夺和犯下的种种罪行。贝达沙丽是女主人公的名字，乃"解放之日"的谐音，象征着被殖民主义者掠走的祖国。诗人号召印尼青年把贝达沙丽也就是祖国从殖民统治者的魔掌中解救出来。尽管诗人用神话故事作为外衣，但反帝反殖的实质仍然锋芒毕露，因而遭到荷兰殖民当局的查禁。[3]

　　萨努西·巴奈也是20年代具有代表性的民族主义诗人之一，他的民族主义思想表现得比较含蓄。他16岁时发表了第一首诗《我的祖国》，后来又发表了三部诗集《爱的激情》（1926）、《彩云》（1927）和《流浪者之歌》（1931）。他的诗富有浪漫主义情调，往往采用借古喻今、托物言志等手法含蓄地表达他的民族情怀和民族理想。进入30年代后，萨努西更积极参与民族运动，这一时期他很少写诗，把注意力转向了戏剧创作上，以写历史剧为主，借古讽今，表现出更加明显的民族主义倾向。他于1932年发表的历史剧《克尔达查雅》，就是想通过13世纪柬义里王朝末代帝王克尔达查雅的悲剧，告示人们外来敌人的侵略固然是亡国的直接原因，但内部敌人的阴谋破坏无疑起着决定性的作用，要人们警惕民族内部的奸贼，不要为其所乱。他在第二年发表的五幕历史剧《麻喏巴歇的黄昏》也表达同样的主题思想。作者想以历史为鉴，再三强调民族统一精神的重要性和防范民族内部敌人的必要性。1940年萨努西发表了他写的最后一部剧作《新人》。这部四幕剧以工人运动为题材，描写在劳资纠纷中涌现出来的"新人"，是唯一的一部以劳资纠纷为题材的现代剧。

　　在小说方面，最杰出的民族主义作家是阿卜杜尔·慕依斯，他是二战前印尼最有代表性的现代作家。慕依斯1886年生于苏门答腊岛的米南加保地区，早年从事民族新闻工作，20世纪20年代曾任伊斯兰联盟中央理事会理事，1930年加入印尼民族党。他对荷兰殖民

①　梁立基、李谋：《世界四大文化与东南亚文学》，北京：经济日报出版社，2000年版，第423页。

②　梁立基：《印度尼西亚文学史》，北京：昆仑出版社，2003年版，第454页。

③　季羡林：《东方文学史》，长春：吉林教育出版社，1995的版，第1232页。

政府一直持不合作态度，曾被管制多年而失去人身自由，直到荷兰殖民政府垮台为止。慕依斯的文学生涯是从介绍西方现代文学作品开始的，20年代他翻译了塞万提斯的《堂吉诃德》、马克·吐温的《汤姆·索耶历险记》等名著。当民族运动走向高潮时，他开始写小说，直接反映他所看到的殖民地社会的丑恶现实和尖锐的民族矛盾。1928年发表的《错误的教育》是他当时最成功的一部长篇小说，也是反映印尼现代殖民地社会民族矛盾的第一部杰出的现实主义小说，被誉为战前印尼现代文学的极品。

　　小说的主人公汉纳非出生于苏门答腊索罗一贵族地主家庭，他母亲从小就将他寄养在一个有身份的荷兰人的家庭里，让他接受充分的洋人教育。在殖民奴化教育的熏陶下，汉纳非彻底"洋化"了，当上索罗副州长的书记官，并爱上了从小一起长大的土生白人姑娘柯丽。柯丽虽然深爱汉纳非，但一位白人姑娘与土著人结婚在当时是不可想象的。她父亲也晓以利害，告诉她白人与土著人之间有一条"种族界线"，谁敢破坏这条界线，必遭灭顶之灾。柯丽不敢接受汉纳非的求婚，偷偷跑回雅加达。汉纳非遭此打击后，生了一场大病。痊愈后，母亲逼他按传统习俗娶他的表妹拉比娅为妻。婚后两人生活极不幸福。汉纳非把自己爱情上的不幸和满腔怨恨全发泄在拉比娅身上，经常打骂和欺辱她。有一天，汉纳非被一只疯狗咬了一口，被送往雅加达就医，在那里他又遇上了柯丽，两人的爱情复燃。为了能娶柯丽和实现当洋人的梦，汉纳非不惜抛弃自己的妻儿和母亲，与家乡断绝一切关系，加入了荷兰籍并设法调到雅加达工作。然而殖民地的社会现实却非常残酷。柯丽的朋友本来同意让他们俩的婚礼在其父亲的庄园里举行，可是当那朋友的父亲得知汉纳非是一个土著人时便断然拒绝了。他们俩处处遭到白人的白眼和抵制，婚礼只好在凄风冷雨中悄悄地举行。婚后的生活更加不幸，不但白人社会不能容纳他们，土著人社会也把他们视为异端。柯丽作为白人所承受的伤害和痛苦更大，她失去所有的白人朋友，整日孤独地闷在家里。由于太无聊，有时她也让一些兜售货物的三姑六婆上门聊天，其中有一人是专门拉皮条的。这不免引起左邻右舍的猜疑，一些流言蜚语传到了汉纳非的耳里，他不由分说一口咬定柯丽对他不忠。柯丽忍无可忍，一气之下便离家出走，到三宝垄一家孤儿院当护理员。柯丽走后，汉纳非遭到各方的谴责而更加孤立。他意识到自己错怪了柯丽，便决心要把柯丽接回来。可是当他到达三宝垄时，柯丽已经染上霍乱，他只来得及见柯丽最后一面。汉纳非遭此打击后万念俱灰，他带着绝望的心情回到索罗他母亲那里，但被拒于门外，拉比娅也带儿子回娘家去了。最后汉纳非服毒自杀，临死前他要求母亲教育好他的儿子夏费，不要让他步自己的后尘。母亲和拉比娅从错误的教育中接受了惨痛的教训，决心让夏费从小念古兰经，上宗教课，先接受本民族文化（伊斯兰文化）的充分熏陶，然后才去接受西方的现代教育，掌握现代知识。夏费也发誓，将来他从荷兰学成之后一定回到自己的家乡，为本族人的进步效力。

　　20世纪初荷兰殖民者实行所谓的"道义政策"，打着"发展教育"的旗号为把印尼变成现代资本主义的殖民地而培养代理人。一部分知识分子受西方进步文化影响和启迪后，开始了现代意识的觉醒，走上反封建、反帝的征途。然而，也有一些人在西方奴化思想教育"熏陶"之下，丧失了民族的灵魂和精神，鄙视本民族的文化，成为数典忘祖的洋奴。与此同时，荷兰殖民政府还实行种族歧视政策，把殖民地社会划分几个等级，像座金字塔，中间有条不可逾越的"种族界线"。在这样的殖民地社会现实中，慕依斯切身感受到民族压迫的深重，迫切需要找出改变民族命运的途径。他通过塑造汉纳非这个从殖民地社会里诞生出来的畸形儿，把印尼殖民地社会民族矛盾的丑恶现象暴露得淋漓尽致，表达了他的资产阶级改良主义政治理想。

慕依斯从小接受双重教育，从荷兰学校受到西方近代文化的灌输，使他具有反封建意识和民主思想，而在家庭中他接受伊斯兰传统文化的熏陶，这两种不同文化的相互作用和相互影响，使他形成殖民地时代典型性的文化心态。[①]我们在小说中可以看到他对西方文化既抵制又羡慕，对封建传统既批判又保留，他要求以本民族文化（伊斯兰文化）为体，西方文化为用，来实现民族的振兴。通过小说可以看出，他极力反对荷兰殖民统治者的种族歧视和殖民奴化教育政策，但并没有一味地反对西方的物质文明和先进的科学文化，他借主人公汉纳非之口表达了自己的观点：接受西方文化时不要脱离民族文化环境，不要丢弃民族精神，要用西方科学来改造国家。这种资产阶级改良主义的政治观点显然能反映出作者鲜明的爱国立场，但也妨碍了对殖民主义统治的本质认识。正因为如此，作者把汉纳非的悲剧归咎于"错误的教育"，而又把"错误"确定在脱离民族文化之根这个范畴之内，认为只要给孩子以"正确的教育"就能避免悲剧重演。其实作者不是没有看到，造成汉纳非和柯丽悲剧的罪魁祸首是殖民统治者的种族歧视和奴化教育的政策，然而他只把矛头对准"错误的教育"，其中也许有难言之隐，因为当时的政治环境是绝不允许作者公开反对殖民主义的。《错误的教育》原稿具有较明显的民族主义内容，经图书编译局审查后不得不按照所规定的调子进行修改。尽管修改后的小说仍具有一定的反殖倾向，但作者没有触及到殖民统治的罪恶本质，缺乏反帝的明确性和战斗性。

尽管存在明显的不足，《错误的教育》还是深刻地反映了20世纪20年代印尼殖民地社会的民族矛盾。这部小说在思想性和艺术性方面的成就远远超过了同期其他作家的作品，走在了时代的前面。[②]

后来阿卜杜尔·慕依斯又写了另一部长篇小说《美满姻缘》（1933），专门针对封建的等级观念和强迫婚姻进行有力的鞭挞。小说描写一对不同出身青年的爱情，因门不当户不对而遭到男方贵族家庭的破坏，在经历种种磨难之后，终于冲破重重障碍而取得美满的结果。这部小说显然大大不如《错误的教育》，仿佛只是为了补上个人反封建的一课，但作者

① 唐慧：《略论印尼现代小说的特征》，载《解放军外国语学院学报》，2002年第4期，第110页。

② 梁立基、何乃英：《外国文学简编》（亚非部分），北京：中国人民大学出版社，2004年版，314页。

在这个问题上所持的反封建态度比其他作家更为坚定和鲜明。此后，阿卜杜尔·慕依斯遭到殖民政府的迫害，再也没有新作品问世。直到独立后的50年代，作者才有两部以反殖民主义的斗争历史为题材的长篇小说先后与读者见面。

四、缅甸爱国诗人德钦哥都迈

德钦哥都迈（1875—1964）是缅甸近现代文学史上最负盛名、深受人民敬仰和爱戴的爱国诗人、杰出作家。缅甸著名学者佐基在《民族魂吴龙》一文中，高度评价了诗人的一生。他说："缅甸爱国诗人、大文豪德钦哥都迈先生，堪与在亚洲大地上至今享有盛誉的印度大文豪泰戈尔、中国大文豪鲁迅媲美齐名。他与泰戈尔、鲁迅一样，用自己的爱国诗篇和其他文学作品，为本国数代人的觉醒而奔走呐喊了一生。"缅甸当代著名作家貌廷在《世界文学指南》（中国文学分册）中也称德钦哥都迈与鲁迅是"同时代的伟人"。德钦哥都迈不仅是一代文学巨擘，还是缅甸民族独立运动的领导人、杰出的社会活动家。他的创作产生于缅甸民族特殊的历史时期，植根于自己民族的文化土壤，其作品也必然带有民族的文化特色和时代特色。德钦哥都迈的著作浩瀚宏富，思想博大精深，其历史地位和功绩已远远超出于文学之外。

民族之魂

德钦哥都迈1875年3月19日出生在缅甸南部卑谬县瑞东镇瓦莱村一户普通农家，原名吴龙。吴龙出生的时代，正是家乡下缅甸被英国殖民主义者武装占领、美丽的祖国只剩下半壁江山的民族危难时代。吴龙的父母寄厚望于自己的孩子，巴望他能好好读书求知，长大后为抗英复国的伟业作出贡献。吴龙9岁时，按照缅甸风俗，被父母送往尚未沦陷的缅甸京都曼德勒妙东寺学习。1885年，英殖民主义者发动了第三次侵缅战争，占领了整个缅甸。是年11月29日，吴龙经历了他一生中最难忘的一件事——目睹了锡袍国王和王后被英军劫持，被迫离开曼德勒王宫，在城西伊洛瓦底江码头被押送上"太阳"号轮船的情景。国王的被劫，意味着祖国的彻底沦丧，自己的民族从此失去了独立和主权，全缅甸人民从此沦为亡国奴。民族的奇耻大辱和亡国的痛苦在他幼小的心灵上刻下了不可磨灭的烙印，也深深埋下了为民族雪耻的种子。炽热的爱国情感驱使吴龙再也不能安心于寺庙里的学习，他决心走出佛堂寺院，云游各地访贤求知，努力求索救国之道。19岁时，吴龙因父亲去世、母亲无人赡养而辍学。初在仰光一家印刷厂当排字工人，后任校对员，并开始了写作生涯。1911年，缅甸《太阳报》创刊，吴龙应聘出任该报编辑，这成为他生活道路上的一个重要转折。由一群大学青年创办的《太阳报》，实际上是当时的爱国组织缅甸佛教青年会的喉舌，其宗旨是传播独立、自由、民主的进步思想。在充满民族意识的《太阳报》社里当编辑，使吴龙有更多的机会接触到有关民族独立方面的新思想、新观点，进一步开阔了视野，从而激发了他幼年时萌生的爱国主义思想。他不能再坐视祖国遭难、民族受劫的不平等待遇，欲以一腔爱国热忱，以笔为武器，为唤醒人民的民族意识而呐喊，为民族的独立而战斗。

从德钦哥都迈早期的思想形成和发展轨迹不难看出，他炽烈的爱国热情是在民族的危难中得以铸造和升华的。目睹国王被劫持所受到的心灵震颤和出任《太阳报》编辑的经历，是促使他走上文艺救国之路的契机。在此后的文学生涯中，他始终坚定地站在反帝反殖和民族解放斗争的前列，用他那支没有丝毫奴颜和媚骨的笔，写下了一篇篇爱国主义、民族主义不朽篇章，创下了辉煌的战绩，产生了深远的政治影响。

德钦哥都迈的思想突现出了反帝反殖的时代特征，这与缅甸的国情和社会性质是联系在一起的。1913—1914年期间，缅甸民族独立运动处于低潮，西方文化几乎取代了缅甸传统文化：英文取代缅文被列为官方通用文字，民族传统称呼"吴"、"哥"、"貌"被代之以"密斯脱"，西装革履排挤了筒裙纱笼……吴龙目睹这一切，十分痛心，深感民族文化在沉沦，民族尊严受屈辱，民族意识日趋淡薄。作为一位熟谙缅甸传统文化和悠久历史、精通佛教经典、博闻强记的学者，他不能不忧心如焚。为了唤起民族自尊心，激励民族精神，痛斥殖民主义者的文化侵略，讽刺丧失民族尊严的"密斯脱"派，吴龙选取当时流行小说《卖玫瑰茄菜人貌迈》中的主角——一个玩世不恭的骗子"貌迈"的名字，前面冠以"密斯脱"作为笔名，于1914年发表了第一部著名诗集《洋大人注》，无情地嘲讽那些假洋鬼子，热情地讴歌民族的光辉历史和灿烂文化。

俄国十月社会主义革命胜利后，缅甸人民深受鼓舞，民族独立运动空前高涨起来。1920年，仰光大学学生为反对殖民教育制度，抗议不合理的大学法，举行了缅甸历史上的首次大罢课，这是20世纪以来缅甸人民对英国殖民统治者的第一次公开挑战。不久，全国各地纷纷创办国民学校和国民学院，民族觉醒运动震撼全缅。吴龙热情支持国民学校学生们的爱国行动，视他们为民族的希望。1921年，英国殖民当局采取拉拢手段，破例高薪聘请吴龙担任仰光大学教授，并答应授予他荣誉勋号。吴龙丝毫不为所动，断然拒绝。而当缅甸民族委员会聘请他担任仰光"巴罕国民学院"教授，为学生们讲授殖民当局不允许讲授的缅甸文学和缅甸历史时，他不计国民学院经费拮据、薪金微薄，毅然辞去《太阳报》编辑的工作，每天步行前往学院任教。为了给民族争气，为民族独立和振兴培养造就人才，吴龙克服国民学院设备简陋、个人家庭贫困等困难，自编教材，在极其艰苦的条件下满腔热情地坚持教学工作，表达了他憎爱分明的政治立场和崇高的爱国主义情怀。

诚然，德钦哥都迈在早期也曾对英帝国主义抱有幻想，希望它能大发慈悲，恩赐独立；当革命运动一度转入低潮时，他感到彷徨苦闷，困惑不解，想专心致力于文学创作，以其作品唤醒人民，拯救民族和国家；有时他甚至想隐居深山苦心炼丹，期望有朝一日能为苦难的同胞们创造无穷的财富以摆脱贫困。然而，当他从1930年缅甸民族英雄塞耶山领导的抗英农民起义中看到缅甸人民不畏强暴的英雄气概，目睹帝国主义对农民起义血腥镇压的现实后，进一步认清了帝国主义的侵略本性。他觉悟到，独立是乞求不到的，惟有通过全民族的坚决斗争，才能赢得民族的完全独立。这是德钦哥都迈思想前进过程中的一次飞跃。他决然站在缅甸第一个担负起领导反帝民族独立运动历史使命的群众性政党——"我缅人协会"（即"德钦党"）一边，在1934年"我缅人协会"第五次代表大会上公开宣布加入该组织，并被推选为名誉主席。从此，诗人放弃"密斯脱貌迈"的笔名，像所有德钦党人一样，在自己名字前冠以"德钦"二字，易名为"德钦哥都迈"。从此，他的原名吴龙逐渐被人们淡忘，而德钦哥都迈这一名字却蜚声全缅。德钦哥都迈参加"我缅人协会"后，便同德钦党人一道，积极投身于争取民族独立的救国斗争。他的创作生涯也进入了一个崭新的阶段。他用笔记录社会现状，反映人民呼声，唤起民族觉醒，再现斗争史实。他用犀利的笔锋，用充满激情的诗句，发出反帝反殖的时代强音，揭露英国殖民主义者的侵略本质，讽刺鞭挞出卖国家利益的民族败类，激励本民族同胞为挣脱殖民统治争取独立而斗争。

德钦哥都迈的思想发展历程表明，他时刻与多难的祖国和人民同命运，与民族独立斗争共存亡。他是缅甸人民心中的"民族魂"，他的崇高思想和斗争实践昭示着民族的伟大精神。

文化战线上的斗士

德钦哥都迈一生战斗、写作，为世人创造了丰富的精神财富，给缅甸人民留下了丰硕的文学成果，在剧本、小说、诗歌、文章、史籍编写、古典文学研究等方面著述甚丰，其中最精彩的部分，当推诗文交杂的"注"。"注"本是缅甸人在疏释佛陀教义、佛教经典时才用的一种文体，但勇于创新的德钦哥都迈却一改旧俗，将之拿来阐述世事和他自己的思想观点，使它成为缅甸民众喜闻乐见的一种文学形式。德钦哥都迈是一位语言功底深厚、熟谙韵律的学者，在写"注"时，他采用诗文交杂的形式，议论一段后，便以一首四节长诗作概括。缅甸学者吴翁佩在《当代缅甸文学》一书中说："吴龙用他的四节长诗记载了近代史实。吴龙是位文学巨匠。他的灵感和才华都贡献给了为争取独立而斗争的事业。吴龙的四节长诗都是政论诗。他用诗歌歌颂古代缅甸人民的聪明才智，激励自己的同胞为挣脱外国人的统治而斗争。如果我们要研究独立斗争所经历的艰苦历程，就必须研究吴龙的四节长诗。可以说，吴龙的四节长诗就是（缅甸）独立斗争的月志。"[1]这是对德钦哥都迈诗歌创作特色的最准确、最精当的概括。

德钦哥都迈的诗歌是民族独立斗争时期的产物，其诗魂是民族主义和爱国主义。它更多承载的是社会历史使命，诗人借它表达政治观点或抒写理想，传播反帝反殖思想，传达时代信息，歌颂民族的灿烂历史和悠久文化，以唤醒民族意识，鼓舞患难中和斗争中的骨肉同胞。从诗歌内容和对特定题材的选择与处理上看，德钦哥都迈的作品所反映的都是民族独立斗争时期缅甸人民反帝反殖的斗争史实，如嘲讽假洋鬼子"密斯脱"阶层的《洋

---

① 转引自姚秉彦、李谋、蔡祝生：《缅甸文学史》，北京大学出版社，1993年版，第203页。

大人注》（1914）、为爱国运动欢呼的《孔雀注》（1919）、谴责英国殖民主义者的《猴子注》
（1922）、揭露和讽刺民族败类的《狗注》（1924）、记录1920年大罢课的《罢课注》（1924）、
支持塞耶山农民起义的《咖咙注》（1930）、热情宣传德钦主义、歌颂德钦党人战斗业绩的
《德钦注》（1935）等等，犹如一面镜子映照着时代风云，如同一本"独立斗争的月志"记录
着缅甸人民反帝反殖争取民族独立的艰苦历程。

    文学作品不但要有先进的思想内容，而且还必须有高度的艺术技巧。德钦哥都迈的诗
歌之所以能够鼓舞和影响缅甸数代人的成长，不仅因为它具有强烈的思想性、战斗性，更
因为它能够从社会生活的潮流深处概括和提炼出精辟深邃的人生哲理，启人深思。它具有
精湛的艺术修养和经久不衰的艺术魅力，使人每读一遍都会有新的体会和收获，回味无
穷。德钦哥都迈的创作带有纯然的东方佛教国家的民族色彩。他自幼在寺庙读书，学习经
书佛典、古典诗文，打下了扎实的文学功底，后又游历各地求知，深受缅甸传统文化和佛
教思想的熏陶。当他看到"西方文明"对缅甸文化的吞噬时，强烈的民族意识驱使他奋起
反抗和抨击帝国主义文化，顽强地维护本民族的文化传统和价值体系。他从古典文学、佛
教文学、民间文学中采撷精华，滋养新文学的生体。"注"这一名称就与缅甸古典文学、佛
教文学有直接的历史渊源关系，而诗文交杂的形式，则是融入了缅甸传统剧本的形式特
点。四节诗原用于戏剧舞台的唱词，大众通过当时缅甸社会风行的木偶戏对四节诗已经非
常熟悉和喜爱，德钦哥都迈将其改造创新后移植到文学作品中，很快为普通人民群众所
接受，成为大众喜闻乐见的诗歌形式。四节诗每首分4节，字数、句数及韵律均有一定格
式，其中2、4两节至少7句，多则不限，尤其是第4节可以无限增多。经德钦哥都迈创新后
的四节诗可根据内容自由扩展篇幅，传统四节诗每行只有5—9个字，扩展后最多到了50
个字左右，而且第四节的句数没有限制，最大篇幅的四节诗达十几页，规模宏大，故称四
节"长"诗，为阐述世事抒发感情提供了无限空间。在缅甸传统诗歌中，描景抒情多用"雅
都"诗体，叙事多用"比釉"诗体，而德钦哥都迈将四节长诗的功能扩大，兼有了抒情和叙
事的双重功能。他的四节长诗随主题要求和感情起伏变化，诗中引诗，诗中引文，既阐述
观点，又抒发感情，诗文并茂，相得益彰，实为缅诗中所罕见。德钦哥都迈在创作上的一
个特点是善于运用比喻、讽刺等文学技巧。从诗人的一些代表作的篇名就能略见一斑。诗
人用美丽、温顺、高贵的孔雀比喻自己的祖国，用狡黠的猴子比喻帝国主义，用不知羞耻
的狗比喻背弃人民利益、争权夺利的政客。诗人的讽刺也极其形象逼真，给人留下了深刻
的印象。如在《狗注》中描述走狗们的贪婪时曾这样写道："毛茸茸的哈巴狗，一副媚骨奴
颜，为了中饱私囊，圆睁一双狗眼，争吃一块骨头，满嘴在流馋涎。"

    德钦哥都迈的创作置身于民族文化的氛围，积淀着民族的审美意识，他的诗句中的重
叠押韵法已运用到了炉火纯青、游刃有余的程度，无人可以超越。他的语言风格无人能够
模仿。他用词尖锐，话锋有力，真实自然而又深刻辛辣，悲喜处荡气回肠，爱恨时激情渲
泻、痛快淋漓。他的诗旁征博引，巴利文典故、谚语、成语、快板诗、方言俚语俯拾皆是，

人名、地名、外来语、时兴物品名、流行期刊名等等，让人随时可以触摸到那个时代的脉搏，感受到时代的气息。他的语言浑然天成，通俗流畅，毫无矫揉造作斧凿之痕。特别是那些原创的生动比喻和讽刺的基调构成了他独特的诗歌风格。民族主义、爱国主义精神作为诗歌的灵魂主宰着其艺术取向，使他的诗歌达到了一种思想性与艺术性完美结合的崇高境界，树立了缅甸民族主义诗歌的光辉典范，成为缅甸独立斗争时期最有战斗力和号召力的作品，成为一个民族不可缺少的精神食粮。

德钦哥都迈的作品不仅是缅甸文苑中的奇葩，也是缅甸思想文化史上的不朽丰碑。

第三节　西方思潮的影响与民族新文学运动

一、缅甸"实验文学"运动

20世纪20年代以来，缅甸文学近代化转型不断深入，各种文学体裁从内容到形式都在发生着一系列变化。20—30年代之交，在仰光大学《文学界》（《文苑》）、《大学》、《孔雀之声》等杂志上陆续出现了一些内容、形式新颖，文字清新朴实，充满生活气息的诗歌、散文和小说，作者大多是仰光大学的青年教师和高年级学生。当时由缅甸教育普及协会创办的这些杂志在社会上知名度并不高，发行量仅几百份，但就是这样一些不起眼的杂志却集中了一批大学才子的作品精华。缅甸著名学者、时任仰光大学东方学教授和缅文教授的吴佩貌丁先生（1888—1973）慧眼识珠，敏锐地预感到这些青年的作品将会给缅甸文学带来一场前所未有的变革。1934年，在吴佩貌丁的鼎力促成下，缅甸教育普及协会将这些青年们在杂志上发表的新诗歌、新散文、新小说汇编成册，分别以《实验诗歌选》和《实验小说选》的名字单行出版。"实验"，即对时代的尝试和探索，顺应时代的变化发展而进行的文学改革创新。吴佩貌丁分别为两本选集作序，在《实验小说选》（第一册）序言中，先生写道：

> "实验"，即对时代的尝试，对时代的探索。冠名"实验"，旨在让大家知道这些小说有别于以佛本生故事为题材、素材的小说，是顺应时代变化发展、取材于生活的文学创作。[①]

在《实验诗歌选》序言中，先生写道：

> 现在出版的是青年们创作的新诗歌。所谓"新"，不是强调艺术形式新，而是特指思维新，想象新。青年们写的是古代文人们鲜为落笔的细小事物，如黄毛石豆兰、红点颏、绊根草等。比起那些重大事件和深奥题材，他们更多地把目光投向日常生活中

---

① 转引自［缅］拉吞：《德班貌瓦与缅甸文学》，仰光：北极星出版社，2004年版，第15页。

的所见所闻，在那些为人忽略的细小事物上展开他们丰富奇妙的想象，独辟蹊径地创作出崭新的"实验"诗歌。在这些实验诗歌中，能感受到时代的精神，时代在作者思想上的反映。[①]

《实验诗歌选》和《实验小说选》的出版给缅甸文学带来了勃勃生机和新鲜的空气，进一步激发了青年们的创作热情，一场改革文风、探索民族新文学的"实验文学"运动在仰光大学校园内悄然兴起。同时其影响也很快逾越仰光大学校园，波及到整个文坛。

实验文学的代表作家有德班貌瓦（1899—1942）、佐基（1907—1990）、敏杜温（1909—2004）、德格多貌丹新、固达（1908—1976）等，他们当时都是仰光大学的青年教师或高年级学生，在大学里系统学习和研究过缅甸古典文学，有着扎实的文学功底，又都曾走出国门到英国留学，与西方文明和文艺思想有过最直接的接触，多种文化元素的吸收使他们的诗歌、小说文风新颖，生活气息浓郁，既冲破了传统形式的种种羁绊，又扭转了消闲文学的不良倾向。

诗歌是缅甸传统文学的主要成分，在民族艺术创造中占据最重要地位。近代以来，缅甸旧体诗迅速衰微，当时活跃在诗坛的著名诗人德钦哥都迈就擅长用白话口语体作诗，他的四节长诗成为城乡民众喜闻乐见的诗歌形式。但白话诗还不能与新诗划等号。而实验文学的诗歌则走出了一条与传统文学迥然不同的道路，使缅甸新诗伴随这场运动逐渐形成一股有影响力的诗歌潮流。正是吴佩貌丁在序言中所点出的"新思维、新想象"的光彩，使实验诗歌成为一种崭新的迥异于古典诗歌的诗歌审美规范和创作实践，树起了缅甸新诗的第一块纪碑。

每一个诗潮和流派都在历史运作的链条上起着承前启后的作用，都在其自身发展中包孕着下一个诗潮或流派的发展因素，而一个新的诗潮或流派的兴起又总是以融汇前者的艺术资源为特征，在扬弃和重建中开拓新的发展路向。"实验"派诗人大多从开设有缅甸语文和缅甸历史课程的国民学校进入仰光大学，在大学开设的高级缅文班里，他们在吴佩貌丁先生的指导下不仅系统地学习了缅甸文学，开展了对蒲甘碑铭的研究，同时又有机会接触到了西方文学，特别是英国文学。文艺复兴时期莎士比亚、马洛的诗剧，19世纪英国浪漫主义诗人华兹华斯、雪莱、济慈的诗作颇受青年们的喜爱。中国和印度的诗歌，尤其是印度孟加拉语诗人泰戈尔的作品也使青年们深受感染。现代教育使他们与西方文化、文学的接触更为直接，世界近现代文艺思潮和流派对实验文学创作的影响和催生作用十分明显。西方资产阶级文艺思潮及文学作品的阅读译介，启迪了这些文学青年反对封建专制、张扬人道主义、争取人格独立与个性解放的要求。特别是英国诗歌的翻译使他们获得了新的文学意识和眼光，他们在民族文化与世界文化的交汇中获得了现代精神，以现代全

① 转引自［缅］拉吞：《德班貌瓦与缅甸文学》，仰光：北极星出版社，2004年版，第16页。

新的眼光重新审视和反思传统诗歌，按照时代的全新要求创造新诗歌。

外国文学的学习使他们对缅甸文学的研究有了参照。缅甸封建王朝时期的古典诗歌基本属于宫廷文学和佛教文学的范畴，注重形式齐整，追求典雅肃穆，强调教化功能。在将内容丰富的英国诗歌与内容单调的缅甸诗歌相比较中青年们越发意识到，雕琢晦涩的文字、僵化的格律已经成为表现新时代、新生活、新思想感情的无情枷锁，而蒲甘碑铭的自然、清新、真实、朴素的美学特征是值得继承发扬的。由缅甸教育普及协会1928年创刊并主办的《文学界》杂志及《大学》、《发展》、《孔雀之声》等大学刊物为青年们创造了磨砺笔尖的平台。特别是《文学界》杂志举办的外国诗歌翻译竞赛让青年们获益匪浅。诗歌翻译竞赛首先让缅甸人了解到英国诗人的诗歌观念、思维方式及创作方法，领略到英国诗歌的丰富内涵和浓烈的感情色彩；其次必然唤起他们革新缅甸诗歌的强烈意向，启迪他们思索和探寻用什么样的诗歌形式才能使缅甸诗歌表现丰富的内容；进而促进他们对外国诗歌技巧的学习和运用。诗歌翻译之后，青年们就开始了新诗创作的探索实践。他们大胆突破传统形式的羁绊，不受旧体诗韵律的束缚和句子长短的限制，提倡最大限度的自由，以尽情抒发感情。同时，实验诗歌从民族传统诗歌中继承和吸收有益的艺术养分，在诗歌形式上运用最多的是具有鲜明民族特色的四言诗。四言诗是12世纪缅甸蒲甘时期即已有之，历代沿用并不断丰富巩固的一种基本诗歌形式，直至缅甸末代王朝贡榜时期因词曲的盛行才渐趋衰落。大学青年诗人们重新发掘这一古老的诗歌形式，并发扬蒲甘碑铭的简洁精练的写作风格，使四言诗重放异彩，焕然一新。实验文学的倡导者德班貌瓦在一篇实验诗歌评论中写道：

> 任何国家在诗歌、绘画、雕塑等艺术繁荣的时期都会出现两种理论主张，一种是因袭传统，一种是弃旧创新。前者称为传统主义，后者称为实验主义。……没有实验，任何艺术都不可能发展，最终将退化直至消亡。而如果没有传统，实验派的改革创新就失去了基础和条件，从而变成随心所欲的创作，最终将误入歧途。①

这一精辟论述点明了这场实验文学运动的性质所在。实验派是反传统的，但并不是完全拒绝对传统的继承，而是从既定的艺术传统出发，在有所选择、有所扬弃地继承前代文学艺术遗产的基础上进行探索、改革和创新。

佐基（1907—1990）是实验文学的开拓者和实践者。佐基从小受家庭熏陶，酷爱文学。1925年进入仰光大学学习缅甸文学、世界文学和东方史，毕业后留校任缅文助教。1934—1936年在仰光大学读研究生，专修英缅文学，1938—1940年赴英国伦敦大学攻读图书馆学。佐基从中学时代开始写诗，初期大多模仿古诗创作，上大学三年级时诗路开始发生变

---

① ［缅］德班貌瓦：《实验文学总论》，仰光：茉莉出版社，1977年第2版，第50—58页。

化。被称为"第一首实验诗歌"的《紫檀花》(1928)是佐基诗歌创作上的重要转折,从这首诗开始,他摒弃了旧诗歌的老路,走出了一条将外国诗艺与缅甸诗艺相结合,以社会生活和人的真情实感为基础的从理性约束到丰富想象的诗歌创作新路。"缅甸新诗始自'实验'",这不仅是佐基个人诗歌创作的转折,也是整个缅甸诗歌的历史性转折。紫檀花(又称黄柏花、缅桂花)是缅甸名花之一,颜色金黄,花香浓郁,花期虽然短暂却正逢缅历新年泼水节时开放,故更显吉祥名贵。缅甸历代多少文人墨客为之陶醉,以紫檀花入诗者不乏佳篇。而佐基的《紫檀花》与传统的紫檀花诗篇在诗歌内涵和写作风格上截然不同,试与贡榜时期诗人吴觉的一首著名《紫檀花》四节诗作一比较。吴觉的诗中用优美的词句描绘了缅历正月初一,金黄色的紫檀花竞相开放,迎来了又一度新年。山路上霞雾缭绕,花娇蕊艳,铺满花香。一枝枝绚丽多姿的紫檀花与宝窟上的佛塔相映成辉,构成吉祥安宁、幽美恬静的山中景色,令人心驰神往。而佐基的诗将花作了拟人化艺术处理,赋予花以人的性格:

> 紫檀花开迎新时,
> 金黄染翠缀满枝。
> 花亦犹人灵性有,
> 竞展芳华不疑迟。
> 雄姿慧质须人爱,
> 娇容初绽莫采摘!

　　诗人借花展开丰富的想象,花像人一样,也有自尊心、好胜心,有自我展示才华和成功的强烈愿望,人们应当对它们理解呵护,而不能随意扼伤诋毁。诗人用"莫采摘!"这样自然平实而恳切的白话语句表达了对人的个性、尊严的呼唤和肯定。吴觉的诗把紫檀花仅当作花来赞美,触景写景,赏花赞花,勾勒出大自然的良辰美景。而佐基的诗则触景生情,托物言志,情景交融,富有浓烈的浪漫主义色彩。佐基还在《云雀》《歌者》《云》《浪花》《海螺声》《锄草人》《爱人》《母子》《一隅》等诗歌中讴歌自然和人生,彰显平凡的普通人的"能"与"力",张扬生命价值和人生意义,表达积极的人生观。以云雀、蟋蟀、云、浪花等为题材抒情作诗,看似平淡,却能在最平淡处发出哲思的光辉,显示了诗人想象的创造力。

　　佐基在30年代还发表了很多彰显民族自豪感和爱国主义精神的诗歌。最突出的是1935年诗人28岁时创作的5篇:在《我们的国家》中,诗人以民族历史为背景,指出缅甸土地肥沃,物产丰富,人民却过着贫困的生活,号召人民自强不息团结一致,靠自己的智慧和力量成为国家的主人;在《当你死去的时候》中,诗人以强烈的历史责任感和使命感,

表达了作为一个民族的诗人、作家，应该在有限的生命里为民族文学和宗教的发展、为社
会的进步作出积极贡献的人生观；在《当今》中，诗人指出在沦为亡国奴的今天，只留恋
和炫耀民族的辉煌过去无济于事，只有立足现实，脚踏实地地为民族解放而奋斗才是最有
价值的选择；在《啊，青年们！》中，诗人号召同胞们面对祖国沦陷和民族危亡不能只有悲
伤和彷徨，祖国的优秀儿女要在破旧立新中撑起国家的栋梁，拯救国家和民族于危难之
中；在《青年之歌》中，诗人激情地写道：

> 雄鸡高唱，迎来黎明曙光，
>
> 杜鹃啼鸣，伴随夏华馨香，
>
> 青蛙仰首，翘望雨中天空，
>
> 青年——美丽缅甸之新生力量，
>
> 将胜利旗帜高高飘扬！

　　这些诗歌在现实主义精神中融入了热烈而奔放的浪漫主义，掀起了"实验"诗歌产生
后的第一个高潮。此外，《一个泼水节》、《古代蒲甘》、《雅德那崩古城》、《戴紫檀花的姑
娘》等诗篇也都表现了鲜明的爱国主义主题。

　　敏杜温（1909—2004）也是实验文学最具代表性的诗人、作家。他1929年进入仰光大
学，积极投身实验文学运动，他的《亲爱的姑娘》（1931）、《他的喜悦》（1932）、《新年的
水》（1933）、《长鼓声》（1934）等都是实验诗歌的代表作。1936年敏杜温在仰光大学获得
硕士学位后赴英国留学，在牛津大学、伦敦大学攻读梵文、巴利文、藏文等课程并获得学
位。在英国学习的三年里，敏杜温在课余参加了各种演讲会，听了很多知名人士的讲演，
还加入了英格兰左派读书俱乐部，阅读进步书籍，并利用假期到法国、德国、意大利等国
进行了考察。他在一篇相关文章中写道："到了英国，我看到了一个独立国家的独立民族，
看到了与在我们国家看到的英国人不同的英国人，目睹了他们发达国家的经济。这时我就
下决心要尽可能地到更多独立国家去看一看。于是我利用假期到意大利考察了墨索里尼
和法西斯主义，到德国考察了希特勒和纳粹主义，到法国参观了巴黎世界博览会。而每到
一处都使我想到自己的国家和民族，为国家和民族的忧患感到沉痛。"[①]当时的缅甸正处在
英殖民主义者的统治之下。当得知祖国的民族独立斗争正蓬勃开展的消息时，敏杜温欣然
提笔，在异国他乡写下了激发独立精神的著名诗篇《胜利花》：

> 他头上戴着胜利花；
>
> 我头上戴着胜利花。

① 见［缅］敏友威：《开先河的缅甸人》，仰光：耶比出版社，2003年第2版，第189页。

在咱们国度里，姑娘们递过来的

盛开不谢的

胜利花！

别松懈！

当和风吹来

黄金的时刻就要到来啦！

晨鸡报晓放光华，

咱们愉快地行进在大地上。

朝着胜利的大鼓前进，

迎着朝霞敲响它。

让咱们一起前进，

戴着胜利花！①

    这首诗作于1938年1月4日，十年后的同一天，即1948年1月4日，缅甸向全世界宣布正式成为独立的主权国家，这真是历史的惊人巧合！敏杜温还以充满乡土气息的《拾蒲桃籽》、《守戒》、《长鼓声》、《守田的棚屋》、《田野》等诗歌抒发由亲身经历而触发的真情实感，赞美人与自然的和谐，歌颂真善美。敏杜温的诗风与佐基有所不同，佐基的诗铿锵有力，情绪激昂，富于联想，而敏杜温的诗多用委婉的手法传达爱国热情，明朗清新、委婉悠扬、热情奔放。如《亲爱的姑娘》中，诗人以小伙子对心上人情意绵绵的交谈方式，动员缅甸人抵制洋货，穿缅甸土布衣，以表达对民族文化复兴的希望。他们的诗共同代表了实验诗歌的艺术特色，即兼容并蓄缅甸传统诗歌和外国诗歌的多种表现手法和技巧，恰到好处地吸纳传统诗歌的形式因素，又不受传统诗律的约束，既有寓情于景，直抒胸臆，也有拟人、象征等表现手法的运用。实验诗歌中炽热的爱国热情，浓郁的生活气息，丰富的想象，和谐的韵律，简练、清新、朴实的创作风格，构成了实验诗歌与传统诗歌判然有别的突出特色。

    实验诗歌产生的时代正值英殖民主义者加紧对缅甸进行政治统治、经济掠夺和文化扩张之时，也正是缅甸人民民族意识不断觉醒，反帝民族独立运动的浪潮日益高涨的时期。我们有理由去责备"实验"诗人们没有走出大学校园直接投身风云际会的时代潮流，没有像德钦哥都迈那样高擎反帝反殖的旗帜，为生活在底层的被压迫者发出愤怒的呐喊，这是他们的阶级局限性和历史局限性所致。但无可否认的是，"实验"派诗人大胆冲破封建思想的禁锢，在诗歌美学探索上走出了一条新路，真正把缅甸诗歌推上了现代化进程，为民族新文学建设作出了历史性贡献。在近代文学转型这样一个特定时期和历史语境下，

---

①   译文转引自李谋：《评缅甸当代著名作家敏杜温》，《东方研究》(1996—1997)，北京：蓝天出版社，1998年版，第274页。

传统诗歌的滋养和教训，外国诗歌的影响和启迪，时代思潮的促动，民族情绪的感染和激励，再加上诗歌本身求新求变、自我突破的内在因素，形成了缅甸新诗产生的不可抗拒的历史合力，给八百年缅甸诗歌带来了最深刻的变革。

与实验诗歌一样，实验文学的短篇散文作品和小说也在社会意识的变动和文学思潮的起伏中发展起来。实验派作家们用他们的创作实践推进缅甸文学的进步。实验文学兴起之前，已有不少著名小说家活跃在缅甸文坛，比莫宁（1883—1940）、瑞乌当（1889—1973）、泽亚（1900—1982）、达贡钦钦礼（1904—1981）等都创作了若干知名短篇小说。比莫宁的小说大多根据英国小说改写，从小说的题目、结构、语言，到观察社会的角度及人物塑造，都与旧小说完全不同。尤其是在婚姻爱情观、道德观等方面带有明显的反封建意识。如传统婚姻观认为男女双方要门当户对，而比莫宁笔下的男女主人公却多是阔小姐和穷司机、富家子弟与卷烟女工、大学生与女戏子或寡妇再嫁等等。瑞乌当的作品以侦探、惊险小说闻名，特别是专为青年读者推出的《侦探貌山夏》系列。该作品根据英国作家阿瑟·柯南道尔的侦探小说改编，貌山夏的原型即柯南道尔笔下的夏洛克·福尔摩斯。泽亚善于将现代小说技巧与传统主题结合，描绘出一幅幅明丽淡雅的图画。达贡钦钦礼是当时为数不多的女作家之一，她的作品风格多变，思想超前，有时行文婉约流畅，有时又像比莫宁的笔锋，甚至有人误以为她的作品出自男作家之手。

但从整个文坛看，20年代的缅甸短篇小说尚处于起步阶段，作品内容脱离现实生活，通俗性、娱乐性较强，有些作品带有一定的消闲性倾向。30年代实验文学作品的出现，不仅冲破了传统观念的束缚，而且以简练清新朴实的创作风格和浓郁的生活气息影响和扭转着文坛的风气。

德班貌瓦（1899—1942）身兼文学创作和文学评论，原名吴盛丁，仰光大学缅文高级班首届学员，1927年毕业后曾留校任助教，后以印度文官身份赴英国留学，1929年回国后任镇长、区长等职，先后在12个城镇任过职，1942年在瑞波县任职时不幸死于土匪抢劫事件中。德班貌瓦是继比莫宁之后又一位擅长运用简捷明快的短句进行创作的人，他以"貌鲁埃"为主人公创作了一系列"小说文章"，使用生动的新词和素朴的白描语言，将自己耳闻目睹的社会现实展现给读者。《水浮莲》（1931）述说貌鲁埃受命下乡执行公务的一些经历和感受，自由快乐又不屈不挠的水浮莲激起了主人公对自身命运的联想；《投票之前》（1932）揭露英殖民主义者搞愚民政策，玩弄"印缅分治"的骗局；《失业者》（1934）揭示殖民主义教育的实质和失业者泛滥的社会问题；《穷乡僻壤》（1933）和《乡村的骄傲》（1933）描写殖民统治下的缅甸农村贫穷愚昧教育落后的现状，呼唤民族觉醒和时代文明；《敏腊》（1931）让读者乘"敏腊"号渡轮游历伊江两岸的青山白塔，感触世事沧桑，"诸行无常"，与形形色色的乘客一起体味生活，感受时代气息，作者用一次航程隐喻人生的一个轮回，令人玩味。

佐基的《他的妻》(1937)生动幽默，寓意深刻。小说中情节并不重要，笔墨都点染在人物性格的特色上。塑造了一位泼辣能干任劳任怨、体贴丈夫疼爱儿女又有智慧的劳动妇女形象。同时用诙谐、生动的语言将一个并无皈依之心而以穿袈裟为幌子过寄生生活的懒汉形象描写得淋漓尽致。这种题材在缅甸文学中实属罕见，它将生活的趣味与艰辛、"人"的尊严感以至对民族文化传统的反思融为一体，具有深刻的社会讽刺意义。《波玛廷》(1933)运用象征手法描写了一个老木偶艺人一生给别人送去欢乐，临终却独自一人在树林里默默死去，身边陪伴他的只有那个木偶道具美人。小说中有两段这样的描写：

　　一天傍晚，我茫然凝视着西方的天际。空中云蒸霞蔚，那些金灿灿、红彤彤、紫盈盈、灰朦朦的彩云在莫测的风流驱使下不断翻滚变幻着形状，表演着婀娜的舞姿。忽而，一朵云彩从大片的云海中游离了出来，好像它在云王统治的国度里找不到立足之地，只好东飘西移孤伶伶地游荡着。

　　……

　　柔和的夕阳洒在木棉树苍白、粗糙的树皮上，闪着淡粉色的光芒，在没有叶子的枯树杈中，栖息着一只羽毛蓬松的乌鸦，那姿态像是要朝它的猎物头部啄去。在这树枝下，波玛廷挺着腰，左手攥着挎在肩上的木偶线，右手遮在额前，凝视着西方即将落山的一轮残日。

作者用孤独的云朵、即将落山的残日象征老艺人孤苦飘零、风烛残年的一生。读后给人以诗一般的悲凉意境。佐基在1933—1937年间创作了10篇短篇小说，其中5篇是讽刺文。《蒲甘集市》中离开了经典就不会思考和说话的"书本学者"、《钥匙串和神像》中的"爱屋及乌者"、《他的妻》中躲入佛门求清净"靠老婆吃饭"的懒汉等都给读者留下了深刻印象。

敏杜温的《昂大伯骗人》(1931)看似简朴，却催人泪下，寓意深刻。小说以一个稚嫩的孩童的生命鞭挞上层社会的权势和黑暗。作者对这一主题的深入挖掘，还出现在颇有喜剧色彩的《扎耳朵眼仪式》中。《蓑衣》(1932)以悲凉、抒情的格调述说一个孟族插秧妇还没有从失去丈夫的悲痛中解脱出来就又陷入了幼子被大雨冲走的痛苦之中，最后她在寻子途中悲伤而死。后来人们传说她变成了一只鸟，继续寻找她的儿子。

德格多貌丹新的《我错了》(1931)写得平实自然，固达的《球场裁判"瓦喜改"》(1931)以诙谐笔调描写乡下踢足球场面。

这些实验文学的短篇小说为当时毫无生气的缅甸文坛开辟了一角绿洲，注入了生机活力。实验派作家们形成了一个富于艺术创新精神的群体。他们在对西方文化和东方文化包括本民族传统文化的双重吸收中探索民族新文学的发展之路。他们中间有的人更倾向于对传统的吸收，表现出向民族艺术传统复归的思想倾向。有的则更努力于对外来的创化，从异质文化文学中寻求更广阔的视野，在对西方文学的吸收借鉴中彰显民族文学艺术的特色。以德格多貌丹新、吴纽等人为代表的一派更加推崇缅甸古典文学，主张恢复蒲甘碑铭那种朴实的文风，维护缅甸固有的民族文化；以德班貌瓦、佐基、敏杜温为代表的一派则表现出大胆革新、勇于创造的特性。客观写实与主观抒情的自然结合构成了实验文学短篇小说的突出特色。

实验文学运动因第二次世界大战而中断，但它对缅甸文学的影响是持久和深远的。

二、印度尼西亚"新作家派"

1926年民族大起义失败后，荷兰殖民政府进入了它在20世纪历史上采取最严厉镇压手段的阶段。不但共产党和革命组织被取缔，与荷兰殖民政府持不合作态度的民族主义政党也被勒令解散，民族解放运动转入低潮。[1]在这个时期里，一切反殖民政府的政治活动已难以进行，一部分知识分子在严酷的现实面前得出了这样的结论：既然不合作只是通向监狱或流放地的护照，何不采取温和的渐进的更有效的方法？于是，进入30年代后，更多的知识分子把注意力集中到文化领域，希望通过建设一种民族新文化来满足民族发展的需要，达到国家自强。但什么样的新文化才真正符合时代要求呢？针对这一问题，出现了"西方派"与"东方派"之争。双方的观点针锋相对，整个论战延续到40年代荷兰殖民政权垮台为止，影响了印尼文学在这一时期的整个发展。

以达迪尔·阿里夏巴纳为代表的"西方派"认为，要克服本民族在物质和精神方面的落后状态，只有在政治、经济、文化上仿效西方国家，吸收它们的先进知识，改变陈腐的旧观念，才能赶上现代世界发展的步伐。对民族传统文化，他们持否定的态度。而以萨努西·巴奈为代表的"东方派"则认为对民族传统文化不能采取虚无主义的态度，要以东方精神文化为体，西方物质文化为用，把二者结合起来建设民族新文化。

在东西方文化论战的背景下，1933年由达迪尔·阿里夏巴纳、尔敏·巴奈、阿米尔·哈姆扎发起创办的《新作家》杂志问世了。这是第一家由印尼作家自己创办的全国性的文艺月刊，它为处于分散状态的印尼作家提供了一个共同的论坛和园地，所以很快就成为当时印尼各地作家的一个中心，不但吸引了为数众多的苏门答腊作家，也吸引了印尼其他地区的作家。[2]《新作家》的创作主题也不再局限于个人反封建的范围，而是扩大到社会文化的更多层面，有的着重于揭露批判社会的不良现象，有的在探讨东西方文化冲撞中人们的世界观和价值观的变化，有的表现个人命运的不幸遭遇，有的则表现强烈的民族主义精神。与此同时，创作的题材体裁也更加多样化，小说、诗歌、戏剧全面发展。此外，《新作家》的艺术风格也强调个性化，不同的作家有不同的特点，突出了作家的自我意识和个人风

---

① 梅·加·李克莱弗斯著：《印度尼西亚历史》（周南京译），北京：商务印书馆，1993年版，第247页。
② 梁立基：《印度尼西亚文学史》，北京：昆仑出版社，2003年版，第516页。

格。就拿《新作家》的三位创办人来说，他们各有各的文艺主张和创作风格，都对以后的文学发展产生了重大的影响。

达迪尔·阿里夏巴纳反对"为艺术而艺术"，他主张艺术为民族建设服务，认为文学必须有倾向性，必须发挥宣传教育的作用。对他来说，所谓"有用的东西"就是西方的东西，所谓倾向性就是倾向西方化，所谓发挥宣传教育作用就是宣传他的西方化主张。尔敏·巴奈在东西方文化论战中并没有亮明自己的立场和观点，但他主张"艺术是社会的一面镜子"，要求文艺反映社会现实，所以他在创作上比较倾向现实主义，多反映他所熟悉的上层知识分子的彷徨、苦闷和无所适从。与达迪尔·阿里夏巴纳的文艺观点和主张直接相对立的是萨努西·巴奈的文艺观点和主张。他反对达迪尔·阿里夏巴纳的文艺要有倾向性的主张，提出"艺术为艺术"的口号，但又有别于西方的"为艺术而艺术"的主张。他的所谓"艺术为艺术"就是指"艺术产生于梵我一如和集体主义之中，产生于我与宇宙和人性的合一"。[①]

东西方文化论战和《新作家》的创办大大推动了印尼文学的近代化进程。这个时期《新作家》发挥了重大的作用，它成功地打破了官方图书编译局的长期垄断，把全国分散的作家吸引到自己的周围，形成一定规模的作家队伍，有人称之为"新作家派"，称这个时期，即整个30年代到1941年荷兰殖民政权垮台为止，为"新作家"时期。其实《新作家》只是一个全国性的文艺刊物，不是一个文艺团体。所谓"新作家派"也不是一个文艺流派，它并没有自己的文艺纲领，各作家的创作风格也各不相同。但它有一种无形的凝聚力，能把全国的作家调动起来，为创造民族的新文化和新文学共同出力。所以，从某种意义上讲，所谓"新作家派"确实代表了那个时期文学发展的主流，是指30年代最活跃和最有成就的作家群体。在这个群体中，小说创作方面最有代表性的是达迪尔·阿里夏巴纳和尔敏·巴奈。在诗歌创作方面，出现了桂冠诗人阿米尔·哈姆扎，他把印尼诗歌的发展提高到一个新水平。戏剧创作方面，萨努西·巴奈的历史剧和现代剧代表了这个时期的最高成就。30年代印尼文学的全面发展为独立后的印尼文学打下了坚实的基础。

达迪尔·阿里夏巴纳是"西方派"的代表，《新作家》的主要创办人。他1908年生于苏门答腊北部的纳达尔，从小受西方教育。1930年任图书编译局的刊物《图书旗帜》的主编，1933—1942年和1948—1953年主持《新作家》的工作。1947—1952年任《印度尼西亚语言建设》的主编。50年代前后他还创办人民图书出版社，经营文化图书的出版和发行业务。达迪尔在图书编译局工作期间就开始写小说，《命途多舛》（1929）、《匪窟少女》（1932）和《长明灯》（1932）三部小说是达迪尔的早期作品，尽管在艺术上还存在许多不足，但在语言上却已显示出他的才华。真正奠定达迪尔在印尼近现代文学中地位的是他发表于1936年的长篇小说《扬帆》，这是他贯彻他的西方化观点和有倾向性文艺主张的代表作。

---

① 梁立基：《印度尼西亚文学史》，北京：昆仑出版社，2003年版，第520页。

《扬帆》表面上是个爱情故事，实际上是东西方文化论战的一种艺术表现。杜蒂是小说中的女主人公，她深受西方资产阶级文化的影响，专心致力于妇女解放运动，积极投身社会活动，是"西方化"新女性的典型。而她的妹妹玛丽亚却是一个典型的传统女性。一个偶然的机会，姐妹俩在水族馆里与大学生尤素福相遇相识，彼此都很有好感。在交往中，尤素福对杜蒂更多的是敬重和赞赏，有点敬而远之，而对玛丽亚的天真烂漫和热情率直的性格则更有亲切感。最后他选择了玛丽亚作为心上人。杜蒂在恋爱和婚姻问题上非常看重独立的人格和自己的崇高理想，决不做男人的附庸，为此她拒绝了不少人的求婚。但随着年龄的增长，理智和感情的矛盾越来越明显，有时杜蒂也会感到感情上的空虚。对一个理想的新女性来讲，缺乏感情生活仍然是个很大的缺憾，且有损于她的完美形象。为了给杜蒂这一西方化新女性找个美好的归宿，作者在小说的结局"安排"玛丽亚染病身亡，临终时留下遗嘱希望姐姐与自己的恋人尤素福结成理想的夫妻。玛丽亚死后，杜蒂和尤素福一起到玛丽亚墓前凭吊，他们俩出于对玛丽亚的爱和"内心互相了解和尊重"终于结合在一起了。

从艺术的角度而言，这部小说算不上佳作，作品对人物性格的刻画比较肤浅，有些概念化，没有深入到内心世界去揭示人物思想感情的活动，但它之所以成为印尼30年代"新作家"时期最重要的作品之一，得归功于杜蒂这个追求妇女解放、渴望独立自主、视民族复兴为己任的新女性形象的塑造。作为"东西方文化论战"的产物，杜蒂是作者西方化理想的化身，也是作者思想的传声筒。整部小说反映了当时"西方派"的主要观点和立场，贯彻了作者所谓的文学的倾向性。从这部小说，我们看到印尼社会的思想变革使文学得以全面深入的发展，个人反封建已不再是时代的主题，作家把目光移向与民族发展更密切相关的社会文化等重大问题上，探索个人、家庭乃至整个社会在东西方文化的冲撞中如何建立新的思想意识和价值观念。[①]这种转变和深化是印尼近代小说走向成熟的一种标志。

日本占领期间，达迪尔由于他的全盘西化的主张不可能再从事创作。直到60—70年代他流亡国外期间才有新著出版。他后来发表的小说仍然坚持他的西方化观点，不过在某些方面已做了一些调整和修正。

《新作家》的另一位创办人尔敏·巴奈是30年代最有成就的作家。他是萨努西·巴奈的胞弟，生于1908年，从小受西式教育，当过记者和教师。在文化大论战中，尔敏·巴奈并没有亮明自己的立场和观点，有人说他是一个彷徨人物，在东西方文化交锋中摇摆不定。他自己也说，"这个时代是彷徨的时代，一切都没有个准儿。所有的人都悬在半空中，上不去，下不来，找不到一个立足点"[②]。正因为如此，尔敏相当熟悉"彷徨人物"的内心世界。1940年他在《枷锁》中得心应手地刻画了托诺和蒂妮这两个"彷徨时代"悬在半空中的典

① 唐慧：《略论印尼现代小说中的知识分子形象》，载《国外文学》，2001年第1期，第33页。
② 梁立基：《印度尼西亚文学史》，北京：昆仑出版社，2003年版，第519页。

型人物,揭示了在东西方文化的冲撞和摩擦中知识分子所表现出的迷惘和矛盾。

《枷锁》的主人公托诺和妻子蒂妮是受过西式高等教育的新一代知识分子,被人们看作是最理想的一对伉俪,然而他们却过着同床异梦的生活。托诺是位名医,虽然生活已西化,但骨子里仍残留着东方传统文化的根,他要求妻子是个服服贴贴伺候丈夫的传统女性。而蒂妮却是西式学校培养出来的"新女性",她当过校花,许多男人拜倒在她的石榴裙下,她热衷于社交活动,喜欢出头露面,爱慕个人虚荣。两人的思想差距越来越大,最后出现感情危机导致家庭破裂。

《枷锁》被西方学者认为是印尼近现代小说中唯一能触动西方读者内心情感的一部作品[①],而它的与众不同之处就在于描写了被一些人认为是"不道德"的、揭了人家"隐私"的婚外恋故事。这是以往作家所不敢触及的现实主题。从表面上看,小说只不过描写了夫妻关系不和,第三者插足造成家庭破裂的故事,但如果从深层来分析,把人物性格放在特定的社会文化环境里,联系他们所属的社会阶层的本质特征,就会发现小说内在涵义的深刻性。20世纪30年代末的印尼社会是东西方文化猛烈撞击中现代知识分子无所适从、彷徨徘徊的社会,这样的时代背景使这类作品的产生成为可能。托诺和蒂妮所具有的那种矛盾心态,是新文化与旧传统的摩擦、不融合在他们身上的折射。许多知识分子像托诺一样具有双重性格:对外,是掌握了西方现代知识、富有人道主义精神的"新派人物";对内,却是落后保守、封建家长意识浓厚的"旧式人物"。这种分裂性正是西方资产阶级文化和东方封建阶级文化在他们身上相互影响的结果。作者用小说这面镜子确实把资产阶级上流社会虚伪、自私和堕落的面目全照了出来,反映了30年代资产阶级知识分子的苦闷和彷徨以及西方文化对印尼传统家庭关系的巨大冲击。

由此,《枷锁》被誉为30年代"新作家"时期最有创新意义和最有影响力的现实主义小说。尔敏·巴奈在反映社会现实的深度上大大超过了同期的其他作家,而在创作方法和写作技巧上也大大超前于他们。作者第一次采用西方现代小说意识流的写法[②],善于挖掘人物的内心世界,刻画人物的心理特征,用简洁明快、清新流畅的语言揭示出人物的内心变化和精神状态,使呈现在读者面前的人物个个都有灵有肉,为印尼小说创作开一代新风,对后来文学的发展产生深远影响。

被誉为"新作家派诗歌之王"的阿米尔·哈姆扎(1911—1946),是20世纪30年代印尼文坛最重要和最具影响力的诗人。他没有直接参加东西方文化的大论战,但他是在东西方文化的熏陶中长大的。他生于苏门答腊朗卡特宫廷贵族家庭,从小受伊斯兰教和马来古典文学的熏陶,有很深的造诣。但他也在荷兰学校念过多年的书,接受西方文化的影响,参加过青年学生运动。所以在他身上可以看到两种文化的撞击和封建贵族的阶级烙印与现代民

---

① A. Teeuw: *Sastera Baru Indonesia*, Penerbit Universiti Malaya 1970, p.86.

② 梁立基、李谋:《世界四大文化与东南亚文学》,北京:经济日报出版社,2000年版,第432页。

族意识之间的矛盾冲突。尽管他向往个人自由和幸福，追求个性解放，可是他阶级出身所带来的烙印和从小受到的封建传统文化的教育又把他紧紧地捆住，使他不敢越雷池一步。这两种文化的摩擦和冲突造成了他一生的悲剧命运，也为他的诗歌创作定下了基调。

阿米尔·哈姆扎的诗歌创作可分两个阶段。第一阶段的诗歌是他离开朗卡特素丹宫廷到爪哇学习期间写的。这个阶段的作品大多已收进他的诗集《相思果》（1941），其中大部分诗歌以抒发个人的幽幽情思和乡愁为内容，思想比较单纯，感情率真质朴，充满年轻人的浪漫情调。第二阶段的诗歌是在他被召回朗卡特宫廷之后写的，大多已收进另一部诗集《寂寞之歌》（1937）。从思想内容上来看，阿米尔·哈姆扎第二阶段的诗作过于悲观绝望，似乎没有积极的意义，但如果把他的悲观绝望与他所遭受的殖民主义和封建主义的打击相联系，他的诗还是有一定的历史意义，反映出荷兰殖民统治时期一代诗人的悲剧命运。哈姆扎的诗以清丽多彩、音律优美著称，在诗坛上独享盛名。尽管他的后期诗作过于消极和悲观，但在艺术技巧上却臻于完美。有学者说他是"马来诗歌的结束者和印尼诗歌的开创者"，是"战前惟一达到国际水平和具有永恒文艺价值的诗人"。[①]

从以上几个主要作家的情况来看，"新作家派"很难说是一个文艺流派。不过，《新作家》确实为印尼文学的近代化转型开辟了走向全国发展的道路，当时许多有名的作家，如巴厘贵族出身的约曼·班基·迪斯纳、同情劳苦大众的米纳哈萨诗人达尔约、基督教诗人达登庚、伊斯兰教作家哈姆卡、女作家丝拉希等，都与《新作家》分不开。他们用不同的创作风格从不同角度和不同方面反映了30年代印尼社会的发展变化。作为"东方派"代表人物的萨努西·巴奈，虽然没有参与到"新作家派"的活动中去，但他也通过文学创作在积极宣传他的观点和主张，探讨民族悲剧的根源。

总体而言，30年代"新作家"时期的小说创作已经越过20年代个人反封建文学的局限性而向纵深发展，围绕东西方文化论战的民族新文化建设问题成了作家注意力的焦点。此外，社会存在的各种弊端和不良风气，妇女解放问题以及宗教信仰问题等也成为作家的关注对象。所以这个时期的小说创作题材更加多样化，风格也更加个性化。但需要指出的是，在探索如何建设印尼新文化新文学的历史过程中，东西方文化大论战和"新作家派"的新文化运动无疑起到了积极的促进作用，但也存在严重的不足和缺陷，那就是没有直接与反帝反封建的民族斗争相联系，只停留在文化的层面上，这与当时殖民统治下的政治环境不无关系。当40年代印尼反帝反封建的民族斗争走向高潮时，东西方文化大论战和"新作家派"的活动便被远远地抛在时代之后，难有更大的作为。

三、越南浪漫主义文学

在西方文艺思潮的影响下，20世纪初期10、20年代里，越南的浪漫主义文学开始萌芽。这一时期代表性的诗人有伞沱等。

---

① 梁立基：《印度尼西亚文学史》，北京：昆仑出版社，2003年版，第546页。

　　伞沱（Tản Đà，1888—1939）是越南浪漫主义文学先驱中的佼佼者，他是越南近代文学向现代文学转变时代承前启后的一位重要诗人。伞沱性格放荡不羁，恃才傲物，抱有雄心壮志："生为男儿桑蓬志，顶天立地大丈夫。双肩誓将山河扛，铁笔能铸赤丹心。"伞沱的诗歌一开始就向越南20世纪初的越南诗坛吹了一股清新之风气。他的诗歌迎合了城市公众的欣赏趣味。在经过一段时间后，伞沱的诗歌渐渐被人们冷落，加上自己卖文生涯的坎坷，便产生了怀才不遇，不被人欣赏的悲凉之感。《上天申诉》抒发了诗人有才而不被重视、多情而无人垂青的失望落魄的情感：

> 禀告玉帝：小人实在穷，
> 　尘世立锥之地皆无。
> 幸亏当初学有所成，
> 　立身之本经纶满腹。
> 纸墨、印刷靠他人，
> 　借担沿街来叫卖。
> 下界文章贱如浮萍，
> 　赚得铜子难又苦。

　　伞沱大量接触中国文学尤其是唐诗，深受唐朝诗人李白的影响。诗风奔放自由，无拘无束。酒、梦、怨、情交织组成了他的诗歌的亮丽风景线。《春日诗酒》抒发了一种"人生得意须尽欢，莫使金樽空对月"（李白《将进酒》）的思想：

> 天地生就诗与酒，
> 无诗无酒生徒劳。
> 功名二字淡如水，
> 百年事业轻如毛。
> 沱江奔流不停息，
> 远望伞圆彩云渺。
> 有诗有酒春常住，
> 青春诗酒乐逍遥。

　　在被奉为"酒仙"、"诗仙"的李白的《将进酒》中有这样的诗句："钟鼓馔玉不足贵，但愿长醉不复醒。古来圣贤皆寂寞，惟有饮酒留其名。"将《春日诗酒》与《将进酒》相比较，发现两首诗歌在主旨上是一致的。将伞沱与李白两相比较也发现两人的思想是相通的。在伞沱的一生中，他把李白当成偶像来顶礼膜拜，揣摩李白的诗歌，学习李白的人生思想。李白有"谪仙人"之美称。伞沱把自己比做李白，也称自己为"谪仙"。在《上天申诉》一诗中，伞沱在告别天庭诸位神仙时，他说道："俯瞰人间遥万里，天仙留步，谪仙去。"

伞沱在诗歌艺术方面精雕细琢，精益求精，对字词下工夫琢磨推敲，韵律也极为讲究。他不仅在唐律、六八体等律诗方面取得很大的成就，更重要的是他在自由体诗歌方面开创了新的道路。在《送别》这首自由体诗中，句式灵活、每一句的字数也多有变化，一句7个字、4个字，还有2个字。

> 桃叶纷纷落天台，
> 溪边黄莺鸣幽长。
> 半年仙境，
> 一步尘埃，
> 旧约新缘就此了。
> 小路、青苔，
> 水流、花漂，
> 仙鹤一飞冲天去，
> 从此天地相隔远。
> 洞门，
> 山颠，
> 旧路，
> 千年怅望月照明。

伞沱在文学上义无反顾、坚韧不拔的追求和努力，推动了民族诗歌的进步。同时，为后来新诗派的蓬勃发展奠定了基础。

1931年以后，越南安沛起义和义静苏维埃运动相继失败，越南革命处于低潮。越南知识分子阶层笼罩着一片悲观的情绪。在这种形势下，出现了一批感伤主义作家，主要是资产阶级的知识分子，他们不敢用政治和军事手段进行反抗法国殖民者的斗争，便转向了用文化进行反封建的斗争。他们宣传个性解放，要求恋爱自由、婚姻自由，号召冲破封建礼教的桎梏。他们提出"青春快乐"的口号，宣扬要及时行乐等。越南的浪漫主义文学就是在这种形势下逐步发展起来。

这一时期，越南诗坛上还出现了对旧诗进行改革的主张，于是，产生了"新诗"运动。它具有浪漫主义、"艺术为艺术"的倾向和色彩，它脱离当时火热的民族解放斗争。浪漫主义的诗人们在苦苦追求自己的道路，追求的结果是越走越迷茫，越来越走进孤单、彷徨的

"自我"、走进理想的"爱情"。爱情是他们创作的唯一主题和源泉，爱情是最崇高的生活真谛。这一诗派的代表诗人有刘重庐、春妙等。他们是"新诗"运动的主力军，他们写了大量倡导个性解放、追求个人自由、诗体灵活的自由诗。

刘重庐（Lưu Trọng Lư，1912—1991）的诗是以脱离现实的"自我"出现，充满了"情"、"愁"和"梦"。在他的诗歌中，外部世界暗淡无光，世间的一切形象、声音等包涵在心灵的梦幻世界中。《秋声》是一首最能体现刘重庐艺术风格的诗歌：

> 少女不听秋季，
> 朦胧月下惆怅不安？
> 少女不听躁动，
> 征夫身影，
> 深埋孤独的闺妇心中。
> 少女不听秋林的声响，
> 秋叶落沙沙，
> 金黄的麇鹿踏在金黄色的枯叶上，
> 在疑惑张望。

《秋声》是一首朦胧诗。它分为3段，只有短短的9句。它把几个跨越时空、互不关联的几个意象拼凑在了一起。"无迹可求"、"难以言传"、"超凡脱俗"是不少评论家对这首诗歌的评论。在这首诗歌里，三次出现"少女不听……"，"少女不听……"，实际上是诗人自己不听。"少女不听秋季"中"听"是作者煞费苦心运用的一个"诗眼"，作者的用意就是要用心灵去感觉、去"听"，而不用"看"。

春妙（Xuân Diệu，1916—1985）是20世纪初期越南最著名的浪漫主义诗人之一，春妙对"诗人"有两句非常形象的诠释："作为一个诗人，他就要随风吟唱、随云遐想、月中期盼。"《春天的微笑》是颇能表现他风格的一首诗歌：

> 花园中欢乐的小鸟在啼叫，
> 少女在露珠丛中、朝霞映红脸庞，
> 多么柔媚的初春啊！
> 花朵织成了少女的微笑。
> …… ……
> 飘柔的柳丝妩媚动人，
> 美丽的花朵艳丽无比，

　　　随风飘来爱的抚摸，

　　　爱的芳香沁人心脾，

　　　少女在侧耳倾听，

　　　远处传来美妙的歌声，

　　　少女脸上春意浓浓，

　　　惹得何人心思难定。

　　　少女在期盼着一个人，

　　　未曾约定——这花朵纷飞的春季，

　　　与远方的少年，

　　　少女含笑站在花丛中。

　　春妙的诗歌体现了当时越南青年们在西方新思潮冲击下的对新人生的"躁动"。春妙的诗歌充满了激情，充满了对爱情、自然美景等人间一切美好东西的眷恋。他认为人生是短促的，青春稍纵即逝："春天正在来临，来临就意味着正在流逝，/ 春天乍到，乍到就意味着即将结束，/ 春天结束就意味着我生命的终结。"（《匆忙》）"快快，急急，/ 阿妹，年轻的爱情就要衰老；/ 可爱的小鸟，我的心，/ 快点吧！时间不等人。"（《催促》）诗人要人们珍惜时光、抓紧享受生活与爱情："追逐彩云与长风，/ 在蝴蝶飞舞中享受爱情，/ 在长吻中长睡不醒。"（《匆忙》）"打开金口……说爱我，/ 那怕只有一分钟！"（《爱我吧》）

　　爱情诗在春妙诗作中占了重要的成分。《远》描写了年轻男女之间大胆、炙热的爱情，是春妙独具匠心的一首诗：

　　　两人要头接头，胸贴胸！

　　　两人要互相把头埋在对方的头发中！

　　　双手要紧紧搂抱着对方的肩膀！

　　　全部的爱情通过秋波传送！

　　　朱唇紧紧贴在一起，

　　　让阿哥感觉玉齿的温暖；

　　　在陶醉中，阿哥会轻轻告诉阿妹：

　　　"再近点！这样还是太远！"

　　两人都贴在一起了，怎么还说是远？上面这首诗歌的题目《远》和诗歌的内容"近"，初一看似乎是矛盾的，但仔细琢磨，这样的安排正是作者的独到与巧妙。在作者看来，相爱的双方应该是融为一体的，应该把自己的生命融化到对方的肌体中，成为对方生命的一部分！头四句作者用了四个感叹号，这是作者发自肺腑的强力呐喊！生生相恋，相爱至深，至死不分！这就是作者推崇的最高的爱情境界。

越南"新诗派"的爱国主义表现在对民族语言的热爱上。他们所处的时代，法语占据统治地位，越语受到歧视。而他们敢于捍卫民族语言，尤其是为丰富越南语的表达，推动越语的使用做出了贡献。同时，为越南诗歌的推陈出新贡献了力量。

越南浪漫主义小说家以"自力文团"的组织者一零（Nhất Linh，1906—1963）和概兴（Khái Hưng，1896—1947）等为代表，他们作品的内容大都反对封建礼教，提倡婚姻自由和个性解放。

一零的《断绝》（Đoạn Tuyệt）1934年在《风化报》上连载，1935年成书出版。此书出版后，受到厌倦旧生活、渴望新生活的广大青年男女的热烈欢迎。故事是这样的：上过学的"新潮女孩"鸾，暗恋着一位有理想的青年勇。鸾的母亲因为欠债，不得已把自己的女儿嫁给了通判的儿子砷。因为鸾是一个孝子，又与勇发生了误会，以为勇不爱她了，赌气嫁给了砷。鸾的婆婆和小姑在家庭生活中对鸾百般刁难，鸾后来生了一个小孩，因为婆婆的迷信治疗，最终葬送了小孩的生命。与此同时，砷又移情别恋，娶另一个姑娘为妾。有一天晚上，因为一点小事，鸾遭到了婆婆的毒打，砷在对鸾行凶的时候，不小心摔倒了，不巧正好碰上了鸾手中裁纸的刀，刀刃刺向了砷的胸部，砷不幸身亡。尽管是无意的，但鸾还是被送上了法庭。在法庭上，鸾大声疾呼：新派女性要想幸福就要与丈夫的封建大家庭"断绝"。出于对"新派女性"的好感，一名法国律师竭力为鸾辩护，结果鸾被无罪释放。鸾获得了个人自由，走出了家门，走上了社会，参加了办报的工作。勇四处漂泊，始终关注着鸾的生活，最后，他找到了鸾，重续旧情。

这部小说不仅是一零的代表作，还是"自立文团"办社宗旨、文学创作思想的形象化阐释，是艺术化的"人权宣言"。在小说中，面对婆婆迫害，鸾忍无可忍："任何人没权骂我，任何人没权打我……你是人，我也是人，人都是平等的。"在当时的越南社会，封建意识还沉重地压迫着人们，支配着人们婚姻方面的言行。《断绝》主张把妇女从封建大家庭中彻底解放出来，主张妇女走上社会以及男女平等。这都有一定的进步意义。《断绝》的整个思想、主题可以归结到鸾的辩护律师——作者的代言人——的发言中："维护家庭！但千万不要把维护家庭当成是把人变为奴隶。奴隶制度早已废除了，我们每当想到它就会不寒而栗！可是有谁会想到这种令人赌咒的制度还存在于安南的家庭中……那些吸收了新文化、接触了人道主义和个人自由权利的人士，毫无疑问要摆脱这种制度。"

概兴的《半截青春》（Nửa Chừng Xuân）控诉了农村的大地主和官吏，控诉了封建礼教对人性的无情践踏，控诉了"一夫多妻"制。它讲述的是：主人公阿梅姑娘漂亮、善良，在父亲去世后，与弟弟阿辉相依为命，并勇敢地挑起了供养弟弟求学的重担。在回乡的火车上，金英县官的儿子阿禄与儿时的小伙伴阿梅相遇，他见阿梅出落得楚楚动人，便爱上了她。一年后，两人结合了。阿禄的母亲安硬是拆散了这对鸳鸯，逼着禄娶了熏的女儿。婚后禄仍思念梅。安得知梅生有禄的孩子，便想要回孩子。遭梅拒绝后，安又想让梅当禄的妾，梅不从。梅与禄在火炉旁彻夜倾诉衷肠，梅对禄说："虽然不能在一起，但我们的心灵仍然贴在一起。"

随着民主阵线的建立和发展，越南革命逐渐转入高潮，新的革命形势吸引和影响着广大知识青年，那些远离社会现实生活、宣扬虚无"理想境界"的消极浪漫主义文学作品便渐渐失去了影响，失去了发展势头。

这一阶段浪漫主义作品的哲学和美学基础是主观唯心主义和"艺术为艺术"的观点，主要表现在作品人物的个性与环境、理想与现实的绝对对立。浪漫主义的作家在解决理想与现实的矛盾的时候，往往显出主观主义的倾向。他们总是让现实服从于理想。一零和概兴的小说的结局总是遵从作者模糊的理想和空想来解决矛盾。如《蝶魂仙梦》的结局是：玉和兰只能分离的时候，玉发誓要终生在心灵中供奉兰："我的大家庭是人类、是宇宙；而我的小家庭是我们俩的灵魂，隐藏在佛祖慈悲的光环之下。"

第四节　现实主义文学

一、越南批判现实主义文学

20世纪初期，范维逊、胡表正、武庭龙和阮伯学的国语小说创作，克服了过去现实主义文学中的缺陷和不足，较为完整地建立了符合新环境要求和新时代审美的新文学，为越南批判现实主义文学的发展奠定了基础。

20世纪30年代，印度支那共产党领导的工农革命运动使一些作家不同程度地接受了进步思想。共产党和革命群众运动推动了批判现实主义文学的蓬勃发展，促进了批判现实主义文学和革命文学的融合。越南批判现实主义作家们揭露越南黑暗现实，真实地描写越南人民在殖民者、封建势力压迫下的痛苦和灾难。

1935年，随着越南革命政治形势的变化，印支共产党紧紧抓住政治环境有所宽松的有利时机，鼓励作家们积极投身革命斗争，深入群众生活，通过合法的报刊发表揭露黑暗现实、反映民众疾苦的优秀作品。这一时期，一大批现实主义的优秀作品问世，使越南的批判现实主义文学取得了前所未有的辉煌成就。作家力量空前壮大，最早有阮公欢、吴必素和武重奉等，后来又加入了元鸿、南高、秀肥等。

阮公欢（Nguyễn Công Hoan, 1903—1977）以丰富的社会现实素材，以写实的创作方法和凝练、老到的艺术手法，写出了大量反映法国殖民地时代的社会现实、具有很高艺术性的小说，肯定了他在越南30年代批判现实主义发展初期领头羊的地位。

阮公欢用辛辣的笔端，反映了越南殖民地、半封建社会的剥削、压迫、贫富不公等社会现象。如短篇小说《资本家的狗的牙齿》：有一个多日未进食、饥饿难耐的乞丐，"虎视眈眈地盯着狗的饭碟，长长的口水流了下来……他真想跟狗换一换身份，做富人家的狗！"饥饿的折磨鼓起了他的勇气，他"手拿大石块，不要命地冲了过去，麻利地抢了一块食物，急忙塞到了嘴里"。在与狗的生死搏斗中，乞丐的脸被狗抓破了，鲜血直流，他也打掉了狗的两颗牙齿。在狗主人的追赶下，他仓皇逃命……殖民地半封建的越南社会是多么的不平等啊！狗吃的是肉鱼，而大街上的乞丐却粒米难寻，终日饥肠辘辘，被迫抢夺狗的食物。这个场景令人惨不忍睹！作者抓住了"人狗争食"这个典型的生活场景，从而展示了整个社会的贫富不均和处在社会底层的乞丐、流浪汉等人群的非人生活。

阮公欢对其他社会底层的人群如小偷、车夫、妓女等也寄予了深切的同情。《人马马人》是非常典型的一篇：在大年除夕之前的晚上，一个车夫正在等待客人，为的是赚了钱好回家过年。他正焦急等待之时，终于等来了一位客人。这位客人原来是一位妓女，她也正在寻找客人。她坐上车夫的车，满大街地跑了几个小时，可是人们都回家过年了，妓女未能如愿，自然也就没有钱付车费。最后车夫在人们迎接新年的鞭炮声中拉着车子沮丧地走在空空的大街上。上述这些人的大量存在，是殖民地黑暗社会的集中表现，是贫穷制造的恶果。作者对残酷无情现实的揭露真是入木三分，鞭辟入里。

《男角四卞》(Kép Tư Bền) 是阮公欢短篇小说的代表作。四卞是一个贫穷的从剧演员，为了挣钱给父亲看病，他不得不把重病的父亲撇在家里，出去演戏。在舞台上，他惦念着家中的老父亲，内心极端地痛苦，而表面上却要高兴地大笑、大唱，努力做各种惹人笑的动作，因为他演的正好是一出喜剧《好好知县》。他走下舞台，喜剧结束，悲剧开始了：他父亲在他演出时去世了。舞台上的喜剧与他生活中的悲剧形成了鲜明的对比。为了钱他要卖笑，为了钱在他哭的时候，却得违心地笑，这就是殖民地社会中越南百姓的生活。

阮公欢 1938 年发表的《穷途末路》(Bước Đường Cùng)（又译《最后的道路》）是他长篇小说中的代表作。《穷途末路》是八月革命前阮公欢所写的思想性、艺术性最高的一部作品，也是越南成就最高的批判现实主义的作品之一。它通过描写农民阿坡一家遭受高利贷、苛捐杂税和徭役等的沉重压迫，被逼上"穷途末路"、妻离子散、家破人亡、最后奋起反抗的故事，描绘了一幅 30 年代越南农村的社会生活画卷，真实反映了广大农民在土豪劣绅和封建官吏的盘剥和掠夺下贫苦的生活，揭示了农村社会深层次的阶级矛盾。

阮公欢的小说以语言凝练、讽刺性强和诙谐著称。在短篇小说《体育精神》(Tinh Thần Thể Dục) 中，作者用诙谐的笔调，讽刺了法国殖民者所倡导的体育运动和所谓的"体育精神"。看足球赛，对现代人来说是一件轻松愉快的事情；可对于越南 30 年代那些吃不饱、穿不暖的穷苦农民来说，无疑是一件痛苦的事情。小说中描绘的抓人看球的景象就像是抓壮丁一样：乡村的黎明被吵闹声、哭喊声所打破，里长在村亭里大声叫嚷着，命令巡丁去抓那些没有按时到的人。巡丁举着火把，拿着戒尺，破门而入，把那些藏起来的农民，生拽硬拉地拖到集合地点。紧张、激烈的"大搜捕"结束后，人数仍然没有达到规定的要求。在去县城的路上，里长、巡丁就像是押着一队俘虏兵，提心吊胆，生怕哪个再跑掉，更加不好交差。

阮公欢半个世纪的写作生涯，创作了大量艺术性很高的文学作品。他给越南人民和世界人民留下了宝贵的文学遗产。他是越南拉丁化国语文学兴起后不久崛起的著名批判现实主义作家，对国语文学的发展起到了积极的推动作用，同时对拉丁化国语的丰富和完善也做出了贡献。

吴必素（Ngô Tất Tố，1892—1954）是一位著名的批判现实主义作家，是越南具有重大影响的作家之一。吴必素目睹了地主阶级残酷剥削农民的现实，看到了封建科举制度的虚伪和腐朽，并在自己的作品中予以无情地揭露和抨击。

吴必素的代表作是长篇小说《熄灯》（Tất Đèn），它是越南30年代反映农民悲惨生活的又一力作。它与阮公欢的《穷途末路》交相辉映，相得益彰，成为反映30年代越南农民悲惨命运的两部经典小说。《穷途末路》侧重对整个农村生活的概括描述；《熄灯》则侧重对赋税方面农民所受的剥削进行深入的描写。人头税等各种赋税是殖民者在农村掠夺的一个最重要的手段，是挂在农民头上最锋利的一把剑。小说的主人公是乡村妇女阿西嫂。在不到一年的时间里，阿西嫂的婆婆和小叔先后去世，她和丈夫料理完两桩丧事，已经是一贫如洗了。因缴纳不起法国殖民者的人头税，他的丈夫阿西被官府抓去，惨遭毒打。为了救丈夫，阿西嫂只好忍痛将自己的一个7岁的女儿和一窝小狗卖给大土豪议员阿贵家。当她凑足钱，前往缴纳阿西的人头税的时候，收税官却告诉她，8个月前死去的她的小叔也得纳税。听到这话，她顿时如五雷轰顶。她家已经没有什么可以卖了。为了活命，她只好把自己未断奶的孩子托付给邻居，去给巡抚的父亲做奶妈。在巡抚家，阿西嫂险遭玷污，被迫逃离了巡抚家……然而，外边一片漆黑，她能跑到哪里去呢？她的命运就像夜晚一样黑暗、渺茫。

《熄灯》塑造了阿西嫂吃苦耐劳、忍辱负重、善良勇敢的越南农村妇女的典型形象。阿西嫂虽然是一个家庭妇女，但在丈夫被抓去之后，勇敢地挑起了家庭的重担。为了纳上税、救出被关押的丈夫，他把家里能卖的诸如甘薯之类全卖了，仍然凑不足税款。万般无奈，她把自己的女儿和一窝小狗卖了2元钱。遍体鳞伤的丈夫回到家，她精心伺候。隶兵头目带领一帮人来到阿西嫂家，逼迫阿西嫂交纳她小叔的人头税，并且动手打她丈夫。面对隶兵的暴行，阿西嫂忍无可忍，挺身而出，保护丈夫。身强力壮的阿西嫂与隶兵搏斗了起来，把虚弱的大烟鬼兵摔了个嘴啃泥。在官衙的审判过程中，她顶住了知府的利诱和胁迫，保持了自己的清白。后来在省里，为人当奶妈，又险遭淫官的暗算，阿西嫂反抗、逃出了牢笼。面对一次次的恶势力，阿西嫂一次次的奋起斗争，从不屈服，表现了越南妇女勇敢刚烈的本色。在越南文学史上，不少文学作品塑造了妇女的坚贞勇敢的形象，而男子则往往成为懦弱的典型。在《熄灯》中，阿酉嫂的勇敢与丈夫的胆小怕事、逆来顺受形成了鲜明的对比：当阿酉看到阿酉嫂把隶兵摔出去的时候，他"被吓坏了"，急忙阻止妻子："孩子他娘不要这样！别人打我们没事，我们打别人可要蹲监狱的。"阿酉嫂回答说："宁可蹲监狱！让他们横行霸道，我实在忍受不了。"

吴必素从一位封建儒学出身的儒士成长为一位封建科举制度的反叛者、掘墓人。在30年代复古运动泛滥之时，他敢于急流勇进，奋勇杀出。对他自身来说无疑是一场革命。他发表的长篇小说《草棚竹榻》就是吴必素的"革命宣言"。

《草棚竹榻》(Lều Chõng) 通过描写颇有才学的知识分子云鹤在科举仕途上奋斗、最终理想破灭的过程，有力地鞭挞了空疏无用、迂腐甚至欺世盗名的科举制度，对复古思潮予以有力的反击。围绕旧时代知识分子的生活遭遇，作者又深入解剖了官场和社会，揭示了科举出身的官吏昏聩无能，吏治的腐败堕落等社会现象。

吴必素与阮重术、阮克孝等同属于越南最后一代儒士，他曾为实现他父辈的凤愿在科举场上奋斗过，虽然他满腹经纶，才华出众，是当地有名的才子，但是，两次赶考均以失败告终。吴必素亲眼目睹过赶集般的考试场面，亲身经历过烦琐的考试过程，他对科举考试制度可谓是了如指掌。在小说中他对考场的布置、考试的程序和规则、考生和主考人员的言行、考生们狼狈不堪的景象等进行了系统和全面的描述。同时对封建时代知识分子受到的科举制的毒害有深刻的体会和切肤之痛的感受。有些人可谓是穷经皓首："在赶考泥泞的路上，有一位头发斑白、胡子也白了的老者脖子上套着考试的棚架、肚子上压着竹榻、笔墨，正四仰八叉地躺在路边。"这位老者的志向是死也要死在考场上！当听到落榜的消息后，考生们"发疯般地向考场里扔砖头"，他们"嚎啕大哭"，他们"喝得酩酊大醉，吐得一片狼藉"。科举考试真是一场闹剧！吴必素在小说中展示的科举考试是那样的真实可信，对封建科举的批判是那样的深入透彻，击中要害。

吴必素的杂文是他文学创作独具特色的一部分，他抱着忧国忧民的情怀，以极其猛烈的火力向法国殖民者和封建势力发起进攻。他的杂文尖刻犀利、咄咄逼人。如《统使大人与那天的一场雨》、《巴盖阁下肯定读过〈庄子〉》等作品就是他对印度支那殖民地的统使和统督指名道姓地进行评头论足。《安南官吏的发财之道》、《未来与太上老君》和《范琼先生的三角宪法》等对从越奸头子范琼、黄重夫到搜刮民众的知县、知府无不给予毫不留情地批判。《打西牌》等揭露了法国殖民者及其爪牙炮制的所谓的"人民代表院"、"开智进德会"等骗人的政治组织。不少文章如《请戈塔先生各处看看》、《无产者与所谓的经济复兴》等讲述了劳动人民的悲惨生活。《要问那座庙先供奉何方神仙？》、《他们又要靠那堆干骨头吃饭》等抨击了"佛教振兴运动"和当时兴起的迷信风潮。《劳驾勒·暮亚·季羌先生这件事》等讽刺了"欧化"、"青春快乐"运动。

吴必素杂文中的讽刺手法是把学问型的博征旁引与民间文学的幽默和尖刻有机结合

起来。在《统使大人与那天的一场雨》(Ông Thống Sứ Với Trận Mưa Hôm Nọ)中，作者巧妙地运用了这一手法。文章一开始先点题：统使大人在离开安南之时，天下了一场凉爽宜人的"及时雨"。围绕这场雨与统使离任的关系，作者展开了由浅入深、由表及里的论证。他先是引经据典地论证了历史上"雨与人的关系"：《尚书》记载，商朝的汤王在与夏朝的桀作战时，杀了很多人，上天动怒便连续7年大旱。汤王来到民众中祈祷，对自己的6条失德的事情进行忏悔，上天感其心诚，便下了一场大雨。接着，作者又引用了《后汉书》的一个例子：郑弘刚上任时，天下大旱。他便消减赋税徭役，让民众休养生息。之后，他的车走到哪里，那里就下雨，历史称之为"随车致雨"。在回顾历史后，作者回到了现实问题："统使大人的'留'与'去'难道不惊动上天吗？"接着罗列了统使在安南时的"功绩"：为自己的女儿出嫁购置了无数的珠宝；从国库中提钱来养越奸黎胜一家等。如此有功于殖民地的人，在离开时，难道老天不会留恋吗？最后，作者认为同历史上的例子一样，统使与雨也是有关系的，只不过区别在于他走的时候下雨。作者的潜台词是，上天下雨并非感其功德，而是在祝贺他的离去。

武重奉(Vũ Trọng Phùng, 1912—1939)是一位才华横溢、英年早逝、风格鲜明的批判现实主义小说家。武重奉创作颇丰，代表作为长篇小说《红运》(Số Đỏ)。《红运》讲述了流浪者红毛春靠低三下四向贵妇人献殷勤，通过伪装、欺骗等手段而一步步攀上上流社会的发迹史。红毛春从小就是一个孤儿，曾经被人收养，因其不良行为而被赶出了家门。之后，流浪街头，沿街吹着喇叭做假药的广告、卖报纸、做电影院的引导员，后来在一个体育会馆做捡球员。在为少爷、小姐们服务的过程中，红毛春认识了一个寡妇——海关副关长夫人。副关长夫人的第一任丈夫是一个法国人，生前任海关副关长、第二任丈夫是一个越南人，生前是通判。曾经做过法国人的妻子这是一种荣耀，所以法国丈夫虽死了很多年，但她还是乐于让人称呼自己为"关长夫人"。得到关长夫人的"垂爱"之后，红毛春便从此交上了"红运"。在她的介绍下，阿春来到了她的侄儿、法国留学生文明开设的时装店内帮忙。这家时装店"专为'欧化'运动中的女性服务"。同时，阿春还被聘请为"做关长夫人和文明的妻子的网球教练"。阿春开始参与"社会改革运动"，对"社会文明还是野蛮"将负有不可推卸的重任。靠着过去卖假药时背熟的一些医药名词，阿春被文明捧为"医药学校的学生"。从此，红毛春的头衔也越来越多，诸如"医生"、"社会改革家"、"网球教练"以及"欧化时装店的管理人"等。靠文明和关长夫人的"包装"，红毛春人模人样地走进了上流社会。交往的人士也多为上流人士，有画家迪夫纳、医生郅语、保皇政治家舟戴祐，还有阿鸿老爷的掌上明珠阿雪小姐等。红毛春不断被邀请参加各种各样的社会活动，如被增福法师聘请为宣传佛教振兴的《敲木鱼报》的顾问等。红毛春一天天红了起来，受到人们的敬畏。他的愚蠢被视为谦虚。他越是蔑视人们，人们越是尊敬他。文明夫妇明知红毛春的底细，但鉴于红毛春的大红大紫，不吹捧又不行，可谓是骑虎难下。小说的最后一章把故事推向了高潮。红毛春在与暹罗网球冠军的比赛中，在即将取得胜利的时候，根据总督的指示"要保持一个友邦的友好"，而故意输掉了这场比赛。在散场的时候，红毛春站在汽车上慷慨激昂的宣称，他"拒绝了个人的声誉"，"挽救了祖国的安全与和平"！万众欢声雷动，欢呼这位"把他们从战争灾难的边缘拉回来的救国英雄和伟人"。最后，"开智进德会"吸收他为会员，总督府授予他"北斗佩星"的奖章，阿鸿老爷高兴地宣布把他的女儿阿雪嫁给红毛春。

武重奉用独到、犀利的讽刺笔端，无情揭露了文明外衣掩盖下资产阶级上流社会腐化堕落的生活，抨击了当时掀起的"西化运动"、"体育运动"和所谓的"女权解放运动"，讽刺了红毛春、文明夫妇之流打着"文明"、"进步"和"社会改革"的旗号，赚钱、践踏传统道德和干无耻堕落的勾当。《红运》是从印支总督到法人遗孀、蓬莱旅馆老板和佛教界人士等的各种社会势力上演的一出怪诞、滑稽的闹剧。红毛春是充满骗局、腐化堕落社会的"英雄"，他的"红运"是荒诞畸形社会的产物。在《红运》中，讽刺艺术达到了登峰造极的地步，读过武重奉的小说无不为他高超的讽刺手法所折服！

武重奉一生穷困潦倒，处在社会的底层，他亲身感受和目睹了光怪陆离、混乱畸形的黑暗社会。他愤世嫉俗，悲观失望。他的作品流露出了宿命论的人生观。武重奉虽然有与社会底层劳动人民接触的机会，但他不相信越南人民自己能改变现状，取得国家的独立。武重奉的作品表现出作者对劳动人民的隔阂和冷漠。武重奉的文学生涯是短暂的，但他在越南文学史上留下了不可磨灭的成就。尽管武重奉的思想是复杂和矛盾的，但他的作品的主旋律是批判黑暗的现实、"为人生"的和进步的。

元鸿（Nguyên Hồng，1918—1982）是40年代的批判现实主义作家。其代表作小说《女盗》（Bỉ Vỏ）以独特的视角，向人们展示了阿冰从一位纯洁善良的乡村姑娘一步步沦为妓女、女盗的过程，揭示了各种恶势力压迫下人性的扭曲和变形，无情地鞭挞了逼良为娼、逼人为盗的黑暗社会。

《女盗》的主人公阿冰是一位乡村姑娘，由于天真，她爱上了测量土地叫阿谭的一个年轻人。其实这家伙是个大骗子，在阿冰姑娘怀孕后，他逃之夭夭，不见了踪影。阿冰受到了父母的责骂，小孩生下后，不得已把孩子卖给了他人，怕被村里的人知道了此事来惩罚她。阿冰万般无奈跑到海防去寻找抛弃她的阿谭。在几天忍饥挨饿的流浪后，阿冰遇到了一个富家公子，他把阿冰骗到他家强奸了阿冰，并使阿冰染上了性病。这个流氓的老婆发现后，把阿冰毒打一顿，送到警察局，诬告她是妓女勾引她老公。阿冰就这样被送进了妓院，成了一名妓女。在这种龌龊的地方，她备受煎熬，最后她病倒了。阿冰在绝望的困境下想一死了之。嫖客西贡老五难得对阿冰一片诚心，把她赎了出去，带回家精心照料。原来，西贡老五是一个盗窃团伙的头子，不久他被抓进监狱。在老五服刑期间，阿冰自己靠做小买卖维持生计，决不要盗窃团伙的小兄弟们上缴来的赃款，她盼望着等老五出狱后，劝他改邪归正，不干那缺德和危险的行当。老五出狱那天，阿冰满怀希望地来到监牢门口接老五回家。老五回到家，看见阿冰做生意用的扁担、箩筐什么的，统统给扔了出去。老五不再让阿冰干卖货的行当。老五出狱高兴，请阿冰出去吃饭。在饭馆，老五和他的小兄弟故意让阿冰喝酒，他们把席间偷来的钱包放到了阿冰的口袋里。阿冰就这样被迫走上做"女盗"的道路，慢慢成为了一个非常厉害的"女盗"。由于误会和嫉妒，老五把阿冰赶出了家门。阿冰又回到了南定，靠挑担卖货为生。阿冰得知父母在家乡遇到了灾祸，如果不拿钱，他们就有坐牢的危险。为了能有一笔钱寄回家救父母，阿冰嫁给了一个警察。阿冰意想不到的事情发生了：阿冰的警察丈夫把老五抓住了，阿冰偷偷地打开监牢的锁，把老五放了出来，她也一同逃跑了。阿冰又重新回到了旧的生活中。当老五杀害了小兄弟三飞时，阿冰深深卷入了恐惧和痛苦的旋涡中。最使阿冰痛苦的结局是：老五在轮船上看到一个有钱人家的小孩身上戴了不少金饰品，便抢了小孩跳下河。小孩被淹死，他来不及摘去小孩身上的东西，就扛着小孩回到了家。阿冰见后，认出了这个小孩就是自己以前卖掉、日思夜想的亲生儿子，她抱着这个孩子嚎啕大哭。就在这个时候，一直跟踪老五的警察和密探冲了进来，阿冰和西贡老五双双被铐了起来，他们将在牢狱中度过自己的余生。

阿冰是元鸿成功塑造的一个悲剧形象。阿冰原来是一个天真淳朴的乡村姑娘，在经历了无情的欺骗、打击和摧残之后，她成了一个女盗。阿冰的每一个人生变故都是与黑暗社会有直接联系的，她人生的每一步都是周围环境积压下无奈的选择。在某种意义上，她的偷盗也是对这个不合理社会的一种反抗。虽然阿冰身陷盗窟，但她的良心从未泯灭过。她曾多次劝说老五洗手不干，靠自己的力气和劳动吃饭，养活自己。可是她身不由己，无力回天。她是一位在乌云翻滚、风雨飘摇中奋力挣扎前行的弱女子；她就像一朵美丽的鲜花，在污泥浊水的侵蚀和狂风暴雨的吹折下凋残了。

在小说中，元鸿描写的阿冰和西贡老五的爱情虽然波折不少，但两人的爱情是真诚的。老五是一个凶狠的盗贼，但对阿冰的爱表现了在他身上仅存的一点人类的良知和感情。当阿冰在妓院病重之时，老五并没有离开她，相反用钱把她赎出来，接回家为她治病，尽心尽意地照料阿冰。这一点上，老五的做法是值得称道的，比起那些忘恩负义、见死不救的伪君子要高尚许多。老五虽然独断专横，有时非常狠毒，但在日常的言行中，对阿冰的人格是尊重的，并不是一般人所想象的虐待和玩弄。难怪在阿冰嫁给新丈夫后，仍痴心不改，在老五身陷牢笼的时候，铤而走险救老五出来，并义无反顾地跟随老五。尽管她知道她走的这条道路是一条人生的不归之路。

南高（Nam Cao，1917—1951）是40年代上半期最有影响的批判现实主义作家。其代表作是描写农村题材的中篇小说《志飘》（Chí Phèo）。这部作品揭示了农民贫穷化、流氓化的过程及其深层次的社会原因。故事讲述的是：志飘出生不久后就被父母用破裙子包裹着扔在了废弃的砖窑里。一个捉黄鳝的农民拣到了他，把他送给了一位瞎眼的寡妇。寡妇又把他卖给了膝下无子的匠人。匠人死后，志飘居无定所，到处流浪。20岁时，他给里长建打长工。不知道什么原因，志飘得罪了里长建，突然有一天他被投入了监狱。7、8年后，志飘以新的面目回来了："剃着光头，牙齿刮得煞白，脸晒得黝黑，两眼透着凶光。他穿着黑色粗丝衣裤，外面套着黄色西服上衣，扣子都没有系，露出了刺在身上龙、凤和手执刺棰的将军。"志飘不再是以前老实巴交的志飘了，牢狱生活和外面的世界使他完全换了一个人。志飘回到家乡后，好逸恶劳，为非作歹，他欺负那些老实的农民，主要还是跟百户建一家对着干，缺钱了就去要，不给就耍赖，甚至威胁。就连百户建也怕他这个"不要命的"。当然，百户建这个战胜过无数对手的老狐狸对付小小的志飘还是有办法的，他软硬兼施，武力加金钱利诱。后来，志飘与流浪女氏娜的相遇相爱，燃起了志飘向善的良知和做一个正常人的愿望："有一个小小的家，丈夫去种地，妻子织布，再喂一头猪……"氏娜闪电般来到志飘身边，又闪电般消失了。志飘的一点人生愿望也随之破灭了。志飘痛恨把他推向绝路的罪魁祸首百户建，最后他杀死了百户建，自己也自杀了。志飘的人生悲剧是大地主百户建造成的，是殖民地封建社会制度造成的，作品对此进行了有力的控诉。志飘的形象塑造是对批判现实主义文学宝库中农民形象塑造的丰富和补充，他与阿坡、阿酋嫂等农民典型形象共同构成了一幅完美的八月革命前农民形象的画卷。

南高小说最突出的艺术风格就是深入细微的人物心理描写。南高的小说通常不注重人物外表形象的描写，作品中人物也不多，作者总是围绕着这几个人物对其内心世界的活动进行深入的挖掘。故事的发展也以人物的心理活动的发展为主线。描写风景总是与人物的心理活动相联系。通过描写人物的心理状态，来暴露人物的思想，依此达到塑造人物形象的目的。心理刻画总是以人物的身份、地位以及所处的环境为基础的，而不是代替人物思考、胡编乱造。

在《志飘》中，作者对志飘这个一般人认为没有头脑的泼皮，进行了独到的心理刻画。志飘到百户建家门前闹事，老狐狸百户建竟然把志飘从地上扶起来，并劝志飘进他家坐坐，有话好说。这时，南高对志飘的心理活动有一段精彩的描写：

这时，志飘酒劲儿已经过去，没有力量再去嚎叫谩骂。不嚎叫谩骂，他感到似乎减少了许多威风。百户老爷的甜言蜜语使他身体一阵发软。况且，围观的人们也全都散去了，他觉得自己异常的孤独。心灵深处那种遥远的恐惧感又占据了他的心头，想想自己是多么的大胆呀！不大胆能敢跟四代做区长、里长的百户建父子较劲？想到这里，他感到自己也够威风的。在这个村子里，他算老几？没有帮派亲信，没有亲戚好友，没有兄弟姐妹，就连父母也没有……就这样竟然敢跟里长、区长、百户、武大村的先指、豪绅委员会主席、北圻人民代表、声名远震几个县的人物斗争。试问在这个两千多口人的村子里有谁敢这样做？做到这个份上就是死了也心甘情愿。可是，不对！这个威风八面的百户老爷会向他示弱、请他进家喝水？管它呢，既然请了就进。突然，他又有点迟疑不决：也说不准这个老狐狸会把他骗进家门，然后找他的麻烦。哎，真的，很可能会这样！假如他把托盘、锅、金器、银器什么一类的套到他的脖子上，再让他老婆大喊捉贼，把他铐起来，毒打一顿，诬陷他偷盗，这怎么办？这个一辈子盘剥别人的家伙怎么会这样甘拜下风？罢了，何必傻乎乎地自投虎口，他就站在这里，再顺势倒在地上，再大喊大叫怎么样？他转而又一想：喊叫也没什么用处！百户这个老家伙只说了一声，围观的人们都各自回家了，他如果再躺在地上喊叫，有谁会出来吗？况且，现在酒劲已经过去了，假如在脸上再划几刀，就会疼痛难忍。算了，只管进去！进就进，犹豫什么。在他家里打破头总比外面强。大不了，老狐狸翻脸不认人，他再去蹲监狱。蹲监狱已经是家常便饭了。算了，只管进去……

上面这段心理描写，把志飘进还是不进百户建家的矛盾的心理活动刻画得惟妙惟肖，入木三分。同时，把志飘外表鲁莽胆大、内心懦弱胆怯，外表简单、内心复杂的泼皮形象塑造得栩栩如生。

南高是继阮公欢、吴必素和元鸿等著名批判现实主义作家之后，又一颗光辉、耀眼的明星，他为越南批判现实主义文学画上了一个圆满的句号，为革命文学向纵深发展开辟了新的道路。由于南高取得的卓越文学成就，1996年他被授予第一届胡志明文学艺术奖，并且名列获奖名单的榜首。

在1930—1945年批判现实主义的潮流中，除了我们介绍的小说家之外，还有一位著名的批判现实主义诗人，他就是秀肥。秀肥（Tú Mỡ，1900—1976）是继胡春香、阮劝和秀昌之后，越南文学史上又一位著名的讽刺诗人。其代表作诗集《逆流》（Ⅰ）和《逆流》（Ⅱ）是30年代越南批判现实主义诗歌的杰作。

秀肥用自己的诗歌生动形象地描绘出一幅30年代越南社会的画卷。在这幅画卷中有殖民者、官吏、"人民代表"、报人和文人等一系列鲜活的形象。《官涨工资》揭露了贪官污吏的涨工资是通过增加对百姓的赋税来实现的，他们的奢侈是建立在百姓贫穷的基础上：

官涨工资民也涨，

增赋增税民难当。

衣衫破烂更加破，

生活贫苦无指望。

在他诗歌里，对民族败类的沽名钓誉进行了毫不留情地抨击：

河省有一位文人，

身材不高却善跳，

曲身、挺胸、伸臂，

一跃跳到京城里，

堪称著名运动家。

　　"人民代表院"是法国殖民者欺骗越南人民、蒙蔽舆论的一个招牌而已。所谓的"人民代表"是一帮靠花钱买来的无德无能之辈。秀肥在《选举》这首诗歌里抨击了选举闹剧：

天下喧闹歌声沸，

议院选举人忙碌。

此番家财当破费，

议员职位须费力。

众人唱戏颇在行，

敲罗打鼓唱到明。

未来议员胜戏子，

拉班唱戏定发财。

二、泰国杰出作家及其作品

　　20世纪20年代后期，泰国文学加速了由旧文学向新文学转型的步伐。1932年之后泰国现实主义文学开始萌芽，西巫拉帕等一批青年作家登上文学舞台，创作了一批奠基性的作品，在文学形式上实现了西方文学形式的泰国化，在文学思想上反对封建伦理道德，追求民主、自由、平等和个性解放。在这一时期，泰国国内局势长期动荡不安，统治者对文学无暇顾及，而文学也尚未干涉政治，因此这一时期是泰国文学史上少有的自由发展时期，也是繁荣时期。该时期代表性的现实主义作家当推西巫拉帕（1905—1974）和高·素朗卡娘（1911—1995）。西巫拉帕在文学创作中第一个提出"要把赏玩变成严肃的工作"，创作了《画中情思》（1937）等真正意义上的现实主义小说，为泰国新文学的发展打下了坚实的基础。高·素朗卡娘是该时期活跃在泰国文坛的女作家之一，她创作的具有现实主义风格的《风尘少女》（1937）蜚声文坛。

西巫拉帕及其成名作《画中情思》

　　西巫拉帕（原名古腊·赛巴立），1905年3月31日出生于曼谷一个中等职员家庭。他四岁即入学读书，在瓦贴西林学校读完高中后，入法政大学深造，获法学士学位。毕业后从事新闻工作和文学创作。他担任过多家报刊的主笔和总编辑，并曾任泰国报业协会主席。

西巫拉帕是一位热情的战士，为国家的独立、民主和自由进行了积极的斗争，同时他又是在泰国近现代文学发展史上占有突出的地位的作家，其成就与影响超过了泰国现代任何一位作家。他于1924年开始创作活动，同年发表了处女作《情刃戮心》。他是一位多产作家，在将近半个世纪的创作生涯里，写下了数十部长篇小说和相当数量的短篇小说，同时撰写了大量的政论文章、报告文学和散文。此外，还翻译了高尔基的《母亲》和契诃夫的文学著作等不少进步作品。他的创作活动大大地丰富了泰国文学宝库。

西巫拉帕最有代表性的作品，当推《生活的战争》（1932）、《画中情思》（1937）、《后会有期》（1950）和《向前看》（1955）。前两本是他的前期作品，也是他的成名作；后两本是他后期的作品，是其艺术创作成就的顶峰。他的前期作品中充满了反封建的思想色彩，后期作品则寓含着更大的社会意义。他的作品揭露现实黑暗，针砭社会时弊，反映群众心声，唤起人民觉醒，因而深受人民群众的欢迎，特别为广大青年知识分子所推崇。不少大学的学生团体多次自费翻印或再版他的著作。

《画中情思》创作于1937年，是作者前往日本考察新闻工作归国后撰写的。该作品与1932年发表的《生活的战争》一起，给西巫拉帕带来了声誉，奠定了他在文坛上的地位。由于《画中情思》不仅真实地反映了当时的社会现实，而且在艺术上也达到了相当完美的境地，被泰国教育部规定为中学泰语专业课本的补充读物。

该作品的故事情节并不复杂。贵族家庭出身的女子吉拉娣由于封建礼教的束缚，35岁时遵从父命嫁给老年丧偶的侯爵，并随其一起去日本度蜜月。留学日本的泰国学生诺朋，因其父与侯爵是至交，负责为侯爵夫妇安排旅日期间的生活。这位金融专业的高材生，雄心勃勃的未来银行家，对吉拉娣一见钟情，狂热地追求她。吉拉娣虽然不满于自己与侯爵的没有爱情基础的婚姻，但囿于封建礼教的束缚，压抑着诺朋在自己心中燃起的爱情之火。直到归国后，吉拉娣仍然情思如缕，暗暗地爱恋着诺朋。侯爵病逝后，她更盼望能早日与诺朋结为伉俪。然而，诺朋在日本时，由于一时冲动而萌生的爱情，因为吉拉娣没有明确表态而很快烟消云散。归国后，他想的是找一个富豪之女，以其家产作为自己事业的靠山，而把与吉拉娣的旧情忘得一干二净。吉拉娣失去了精神寄托，再加上疾病的折磨，怀着得不到真正爱情的惆怅别离人世。

以吉拉娣与诺朋的爱情为主线的这部作品，初看似乎是以爱情为主题。然而，正如书中主人公所说："欣赏油画，离得太近就领悟不出其中的奥妙；如果站远一点儿，你可能就会发表另一种意见。"把这部作品放到泰国当时的时代背景下观察，我们就会发现，这是一部内含着深刻的反封建主题的作品。

泰国在经历了漫长的封建统治之后，于1932年发生了"六·四"资产阶级维新政变，改君主专制为君主立宪。然而，长期占统治地位的封建宗法思想仍然禁锢着人们的思想，民主与自由仍然是广大人民为之斗争的目标。西巫拉帕代表和反映了人民的愿望与要求，以笔为箭，又一次射向封建主义。

作品通过描写吉拉娣与诺朋的爱情悲剧，控诉了封建礼教对人们特别是对青年的摧残，同时也揭露了封建阶级代表人物的伪善面目。

作品成功地塑造了贵族女子吉拉娣的形象，写出了人物性格的复杂性。吉拉娣这个在黑暗腐朽的封建统治下被扭曲了的形象，就像一棵从石头缝里生长出来的弯弯曲曲的小树。作为统治思想的封建观念，时刻在侵蚀着她，羁绊着她。物质生活的富裕，丝毫不能减少她精神生活的痛苦。她向往自由的爱情和婚姻，认为"爱情是婚姻的基础。"但是又没有勇气去追求真正的爱情，认为"世界的主宰决定着我的命运。无论如何挣扎，我也逃不出它的手心，所以只好听之任之"。她不满与侯爵的婚姻，说："我和侯爵的婚姻是没有爱情可言的。"可是当诺朋向她表示爱慕之情时，她却又恪守封建妇道，说："我的义务只能是忠于侯爵，在任何情况下，我都得亦步亦趋地跟着他，服侍他，尽妻子的义务。"作品在描绘吉拉娣的复杂性格的同时，还揭示了人物性格形成的种种主客观原因，增强了人物形象的社会真实性和艺术感染力。

吉拉娣的悲剧结局从反面告诉我们，只有与封建宗法制度进行坚决的斗争，才能获得真正自由的爱情和婚姻，像吉拉娣那样在封建的道路上循规蹈矩，只能被封建制度所吞噬。吉拉娣的悲剧不是命运悲剧、性格悲剧，而是社会悲剧。造成这个社会悲剧的根本原因，不是吉拉娣的父亲、侯爵或诺朋个人的罪恶，而是整个封建礼教的罪恶。

《画中情思》的反封建的思想内核以及丰富的社会生活和思想感情的描写是深受人们推崇的。然而，与整部作品的思想内容水乳交融、浑然一体的精湛的语言艺术，则往往容易为人们所忽视。由于西巫拉帕在泰国文坛上所拥有的"新文学的奠基人、现实主义文学的杰出代表"的地位，过去不少文艺评论家对于他的作品，多是从政治、社会、思想、历史等角度进行研究，从中寻找反映政治思想观点的内容。然而，文学作品如果离开了精湛的语言艺术，也就失去了赖以存在的形式。高尔基曾经说过："文学的根本材料是语言文字——给一切印象、感情、思想等以形态的语言文字。文学是借语言文字来做雕塑描写的艺术。"作家的进步思想，不是运用传声筒式的赤裸裸的政治词汇来表达，而是通过准确地描写人物的思想性格和阶级关系体现出来的。西巫拉帕被认为是"泰国第一位能够把政治见解巧妙地伏笔于文学作品的作家"。他的作品之所以有强大的生命力，与他高深的语言艺术修养是分不开的。这一点，在《画中情思》中也得到了充分的体现。

作者在这部作品中充分运用和发挥了艺术的辩证法，采用对比的手法，在悲与喜、热与冷、善与恶、密与疏等的处理上匠心独运，使其紧密结合，相映生辉。

作品描写了吉拉娣与诺朋的爱情悲剧，控诉了封建宗法制度对于青年的残害。然而，这个悲剧的主题却是在喜剧的艺术气氛中加以表现的。吉拉娣与诺朋相逢之后，双方情投意合，得天独厚的机遇，更使他们有了很多接触的机会（侯爵到日本后忙于应酬，诺朋处于为其安排旅日生活的特殊地位）。郊外散步，湖上泛舟，海滨畅谈，野外远足，所有这些丰富多彩的活动，加深了他们之间的情愫并进而发展为爱情。吉拉娣为这样的生活所陶醉，诺朋也为这样的生活所振奋。然而，就在这样的喜剧氛围中，却常常隐现出不祥的预兆。每当诺朋好奇地打听吉拉娣的身世时，吉拉娣总是面露愁云，唉声叹气，似有难言之隐。那身不由己的婚姻的阴影，时刻笼罩在她的心头。这种喜中见悲的描写，紧紧扣住了读者的心弦，引出了一连串的问号。

作品用相当大的篇幅，对作品前半部分的喜剧气氛进行了浓墨重彩的渲染。然而，在这样大量描写"喜"之后，不是人们所想象或期望的大团圆的结局，而是女主角含恨愤然辞世的悲剧性结尾。这种前喜后悲的大的跌宕，初看似乎悖于情理，然而仔细回想，前面的喜剧氛围中已经内含着悲的结局。这样，作品后半部分的悲剧性结尾虽然从篇幅和着墨上看分量不多，但在沸沸扬扬的喜的气氛的对比中，产生了强烈的反差，使人掩卷之后，仍久久沉思。作者在艺术创造上成功地运用喜与悲互相结合的手法，取得了相当强烈的艺术效果。

作品在描写人物时，运用热与冷的对比手法，在读者面前生动地描绘出真实而复杂的人物性格，而不是将人物性格脸谱化。作者对书中所塑造的人物有着鲜明的思想倾向和强烈的爱憎，然而作者不是把这种倾向与爱憎一览无余地诉诸笔端，用词语体现出来，而是融会贯穿在人物的性格里。吉拉娣在受到诺朋的狂热追求之后，心中燃起的爱情之火融化了被封建包办婚姻冻结了的心，胸中泛起了追求自由和真正爱情的春潮。然而，她却将这喷之欲出的激情深深地埋藏在心底，在诺朋咄咄逼人的追求面前，以"无动于衷"的冷淡表情，掩饰自己"有动于中"的火热心情。这样的描写，并非故弄玄虚之笔。它真实地塑造了一个深受封建礼教的毒害和禁锢，人到中年，并身为贵夫人的吉拉娣的形象。这样的描写，与人物的经历、年龄以及身份地位都是十分吻合的。

作品在描写吉拉娣的家庭关系时，也运用了热与冷的对比手法。自诩为舐犊情深的吉拉娣的父亲，平时对吉拉娣关怀备至，有求必应。父女之情，天伦之乐，似乎给吉拉娣的家庭关系涂上了一层暖色调。然而，当侯爵这个行将入土的人表示想娶吉拉娣时，她父亲却一口应承，仅仅因为侯爵是"在泰国可以算得上是个小有名气的富翁"。罩在家庭关系上的温情脉脉的面纱被撕去，暴露出人与人之间的冷酷无情。吉拉娣深有感触地慨叹："世界是美好的，而人则可能是残酷的。"在这简短朴素的语言里，该是浓缩着多么深刻的社会内容和多么强烈的思想感情啊！

作者在善与恶的描写上，也不乏成功之笔。作品用大量的笔墨描写了封建桎梏下成长起来的吉拉娣的善与美——从她那美丽动人的外貌，到她那纯洁无瑕的心灵，以及她对于心灵美、自然美的追求。然而，就是这样一个女子，却深受封建道义和礼教的摧残，更由于诺朋的背信弃义，最后被夺去了性命。通过这样的描写，人们在爱怜、同情吉拉娣的同时，更加深刻地认识到封建礼教的狰狞面目，以及诺朋的极端利己主义和背信弃义的可鄙。

作品在对同一人物的描写上也成功地运用了善恶对比的手法。吉拉娣的丈夫——侯爵，是个年逾五旬的"慈祥老人"。他宽厚、随和，对自己的妻子给予很多的自由，不做过分的干涉，想让她见见世面，过得快活。从书中对他进行描写时使用的文字来看，没有给人留下不好的直接印象。然而，再往深一层看就不同了。就是这样一个似乎齿德俱尊的好好老人，却极端残酷地把自己残年的享乐建立在一个女子的终生痛苦之上。他需要的是"吃好、睡好，也就是按照他自己的方式过得舒服和快乐"。需要的是把年轻的妻子做为花瓶来博得宾客们的赞赏。外表的善与灵魂的恶，就是这样统一于一个躯体。这个封建社会有闲阶级的典型代表的登场，把封建统治者的伪善面目形象地托现在我们面前。

作者在情节结构的安排和人物的描写上，还使用了疏密结合的手法。在描写男女主人公在日本的生活时，力求详细。对人物的塑造精雕细琢，尤其是对女主人公吉拉娣，更是倾注了大量的笔墨。对于日本旅游生活的描写，用了三分之二的篇幅，可谓不厌其详。然而，在作品后半部分的悲剧结局部分，则尽量大笔勾勒。如果将作品的前后部分比作两幅画的话，前半部分可以说是精描细绘的工笔画，后半部分则是勾勒轮廓的简笔画。由于这样的运笔，使人有一种情节急转直下，言犹未尽之感。然而，剧情已经结束，帷幕已经落下。留给读者的是思想自由驰骋的天地，三日不绝于耳的余音。

此外，书中出场人物虽有数十个，但是都服从于展开主题、塑造中心人物的需要。在不同的场合，对不同的人物，用不同的笔墨，疏密适度，主次分明，各得其所。作者手中的笔宛如舞台上的追光灯，始终紧紧跟随着男女主角，就连处于第三角色的侯爵也没有得到很多"亮相"的机会。在一部篇幅不很大的小说里，要想成功地突出塑造主人公的形象，这是必不可少的手法。

当然，《画中情思》与作者后期的作品相比，无论在思想内容还是语言艺术上，都显出一些不够成熟的地方，这是不可避免的。西巫拉帕后期的作品，被誉为"给泰国文坛照亮了前进道路的光辉灿烂的朝阳"。作者正是由《情刃戮心》发足，经《生活的战争》和《画中情思》奠定基础，最后创作出《后会有期》和《向前看》等杰出作品的。

高·素朗卡娘与《风尘少女》

高·素朗卡娘（原名干哈·布拉纳巴功），1911年2月26日出生于泰国吞武里一个没落贵族家庭。皇后女子学校高中毕业，谙熟英语和法语。毕业后担任过皇后女子学校教师。1930年她开始写短篇小说，同年发表了《玛丽妮》，首次使用笔名"高·素朗卡娘"。处女作的成功使她像所有初入文坛的新手一样感到激动和欢欣，也使她迈开了小说作家生涯的第一步。1937年，她发表了长篇小说《风尘少女》，在社会上引起巨大的反响，由此一举成名。

高·素朗卡娘是一个勤奋多产的现实主义作家。她先后撰写了《风尘少女》、《金沙屋》、《僻静的路》、《豪华世家的虚荣心》等数十部长篇小说，以及《玛丽妮》、《绅士》等上百篇短篇小说。她的著作文字通俗易懂，情节引人入胜，其中有许多作品，从不同的侧面反映了社会现实，给人们留下了深刻的印象。

高·素朗卡娘不仅是一个作家，还是一个文艺评论家。她于1956年创办《妇女周刊》，并担任《金城日报》的主编，撰写了大量文艺评论文章。由于在文学上的卓越建树，她于1952年和1954年先后被授予御赐勋章和白象勋章，成为第一位荣获国家勋章的女作家。

20世纪30年代以前，泰国文坛一直为贵族出身的作家所垄断，发表的都是以王公贵族生活为题材的作品。1932年资产阶级维新政变前后，泰国文坛上出现了一批倾向现实主义和浪漫主义的青年作家。他们努力打破旧框框，摒弃以王公贵族生活为题材的传统，直接取材于现实生活，反映社会的矛盾，表达自己的政治理想。然而，由于当时泰国的新文学尚处于初创时期，思想内容和艺术性均较成熟的作品还不多。在屈指可数的有较大影响的著作中，高·素朗卡娘的《风尘少女》堪称为佼佼者。

《风尘少女》是一部催人泪下的悲剧作品。该书曾先后五次再版，并被改写成剧本，拍成电影。作品描写了一个受人拐骗流落城市的乡村少女坎坷的一生，揭露了社会的黑暗和丑恶，抨击了社会的不公正，表达了改变现实的愿望，歌颂了劳动人民互相同情、团结互助的高尚品质，对生活在社会最底层的劳动人民表示了深切的同情。

作者用细腻而又充满同情的笔墨描写了乡村少女甜（乐）的悲惨一生。甜美丽天真，朴实勤劳，富于幻想，向往幸福的生活。在宋干节聚会上，她遇见了风流潇洒的曼谷青年卫差，一见钟情。情窦初开、毫无社会经验的甜在卫差的挑逗和花言巧语的蒙骗下，冒然以身相许，并随他离家出走。卫差把甜骗至曼谷后，卖到烟花巷。甜被迫沦落，改名为"乐"，忍辱偷生，含泪卖笑。一个偶然的机会，她结识了侯爵家的公子威，并对他产生了爱情。然而不久，威不辞而别，一去不复返。乐虽然身陷污泥，心灵却还保持着纯洁和善良。她竭力想跳出火坑，再也不干那屈辱的行当。可是在那黑暗的社会里，这一切只能是一种幻想。开始，她寄希望于威，认为威能使自己从良。后来，乐在女友沙茫的帮助下逃离烟花巷，以为从此跳出了火坑。可是不久，贫困的生活逼得她走投无路，只得重操旧业，直到生命的最后一刻，也未能摆脱那屈辱的生活。乐那命途多蹇的悲惨一生，是对吃人的黑暗社会的有力控诉。

作者难能可贵地描写了乐的反抗精神（虽然这种反抗是很有限度的）。乐原来是性格温柔、逆来顺受的孱弱女子，对于妓院老鸨的打骂、高利贷者的威逼、纨绔子弟的欺侮，只能犯而不校。然而，在艰辛和苦难的磨砺中，她渐渐地成熟了、坚强了。她看透了社会的黑暗和不公正，怒斥"这真是个是非颠倒的世道"。她认为，在这个世界上，"越是胆小怕事，就越受人欺负"。她嘲讽了催逼房租的恶霸房主，怒斥威这个伪君子为"不配为男子汉大丈夫的称号，是一个缺乏人道的人"。"还有什么道德可言呢？你们的道德究竟何在？"当然，乐的反抗精神与沙茫相比是稍逊一筹的。

沙茫是作者精心塑造的劳动妇女的一个典型。她的丈夫横遭厄运、身陷囹圄，孩子流落他乡、音信杳无。她富于正义感和同情心，虽然与乐非亲非故，却把乐的悲苦视为自己的悲苦。当乐病卧床榻时，她端饭送水，精心照顾。当乐身处困境时，她慷慨解囊，热情相助，她刚直不阿，对黑暗势力疾恶如仇，敢于挺身斗争。她横眉冷对唯利是图的妓院老鸨，冒着危险帮助乐逃出火坑。她怒斥蛮横无理的逼债人，差一点"把她打得灵魂出窍"。然而，像沙茫这样身单力薄的弱女子，怎么斗得过那黑暗的社会呢？她终于贫病交加，被万恶的社会吞噬了年轻的生命。

作品深刻揭露无情鞭挞了剥削阶级的孝子贤孙威的伪君子面貌，真是入木三分。威在涉世未深时，不满父母的包办婚姻，爱上了纯朴美丽的乐，并信誓旦旦地向她倾诉爱情。然而，当他留洋归来，当上了政府官员之后，完全换上了另外一副面孔。虽然他仪表堂堂，表面上举止彬彬有礼，可脑子里装的却是卑鄙的灵魂。他早已把与乐的旧情忘得一干二净，却假冒伪善地用一些冠冕堂皇之词为自己辩解。说当时自己爱上乐是"错误之举"，"是由于放荡无羁的青春年华和无知，以及一种无形的奇异力量的驱使"，"在这件事上我们大家都没有错。"

他大言不惭地宣扬："爱情不是永恒的，是可以变化的。""在一百个男人里也难找出十个与别的女人没有瓜葛的清白男子。"试图将自己玩弄女性的丑行正当化。

威还鼓动如簧巧舌，进行说教："人们的生活道路是不同的，我和你所得到的幸福和遭受到的痛苦自然不同。上天对每个人的命运都做了安排，你不要为此感到懊丧。"一句话，就是要乐忍气吞声，任凭他们来欺侮、蹂躏。

作者以辛辣的笔触揭露了社会的丑恶，抨击了社会的不公正。从书中我们可以看到，名声显赫的王孙贵族，"执法如山"的铁面法官，道貌岸然的虔诚僧人，神气活现的政府官员，所有这些"上等人"都毫无顾忌地玩弄和欺侮贫苦妇女，在她们的眼泪和痛苦中寻找自己的快乐。有一个伯爵严诫自己的儿子不要宿娼，自己却是青楼常客，以至演出了一场父子妓院相遇、大打出手的闹剧。这些上等男人可以大摇大摆地出没于花街柳巷，贵妇人可以公开和情夫坐着小汽车调情兜风，而那些被迫含泪卖笑的受侮辱受损害的贫苦女性，却被鄙视为下贱的女人，"扫帚星"似的不祥之物，生活在社会的最底层。对此，作者通过书中人物之口，多次发出了这样的怒斥："这真是个是非颠倒的世道。"作者还尖锐地指出："上等人的心往往是肮脏的，而下等人的心灵却往往是纯洁的。"

作品最鲜明的特点就在于，作者一扫垄断泰国文坛的传统旧习，打破了那种王孙贵族当主角，谈情说爱为主线，劳动人民作陪衬，甚至成为丑化、讥讽对象的老框框。她在书中着力塑造了劳动人民的形象，描写了他们的生活，歌颂了他们的美德，暴露了所谓上等人的卑劣行径，针砭了社会的时弊，这在当时是不可多得的。

作品在艺术上也取得了很大的成功。作者素以描写环境和人物见长，这些特点在作品中都得到了很好的体现。作者满怀激情地描绘了泰国农村水乡的田园景致，饶有风趣地介绍了宋干节聚会等风土人情，展示出一幅幅美不胜收的风光画卷，一帧帧绚丽多彩的民俗图画。然而，作者并没有脱离作品的整体需要去描情绘景。透过美丽的田园风光，我们可以看到农民们饥寒交迫的生活。宋干节聚会时，那一张张泛有菜色的脸上短暂浮起的笑容，掩饰不住苦难生活带来的悲伤和凄楚。作者正是将情景描写与刻画人物、表现主题有机地结合起来，因而产生了情景交融、浑然一体的艺术效果。

作者在进行人物描写时，善于抓住其主要特点，注意共性与个性的结合。对于人物的刻画，虽然着墨不多，却是那样如实、逼真。且不论书中主要人物形象的塑造，就是配角也无不各具特色，栩栩如生。虽贪小利但是良心未泯的格林夫妇，自己受人欺侮玩弄却又对女佣耀武扬威的交际花戈劭，唯利是图的妓院老鸨，以及朴实憨厚的农村青年阿奋等，淡淡数笔，却都有血有肉。人们称赞作者笔下的人物是"形象迥异，惟妙惟肖"。

就整部作品的特点来看，可以用一个"实"字来概括。即：情节真实，语言朴实，内容翔实。由此可以看出作者的功底。

高·素朗卡娘虽然出身没落贵族，却无等级门第之见。她深入到劳动人民之中，了解他们的生活和苦难。作者本人也曾有过家徒四壁、无以为炊的窘境。在第二次世界大战期间，她曾经住在一间仅花三十铢钱盖起的小茅屋里继续从事写作。正因为这样，"她不忘民众之苦，不忘生活的艰辛，时时想到救助自己的同胞。"由于作者有着深厚的生活基础，因此作品中所描述的劳动人民的生活十分真实。甜的半饥半饱却又充满天伦之乐的家庭生活，宋干节聚会那欢快热闹的场面，乐不甘沦落，终日以泪洗面的情景，沙茫和乐相依为命，度日维艰的处境等，无不给人留下难以泯灭的印象。该书出版后，不少人误认为这是一部自传体的小说。有些好事者不相信一个贵族出身的作家能如此真实地描绘出劳动人民的生活，甚至暗地里对作者的身世进行了调查。

作品语言朴实无华，却又运用得十分准确贴切。作者没有去罗掘佶屈聱牙的冷词僻句，也没有堆砌华丽词藻。但对每一个词语都不掉以轻心，字斟句酌，反复锤炼。此外，作者过去酷爱诗歌，打下了比较坚实的语言基础；作者又谙熟英语和法语，从外国文学作品中得到不少借鉴。正由于以上各种原因，作者能够得心应手地驾驭文学语言。

作品内容翔实，自始至终紧紧围绕甜—乐的身世，步步深入，展开故事情节。既没有游离于主题之外的情节叙述，也没有不着边际的无用赘句，紧凑严密，一气呵成，因而引人入胜，使人开卷后即不忍释手。

作者不放过任何一个细节，这从女主人公的名字上也可略见一斑。书中女主角在农村时名字叫"甜"，因为她的容貌和名字一样甜美，但是她的生活却是黄连般的苦涩。甜被迫沦落后改名为"乐"，然而，在她以后的生活中却没有任何欢乐，有的只是眼泪和悲伤。这虽然只是细微之笔，却也足以见到作者的匠心。

作者写作态度严肃，对被侮辱受损害的贫苦妇女寄托了无限同情。本书虽然写了烟花女的悲惨生活，揭露了上层社会的腐朽糜烂，却没有任何色情的描写，这是十分难能可贵的。

然而，从这部成功之作里我们也看到在泰国社会占统治地位的佛教思想对于作者的影响。佛教的因果报应和以善为本的思想，通过作者的笔在书中人物的身上体现出来。书中有这样一个场面：有一次，乐在街上偶遇卫差——那个把她拐骗出来并毁了她一生的恶棍。当时，卫差已被警察逮捕，无数愤怒的群众包围着他。然而，乐看到这个仇人首先想到的却是："饶恕他的罪过吧！我一直想尽量忘掉他。我并不憎恨他，只是想远远地躲开他，再也不要见到他。""现在，无需别人来惩罚他，他自己造下的罪孽已经在报应他了。上天在履行自己的职责，已经伸出巨掌捕获了这个罪大恶极的坏蛋。"

此外，乐在第二次见到威时，曾怒斥了这个伪君子。然而，当威假惺惺地向她忏悔时，乐却又原谅了他。这些不能不被看成是作者思想的局限性所产生的令人惋惜的败笔。

文学艺术都是社会生活在作家头脑中反映的产物，而作家的头脑，又是受他所处的社会地位、生活经历、社会环境的影响和制约的。我们对于作者不能苛求，尽管这部小说存在一些不足之处，但仍然是一部思想内容和艺术性均较完美的作品。

三、缅甸历史小说的创作

20世纪20年代以来，历史小说开始在缅甸长篇小说中占有显著位置。这里的历史小说特指反映缅甸古代及近代（1900年以前）历史生活的作品，它们所囊括的社会生活相当宽广。历史人物（《那信曩》1919、《妙雷瑞达波》1921、《丹玛悉提》1923、《德彬瑞体》1924），17世纪初葡萄牙殖民者侵占沙廉和阿那毕隆王的反侵略战争（《承旨官》1932、《叛逆者》1936），阿瓦与贡榜过渡时期缅孟两族的矛盾和战争（《勇敢的缅甸人》1931），三次英缅战争和封建王朝末期缅甸宫廷及社会的剧烈动荡（《瑞宋纽》1933）等等，都在长篇小说中铺展了巨幅历史画卷。这些历史题材的长篇小说尽管思想和艺术水平参差不齐，但它们在反映社会生活的开拓上和对题材的处理及主题开掘上做出了可贵的尝试，其中一些作品在缅甸近代化文学时代产生了较大影响。

从作品的创作年代看，20—30年代是缅甸历史小说创作的一个相对密集期。一个创作热潮的兴起不是脱离社会和时代的孤立现象，相反它必然与社会思潮和时代情绪有着不可分割的种种关系。一定时期的社会经济、政治、文化、道德、伦理、情感方式等都会向文学本体不断渗透，不断产生影响力。"不管艺术家是改革派还是保守派，是革命者还是进化论者，是未来事物的憧憬者，还是留恋往昔黄金时代的梦幻者，他们自己时代的社会及其思潮，是他们进行艺术活动的出发点。"[1]20世纪前20年，缅甸社会正处于西方殖民主义与本国民族主义激烈对立、西方近现代文化与民族固有的传统文化剧烈冲突的时期，缅甸文学也在东西方文化的对抗与融合中进入从传统向现代转型的过渡时期。早期缅

---

[1]　威廉佛莱明：《艺术与观念》，转引自卢铁澎：《文学思潮论》，青岛：青岛出版社，2000年，第236页。

甸历史小说的出现与西方历史小说的影响不无关系。20世纪缅甸第一部历史小说《那信囊》(1919)问世时，作者列蒂班蒂达吴貌基(1878—1939)在小说前言中写道："欧洲作家在史书的基础上进行扩展和创作小说，以引起人们对历史的兴趣。同样，《那信囊》的创作也是为了引起缅甸人对自己民族历史的兴趣。"《妙雷瑞达波》(1921)的作者泽亚(1900—1982)也在小说前言中写道："1920年我文学创作起步时正值缅甸民族意识觉醒之时，男男女女的缅甸人从软弱恭顺中振奋起来，在各地举起了民族主义旗帜，他们已不再喜欢沉浸缠绵于温婉的爱情小说了。恰在此时我读到一本反映法国大革命的英文小说，主人公的男子汉英雄气概感染了我，给了我启示，使我产生了创作同类小说的强烈冲动。"从这些创作自白中都不难看到西方文学的影响。报人吴登貌(1898-1966)的《勇敢的缅甸人》(1931)则是受了司各特小说的影响。"19世纪历史小说家中，英国作家司各特是一位在世界各国有广泛影响的人，欧洲及北美的一些著名小说家都以司各特为榜样。因此，20世纪初司各特的历史小说成为缅甸小说家的范本并不奇怪。"①

　　尽管如此，缅甸历史小说的艺术特点和思想内涵与西方历史小说有明显不同。司各特的历史小说充满丰富的想象和多彩的笔墨，浪漫气氛浓厚。而缅甸特定的民族历史命运和错综复杂的社会矛盾则迫使文学直面现实，贴近现实，肩负起反映现实的历史使命。进入30年代后，随着缅甸民族解放运动的深入发展，民族主义、爱国主义情绪空前高涨，社会主义思想开始在缅甸传播。英殖民主义者也更加疯狂地对缅甸进行政治统治、经济掠夺和文化奴役。在文学领域，缅甸作家们的主体意识明显增强，反抗殖民侵略、呼吁民族解放的文学成为该时期文学的基本潮流。但身处殖民统治之下，秉笔直书帝国主义的罪行，或直抒胸臆，吐露对祖国、民族命运的忧虑，都会受到这样那样的限制。于是作家们自然地把探索生活的目光转向了历史，从历史生活中寻找现实生活的镜子和透视社会生活的折射点。这正是30年代历史题材长篇小说大量涌现的原因所在。作家们通过对历史与现实的共时性思考，发现历史与现时的相似性，以对历史的反思，传达对现实的警醒。一个典型的例子是摩诃瑞(1900—1953)的《叛逆者》(1936)，该小说描写的是17世纪葡萄牙殖民主义者占领缅甸南部城市沙廉的史实，但读者们仿佛看到的却是英殖民主义者统治下的整个缅甸。小说中葡萄牙人的种种统治手段都是对现实中英殖民主义者统治的翻版，整部作品是一个隐喻。该小说最初在《太阳报》连载，1936年、1938年两次成书出版时都被缅甸总督以书中含有影射政府的内容为由而强迫作了大篇幅删节，直至1965年第三次再版时才得以将删节的部分补上。

　　民族近代特殊的历史境遇及缅甸历史小说所产生的时代和社会环境，使它的创作一开始就带有鲜明的反帝反殖的民族主义意识和现实主义批判精神。作家们努力贴近现实社会人生，强烈感受着时代的脉搏，将他们对民族命运的思考和深沉的忧患意识融入历史

① ［缅］巴尔古:《缅甸长篇历史小说》,《长篇小说论文集》(第一卷),仰光:文学宫出版社,1981年版,第80页。

小说创作中，民族意识获得张扬。17世纪初葡萄牙殖民主义者迪·勃利多（缅甸名字鄂辛伽）侵占了下缅甸的沙廉，阿瓦王阿那毕隆南下相继攻占卑谬和东吁后，积蓄力量准备进攻沙廉。东吁王那信囊不甘心在阿瓦王属下称臣，竟与占领沙廉的鄂辛伽结盟，想利用葡萄牙人谋取私利。阿那毕隆王率军亲征，攻克沙廉，处死了鄂辛伽和那信囊。这段历史成为不少小说家进行创作的热门题材，在多部历史小说中再现，除了摩诃瑞的《叛逆者》，瑞塞加吴梭敏（1913—1978）的《承旨官》（1932）也是其中之一。作为较早期的一部历史小说，《承旨官》在艺术上并非很成功，作品注重了历史的再现，但对历史人物的塑造略显苍白，有历史与文学分家的现象。小说主人公耶拉是阿瓦王手下的承旨官。鄂辛伽派奸细钦尼内女扮男装到阿瓦刺探军情。起初耶拉并不知钦尼内的身份，当发现这位名叫瑞温的英俊小伙儿原来是一个美貌女子时，两人双双坠入爱河。后来耶拉受阿瓦王派遣到中缅边境办差，实为让他潜入沙廉做内线。耶拉设法骗取了鄂辛伽的信任，成了他的心腹。此间阿瓦王夺取了东吁，那信囊不甘东吁沦为阿瓦属地，到沙廉与鄂辛伽联手欲夺回东吁。至此耶拉的身份被识破，鄂辛伽将其关押准备处死。钦尼内赶回沙廉救出了耶拉。最后阿瓦王的军队包围沙廉，一场激战后攻克了这座城池，鄂辛伽被推上了历史的断头台，那信囊也被处死。从小说梗概看明显带有情节编织的痕迹。尽管艺术性较欠缺，但从反帝反殖的意义上来说，仍不失为一部有价值的作品。小说创作的年代正值英国殖民主义者疯狂掠夺缅甸资源，残酷欺压缅甸人民的时期。一些缅甸人在对英殖民主义者的无比愤恨之下，又将希冀的目光投向反对英国的德国和日本。作品用史实告诫人们，任何帝国主义的殖民野心和侵略本性都是相同的，不能存在侥幸心理。而任何勾结帝国主义势力、出卖民族利益的人最终只会身败名裂，落得民族叛徒的可悲下场。那信囊在缅甸历史上是一个功过是非毁誉参半的人物，他曾是一位善战的骁将，又是一位杰出的诗人，在文学史上留下了最美的浪漫主义爱情诗篇，但他认敌为友背叛民族的可耻行径又必然招致千古骂名。在不同的小说中有不同的那信囊。瑞塞加吴梭敏的《承旨官》与列蒂班蒂达吴貌基的《那信囊》就分别表现了那信囊黑暗与光明的两个不同方面。瑞塞加吴梭敏善于站在民族的立场上通过作品对一些有争议的历史人物和事件作出判断，亮明自己的观点，激发人民的爱国主义感情。为了尊重史实，他查阅了大量历史资料。《承旨官》最初在1932年的太阳画报上连载，后在吴佩貌丁先生的努力下，作为实验文学书系之四，由缅甸教育普及协会于1936年首次出版了这部小说。吴佩貌丁担任了该书编辑，同时还将它规定为大学一、二年级和中学九年级教科书。瑞塞加吴梭敏写作该小说时是一位僧人，后来还俗任《缅甸英雄日报》、《红龙期刊》的编辑，是"还俗者学者协会"的负责人，独立后曾任宗教局官员。除《承旨官》外，还作有《英国间谍》、《实皆王》、《吴萨将军》等多部小说。

女作家达贡钦钦礼（1904—1981）的历史小说《瑞宋纽》（1933）是一部内涵丰富的作品。小说以缅甸末代国王锡袍王当政后期到被英军劫持和英殖民主义者占领上缅甸初期缅甸人民的反帝斗争为背景，描写了瑞宋纽祖孙三代的斗争经历。宫廷侍卫钦貌纽在掸邦以"瑞宋纽"的名字揭竿而起，与掸邦土司联合反叛锡袍王。但当缅甸主权落入英国人之手时，强烈的民族自尊心使他们立刻将矛头转向了英帝国主义。瑞宋纽倒下了，儿子继承父业，儿子之后又有孙子，前仆后继，谱写了一曲缅、掸两族民族团结共同反抗帝国主义的悲壮之歌。小说主题还不止于此，瑞宋纽父子两代人的斗争目标是驱逐侵略者，夺回民族主权，同时恢复缅甸宫廷，力保他们拥戴的一位王子登基，继续千百年来的封建王朝统治。而到第三代瑞宋纽，即孙子辈的苏仰乃这一代时，斗争性质开始发生变化。"从今天起我不再需要这些皇亲国戚们的专制统治，我们穷人不能再为某一个国王及与他有关的少数人的利益、权力和荣华富贵而殊死效劳了。"苏仰乃的话表现了民族反封建意识的觉醒，反映了30年代社会主义思想对缅甸青年政治领袖的影响。从封建统治阶级内部的宫廷之争，到反抗帝国主义和殖民主义侵略，再到反帝反封和接受社会主义思想，是小说创作主题的升华，也是该时期历史题材作品中看到的独具匠心之笔。

30年代价格低廉的通俗爱情小说曾一度十分畅销，拥有广大读者群。这些小说大部分是消遣小说，鱼龙混杂，但其中也能看到一些具有民族意识和社会意义的作品，如妙苗伦的《这个社会》（1935）、年纳的《"爱"符》（1935）、耶突的《工薪族》（1936）、仰昂的《缅北青年》（1938）、丁卡的《正人君子》（1940）等。年纳（1902—1969）的《"爱"符》从表面看也是一部情节平淡的爱情小说，仔细读来便知小说讨论的重点是"温达努"（即民族主义、爱国主义）问题，揭露官僚及职业政客阶层的内幕，表达人民对政治觉悟的寻求，小说中多处看到作家关于时代政治、社会形式的讨论，表现出作家的社会革新、批判意识。比小说本身更有影响的是小说的前言。小说前言反映了当时社会上关于该不该写小说的论争，实际上自20世纪初缅甸新小说诞生之日起这一论争就一直持续，一些社会人士特别是僧侣界认为小说只能起到煽情作用，是引诱读者下地狱，对小说的道德教育功能提出诘难和质疑。而年纳在前言中指出，小说有低级趣味的，也有思想健康的，好与坏是并存的，不能一概而论。他指出好的小说同样有启迪政治觉悟、陶冶情操的作用。除《"爱"符》外，年纳还作有《妓女》（1939）等小说，大胆提出社会问题。

沙瓦那（1911—1983）的《大学生》（1935）也是当时一部有影响的小说，作品以1930年前后大学校园（特别是大学足球运动）为背景，描写大学生学习、生活、爱情的小说。作者用幽默、喜剧式的文字刻画了一群出身官僚家族和富裕人家的子女离开父母和家庭的羽翼，进入大学自由独立地生活以及他们在大学的各种阅历和心境。沙瓦那说，大学生天性活泼，乐观热情，描写大学生的生活不能太严肃沉闷，因此用喜剧风格。有评论家认为该小说将大学视为世外桃源，没有联系当时社会上如火如荼的政治斗争形势，更没有反映大学联合会的活动，这是该小说的败笔。但小说让读者们对充满神秘感的大学和大学生有了真实的了解，也给战后大学生提供了一个参照。

　　该时期在缅甸文坛影响最大、最有分量的作品还当推一批进步作家创作的具有时代意义的长篇小说。其中有突出反帝反殖主题的政治小说，也有社会改良小说、道德批判小说等。历史小说正是在这样的文学环境中不断发展起来的。

　　第二次世界大战中，缅甸文学的发展受到种种限制，几乎陷于沉寂状态。只有敏瑞（1910—?）的《刀》（1943）、加尼觉玛玛礼（1917—1982）的《她》（1944）等几部小说出版。小说《刀》的主旨是激发民族精神，摆脱帝国主义统治，是一部强烈的民族意识与开阔的历史意识紧密结合，反映时代政治诉求的作品。小说以英勇的革命者苗敏仰瑙、美丽坚强的女性敏敏、民族叛徒妙丁为主人公展开，政治斗争场面和内心活动的描写都很吸引读者。主人公苗敏仰瑙是缅甸历史上血战暴君思洪发的民族英雄敏纪仰瑙的第七代血脉吴漂丁的儿子。因而苗敏仰瑙所持的刀就不是一把普通的刀，而是自先辈敏纪仰瑙一代代传下来的有着光荣历史传统和英雄气概的刀。小说通过这把具有特殊意义的"刀"将历史与现实联系了起来，从而凸显了民族精神和历史纵深感。作者敏瑞原名哥漆莱，是战前著名作家，他的生平与他笔下的小说故事情节一样引人关注。小说《刀》的结局是苗敏仰瑙离开爱人和儿子只身去了远方。而生活中的小说作者敏瑞也因某种强烈的内心感受而不辞而别，在他的家庭和亲人中消失了。《刀》是日占时期缅甸作家协会首次颁发的文学奖获奖小说，获得奖金1000元。

　　20世纪20年代末至40年代初的十余年是缅甸长篇小说发展的一个重要时期，民族历史境遇和文化生存环境为长篇小说特别是历史小说的发展提供了立足点和广阔空间。

四、柬埔寨的个人反封建文学

　　尽管受到传统主题的影响，柬埔寨近代文学仍于19世纪中叶开始萌芽。1863年，柬埔寨沦为法国的殖民地。自此，文学赖以生存的根基——社会生活开始发生重大变化。随着古代文学日渐式微，文学的转型期不可避免地到来。

　　法国当局在柬埔寨积极传播西方文化，强迫柬埔寨人民学习和使用法语，并加强对新闻出版业的管制，禁止反映爱国抗法斗争作品的出版发行，使得柬埔寨民族文学创作备受压抑，传统文学的发展几乎停滞。也是在这一时期，随着西方资产阶级文化在柬埔寨的传播和渗透，加快了人们思维方式的改变，柬埔寨文学不论是文学语言、形式、文学内容和创作方法，还是作家的美学观念与品格，都开始有了新的尝试和变化。在语言选用上，由过去被僧侣及皇室阶层所恪守的巴利语、梵语书面文学创作逐渐过渡到被广大人民普遍接受的高棉语创作；在体裁上，打破了柬埔寨文学创作以古体诗歌形式为主流的传统，用白话文写成的近代小说作品开始出现；在内容上，过去主要取材于印度史诗《罗摩衍那》、佛教的本生经故事或民间传说，情节单调，内容贫乏，脱离现实，远离生活的作品已经无法适应变化中的社会需求。一些表现对封建家庭的叛逆、反对封建包办婚姻、要求恋爱自由和个性解放的爱情题材占据主流。这一时期成长起来的作者多是出生于封建家庭的新一代知识分子，长期处在封建统治下，个性的发展受到严重的遏制，个人的婚姻和幸福被任意践踏，在西方人文主义思想的启发下，他们产生了反封建、除陋习的意识，因此其笔下的作品最初多以青年男女的个人爱情遭遇为题材，表现对个人爱情和幸福的追求和向往。长篇叙事诗《东姆与狄欧》就是其中的杰出代表，这部作品也被认为是柬埔寨文学发展到现实主义创作时期的标志。

故事取材于15世纪柬埔寨发生的一个真实的故事：一个英俊的小伙子东姆从小在寺院接受严格的宗教教育，但不满等级制度和不合理的宗法体制，内心充满了对自由生活的渴望。偶然的机会，东姆美妙的歌声吸引了一位美丽的姑娘狄欧。狄欧终日深居闺房，被迫接受封建礼教的约束，向往自由的爱情和生活。二人一见钟情。东姆回到寺院请求提前还俗，以迎娶心爱的姑娘，但遭到无理拒绝。东姆索性逃出寺院，与狄欧海誓山盟，情深意笃。狄欧母亲执意让女儿嫁入有钱有势的县官家，不同意东姆的求婚。这时，东姆因其出色的歌唱被国王召入宫中。在国王的恩准下，东姆与狄欧在王宫内举行了婚礼，结为伉俪。仍不死心的狄欧母亲用计将女儿骗回家中，强迫其改嫁。东姆闻讯急速赶去，却被人杀死在菩提树下。悲痛欲绝的狄欧赶到爱人身边，自杀殉情。19世纪后期，宫廷诗人桑托沃哈·莫克（Santhor Muk，1846—1908）根据这个故事创作了八言律诗《东姆与狄欧》。作品以东姆与狄欧二人的爱情悲剧为主线，真实反映了当时柬埔寨社会的矛盾和阶级冲突，揭露和鞭挞了封建礼教和封建恶势力对百姓的压榨和迫害，歌颂了东姆和狄欧忠于爱情和反抗封建恶势力的精神。20世纪初叶，诗人波图莫拉·索姆（Botumera Som）又根据这个故事创作了同名七言律诗。

于1956年成立的柬埔寨作家协会（KWA）为提升民族文学的价值，改变当时柬埔寨文学理论研究匮乏的状况，开始提倡开展有深度的文学批评。而对《东姆与狄欧》这一经典作品文学批评的一开始就将作者权的问题推到前台，成为20世纪60年代一个极富争议的文学事件。现存的桑托沃哈·莫克的作品版本（1859）和波图莫拉·索姆的作品版本（1915）都不同程度地遭到质疑。乌沙曼（Ouk Saman）根据其调查结果认为极有可能是桑托沃哈·莫克在搜集民间流传的各种版本后再加工撰写了故事的其中一个版本，但用于支持桑托沃哈·莫克就是文本合法作者的证据并不充分。林·哈安（Leang Hap An）认为，桑托沃哈·莫克"在13岁这样的年龄，没法写出这样优雅并充满智慧的诗句"。他还推断，索姆的手稿也不是原创作品。相反，贡·索皮（Kong Somphea）以极强的民族主义论调表明索姆不仅是文本的合法作者，而且也是一个民族英雄。[1] 许多柬埔寨文学作品的作者难以界定是个普遍性问题，这一时期文学批评胶着于谁是《东姆与狄欧》的真实作者，也反应出独立所带来的自我文化认同的需求。争论直到今天仍没有明确的结果，但作品本身的社会价值及文学价值始终没有被质疑过。桑托沃哈·莫克（作品）采用的八音节古体诗的写

---

① 参见乔治·奇卡斯（George Chigas）:《东姆与狄欧——翻译及作品分析》，柬埔寨资料中心，2005年。

作手法相较于过去的诗歌作品，其文字更加精练、朴素和大众化，行文自然流畅，具有较高的艺术性，被看作是柬埔寨诗歌由古体诗向新体诗转变的一次成功的尝试，该作品的问世震动了当时的柬埔寨文坛，其接近现实主义的创作题材及写作风格一度成为众多作家效仿的对象。

继《东姆与狄欧》之后，一些具有个人反封建意识的现实主义文学作品陆续出现，如：托玛年·乌的《母亲之死》（1877）、波罗巴拉伯的《千金少爷》（1887）、门伯阿萨丹的《权利》（1899）等等。

格朗姆·俄依（1865—1936）是柬埔寨著名的农民诗人，生于干丹省昂斯诺县。他颇具语言天分，能够即兴创作出语言优美、音韵动听、内容丰富、含义深刻的诗歌。每到节日和农闲的季节，他就带着单弦琴，挨村进行表演，不收任何费用。农民们都非常喜爱他，把自家的食物拿来送给他。他的诗中充满了对农民所遭受到的剥削压迫的同情，对殖民者和剥削者的控诉和对精诚团结、自强不息、顽强奋斗精神的弘扬和鼓舞。他的诗歌成为那个时期贫苦百姓们身边流动着的精神文化食粮，教育和鼓舞了许多人，让那些生活在水深火热之中的农民们重拾信心，对唤醒劳苦农民反抗阶级压迫，反对外来侵略起到了积极作用。他的诗传到城市和皇宫，西索瓦国王听了他的演唱后赐名"语言大师"，并授予银质奖章。诗人声名远扬，曾被泰国国王邀请到曼谷进行表演，在曼谷的三个月，诗人用精湛的创作及演唱技艺折服了泰国众多文人。尽管格朗姆·俄依创作了大量的诗歌、歌谣及训言类作品，但都是口头创作，直到金边佛教研究院的人找到他，请他慢慢吟唱，才得已记录下其中部分作品，汇成一册《格朗姆·俄依诗集》。此外，诗人的传世之作还有：四言诗《新勒巴律》（1922）、四行诗《新给嘎尔》（1922）、七言诗《警示诗》（1931）和《男女训》（约1935）、四行诗《格朗姆·俄依箴言》（1935）等等。

1908年出版的《玛斯爷爷的嘱咐》（作者不详）是第一部真正以印刷形式出现的高棉语作品，但这类大众文学作品被一直掌握着话语权的僧侣及皇室阶层认定是对以巴利语、梵语为创作语言的、带有神性的传统书面文学的亵渎，这使得高棉语写作在柬埔寨的发展极其缓慢，且首先是在金边以外的法属殖民地得以发行。直到20世纪20、30年代，文学才真正被视作一种艺术形式，高棉语中"文学（Aksarsastr）"一词也才被正式开始使用。短篇故事、戏剧剧本、小说开始大量出现，大部分登载在杂志上，其中比较著名的有：林·根的《梭帕特》（1938）、金哈的《洞里萨湖泪》（1941）、笃森亨的《海滨白马》（1942）、纽·泰姆的《爱情之魔》（1942）和《拜林玫瑰》（1936）、韦波尔·努·冈（1874—?）的《狄欧艾克》（1942）和《冬青》。这些作品以白话文小说为主，在内容上或多或少地从某个角度反映社会现实，反映人民要求独立自由，要求摆脱封建主义、殖民主义束缚的愿望。林·根的《梭帕特》和纽·泰姆的《拜林玫瑰》是这些作品中影响较大的两部优秀的小说作品，被认为是开创了柬埔寨近代小说的先河之作。

　　纽·泰姆（1903—?）是柬埔寨近代一名优秀的佛学家、文学家。他学识渊博，精通巴利语，对梵语也有较高造诣，21岁就获得了二级僧学位，26岁达到巴利语六级。33岁还俗后参加了金边佛教学院的三藏经翻译委员会，著有《毗输安咀罗王子本生经故事》、《班若本生故事》、《神的箴言》、《佛的箴言集》、《亚洲之光》（译著）。1936年还俗后，他开始悉心研究柬埔寨文学，其代表作《拜林玫瑰》讲述了一位勤劳勇敢、朴实正直、自强不息的男青年杰特，通过自己的努力和奋斗，终于赢得老板的赏识并收获爱情的故事。作品语言朴实、通俗易懂，人物描写细腻，文笔清新自然，深受读者喜爱。作品于1988年被译成中文，刊登在当年的《国外文学》第4期上。

　　林·根先生（1911—1959）曾是一名大学柬埔寨语老师。他不仅热爱教学和创作，还非常热爱戏剧和电影艺术，拍摄了柬埔寨最早的电影。1955年，林·根先生担任了首届柬埔寨作家协会主席。在他的领导下，协会得到了很大的发展，对柬埔寨民族文学的发展也起到了一定的推动作用。林·根先生共有34部作品，含小说、诗歌、戏剧及译著等。其中最有代表性的作品就是发表于1938年的中篇小说《梭帕特》。这部小说描写了一对青年男女梭帕特和曼燕忠贞不渝的爱情故事。小说情节曲折，引人入胜，充分体现了柬埔寨人民朴实、善良的优秀品德。[1]

　　二战后至独立前，一批优秀的柬埔寨作家经过长期酝酿、精心构思，创作出一批数量不多但艺术性较高的现实主义小说作品。如：努·哈齐的《枯萎的花》、杰宗木的《阶级》、萨特的《真挚的朋友》、海索帕的《父亲的心》、《蒙面大盗》、林·根的《孤女》、苏亨的《娜格丽的命运》、亨赛的《花开花落》等等。这些作品影响之深，被认为是柬埔寨文学中的经典之作。

　　努·哈齐（1916—1975）是柬埔寨20世纪中叶涌现出的一位受人尊敬的著名作家，他的许多小说作品至今仍在发行。2002年，一群柬埔寨作家和国际作家及学者致力于推动现代柬埔寨文学的发展，以他的名字创办了"努·哈齐文学奖"，鼓励青年作家积极创作，也以此纪念这位文学先驱。努·哈齐文学功底深厚，著有大量短篇小说和新体诗歌，如：小说《小白鹭》（1953）、《亲爱的姑娘》（1953）、《女孩与莲》（1953—1955）、《洞里萨的海关检查员》（1952）、《花如我心》（1972）、《开辟》（1973），诗歌《去法国的路程》（1952）、《野水牛》（1951）、《破碎的瓶》（1952）。

　　《枯萎的花》是努·哈齐先生20世纪40年代初创作的一部影响深远的作品。作家创作这部小说的动力源于对泰国占领的家乡马德望省的无尽思念，因此书中有大量描写马德望省自然风光和人文景观的笔墨，对金边到马德望的铁路沿线的优美景色的描写更是让读者如置身其中，语言优美动听，艺术性较高。小说讲述的是一个爱情悲剧故事：马德望

---

① 参见彭晖：《柬埔寨文学简史及作品选读》，第261—262页。

市郊的一对青年男女从小就有婚约,青梅竹马,两小无猜。男青年门·特恩在金边求学,期望谋得好的发展,但因父亲经商失败而破产,他不得不中断学业,回到家乡与亲人共渡难关。女青年维梯威的母亲见特恩家道中落,便私自毁约,将女儿许配给船主的儿子奈若特。奈若特是一个游荡子弟,维梯威尽管不情愿,但"父母之命不可违"的封建思想枷锁束缚着她,只好认命。维梯威心中日夜思念着爱人门·特恩,却无力改变现实,日久积郁成疾,最终病死榻上。20世纪50、60年代,这部作品还曾作为中学教材,流传性极广。70年代红色高棉执政时期,此书曾被作为"坏书"遭到焚毁,直到1989年才被重新印刷出版。

柬埔寨的封建社会有着悠久的历史,封建礼教和封建思想意识对人们个性发展的长期束缚和对男女爱情的摧残,是一个普遍存在的社会问题。因此,受到西方资产阶级文化影响的作家们审时度势,创作出具有反封建意识的文学作品,这在当时的历史条件下还是具有一定进步意义的。总的来看,进入19世纪中叶,柬埔寨国内统治体系的改变、生产力的发展、西方资产阶级文化的传播,是促使柬埔寨文学开始近代转型的主要因素。在西方人文主义思想和现实主义文学思想的影响下,过去只重形式而忽略内容,脱离现实生活的传统文学创作慢慢被新一代作家们所摒弃,大批描写和歌颂恋爱自由和个性解放的个人反封建作品成为主流。

五、华裔马来语文学

华裔马来语文学是在印尼特定的历史条件下产生的,也是在特定的历史条件下结束的。它是印尼近代过渡时期的历史产物,是整个印尼近代文学极其重要的组成部分。它从19世纪末到20世纪60年代初半个多世纪的存在对印尼整个社会文化的历史进程,尤其是对印尼文学的近代化进程,起了重要的促进作用。

华裔马来语文学是指华人用"马来混合语"[①]创作的文学。现代印尼语是从近代马来语发展而来的,马来混合语是19世纪末20世纪初现代印尼语诞生前的最后也是最重要的阶段。所谓"马来混合语"是广泛通行于市场上的一种混杂语,是最大众化和最实用的社会交际用语,也被叫做"市场语"、"通俗马来语"或"低级马来语"。[②]长期以来,用这种语言创作的文学作品一直遭到排斥,无人承认它在印尼文学史上的地位和作用。然而历史证明,在印尼近代文学的发展过程中,用所谓"高级马来语"(亦即宫廷和古典马来语)创作的文学一直落后于时代的发展,仍在墨守陈规和固步自封,不能反映正在变化的时代面貌。能真正反映近代过渡时期印尼殖民地社会现实和时代潮流,并且与印尼民族觉醒和民族运动直接相联系的,恰恰是被认为难登大雅之堂的"低级马来语文学"。而华人是这种文学的主要开创者。

---

① "混合语"是指在语言频繁接触的地区,不同语言集团的人用来作为他们共同交际工具的语言。它是在一定社会条件下形成的两种或多种语言的混合体。

② 孔远志:《印尼语发展史》,北京:北京大学出版社,1992年版,第39页。

　　华人是在特定的历史条件下，参与推动印尼近现代文学发展的。十九世纪下半叶，随着经济上的发展，华人开始创办马来语的报纸与出版业，成为印尼最早出现的马来语报刊的主要开创者。1868年创办的《泗水之星》可能是最早的华裔马来语报纸，而1876年创办的《马来号角》报则已开始连载中国古典小说《三国演义》的通俗马来语译文。到1896年，据统计印尼已拥有17种杂志和13种马来语和爪哇语报纸，在全国已初步形成报刊发行网。在这期间，华裔也开始涉足印刷出版业，拥有了自己的印刷厂和出版社。正是这些华裔创办的报刊和出版社为华裔马来语文学提供了生存的土壤，不仅为华裔马来语作家提供发表作品的园地，同时也为他们招徕大批读者。从某种意义上讲，没有这些华裔报刊和出版社，华裔马来语文学是难以生存和发展的。

　　在报刊和出版社蓬勃发展的同时，华人从大量翻译改写中国古典和通俗小说开始走上了文学道路。最早被翻译改写过来的中国小说可能是《周文玉之子周德观传》，于1882年出版，是从《海瑞小红袍全传》的后十章翻译改写而成的。从此中国古典文学译作便雨后春笋般地问世，形成了1883至1886年的第一个高潮，约有50部译作问世，主要有《三国演义》、《水浒传》、《西游记》等。最早的《三国演义》马来语译改本叫《三国》，于1883年至1885年分12册出版，全书共900页。后来又由不同的译者再出不同的译改本，至1912年已出六种之多，可见大受欢迎的程度。《水浒传》的第一部译本也于1885年出版，书名叫《宋江》，1910年出第二种译改本，一直到1986年还有人从英译本转译《水浒传》。《西游记》也有多种译改本，第一部译本叫《西游》，于1896年出版，是全译本，分24册，共1924页。从19世纪80年代起，以雅加达为中心，土生华人用通俗马来语翻译改写中国明清小说已蔚然成风，其数量之大，范围之广，令人惊叹。除上面提到的名著外，还有中国的历史演义小说，如《列国志》、《东西汉演义》、《隋唐演义》等；历史人物传记，如《英烈传》、《昭君和番全传》、《薛仁贵征东全传》、《岳飞全传》等；公案小说，如《包公案》等；志怪小说，如《封神演义》、《聊斋》等；武侠小说，如《三合明珠宝剑》等；以及著名的民间故事，如《梁山伯与祝英台》、《陈三五娘》等，几乎囊括明清各方面较著名的小说。[①]

　　其中《梁山伯与祝英台》不仅有多种马来语译本，还被译成爪哇语、马都拉语、巴厘语等多种方言，成为印尼地方剧种的主要保留剧目。正如甫榕·沙勒在《印尼华裔公民对印尼现代文化发展的贡献》一文中所说，"印尼华人马来语文学作品中有一批从中国古代文学作品中改编或翻译过来的，其中尤以武侠题材的最受欢迎，有几篇极为印尼人所熟悉，并且已成为全体人民的共同财富了。例如《梁山伯与祝英台》在巴厘已经成了民间故事。由华人马来语改编的故事中最出名的是《三国演义》。假如认为上述文学作品的对象只是华裔，那就大错特错了，因为实际上其他阶层的人们也很喜欢它"[②]。

①　梁立基：《印度尼西亚文学史》，北京：昆仑出版社，2003年版，第346页。
②　梁敏和、孔远志：《印度尼西亚文化与社会》，北京大学出版社，2003年版，第176页。

　　除了中国古典文学作品，华裔也翻译改写不少西方文学名著。最早被翻译过来的西方小说可能是法国韦尔纳的《八十天环绕地球》，于1890年在三宝垄出版。接着李金福于1894年同韦格斯合译了法国大仲马的《基督山伯爵》。其他西方名著如《三剑客》、《双城记》、《悲惨世界》、《鲁滨逊漂流记》等也在19世纪末20世纪初陆续被译介过来。此外，由于不少华人受荷兰教育而掌握了荷兰语，他们也翻译了许多属西方文学的荷兰小说，或者是荷兰作家写的以印尼殖民地社会为背景的近代小说。所以在印尼文学史上，华裔不但是中国文学的主要传播者，也是西方文学的最早引进者之一。

　　华裔从19世纪70、80年代起的大量文学翻译实践，不仅起到了向印尼介绍中国文学和西方文学的作用，也造就了华裔写作人才。他们中间有不少人，就是由从事文学翻译进而从事文学创作的。因为到了一定程度，人们便不再满足于那些"舶来品"文学，特别是日益壮大的市民阶层更希望能看到反映他们自己社会现实的、面目一新的作品，而作者也希望能通过自己的创作直接表达自己对现实生活的感受。这个时候，报刊有关社会问题和重大事件的大量报道又为他们的创作提供了丰富的题材和素材，这都给华裔马来语文学的生存和发展提供了有利的条件。

　　华裔作家用"低级马来语"从事文学创作可能是从诗歌开始的。不少土生华人早就是创作马来诗歌班顿和沙依尔的里手。后来他们常用这类诗歌形式叙述见闻或抒发胸臆，反映他们所看到的社会现实和表达他们的感受。他们的诗作大都直接取材于当时殖民地社会的现实生活，而不是脱离现实的子虚乌有的宫廷神话故事。就这点来讲，已是对马来古典诗歌在内容上的重大突破。开其先河的作品可能是《暹罗王驾临巴打威》（1871），作者佚名，可能是位记者。诗中以纪实的方式详细描述华人官民迎接暹罗王莅临巴打威城的盛况。这类纪实诗有的还能反映当时殖民地社会在走向市场经济的过程中，不同阶层人民的遭遇和他们的悲欢心情。例如陈登举于1890年发表的长诗《铁路歌》，就记录了当时新修铁路的全过程。用诗歌来反映印尼近代殖民地社会的发展建设，这可能是第一首。不少华裔创作的以社会重大新闻和耳闻目睹的真人真事为内容的纪实诗具有认识价值和史料价值。例如T·B·H写的《庆祝中国舰队和杨思慈太监访问爪哇岛》（1907），可以说是有关中国舰队第一次访问爪哇的重要历史纪录。谢吉祥写的《中华会馆举办慈善夜市纪实》（1905）则记录了雅加达第一个华人社团的社会活动情况，对了解当时的华人社会很有参考价值。

　　除了纪实诗，华裔创作的抒情诗和故事诗流传更广，更受欢迎。例如陈吉川的抒情诗集《飞鸟诗与梦幻诗》，于1882年第一次出版后至1923年已再版四次。李金福根据马来传奇故事《阿卜杜尔·慕禄克传》改写的故事诗《希蒂·阿克巴丽》，于1884年发表后至1922年也已再版三次。可见华裔马来语诗歌一问世便赢得不少读者。

　　把马来传奇故事和中国演义小说改写成故事诗一度也相当时兴。第一个把马来传奇故事改写成故事诗的可能是李金福，他的故事诗《希蒂·阿克巴丽》就是从马来传奇故事《阿卜杜尔·慕禄克传》改写过来的，含1954节四行诗，长达200页，于1884年首次出版，至1922年已再版三次。后来它还被搬上舞台。可见这第一部华裔马来故事诗一问世便赢得众多读者，被人誉为"土生华人文学中的一颗璀璨的明珠，在土生华人文学的整个宝库中没有一个能超过这块瑰宝的"。第一部从中国演义小说改写过来的故事诗可能是《王昭君和藩》（1888），接踵而来的是《五虎平西》（1890）、《薛仁贵传》（1891）等。而当华裔马来语小说一问世，很快也被改写成故事诗。例如吴炳亮于1903年发表的第一部小说《罗宏贵》，当年就有人把它改写成故事诗。同样，1906年出版的小说《黄淡巴》也被人改写成长达129页的故事诗。

　　20世纪以前，华裔创作的诗歌作品一般以抒情叙事为主，虽然与现实生活比较贴近，但总的来说，还很少涉及政治，看不到有民族觉醒的迹象。进入20世纪之后，特别是1900年中华会馆成立之后，民族主义思潮开始在华人社会中迅速滋长起来。但应该指出的是，由于双重国籍现象的存在，当时大多数华裔都以华侨自居，他们的民族意识和民族主义思想主要受孙中山先生民族民主思想的影响而倾向于中国。尽管如此，它与印尼后来的民族运动却有着相同的时代特征，那就是反帝反殖反封建和争取民族的独立和解放。从那以后，华裔的诗歌创作开始表现出一定的政治倾向性。

　　与诗歌相比较，华裔马来语文学的小说创作成就更为突出，影响也更加深远。如前所述，华裔的小说创作是与马来报刊的出现分不开的，华裔作家很多是记者出身，他们大都以报纸所披露的社会重大事件和真人真事作为他们的创作素材，所以其作品大都重写实，反映的社会层面较广，除华裔社会外，也涉及白人社会和原住民社会。此外，在创作方法和写作技巧上也突破了马来古典小说沿用的希卡雅特的传统模式，朝现代小说的方向迈进，同时把"低级马来语"提高到文学语言的水平上，对马来语的普及做出了重要贡献。华裔马来语小说在19世纪末20世纪初大量涌现，其中影响和成就较大的作家有李金福、吴炳亮、张振文、赵雨水等。

　　李金福被誉为"华裔马来语之父"，他于1884年出版的《巴城马来语》是华裔写的第一部马来语语法专著，为华裔马来语的发展奠定了基础。[①]他一生从事文化事业，是位诗人、作家、记者和出版商，同时也是1900年创建中华会馆的发起人之一，热心于弘扬孔子学说。李金福是位多产的作家，已发表的作品多达25部。他从1884年开始从事创作，前面提到的故事诗《希蒂·阿克巴丽》是他的第一部也是最重要的作品。他在文学上的最大贡献是，比较早地通过翻译改写或再创作的途径大量介绍中国和西方的文学作品。20世纪以前，他译改的作品主要是中国小说；20世纪以后，他译改的作品主要是西方小说。李金福从事翻译改写中西小说，不但促进了各种文学的交流，把许多有名的中国和西方

---

① 梁立基、李谋：《世界四大文化与东南亚文学》，北京：经济日报出版社，2000年版，第141页。

小说介绍到印尼来，也引进了外国近代小说的写作技巧，对华裔马来语小说创作的兴起产生了重要的推动作用。

张振文是近代华裔马来语文学的先驱。他是记者出身的作家，曾在几家马来语报社当编辑。他的小说更着重于反映印尼近代殖民地在走向市场经济的进程中，华人社会与原住民社会的密切关系以及两个民族的自然融合。他于1903年发表的第一部小说《黄习的故事》，是根据当时报上刊登的社会重大新闻创作的，但作者的意图不是写一部报告文学，仅叙述事情发生的始末而已，而是想通过这个轰动一时的谋杀案来表现善恶之间的斗争，最后善有善报、恶有恶报。小说表现了当时印尼殖民地社会各种族社会间的相互关系，写得有声有色，为华裔马来语小说打响了第一炮。[①]

吴炳亮创作的作品从内容到形式都比较西化，他的许多作品是从西方小说改写而成的。此外，他当记者的职业又使他偏重于现实的社会题材，不但涉及华人和土著人社会，还涉及白人社会。他于1911年发表的长篇小说《克拉拉·韦尔德瑙小姐的故事》，从创作技巧上看，可以说已达到现代小说的水平。这部长达282页的小说是从荷兰殖民地小说翻译改写而成的，描写西爪哇勃良安州一家荷兰人的庄园里所发生的真实故事。小说通过狠毒的庄园主太太对克拉拉的再三迫害和善良的克拉拉的一再忍让，展示了善与恶和美与丑的搏斗。小说对人物形象的刻画和对人物内心世界的描写是相当成功的，特别是把女主人公克拉拉的形象刻画得栩栩如生。对华裔马来语小说来讲，这部小说的重要意义在于其创作方法和写作技巧已相当现代化，不亚于印尼早期比较优秀的近代作品。此外，他写的小说《戴安娜姑娘的故事》就是专讲巴打威白人社会中发生的真实故事，这在华裔马来语文学中也是不多见的。

19世纪末至20世纪初，可以说是华裔马来语文学的初创时期，虽然已表现出一定的政治倾向和社会批判，但总的来说，还没有同印尼的现代民族运动和现代主流文学相汇合，因此还没有进入反帝反殖反封建的现代文学的范畴。20世纪20年代到40年代初，是华裔马来语文学的成长和繁荣时期。这个时期的华裔马来语文学已逐步向印尼民族运动的大潮流汇拢，与印尼现代主流文学的流向趋于一致，以反帝反殖反封建为主旋律。20年代的印尼文坛盛行以反对包办强迫婚姻、要求个性解放为主题的个人反封建小说。而同一时期的华裔马来语文学，也出了不少同类主题和题材的小说，甚至有的连小说的主人公也是土著。其中具有代表性的作品是郭德怀的《芝甘邦的玫瑰花》(1927)、陈修才的《旷野呼叫》(1931)、杨众生的《惜别》(1931)等。特别是郭德怀的成名小说《芝甘邦的玫瑰花》，以华裔青年和土著姑娘的纯真爱情故事为题材，热情歌颂两族之间的自然融和。小说一发表便大受欢迎，再版了三次，并于1931年和1976年两次被拍成电影。这类以两族间的自由恋爱和自愿结合为主题和题材的小说在当时的华裔马来语文学中占有相当的数量。

---

① 季羡林：《东方文学史》，长春：吉林教育出版社，1995年版，第937页。

　　但如果要说这个时期华裔马来语文学最难能可贵的地方，那就是它在一定程度上敢于直接反映当时尖锐的民族矛盾和社会矛盾，表现当时印尼民族斗争的时代风貌。例如，1926年爆发的反对荷兰殖民统治的民族大起义，应该说是印尼民族运动史上的重大历史事件。起义失败后，许多印尼民族运动的优秀儿女被荷兰殖民政府流放到疟疾猖獗的地辜儿地区备受煎熬。然而这样惊天动地的民族斗争，在当时的印尼文学作品中却看不到有丝毫的反映。幸亏当时的华裔马来语文学敢于顶风逆水，才弥补了这一历史空白。对华裔作家来说，及时反映印尼社会的重大事件是他们的优良传统。因此在起义被镇压不久后，他们便写出多部以这一历史事件为题材或背景的小说，如温无敌的《波偾·地辜儿的血泪史》（1931）、包求安的《扑不灭的火焰》（1939）等，而最杰出的是郭德怀的长篇小说《波偾·地辜儿囚岛悲喜剧》，它代表了华裔马来语文学的最高成就。

　　郭德怀是华裔马来语文学的一颗巨星，给印尼的近代文学留下了非常宝贵的精神财富。他于1886年生于西爪哇茂物。上过私塾和小学，跟外国教师学习荷语和英语。他天生好学，酷爱读书，博览群籍，基本上靠自学成才。他对社会文化、东西方宗教哲学、文学艺术等具有广泛的兴趣和深入的研究，在他身上可以看到中国文化、本地文化和西方文化的影响和相互融合。1934年他创办三教会（儒、释、道三结合），旨在弘扬中华文化，但不排斥其他文化。他从事多方面的事业，有商业、新闻业、出版业等，是当时著名的华裔社会活动家。

　　郭德怀还是个多产的作家和剧作家，发表的各种文学作品不下50种，也是从事创作时间最长的作家，从1905年至1942年几乎经历了战前整个荷兰殖民统治的时期。而最可贵的是，他的许多作品是针对华裔社会存在的问题而创作的，反映了这个时期的时代特征和本质矛盾，具有现实的社会批判意义。《波偾·地辜儿囚岛悲喜剧》就是其中最具代表性的作品，这部长篇小说从1929年至1932年先用连载的方式在《全景》杂志上发表，由于深受欢迎，后于1938年印成四册出版。

　　小说通过栩栩如生的人物形象和起伏跌宕的故事情节，生动地描述了事件发生前后的民族矛盾和社会矛盾。小说的男女主人公都是土著民，是一对相恋的情侣。男主人公是位受过西方教育的殖民地县太爷的公子。女主人公是领导1926年民族起义的印尼共产党支部领导人的女儿。他们的爱情受到家庭出身和1926年民族大起义的影响和冲击而经历了一波三折的磨难，其中作者通过华裔父女对女主人公的同情和援助，表现了华裔对印尼民族斗争的同情和支持。这部小说的突出成就不仅在于它能通过艺术形象生动地再现了印尼民族运动第一个高潮时期错综复杂的民族矛盾和阶级矛盾，而且还在于它能把中国、西方和本地文化的影响融合在一起，贯穿于小说的始终。在小说中，我们既可以看到东西方文化的冲撞和融合，又可以看到三种文化在不同人物身上的不同体现，特别是中国文化的传统思想被巧妙地注入到人物的性格和编织到整个故事情节之中；此外还可以看到西方小说的写作技巧和中国演义小说、印尼班基故事悬念迭起的表现手法，三种文学的特长被融会贯通地加以运用，使这部小说色彩斑斓，独具特色。

托玛斯·理格儿在《简评郭德怀的〈波偾·地辜儿囚岛悲喜剧〉》一文中给郭德怀的这部力作以极高的评价，他说："这部长篇小说以718页的篇幅和极其精湛的写作技巧堪称印尼文学中带有里程碑式的作品之一。"的确，这部以1926—1927年民族大起义为背景的长篇小说在反映当时印尼殖民地社会的阶级矛盾和民族矛盾的深度和广度上是无与伦比的，在独立前的印尼现代文学中可以说是绝无仅有的。[1]

华裔作家还借助历史题材对荷兰殖民统治者的残暴面目进行了有力的揭露。例如1924年赵雨水的历史小说《彼德·埃尔伯菲尔德》，故事发生在巴达维亚建城100周年（即1721年）之际，主人公是一位发动起义反抗荷兰东印度公司的英雄，1722年他被当局残酷处死。有学者评论说："赵雨水以荷兰统治印尼达300年之久的历史背景创作这种题材的小说，在整个印尼文学史上还是破天荒第一次。"[2]华裔作家还对当时的劳工斗争同样予以关注，林庆和的《红潮》（1937）可能是印尼文学中最早描写劳资纠纷的小说。华裔马来语文学对印尼殖民地社会所发生的重大问题和各种不良现象从不回避，也从不放过，这就使它能比较及时地反映时代脉搏的跳动，展示时代前进的步伐，为同时期其他文学所不及。

除了当时印尼的民族矛盾和社会矛盾，30年代中国日益高涨的抗日救亡斗争也成了华裔马来语文学集中反映的一个焦点，以抗日救亡为题材的小说大量涌现。例如写有关"沈阳事件"的就有季德观的《满洲》（1932）、侯妙生的《九一八》（1941）；写有关淞沪抗日战争的有郭德怀的《闸北来的勇士》（1932）、季德观的《上海……！》（1933）；写有关芦沟桥事件的有陈文宣的《芦沟桥——上海》（1937）、杨众生的《魔鬼营》（1938）等。上述作品都表现了印尼华裔对中国抗日战争的积极支持和对抗日英雄的热情歌颂，而有意思的是，所有的作者没有一个去过中国，他们是从新闻报道中收集创作素材的。

华裔马来语文学在日本占领印尼期间（1942—1945）完全停止了活动，不少作家因支持中国抗日而遭到迫害，被关在集中营里受尽折磨。1945年8月17日印尼宣布独立后，战火连绵不断，在烽火年代里华裔马来语文学也难以恢复元气，但还是有一些作品问世，其中比较有价值的是有关日本占领时期的悲惨遭遇和独立战争期间华裔的血泪沧桑。在此类作品中，陈默源的《天翻地覆》（1949），被认为具有史料价值。不过这个时期的华裔马来语文学已逐渐式微，成了强弩之末。

印尼宣布独立后，政府以法律形式确定了印尼语的国语地位，华裔马来语文学逐渐向华裔印尼语文学过渡。尽管之前的华裔作家仍继续着自己的文学活动，但由于整个社会发生了根本性的变化，他们的文学创作也受到影响：语言风格出现多样化、刊物数量锐减、

---

① 梁立基：《印度尼西亚文学史》，北京：昆仑出版社，2003年版，第504页。
② 梁敏和、孔远志：《印度尼西亚文化与社会》，北京：北京大学出版社，2003年版，第175页。

作家人数减少。尤其在双重国籍问题解决之后，绝大部分的华裔都已经成为印尼公民。老一代的华裔作家仿佛已完成其历史使命，一个个退出文坛，很少再从事创作。而新一代的华裔作家则已完全归化，与印尼的主流文学汇合在一起。他们的作品从形式、内容到语言已完全印尼化，与土著作家没有多大区别。华裔马来语文学走过了漫长而又艰难的历史道路，如今已完成自己的历史使命。这是华裔马来语文学作为印尼文学的组成部分必然的历史归宿。

过去很长一段时间以来，华裔马来语文学作品被荷兰殖民者和某些学者排斥在"印尼新文学"之外。根据他们的两条标准：是否由官办的出版机构出版，是否使用官方提倡的高级马来语进行创作，他们将20世纪20年代作为"印尼新文学"的开创期，这是以"图书骗译局"出版的两部小说为标志的，即麦拉里·西雷格尔的《多灾多难》（1920）和马拉·鲁斯里的《西蒂努儿巴雅》（1922）。在它们之前出现的用低级马来语创作的土生华人文学被另打入册，成为"次要文学"甚至"垃圾文学"。印尼独立之后，基本上继续沿用这些标准，加上种族歧视和传统偏见，华裔马来语文学始终得不到承认和公正对待。

印尼独立后的40多年间，越来越多的学者对上述观点提出质疑和批评，而且对图书编译局以前和以外的作品进行探索和研究，其中包括土生华人作家梁友兰、印尼进步作家普拉姆迪亚等等。印尼文学史家巴克利·西列卡尔在其《印尼现代文学史》一书中写道："20世纪以前的用交际马来语创作的作品应包括在印尼文学的范围内，其中也包括用华人马来语创作的文学。"尤其值得称道的是法国学者克劳婷·苏尔梦在研究华裔马来语文学方面所作出的贡献。她花费15个春秋撰写了长达600余页的《土生华人马来语文学》，以超人的胆略和气魄首先向统治印尼文坛100余年之久的旧传统观念和理论进行挑战，通过大量雄辩的令人信服的书目和作家作品介绍，恢复了印尼华裔马来语文学的本来面目。荷兰研究印尼现代文学史的权威德欧在一篇评论中说："她（指苏尔梦——引者）不仅开辟了一个全新的研究领域，同时要迫使那些与此有关的学者，包括本评论的作者，对他们所从事工作的某些概念进行痛苦的重新评价。"[1]

华裔马来语文学如果从翻译改写中国和西方文学作品算起，实际上已存在将近一个世纪之久。据苏尔梦的不完全统计，这期间发表的翻译改写作品和华裔作家自己创作的作品多达3005种，译者和作者的总数达806人。其中华裔作家自己创作的长短篇小说有1398部，诗歌183部，剧本73部。[2]据荷兰研究印尼现代文学史的权威德欧教授1967年出版的《印尼现代文学》一书，这一时期印尼土著作家为175人，作品400部。10年后该书修订时，作家人数也只有284人，作品770部。德欧教授承认，"这些数字就足以证明土生华人马来

---

① 原载《荷兰莱顿大学语言、地理和人类学皇家学院学报》，1984年第4期（总第140卷），第537～539页。转引自许友年：《简论印尼土生华人马来语文学》，载《华侨华人历史研究》，1991年第1期，第14页。
② 梁立基、李谋：《世界四大文化与东南亚文学》，北京：经济日报出版社，2000年版，第141页。

语文学在数量方面的重要意义。"印尼文学评论家雅各布·苏玛尔佐在其《印尼小说提要》第一章《低级马来语文学》中也称，这一时期"印尼人创作的小说同华人相比，其数量要少得多"。[①]

但华裔马来语文学的意义主要不在数量上，而在它对印尼语言和文学的发展所起的历史作用和做出的历史贡献。华人作家的作品大多取材于报纸刊登的社会重大新闻，以真人真事为创作素材，在内容上克服了旧文学脱离现实生活的积习，把印尼文学从虚幻的宫廷神话中拉回到印尼社会的现实生活；创作方法和写作技巧都突破了马来古典文学一成不变的传统模式，改用西方文学近代小说的体裁，向现代小说的创作方向迈出了一大步，为印尼文学走上现代的发展开辟了道路。认为华裔马来语文学是通往现代印尼文学的发展链条中的主要一环并填补了印尼文学史一段空白的这种观点已得到了印尼国内外越来越多学者的承认和肯定。

六、印度尼西亚的个人反封建文学

从17世纪开始逐步沦为殖民地到20世纪初，印尼文学就一直停留在封建旧文学的阶段裹足不前。荷兰殖民者只顾竭泽而渔，加强对殖民地的经济垄断和掠夺，在相当长的一段时间内不重视对当地人的教育，西方文化和文学对印尼文学几乎无影响可言，加之频繁的殖民战争的摧残，印尼文学基本处于停滞状态。[②]进入20世纪以后，打着"道义政策"旗号的殖民者才把目光投向教育，使新型知识分子的产生成为可能。他们大部分出生于封建贵族和地主家庭，受西式教育和西方文化影响后，开始了个性意识的觉醒，日益感到与本民族的旧封建意识和传统习俗格格不入。而他们首先力求摆脱的是封建礼教，尤其是在婚姻问题上对个人的束缚。这样的社会背景为印尼现代文学的产生在思想内容和形式方面准备了条件，也为它孕育了一批作家。在从西方资产阶级文化中吸收了个人主义和自由主义思想的知识分子的推动下，印尼文学作品在沉寂了百多年后开始崭露头角，以反封建习俗和强迫婚姻为基本主题、宣扬资产阶级个性解放的文学作品应运而生，并风行一时。

1920年麦拉里·西雷格尔发表的小说《多灾多难》向封建包办婚姻打响了第一枪。作者在小说中通过一对青年人的爱情和婚姻悲剧，对封建包办婚姻表示了心中的不满。小说的主人公阿米努丁和玛丽娅敏从小青梅竹马，长大后成为相亲相爱的恋人。阿米努丁离家到棉兰工作时，与玛丽娅敏立下了山盟海誓，非她不娶。后来玛丽娅敏家道中落，阿米努丁的父母便嫌弃她，为儿子另外物色门当户对的媳妇，亲自送到棉兰。当阿米努丁到车站去迎接时，发现带给他的不是玛丽娅敏而是素不相识的女人。他感到非常失望和痛苦，但又不敢违抗父母之命，只好忍气吞声地接受命运的摆布。玛丽娅敏更为不幸，她被迫嫁给一个浪荡子而且不断受到虐待，最后离异了。玛丽娅敏带着被丈夫遗弃的坏名

---

① 梁敏和、孔远志：《印度尼西亚文化与社会》，北京：北京大学出版社，2003年版，第179页。
④ 季羡林：《东方文学史》，长春：吉林教育出版社，1995年版，第931页。

声回到自己的家乡，处处遭到冷遇，最后郁郁而死。

　　阿米努丁和玛丽娅敏的纯洁爱情眼睁睁地被封建包办婚姻所断送而他们俩却毫无反抗。作者对两人的悲剧命运感到无奈，只能表示深切的同情和遗憾而已。这说明当时代表封建保守势力的老一代还很强大，而代表反封建力量的年轻一代还很软弱。在新老两代的冲突中，封建保守的老一代取得了胜利，而反封建的新一代终归失败。所以，初期的个人反封建小说大都以悲剧形式来表现反封建的主题。例如柴努丁于1922—1923年发表的小说《亚齐茉莉花》就是另一例，尽管两个真诚相爱的主人公阿玛特和沙尼娅都是思想进步的知识青年，并且有志于办教育来促进民族的进步，但当封建势力进行破坏和父母前来逼迫时，阿玛特毫不反抗，沙尼娅也屈服于封建旧习俗。两人的爱情之花终于被摧残，最后沙尼娅被病魔夺走了生命。

　　《多灾多难》和《亚齐茉莉花》作为初期的个人反封建小说，不但在内容上缺乏反封建的叛逆精神，在艺术上和语言上也存在明显的不足，仍残留着不少旧小说的陈词俗套，所以在当时并没有产生强烈反响。真正引起社会巨大轰动，从而为个人反封建文学奠定基础的是马拉·鲁斯里于1922年发表的长篇小说《西蒂·努尔巴雅》。这部小说仍然是一部悲剧，但主人公已经不是逆来顺受和毫不反抗的弱者，他们敢于进行抗争，并最后和对手同归于尽。小说一经发表即受到了青年读者，尤其是受过西方教育的青年知识分子的热烈欢迎，该小说到1937年已再版四次，后来又继续再版了三次。

　　《西蒂·努尔巴雅》之所以产生如此之大的反响，与作者塑造了萨姆素和努尔巴雅这两个具有反封建叛逆精神的知识分子形象是分不开的。在小说中，萨姆素和努尔巴雅从小青梅竹马，亲密无间。但由于努尔巴雅的父亲被阴险狠毒的大财主拿督·默灵吉弄得彻底破产并欠下一身债，努尔巴雅为了救父亲免受牢狱之灾，决定牺牲自己的幸福，接受拿督·默灵吉的条件下嫁给他。等萨姆素得知消息赶回家乡时，已见不到努尔巴雅。努尔巴雅的父亲病危，萨姆素前往探望。努尔巴雅的父亲知道自己将不久于人世，便恳求萨姆素在他死后照顾好孤苦伶仃的努尔巴雅。萨姆素答应并发誓将永远爱护努尔巴雅。这时躲在一旁的努尔巴雅知道萨姆素对她仍然一往情深，便出来相见，两人抱头大哭。正当两人互诉衷肠时，拿督·默灵吉突然出现，萨姆素和他打了起来。萨姆素和努尔巴雅的私下相会被社会认为是伤风败俗的行为，努尔巴雅被休了，萨姆素也被父亲驱逐出家门。萨姆素返回雅加达后，努尔巴雅决定私奔，坐船去雅加达投奔心上人，但不幸被拿督·默灵吉所发现。拿督·墨灵吉诬告她携财潜逃，让警察把她押送回来，最后将其毒死。萨姆素听到努尔巴雅的死讯痛不欲生，几次自杀未遂，后来加入荷兰雇佣军，想战死沙场以了此一生。因此他作战特别不怕死，而死神却偏偏不光顾他。萨姆素反而因作战勇猛而连连升官，当上中尉，化名为马斯中尉，这是土著雇佣兵中最高的军衔。若干年后，巴东发生土著民的抗税暴乱，领头的是拿督·默灵吉。马斯中尉奉命前往镇压，与拿督·默灵吉在战场上相遇。

仇人相见分外眼红，拿督·默灵吉死在马斯中尉的枪下，但临死前还重重砍了马斯中尉一刀。马斯中尉被送往医院抢救，临死前要求见巴东区长苏丹·马赫穆·沙，向他请求宽恕。马斯中尉死后，苏丹·马赫穆·沙才知道那个马斯中尉原来就是当年被他驱逐出家门的儿子，心中悔恨无比。按照遗嘱，萨姆素的遗体被埋葬在巴东山努尔巴雅的墓旁，那里是他们初次相会的地方，也是他们永远安息的地方。

《西蒂·努尔巴雅》所反映的印尼殖民地封建社会新一代与老一代的矛盾冲突显然要比《多灾多难》深刻和广泛得多。在《多灾多难》中，代表新一代的人物显得特别软弱，他们只能消极地忍受封建传统习俗的摆布而毫无反抗之意。《西蒂·努尔巴雅》则不同，尽管小说最后还是以悲剧作为结局，但代表新兴阶级的近代知识分子已敢于向束缚他们婚姻自由和个性解放的封建旧传统习俗宣战，并发起了第一道攻势。从这部小说我们能捕捉到作者本人的影子。马拉·鲁斯里出生于苏门答腊巴东一个封建贵族家庭，在茂物兽医学校求学时，曾未经父母同意就与自己心爱的姑娘结婚，而他的父母本已准备好按民族习俗为他娶一位媳妇。马拉·鲁斯里的所作所为遭到了家族的反对，从此便断绝了关系。从这点讲，作者在小说中对封建陈规陋习的批判更为强烈，超过了同时代的其他作家，这与他本人就是封建社会的直接受害者分不开，同时这也使《西蒂·努尔巴雅》成为20年代个人反封建小说的里程碑式作品，产生深远的影响。作者和自己笔下的萨姆素、努尔巴雅代表着个性意识觉醒了的一代知识分子，他们不屈从于封建旧传统习俗的淫威，其个性解放从要求恋爱婚姻自由发端，在当时是极其普遍而又符合客观现实的现象。[①] 在它的带动下，印尼文坛又相继诞生了好几部在主题、格调、背景、情节方面都极类同的小说。

当然也应该看到，小说在思想内容上和写作技巧上仍有明显的不足，甚至是失误。比如，小说中直接破坏两人爱情的是拿督·默灵吉，他是代表地方的恶势力，靠金钱为非作歹，但后来却成了抗税斗争的领袖。从这里可以看出作者反封建的不彻底性。而更难于接受的是，作者让萨姆素借荷兰殖民雇佣军的力量去报私仇，仿佛殖民主义和封建主义是对立的。尽管作者为萨姆素进行开脱，说他加入殖民雇佣军完全是为了去寻死。但雇佣军是荷兰殖民政府镇压印尼民族的杀人工具这一事实是无法否认的。这些不足和失误恰恰反映了当时个人反封建小说的局限性。

随着民族觉醒的发展和新一代知识分子队伍的壮大，后来的个人反封建小说不再是悲剧式的了，在新老斗争中，胜利的一方属于新一代青年了，爱情终于战胜了封建势力而取得美满的结果。巴门扎克的小说《相逢》就以年轻一代的胜利而告终。主人公马斯里在经历强迫包办婚姻的痛苦和失败之后，终于通过自由恋爱而建立起新的美满家庭。而阿迪尼哥罗的《血气方刚》还对封建旧习俗进行了直接的批判。阿迪尼哥罗是一位著名的记者，他受西方文化影响较深，视野比较开阔，对落后于时代的封建传统和旧习俗认识比较

---

① 唐慧：《略论印尼现代小说的特征》，载《解放军外国语学院学报》，2002年第4期，第107页。

清楚。《血气方刚》发表于1927年，作者站在新一代人的立场，对封建保守势力展开批判。阿迪尼哥罗于1928年发表的另一部小说《伟大的爱情》继续把批判的矛头指向封建传统习俗。他在婚姻问题上除了强调自主恋爱，还打破了不外娶的地区和部族限制。阿迪尼哥罗的两部小说都以新一代人的胜利作为结局，反映新一代知识分子的自信心已大为提高，敢于同封建旧势力做正面的较量，但对老一代和旧习俗还保留一定的畏惧和妥协。

恩利的小说《为了亲生子》则以不同的方式表示对封建包办婚姻的谴责。小说主人公凯里尔被迫娶不是他所爱的女人，当他为经济危机所困时，贪图享受的妻子离他而去，留下儿子不管。按米南加保的传统习俗，他的儿子应该由娘家抚养，他可以不管。但凯里尔宁可自食包办婚姻的苦果也要自己抚养亲生儿子。他牺牲了自己的爱情，把全部精力用在教育和培养下一代人的身上。

达梯尔·阿里夏班纳的早期小说《长明灯》也把争取个人自由的希望寄托在下一代人身上，以更积极的态度支持反对封建强迫婚姻的年轻人。小说的主人公耶辛是穷人出身，与巨港一位贵族小姐莫丽相爱，但遭到女方家长的破坏。莫丽被逼嫁给有钱的阿拉伯人，耶辛则绝望地逃进深山密林隐居。数十年后，来了一对为反对强迫婚姻而私奔的年轻恋人请求耶辛收容他们。耶辛想起自己过去的可悲遭遇，欣然同意收容他们，老脸上浮起一丝微笑，赞赏年轻人敢于反抗封建家庭的叛逆精神。

在表现新一代人的胜利方面，伊斯坎达尔的小说《错误选择》最为典型。作者以正反两面的鲜明对比来表现新老之间的矛盾冲突，在经历谁战胜谁的斗争之后，以新一代人的全面胜利而告终，表现了民族资产阶级新一代知识分子在反对封建旧习俗的斗争中已经有更大的自信心。小说描写贵族家庭出身的新青年阿斯里和他母亲拣来的养女阿斯纳的爱情纠葛。他们俩从小青梅竹马，长大后产生了纯真的爱情。但封建保守的母亲囿于门户之见，错误地为儿子选择一个门当户对但思想极端守旧、傲气十足的贵族小姐萨尼雅作为妻子。婚后两人思想格格不入，整天吵架不休，毫无幸福可言。后来妻子因车祸丧生，阿斯里与阿斯纳逃往外岛才得以私结良缘。最后两人终于被召回而荣归故里，阿斯里被拥戴为地方长官，领导家乡走向进步。

个人反封建文学的兴起有其特定的历史原因。一方面，接受西方教育和西方资产阶级文化影响的新一代知识分子大多出生于封建贵族地主家庭，对他们来说，封建主义的压迫，首先表现在个人的婚姻问题上和对个性自由的限制上，因此反对封建强迫和包办婚姻，要求个性解放便成了他们文学创作的首要主题。另一方面，荷兰殖民政府非常重视文学读物对推行奴化政策所起的作用，千方百计控制全国的图书出版和发行。为此，殖民当局成立了专门的官方出版机构（即殖民政府于1908年成立的"民众读物委员会"，后改为"图书编译局"。成立这个机构的目的在于"避免一切损害政府权力和破坏国家安定的事情发生"），出版温和的消遣性的"健康读物"，与私人出版的"非法读物"相对抗。①它出版的

① 梁立基：《印度尼西亚文学史》，北京：昆仑出版社，2003年版，第472页。

作品或者是不涉及政治的情节离奇的小说，或者是基调低沉的充满感伤情绪的小说。此外，殖民当局还实行了严格的审查制度，对触动殖民统治和具有民族主义倾向的作品一律进行禁止和排斥。由此不难理解，以反封建强迫婚姻为主题的小说会成为符合政府出版政策的"健康读物"样板而受到鼓励和支持。不少作家也热衷于这类作品的创作，因为这样的作品既能反映出他们的切身利益和愿望，又能回避民族矛盾，容易得到出版机会。

前文提到的《西蒂·努尔巴雅》就是一部由图书编译局出版的作品。主人公是受西方教育成长的青年知识分子，觉醒后的他们大胆向封建势力宣战，为追求个人幸福不惜背叛家庭，这种反抗精神是积极进步的。但主人公萨姆素最后参加了荷兰雇佣军，在镇压抗税暴动时杀了仇人，也就是借殖民政府的力量达到了向封建恶势力复仇的目的，荷兰殖民者在其中扮演了正面角色。正因为它的反封建无损于殖民统治者的利益，所以官方的图书编译局才乐意大量出版，并使之风行一时。因此，我们可以看到带有个人反封建色彩的小说虽有一定的进步意义，但其局限性和弱点也很明显，那就是没有把反封建与反帝联系起来，完全没有触动殖民主义的统治，暴露出资产阶级知识分子在觉醒之初的软弱性和妥协性。[①]

独立前的印尼作家大多与图书编译局有瓜葛，他们的作品多数得依靠图书编译局才能出版，而个人反封建的主题是图书编译局在政治标准上所能允许的极限，所以20年代的图书编译局作家的最大成就仅限于个人反封建方面。当时图书编译局还雇用了一批米南加保文人当编辑和改稿人，根据官方规定的政治标准和语言标准出版文学作品。因此，图书编译局出版的小说在内容上和语言风格上都带有米南加保的色彩，形成一种所谓"图书编译局风格"，对印尼近代文学的发展产生了一定的影响。到了30年代，随着民族运动的发展，个人反封建已经不是时代的突出主题，文学需要反映更本质的社会矛盾和现实。在这样的背景下，图书编译局已经不能控制时代潮流的发展，逐渐失去了垄断的地位。

七、菲律宾的小说创作

19世纪末，菲律宾人民推翻了西班牙的殖民统治，建立了菲律宾第一共和国。但由于美国的侵略，1901年又沦为美国殖民地。直到1946年7月4日，国家才获得真正独立。美国统治期间，以英语为官方语言，使英语得到普及并取代了西班牙语。1908年，菲律宾《自由周刊》首次刊登英语小说。1910年菲律宾大学开始创办英语校刊《学府之夏》，1921年该校文学院院长方斯丽出版了第一部英语的《菲人通俗故事选》。1927年该校又成立"菲大作家俱乐部"并出版《文学研究》杂志。其他院校也竞相出版英语刊物，如菲律宾师范学院的《火矩》于1913年创刊，《菲律宾教育杂志》于1924年创刊。菲律宾英语文学在此基础上迅速地发展起来。

菲律宾的现代英文小说主要受到美国19世纪现实主义文学的影响。长篇小说多以描写爱情故事为主，带有感伤主义情调，反映了当时的包办婚姻、种族歧视和门第偏见等种

---

② 唐慧：《略论印尼现代小说的特征》，载《解放军外国语学院学报》，2002年第4期，第111页。

种社会问题，具有反封建的积极意义。短篇小说则注重描写劳动人民的生活、习俗、欢乐与痛苦，具有浓烈的乡土色彩和民族意识。

第一个用英语写长篇小说的是佐伊罗·迦朗，他于1921年出版了一部缠绵悱恻的爱情小说《忧伤之子》。小说描写菲律宾姑娘卡西娅与男青年索里曼相爱，由于老财主的作梗而遭破坏。老财主强迫卡西娅嫁给他，卡西娅则以自杀相对抗。迦朗的另一部小说《娜迪娅》（1924）描写菲律宾旅游者达兰德在巴黎与波兰姑娘娜迪娅的爱情悲剧。由于娜迪娅的父亲抱有种族偏见，强烈反对这对青年男女的恋情，最终使娜迪娅以自杀结束自己的生命。后来，迦朗又写了《梦幻必然消逝》（1950），讲的是黎萨尔和其表妹莉薇拉这一对情侣真心相爱，但是有情人不能终成眷属，硬被莉薇拉的父母拆散，最后莉薇拉被迫嫁给一个英国工程师。迦朗的这些小说，通过对主人公悲剧命运的描述，谴责了种族歧视和包办婚姻给青年人的青春和爱情造成的戕害。

另一位作家卡劳的小说《菲律宾起义者》发表于1929年，也很有特色。小说以抗美独立战争为背景，写起义战士利卡洛兹在战争中负伤后，被美丽姑娘约瑟法所救，彼此相爱并订下婚约。战争结束后，利卡洛兹却见利忘义，喜新厌旧，为了巴结权贵向上爬，娶了富家小姐。后来，奋发图强的约瑟法从美国学成归来途经香港时，巧遇利卡洛兹。这时利卡洛兹已丧妻，又向她求婚，但被她断然拒绝。小说对背叛爱情的可耻行为和人性的丑恶给以有力的鞭挞。费·欧坎坡的《棕色少女》（1932）同样是关于多情女子负心汉的长篇小说，写寻找"理想丈夫"的卡门，随诺兰上尉去美国结婚，婚后不久诺兰就另有新欢，便和她离婚，最终卡门独自一人过着孤苦寂寞的生活。

此外，这些长篇小说中也不乏带有喜剧色彩的作品。拉亚的小说《他的故土》（1940），写留学生罗梅洛返回菲律宾后，因不能适应家乡的环境而出外经商，后来获得了爱情。情节虽较平淡，却表达了知识分子要求改革的愿望。其他如柯特兹的《虚假天堂》（1933）、萨隆比德斯的《妮达公主》（1934）等，主人公是不同出身和社会地位的青年男女，他们靠自己的奋斗，克服种种障碍和阻力，终于喜结良缘，实现了人生理想。

总的来说，以上作品反映了当时的社会现实，控诉了封建思想对青年的迫害，表达了人们对纯真爱情、美满婚姻和幸福生活的向往和渴望。然而在写作技巧上一般都存在情节比较单纯和对人物心理的刻画不够细腻等缺陷。

英文短篇小说的创作大体经历了从模仿到独创的阶段。早期作品主要是模仿美国的通俗爱情小说，其中以贝尼特兹和博科波二人成就较为突出。前者以小说《死星》（1925）而闻名，并选编《菲律宾人的爱情故事》（1928）等；后者著有处女作《可怕的历险》（1916）和短篇小说与剧本合集《发光的符号》（1925）等。《死星》讲述的是一对青年人失落的爱情，语言充满诗意，情绪低婉沉静。它被认为是第一部菲律宾现代短篇小说，在小说史上留下深刻的印迹。

从1924年起，菲律宾英文短篇小说的创作进入独创阶段。据作家何塞·迦·维拉的统计，从1926年至1940年，共有111名作家发表了英语短篇小说264篇，而其中创作影响最大的作家是阿贵拉和布洛山。

阿贵拉1911年生于拉乌尼翁省包旺镇一个农民家庭，1933年毕业于菲律宾大学，1936年参与创建菲律宾书会。1944年2月因参加抗日地下活动被日军逮捕，同年8月英勇就义。阿贵拉被誉为菲律宾最优秀的乡土文学作家，他深受美国作家海明威的影响，善于通过儿童的眼光来观察和讲述故事。其代表作小说集《利昂兄如何携妻而归》（1940）共收20篇小说，均以吕宋岛北部地区为背景，着重描写农民、渔民、佃户和无产者的生活与斗争，表现他们的情感世界，以及理想与命运的冲突，富有地方色彩。《利昂兄如何携妻而归》这篇小说借小孩子之口，轻描淡写地叙述出一位在乡下长大，到城里读书的年轻人，在未经父母的许可之下，擅自娶了出生于城市的女同学，然后再带妻子回家拜见父母的经过，隐约勾勒出不同社会阶层间必然存在的文化冲突。另外几篇如《大米》、《仲夏》、《最坚强的人》等也都是佳作。

布洛山的小说以幽默见长。他1914年出生于班诗兰省比纳洛南镇的贫农家庭。1931年去美国当劳工，后来自学成才，用英文写作。其短篇小说集《我父亲的笑声》（1944），内收《父亲上法庭》等48篇讽刺小说。这些小说吸取了菲律宾民间故事的精华，内容主要是揭露财主的贪婪与刻薄，颂扬穷苦劳动人民的勤劳与智慧，文笔讽刺诙谐，使他一举成名。布洛山还曾写过自传体长篇小说《美国在心中》（1946），描写他和其他菲侨劳工在美国备受歧视的苦难经历，表现出菲律宾人的民族尊严和热爱自由、平等的精神，受到国内外的重视。

短篇小说独创阶段比较优秀的作品还有科莱科夫人的小说《他的归来》（1924）、潘迦尼班的短篇小说集《巧妙地博取欢心者》（1927）、维拉的小说集《青春的脚步》（1933）、罗托尔的小说集《创作与伤痕》（1937）等，题材大都以爱情为主。女作家苏莉特的短篇小说《他的囚犯》则明显不同，他描写了20世纪起义英雄黎萨尔被判死刑后，仍然镇定地为监狱看守医治眼病的感人故事。

除了英语文学外，这个时期还有60多位作家用菲律宾的民族语言他加禄语进行写作。他们中的大多数作为民族主义作家，关注社会，关注人生，创作出一批富有战斗性的现实主义文学作品。其中洛佩·桑托斯被誉为"第一个伟大的他加禄艺术家"。他1906年发表长篇小说《光芒和日出》，以社会正义为主题，描写菲律宾社会的阶级斗争，被认为是菲律宾最早的一部无产阶级文学作品。他还著有长篇小说《命运的奴隶》（1932）等。另一位著名作家是阿基拉尔，他从1907年开始发表社会问题小说，著有揭露劳资对立、反映社会黑暗面的长篇小说《幸运的奴隶》、《收买选票》和《罢工》等。至于浪漫主义风格的小说作家，则有佩纳和马里亚诺等人。佩纳先后写过9部长篇小说，包括描写理想友谊的《妮娜和妮宁》（1902）和反映家庭问题的《父母的名誉》（1920）。马里亚诺的小说《河流之子》（1922）则叙述了一个少女爱上渔夫的故事。

由于美国殖民统治政策相对宽松，加上西方文学思潮的影响和作家的辛勤耕耘，20世纪上半期菲律宾的小说创作，呈现出初步繁荣的局面。

第五节　革命进步文学

一、越南无产阶级革命文学

越南无产阶级革命文学是随着越南共产党领导革命斗争的深入而产生和发展的，它是越南无产阶级革命斗争的一部分，是斗争前线革命战士的呼声。

越南人民的伟大领袖胡志明是继潘佩珠之后、越南20世纪最伟大的革命家、国际共产主义运动的卓越活动家，他为越南的民族解放和独立事业贡献了毕生的精力，同时，他的革命文学作品也值得大书特书。胡志明不仅是越南无产阶级革命的先驱，还是越南无产阶级革命文学的奠基人。

胡志明（Hồ Chí Minh，1890—1969）原名阮必成，在革命活动初期改名阮爱国。胡志明是他在中国进行革命活动期间的化名，后作为他正式的名字沿用下来。胡志明出生在义安省南坛县南莲乡金莲村的一个贫穷的爱国儒士家庭。其父亲阮生瑟，1901年中副榜，先后任礼部承办及平溪县知县等职务，他为官清廉，刚正不阿。他被革职后，到南方各地教书、行医。其母黄氏銮，乃书香门第之女，通晓汉语。胡志明在母亲的教育下，从小就接触中国古籍，喜读诸如《三国演义》等书，汉语功底较好。1905年胡志明跟随父亲来到顺化，就读于顺化国学学校，接受法、越教育。后来，胡志明因不满学校的办学方针，愤然辍学，到藩切一所进步的学校——育青学校任教。不久后，他离开藩切来到西贡。

胡志明对潘佩珠等革命前辈为拯救越南民族所做的努力深为敬佩，但对他们的革命策略存在疑虑。他决心要到国外去实践考察，亲自探索一条越南的革命之路。1911年，胡志明抱着救国的雄心壮志，从西贡乘法国货船来到法国。他后来又先后到过英国、非洲和美州等国家和地区，看到与越南一样的殖民地国家的惨痛状况，他大有感触，更坚定了他为拯救越南民族以及世界上被压迫民族的决心和意志。1918年，胡志明参加了法国社会党。1919年，他代表在法国的越南爱国者致信"凡尔赛和会"，要求尊重殖民地民族的权利。1920年，他参加了法国社会党大会，大会通过决议成立共产党，胡志明成为第一批法共党员。在巴黎期间，胡志明在《人道》、《船工生活》和《民众》等法国报纸上发表了一些革命文章。1921年，胡志明与法属殖民地的其他革命活动家组成了"殖民地各民族联合会"。1922年起，"殖民地各民族联合会"出版了自己的报纸——《穷苦者报》，胡志明是主要负责人之一。《穷苦者报》成为了法国殖民者巢穴内的第一份革命报纸。1923年，胡志明秘密来到了苏联，后参加了共产国际第五次大会，被指定为共产国际东方支部的委员。1925年，在广州成立"越南革命同志会"。

胡志明在进行革命活动之余，在国外写了许多政论文章，甚至还有一些鲜为人知的法语短篇小说，如《巴黎》、《征策夫人的叹息》和《同心一致》等；话剧有：《竹龙》、《对法殖民制度的审判》和《沉船日记》；诗歌有汉语诗集《狱中日记》等。

诗集《狱中日记》是胡志明最有名的文学作品。《狱中日记》集中了胡志明1942年秋到1943年秋在广西国民党监狱里写的100多首汉文诗。这些诗歌所包含的思想内容伟大而崇高，其风格就同作者本人一样朴实无华。它真实地反映了胡志明的一段生活经历，表现了他对革命的无限忠诚。中国著名诗人郭沫若、萧三等人在他们的文章中都用了"诗如其人"四个字来概括胡志明诗歌的风格。

胡志明虽身陷囹圄，但他一心想着革命，密切关注着革命形势的发展。一天，他从报纸上看到有关越南形势的消息，心情激动，赋诗《越有骚动》抒发自己的情怀：

> 宁死不甘奴隶苦，
> 义旗到处又飘扬。
> 可怜余作囚中客，
> 未得躬亲上战场。

作者不是为个人安危而伤叹，而是为身陷桎梏、浪费宝贵的光阴、给革命造成的损失而痛苦。他多么盼望着早日冲出牢笼，飞向自由的天地：

> 苍天有意措英雄，
> 八月消磨桎梏中。
> 尺璧寸阴真可惜，
> 不知何日出牢笼。

1930年2月9日，越南国民党发动了安沛暴动，但以失败告终。这标志越南旧的资产阶级民主民族革命的结束。从此，无产阶级开始登上历史的舞台。1930年2月3日到7日，在香港九龙一个工人的家里，胡志明代表共产国际主持召开了由越南各地共产主义小组参加的大会，在会上，代表们一致同意成立越南共产党（同年10月改为印度支那共产党），并确定了越共关于越南人民民主民族革命的行动纲领。从此，越南抗法斗争进入共产党领导的新阶段。共产党成立不久就在全国范围内发动了一系列革命运动。从1930年2月至1931年4月，就有1200多次工人农民要求民主、民生、反对白色恐怖的斗争。其中最著名的是义静苏维埃革命运动，它发生了400多次工农反法斗争，有33万多人参加。斗争的成果是摧毁了殖民者和封建统治的上百个村或乡的地方政权组织，建立了无产阶级的新型政权——苏维埃政权。这是亚洲继中国的广州公社之后的又一个苏维埃政权组织。

胡志明的革命活动和义静苏维埃运动使得世界开始关注越南，1931年4月共产国际第11次执委会决定承认印支共产党是一个独立的支部。这样，越南的民族解放运动就与世界共产国际运动紧密联系在了一起。

在上述革命运动中产生了一大批革命诗文，极大地鼓舞了人民的革命斗志。《革命之歌》、《耕者之歌》、《动员姐妹们闹革命》和《十月革命颂歌》等都是其中的杰作。

> 兄弟姐妹们，团结起来战斗，
> 我们的面前只有路一条，
> 那就是斗争，斗争到底！
> 我们的榜样就在眼前，
> 让我们动手砸烂那人间地狱。
>
> 　　　　　　　　　　　　　　　（《十月革命之歌》）
>
> 姐妹们，走出家门、庭院，
> 为国分忧赛过男子汉。
> 看这一片锦绣山河，
> 岂能容法帝逞凶狂！
> 姐妹们，让我们驰骋疆场，
> 定叫那敌军一败涂地、人仰马翻！
>
> 　　　　　　　　　　　　　　　（《动员姐妹们闹革命》）

上述慷慨激昂的革命诗歌，像一声声战鼓在催人冲锋；犹如一把把锋利的匕首直刺敌人的心脏。它唤起了千百万被压迫人民奋起同敌人进行殊死的斗争，它表现了广大人民群众为民族、为国家英勇牺牲的伟大精神。

1931年6月，在法帝及其走狗的血腥镇压下，义静苏维埃运动失败了。大批革命者被投进了监狱，白色恐怖笼罩着整个越南，革命暂时转入低潮。但革命者并没有被吓倒，他们把监狱当做战场，把诗歌当作武器继续同敌人进行斗争。1932年在昆嵩监狱，胡丛茂等人组织了"狱室骚坛"。其他监狱如河内火炉监狱、昆仑岛监狱和太平省监狱，每到春节来临还组织诗歌比赛。革命战士在牢狱中所作的革命诗歌是1930年到1945年期间革命文学中最重要的一部分。

这一时期，除了革命诗歌得到迅速发展外，报告文学、小说等其他艺术形式也相继出现。陈辉燎的《狱中纪事》、《一片心事》和《昆仑纪事》等报告文学作品在当时反响极大。《昆仑纪事》揭露和控诉了法国殖民者在昆仑岛监狱灭绝人性的滔天罪行，是一篇较有价值的作品。

陈辉燎（Trần Huy Liệu，1901—1969）是越南的革命活动家、历史学家、记者，同时，又是作家和诗人。他出生于南定省一个爱国儒士家庭。1928年，因进行革命宣传被捕，判处5年徒刑，后流放到昆仑岛，1935年出狱。1936年加入印支共产党。1939年，陈辉燎又被捕，关押在山罗、义路等监狱，1945年越狱获得成功，参加了八月革命和越南新文化事业。从1953年起，陈辉燎先后担任文史地委员会的主任、史学院院长、越南社科委员会副主任等职务。他在越南历史学、文学研究诸方面做出了卓越的贡献。1977年，越南出版了《陈辉燎诗集》，搜集整理了他从1918年到去世写的80多首诗歌。陈辉燎是1996年第一届胡志明文学艺术奖的获得者。

1936年6月，法国人民阵线（法国共产党是其中的中坚力量）在选举中获胜开始上台执政。这个政府对印支殖民地的控制有所放松，释放了许多政治犯。这些政治犯到全国各地成了革命运动的骨干力量。1936年7月，印支共产党根据共产国际第七次大会的决议，在上海召开了印支共产党中央执行委员会会议。会上，印支共产党决定改变斗争策略，把"推翻法帝国主义和没收地主的土地分给农民"的两个口号变为"和平、自由、丰衣足食"的口号，目的是团结一切可以团结的力量，建立最广泛的战线。"印支反帝人民战线"从此宣告成立。1937年3月，改为"印支民主统一阵线"，简称"民主阵线"。印支共产党的新主张的实行，又在越南掀起了一个革命高潮。在"民主阵线"时期，印支共产党充分争取合法权利，公开出版报纸，进行革命宣传，集合革命力量，涌现出了许多进步的刊物，如《新闻报》、《时代报》、《东方报》和《民众报》等，还成立了一些出版机构。越南革命文学从此进入一个新的发展时期，所有这些都为越南文学的繁荣昌盛创造了有利的条件。

1938年3月，按照印支共产党的指示，北圻圻委组织成立了"国语传播协会"，以提高民众的文化水平和素质，更好地为祖国解放事业服务。1941年5月，在高平省的北坡，胡志明主持召开了印支共产党的第八次中央会议，根据新的形势，提出了进行民主民族革命，推翻法、日法西斯的革命主张，决定成立"越南独立同盟"，简称"越盟"。会后，胡志明根据《越盟纲领》写了一首200多句的六八体长诗，宣传《纲领》中革命目标、任务等，诗歌通俗易懂，朗朗上口。这一时期代表性的作品有：黎文献的报告文学《昆嵩监狱》和志城的《罪恶的监狱》。这两部作品揭露了法国殖民者残害革命者的罪行，歌颂了革命战士威武不屈、视死如归的崇高革命气节。旧金山的《越狱》描写了七位革命战士于1932年在河内府尹监狱组织越狱成功的故事。另外，还有一些小说、报告文学等，如陈庭龙的《在苏维埃的三年》、学飞的《两股逆流》等。这些作品为革命文学的发展贡献了力量。

1939年底开始，法国殖民者在解散了革命群众组织后，矛头对准了印支共产党，成百上千的革命战士被捕。在南圻起义中，法殖民者就逮捕和杀害了6000多名革命志士。殖民者对新闻报纸检查极为严格，革命文学被迫转入地下。日本法西斯的入侵更加重了越南民族的苦难。法、日帝国主义的血腥统治并没有使越南民族屈服，反而激起了越南革命志士为民族求独立、解放的斗志。这时期先后爆发了北山起义（1940.9）、南圻起义（1940.11）、都良起义（1941.1）。这时期出现了很多"牢狱诗歌"，这类诗歌有律诗和新体诗，比义静苏维埃时期的诗歌更为凝练，艺术性更高。因为在监狱里，他们可以精雕细琢。这类"牢狱诗歌"可以说是义静苏维埃时期革命诗歌的发展。"牢狱诗歌"的典型代表是素友的《枷锁》（后收在诗集《从那时起》）等。

在越南独立同盟的解放区，广大战士吟颂革命歌曲。解放区的革命诗歌是革命志士抗战救国的声音，是传播印支共产党和越盟政治主张的重要渠道。有些革命活动家如春水、黎德寿和红章等积极创作革命诗歌。

春水（Xuân Thuỷ, 1912—　）1938年被法殖民者逮捕，担任狱中《溪流报》的主笔。1943年出狱后，春水担任越盟的机关报——《救国报》的主编。他的很多诗歌在革命干部和群众中广泛流传。《锁不住的大脑》和《在监狱中》表明了一个共产党人对革命事业坚定、自信和乐观的态度。1963年，他担任外交部长，1968年在关于越南问题的巴黎会议上，他任越南民主共和国政府代表团的团长。他的诗歌收集在1974年出版的《春水诗集》中。1979年他又出版了诗集《春之路》。

黎德寿（Lê Đức Thọ, 1911—　）是一位革命家，又是一位诗人。黎德寿因参加革命活动，1930年被捕，关押在昆仑岛监狱。1936年被释放，出狱后，负责印支共产党在南定的公开报纸的出版。1939年，他又被捕入狱。在监狱中，黎德寿开始写诗。《监牢》（1939）控诉了法殖民者对革命者惨无人道的拷打，同时表达了革命者钢铁般的意志。《绿色森林的仇恨》表达了对战友牺牲的沉痛悼念和对敌人的仇恨。黎德寿诗集有《在小路上》、《去前线路上的日记》和《万里路》等。黎德寿是越南民族独立和国家建设的卓越领导人之一。

印支共产党1943年发表了《越南文化提纲》，马列主义的观点第一次用于阐释越南文化。《提纲》指出：越南文化的未来是社会主义文化。《提纲》提出了新文化运动的三项原则：民族化、大众化、科学化。它也指出了目前所面临的工作，即："反对法西斯、封建、落后、奴役、愚民和反动的文化"。《越南文化提纲》为新文化运动和无产阶级革命文学的发展指明了方向。之后，在印支共产党的倡导下，成立了"文化救国会"，以引导广大文艺工作者分清是非，辨明方向，紧密团结起来，为实现《提纲》所提出的各项任务而奋斗。南高、阮庭诗、元鸿和孟富子等作家都参加了文化救国会，并积极活动。南高的小说《两行奶水》、《炎热的中午》、《火焰》和《灰色的下午》等都是《文化提纲》的形象阐释。越南革命文学始终是在革命斗争的沃土上不断地成长和发展着，成为越南革命的一支重要力量。

二、印度尼西亚无产阶级革命文学

在印尼现代民族运动史上，无产阶级的出现是最早的，其觉醒也是最早的，20世纪初就已经有了工会组织。印尼的无产阶级革命运动直接受宗主国荷兰革命者的影响。在欧洲无产阶级革命高涨的时候，一些荷兰的革命者前往印尼传播马克思主义的革命思想，并协助印尼的无产阶级建立第一个革命组织东印度社会民主联盟。1920年东印度社会民主联盟改组为印尼共产党后，印尼民族运动逐渐走向高潮。

为了宣传鼓动人民进行反殖斗争，印尼共产党从中央到地方创办了许多报刊，除刊登马列理论文章和新闻报道之外，还登载一些进步的文艺作品。这些作品在内容、形式、语言方面都为印尼文学的历史翻开了新的一页，印尼无产阶级革命文学就是在这样的历史条件下，以崭新的面貌应运而生。它的出现是当时革命斗争的需要，与其他文学的最大不同就在于它鲜明的革命性、反帝性和战斗性。其作品的内容充满反帝的激情，敢于直接揭露殖民主义的罪行，表现当时革命人民大无畏的战斗风貌。

最初，革命报刊经常刊登一些二句式班顿诗，以揭露资本家的残酷剥削。后来，随着工人运动的兴起，类似的诗歌越来越多而且更加完整。这些革命诗歌是在战斗的熔炉中煅烧出来的，直接为当时政治斗争的需要服务。尽管其艺术性不高，创作技巧还不成熟，有些标语具有口号式特点，缺乏诗的意境，但这些革命短诗却真实地反映了早期印尼无产阶级革命运动的情况，反映了印尼殖民地社会的本质矛盾，表现了新兴的印尼无产阶级的战斗风貌，具有不容忽视的历史意义。然而除了马尔戈和他的诗集《香料诗篇》，报上刊登的革命诗歌都不知作者是谁，且只散见于各报，无人加以收集整理和出版。起义失败后，那些革命诗歌都被销毁，以致大部分失传，今日已难见其全貌。

除了诗歌，革命报刊也刊载用通俗马来语写的散文小说，但这方面的资料更少，目前所能看到的只有几个印尼共产党的当时领导人写的几部小说。那些小说大都直接取材于印尼无产阶级的现实斗争，有的着重于揭露荷兰殖民统治者的罪恶，有的则着重于描述印尼无产阶级知识分子的成长过程。小说的主人公主要是知识分子，大都出生于封建贵族家庭，他们走上革命的道路都有一个转变阶级立场和改变世界观的过程，这是此类革命小说所着重表现的一个主题。此外，小说也通过主人公对真理的探索，大力宣传印尼共产党当时提出的革命纲领和斗争路线。所以，有人把那些小说视为政治宣传品而不是文学作品，从而将其排斥在印尼现代小说发展史之外。这当然是一种偏见，是对历史事实的无视。那些革命小说与革命诗歌一样，尽管其艺术性有所不足，但也是印尼现代文学的先声，[①]其历史意义不容抹煞。

印尼无产阶级革命文学是20世纪初期印尼无产阶级进行革命斗争的重要武器。许多

---

① 吴兆汉：《略论印尼二十年代小说创作的成就》，载《暨南大学学报》，1981年第2期。

作品是由战斗在革命第一线的共产党和工会的干部写的。这就是说，印尼无产阶级革命文学的作者首先是革命者，甚至是革命的领导人。文学创作对他们来说，只是他们从事革命斗争的宣传工具，文学创作的过程也是他们从事革命斗争过程的一部分。他们中最有代表性的作家是马尔戈，他是印尼无产阶级革命文学的主将，是诗人、作家和民族新闻工作者的先驱。

马尔戈全名马斯·马尔戈·卡多迪克罗摩，1878年生于直布，从青年时期就投身革命运动和新闻工作，是印尼共产党的创始人之一。他首先是职业革命家，其次才是革命作家。他一生多次被捕、被流放，最终死于荷印殖民政府的迫害。他在领导革命新闻战线的同时，克服极大的困难，从事文学创作，将印尼无产阶级文学推上了高峰。他的创作活动始于1914年，第一部小说是用爪哇文写的《宫廷秘密》，着重揭露梭罗封建宫廷的腐败内幕。稍后又用通俗马来语写了一部反殖民主义的小说《疯狂》，着重揭露荷兰殖民统治者对印尼人民的疯狂压榨。马尔戈为此而受到了双重迫害，先是他以触犯新闻条例的罪名被殖民政府判七个月的徒刑，刑满后又被梭罗当局驱逐出境。他不得不离开梭罗迁往雅加达，在《新闻纪事报》当编辑。1926年民族大起义时，马尔戈积极领导该地区的起义斗争。起义失败后，他和印尼共产党的其他领导人一起被捕，拘留十个月之后被放逐到西伊里安地辜儿流放地。1928年经"甄别"之后，他被列为"无可救药的政治犯"而被关进丹拿定宜的二级隔离营备受虐待，1930年死于严重的肺病。

马尔戈的一生是革命战斗的一生，他从事新闻工作和文学创作是他从事革命斗争的主要内容，而他的文学创作是在他几次入狱后成熟起来的。从他的文学创作中，可以看到殖民统治者对他打击迫害越甚，他的反抗就越强烈，他的革命意志也就越坚定。所以他的作品爱憎分明，具有两个鲜明的特点：一是反帝反殖民主义的坚定性，对敌人的揭露和鞭挞从不留情；一是革命的彻底性，对革命充满信心，表现革命者的大无畏精神。他的代表作品都陆续发表于这个时期，如1918年的诗集《香料诗篇》，1919年的中篇小说《大学生希佐》和1924年的最后一部也是最重要的一部小说《自由的激情》。

《香料诗篇》是马尔戈的诗集，也是惟一有著名和正式出版的早期革命诗歌集。这部诗集大部分为马尔戈狱中所作，共收了八首长诗。诗歌以反帝斗争为主题，或采用曲折的讽喻手法狠揭荷兰殖民侵略的罪恶史，或以慷慨激越的诗句抒发革命者的豪情壮志和对民族独立自由的憧憬，在当时，可以说唱出了时代的最强音。马尔戈的另一首长诗《爪威雅》则从历史的高度和世界三大文化的影响艺术地概括了印尼民族的发展历程。爪威雅是一个美丽姑娘的名字，象征着印尼，先引起印度僧人的爱慕，前来向她求爱，把印度文化带到了印尼。后来阿拉伯人前来传教，爪威雅嫁给了阿拉伯哈吉，伊斯兰文化传遍印尼。最后西方人也对爪威雅垂涎三尺，打头阵的是葡萄牙人。后来荷兰人用种种诡计终于霸占了爪威雅，把西方文化带了进来，从此印尼人民当牛作马。这首诗比较有深度，马尔戈形象地再现了印尼民族历史变迁的过程，要人们从历史发展的观点去思考问题，号召爪威雅的子女们起来拯救苦难中的母亲。①

马尔戈的诗歌无论是其思想性还是艺术性，可以说都代表了早期无产阶级革命诗歌的最高水平。马尔戈本人有较高的文化艺术修养，他受过荷兰教育，通过荷兰语阅读了不少西方文学名著。在这部诗集里可以看到，他多处提到了托尔斯泰的名字并引用了其名言。但马尔戈写诗，除了抒发自己的革命情怀，以诗言志，更重要的是为了宣传动员群众起来与殖民统治者进行顽强的斗争。所以他采用的诗体是群众喜闻乐见的传统的班顿和沙依尔诗体，使用的诗歌语言是大众化的通俗马来语，其间还掺杂了好些荷兰词句。他这种有深度而又通俗的作品深受革命群众的欢迎，他们不顾荷兰殖民政府的种种阻挠，想方设法帮马尔戈将其作品传播到各地。

除了诗歌，马尔戈在小说创作方面也走在其他作家前面。1919年他发表小说《大学生希佐》，通过发生在宗主国荷兰和殖民地印尼的两起丑闻，有力地揭露荷兰的资本主义社会和殖民地社会的腐朽本质，戳穿了"白人是优越民族"的神话。作者企图通过主人公希佐在荷兰资本主义国家的经历和荷兰督察官瓦尔特在印尼殖民地的丑行告诫本族人不要被"白种人是优越民族"的神话所蒙蔽，本族人还是应该回到本族人那里，要增强自己的民族自信心。

1924年发表的小说《自由的激情》是马尔戈的代表作，也是他的最后一部作品。小说生动地展示了20年代前后印尼殖民地社会的真实面貌，描写了一个贵族出身的新一代知识分子如何冲破封建家庭的束缚一步一步地走上革命的道路，最后成为坚定的革命者。这部小说是20年代极为难得的革命现实主义作品，作者试图用马克思主义的原理去剖析殖民地社会的现实矛盾，这在印尼文学史上属首创。

小说主人公苏占莫是土著副区长的独生子。在荷兰殖民统治时期能当上副区长对土著贵族来说已经是高官厚禄了。儿子继承父业当荷兰殖民政府的忠实奴仆是这类封建贵族所追求的仕途。所以当苏占莫快到弱冠之年时，父母便逼他去当荷兰官府的"见习生"。苏占莫是个受过荷兰学校教育的新一代知识分子，他心地善良，富有正义感，向往自由，最不能容忍白人对土著民的作威作福。起初他拒绝父母的要求，不愿步父亲的后尘，但禁不起年事已高的父母苦苦哀求，便答应去试一试，由父亲带他去见荷兰督察官。平时在土著民中很威风的父亲在荷兰人面前却变成低声下气的奴仆，跟荷兰人说话都要蹲下身子。对父亲奴颜婢膝的样子他感到非常难过。后来在荷兰官府的见习期间，他自己也要同其他土著人一样，必须蹲着跟荷兰上司说话，对此他再也忍受不了，便决定辞职不干。荷兰督察官把他看做是"社会主义分子"，便不再留他。苏占莫决定离家出去闯荡，寻找工作和探索真理。一路上他目睹殖民地社会的种种不平等现象：白种人和有钱人不劳而获，整日花

① 梁立基：《印度尼西亚文学史》，北京：昆仑出版社，2003年版，第413页。

天酒地，而劳动者每天在烈日下干重活却得不到温饱。对社会上存在的种族歧视、劳资对立、贫富悬殊等不公平的现象苏占莫感到迷惑不解。后来他来到P城，在一家荷兰私人企业找到工作，寄宿在同事沙斯特罗的家里。沙斯特罗夫妇是革命派的积极分子，成了苏占莫的革命引路人。苏占莫在他们的带领下参加了有关"民族主义"和"国际主义"的政治辩论会。所谓"民族主义"是代表民族资产阶级的政治主张，而所谓"国际主义"是代表无产阶级的政治主张，两派人物在会上展开针锋相对的辩论。"国际主义"派在反驳"民族主义"派的观点中重点阐述马克思主义的基本原理，使苏占莫茅塞顿开，解答了他长期疑惑的问题。他在会上认识了美丽的新女性苏碧妮，两人一见钟情，志同道合，双双坠入情网。在相恋的过程中，代表觉醒了的时代新青年的两个人对天立下了山盟海誓，决心在今后的人生征途中一起共同奋斗，生死同心。

《自由的激情》充分显示了当时革命小说的基本特色，即为现实的革命斗争服务。小说描写一个知识青年的革命成长过程，但并不注重于人物性格的刻画，也不刻意于故事情节的安排。当然这不能不影响其艺术性，尤其不能被持不同政治观点的人所接受。但是，这部小说所具有的历史意义还是不容否认的，它真实地反映了当时印尼无产阶级在反帝斗争中的思想状况和战斗风貌，是一部非常难得的历史文献资料。[①]

无产阶级革命文学的另一个具有代表性的作家是司马温，他是早期印尼共产党的主要领导人之一。由于相关资料较少，他从事文学创作的情况不详，不过他于1919年撰写的小说《卡迪伦传》可以说是印尼近代文学史上第一部以无产阶级反帝斗争为题材的长篇小说。这部202页长的小说在序言中提到："本人因被控触犯新闻条例而被关进监狱四个月，于是本人在狱中写了这部小说。"这说明小说是司马温的狱中之作，也只有被关在监狱的期间，作为一个党务工作非常繁忙的革命领导人，他才可能有足够的时间去从事长篇小说的创作。[②]所以这部小说出版之后，他再也没有其他作品问世了。

《卡迪伦传》主要讲印尼殖民地早期革命知识分子的成长过程。主人公卡迪伦是出身于土著官吏家庭的新一代知识分子，他步其父后尘当上一名地方官吏，并试图利用殖民地现成的官僚机构去改善土著百姓的可悲处境。虽然他廉洁勤政，尽力为百姓谋福利，但结果却遭到其他殖民官吏的忌恨和抵制，最终一事无成。后来他参加共产党的集会，听了共产党的革命宣传，终于明白了革命道理，决心辞官，坚定地走革命的道路。在小说中，作者通过主人公卡迪伦这个追求正义和真理的时代知识青年的成长过程，否定了改良主义的道路，全面宣传和阐述了印尼共产党当时的革命主张和政治纲领。这部小说具有政治性和战斗性强的特点，具有重要的历史文献价值。这也正是为什么司马温虽然不是一位专业作家，且只写了《卡迪伦传》这样一部长篇小说，但他在印尼近代文学史上却占有一席地位的原

① 梁立基：《印度尼西亚文学史》，北京：昆仑出版社，2003年版，第417页。
② 梁立基、李谋：《世界四大文化与东南亚文学》，北京：经济日报出版社，2000年版，第422页。

因所在。

1926年民族起义失败后，无产阶级的革命作家不是被逮捕，便是逃亡国外，他们的作品大都被销毁和查禁，进步的民族报刊也均被取缔。在这种情况下，无产阶级革命文学便失去继续存在的条件和可能，在一个相当长的时期内从印尼文坛中消失了。

总之，印尼无产阶级革命文学是当时正处于高涨时期的世界无产阶级革命运动的一个成果，它直接产生于20年代前后无产阶级领导的民族解放斗争的高潮中，同时又直接为民族解放斗争服务。它表达了印尼无产阶级的战斗心声，其主要锋芒是反帝反殖，它既是印尼无产阶级斗争的重要武器，也是教育和团结人民的有力工具。

三、红龙书社与缅甸进步文学

20世纪20—30年代之交，资本主义世界经济危机波及缅甸，缅甸大米和其他农林产品出口价格急剧下降，加速了自耕农的破产，广大农民受到沉重打击。英殖民主义政府和地主高利贷者非但毫无体恤之心，反而变本加厉对农民进行剥削和压迫，终于引发了1930年12月22日缅甸历史上最大规模的反英农民起义——塞耶山起义。同年，由具有社会主义思想的缅甸爱国知识分子和进步力量组织并领导的"我缅人协会"成立，提出了"缅甸是我们的国家，缅文是我们的文字，缅甸语是我们的语言。热爱我们的国家，提高我们的文字，尊重我们的语言"之口号。在协会领导下，缅甸人民民族意识不断觉醒、民族解放斗争的浪潮日益高涨。1936年，第二次学生大罢课爆发；1938年，由石油工人罢工最终形成的全国大规模反英群众运动——"1300年运动"（1938年是缅历1300年）爆发。

在这样的时代背景下，具有民族责任感和忧患意识的作家及民族新文学的探索者们一直在寻求外来文化与本土文化的契合点，以期达到二者的互通互补，创造出崭新的民族文学。较之西方资产阶级文学，处在反对殖民压迫和争取民族独立的斗争中的缅甸进步作家及学者们更容易从无产阶级文学中找到契合点。无产阶级文学萌发于19世纪西欧资本主义国家，它把无产阶级革命运动和社会主义思潮紧密相连，是人类文学发展中的一种新型文学。19世纪末20世纪初，随着世界无产阶级革命运动的中心由西欧转到俄国，俄国无产阶级文学异军突起，出现了一批马克思主义文论家、批评家和无产阶级作家、诗人。俄国十月革命后的20—30年代，无产阶级文学逐渐形成一种有组织联系的世界性文学运动，在东南亚也不例外，缅甸就是在这一时期开始接受其影响的。从1931年建立的塞耶山图书馆到1937年成立的红龙书社，都为马克思主义和无产阶级革命思潮在缅甸的传播提供了渠道和场所，马克思主义的唯物史观和阶级学说开始渗透到文学领域，影响和推动着缅甸进步文学的发展。

红龙书社正式成立于1937年11月4日，是由"我缅人协会"部分成员、大学学生运动领袖、进步作家、学者、报业人士等仿效英国左派读书俱乐部的模式成立的。书社的宗旨是宣传社会主义，传播争取独立的思想，并引导人民将争取独立的思想付诸实践，促使缅甸独立斗争目标早日实现。可以说，缅甸文学接受无产阶级文学思想的影响，与缅甸民族意识的觉醒有着密不可分的联系，缅甸进步作家们也正是在民族解放斗争的政治背景中找到了缅甸文学与无产阶级文学的契合点。马克思主义文论与无产阶级文学在缅甸进步文学的发展中起到了一种内在的呼应和推动作用，对民族解放、反抗封建势力有"一拍即合"之效应。

红龙书社出版的书籍包括政治理论、各国独立斗争概况、进步文学作品和名人传记几大类。1937—1938年书社出版的政治书籍有吴巴概的《缅甸政治史》、德钦梭的《社会主义》、吴漆貌的《独立斗争》、德钦丹东的《新缅甸》、德钦努翻译的《资本论》部分章节、吴登佩敏的《印缅冲突与我们的任务》小册子等。名人传记有《列宁传》、《吴龙传》（即《德钦哥都迈传》）等。红龙书社出版的文艺小说有吴登佩敏的《摩登和尚》、德钦巴当的《班达玛沙乌》、达贡达亚的《梅》等。

在红龙书社的影响下，一批进步作家活跃在缅甸文坛上。爱国诗人德钦哥都迈（1875—1964）此时已年逾花甲，仍站在民族独立斗争的最前列，口诛笔伐殖民主义和民族叛徒的罪行，号召人民团结斗争；摩诃瑞（1900—1953）、吴登佩敏（1914—1978）、貌廷（1909—2006）、德钦巴当（1901—1981）、瑞林勇（加尼觉吴漆貌，1912—1946）、曼丁（1916—1997）、貌德都（1914—　　）、达贡达亚（1919—　　）等一批热血青年都是红龙书社的成员或撰稿人，创作了不少有影响的进步作品。比莫宁（1883—1940）、瑞乌当（1889—1973）和达贡钦钦礼（女，1904—1981）等作家也都经常为红龙书社撰文。

摩诃瑞是一位站在时代前沿，具有敏锐的政治眼光的作家。他的《咱们的母亲》（1935）、《叛逆者》（1936）、《出征人》（1938）、《叛逆者之家》（1939）等小说不仅抒发要求独立的强烈愿望，而且带有鲜明的反帝意识和号召性。《咱们的母亲》从表面看是一部描写家族遗产继承和爱情交织的小说，而实际上是一部政治隐喻小说。小说中的各种人物利用人名的谐音分别喻指英国、法国、缅甸、锡袍王及缅甸各派民族力量，通过他们之间的各种关系揭露英殖民主义政府的民族分裂企图，呼吁缅甸民族团结。小说创作于民族独立运动振兴的1935年，它是1936年学潮、1938年油田罢工的前奏，它的号召力甚至先导性地影响了印缅冲突和"1300年运动"。此外，摩诃瑞还创作了反对封建迷信的《比釉当冰》（1937），指出愚昧的神祇崇拜对社会和经济发展的负作用；《泽秋人》（1937）暴露部分僧侣的道德败坏，旨在纯洁宗教；《土星》（1938）则反对赛马赌博，指出其弊端。这些小说在揭露批判社会不良风气方面起了积极作用。

在高扬反帝民族意识的基础上融入社会改良精神的另一位著名小说家是吴登佩敏。《摩登和尚》（1937）、《罢课学生》（1938）、《新时代恶魔》（1940）是该时期吴登佩敏的三部力作。《摩登和尚》将尖锐的批判与辛辣的讽刺巧妙地熔为一炉，其锋芒直指亵渎戒规戒律的布道讲经师和狂热轻信的善男信女们。小说一发表，仰光一青年僧侣组织即集会表示抗议，但这样一来反而使《摩登和尚》家喻户晓。作者创作该小说时年仅23岁，却能将犀利的讽刺的笔锋投向那些身披袈裟违犯佛门戒规的无耻之徒。这在视僧侣为神圣不可侵犯的佛教社会，确实需要巨大的胆识和魄力。小说在反愚昧、反封建方面有重大社会意义。《新时代恶魔》则是用毛骨悚然的故事提出了危及青年人身心健康的性病问题，给英殖民主义统治下的恶劣社会风气以重重一击，也给生活不检点者敲响了警钟。《罢课学生》是全面真实记录1936年第二次学生大罢课的小说，突出了反帝国主义、反殖民主义奴化教育和争取民族独立精神，讴歌了投身民族解放运动的大学生。在文体上由于加入大篇幅历史事件的报道，小说艺术性有所冲淡。吴登佩敏的《石油》（1938）、《唱着歌哭泣》（1938）等作品反映了殖民统治时期缅甸石油工人的生活面貌。《我的丈夫和我的钱》（1934）将一个视金钱比丈夫的生命，甚至比自己的生命还重要的农妇盛姑刻画得入木三分。其小说的另一个特点是在人物命运的叙述中穿插一些乡村习俗、气候地理和方言土语。在刻画盛姑的贪财吝啬的同时，对上缅甸的风物特产、饮食习惯做了津津乐道、有声有色的精致描写。如下面一段：

> 吃饭也就是吃些干茄子、炒辣椒、酸菜汤和烤羊肉等。像瓠子叶、鹰嘴豆叶、洋麻叶、酸泡菜、葡萄叶、马利筋叶、羊角拗、蛇瓜、苦瓜、油焖狸红瓜这些就是上等佳肴了。将利马豆剥净后，或炒、或泡发后炸、或先焯再炸、或与粉决明叶一起烧汤……各种各样的豆子变换着各种各样的吃法。有时实在馋得厉害，舌头都提抗议了，才吃一点儿猪肉炒干油柑、牛肠或马肉什么的。半晌饿了只能垫补点儿糙米、捣辣椒、炒豆，偶尔才吃些米花条糕、爆米花、糯米薄脆饼和棕榈糖。

此外，吴登佩敏的《一个晚上》、《钦女士》等短篇小说也都具有社会讽刺意义。

貌廷的短篇集《哥当》（1937）反映的是殖民统治时期缅甸农民的生活，通过哥当及普通农民群像的塑造，展现了下缅甸一带的乡风民俗和人情世态。貌廷的这些短篇小说不是一般风物礼俗的罗列，而是借用讽刺的镜面，折射出封建主义、殖民主义双重压迫下缅甸农村的"奇形怪状"，以讽刺的文笔剖析和批判传统文化中的痼疾，带有鲜明的地域文化特征。如男女青年自由恋爱受到封建家长们的粗野干涉（《姻缘》）；风行成俗的买卖婚姻（《结婚礼物》）；丈夫殴打妻子成性，妻子心甘情愿，竟然是夫妻恩爱的特有方式（《土瓦筒裙》）；妇女的变态心理：妻子千方百计触怒丈夫，希望换得丈夫的拳打脚踢（《哥当的战争》）；男青年的坏习惯：做哥哥的最不愿意别家小伙子追求自己的妹妹，村里的年轻人最妒忌外村小伙子追求本村姑娘（《牌楼沟》、《船老大》）等等，这些长期以来被视为当然、自然、习以为常的东西经作家的真实展现触发了人们对风俗世态深层积淀的反思。小说主人公哥当没有大能耐、好追求姑娘、与少女私奔，又多愁善感，在他身上免不了一些陋习，如喝酒、打群架，但也具有农民的一些可贵品质，如憨厚耿直、打抱不平、助人扶弱等等。这个人物具有一定的反封建性，他总是做出有悖于风习礼教之事，因而也总是碰壁甚至落得可悲下场。在作家笔下，哥当也常常处在受讽的位置，但作家对哥当的嘲讽中带着宽容与同情。《土瓦筒裙》是《哥当》短篇系列中典型的一篇讽刺小说。它有两个层面的讽刺，首先，"马首饰匠"为"迎接"和"犒劳"辛苦一天的妻子，拳打脚踢大打出手，不知个中原因的哥当路遇此景打抱不平，没想到好心办了坏事，破坏了人家夫妻双方的"默契"，触怒了"马首饰匠"的妻子，不仅被扭送到了警察局，而且为了交罚款还抵押了自己唯一值钱的财产——一条土瓦筒裙。这是对哥当多管闲事自讨没趣的嘲讽。而在这一层讽刺的背后则是更为深刻的讽刺，即对丈夫打妻子这种陋习和妻子心甘情愿受丈夫侮骂毒打这种自贱心理的讽刺。讽刺中深含着对这些在封建思想意识下遭受精神虐杀的劳动妇女的怜悯，也包含着对长期以来禁锢麻痹农民精神的封建习俗的愤懑。《哥当》是熔道德、风俗、世态的评判于一炉的社会讽刺，也是一部批判现实主义力作。貌廷还创作了独幕剧《什么是最重要的？》（1942），鞭挞和揭露英殖民统治时期旧官吏利用职权谋取私利的黑幕。独幕剧《英雄的母亲》（1943）是以塞耶山农民起义为背景，塑造了一位鼓励自己的儿子为农民群众解放事业舍身，保护农民起义军领袖的英雄母亲的形象。

德钦巴当的《班达玛沙乌》（1938）是根据19世纪英国小说家哈代的《德伯家的苔丝》翻译改写，并按照自己的解读演绎出的"本土化"文本。缅甸中部地区的风土人情和美丽善良勤劳的农家女子玛沙乌带给缅甸读者浓浓的亲切感。而伴随玛沙乌一生的侮辱、误解、苦难以至毁灭的悲剧命运又引起人们极大的同情。红龙书社于1938年分上下两卷出版了这部小说，并由貌廷写了序言。小说对地主阶级的伪善无耻刻画得十分到位。文学批评家代梭评论说："小说自始至终向读者提出了一个问题，即玛沙乌是一个善良纯洁的姑娘，但她却一生充满坎坷。坚守社会道德有意义吗？人真的能掌握自己的命运吗？在阶级等级差异的社会有平等而言吗？小说就是这样一部提出问题，启人思考，并寻求答案的作品。"妙丹丁评论说："小说虽然没有明确指出玛沙乌是封建社会的牺牲品，但客观描写了封建社会及封建家庭的弊端，有进步意义。"马利克说："小说在缅甸小说界是一部有影响的作品，虽然有一些缺陷不足，但小说的现实主义写作方法、时间地点背景的设置和语言用词等都足以掩盖那些缺陷。"而达贡达亚则认为该小说基本是翻译作品，不能归入改写创作小说。德钦巴当早在1928年就翻译过不少外国戏剧，其中较著名的有17世纪法国剧作家莫里哀的《屈打成医》。戏剧是通过人物对话来表现人物性格的，如果对外国剧本直接翻译的话，比翻译小说更难使缅甸人接受。而要将戏剧人物改造成本民族能接受的角色，其转换过程比小说人物更有难度。德钦巴当在这方面进行了成功地尝试，只取原作基本构思，而将背景、情节、人物加以改造，使之彻底缅甸化。佐基在1934年也翻译了莫里哀的《贵人迷》，继承了德钦巴当的方法，在民族化方面更加成功。作品通过塑造一个一心想当贵族的资产者的形象，讽刺了资产阶级的虚荣心。喜剧不仅针砭时弊，鲜明地刻画了社会风俗，还深刻地剖析了人性的弱点和误区。佐基通过改写这部喜剧使缅甸戏剧文学水平提高了一步。

时任国民教育督学的吴波稼（1890—1942）30 年代陆续在《进步》杂志上发表的亲历小说风格幽默，寓庄于谐，既抨击殖民教育制度，又对青年人具有道德教育意义，其中一些作品被编入了国民学校教科书。如《义务当挑夫的裨益》、《没娘男孩的剃度礼》等都是脍炙人口的佳篇。前者对单纯幼稚、盲目崇洋媚外又嫌贫爱富的青年大学生貌当，后者对贫苦农民鳏夫哥吞觉都描写得活灵活现，令人过目难忘。

瑞林勇的《他》（1940）突出了宽容、谦忍、无私、善良的社会道德标准，主人公郭敏貌是作者树立的一个道德榜样。医生郭敏貌其貌不扬，瘸了一条腿，半边脸还负了伤，但他品德高尚，尽心为他人服务，医生的职业道德和责任感在他身上有完美体现。小说旨在提高社会道德情操水平，小说中的榜样人物"他"在现实中是没有的。小说还从阶级观点的角度指出资产阶级的反动。除郭敏貌外，小说还塑造了四个性格不同的女性，情节紧凑，多有无巧不成书之妙笔。瑞林勇是一位政治观点明确的进步作家，原名吴漆貌，30 年代曾任《缅甸新光报》编辑。后因发表时政文章与报社老板发生意见分歧而离开了报社，1939 年创办了《加尼觉》杂志，积极宣传独立解放运动，并易笔名"加尼觉吴漆貌"。

加尼觉玛玛礼（1917—1982）也是一位进步作家，原名杜丁莱。30 年代，作为一名觉醒了的青年知识女性和民族独立斗争的积极参与者，加尼觉玛玛礼是伴随着整个东方社会反对封建礼教的时代潮流和妇女解放、男女平等、婚姻自主的呼声步入文坛的。1936 年在《缅甸新光报》发表有关争取妇女权利、提高妇女觉悟的文章时与吴漆貌相识，两人结为连理。婚后她一边协助丈夫创办《加尼觉》杂志，一边积极撰稿。1946 年吴漆貌去世后，加尼觉玛玛礼以坚强的毅力独自挑起主持《加尼觉》杂志社的重担，并写了记叙丈夫吴漆貌生活经历的传记性小说《像他那样的人》（1947）。1944 年出版的《她》是加尼觉玛玛礼创作的第一部长篇小说，小说讲述的是作者所熟悉的中产阶级妇女的情感和生活经历，但表现的主题仍是妇女解放和女性意识，彰显女性的独立、坚强和潜在力量。吴漆貌在为小说写的序言中写道：男人在身体、生理上比女人强悍，而实际上女人在心理、意志上要比男人坚强多少倍。男人勇敢，而女人更有毅力。这也正是该小说从一个普通妇女身上所提炼出的主题。本来小说以女主人公的名字"代代"命名，后在吴漆貌建议下改为《她》，这就使小说主题进一步升华，女主人公不只是个人的代表，而是女性的代表。正像吴漆貌在《他》中树立了一个男子的道德榜样一样，加尼觉玛玛礼在《她》中塑造了一个能够走出传统角色的妇女形象。

达贡达亚的《梅》（1941）是一部别开生面的小说。实际上这部小说也是一部改写小说，根据英国小说 Self 改写。达贡达亚以女主人公的名字"梅"作为小说名字。在达贡达亚的笔下，梅是一个时髦、美艳、我行我素，却又内心软弱、容易受外界伤害的单身贵族。作者塑造了一个与传统女性不同的具有个性意识的知识分子女性。这部小说的写作风格在当时的缅甸文坛绝对是超前的，甚至对当时的缅甸读者来说是陌生的。小说用词新颖独特，语言中带有诗歌、散文的韵味。"微风轻柔地吹拂着……"开篇第一句就与众不同，颇有诗意。达贡达亚的好友、政治家德钦巴亨为小说写了序言。他写道："读小说《梅》如同喝香槟酒，给人以不同的感受。开始有些刺激，但不知不觉就被它陶醉了。"《梅》自1941年8月红龙书社首次出版后至2002年六十年间再版了五次，一些杂志还以连载方式刊登了这部小说。

红龙书社在宣传普及科学社会主义思想、培养思想文化战线政治干部作出了不可磨灭的贡献，为1938年大规模群众反帝运动和1939年缅甸无产阶级政党——缅甸共产党的成立奠定了思想基础。缅甸历史学家波巴信在谈及红龙书社的历史功绩时说："这些进步书籍，无疑给缅甸人民，特别是给青年一代以一种新的政治教育和一种新的鼓舞力量。"[①] 书社的成员们既投身于火热的政治斗争，又进行文艺创作，他们的活动是文学为反帝斗争服务思想的具体而生动的体现。

红龙书社鲜明的政治观点引起殖民政府的注意和惧怕，当局采取限制、刁难、威胁等手段，千方百计阻挠红龙书社开展活动。在缅甸被卷入二战战火的前夕，英殖民当局加紧对缅甸进步人士的迫害，大部分红龙书社领导人被捕入狱，书社也被迫停止了活动。红龙书社虽然存在时间不长，但它对无产阶级革命思想的普及和缅甸进步文学的发展所起到的作用和影响却是深远的，为战后缅甸文学的复兴积蓄了力量。

四、老挝进步文学

1893年，老挝沦为法国殖民地。法国殖民主义者在强化其政治、经济殖民政策的同时，在文化方面竭力推行愚民政策和奴化教育。许多珍贵的老挝民族文学资料在殖民主义者的野蛮劫掠中散失殆尽，老挝民族文化和文学遭到严重摧残。然而殖民地社会的全面形成，资本主义生产方式的引进，也必然伴随西方资产阶级文化的强势进入和影响，从而促进老挝社会文化的剧烈变革。老挝爱国文学工作者和新一代的知识分子一方面积极拯救和保护民族优秀文化遗产，挖掘民族文学的历史宝藏，一方面从西方人文主义思想、西方科学民主和自由平等思想中获得启示，从西方资产阶级文学和无产阶级革命文学中汲取思想和艺术资源，在反抗殖民统治、争取民族解放的斗争中探索民族新文化、新文学的发展之路。他们中的先进分子是民族觉醒的先驱，有的也成为近代新文学的开创者。老挝著名学者马哈西拉·维拉冯在搜集整理老挝优秀古典文学和口头文学作品方面作出了重大贡献。他一生致力于老挝文学、语言和历史研究，收集整理了绝大部分具有珍贵参考价值的老挝古典文学作品和历史资料。一批爱国诗人、作家借鉴西方近代文学体裁，运用通俗的

---

① 姚秉彦、李谋、蔡祝生：《缅甸文学史》，北京大学出版社，1993年版，第230页。

大众语言，创作反映社会现实生活的小说、诗歌、散文等作品，用他们的创作实践推动着老挝文学的近代化转型。

20世纪40年代，随着世界反法西斯战争和老挝抗法斗争的不断发展，老挝进步文学应运而生。特别是第二次世界大战后，法国重返印度支那，重新恢复对老挝的殖民统治，再次激起老挝人民的愤怒和民族意识的空前觉醒。当时的老挝进步作家和文学工作者有的在作品中抒发热爱祖国、呼吁和平的真挚情感，有的以文学为武器，揭露殖民者的侵略野心，讴歌抗法斗争中的英雄事迹，鼓舞斗争中的人民大众。西沙纳·西山（1910—？）的《爱老挝》、乌达玛·朱拉马尼（1917—1981）的《占芭花之歌》等都是在老挝人民中广为流传的佳作。

《占芭花之歌》发表于1945年，歌词大意为：

> 啊！占芭花，
> 当我欣赏你的时候，
> 我思绪万千，
> 我看到你的心，
> 我想起你的花香，
> 我忆起父亲栽种的花卉。
> 寂寞时你为我消愁，占芭花！
> 从小你就一直陪伴着我，
> 你的芬香留在我心间，我多么温馨。
> 寒冷时闻到你的气息，
> 仿佛与别离的情人相遇。
> 当我远离故乡，
> 我要你伴我终身。
> 啊！从小就与我形影不离的占芭花哟！[①]

该作品最初的创作冲动产生于诗人深爱的姑娘被法国人抢走，到处寻找而不得踪迹。对法国殖民者的满腔愤恨和对心上人的无限思念，激发了诗人的情思和灵感，使这首诗歌成为诗人心灵的倾诉。而当一部作品创造了某种艺术形象体系，成为社会存在，它的社会价值就取决于接受者对它的理解和认识，它的内在意义也将在接受者的阅读鉴赏过程中发挥出来。在老挝人民心中，占芭花是祖国的象征，诗人真挚的爱情在这里已经升华为崇高的爱国之情，对祖国、民族的热爱和对家乡的眷恋深深地打动着每一位爱国老挝人的

---

① 引自黄洪清：《老挝文学》，《亚洲人文百科论丛》语言·文学卷，军事谊文出版社，2000年版，第196页。

心，无论他们走到哪里，《占芭花之歌》优美的词句和温馨的旋律都会滋润他们的心田，唤起他们对祖国的爱，激励他们为祖国而奋斗。

1950年，老挝伊沙拉阵线①成立后，非常重视发挥文学宣传和鼓舞作用，于当年创办了机关报《自由老挝》，用它作为宣传统一阵线路线、方针、政策及与敌人开展斗争的有力工具；1953年，老挝抗战政府决定在各级组织中成立群众文学艺术小组及在县级以下机关中成立诗歌检查委员会，强调文学要为抗法斗争服务，这不仅为老挝进步文学的发展指明了方向，也极大地促进了进步文学的快速、健康发展。老挝进步文学进入快速发展阶段，涌现出一批著名的爱国诗人、作家，如富米·冯维希、玛哈帕蒙、根·郎舍那、宋西·德沙坎布等，他们创作了一批脍炙人口、家喻户晓的文学作品如《救国之歌》、《持久抗战之歌》、《老挝人民之歌》、《两杆火枪》等等。这些作者大都是老挝伊沙拉阵线的干部战士，作品内容也大都为谴责殖民主义者的侵略罪行，歌颂爱国主义精神和老—越特殊团结友谊，颂扬抗法斗争的伟大成果，宣传伊沙拉阵线的路线、方针、政策，号召人民团结起来反抗法国殖民主义者等。文学创作形式多采用诗歌和散文体小说形式，由于老挝诗词同歌曲的创作原则及韵律相同，诗歌相通，其中不少诗词被谱成歌曲，在广大爱国民众中被反复吟唱，影响非常大，其中的《老挝人民之歌》在老挝人民民主共和国成立后，还被确定为国歌。

富米·冯维希是老挝著名的革命文学家。集老挝人民革命党领导人与诗人于一身的他，文学创作是他革命工作的一部分，是进行革命宣传和鼓动工作的需要。他创作的诗歌感情真挚，语言朴实，形象生动，充满了革命的激情，深受革命群众的欢迎和喜爱，也成为其他文艺工作者从事文学创作的指南针和座标。例如作品《老挝之歌》以饱含对祖国的热爱之情，表达了对打败法国殖民主义，追求国家独立和获取民族自由的坚强决心；而《持久抗战之歌》以快捷的节奏，充满激情的语言鼓励和动员广大人民群众团结起来，坚定抗战必胜的信心，克服种种困难，相信经过长期英勇而艰苦卓绝的斗争，必将获取最后的胜利。

玛哈帕蒙也是老挝著名的革命文学家。他创作的诗歌如《老挝人民之歌》、《老挝土地之歌》等语言优美，感情真挚，内涵深刻，描写形象生动，受到老挝爱国群众的广泛欢迎，成为老挝伊沙拉阵线进行抗法斗争宣传的有力武器和工具，而演唱玛哈帕蒙创作的诗歌也成为老挝抗战区各种文艺演出的必备节目。尤其是《老挝人民之歌》以激昂的旋律，铿锵的节奏，充满鼓动性的文字，旗帜鲜明地指出了老挝抗战斗争的敌人及方向，展现了老挝军民不愿做亡国奴，团结一心，坚决抗战，以争取民族独立和人民生活幸福的坚强决心，讴歌了老挝人民伟大的爱国精神。

---

① 1950年由老挝爱国力量组建，苏发努冯亲王为主席。1956年更名为"老挝爱国阵线"，1957年更名为"爱国阵线党"，1972年恢复原名，1979年更名为"老挝建国阵线"。

　　根·郎舍那准将是寮国战斗部队的高级指挥员，老挝抗战时期的著名诗人。在他创作的众多诗歌中，以《救国之歌》影响最为广泛。该诗歌以朴实的语言表达了对坚持伊沙拉领导的决心，号召爱国军民要在伊沙拉阵线的领导下，团结一致，英勇抗战，胜利一定会属于老挝军民。

　　宋西·德沙坎布是老挝著名的爱国诗人。在抗法战争时期（1946—1954），他创作了大量的诗作，如《3月21日的历史》、《两杆火枪》、《老挝越南同欢乐》等等，这些作品以纪实的艺术手法、朴实的文字真实地展现了抗法斗争时期的众多历史事件。《3月21日的历史》真实地记录了1956年3月21日法国殖民主义者在老挝南部城镇它曲制造的惨绝人寰的"它曲惨案"。在作品中，作者通过对它曲人民在敌人的枪林弹雨屠杀下妻离子散、家破人亡、无辜死去等种种悲惨情景的真实描绘，揭露了敌人的凶残面目及其对老挝人民施加的种种罪恶，表达了老挝人民对法国殖民主义者的无比仇恨，并号召全体军民团结起来，与法国侵略者作坚决的斗争。

　　《两杆火枪》是宋西·德沙坎布根据在抗法斗争中发生的一件真实故事创作的诗作：两个英勇的年青人用两杆火枪伏击法国殖民主义者的军舰，砰砰的枪声使船上的7个敌人误以为遭到了伊沙拉部队的伏击，纷纷放下手中的自动化武器，缴械投降。当后来7个敌人发现只是两个普通的年青人，并且只有两杆老式火枪时，意欲反抗，却为时已晚，被两支火枪打得丢盔弃甲，非死即伤，最后只能乖乖投降。作者在诗中用朴实的语言写到：

　　　　……

　　　　命令声下，响彻云天
　　　　快快缴枪，别再顽抗
　　　　如想活命，举手投降
　　　　……
　　　　法军士兵，七个鼠辈
　　　　放下武器，乖乖投降
　　　　生擒活捉，十分欢畅
　　　　……

　　通过对这一故事的再加工，作者赞颂了老挝人民的英勇顽强精神，揭露了法国殖民主义者貌似强大、实则软弱的实质。法国是老牌殖民主义强国，有先进的武器装备；老挝是个贫穷落后的国家，有的只是土枪土炮，但最终老挝人民依靠自己的智慧，战胜了强大的法国殖民主义者。

《老挝越南同欢乐》讴歌了老挝—越南两国军民并肩战斗，在共同反抗法国殖民主义者的斗争中结下的特殊友谊。

总的说来，在老挝抗法斗争时期，老挝进步文学中的诗歌作品有了很大的发展，涌现出了一批著名的爱国诗人，他们在创作中，高举爱国主义、民族主义的旗帜，抨击法国殖民主义者的种种罪恶行为，号召全国人民团结起来，共同战斗，将法国侵略者彻底赶出老挝。虽然他们创作的作品大部分都为形式简短的诗歌，但作品内容丰富，通俗易懂，朗朗上口，深受广大老挝爱国军民欢迎。

除诗歌外，在抗法斗争时期，老挝进步文学中的散文体小说也得到了一定程度的发展，出现了评论、故事、纪实性文章等。这些作品大都刊登在《自由老挝》报纸上，内容多为抗法运动中的真实事件的记录。如配图短文《我们的家乡》主要讲述老挝是一块美丽富庶的热土，老挝人民世世代代生活在这里，是这块土地的主人。但法国殖民主义者却硬闯进来，在这里烧杀抢掠、作威作福，奴役老挝人民。另一配图短文《梯西的生活》主要讲述在法国殖民主义统治下梯西大叔一家过着穷困的生活，不仅如此，梯西大叔还被迫去给法国殖民主义者服苦役，甚至于得了重病仍不让休息。他的家人对此却是无能为力，妻子一方面要照顾嗷嗷待哺的子女，一方面又担心身患重疾的丈夫，不知如何是好。两篇短文都反映了殖民统治下老挝人民贫困、悲惨的生活，指出法国殖民主义者对老挝的侵略是造成老挝贫困落后的主要根源。

在抗法斗争中涌现出了许多的英雄事迹，这些令人荡气回肠、催人奋进的真实故事成了爱国作家创作的主要素材，他们将这些英雄事迹不经加工，直接写成纪实性文章，发表在报刊上，有力地揭露和控诉法国殖民者的滔天罪行，鼓舞人民起来反抗法国殖民主义者。如作品《光明永远照耀在正义一方》主要讲述发生在沙湾拿吉省根葛县的一件真人真事。1952年初的一天，一名伊沙拉部队的干部因受伤不幸被法国殖民主义者在扫荡中抓住，在被敌人割去双耳、活生生挖出胆后壮烈牺牲。为恐吓老百姓，残忍的法国殖民主义者仍不罢休，还用烈士的遗体作为靶子，轮番进行射击练习。但敌人的残暴行为没有吓倒英勇的老挝人民，反而使人民更加认清了敌人的凶残本质，怀着对敌人无比愤慨和仇恨，人们前仆后继，纷纷加入到了反抗法国殖民主义者的斗争中。

作品《母亲的精神》主要描写老挝各阶层人民纷纷起来抗击法国殖民者、保护伊沙拉部队的情景。故事的主人公是一位老母亲，被伪装成伊沙拉部队干部的敌人所蒙骗，准备给予他们热情的帮助，最后敌人露出本来面目，对老母亲残酷地进行威逼拷打。面对敌人的严刑拷打，老母亲只字未透露伊沙拉部队的任何秘密。作品反映了老百姓对伊沙拉部队的支持及伊沙拉部队与人民之间的鱼水深情，赞颂了老母亲的勇敢及老挝人民伟大的爱国精神。

在抗法战争时期，印支三国军民互相支持，互相帮助，共同抗击法国殖民者的侵略。尤其是越南更是派出了越南志愿军，直接参与了老挝的抗法斗争。老挝伊沙拉部队与越南志愿军在抗法战场上，密切配合，肩并肩，取得了一个又一个的伟大胜利，创造了一件件可歌可泣的英雄事迹。作品《法军士兵集体开小差》就是对这一题材的描写。驻扎在老挝沙湾拿吉省的60多名法军士兵当听说一个营的法军在越南广济被彻底消灭后，心生恐慌，集体开小差，狼狈地逃出了沙湾拿吉。通过对这一事件的描写，作者指出了印支三国抗法战场的关联性和一体性，反映了老挝、越南抗法战场互相配合，不断取得战役胜利的史实，并对法国殖民者外表强悍、内心虚弱的实质进行了有力的揭露。

作品《誓不投降》描写了老挝伊沙拉部队战士与越南志愿军战士并肩作战，绝不向敌人投降，最后都英勇牺牲的过程，歌颂了老挝越南两国军民用鲜血凝成的友谊。

法国殖民者在老挝犯下种种罪行，不仅引起了老挝人民的强烈愤慨和仇恨，而且激起了法国雇佣军中部分老挝士兵的不满，他们开始警醒，并重新回到正义的一方，暗中帮助自己的同胞摆脱敌人的魔爪。《一个警醒的伪军》就是对这一类题材的描写。作品主要讲述一个苗族伊沙拉干部在敌人的一次扫荡中，被坏人出卖，被迫弃家外逃，而他的妻子、女儿却被抓到军营中，沦为法国殖民者的玩物，每天都要遭受敌人的多次折磨，生不如死。她们的悲惨遭遇和处境，也引起了一个老挝伪军的自责和同情，于是在他站岗的时候，暗中帮助她们安全地逃出了敌人的军营。而这个伪军也看清了法国殖民者残暴的本质，不愿再为之卖命，欺凌自己的同胞，也逃出军营，回到了正义的一方。

总的说来，老挝进步文学产生、发展于老挝抗法斗争时期，它从一开始产生就具有了民族主义和爱国主义的特征，并以此为主题。不论是诗歌、小说、纪事性短文，作品大都以反映法国殖民统治下的老挝社会现实，控诉法国殖民者的滔天罪行，歌颂老挝人民伟大的爱国主义精神及其与法国殖民者的英勇斗争为主要内容。虽然作品体裁比较单一，艺术性方面也略显不足，缺乏精雕细琢，但民族主义、爱国主义主题特别鲜明，充满了强烈的战斗性和鲜明的时代感，反映了当时的时代精神，为激发老挝人民的爱国热情，鼓舞老挝人民为拯救祖国而英勇斗争发挥了重要作用，同时也为抗美救国时期老挝革命文学的产生和发展打下了坚实的基础。

五、柬埔寨进步文学

柬埔寨有着与老挝相似的历史命运。进入20世纪，随着殖民者愈发明目张胆的种族歧视和压迫，觉醒了的柬埔寨知识分子终于认识到，没有民族的自由和解放就谈不上个人的自由和个性的解放，反封建必然要同反殖反帝结合起来。这种认识促使民族主义思想在他们的文学创作中逐渐占了上风，第二次世界大战后，日本战败退兵，法国殖民者又趁乱回到柬埔寨。为了笼络人心，消除紧张的对抗情绪，法国当局放宽了对文学作品和刊物的公开发表和出版。这也为处在黑暗中的柬埔寨文学带来了一线生机。一些反殖反帝的进步文学作品开始陆续出现。

小说集《震撼高棉的革命》是这一时期反殖反封建文学的代表作。书中收集了柬埔寨著名的抗法英雄阿加斯瓦和博坤宝的起义故事,控诉了法国殖民者的罪行,揭露了民族叛徒狗仗人势的丑陋面目,更反映了重压下人民的苦难生活和反抗斗争,歌颂了英雄战士们的英雄业绩,表现出柬埔寨人民摆脱殖民统治、追求自由与安宁生活的迫切愿望。书中收集的作品大都以反殖反封建为主题,革命性鲜明,艺术性则较为单薄。但不可否认的是,它跃动着时代的脉搏,也为后来的反殖反帝进步文学打下了基础。

独立前后,柬埔寨许多青年作家开始受到前苏联和中国革命文艺的影响,纷纷拿起纸笔作武器。他们的笔锋犀利,直指旧制度和恶势力,揭露殖民统治者及日本法西斯侵略者的罪恶本质,希望用小说唤醒民众,摆脱封建主义、等级制度的枷锁,为争取民主自由的生活和民族独立而斗争。独立后成立的柬埔寨作家协会为指导青年作家创作,开设了写作讲习班,并加强了与世界各国的文学交流。一些中国文学作品如《三国演义》、《水浒传》、《青春之歌》、《长征故事》、《王若飞在狱中》、《刘胡兰》、《董存瑞》、《鲁迅作品选》、《雪花飘飘》等都被译成柬文,成为柬埔寨读者喜爱的文学读物,也影响了一批柬埔寨进步文学青年。当时的柬埔寨还出现了专门刊登进步文学作品的报刊《塔子山》,著名的进步作家梅帕特1956至1957年发表的《汽车司机孙姆》、《乡村女教师》等都是在该报上连载,后汇集成册的。

《汽车司机孙姆》是柬埔寨无产阶级革命文学作品中的优秀代表。作品刻画了一个富有正义感和反抗精神的底层劳动人民的形象。孙姆是一名普通的司机,但他不甘心忍受资本家和工厂企业主对工人们的残酷剥削,意识到抗争的必要性。他以柬埔寨抗法英雄海姆吉为榜样,积极团结和启发身边的工友,为大家如实讲述世界各国无产阶级为争取自己的权利成立工会组织,与资本家企业主抗争的事迹,帮助大家摆脱因果报应、善恶有报的自我麻痹思想,号召工友们自学扫盲,阅读进步报刊,团结起来为争取自己的权利而抗争,改变被剥削、被压迫的现实命运。小说的结尾,孙姆通过自己的实际行动,证明抗争的有效性,最终说服了胆小怕事、顽固不化、一心想通过买彩票中大奖改变命运的宋大叔。小说有力地揭露了资本家和工厂业主的冷酷无情、贪婪的本性,歌颂了无产阶级劳动人民的进步思想和革命觉悟。这部作品就像是反映时代的镜子,它们将触角伸向代表千千万万无产阶级的普通百姓的生活状态,并促使人们反思历史,为的是呼唤民族觉醒和团结。

《乡村女教师》讲述了一位进步知识分子江老师在柬埔寨农村艰苦办学、启智乡民的曲折经历。江老师的行为遭到反动当局的阻止和破坏,其生命安全也多次受到威胁,但他仍然坚持不懈,并最终得到越来越多的村民们的支持。小说热情歌颂了具有民族危机感和责任心的进步知识分子们为唤醒民众付出的不懈努力和忘我工作、不计个人得失的优秀品质。

在诗歌方面，这一时期也涌现出不少杰出作品。作品除了对祖国大好河山的赞美，对和平安宁生活的向往以外，更多的是警醒并教育同胞发扬和睦和谐、互帮互助的传统美德，自强不息、不甘受外国侵略者的奴役等内容，充满爱国主义激情。

总的来看，进入20世纪，柬埔寨人民追求民族独立的诉求愈发强烈。在获得独立后，持续动荡不安的国内国际形势、时刻存在的亡国危险也不断激励着一批进步作家不忘历史，不辱使命，积极创作，揭示出这一历史时期柬埔寨社会的矛盾和斗争的现实，反帝反殖的民族主义进步思潮在这一时期的文学创作中也占据着上风。

第四章　现代文学（20世纪中叶至今）

概　论

　　20世纪中叶，第二次世界大战的爆发成为包括东南亚在内的世界历史发生又一次重大转折的分水岭。二战期间，日本侵略者的铁蹄踏遍整个东南亚，对东南亚实行了残暴的统治和疯狂的掠夺，给东南亚人民造成了深重的灾难。即使与日本结盟的泰国也不能幸免。缅泰"死亡铁路"吞噬了数以万计东南亚劳工的生命；新加坡多数华侨被视为间谍而惨遭屠戮；各国蒙受的经济损失更是难以估量。东南亚人民在抗击日本法西斯的血与火的洗礼中，民族意识空前觉醒，各国民族解放运动组织在战争中都经受了锻炼和考验，普遍建立起了本民族的武装力量，为战后反对西方殖民大国重返东南亚、争取民族解放和国家的完全独立奠定了坚实基础。

　　第二次世界大战点燃了世界殖民体系走向全面崩溃的导火索，也加速了东南亚各国争取民族独立的伟大进程。二战结束后，东南亚国家根据各自国情和社会状况，或通过武装抗争，或采取谈判和国际外交等和平方式，或几种方式交替，掀起了波澜壮阔的民族独立浪潮。1945年8月17日，印尼宣布成立独立自主的印尼共和国，随即掀起英勇抗击荷兰殖民者，捍卫民族独立的"八月革命"。在世界舆论的关注和外界力量干预下，荷兰被迫与印尼签订《圆桌会议协定》，与1949年12月进行了"主权"移交。1945年8月19日，越南宣布独立，成立越南民主共和国，第二次抗法战争"八月革命"爆发。同年10月，老挝宣布独立，加入到抗法救国战争行列。在印度支那越南、老挝、柬埔寨三国抗法战争胜利发展的形势下，1953年11月，柬埔寨赢得了独立。1954年5月，越南取得奠边府战役的关键胜利，迫使法国签订了《日内瓦协议》，越南北方获得了解放。不久美国又挑起越南战争并使之不断升级，越南军民重新投入战斗，于1975年5月实现了南北统一。缅甸在二战后被英军重新控制，缅甸人民积极开展反英和争取民族独立的斗争，于1948年1月4日正式宣告独立，成立缅甸联邦。菲律宾、马来西亚等国主要通过群众运动和政治谈判等和平手段取得民族独立。菲律宾于1946年7月4日宣告独立。1955年马来亚获得"部分自治权"。1957年8月，马来亚联合邦成为英联邦范围内的独立国家。1957年，新加坡和文莱实现内部自治。1963年9月，马来亚、新加坡、沙捞越、沙巴组成马来西亚联邦。1965年8月9日，新加坡脱离马来西亚，成为一个独立的共和国。文莱于1984年1月1日正式宣布独立。东帝汶的独立道路颇为曲折，从16世纪以来几个殖民国家的轮番占领，到战后半个多世纪经多方力量的努力，最终在2002年5月20日争得独立。

　　东南亚国家战后相继取得独立，标志着西方殖民体系在东南亚的全面崩溃，但并不意味着那些原殖民宗主国就此退出东南亚舞台。它们千方百计保留其在原殖民地国家的影响力，通过间接手法对取得独立后的东南亚发展中国家从经济上、政治上实行控制、干涉与掠夺。继续在东南亚攫取经济利益，同时维持资本主义意识形态和价值观念的统治地位。东南亚地区又是战后国际冷战中美苏两大阵营的角逐场，在两极阴影下，东南亚地区的国际关系及各国局势变得更加动荡不安。大部分东南亚国家独立初期阶段经济实力孱弱，国内外民族矛盾和阶级矛盾错综复杂甚至激化，导致局部战争或内战频发，人民痛苦不堪。20世纪60年代中期以后，东南亚多数国家采取开放式外向型经济发展战略，融入西方市场，经济快速增长，实力明显增强，国际地位显著提高。进入90年代，冷战结束，东南亚国家在新的国际环境中地域性凝聚力日益强化，政治经济崛起，逐渐成为世界舞台上的重要角色。

由经济发展引发的社会变革必然成为文化和文学发展的动因。20世纪后半叶，包括东南亚在内的整个世界都在经历着一个比以往任何时期都更为深刻的文化转型时期。揭幕于二战期间、战后迅猛发展并一直延续至今的第三次科技革命给人类带来了前所未有的巨变。电子信息技术、生物工程技术、新材料技术、海洋技术、空间技术等领域的一系列革命性发展和突破，不仅极大地推动了人类社会经济、政治、文化领域的变革，而且也深刻地改变着人们的生活方式、思维方式和文化价值观念，使人类社会生活和人的现代化向更高的境界发展。大众传播媒介和交通、通讯的巨大发展拉近了世界的距离，现代出版业、新闻业、影视业的日新月异增加了人与人之间的相互了解。人类历史上从未有过的大规模的国际间文化传播的时代，即"信息时代"已经来临。20世纪80年代后期以来，伴随着经济和科技的全球化，多元化的世界文化格局继而形成，东西方之间的文化文学交流异常活跃，世界性文学浪潮更加猛烈，波及范围也更加广泛。这是异质文化之间文学互识互补，多元并存，相互融合，共同发展的一个文学时代。

在这样的"全球化"文学背景中，东南亚文学获得了前所未有的发展和繁荣，同时也面临着民族性与世界性既对立又统一的新课题。战后半个多世纪以来，尽管东南亚各国在政治制度、意识形态、历史文化等方面存在着差异，各国文学的发展也各有特色，并不完全平衡，但在国际大背景下东南亚文学的区域性特征仍十分明显，其发展大致分为两个阶段。

第一阶段：战后至20世纪70年代前后，是东南亚在摆脱战争阴影，争取民族独立，重建国家政治、经济及国际关系新秩序的时代背景下振兴民族文学，并努力追赶世界文学步伐，在与世界文学交流对话中不断发展的时期。

二战中，日本法西斯对东南亚各国物质上和精神上的双重摧残和创伤，严重破坏了东南亚文学的生存环境，多数国家的文学处于沉寂或黑暗状态。战后，东南亚作家们压抑已久的创作激情和特殊时期深刻的人生体验汇作了以民族独立为时代主题的文学创作热潮。他们的作品以对国家和民族强烈的责任感和使命感，以现实主义态度和创作方法，有的正面描写反侵略战争和民族独立斗争，有的以战争为背景反映人民的苦难生活和对人性的思考。该时期，抗法、抗美战争文学占据了越南文学的主体，大量优秀诗歌、小说、报告文学等作品从不同角度控诉侵略者罪行，讴歌抗战英雄事迹及社会主义建设事业。老挝、柬埔寨和缅甸文学中也出现了一批抗战和独立斗争史小说，都具有较强的时代感。印尼"八月革命"时期的文学作品歌颂捍卫民族独立的战士，充满高昂的爱国热情。一些作品还描写战争的残酷性与人性的矛盾。在没有进行武装斗争的国家，其文学基调也是爱国主义和民族独立。

独立初期一段时期，东南亚各国文坛不同程度出现了无产阶级与资产阶级两种文艺路线的斗争，围绕文学观念、文学的创作目的和发展方向等问题展开激烈的论战。如缅甸的"新文学"运动中"站在劳动阶级立场，批判资产阶级社会，反映群众革命斗争和生活"的文学观与"为艺术而艺术"观点之间的辩论，印尼人民文协提出的"文艺为人民"、面向"工农兵"的文艺方向与"45年派"主张的"普遍人道主义"、"普遍性文学"观点的对垒等等。这既是两种文艺路线的斗争，更是世界两大阵营抗衡的影响以及各国意识形态领域内阶级斗争在文艺战线上的反映，同时也是战前东南亚一些国家接受无产阶级革命文学（社会主义文学）思潮影响的延续。越南早在30年代中期就曾掀起文艺界两种思想路线的斗争，无产阶级革命文学在战后仍然是越南文学的主流。东南亚各国对外来文学思潮的选择和植入，取决于东南亚民族的历史命运、发展道路和社会文化土壤的适应性。社会主义文学观念在一定时期内对东南亚文学的发展起到了促进作用，产生了深远的影响，也留下了不尽的思考。

第二阶段：20世纪80年代以来至进入21世纪的今天，是东南亚文学真正融入世界文学并努力与之同行，以东南亚鲜明的区域文化特征加入世界文学体系的多元发展时期。

20世纪西方文学形成了现代主义乃至后现代主义、现实主义和社会主义文学三足鼎立的格局。社会主义文学在80年代中期随国际风云突变落入了低谷；现实主义文学在20世纪下半期仍有较大发展，并出现了多种变形；50年代后，现代主义逐渐被后现代主义所代替，后现代主义无疑是20世纪后半期最富特色和最重要的文学思潮。现代主义一般指产生于19世纪末20世纪初至20世纪中叶的一种文学思潮或流派，包括诸如后期象征主义、表现主义、未来主义、超现实主义、意识流小说等。后现代主义通常指第二次世界大战后出现在西方的主要的文学流派、文艺思潮和文学现象。它同样不是一个内涵确定清晰的概念，其重要特征是流派纷呈，存在主义、荒诞派、新小说、黑色幽默、垮掉的一代、元小说、魔幻现实主义、投射诗等等都包括在内。后现代主义与现代主义异中有同，甚至与跟它在精神上相去甚远的现实主义在表现手法上也有许多相通之处。

现代主义与后现代主义是西方社会发展到不同时期的产物，然而在其发展演变过程中却吸收了东方的思想和艺术资源。而当这些西方的文学思潮传到东方之后，又因文化背景和文学传统的变化而发生变异，形成具有东方特色的新的文学现象。在战后东南亚文学中，现代主义和后现代主义作为一种外来文学思潮和创作方法，经历了译介、重新解读和借鉴的过程。50年代初，法国存在主义的影响就已经渗透到印尼文坛。诗人希托·希杜莫朗的《绿色信笺》（1954）等诗集和短篇小说都带有存在主义的忧虑和彷徨孤独的情感色彩。苏达尔托·巴赫迪尔的诗作则带有象征主义和超现实主义倾向。60年代末至70年代的印尼文坛也涌现了不少现代派作家，新潮小说、荒诞派戏剧等频频面世。40年代末缅甸诗坛异军突起的"达亚"派诗歌也带有现代主义色彩。女作家、诗人吉埃的诗歌《幽灵》（1947）疏离时代与生活，精心营造一个建立在"自我意识"之上的个人情绪世界，被评论家称为缅甸文坛最早的存在主义诗作。在泰国、马来西亚、菲律宾等国文坛也都受到了现代主义思潮的冲击。在东南亚作家笔下，现代主义往往与东方文化传统和社会现实相结合，与东方作家特有的民族心理素质相结合，形成了东方化的现代主义文学。

现实主义是东南亚文学现代发展进程中始终坚持的文学思想和创作方法。现实主义在贴近现实、贴近大众，反映社会生活的深度、广度和丰富性，对生活的真实细致的描写，对艺术形象的精心刻画等方面都有着其他创作方法不可完全替代的功能。与前期现实主义文学不同的是，战后半个多世纪以来，现实主义文学有了新的拓展，其开放性和包容性越来越强，不断吸收借鉴现代主义和后现代主义的创作方法和技巧，呈现出彼此交融互渗的特征。

80年代中后期以来，随着国际环境和地区政治经济格局的改善，东南亚文化生态环境得到优化，文学空间更加开放，视野更加广阔，对文学创作方法的选择也越来越趋于多元化，呈现出多姿多彩的繁荣局面。缅甸文学开始走出"闭关锁国"的阴影，过去多数作家十分陌生甚至抵制的西方现代主义文学的种种思潮及表现手法悄然出现在一些思想新锐的中青年作家的作品中，开启了短篇小说的"黄金时代"。越南文学逐渐摆脱政治因素的束缚和干扰，文学本体意识不断觉醒，创作方法由单一的社会主义现实主义走向多样化，民主精神和人本主义成为这一时期文学作品的重要内容。印尼"新秩序"时期对西方实行全面开放，"严肃文学"受到冲击，各种现代主义流派强势进入，70年代之前就曾兴起荒诞派等现代派小说的创作。但同时也有一些地方出生的作家反其道而行之，由向外看转为向内看，回归本土文化寻找灵感和创作源泉，从更高的层面重新诠释传统与现代的冲突。到了80年代，这种发展趋势方兴未艾，如爪哇作家创作更加爪哇化就是一个突出的文学现象。它反映了在东西方文化走向融合的世界性文学时代仍然存在着世界性与民族性的冲突。马来文学在经历了70年代的相对萧条期后于80年代中期重现繁荣景象，无论小说、诗歌还是戏剧创作，都大胆借鉴西方现代流派的表现手法，出现了一些内涵深刻、手法奇特的作品。在泰国世纪之交的一些作品中也能够读到后现代语境中的价值观与传统道德观、高科技与佛教理念、文化危机与新人文精神等等的冲突与较量。柬埔寨文学中出现了经典现实主义与新现实主义既同源又彼此分化的创作倾向。这可以说是该时期东南亚文学一个较为普遍的现象。

多元化是21世纪世界文学发展的总趋势。东南亚文学将作为世界文学的有机一元，在"世界性"与"民族性"的对立统一中、在与其他区域文学相互参照中继续发展，以自己独特的声音和鲜明的区域文化特征参与世界文学的交流和对话。

第一节　战争文学

一、越南抗法抗美战争文学

1946年到1975年的抗法、抗美救国战争是越南文学创作的宏观历史背景，反映抗战、服务抗战成为这一时期文学创作的主线，战争文学占据了文坛的主导地位。这一时期的文学反映了越南伟大时代轰轰烈烈的抗法、抗美救国战争现实，记录了越南人民在这两场爱国战争中的英雄壮举，描绘了越南人民为国牺牲的崇高形象。越南人民的优秀传统——爱国主义在这个时期的文学作品中得到最充分的颂扬。可以说，没有哪个时期能像这个时期的文学作品这样深刻和全面地展现了民族精神、集体意识，爱国家、爱家乡的感情，同胞情谊和同志情。

在越南民主共和国成立后不久，胡志明主席向越南文艺战线提出了"文化抗战化，抗战文化化，思想革命化，生活群众化"的口号。1948年7月，越南第二次文化工作会议召开。越南劳动党总书记长征在题为《马克思主义和越南文化问题》的报告中，分析了越南文化的发展历程，批判了文化界的一些错误倾向，强调说明越南的新文化必须是人民民主的文化。会议确定了以马克思主义为指导的越南文化运动方向，指明了社会主义现实主义是新的历史阶段文学的创作方法。这次大会，从思想上武装了文艺工作者，鼓舞了他们的劳动热情，对后来越南无产阶级文学的进一步发展起到了重要的推动作用。

在越南劳动党的文艺思想的指引下，作家们来到火热的战斗前线，写出了大量反映抗法战争风貌的随笔、报告文学和短篇小说，涌现出了众多的优秀作家。其中，老作家们经过自我改造，他们在立场、观点及创作方法上发生了根本性的转变，尤其是那些在30、40年代就已经声名鹊起的作家们，如阮遵、阮辉想、苏怀、元鸿和素友等。他们脱胎换骨，焕发了艺术青春，写出了大量符合时代发展、为人民所欢迎的作品。老一辈作家具有生活和创作经验的长处，因此，他们能更深刻、更透彻地理解新生活、新事物。但也只有肃清陈旧的思想和创作观点，确定新时代人民作家的历史地位，并懂得深入工人、农民的生活和部队的战斗生活，作家和诗人们的创作才会成功。南高就是一个典型的例子。南高在抗战初期就写出了反映两种知识分子在新的革命形势面前所表现出两种态度的短篇小说《一双眼睛》和《林中日记》。同时，年轻作家们如大河之浪，后浪推前浪，在救国战争中人才辈出，如阮庭诗、武辉心、胡芳、阮文俸、元玉、阮施、英德和阮光创等。

在文学体裁方面，长、中、短篇小说以及诗歌和戏剧等都有所发展。重要的长篇小说有元玉的《祖国站起来了》、阮文俸的《水牛》、阮庭诗的《冲击》等，经过战争的洗礼，老一辈作家写出了一些有价值的作品，如阮辉想的长篇小说《与首都共存亡》，元鸿历经15年呕心沥血创作的鸿篇巨制《海口》；中、短篇小说取得了令人瞩目的成绩，有苏怀的《西北的故事》、胡芳的《甘历》和裴德爱的《在医院里记录下的一件事》等。另外还涌现出了一批艺术成熟、成就斐然的作家，如阮光创和潘驷等。诗歌方面的代表作有素友的《越北》、制兰园的《牢记此仇》和阮庭诗的《祖国》等。报告文学方面的代表作有阮施的《扛枪的母亲》等。

1962年，越南劳动党党中央指出："我国的文艺事业是社会主义的文艺事业。"在创作方法方面，它多次重申的创作方法是"社会主义现实主义"。这种创作方法起源于苏联，后被越南所借用。这种创作方法侧重歌颂社会主义，塑造具有共产主义觉悟的人物或者劳动人民群众中的英雄人物等。

越南社会主义新文学的发展也不是一帆风顺的。当奠边府战役取得胜利、越南北方进行社会主义改造和进行社会主义建设之际，越南文艺战线发生了一场激烈的思想斗争，即反对"人文——佳品"的斗争，这实际上是一场反对以张酒为首的一小撮反动分子利用文艺作为阵地进行反党的政治斗争。最终，这场斗争取得了完全的胜利。这具有重大的意义，为抗美文学的发展扫清了障碍。

下面我们首先介绍30年代就声名卓著，在50、60年代又写出了大量反映抗法、抗美战争内容作品的作家，他们是阮遵、苏怀、阮辉想和元鸿等，他们发挥了为抗法、抗美战争小说创作搭桥铺路的作用。

阮遵（Nguyễn Tuân，1910—1987）的代表作品有《抗战随笔》、《沱河随笔》和《我们河内英勇抗美》等。《抗战随笔》表现了作家对新生活的热爱和对抗战群众的赤诚之心，颂扬了人民群众质朴无私、英勇不屈的民族精神。《沱河随笔》描述了西北地区走上社会主义道路的转折时期热气沸腾的新生活。随笔是阮遵一生当中最喜爱的一种体裁，他的随笔形成了自己独特的艺术风格：感情奔放、不拘俗套、凝练深邃和具有浓厚的抒情味。他的随笔通过自己的主观感受来剖析现实社会，充满睿智。阮遵的随笔风格鲜明，就连他的一些小说（如《故土茫茫》）也带有随笔的味道：故事情节松散、人物性格的刻画并不是作家的重点所在，而是侧重在表达作家的主观感受，表露自己的内心思想感情。

苏怀（Tô Hoài，1920—　　）的《西北的故事》，反映了山区各民族人民反对殖民统治和封建压迫的斗争。这部短篇小说集的诞生标志着苏怀创作道路上思想和艺术的一大进步。《西北的故事》荣获越南文艺协会1954—1955年小说一等奖。之后，苏怀又写了一些长篇小说：《十年》、《西部》、《黄文树的童年》和《小巷行人》等。其中小说《西部》获得1970年亚非文学协会的文学奖。《西部》描述了西部苗族地区在走上社会主义道路过程中社会生活的巨大变化和人们思想的转变等。苏怀的小说多为描写西部和西北部山区少数民族的生产和斗争生活。这是他小说的一大特色。苏怀对西北部山区的劳动人民抱有深厚的感情，他了解他们的生活，同情他们的疾苦，更赞赏他们身处在逆境而不屈不挠的精神。他的作品真实、深刻、具有艺术感染力。苏怀的作品具有强大的生命力，得到几代人的喜爱。

阮辉想（Nguyễn Huy Tưởng，1912—1960）的《与首都共存亡》（Sống Mãi Với Thủ Đô）是一部革命浪漫主义与革命现实主义相结合的佳作。小说描述的是抗法战争的准备阶段和1946年12月19日、20日两天在河内发生的越南军民抵抗法国侵略者的战斗。小说真实地记录了当时一些重大的历史事件，如《初步协定》和《临时协定》的签署等；控诉了法国侵略者在河内犯下的暴行，如安宁巷和米粉街的大屠杀等，展现了越南军民与侵略者进行的激烈、残酷的街战、巷战的壮烈场面。阮辉想的文学作品思想性强，艺术高，语言明快、朴实。在一批老作家中，阮辉想完成思想转变最快，适应革命形式最快，取得了卓越的艺术成就。

元鸿在八月革命后积极参加文化救国会的工作，不断深入社会基层实际，了解社会的变化和新的时代、新的生活。从此，元鸿开始了第二个创作高峰，其标志就是他历经15载，孜孜不倦写成的鸿篇巨制《海口》（Cửa Biển）。长篇小说《海口》包括四卷：《怒潮》、《风暴》、《黑暗》和《新生》，是继《女盗》之后，又一部里程碑式传世之作。《海口》展现了宏大的历史场景和广阔的社会画卷，浸透着作者对人类、社会、历史和无产阶级革命的全面、深刻的思考和认识。《海口》全面描写了从1935—1945年以海防为中心的越南社会历史的变革、越南独立革命运动的发展以及海防各个阶层的人们在社会大变革时期的生活。

抗法、抗美时期的诗歌不仅是越南人民抗法、抗美的心灵呼声，还是一种社会主义新意识的探索。在艺术形式上，以自由诗为主的诗歌得到了进一步的发展。在这新的历史时期，30年代就享誉诗坛的诗人们又成为了民主共和国的人民诗人和艺术家，如素友、世旅、春妙、辉谨、制兰园和济亨等。

素友（Tố Hữu，1920—　　）是越南20世纪著名的革命诗人。素友在八月革命之前，只有很少的诗歌刊登在公开的报刊上，他的多数诗歌是在监狱内外秘密传诵的。革命群众冒着被敌人搜捕的危险阅读、传播素友的诗歌。人们从素友的诗歌中看到了革命的希望和未来。这些诗歌鼓舞人们走上革命道路。可以说，从一开始，素友就成为了贫苦劳动人民的诗人。八月革命之前，素友的诗歌已开始显露一个真正诗人的素质。素友与同时代其他革命诗人一起开创了一种新型的文学——无产阶级革命文学。素友的代表诗作有《从那时起》和《越北》等。素友的诗集《从那时起》是越南无产阶级革命文学前期的重要作品。它记录了越南人民革命斗争的一个历史阶段。它收集了素友从1937年到1946年期间写的71首诗歌。诗集由三部分组成：《血与火》、《枷锁》和《解放》。《血与火》是1937—1939年创作的，它描述了城市贫苦劳动人民的悲惨生活和革命战士的奋斗。《枷锁》是1939年4月到1942年3月在监狱里写的。它抒发了作者在敌人的折磨和拷打下宁死不屈的决心。《解放》是素友1942—1946年创作的，这部分诗歌是对敌人仇恨的呐喊，是对日、法帝国主义双重压迫的控诉，是越南人民争取独立的呼声，是对八月革命胜利的欢呼，是对伟大领袖胡志明的颂扬！

诗集《越北》（Việt Bắc）是素友《从那时起》之后的又一部重要诗作。它是在抗法战争期间创作的，它包括素友创作的诗歌和翻译的外国诗歌。在1954年成集出版之前，这些诗歌已经在报纸上公开登载并在群众中广泛传诵，对鼓舞抗战起到了很大的作用。可以说它是越南人民八年抗战的嘹亮战歌。《越北》有描述战士开山辟路的《开路》、战士们行军打仗的《上西北》、反映胡志明在越北战区领导人民抗战的《五月的晨曦》、欢庆伟大的奠边府战役胜利的《欢呼奠边战士》等。

素友吸收了越南传统诗歌的营养，借鉴了"新诗"的成功之处，创作了感情充沛、志气高昂的革命诗歌。素友诗歌使用了多种诗体，有唐律体、自由体、六八体、双七六八体以及混合体。特别是，他发展了传统诗体在新时代革命诗歌中的运用，使之焕发了新的活力。素友的诗歌诗句精炼，韵律得当，意境高远，情景交融，感情奔放，艺术性高。素友的诗歌是艺术性与革命性完美结合的典范。他的诗歌只有一种声音，那就是讴歌革命的高昂声音。素友的诗歌与越南革命、越南民族的解放斗争有着血肉般的联系。越南人民争取独立自由的伟大事业是素友诗歌创作的丰富源泉，对祖国的赤诚之心和对人民的无比热爱是素友创作的巨大动力。因此，素友能在半个多世纪的诗歌创作中，不偏离为革命、为人民的大方向，保持旺盛的创作热情，写出了大量思想性强、艺术性高的诗歌。

除了我们在上面介绍的一些资深的作家以外，在抗法战争和抗美战争中成就卓著的作家还有阮庭诗、阮文俸、英德、友梅、阮光创等。

阮庭诗（Nguyễn Đình Thi，1924—　）是越南20世纪著名的作家、诗人和戏剧家。阮庭诗的第一部小说《冲击》（Xung Kích）获得1951—1952年的文艺二等奖，推动了越南革命文学的新发展。1957年出版了短篇小说集《卢江之畔》，作品反映了抗法战争后期越南军民的战斗生活。长篇小说《决堤》共有两部，分别于1962年和1970年出版，是反映越南人民抗法的巨著。中篇小说集《冲入战火》和《高地》是对抗美斗争生活的及时反映。

阮文俸（Nguyễn Văn Bổng，1921—　）的《水牛》（Con Trâu）和《乌明森林》（Rừng U Minh）是其最成功的两部长篇小说。《水牛》讲述了广南同胞同敌人展开的保卫水牛的斗争。作品自始至终以保卫和残杀水牛为主线，涵盖了广南人民抗法斗争的各个方面：游击战、监狱斗争等。广南红峰和太学地区的人民奋起保卫村寨，一边战斗一边生产。法军深知水牛对越南农民的重要，便对水牛进行残酷的屠杀，他们叫嚣：杀一头牛等于杀死三个农民。水牛是越南农民最基本的生产工具，保卫水牛就是保卫家乡、服务抗战。为此，他们与法军展开了机智勇敢的保卫水牛的大战。《乌明森林》集中体现了阮文俸的艺术风格特点。他敢于揭示重大的历史事件，敢于深入探索现实生活中的复杂问题。他以充满革命感情的笔锋，热情讴歌了伟大的革命运动以及崇高的英雄人物。同时，他也毫不回避革命运动中存在的问题。

英德（Anh Đức，1935—　　）在南部的抗美战场上战斗了整整13年，他用自己的笔描绘了真实的战争场景，歌颂南部人民为祖国牺牲的崇高品质。同时，长期作为《解放文艺杂志》的总编辑，他为战争中南部文艺事业的发展做出了贡献。长篇小说《土地》（Hòn Đất）是他的代表作。《土地》中讲述的故事发生在1961年初南部的一个土地村。在敌人的一次扫荡中，土地村由17人组成的游击队被迫撤退进了一个山洞内。装备精良、力量百倍于游击队的敌人包围了山洞，妄图一举消灭这支游击队。敌人连续对山洞发动一轮又一轮的进攻，结果只是陈尸洞口，一无所获。气急败坏的敌人下了毒手：往溪水里施放毒药、爆破山洞、用烟熏和劝降等。洞内形势非常严峻，武器匮乏，粮食日渐减少，饮用水不足。但是，他们在队长二铁的英明指挥下，机智地与敌人周旋。在多日的对峙中，敌人损失惨重。在风起云涌的人民起义浪潮中，敌人被迫撤退。在洞内的人们终于迎来了胜利的时刻。在这场异常艰苦的斗争中，涌现出了众多革命战士的形象：足智多谋、坚定沉着的指挥员二铁，机智勇敢的安，美丽的女游击队员阿娟和为了解救战友而光荣牺牲的史大姐等。史大姐是作者花了很多笔墨塑造的一个有血有肉丰满的形象。在残酷的战争面前，史大姐坚强不屈、大义凛然；在家庭生活中，史大姐爱丈夫，爱孩子，照顾母亲，是越南妇女的典型代表。作为南方解放区抗美文学的第一部长篇小说，《土地》在抗美文学中占有重要地位。

英德的作品随着时间的推移更显出它们的宝贵价值。他的作品被翻译成多国文字。他的作品是越南人民特别是南方人民抗美救国战争的真实记录，是辉煌历史的写照。阅读英德的作品，人们仿佛又走进了轰轰烈烈的伟大救国斗争。英德对越南革命战争文学以及当代九龙江平原文学的发展做出了很大的贡献。他是2000年第二届胡志明文学艺术奖的获得者。

潘驷（Phan Tứ，1930—1995）抗美战争期间著名的作家，是2000年第二届胡志明文学艺术奖的获得者。潘驷创作有短篇小说、报告文学、随笔和长篇小说等多种体裁。他的作品多集中在抗法、抗美战争。长篇小说《边界那边》和《开枪之前》写了老挝战场上越老军队并肩作战和越南人民军的英雄事迹。在抗美战争期间，他集中描写了坚强不屈的第五联区人民抗美救国斗争的感人事迹。短篇小说集《回乡》的现实主义艺术手法娴熟，结构紧凑，语言明快。《18号俘虏营》描写了越南人民军对美军俘虏的优待感化和实行的革命的人道主义，展示两种制度下两种截然不同的军人形象。抗美期间最成功的两部长篇小说是《七妈的一家》和《敏和我》。1985年，潘驷出版了《同乡人》（三卷）。潘驷曾经先后赢得阮庭炤文学奖、广南—岘港（1945—1975年）30年文学奖和广南—岘港（1985—1995年）10年文学奖。

友梅（Hữu Mai，1926—　）的《领空》（Vùng Trời）是一部描写越南空军战斗生活的力作，它记叙了抗美战争期间越南空军与美国空军作战的故事。年轻的越南空军面对强大、老牌的美国空军英勇无畏、敢于作战，取得了令世界人民钦佩的战绩。年轻的越南空军也在抗美的战火中从小到大、一步步成长起来。作品塑造了以琼、修和东等为代表的战斗英雄群体，展现了越南空军为了祖国的解放而战斗到底的伟大风采。

阮光创（Nguyễn Quang Sáng，1932—　）的短篇小说视角独特，选材新颖，语言凝练，有一种巨大的震撼力。其中，《七安》和《一把象牙梳子》是他短篇小说中的佳作。阮光创的短篇小说容量极大，他善于以小见大，巧妙地把大的历史背景、大的事件融合到作品的故事中。他的作品感情真挚、奔放，具有强烈的感染力。由于他长期取得的卓越文学成就，阮光创赢得了2000年第二届胡志明文学艺术奖。

1946年至1975年时期的抗法、抗美战争文学是闪耀着战争光彩的文学，是具有鲜明时代特色的文学，是讴歌革命英雄主义的文学，是记录伟大时代史诗般的文学。

二、貌廷的《鄂巴》与缅甸反法西斯小说

第二次世界大战期间，在英日两个帝国主义的反复争夺下，尤其是在日本法西斯铁蹄的践踏和蹂躏下，缅甸成为东南亚殖民地中蒙受损失和灾难最为惨重的国家。美丽的国土疮痍满目，村庄、油田、矿山、交通遭到严重破坏，国内经济濒于崩溃。1945年，缅甸反法西斯斗争刚刚结束，从未自愿放弃对缅甸殖民统治的英帝国主义者就卷土重来，再次实施他们的统治计划。刚刚走出抗日战争硝烟的缅甸人民随即又投入紧锣密鼓的反英独立斗争。战争的残酷带给人民肉体与灵魂的巨大痛苦，战争重创所造成的社会落后和贫穷艰辛，都在缅甸人民的心灵上烙下了难以抹去的伤痕。战争可以制约文学作品的生产，但并封闭不了作家的思想和体验。这段异乎寻常无法忘却的历史，激发了缅甸作家的历史使命感和社会责任感，也使他们产生了强烈的创作欲望。战后初期，缅甸作家纷纷以反法西斯为主题，通过文学作品控诉日本法西斯的残暴统治，揭露民族叛徒狗仗人势欺压百姓的狰狞面目，同时也记录人民的苦难和抗争，讴歌反法西斯战士的英雄业绩。貌廷的长篇小说《鄂巴》（1947）是这一时期最突出的代表作。此外，耶吞林的《真正的革命战士》、瑞洞比昂的《九号游击队员》、蓬觉的《游击队员》、妙当纽的《独立后再祝福》、敏瑞的《爱情与国家》等等，都是战后以反法西斯革命斗争为背景创作的小说。

《鄂巴》创作于1946年，1947年初正式出版。小说对刚刚经历的那段记忆犹新的历史进行反思，重现1942—1945年日本法西斯军事统治缅甸时期广大农民的苦难生活和他们的反日斗争。作者并没有选择重大的战争事件来书写，而是选取了下缅甸农村社会的一角，通过普通农民鄂巴及其家人的命运反映战乱年代民族的忧患，折射这一特定时期的社

会生活面貌。作品中虽闻不到战场上的炮火硝烟，却能感受到战争的阴影窒息着无辜的人民，使他们在经济上、精神上遭受到严重摧残。通过鄂巴这样一个淳朴农民在切身灾难的教育和革命者的指引下，毅然参加武装抗日斗争的成长过程，凸现缅甸人民的民族意识和不屈服于暴虐、要求自由的民族精神。

鄂巴是千千万万淳朴、憨厚的缅甸农民中的一员，祖祖辈辈靠租种地主的田地过活，并认为这是天经地义的事。他生活的天地就是他居住的村庄和他租种的25英亩田地，其他村镇他从来没有去过，也没有去的必要。至于仰光、曼德勒等大城市的风光，他只是在夜晚的美梦中领略过而已。和其他农民一样，鄂巴终日在田里与耕牛一起挣扎，与毛蟹和蟹洞口的泥土打交道，年复一年地使出浑身解数拼命种田，巴望着能够通过自己双手的劳动得到"幸福"、"安定"的生活。但是战争爆发了，他的希望在兵荒马乱中一次次化为泡影。日本入侵，世道纷乱，谷价暴跌，地痞流氓为虎作伥、欺压百姓，这些无一不使鄂巴陷入无边的焦虑，使原本一家七口勉强糊口的生活雪上加霜。厄运一次次落到他的头上。为了维护阶级兄弟的利益，他冒着风险收藏修堤工何依的劳动所得，不料被土豪地痞朴斗察觉而遭到刀砍。在日寇和当地权势者双重统治的日子里，鄂巴一家遭到土匪袭击，吃喝穿用被抢劫一空，自己却反被诬告为强盗锒铛入狱，在狱中受到严刑拷打和非人折磨。当他刚从这人间地狱里出来，却又被强行拉去当民夫到缅泰边境丛林中去修筑铁路，而他唯一的女儿米妮为了营救他遭到日本军官的强奸。在"死亡铁路"民夫营，鄂巴经历了惨绝人寰的恶劣生活条件和日本侵略者惨无人道的摧残，幸亏他与同乡冒险逃出虎口，才绝处逢生。但不久又被民族叛徒朴斗勾结日本人，指控他接近革命者，将他逮捕，并强迫他及一起被捕的人为自己挖了活埋坑。他不甘坐等待毙，又一次冒险逃跑，才死里逃生。在这一次次的坎坷经历中，鄂巴目睹了日本法西斯在监牢里向"犯人"指甲里钉钉，用钳子拔指甲，双手反绑倒吊在梁上毒打，用开水浇头或往肚子里灌满水再用马靴踩等"文明民族"所喜爱的动作；目睹了民夫经受不住日本侵略者的蹂躏和恶劣生活条件的折磨而大批死亡的惨状；同时也目睹了革命者德钦谬纽为民族独立英勇斗争，在敌人的屠刀下大义凛然、视死如归的英雄气概以及民族败类朴斗临死前卑躬屈膝、贪生怕死的丑恶嘴脸。一次次的遭遇深深教育了鄂巴，使他这个安贫知命、逆来顺受的贫苦农民开始愤懑郁怒，不甘为奴，并逐步觉醒，奋起反抗。在鄂巴身上既有落后保守的小农意识，又有鲜明的阶级爱憎。在他经历了无数灾难，从死亡线上挣扎过来的时候，他的眼光逐步超越自己的小天地，开始注视整个社会的黑暗和民族的危难。尽管他还没有挣脱世俗的枷锁，还存在性格上的缺陷，有时甚至令人感到他可悲、愚昧，然而，他在帮助革命者时表现出的坚决勇敢又令人钦佩。他的阶级意识、民族意识的觉醒，革命要求的萌发，是当时那个特殊时代的精神投影。他的性格和精神状态也是整个民族性格和精神状态的折射。

作者貌廷对时代本质的深邃的洞察力和对社会生活的熟悉，不但使他的作品具有鲜明的时代性，而且也为他艺术技巧的运用提供了广阔的空间。其清醒的现实主义精神和精切的讽刺艺术使作品的思想意蕴和文化内涵得以丰富地展现。博喻多讽、机智诙谐已成为貌廷作品的一种语言风格。《鄂巴》中包含了很多针对时代和社会现实的政治讽刺。在描写日本占领缅甸时，书中这样写道：

> 正当有见识的鄂巴向他的朋友们转告战争消息时，"尊敬的"日本人已经开进了毛淡棉。就在这充满了"喜庆吉祥"的时刻，对于那些手捧香蕉进贡求助的我缅人协会成员，日本兵竟然用皮靴残酷地践踏在他们的胸脯上。①

一针见血的语言，让人们淋漓尽致地看到了日本侵略者的本质。他们以"援助者"身份进入缅甸，自诩为"文明民族"，而一些幻想依靠外国援助来获取本国独立的缅甸人把他们当作了靠山，没想到是引狼入室，结果受到了更残酷的法西斯统治，苦苦尝到了日本人所承诺给予的"永垂不朽的独立"的滋味。小说反映了当时那一特定的历史时期，一些缅甸人为摆脱英帝国主义的枷锁，对日本抱有幻想，甚至民族独立运动的领导人都走上了幻想联日抗英争取独立的歧途。但他们的幻想在日军进入缅甸后不久就被粉碎了。日本人占领全缅后，便肆意掠夺缅甸资源，蛮横地逮捕各地临时组成的缅甸行政机构成员，视县、乡、村各级缅甸领导人为他们的苦力杂役或奴仆，强奸妇女，实行大民族主义，甚至逮捕杀戮各地的领导人，法西斯凶残面目暴露无遗。缅甸人开始意识到"前门驱狼，后门进虎"的严重事实，认识到帝国主义和法西斯实际上是一丘之貉，日本法西斯比英帝国主义更凶残，他们不是缅甸的朋友，而是国家的敌人。缅甸人民对日本法西斯本质的认识经历了一个从幻想到觉醒的过程，民族意识是在这一过程中逐渐成熟起来的。战争使缅甸受到重创，另一方面又使缅甸人民在磨难中增强了争取真正独立的信心和勇气。当缅甸人民觉醒之后，抗日斗争便掀起了高潮。正如作品所说："缅甸人民的性格很特殊，有压迫就有反抗，压得越强反得越烈。"历史培育了缅甸一代政治精英，他们组成了一个广泛的抗日反英统一战线，使缅甸人民的反法西斯斗争进入了有组织有领导的新阶段。在《鄂巴》中，作者通过德钦谬纽、切基等人物形象，反映了当时缅甸人民的抗日游击战，讴歌了他们的英雄业绩。

战后，一部分受尽日本法西斯残酷折磨和剥削的缅甸人又暂时对英国殖民者产生了幻想。作品主人公鄂巴就是一个典型代表。他满足于像在泥里打滚的水牛一样的"幸福"生活，承受过战争之残酷和日本人欺凌的他甚至为英国人的归来而高兴，甚至想依靠他的"英国老爷"建立新的生活。但最终他的幻想还是在现实中彻底破灭了。作者正是通过这些带有讽刺意味的笔调唤醒人民觉悟，丢掉幻想和愚昧，去争取真正的民族解放和国家独立。从中我们也不难看出，缅甸民族意识的成熟确实走过了一波三折的坎坷历程。

二战中，英殖民主义者在撤离缅甸之前丧心病狂地炸毁了在缅甸的所有油田、厂矿和

① 转引自姚秉彦译：《鄂巴》，《世界反法西斯文学书系》（东南亚卷），重庆出版社，1992年版，第5页。

桥梁。貌廷在《鄂巴》中写道：

> 我们英国政府的老爷们像对待心肝宝贝儿一样怜悯、同情我们土生土长的缅甸人，当初他们怀着这样的悲悯之心占领我们缅甸时，我们缅甸民族的状况正处于零度的最低水平线上。经过英国老爷们旨在改善和提高这种落后愚昧的状况而进行的努力，到缅历1034年（即公元1942年）他们胜利撤退时，我们缅甸民族最下层的鄂巴、朴斗们的生活状况从一个零度上升到了两个零度。①

貌廷对祖国的沦陷抱以深切的忧患，对英殖民主义者怀有刻骨的仇恨，而在这里，看不到淋漓的痛骂，代之而来的是讽刺的"恭维"。在讽刺的语境下，奴仆对主人的称呼"老爷"失去了"恭敬"之意，而"悲悯之心"实则是英殖民主义者觊觎缅甸的"野心"、压迫统治缅甸人民的"残忍之心"的反用。英帝国主义入侵缅甸后，对缅甸实行殖民主义奴化教育，政治上压迫，经济上掠夺，文化上摧残，他们最害怕缅甸人民在政治上觉醒，最不希望看到缅甸的经济发展和社会进步，因而"旨在改善和提高落后愚昧的状况而进行的努力"无疑是让使缅甸人民在贫穷落后、愚昧无知的境地中越陷越深。事实上正是由于英帝国主义的非法殖民统治，才带给缅甸人民更加深重的灾难，使他们的生存状态"从一个零度上升到了两个零度"。"上升"在这里含有互为相反的两种意义：上升和下降，在这一语境里两种意义都能成立，构成了复义反讽。

面对英日两个帝国主义的反复争夺，面对战争的残酷和民族的苦难，作家手中的笔磨砺得更加犀利，讽刺的锋芒更加敏锐。《鄂巴》中，在讲到民夫营的恶劣生活环境时貌廷写道：

> 浑身上下的疮、疥、癣、疹等形形色色的皮肤疾患也从日本人那里学来各种各样折磨人的方法，把鄂巴捉弄得半死不活。②

这里用"捉弄"，有对鄂巴的戏谑之意，它又何尝不是对日本法西斯的血泪控诉！二战中日本占领缅甸后，为适应发动侵略战争的需要，他们强迫缅甸人去服军事劳役，致使大批民工和战俘惨死在修筑缅泰铁路的营地上。民工们在疟疾流行的森林里缺粮少水、无医无药，又没有像样的住所，因此：

> 一些霍乱病人干脆将茅厕当住房，与粪便结盟，与苍蝇、蚊子为伍，协同作战了。③

在这里"结盟"、"协同作战"之类的二战中的战争语汇被纳入民工生活的语境，与污

---

① ［缅］貌廷：《鄂巴》，仰光：人民文学出版社，1957年版，第53—54页。
② ［缅］同上，第162页。
③ ［缅］同上，第162页。

秽之物混在一起，庄重严肃的意义变得荒唐可笑，构成了对话语背后的战争的讽刺。类似的讽刺手法在《鄂巴》中不胜枚举。鄂巴和同乡从民夫营逃出，途经仰光，一出车站口，眼前的花花世界让他们目不暇接。当初被抓往民夫营时日本人怕他们逃跑，一路上每到一站都将他们关在警察局里，看不到外面的世界。现在当亲眼目睹到城市的繁华和他只有在梦里才见过的大金塔的庄严美丽时，这个祖祖辈辈生活在农村，连附近的镇子都不曾去过的农民不禁感慨万千："我们农民的生活太低人一等了！"他面向大金塔，心中默默祈祷：

> "来生来世再不要让我投生为农民了，不管谁再说资本主义不好，也让我投生为资本家吧！"①

可是当他看到全副武装的日本人神气活现地坐在汽车里横冲直撞，又亲身经历了恐怖的空袭之后，心有余悸的鄂巴对这个战争硝烟笼罩下的"资本家建立的世界"再也不敢恭维了。离开仰光前，鄂巴决定收回上次祈祷：

> 轮渡驶出了码头，远处像高高的金山一样庄严耸立的大金塔清晰地映入眼帘。在拥挤不堪的甲板上，鄂巴好容易挤出了一点勉强能立足的地方，他面朝大金塔顶礼膜拜，口中念念有词。他祈祷的内容是修正第一次祈祷，郑重恳求佛祖从现在开始正式批准他的修正案。②

在整个殖民统治时期，当局频频制定、修正、通过各类议案、法案，但没有一项是惠及缅甸人民的。在这里"资本主义"、"修正案"、"正式批准"等政治语汇被置于一个没有文化、思想封闭的农民的祈祷词中，一套话语从原有的语境中剥离出来被植入另一语境，变得不伦不类。"语境对于一个陈述语的明显歪曲"构成了对这类政治用语的讽刺性颠覆，也构成了对那个时代的嘲讽。

《鄂巴》作为"反映时代的一面镜子"，用现实主义手法深刻揭示了当时那个时代的本质。

20世纪60年代，缅甸反法西斯文学再次掀起了一个不小的高潮。以1942年日军大举入侵和1950年国民党残部败退缅甸为背景，反映缅甸独立军（国防军）战士的军旅生涯和情感世界的《我们的故乡》（钦瑞乌，1961），歌颂反法西斯人民成功开展游击战及战争年代民族团结的《黎明前的长夜》（梭乌，1962），以战争与爱情的母题表现反法西斯主题、突出缅族克伦族友谊和军队作用的《冬》（央尼，1962），描写克伦山区人民抗日斗争的《山区战斗》（八莫丁昂，1963），以缅泰"死亡铁路"为背景、悲愤控诉日本法西斯血腥罪行的《血

---

① ［缅］貌廷：《鄂巴》，仰光：人民文学出版社，1957年版，第166页。
② 同上，第170—171页。

流成河》（妙瓦兹，1964），热情讴歌缅甸热血青年为国家和民族独立而英勇参战的《战斗的召唤》（泰貌，1965）……相继出版。《山区战斗》是八莫丁昂（1920—1978）作品中特殊的一部，一改"改良"之风和温婉缠绵的笔调，用精练晓畅的语言描写了克伦山区的农业、经济状况和克伦族人民的抗日斗争，凸显了反法西斯精神和反抗压迫的精神。作家们以饱含战争年代情感体验的笔，以这一历程的参与者或目击者倒叙的方式，再次唤起人们对战争、对民族命运的回忆和反思。直至独立后的近半个世纪，缅甸作家们也并未因远离了那场战争就忘却了历史，荒疏了反法西斯文学的创作，而是不断拓展反法西斯文学的思想内涵，题材更加丰富，体裁和艺术表现更加多样。如育瓦底景颇玫的长篇小说《爱国女杰》（1991）、钦翁准将的战争回忆录《驱逐法西斯——1945》（1993）等等，都在反法西斯题材领域进行了新的探索。

《爱国女杰》是用20世纪90年代的目光去审视半个世纪前的那场战争，从新的视角追忆那段镂烙于心的历史。战后几十年，缅甸发生了很大变化，动荡不宁的国内局势，又促使人们重新思考重大的历史事件。今天的作家写战争，必然将反法西斯的思想内涵，伸向今天的社会现实；用今天的现实去审视战争年代，为的是不再重蹈战争覆辙，让今天的世界更完善。《爱国女杰》对这一主题的伸展，沟通了往昔和现今，具有强烈的当代气息。作品中借以展现情节的四口之家，父亲是退休的抗日老战士，当年曾亲赴反法西斯战场参加战斗；儿子是当代军人，一名年轻有为的国防军指挥官，正带兵在前线参加清剿反政府武装的战役；儿媳是教师；小孙子刚刚上小学。作者通过这些人物间的特定关系和不同经历，以战争的回忆为契机，把历史与现实连接起来，通过两代军人及所有热爱和平的人们之间的心灵对话，回忆历史、思考现实并展望未来，发出了对人类良知和民族团结的真诚呼唤。作品所表现的主题是：缅甸民族曾经经历过反法西斯战争的洗礼，用鲜血和生命换取了民族独立和国家主权。如果今天因内战而流血，是民族和国家的悲剧。民族内部应以缓和取代对抗，消除同胞间的隔膜和仇恨，实现相互理解，共建和平。

作品通过抗日老战士的回忆，叙述了一段反法西斯英雄故事。1945年3月17日晨7点整，缅甸国民军在仰光大金塔西侧广场上举行出征前的誓师大会，昂山将军作了慷慨激昂振奋人心的战前演说，号召官兵"打击敌人，走向胜利"。当时由于斗争需要，缅军尚未公开反戈日本，此前一直在秘密进行反日准备和部署。但战士们心中都非常清楚"敌人"是指谁。3月27日缅甸国民军举行总起义，全面奔赴反法西斯战场。波丁乃和波焦康巴拉是军官训练班的同学，他们是亲密的战友，又是最知心的朋友。两人相约，在反法西斯战争胜利后回到他们出征前宣誓的地方重逢。不论各自征战到什么地方，也不论各自是否还能剩下健全的肢体，只要还活着，就要遵守诺言。两人分手后各随部队转战南北。波丁乃在一次单独执行侦察任务时遭日本宪兵追捕，曾得到一户农家母女的掩护和帮助才得以脱险，并圆满完成了这次极其重要的侦察任务。他没有料到在他离开之后，农家姑娘却因掩护他而惨遭日寇的强暴和残害。姑娘弥留之际留下一封信，嘱咐母亲在将来胜利的一天将此信交给一个叫波丁乃的人。姑娘并不知道她舍身相救的这位化名为"哥道吞"的侦察员就是她要见的波丁乃。几个月后，1945年8月，日本投降，缅甸人民反法西斯战争取得了最后胜利。波丁乃如约来到大金塔西侧广场——这块象征胜利的土地，怀着激动的心情等待与挚友焦康巴拉重逢。没想到等来的不是焦康巴拉，竟是救过自己性命的那位姑娘的母亲。老人家也没有想到前来相会的是"哥道吞"。当她知道"哥道吞"即是波丁乃时，才将女儿的信交给了他。原来，这位姑娘就是焦康巴拉的未婚妻，名叫"漆漆"（缅语意为"爱"），他们已决定在反法西斯战争胜利后就举行婚礼，不幸的是焦康巴拉在一次战斗中英勇牺牲了。牺牲前他委托战友转告漆漆，希望漆漆在胜利后能代他到大金塔与他最亲密的战友波丁乃相会。漆漆抱着对亲人的热爱崇敬和对法西斯的无比仇恨，决心完成焦康巴拉的遗愿，却不幸也惨遭法西斯毒手。母亲牢记女儿临终前的嘱托，代女儿前来与焦康巴拉的战友相会，共祝胜利。得知彼此的来意和经历后，波丁乃和漆漆的母亲百感交集，他们为牺牲的战友、亲人悲痛万分，也为反法西斯战争的胜利感到欣慰和骄傲。

作品没有更多描写缅甸军队与日本法西斯的浴血奋战，而是通过这个动人心弦的曲折故事，表达和歌颂了缅甸人民一旦觉醒，便义无反顾，无论军队还是老百姓，也无论男女老幼，在民族危难的时刻，他们抱着必胜的信念，踏着烈士的鲜血，前仆后继，一直战斗到最后胜利的英雄气概。作品中，漆漆是一位普普通通的缅甸女性，她美好的心灵、坚强的性格和崇高的牺牲精神展示了人生价值和民族魅力。她不是战场上的杀敌英雄，却是为民族献身的杰出女性。这样的女性不是一个，而是千千万万。在国民军出征仪式上，市民们老老少少热泪盈眶，自发前来送行，沿途少女们向队伍掷献鲜花，为战士们戴上了一串串象征胜利和吉祥的花环，每支花环中都夹有一张署名为"苗漆玫"（缅语意为"爱国女"）的小卡片，上面写着：

> 同志，
> 你即将出征，踏上胜利的土地。
> 我们虽不相识，但你
> 是为祖国而战的男人，我由衷地献上敬意！
> 同志，
> 我热爱、依赖的人。
> 祖国养育了你，让你
> 为祖国抛洒热血，迎来胜利！

朴实真挚的话语、鼓舞人心的场面，显示了一个觉醒的民族军民同心不可抗拒的伟大力量。缅甸反法西斯斗争的一个特点就是不分男女，各个阶级全员参加。特别应载入史册的是妇女参加了这一斗争。缅甸妇女曾和男子并肩参加了第一线的缅甸反帝运动，又和父老兄弟、丈夫、朋友一起勇敢地站在反法西斯斗争的最前列。缅甸人是不甘忍受别人凌辱的民族，而日本士兵从踏上缅甸土地的那天起便肆无忌惮地凌辱缅甸妇女，甚至在父母和丈夫面前强暴奸污她们。最初缅甸妇女也曾像有的缅甸人那样，认为日本人是援助缅甸获得独立的恩人，但实际上他们另有所图，他们是抢夺缅甸财物的强盗、侮辱缅甸妇女的恶棍。活生生的事实教育了她们，使许多缅甸妇女走上了反法西斯革命道路，成为革命的先锋战士。同缅甸妇女一样，少年儿童、僧侣、穷苦的工人、农民也都参加了第一线的斗争。巨大的灾难促进了人的巨大觉醒，民族的觉醒预示着民族的希望。缅甸反法西斯文学中所彰显的也正是这种民族的希望，是缅甸人民在争取民族解放和国家独立的进程中日益觉醒、成熟起来的民族意识。

从40年代的《鄂巴》到90年代的《爱国女杰》，这些具有深刻反法西斯内涵的作品，并没有用更多的笔墨去渲染战争的残酷和恐怖，而是以战争作为历史背景，着重描述战争重压下人民的苦难生活和反抗斗争，以战争在人类精神上、心灵上留下的难以愈合的创伤作为历史探索的出发点，以出色的艺术手法，再现战争期间人们走过的心路历程。在那段黑暗时期，缅甸人民饱尝苦难，同时也经受了磨练，经受了血与火的洗礼和生与死的考验，民族意识不断增强。这一切都通过震撼心灵的文学作品展现给读者。这些作品以独特的艺术视角和强劲的生命力充实和丰富着现代缅甸文学，成为其中不可或缺的一部分。

三、柬埔寨解放区文学和海外作家的战争文学

1960年9月30日，柬埔寨共产党成立。1970年，朗诺在美国的暗中支持下发动政变，国家再次陷于战争的漩涡，局势动荡不安。柬埔寨共产党（红色高棉）与西哈努克及其他政治党派组成民族团结政府，进行了五年艰苦卓绝的反美解放战争，最终取得胜利。柬埔寨共产党领导的民主柬埔寨政府掌握政权。但不久后的1978年，越南在前苏联的支持下入侵柬埔寨，并在金边成立了傀儡政权，柬埔寨共产党在自己的统治区内为夺回政权，赶走侵略者继续坚持斗争。频繁的战争使几乎每个柬埔寨家庭都有妻离子散、家破人亡的故事发生。这一时期柬埔寨文学受到战争影响，又有了新的特征，最突出的表现就是蓬勃发展起来的战争文学。

柬埔寨国内的战争文学作品以短篇、中篇小说为主，创作素材大都直接取自当时现实的革命斗争生活，大多以真人真事为基础改编而成，真实地反映了反法西斯战争和解放战争时期柬埔寨革命者的战斗风貌。这些革命文学作品大多无署名，作者不详。作家把作品当作团结人民、鼓舞战斗的有力武器，真实性强，但艺术性较弱。比较有影响的作品有：《苦力》（1956）、《父亲的嘱咐》（1974）、《机智的放牛娃》、《英雄女战士绍》、反映农民暴动和武装起义的《妈妈的牺牲》（1976）、反映学生运动的《达姆彭的红心》（1973）、《沙米特

的故事》等。此外，还有一些爱国记者根据战争中涌现出的大量优秀人物和战斗事迹写成的通讯报道，如《柬埔寨革命故事》、《柬埔寨通讯集》，曾于20世纪70年代译成中文在我国出版。

抗日题材小说《苦力》是战后柬埔寨反法西斯战争文学作品中的杰出代表。小说以第二次世界大战期间日本侵略柬埔寨为背景，讲述了一位农民的儿子如何走上抗日道路的故事。忠厚老实的农民埃大爷有一个儿子叫阿能。一天，村子里来了日本兵，将青年男子全都抓去做劳工，阿能也没能逃脱。历经磨难终于服完劳役的阿能回家后才发现自己的父母和未婚妻全部死于战火。在抗法老战士的指引下，阿能最终毅然参加到武装抗日斗争的队伍中。小说用较出色的艺术手法，将柬埔寨农村的生活场景、法西斯侵略者给普通百姓带来的深重灾难展现在读者面前。通过普通农民阿能的悲惨遭遇和心路历程，凸现柬埔寨人民的民族意识和不屈不挠、要求自由的民族精神。

《达姆彭的红心》载于《革命青年》杂志1973年第3期。小说以类似报告文学的形式将20世纪60年代金边学生运动中表现突出的人物与真实事件再次展现在世人面前，讲述了柬埔寨进步青年达姆彭走上革命道路的心路历程及其短暂而光辉的一生。达姆彭是一个普通农户家的孩子，由于家境贫困，父母双亲先后病死，才7岁的达姆彭成了孤儿被寺院住持带到寺中做学僧，接受了初级文化知识教育。聪明、勤奋的达姆彭深受寺院老师们的喜爱，在学完小学课程后，寺院住持将他送到金边继续学业。和其他穷孩子一样，达姆彭一边学习，一边帮工地挑砖、挑石灰，干些体力活以赚取生活费用。可他们辛苦赚来的钱只能让他们有上顿没下顿，很多孩子病倒，无法继续完成学业。偶然的机会，达姆彭加入了进步组织"民主柬埔寨青年联盟"，接受组织的政治思想培训。通过学习，达姆彭终于明白他和他的父母、亲人们所遭受的苦难的根源，是来自帝国主义、封建主义、资本主义的三重压迫，而自己的祖国现在正受到美帝国主义的侵略，许多同胞正在前线浴血奋战。达姆彭决定不再为了一纸文凭和未来的官位而浪费自己宝贵的青春，他离开学校，开始积极投身学生运动。在民柬青年联盟中，他表现突出，组织能力出众，不久就担任了金边青年联盟的书记，领导同志们完成了许多组织下达的任务。后来因叛徒出卖，在一次执行任务时达姆彭被捕入狱。敌人知道他的重要身份，企图从他口中套出组织的领导名单和活动地点。可不论敌人严刑拷打，还是美色利诱，达姆彭始终坚定信念，宁死不屈，最后惨死狱中。达姆彭临死前，用砖块在监狱石墙刻写了一首绝笔诗：

> 我真挚的红心，
> 只为革命同胞跳动，
> 只为穷苦大众跳动，
> 只为无产阶级跳动。

　　高棉儿女们呀，

　　我们已经到了最危急的时刻，

　　用我们的红心

　　去帮助人民远离苦难，

　　即使牺牲也甘愿。

　　真挚的话语，坚定的信念，彰显出柬埔寨英雄儿女们坚韧不屈的精神力量。小说创作时正值民主柬埔寨政府领导下的反美解放战争进入最艰难的阶段，小说通过对烈士成长经历和英雄事迹的挖掘和再塑造，反映出人民的苦难和抗争，揭露了民族叛徒的狰狞面目，歌颂了英雄战士们的光辉业绩，为的是激励和鼓舞战士和人民群众的战斗士气，坚定人民抗战到底的决心和勇气。

　　《父亲的嘱咐》（1974）讲述了一位民主柬埔寨政府军战士的父亲英勇献身于革命的英雄事迹。父亲在即将落入敌人的魔掌前，深情嘱咐儿子长大后要为自己报仇。在敌人的严刑拷打下，父亲始终没有透露出一个字，最后被敌人当众剖腹、挖肝，英勇地献出了生命。小说虽短，但故事感人至深，着重表现了敌人的极端残忍和烈士的英雄气概，不失为一部优秀的战争文学作品。

　　《妈妈的牺牲》刊载于1976年。以1967年三洛地区农民暴动和1968年西北地区武装起义为背景，以一个贫苦农民的女儿对自己的成长经历的讲述为主线，描写她全家人在祖国的解放事业中顽强战斗、英勇牺牲的动人故事。小说采用第一人称叙述，以复杂的矛盾、激烈冲突的心理活动来推动情节的发展，读者读后留下的是身临其境的情感体验和震撼。在人物的刻画上生动细腻，将人物性格的多侧面展示出来，使人物形象更贴近现实，更真实丰满。这部小说还曾被译成中文，刊登在《世界文学》杂志1977年第2期上。

　　除了革命小说和通讯文章外，还有一些利用戏剧和民间歌舞表演宣传革命思想的剧本及歌词创作，也被视为战争文学创作的一个有趣的分支。如20世纪70、80年代，《沙米特的故事》通过柬埔寨民众喜闻乐见的巴萨剧（一种柬埔寨民间流行的戏剧形式）的表演形式而广为流传。故事讲述了一个优秀特工地下斗争的故事。潜伏在敌军内部的柬埔寨国民军上尉沙米特用计巧妙地营救出被敌人抓获的一名女联络员，并在营救民柬战士阿冈的过程中与阿冈一共回到部队。在部队里，他遇到曾经帮助过的女联络员，这才知道女联络员就是他的亲妹妹。兄妹二人决心与敌人战斗到底，为惨死敌人手中的父母报仇，为祖国的解放事业献出自己的青春甚至生命。

　　提到柬埔寨的战争文学，还不得不提到流亡海外的一批柬埔寨作家。20世纪70、80年代，柬埔寨陷入旷日持久的战争。1975年，掌握政权的红色高棉（柬埔寨共产党）由于对国内形势的错误估计，采取了一些极端政策。在文化上，把大量优秀的古典及当代文学作品，不加分析地当作旧社会的"毒物"统统付之一炬。越南入侵柬埔寨后，在柬埔寨推行越南化计划，民族文化再次遭到摧残。这期间，一些职业作家被迫逃往国外，继续为继承和发展本民族的文化而努力工作。他们自发成立高棉文化组织，这其中包括康涅迪格州的高棉语研究所，德克萨斯州的柬埔寨语基金组织，以及巴黎的高棉文化信息研究中心（CEDORECK）；创办期刊专门连载海外柬埔寨人创作的小说；高棉文化信息研究中心还重新出版了《梭帕特》、《拜林玫瑰》、《枯萎之花》以及梅勒·东杰（Melea Duong Chet）在战前写的经典小说。像比·吉哈林（Biv Chhay Lieng）和索特·波林（Soth Polin）这样的独立作家也在海外生活时重新发行了他们的一些旧作。一些新的作家也相继出现，如60年代开始生活在法国的小说家裴·桑瓦宛（Pech Sanwawann），从70年代开始写作的更为年轻的作家诸如祖特·哥哈（Chuth Khay）、东·拉达（Duong Ratha）等。

　　20世纪80、90年代，一批让人印象深刻的海外柬埔寨作家的战争文学作品涌现出来。这些作品以自传体小说为主，多反映战争幸存者们的亲身经历，回顾了战争给柬埔寨社会和人民带来的巨大创伤。其中最著名的是美籍柬埔寨人迪特·普兰（Dith Pran, 1942—2008）的自传体小说《杀戮场》（The Killing Field）：1972年，越战接近尾声的阶段，《纽约时报》记者辛尼来到了燃起战火的柬埔寨进行战地采访，柬埔寨人迪特·普兰受聘担任他的翻译、助手兼摄影师，两人在战火中历经血与火的磨难，很快熟悉了起来。1975年，美国军队撤出越战，原柬埔寨政府军垮台，红色高棉占领金边，形势骤然紧张。辛尼进入法国领事馆，随大批的外国记者一起安全撤退；迪特因为没有外国护照，无法跟随外国记者们一起撤退，只能作为柬埔寨人留了下来，被集体遣送到乡下的劳动营接受劳改。迪特在红色高棉治理下的劳动改造营中历经饥饿毒打，亲眼目睹了红色高棉政权的极端统治手段。1978年底，越共的军队大举入侵柬埔寨，红色高棉军撤离金边，迪特趁乱逃亡到泰国边境，最终在设在泰国的难民营里与一直寻找他的老朋友辛尼重逢，最后到了美国。

　　《杀戮场》所反映的时间点是从1975年红色高棉掌握政权，到1979年红色高棉被越南军队赶下台、赶进丛林为止。小说以平实的笔调真实地描写了那一时期的恐怖景象，那成堆的人头骨、铺满道路的残臂断肢、死尸和人骨堆满的河流、面无表情地用塑料袋将无辜人窒息死的少女刽子手、那一个个手持冲锋枪心如铁石的少年战士，无不让人触目惊心。迪特·普兰去往美国后曾在《纽约时报》做记者，离开《纽约时报》后，他建立了一个认知红色高棉时期大屠杀的项目，他评价自己时说："我的部分人生是得到救助的人生，我不认为自己是一个政治家或一个英雄，我只是一名记者。柬埔寨要想重获新生，她需要各种不同的声音。"

　　日籍柬埔寨人班·塞达琳女士（1954—　　）的《东京的天空下》是另一部优秀的反战题材长篇小说。班·塞达琳女士20岁时考取了日本国民教育部的助学金，留学日本，并在日本取得了教育学、心理学硕士学位，现任东南亚文化促进协会会长，妇女职业培训机构主席。《东京的天空下》中的女主角育瓦蒂的原型就是作者本人。年轻的育瓦蒂因战争离开家乡，前往日本继续学业，后嫁给历史学教授田中，二人育有一女，名叫阳子。二十多年后，当育瓦蒂与曾相爱多年的旧情人帕罗塞再次相见时，才得知她和日本丈夫田中所生的女儿阳子已经爱上了帕罗塞。这是育瓦蒂一个家庭中的悲剧，而穿插在这个家庭悲剧之中的还有更多柬埔寨家庭的悲剧——人民贫困潦倒、愚昧落后、暴力成性。通过作品的描述，我们清晰地看到，战争让所有善良忠厚的人们经历了怎样的磨难；战争摧毁了人类基本的生活诉求：与家人团聚，温饱，健康，自由；战争对人性产生了怎样的扭曲——"过去的柬埔寨人民都是那么善良朴实，连动物都不敢杀……而现在人们会为了一辆600美元的摩托车去杀人抢劫。"而这一切的根源正如阳子所说，"只因为那些自负的霸权国家的武力侵略，使得这个国家已经失去了原本单纯美好宁静的生活。"

小说中的育瓦蒂深深地热爱着高棉文化，始终怀有对本民族文化强烈的自豪感和自信心。在作品中，作者有意带领我们一同领略了吴哥窟的壮丽图景以及令人称赞的柬埔寨传统织布工艺，一片赤诚爱国情怀不言而喻。同时，她又努力学习和了解日本文化，研究"两种文化的差异"及各自的优点。她发现很多日本人至今都不知道在二战期间的日本曾给许多亚洲国家的人民带去多么巨大的苦难。就像育瓦蒂和丈夫田中二人在谈及此事时说到的："日本人知道柬埔寨没有接受日本对柬埔寨的精神赔偿吗？他们是不是已经忘记了呢？柬埔寨是一个全民信仰佛教的国家，柬埔寨民族是一个宽容的民族。不接受精神赔偿的原因是柬埔寨可以想象作为战败国的日本的遭遇。本着人道主义精神，柬埔寨人民不愿意将痛苦转稼给日本人民，但这份承袭自柬埔寨伟大君王阇耶跋摩七世宽容、真挚、慷慨、仗义的美德，并没有被太多日本人知道和理解。"育瓦蒂的提问明显是对日本社会忽视二战历史的普遍现实的犀利批判。

尽管残酷的现实让人扼腕，但整部作品贯穿始终的还是爱和宽容的主题。育瓦蒂和田中的跨国婚姻、阳子与帕罗塞的真挚爱情，以及后来育瓦蒂和旧情人帕罗塞的再次相见、帕罗塞与阳子的理智分手……这些人物最终用宽容和大爱战胜了种种困难，微笑着向着崭新的生活迈进，也寓示着作者对未来的畅想和对同胞们的美好祝福。

到了20世纪80年代，在国际组织的资助下，柬埔寨政府开展了一场全国范围的扫盲运动。文学在这时被赋予了很高的价值，政府为官方认可的关于战争和社会重建主题的小说、诗歌、歌曲和戏剧设立奖项，鼓励创作。很多优秀的战争题材文学作品也在这一时期涌现出来。马丹·金利于1999年创作的《该结束战争了》是柬埔寨战后一部较为优秀的军事体裁作品。作品主要讲述民主柬埔寨国民军战士在边界地区战斗和生活的情况。上级派一支部队向前线运送粮食，途中要经过各种艰难险阻。在返回营地时，抬着伤员的他们还要冒着生命危险穿过雷区。面对残酷的内战，作者在小说的结尾大声疾呼："该结束战争了！"

战争离柬埔寨已经越来越远了，但战争给这个国家和人民带去的苦难依然存在。在战争结束后的40多年里，柬埔寨的战争题材作品、反战小说依然绵延不绝。它们揭露了侵略者的残暴和战争造成的灾难，歌颂了柬埔寨人民在反法西斯、反侵略斗争中表现出来的爱国主义精神，具有深刻的现实意义和深远的历史意义。

四、老挝王国政府控制区文学和解放区文学

1954年，《日内瓦条约》的签定，标志着法国殖民主义者在东南亚的全线失败。然而，以美国为首的帝国主义阵营却并不甘心社会主义事业在东南亚的蓬勃发展，妄图以老挝为据点，作为进攻和遏制社会主义阵营的桥头堡，并企图扼杀正蓬勃发展的老挝革命事业于摇篮之中。于是，伴随着法国殖民主义者的撤退，美帝国主义者也加紧了对老挝的干涉和侵略，在老挝国内频繁发动政变，大肆扶持亲美势力，组织亲美的王国政府，对其提供大量的军事和经济援助，并派出军事专家，支持王国政府军进攻巴特寮战斗部队①和爱国阵线控制区。从1965年5月开始，美国更是加大了对老挝的侵略力度，开始直接出动飞机对老挝解放区进行大规模的轰炸。而广大老挝爱国军民在爱国阵线的领导下，为争取国家的独立和民族的解放，一方面根据形势的发展，适时开展同王国政府的谈判，并在王国政府控制区发动群众起来进行斗争，揭露敌人的阴谋，争取各中间阶层和具有爱国思想的上层人士；另一方面又积极开展自卫斗争，粉碎了王国政府军的一次次的进攻，至1972年，老挝爱国阵线已解放了全国2/3的土地。1974年，老挝爱国阵线已经控制了全国绝大部分地区。虽然这时仍有战斗，但右派势力的军队已无力抵抗老挝人民解放军的强大进攻。1975年5月，在老挝人民党的号召下，全国各地纷纷展开了声势浩大的夺权运动，宣布推翻旧政权，成立人民革命政权。7月底，美国军事人员全部撤出老挝，右派军队、警察基本上被解散。11月29日，国王西萨旺·瓦达纳宣布自愿退位。12月1日至2日，老挝爱国阵线在万象召开了老挝全国人民代表大会，宣布废除君主制度，成立老挝人民民主共和国，并组成了以苏发努冯为主席的最高人民议会和以凯山·丰威汉为总理的共和国政府。老挝从此进入一个新的发展时期。

国际上两大阵营的直接对抗以及在老挝国内由美国支持的王国政府和由老挝人民革命党实际主导的爱国阵线两大控制区的形成，对老挝文学的发展也产生了直接的影响和制约。在1954—1975年这一时期里，老挝文学主要分为两个政治区域的文学，即王国政府控制区文学和解放区文学。受战争环境的影响和不同区域政治文化背景的制约，两个区域的文学呈现出不同的面貌。王国政府控制区文学的基调呈清闲性、消遣性，通俗文学占主流，60年代以后现实主义文学有所发展，出现了可圈可点的作品。而解放区文学的基调是革命性，"抗美救国"是压倒一切的主旋律。

（一）王国政府控制区文学

20世纪50年代中期至60年代初期，随着美国对老挝的干涉逐渐深入，西方文化及生

---

① 1950年组建，后更名为"寮国战斗部队"（即巴特寮），1965年更名为"老挝人民解放军"，1982年更名为"老挝人民军"。

活方式也不断传入老挝，并对老挝社会及传统文化产生了很大的影响。在这一时期，老挝王国政府控制区的文学发展非常缓慢，报刊上刊登的一些诗歌、散文类作品大多为清闲性、消遣性的通俗文学。这些文学作品多数受到泰国通俗文学的影响，以爱情小说、家庭小说以及男女调情诗等为主，但传播面更为广泛。

60年代以后，虽然通俗文学仍有广泛的流行市场，但随着抗美救国运动的蓬勃发展及人们对王国政府腐朽、落后本质的认识逐渐加深，老挝王国政府控制区的文学有了较大的发展，涌现出一批青年诗人、作家，如"竹刺"创作小组的巴莱、东占芭、东吉、边珠拉门蒂、因提拉以及自喻为苦命作家的辛东、瑟里帕等人。他们运用现实主义创作方法，创作了一批反映王国政府控制区社会现实的诗歌、散文，发表在《竹刺》《朋根》等报刊杂志上，揭露美国在老挝实施新殖民主义及王国政府卖国、反动的实质，抨击王国政府控制区社会的种种黑暗和不公平现象，描写在西方文化冲击下老挝社会烦躁、彷徨及无所适从的现实，并对遭受苦难及不幸的人们表以同情。最具代表性的作品有东占芭的短篇小说《谁说金钱是上帝》。作品主要讲述一个生长在贫苦家庭的万象女孩西布，父亲因为被控反对王国政府而遭逮捕，母亲是个残疾人。作为家里最大的孩子，西布在十一二岁时就担负起了养家的重任，经过她的辛勤努力，家庭条件逐渐有了很大好转，她也成为了一个出色的蔬菜店老板，并被一个有权有势的高官看中，娶为小老婆，过上了有房有车、舒适的太太生活。

但在王国政府控制区金钱至上、追求享受的社会风气影响下，西布逐渐变得贪婪起来，并在外包养了一个男子作为情人。最后因该男子移情别恋，西布愤而杀死了他。在警察审问她时，西布说到："以前我以为金钱能买到一切，钱就是这个世界的主宰，我给这个男人大把的钱，希望能买到他的心，但他却拿着这些钱去和别的女人生活……谁说金钱能买到人心啊！！！"作品反映了在西方消极文化冲击下老挝社会传统美德逐渐丧失的社会现实，对金钱至上、贪污腐化、相互杀戮等社会不良现象进行了有力的鞭挞，并指出造成这一切的罪魁祸首是美国、法国等新老殖民主义，使作品具有非常强的现实批判精神。

（二）解放区文学

自1955年开始，为反对美帝国主义对老挝的侵略及粉碎王国政府对解放区的进攻，老挝爱国军民在爱国阵线的领导下，开始了长达21年的抗美救国斗争。在这场斗争中，老挝革命文学也得到了迅速的发展，一批老挝革命作家以民族的命运为自己的命运，根据老挝抗美救国战争和革命战争的实际情况，在对王国政府统治区下劳动人民受压迫、受剥削的悲惨生活与解放区人民当家作主的幸福生活作出了对比之后，结合自己的亲身经历，创作出了一大批反映抗战，讴歌革命、讴歌解放区的诗歌、小说、报告文学和回忆录。这些作品深刻地揭露了美帝国主义及其走狗的残暴和罪行，颂扬了老挝各族人民敢于斗争、不怕流血牺牲的革命大无畏精神，从而极大地鼓舞了老挝人民的斗志，增强了老挝人民对革命事业必胜的信心。

　　这些作品内容丰富，创作题材多样，有的表现被压迫的劳苦大众奋力抗争，不屈不挠地寻求革命真理的过程，如占梯·敦沙万（约1940—　）的《生活的道路》（1970）、坎连·奔舍那（1931—　）的《西奈》（1970）等等；有的着力描写战斗生活，再现了老挝革命战士艰苦奋战的情景，如苏万吞（1926—　）的长篇小说《第二营》、塔努赛的《不朽的西通》等等；有的描写少数民族风情，反映他们的斗争生活，如《山雨》、《新生活》等；有的将视线瞄向勤劳、善良而又深受压迫的老挝劳动妇女，以纪实的笔法完整地写出了在这场如火如荼的革命斗争中，普通劳动妇女在革命洪潮中的觉醒、反抗、转变以及对革命的贡献，如《离别西番顿》、《生活的火焰》、《三好妇女娘玛》等等。

　　长篇小说《生活的道路》创作于1970年。作者占梯·敦沙万是老挝现代著名作家。他出身于一个普通的农民家庭。因他家同情革命，接纳伊沙拉干部到家中留宿而导致了家庭变故，只剩他和母亲相依为命。四处奔波之后母子俩受雇于一老松族富人家。艰苦的生活、繁重的劳动使母亲最终因积劳成疾而撒手人世，孤苦伶仃的小占梯受尽了人间苦难。最终，他找到了革命队伍，军旅生涯使他逐渐成长为一名优秀的战士。为铭记革命的恩情，占梯·敦沙万创作了这部小说。小说描写一个深受苦难的老松族少年，为摆脱殖民主义和封建主义欺压，不屈不挠地寻求革命道路，并在革命光辉的照耀下，成长为一名人民解放军战士的经历。小说主人公的成长经历，不仅是作者对自身经历的艺术概括，更是老挝人民为争取祖国解放和民族独立而英勇斗争的缩影。作者以朴实无华的语言、栩栩如生的人物形象，为我们描绘了一幅抗美救国时期老挝人民生活和斗争的画面。

　　苏万吞的长篇小说《第二营》是一部以战争为题材的优秀作品，在老挝现代文学史上占有重要地位。小说描写了第二营指战员在极其艰苦的环境下，带领驻扎在战略要地查尔平原地区的巴特寮部队冲破敌人六个营的重重封锁和包围，巧妙地撤回根据地，后又转战南北、屡建奇功的光辉事迹。这部作品被誉为"一曲老挝爱国军民抗美救国斗争的赞歌"，是苏万吞战争题材作品的代表作。

　　老挝少数民族的斗争生活也是老挝革命文学的基本主题之一。小说《山雨》即以一位老松族青年为主人翁，为读者塑造了一个爽直刚强、爱憎分明的老挝少数民族青年形象。这名青年因受欺骗而当上了土匪，一天深夜，解放军前来剿匪，因听信反动宣传而怕妻子落入解放军手中惨遭蹂躏，他在仓皇逃跑中企图用毒草将临产的妻子毒死，后来妻子被解放军救活，他的儿子也平安出生。青年得知真相后决心弃暗投明，加入了人民解放军的队伍，并多次立功。作品对主人公从思想到行动的转变过程描写得细致入微，心理描写入木三分，真实可信。

　　除以上题材外，老挝革命文学中以妇女为题材的作品也占据了较大的数量。在老挝，封建等级制度的压迫、封建宗法思想的束缚、传统习俗的盛行，导致老挝社会男尊女卑观念极其严重，妇女实际上处于无权无位的境地，被封闭在一个狭小的空间中，成为男性泄欲的对象和传宗接代的工具，她们的社会存在，是奴隶和附庸，精神存在，则全然被窒息。而"在任何社会，妇女解放的程度是衡量普遍解放的天然尺度"，伴随着蓬勃发展的革命斗争，老挝劳动妇女在不断地觉醒，妇女自主、自立意识在不断加强，妇女解放成了时代的呼声。解放区女性由于在过去受压迫最为深重，引起了老挝伊沙拉阵线的极大关注，成为启蒙教育的对象，抗战政府在解放区颁布了一系列的法令，倡导男女平等，支持女性学习文化，走向社会，参与政治生活。因此，相对于解放区的男性而言，妇女的命运转变更为明显，就更容易成为了作家们所重点关注和描写的对象。

文学作品反映妇女问题毕竟不是对某些社会生活现象的单纯记录，它总是通过对人物命运和社会环境的描写，对一定时期的社会生活作出真实、深刻的艺术概括。王国政府统治区妇女的悲惨生活和命运，解放区妇女自立、自主意识的不断高涨及幸福、美好的新生活，在文学中必然会有所反应。根据人物形象自身的遭遇及其思想性格特点，可以将老挝革命文学中的妇女形象分为革命型和进步型两类。

"革命型"女性形象的塑造大多以王国政府统治区下的社会现实为背景，通过对女性在黑暗社会中悲惨命运的描写，来歌颂劳动人民对美帝国主义及其走狗的剥削和压迫所进行的不屈不挠的斗争以及革命对人民大众所带来的转变。"革命光芒的照耀"成为这类作品创作的主题模式。作家们依据其写作角度的不同，表现妇女命运的视角有两个：一是抗争型，主要表现了妇女向往革命，向往解放区及其同旧制度进行的斗争。二是蒙恩型，通过革命光芒的照耀，使饱受苦难的妇女获得了新生。

前一个视角中的女性形象一般是性格坚强、勇敢，不畏强暴、不向命运低头，敢于斗争、敢于反抗的妇女。自发抗争——向往革命——投身革命——获得新生是这类作品的一个基本线索。她们生活在旧社会，有着悲惨的遭遇，向往革命，却又在现实与理想间无尽的徘徊迷茫，找不到生活的出路，后遇到老挝人民革命党领导下的武装力量，找到光明，于是投身革命，成为具有革命时代新人物性质的女性形象。如在作家万洪的长篇小说《离别西番顿》（发表于60年代）中，就塑造了一位饱受苦难的劳动妇女进行反抗斗争，翻身求解放获得新生的女性形象。女主人公赛萨梦是一个聪明漂亮的姑娘，生长在王国政府统治区下一个叫西番顿的地方，男友坎玛米因不满美帝国主义的侵略和王国政府的黑暗统治，参加了革命，成为革命队伍中的一名战士。如果在解放区，主人公赛萨梦应该有一个幸福美满的生活，但她却生活在王国政府统治区下。因为年轻美丽，在一次劳动归来时，被王国政府军队的上尉连长普翁玷污，并被强行带到它曲市，赛萨梦在听了普翁说坎玛米已战死的谎言后，被迫做了普翁的妻子。不久，普翁换防到万象，留下怀孕的赛萨梦独自一人在它曲生活，并许诺说不久就来接赛萨梦前往万象。时间一天天过去了，赛萨梦身上的盘缠已用尽，却始终没有普翁的消息。在饥寒交迫中赛萨梦生下了孩子。此后，对普翁还存在一丝幻想的赛萨梦被迫到万象去找丈夫普翁，在历尽千辛万苦找到普翁后，却见到普翁早已另觅新欢，并问赛萨梦来万象干什么，让其赶快回到西番顿去。此时的赛萨梦如雷轰顶，对生活彻底失去了信心，于是决定投河自尽，以此来表达自己对这个黑暗社会的控诉。但悲惨的命运却并没有就此而放过她，赛萨梦被人救起，因其年轻美貌，又被卖入妓院。倔强的赛萨梦宁死也不愿作一名妓女，在妓院中受尽了老鸨的折磨。最后被妓院老鸨以5万基普的价格卖给了上尉警察坎旦做小老婆。赛萨梦坚决不从，面对赛萨梦的坚贞不屈，坎旦毫无办法。饱受苦难的赛萨梦没有因自己的悲惨命运而就此消沉，反而加深了她对旧社会的憎恨和坚定了要反抗、要斗争的决心。但此时的她，却苦于没有人为她指明斗争的方向。一天，赛萨梦正在房中思考怎样和坎旦进行斗争时，却意外地掩护了两位伊沙拉干部，在聆听了两位伊沙拉干部的革命道理后，赛萨梦终于明白了斗争的方向和目的。在伊沙拉干部走后，赛萨梦决定要逃出王国政府统治区，投奔革命。于是，趁坎旦外出的机会，赛萨梦逃了出来。但在寻找革命队伍的途中，不幸的她又被一股王国政府军队抓住，被囚禁在军营中。在被囚禁期间，赛萨梦认识了同样向往革命、向往解放区生活的青年银梯和布通。同样的命运，共同的理想，使她们的心紧紧地贴在了一起，同时也更加坚定了她们同敌人进行斗争的决心。不久，通过乡亲们的担保，赛萨梦、银梯和布通被保释出来。此时的赛萨梦，坎坷的经历已经把她磨练成长为一个有着丰富斗争经验的革命者，她把对敌人的仇恨藏在心底，讲究方法，等待时机。最后赛萨梦带领乡亲们在武工队的配合下，一举消灭了这股王国政府军，取得了斗争的胜利，并见到了她日思夜想的坎玛米。赛萨梦的坎坷斗争经历，在抗美救国时期妇女形象中很具有代表性。作者把对主人公形象的塑造与革命发展的现实联系在一起，因而显出了它特有的真实性和感召力。

而《生活的火焰》中的嘎银则是一个通过革命获得新生的例证。年轻姑娘嘎银的父亲很早去世，嘎银与母亲两人相依为命。不幸的是嘎银被王国政府军的一个军官看中，嘎银不从，军官恼羞成怒，就到处散布谣言说嘎银是瘟疫鬼附身，并煽动乡亲们将嘎银母子赶出了村子。后母亲因病去世，无依无靠的嘎银白天四处流浪，晚上就住在荒郊野外。因想起自己悲惨的身世而夜夜哭泣，悲泣的哭声在寂静的夜晚传得很远，被乡亲们误以为是女鬼。后来，伊沙拉的一支武工队路过该村，解开了这个谜团，并将嘎银送到根据地，把她培养成了一名医生。革命拯救了嘎银。而在旧制度下，女性唯一的出路和归宿，就是被捆绑在家庭中做男人的附庸。即使这种严重抹杀女性权力的生活，也并不是所有的女人都能过得上的。嘎银母女在王国政府统治区下悲惨的遭遇就充分地说明了这一点。在文章的最后，作者用这样一句话点明了文章的主旨："旧制度使人变成鬼，而新制度使鬼变成了人。"

此外，在《应该告诉她》中，作者通过对一个孤儿在王国政府统治区和解放区不同命运的描写，歌颂了革命带给劳动人民的无比恩情。

在以革命为主题的作品中，妇女成为作家用以歌颂革命、歌颂老挝人民革命党领导下的人民武装力量的象征符号，以革命斗争中劳动群众的代表身份出现。她们虽然有着悲惨的遭遇，但革命和革命斗争使她们摆脱了悲惨的命运，见到了光明，获得了新生。

第二类女性形象为"进步型"女性形象，这一模式中的妇女形象反映了解放区妇女女性意识的觉醒及觉醒后的成长过程，已经获得了基本生存权利的妇女怎样选择自己的生活方式和实现自己的生活理想。这类女性形象的塑造大多以解放区的社会生活为背景。激烈的抗美救国斗争和解放区如火如荼的革命运动推动着解放区妇女自立、自主意识的不断增强，同时也激发了妇女们参与社会、投身革命的激情和对自身命运的思考，她们渴望在投身革命与社会事业中实现自己的人生价值。如《老松族妇女的新步伐》中的美陶松、《冲过风暴》中的美陶米、《97连》中的美信、《也是战友》中的阿迥、《三好妇女娘玛》中的娘玛等等。她们无一不是在革命浪潮的推动下，积极要求进步的女性形象。《三好妇女娘玛》中的娘玛堪称典型。作者以写实的创作手法讲述了主人公的进步历程。娘玛是一位有四个孩子的家庭主妇，丈夫参军到了前线，家里的农活、赡养老人、抚养孩子的责任全部落在了娘玛一个人的肩上。刚开始娘玛也有怨言，但经过思想斗争，她转变了，不但把家务处理得井井有条，还下决心要多生产出粮食来帮助国家。按理说她做到这一步完成了自己的任务。但娘玛却想到："如果自己只做到这些，也就是说自己刚刚完成了一个在后方的妻子应尽的义务而已，而自己作为一个公民，对国家的责任还没有做好"。慢慢地，对父母、丈夫、孩子的热爱转化成了对国家、民族作出贡献的动力，不断地推动着娘玛进步。尤其是丈夫前线的来信"你要积极的参加社会工作"激励着她。但要参加社会工作，首先要学会识字，于是娘玛又买来纸笔开始学习文化。此外，她还鼓励乡亲们要多生产粮食支援前线、要学习文化。娘玛的不断进步，也得到了乡亲们的称赞和上级的肯定，并被选为乡妇女协会主任和全区"三好妇女"。娘玛的形象，是抗美救国时期解放区妇女形象的典型写照。作者将她作为解放区百万妇女的代表来描写，反映了民主政权下妇女解放的进程和女性要求进步、要求参与社会意识的增强。

同时，解放区妇女解放运动的不断发展，"男女平等"政策的深入人心，也不断地推动着女性走出家庭，走向社会，并且为女性进步、参与社会生活提供了有利的条件。《老松族妇女的新步伐》中女主人公美陶松有12个子女。在还没有获得解放时，她整天为生计不断地奔波、劳累，含辛茹苦。即使是这样，也还是摆脱不了受地主欺压的困难局面。在生孩子时，没有粮食吃，但为了给地主交纳2公斤鸦片的地租，她还不得不拖着虚弱的身体到处去奔波。然而，当解放后，革命不但为她解决了生活上的困境，还教导她要积极参与社会生活，并教她识字。以前，美陶松是个只知道操持家务、抚养孩子的妇女。而现在，她不但学会了识字，还参加了妇女协会。

在战乱和长期受封建思想及传统习惯浸淫的老挝，妇女要真正参与到社会中来，除了政治因素外，沉重的家庭事务也阻碍着她们参与社会。一方面，她们要与传统势力作斗争；另一方面，作为妻子、母亲，她们又要担起繁琐的家庭事务和赡养老人、抚养孩子的责任。但这些丝毫不能阻碍勤劳、善良的老挝妇女们参与革命、参与社会工作的热情。在《医生》中，作者就塑造了这样一位强烈要求进步的妇女形象。主人公娘康飘是一位军医，她的丈夫到前线打仗去了。因此，家庭的重担就落在娘康飘一个人的肩上，同时还要躲避美帝国主义的飞机对解放区的狂轰滥炸，但她却一点也不感到累和害怕，时时刻刻都想到革命工作，把伤员的生命看得比自己还重要。在她身上，表现出解放了的老挝妇女的革命热情和强大的精神力量。

塑造"进步型"妇女形象作品众多，如小说《在前线的一个夜晚》、《15号选票》、《12月2日织布厂的一个小姑娘》等等。

此外，在抗美救国时期的革命文学中，作家们还塑造了一系列的反面妇女形象，如《离别西番顿》中的老鸨通娜、《生活的道路》中的地主老婆等等。她们代表着剥削、压迫和反动的阵营。通过她们，作者揭露了王国政府反动统治的黑暗与腐朽。

解放区文学作为老挝特定历史时期出现的一种文学现象，其作品在题材、主题方面的处理，人物塑造及艺术表现手法等方面具有鲜明的特色，体现出文学为抗美救国服务的价值定位，且明显带有中国抗战文学影响的痕迹。尽管这些作品有一定的历史局限性和概念化、简单化的倾向，但在民族危急的特定历史时期，它弘扬了文学的正气，焕发了民族凝聚力，成为老挝人民民族解放斗争不可或缺的有力武器和精神食粮。其独特的历史贡献值得肯定。

五、印度尼西亚"八月革命"时期的文学

1945年8月17日，印尼宣布独立，荷兰殖民主义在英美帝国主义的支持下大举反扑，企图卷土重来，恢复在印尼的殖民统治，于是便爆发了震撼世界的印尼人民捍卫民族独立的战争，这就是著名的"八月革命"。如火如荼的"八月革命"掀开了印尼史册的新篇章，也揭开了印尼现代文学新的一页。

革命初期，在"一旦独立，永远独立"的口号下，印尼各个阶级和阶层几乎都卷入了这场大风暴，人人以"共和国派"为荣，表现出对帝国主义侵略的同仇敌忾。后来革命形势日趋不利，"共和国阵营"内部开始分化，民族资产阶级最后也与帝国主义妥协，共同镇压革命力量。1949年11月签定"圆桌会议协定"后，印尼以联邦共和国身份加入荷印联邦，荷兰同意于1949年底以前将"主权"移交给印尼联邦共和国，同时殖民者在印尼的各方面利益与特权均得以保留。[①]轰轰烈烈的"八月革命"以失败而告终，印尼实际上变成了半殖民地，人民依然过着贫困的生活，沮丧、失望和不满情绪弥漫全国。

"八月革命"这种由高潮转入低潮的发展过程也反映到文学领域里来。在革命初期，涌现出战士般的作家和战斗性作品。不少年轻诗人发表充满激情的战斗诗篇，欢呼独立时代的到来。同时也有不少年轻作家发表以独立战争为题材的小说，描写当时印尼人民英勇

---

① 王受业、梁敏和、刘新生：《印度尼西亚》，北京：社会科学文献出版社，2006年版，第74页。

抗击敌人、捍卫民族独立的英雄事迹。创作主题大都围绕着"八月革命"的独立战争,展示当时印尼人民捍卫民族独立的战斗风貌,内容充满激情与力量。后来革命阵营内部左中右的矛盾愈演愈烈,革命形势不断恶化,而荷兰殖民主义者也从思想上和文化上加强攻势,进行渗透,大力鼓吹"普遍人道主义"精神和"世界主义"思想,企图模糊正义战争与非正义战争之间的界限,转移印尼人民对民族斗争的注意力。这时的作品有不少着重于描写战争的残酷性,暴露独立战争中的过激行为及其他的阴暗面,而革命初期的那种豪情壮志已很难看到。到了"八月革命"后期,尤其是以失败而告终的时候,许多作品所反映的是战争带来的苦难,人民的无辜牺牲和悲观失望的情绪。更有甚者,表现出诋毁革命的错误倾向。以上的大起大落就是"八月革命"时期印尼文学整个发展的历史过程。

"八月革命"期间,最先发展的是诗歌。1946年11月以凯里尔、阿斯鲁尔·萨尼、律怀·阿宾等为首的青年诗人和艺术家在雅加达成立了一个文艺组织叫"独立艺术家文坛"。他们在《策略》杂志上开辟的文艺专栏《文坛》成了他们的文学阵地和文艺论坛,故人们称其为"文坛派"。[①]他们标榜自己是战后崛起的与"新作家派"完全不同的新一代作家,并以新的创作方法和艺术风格在诗坛上独领风骚。起初"文坛派"对"八月革命"还满怀热情和期望,他们的作品也反映了革命初期朝气蓬勃的新气象。但随着革命形势的不断恶化和"共和国阵营"内部矛盾和分裂的扩大,他们越来越对革命感到失望和沮丧,受"普遍人道主义"和"世界主义"思想宣传的影响也越来越深,逐渐脱离革命斗争而表现出为艺术而艺术的倾向。1949年凯里尔逝世后,有人把"文坛派"改称为"45年派",并把凯里尔奉为"45年派"的先锋,同时还把其他的青年诗人和作家都归入其中。

"文坛派"主将凯里尔·安瓦尔1922年生于棉兰,1949年逝于雅加达,在世不过27年。他一生从事诗歌创作的时间只有六七年左右,作品不到70首,主要收在《尘嚣》(1949)、《尖砾与被剥夺者和绝望者》(1949)和《三人向命运怒吼》(1950,同阿斯鲁尔·萨尼、律怀·阿宾合出)三部诗集中,但他的诗歌创作从内容到形式都对印尼诗歌产生了巨大的冲击波,为战后印尼诗歌开一代新风,成为"八月革命"时期最有影响力的新潮诗人。

凯里尔受一次大战后荷兰现代派表现主义诗人马尔斯曼的影响很深,是印尼第一个采用西方现代派表现主义手法的诗人,极力主张"活力论"。[②]1943年他在脍炙人口的《我》一诗中向世人宣告,新时代和新我已决心同旧时代和旧我彻底决裂而不惜付出任何代价。他敢于离经叛道,强调表现自我,摆脱一切对个人有形和无形的束缚,要求最大限度地发挥主观战斗精神。"八月革命"初期,全国上下同仇敌忾,这时凯里尔·安瓦尔受到民族斗争高潮的鼓舞,也写了许多满怀战斗激情的诗,表达他反对殖民主义侵略和捍卫民族独立的决心,其中著名的有《给迪恩·丹麦拉的故事》、《格拉旺—勿加西》等。前者以神话中的守

---

① 梁立基:《印度尼西亚文学史》,北京:昆仑出版社,2003年版,第612页。
② 同上,第603页。

护神口吻向胆敢前来侵犯的帝国主义者和殖民主义者发出严厉的警告,如果他们敢来,等待他们的将是毁灭。后者是对在格拉旺—勿加西战场上牺牲的几千名战士表示最崇高的敬意,希望人们记住他们的功勋,继续他们捍卫民族独立的战斗,不要让他们的血白流。还有《与苏加诺的约定》、《值夜的战士》等以更直接的方式表达诗人对苏加诺的拥护和歌颂守卫在战斗第一线的独立战士。这都是凯里尔·安瓦尔"活力论"在与民族斗争相结合时所表现的积极的一面。

但由于凯里尔的"活力论"是建立在自我的基础上,所以在那些激越人心的战斗诗篇之外,他也写了不少反映个人颓废情绪的诗,显示出他"活力论"消极的另一面。这一消极面随着革命形势的恶化而越来越凸显出来。他对混乱的时局感到厌恶和沮丧,对前途感到迷茫和失望。1949年凯里尔在悲观无奈中病故,尽管生命短暂,但他在印尼现代文学史上却占据了极为重要的地位,特别是他的诗歌创作深远地影响了战后的一代诗人。究其个中原因,主要是在"八月革命"的时代背景下,凯里尔与旧传统彻底决裂的叛逆精神在一定意义上体现了印尼民族当时的迫切愿望,同时他的表现主义的表现手法彻底打破了长期主导印尼诗歌的传统形式和语言风格,给印尼诗歌带来了新的风尚,开辟了新的创作道路。

"文坛派"的另一主要诗人阿斯鲁尔·萨尼1926年生于廖岛,"八月革命"初期在一些杂志上开始发表诗歌和评论文章。1948年跟凯里尔·安瓦尔一起在《环境的回响》杂志当编辑,后来在《策略》杂志上的文艺专栏《文坛》当编辑。他除了写诗,也写短篇小说和文艺评论文章。阿斯鲁尔的诗歌和其他作品多发表在杂志上,除了上面提到过的三人的诗歌合集外,他自己没有单独出过诗集。阿斯鲁尔·萨尼受世界主义和普遍人道主义思想的影响较深,他的很多观点和《文坛派宣言》提出的观点一样,强调普遍的人性和泛爱。

律怀·阿宾也是"文坛派"的代表诗人,他更强调要有坚定的民族立场。他的诗《界桩》强烈地表达了他身在荷兰占领下的雅加达而心却永远在共和国临时首都日惹这样一个信念。他的另一首致万隆友人的诗《坚定信念》也表达了他对"八月革命"坚定不移的信念。当时万隆在敌人进攻下,已成了一片火海,但诗人仍然抱着革命乐观主义的精神。与凯里尔·安瓦尔和阿斯鲁尔·萨尼有所不同,律怀·阿宾怀有更多的忧国忧民意识,他并没有因"八月革命"形势的恶化而丧失信心。到了50年代,随着国内形势的变化,他终于决定走另一条路,加入了左翼文艺组织人民文化协会。

"八月革命"时期出现的大动荡大分化局面为文学提供了丰富多彩和取之不尽的创作源泉,直接反映当时民族独立斗争的作品大量涌现,在这方面被公认为最有成就和代表性的是普拉姆迪亚·阿南达·杜尔。1945年10月普拉姆迪亚成为印尼国民军前身——人民保安队成员,奔赴芝甘北前线。第二年,他以中尉新闻军官身份参加著名的格拉旺—勿加西战斗,从事战地报道,开始创作生涯。1947年7月他在荷军占领的雅加达散发传单时被捕入狱,直到1949年底"移交主权"前夕才获释。他自始至终参加了"八月革命"的全过程，并在其中接触到敌我形形色色的典型人物。他在这个时期创作的一系列小说就好比是描写印尼"八月革命"全过程的系列片。他的长篇小说《追捕》（1950年获图书编译局最佳小说奖）是描写日本占领末期印尼乡土卫国军的反日起义，反映印尼独立前夕的民族矛盾已发展到不可调和的程度，民族独立的风暴必将来临。他写的第一部长篇小说《勿加西河畔》（原稿已丢失，1957年发表其主要片段）是描写革命初期印尼青年如何响应祖国的号召，奔赴捍卫民族独立的最前线，参加著名的勿加西战役，是印尼文学史上第一部反映"八月革命"的文学作品。他的代表作长篇小说《游击队之家》（1950），描写了一个游击队员的家庭在三天三夜里遭到毁灭的经过，通过这个家庭的悲惨遭遇着重表现了战争所带来的深重灾难和印尼人民为民族独立所付出的巨大牺牲。普拉姆迪亚的另一部长篇小说《被摧残的人们》（1951—1952）以及短篇小说集《革命随笔》（1950）、《黎明》（1950）等都是反映"八月革命"时期各色人物的悲惨命运和遭遇，表现战争的残酷性和毁灭性以及人性的沦丧。

　　普拉姆迪亚在"八月革命"时期创作的作品反映了"八月革命"的一起一落以及人们复杂的矛盾心理。从中可以看到作者的民族主义立场和"普遍人道主义"思想经常处于尖锐的矛盾和对立之中，作者一方面站在民族的立场对捍卫独立的正义战争表示坚决的支持，一方面又站在人道主义的立场对战争双方的反人道行为表示痛心和谴责。但最后作者还是把民族独立置于人道主义之上，认为这是争取民族独立所必须付出的代价。

　　乌杜依·达当·宋达尼（UtuyTatang Sontani，1920—1979）是"八月革命"时期的又一位重要作家。他在日本占领时期开始用巽达语进行创作，"八月革命"时期改用印尼语写剧本和小说。他的剧本与小说，或以象征手法，或从历史选材，更加广阔地展示了印尼人民独立斗争的历程，揭露了殖民统治下现实社会的黑暗。他的第一部作品是带有象征意义的诗剧《笛子》（Suling，1948），描述了印尼民族历史的整个演变过程。另一部剧本《饭馆之花》（BungaRurnah Makan，1948）也含有一定的象征意义，歌颂向往独立和自由生活的女招待，鞭笞虚伪和自私的社会。这些作品反映了作者在革命前期的积极思想和态度。[①]由于剧本宣扬自由和独立高于一切，符合当时的时代精神，所以该剧的演出深受欢迎，后来还被拍成电影。1949年乌杜依发表了以17世纪荷兰东印度公司侵占班达岛为背景的历史题材长篇小说《丹贝拉》（Tambera）。严格地说，这不是一部真正的历史小说，作者的创作意图不是在叙述一个历史事件，歌颂印尼人民的反殖斗争，而是在揭示印尼民族如何长期受到西方的精神奴役。三百多年的殖民统治使许多人被西方的文明进步所迷惑，对西方殖民统治者存有幻想，以为可以给印尼带来进步和文明。三百多年前丹贝拉的醒悟现在才真正得以实现，这也正是作者现在所醒悟到的。"八月革命"后期的形势越来越严峻，全国弥漫着悲观失望和强烈的不满情绪，这在乌杜依的作品中也得到了充分的反映。他的短篇小

① 　季羡林：《东方文学史》，长春：吉林教育出版社，1995年版，第1241页。

说集《倒霉的人们》（1951）共收入了8部短篇小说，有好几部是描写战争给老百姓带来的不幸和灾难，反映了作者对现实的悲观和失望情绪。他于1951年发表的剧作《阿瓦尔和米拉》更集中地反映了作者对"八月革命"的悲观主义和失败主义情绪。他陷入苦闷和彷徨之中，直到50年代走上文艺为人民服务的道路之后，他才从悲观主义和失败主义的阴影中走出来。

莫赫达尔·鲁比斯（Mochtar Lubis）也是"八月革命"时期涌现出来的比较有代表性的作家。印尼宣布独立后，他投身新闻界，参加创立安打拉通讯社，积极从事印尼民族独立斗争的新闻报道工作。他是新闻记者出身，很注意观察当时社会上发生的事和各种人物的心态，所以他写的小说带有新闻报道的特点，与时事结合得比较紧密。他的第一部长篇小说是《没有明天》（Tak Ada Esok, 1950），写一位国民军少尉卓汉参加"八月革命"直到最后为国捐躯的过程。作者运用大量的倒叙法，把二次大战以来直到"八月革命"后期民族斗争的历史演变一幕幕地呈现在读者的面前。在这部小说中，莫赫达尔把"恐惧哲学"作为作品的思想基础。而在其另一部具有代表性的长篇小说《路漫漫》（Djalan Tak AdaUdjung，1952）中这一特点表现得更加突出。小说以描写战争环境中人们的恐惧心理而闻名，描述了残酷的革命斗争对人性的考验，从一个侧面反映了革命战争时期复杂的人性。作者认为"恐惧"是人的共性，无论是勇士还是懦夫都要接受"恐惧"的最后考验。谁能最后战胜恐惧，他才是真正自由的人。作为莫赫达尔的代表作，《路漫漫》曾获全国文学奖。

"八月革命"时期还有一位一鸣惊人的作家叫阿赫迪亚特·卡尔达·米哈查（Achdiat Karta Mihardja）。他1934年从事新闻工作，"八月革命"时期投身"共和国阵营"，在荷兰发动第一次殖民战争后他藏匿在西爪哇勃良安山区。1948年他开始写长篇小说《无神论者》（Atheis），并于第二年出版。小说的发表使阿赫迪亚特一举成名，一夜之间成了文坛新星。之所以引起轰动，主要在于小说生动地描写了有神论和无神论两种对立的世界观在革命风暴来临时所发生的矛盾和冲突，揭示了根深蒂固的传统宗教观念正在遭受外来的唯物主义思潮猛烈撞击这样的社会现实。这种主题在印尼文学史上还是第一次出现，而这与当时印尼的社会背景和作者本人的经历息息相关。随着20世纪初西方新思潮的涌入，印尼传统的思想观念不断受到冲击，其中马克思主义的无神论对印尼传统的有神论冲击最大，许多青年人受其影响而发生激烈的思想斗争。阿赫迪亚特小时候是在有神论的家庭中长大的，曾向宗教长老学习和钻研神秘派教义。长大后他在政治上受印尼社会党的影响，接触了马克思无神论的学说。所以在他身上就曾发生过有神论与无神论的思想较量。他写《无神论者》经过了一个长期的酝酿过程，通过文学把他所感受到的两种对立思潮的矛盾冲突形象地反映了出来。

阿赫迪亚特当时只写了这一部长篇小说，好多年之后才看到他的短篇小说集《破裂和紧张》（1956）出版。短篇小说集里描写的多是一些生活上不顺利的人和他们遇到的挫折和精神危机，从他的作品中常可以看到弗洛伊德的精神分析法对其创作的影响。除写作之外，阿赫迪亚特还收编了30年代东西方文化论战的论文，并于1948年出版，书名就叫《文化论战》(*Polemik Kebudajaan*)，是研究印尼东西方文化论战很有价值的资料。①

伊德鲁斯（Idrus）是日本占领时期新涌现的年轻作家中对后来"八月革命"时期的印尼文学产生重大影响的作家之一。从创作实践来看，伊德鲁斯不能代表"八月革命"时期的文学，更不能代表"八月革命"的文学主流，因为他在"八月革命"时期写的小说大多与独立时代的革命精神相悖。但从写作方法和语言风格的独创性来看，伊德鲁斯还是"八月革命"时期具有代表性和影响力的一位作家。

伊德鲁斯是自我意识很强的作家，总是以我为中心看待一切事物，有人称他是个人主义者。②因此，在他的作品中总是能看到他的这种思想观点和创作特征。日本占领时期，伊德鲁斯在思想上备受压抑，生活上也很拮据，同时看到民生凋敝，民怨沸腾，于是用尖刻辛辣的文笔勾画出一幅幅日本法西斯铁蹄下的印尼人民惨不忍睹的受难图，并把他们汇集起来取名为《地下随笔》，成为当时揭露日本法西斯统治最淋漓尽致的文学作品。除了内容的真实性，《地下随笔》还开创了一种"新简练风格"，其特点就像绘画中的素描一样，对所描写的对象实行大胆的简练，将无谓的细节放过，注重突出整体的真实。文章短小精悍，语言凝练、幽默、隽永，内容充实丰富，耐人寻味。③日本占领期间《地下随笔》未能公开发表，直到印尼获得独立后才得以问世。随着小说的发表伊德鲁斯的名声鹊起，顷刻之间成为"八月革命"时期新散文的先锋。尤其他的"新简练风格"影响了战后新一代青年作家。

伊德鲁斯在"八月革命"时期继续短篇小说的创作，然而，他像对待日本的"大东亚战争"那样对待"八月革命"的民族独立战争。他站在个人主义的立场上冷眼旁观民族革命时代所发生的翻天覆地变化，看不到印尼人民在捍卫民族独立的战争中所表现出来的大无畏英雄气概和自我牺牲精神，而看到的却是革命的种种阴暗面，并热衷于对那些阴暗面加以冷嘲热讽。他的中篇小说《泗水》就是最典型的代表。1945年11月10日，代表盟国受降的英军向拒绝屈服和缴械的泗水印尼军民发动总攻，泗水的军民奋起抵抗，与英军展开激烈的巷战，给英军以重创。这就是震撼全国的"泗水之战"。这场战争虽然以英军得胜而告终，但它向全世界显示了印尼民族捍卫独立不可动摇的决心，同时极大地鼓舞了全国人民的斗志，泗水也因此赢得了"英雄城市"的美称。11月10日这个光荣的日子后来被法定为"英雄节"。"八月革命"初期这样一个可歌可泣的历史事件，在《泗水》这部小说里，却被伊德鲁斯描绘成美国西部电影里牛仔与匪徒的枪战，小说里看不到印尼军民英勇战斗的场面，

---

① 梁立基：《印度尼西亚文学史》，北京：昆仑出版社，2003年版，第631页。

② 同上，第587页。

③ 张玉安：《是现实主义还是自然主义》，载《东方研究论文集》，北京：北京大学出版社，1983年版，第236页。

没有英雄人物和英雄事迹，看到的是人性的扭曲。作者用大量笔墨描写从泗水向内地逃难的人群，他们一路只顾逃命，或互相倾轧，或被人敲诈，一幅幅令人触目惊心的逃难图，可以说是对"英雄城市"的嘲讽，所以遭到众人的非议。

荷兰文学评论家德欧曾赞扬伊德鲁斯的《泗水》"既符合伦理道德的原则，又无民族主义的自我吹嘘，甚至丝毫没有偏袒任何一方的迹象"[①]。事实果真如此吗？乍看起来作者似乎站在不偏不倚的立场公正地叙述和议论他所看到的一切，把"真实"付诸笔端。但真实有本质的真实和非本质的真实之别。"泗水之战"的本质真实是印尼民族拿起武器抗拒外来侵略者捍卫民族独立，是一场伟大的民族独立战争。这个本质的真实伊德鲁斯看不到，而看到的却是这场战争的非本质的真实，它的某些阴暗面，这和伊德鲁斯的个人主义立场和犬儒主义的创作态度是分不开的。伊德鲁斯后来又发表了一些小说和剧作，但没有一部是正面反映"八月革命"的。到了50年代，他在文坛上的地位和影响一落千丈，其作品不再受到人们的重视。

总之，"八月革命"时期烽火连天，物质条件很差，然而文学创作却相当繁荣，这是因为捍卫民族独立的战争不但激发了作家的创作热情，也提供了极为丰富的创作素材和取之不尽的创作源泉。"八月革命"时期涌现出一批很有才华的年轻诗人和作家，他们异军突起，以全新的面貌活跃在文坛上，他们的作品具有"八月革命"的时代印记，代表了这个时期文学创作的主流。

六、日本统治时期的马来文学

二次世界大战前夜，马来文学已经走过了灿烂多姿的古典文学阶段和新旧交替的近代文学阶段，正蹒跚起步进入追求民族觉醒的现代文学阶段。从19世纪末到20世纪30年代，马来半岛全境处于英国的殖民统治之下，当地社会发生了急剧的变化，马来族知识分子纷纷冲破封建制度的藩篱，寻求个性解放和民族独立之路。在文学创作方面，一部分知识分子开始借鉴西方与中东现代文学作品，迈出了改革马来文学的步伐，涌现了一大批题材丰富、样式各异的优秀作品。随着太平洋战争的爆发，英属马来亚、新加坡、北婆罗洲、沙捞越都相继被日本帝国主义所占领，从1942年2月至1945年8月的三年半时间，成为当地历史上最为黑暗的日本统治时期，各族人民饱受侵略者的欺凌和战争的摧残，马来文坛也遭受了沉重的打击。由于日本统治当局严格控制着文学作品的创作和出版，文学创作陷入了空前的低潮。马来文学创作者们在迷惘中徘徊，在痛苦中挣扎，经历了从迷失到觉醒、从沉沦到爆发的蜕变。

太平洋战争爆发之前，马来亚是英国的殖民地。英国在马来亚设有远东军司令部和东方舰队以控制远东的殖民地。由于马来亚盛产一些重要的战略物资，马六甲海峡又具有重要的战略地位，所以日本在偷袭珍珠港后就决定立即占领它，这样既可以取代英国人获得

---

① 张玉安:《是现实主义还是自然主义》,载《东方研究论文集》,第239页。

当地的控制权，进一步扩大自己的势力范围，又可以作为进入荷属东印度（即现在的印度尼西亚）的基地。1941年12月8日，就在珍珠港事件爆发之后次日，日军突然在马来亚北部吉兰丹州的哥打巴鲁登陆，守备英军大败。之后日军继续进攻，而英军由于缺乏足够的准备，再加上训练和装备等问题，多次败于日军。随后，日军沿马来半岛东西海岸分两路迅速向南推进。英军曾试图在柔佛州阻止日军前进，但未成功。日本陆军在海军配合下于12月31日占领关丹，1942年1月11日攻占马来亚首府吉隆坡。英军全线溃败，损失惨重，被迫于1月31日退守新加坡。至此，日军全面打败了马来亚的英军，从入侵到占领马来亚共经过了50多天的时间。

与此同时，马来亚共产党建立了自己的抗日军队"马来亚人民抗日军"，开始进行长期的抗日游击战，而这支队伍的主要成员和力量都是华侨。同时，马来亚人民还建立了马来亚的抗日组织"马来亚人民抗日联盟"，联合各种力量在城镇和乡村开展抗日行动，并采用多种办法声援和帮助"马来亚人民抗日军"的武装斗争。1945年8月15日日本宣布向盟军投降后，马来亚的部分日本占领军一时不愿放下武器投降。"马来亚人民抗日军"则继续英勇战斗，最终迫使马来亚的日军正式投降，取得了抗日战争的最后胜利。

日军入侵马来亚和新加坡之后，在当地建立了军政府，一方面残酷镇压抗日运动，疯狂掠夺战略物资，一方面加紧灌输"大东亚共荣圈"的思想，麻痹、分化当地人民。他们对待马来人采取笼络、欺骗的手段，继续承认马来亚各州苏丹的特殊地位，征集马来人为各级官员和警察，成立各种马来人的社会宗教组织。对待华侨则视为敌民，实行血腥统治，并且故意挑拨马华两大民族之间的关系。日军专门利用由马来人组成的警察部队来镇压以华侨为主的抗日队伍，并宣传"华侨掠夺马来亚财富"的思想，致使在战前尚能和睦相处的马华两族之间产生尖锐的冲突和对立，为战后民族矛盾的激化埋下了隐患。

日本统治时期的马来文坛状况

（一）迷失的文学家

在日本占领马来亚的三年半时间里，绝大多数的知识分子也同其他阶层的人民一样，不得不为了生存而挣扎、奔命，无暇顾及文化生活，更谈不上从事文学创作。因此，这一时期没有产生大部头的长篇小说和戏剧等，有限的文学创作以短篇小说和诗歌为主。由于日本侵略者在马来亚实行"分而治之"的统治政策，对马来人和马来文学采取了一定的宽松政策，这使得马来文学在日本统治时期尚可保留一定的生存空间，有限度地发出自己的声音。一部分马来作家被日本的欺骗性宣传所蒙蔽，把争取民族独立与日本的"大东亚共荣"联系在一起，尤其在日军初来乍到的时候，他们甚至急不可耐地投入日军的怀抱，把日军当成了帮助他们脱离英国殖民统治的"解放者"。日军到来之后，迅速释放了一批战前因参加反英政治活动而被捕的文学家，例如伊沙克·哈吉·穆罕默德（Ishak Haji Muhammad）、阿卜杜拉·卡梅尔（Abdullah Kamel）等人。被日军释放之后，他们投身日本军政府旗下报纸《马来新闻》(*Berita Malai*)的出版工作。阿卜杜拉·卡梅尔于1943年远赴日本东京,直到战后1947年才返回新加坡居住。此外,阿卜杜尔·萨马德·伊斯迈尔(Abdul Samad Ismail)也在该报扮演了重要角色。这些作家一边为报社工作,一边从事为日军歌功颂德的文学作品创作,在一个时期内沦为可悲的政治宣传工具。战后,马来西亚著名作家和文学评论家阿连那·瓦蒂(Arena Wati)在谈到这些作家时指出:"他们的确被当成了工具,这不仅仅是被迫而为之,也是时势所致。"[①]对于这些作家的行为,不能简单地视为投敌变节,而是因为当时时代的局限性和形势的复杂性,致使他们在乱局中迷失了自己的方向,天真地把民族独立的希望寄托在日本侵略者身上,而这种意识形态在当时的马来族民众当中曾经一度成为一种流行的倾向。

(二)畸形的出版业

文学作品的传播离不开出版物的承载,出版业的状况可以从一个侧面反映出当时文学界的状况。与文学界万马齐喑的状况相类似,这一时期马来半岛的出版事业在日军的高压政策和思想控制之下,也呈现出一片凋零的局面,只有屈指可数的几份爪哇文[②]杂志在日本军政府的庇护下得以出版。1942年,两份分别由日军宣传部(Senden Bu)下属机构"马来新闻社"(Malai Shinbun Sha)和"马来建设社"(Malai Kensetsu Sha)主办的杂志《亚洲精神》(*Semangat Asia*)和《亚洲曙光》(*Fajar Asia*)正式出版发行。到1944年中期,"马来新闻社"接管了《亚洲曙光》的经营权,成为两份杂志的共同老板。日本统治当局的宣传部门还出版发行了日报《马来新闻》。到太平洋战争后期,为了扩大影响,这些报纸和刊物都改用了拉丁字母拼写的现代马来文。两份杂志主要用于刊载短篇小说,《马来新闻》也从1944年8月29日开始刊载短篇小说。毋庸讳言,大部分刊载其中的马来短篇小说都不可避免地沦为日本军政府当局赤裸裸的宣传工具。唯一值得庆幸的是,与在其他殖民地大力推行日语媒体有所不同,在马来半岛的日本军政府出于拉拢马来族、分化当地民众的需要,采用了马来语作为媒体用语。无论是古老的爪哇文还是采用拉丁字母拼写的现代马来文,马来语的使用在当地得以保留,马来文学以一种畸形的方式继续存在。虽然日本军政府也在马来亚大力推行日语教育,建设了一批日语学校,但其在当地的统治只维持了短短三年半时间,日语教育收效甚微,马来语作为主要媒介语的地位没有被动摇。

日本统治时期的马来短篇小说

(一)迎合侵略者的媚日小说

所谓"媚日小说",指的是那些为日本帝国主义涂脂抹粉、歌功颂德的短篇小说。由于日本军政府的把持和一部分马来族作家的迷失,媚日小说一度成为这一时期马来文短篇

---

① Arena Wati, *Cerpen Zaman Jepun* (Kuala Lumpur: Penerbitan Pustaka Antara, 1980), p.12.

② 爪哇文(Huruf Jawi)是一种用阿拉伯语字母拼写的马来语,进入20世纪后逐渐被用拉丁字母拼写的现代马来语所取代,日军推行爪哇文的目的是为了淡化英国在当地的影响。

小说的主流。这些小说的共同之处就是：借助东南亚人民反对西方殖民统治的情绪，把日本侵略军美化为亚洲人民的解放者，鼓吹"大东亚共荣"的思想，从而满足日军的宣传需要。其中的代表作是阿卜杜拉·卡梅尔的《赎罪》（发表于1943年6月）。该小说以日军进攻位于巴布亚新几内亚东部的萨拉姆阿（Salamua）为背景，虚构了一群来自新加坡、香港和上海的30岁以下青年人组成"亚洲志愿军"为日军冲锋陷阵的故事。小说的主人公割断了与恋人的情丝投身日军参加作战，只是为了实现"大东亚共荣日"。此外，这类小说还包括塔哈努丁（Thaharuddin A）的《放手宝石》（发表于1943年7月），该小说描绘了一位印尼青年阿米尔刚刚新婚五天就告别妻子投身日军，只因为他曾经被白人警察投入监狱而后被到来的日军释放，所以他立志要为"大东亚共荣"而牺牲自我。另外还有扎德兹里·扎伊努丁（Zadzri Zainuddin）的《幸福》（发表于1944年3月），该小说描绘了一位马来族青年扎穆哈里在《马来新闻》报上读到日本军政府在马来亚组建"义勇军"（Giyu Gun）和"义勇队"（Giyu Tai）的消息，其新婚妻子扎依娜布立即支持自己的丈夫参加"义勇军"的故事。小说中以肉麻的笔调借主人公扎穆哈里之口这样说到：

> "我这才明了了东条首相'终胜之年'讲话的含义，为此我们青年人的全部力量都要投入到实现那最终胜利的奋斗中去。"
>
> 在火车站，家人和亲友们都来相送，火车在人群的欢呼声中徐徐开动……万岁！万岁！！万岁！！！[1]

在太平洋战争初期，这类小说充斥于两本杂志当中，无论创作者是出于被迫还是自愿，都不能否认它们在客观上满足了日本侵略者的宣传需要。这些小说谈不上任何作者的个人风格，完全按照日本统治当局的需要而炮制，充满着虚假的感情和口号式的语言，不但毫无文学艺术性可言，而且在现代马来文学史上留下了不光彩的一笔。

（二）反映艰难时世的生活小说

随着战争的进一步升级，日本军国主义的残暴面目和侵略本质逐渐被正直的马来族文学创作者所认识，太平洋战争初期那类宣扬"亚洲是属于亚洲人的亚洲"、赞美"大东亚共荣圈"等题材的作品越来越少，而客观反映艰难时世的作品逐渐增多。甚至在日本统治当局严格控制的几份报刊上也出现了一些以隐晦的笔调揭露社会黑暗现实、批判日本军国主义罪行的作品。为了保证战争机器的运转，日本帝国主义在殖民地残酷压榨当地人民，疯狂掠夺战略物资，严格控制生活必需品的供给，给人民生活造成了极大的困苦。日本统治当局将大米等粮食物资大量征为军用，造成马来亚地区城市居民普遍粮食短缺。为了解决粮食匮乏的困境，日本军政府鼓励马来亚城市居民到广大农村地区去开荒种地，生

---

[1]　Arena Wati, *Cerpen Zaman Jepun*（Kuala Lumpur: Penerbitan Pustaka Antara, 1980），p.175.

产各种杂粮作物作为大米的替代品或补充品。日本军政府要求马来作家以几份报刊为园地，创作发表鼓动人们下乡垦荒的文章。于是，一些作家表面上迎合日本统治当局"去农村垦荒"的政策，暗地里却通过自己的作品披露出当时民不聊生的社会现实。例如，在短篇小说《建设新马来大厦》（发表于1944年2月）中，就出现了大量关于日本军政府当局要求节约粮食支援前线的对话，并且对老弱妇孺被迫从事农业生产的悲惨事实进行了客观的描述：

> 自从当局做出安排，让妇女们各尽所能都去干农活，种植代替米饭或者掺合到米饭中的杂粮，罗哈娜就竭尽全力去搜寻各种杂粮做成的食物和糕点……①

在萨马德·伊斯迈尔创作的短篇小说《木薯》（发表于1944年3月）中，作者以幽默诙谐却不无辛酸的笔调讽刺了日本侵略者给当地人民带来的"繁荣昌盛"：

> 以往城市居民不屑一顾的木薯，如今突然身价百倍，成为大家抢购的东西。近来，城里人，男的、女的、老的、少的都津津乐道起木薯来。大街上，人们手中拿的是木薯，胳臂夹的是木薯，肩上扛的也是木薯。乘车时车上看到的是木薯，回到家餐桌上摆的也是木薯，谁料在亲朋好友的宴席上吃的还是木薯。天晓得人们为何这般如痴如狂地迷上了木薯，连做梦也大声叫喊"木薯、木薯"……②

从这段生动的描写中我们可以看出，在日本统治当局的疯狂掠夺和严格管控之下，原来富庶安乐的马来亚城市生活已经一去不复还，居民们挣扎在粮食匮乏所带来的饥饿边缘，原来一文不值的木薯如今在富家小姐的餐桌上吃起来竟然如同"烤鱼"一样美味，这是因为在当时的市场上除了木薯已经找不到其他可以用来充饥的食物了。

（三）借古讽今的历史小说

当马来作家与日本侵略者的"蜜月期"结束之后，对统治当局的质疑和不满便开始流露于笔端。在日本军政府的高压政策之下，文学创作者们不可能在当局管控的报刊上发表现实题材的抗议性作品，便巧妙地借助历史题材来影射当时的社会现实，表达出一种隐晦的反思和抗议之声。这类作品的数量虽然不多，但在当时的历史条件下却体现了一种独特的价值。其中的代表作是阿卜杜拉·卡梅尔创作的《在杭·杜阿③国度里的爱》（发表于1943年9月），该小说以马六甲王朝的苏丹曼苏尔·沙阿时代（1459—1477）为背景，讲述了一个曲折悲惨的爱情故事。平民哈桑与法蒂玛相爱，贵族敦·阿布·巴卡尔以势压人横刀夺

---

① Arena Wati, *Cerpen Zaman Jepun*（Kuala Lumpur: Penerbitan Pustaka Antara, 1980），p.60.
② 王青：《马来文学》，北京：外语教学与研究出版社，2004年版，第95页。
③ 杭·杜阿是马来历史传奇中最著名的民族英雄。

爱，抢走了法蒂玛，并强行与之成婚。在婚礼上愤怒的哈桑杀死了敦·阿布·巴卡尔，之后不得不远走他乡避祸。哈桑离开之后，"罪妇"法蒂玛受到众乡里的歧视，生活难以为继，哈桑的哥哥卡西姆为了帮助她，决定娶她为妻。哈桑得知这个消息后，从避难的柔佛赶回来，与哥哥发生争斗。就在此时，埋伏已久的敦·阿布·巴卡尔的家丁趁机对兄弟二人发起攻击，哈桑兄弟联手抗敌，但终因寡不敌众双双身亡。10年之后，变成盲人的法蒂玛在孤独中颠沛流离，终老一生。临终之际，法蒂玛留下了如下的遗言：

"盲目的爱可以带来幸福，但盲目的爱也可以带来不幸与苦难。"

阿卜杜拉·卡梅尔后来在谈到自己创作这篇小说的初衷时说，他的意图是通过曲折的笔调来反思自己对日本的态度，他想用象征和隐喻的手法来表明，两个国家之间的关系就如同恋人一般，迟早会出现各种问题。[①]作为曾经的"亲日派"作家代表人物，阿卜杜拉·卡梅尔能有这样的认识，这体现出了他作为一个文人的自省。此外，这类作品还包括伊沙克·哈吉·穆罕默德创作的《他乡金雨》（发表于1943年2月），该小说以19世纪马来亚彭亨州苏丹阿哈马德时期为背景，描绘了以巴哈曼为代表的马来民族英雄与英国殖民者进行斗争的历史故事。小说中以克里佛德爵士为代表的英国殖民者打着"通商"的旗号，以武力胁迫彭亨州苏丹就范。苏丹阿哈马德倾听民意没有同意克里佛德的无理要求，马来亚人民在武将巴哈曼的率领下与英军展开激战，坚持了一年之后苏丹阿哈马德无力再战宣告投降，但巴哈曼断然拒绝了英国殖民者封其为"斯文丹[②]大人"并可割据一方的丰厚条件，不顾力量和装备上的悬殊落后，毫不屈服，坚持与英国殖民者战斗到底。这篇小说塑造了一位为了捍卫民族尊严和利益而与外来殖民者誓死抗争的勇士形象，赞美反抗，鄙视投降，风格与那些奴颜婢膝的媚日小说迥然不同，这体现了马来作家群体的民族意识开始觉醒，要求民族独立的呼声开始逐渐高涨。

日本统治时期的马来诗歌

与小说的沉沦和凋敝不同，马来诗歌的创作在战争期间一直呈现出繁荣的局面，这是因为诗歌的发表和传诵不必受制于书面媒体，而马来民族自古以来就有着爱好吟咏诗歌的传统。当时的诗歌，在形式上古今并存，有讲究韵律、格式的旧体诗，更多的是格律上自由奔放的现代诗。在内容上有宣传伊斯兰教宗教道德观念的，有歌颂纯洁美好爱情的，有反映人民生活疾苦的，但其中还是以呼唤民族觉醒、充满爱国情操的诗歌占绝大多数，这与处于战争动荡的年代人们向往和平自由的生活不无关系。[③]虽然在日本统治初期，由于受侵略者的宣传和蒙蔽，马来诗坛也出现了一些"欢呼解放"、歌颂"大东亚共荣"的诗

---

①　Arena Wati, *Cerpen Zaman Jepun*（Kuala Lumpur：Penerbitan Pustaka Antara，1980），p.13.

②　斯文丹（Semantan）位于马来半岛中部彭亨州境内。

③　王青：《马来文学》，北京：外语教学与研究出版社，2004年版，第93页。

作，但后期的诗歌创作却逐渐走向理性和激昂，犀利的诗句如同投枪和匕首，充满了对日本法西斯统治的不满和反感。"经过一时的激动和兴奋之后，日本法西斯统治下残酷的现实使他们逐渐冷静和醒悟过来了。他们对日本所宣传的'大东亚共荣圈'开始产生怀疑，过去那种对日本的急切期望消失了，而对民族独立的要求却变得越来越强烈。"①下面就是其中几首比较有代表性的作品：

    A. 生还是死——那是我们响应祖国的召唤
        高举民族解放的旗帜
        战斗的结局。
        我决不向敌人屈服
        只要热血还在
        我的躯体内奔流。
        为了祖国尊严而活着
        我虽死犹生。
        我活着
        就是履行
        保家卫国的神圣义务。
        我的誓言就是一把利剑
        它时时在保卫着祖国。
        我的鲜血
        将唤醒还在沉睡中的青年
        鞭策他们
        为祖国的永生
        履行自己的义务。

           ——《杭·杜阿的鲜血》，作者：沙里夫·苏卡尔（Sharif Sukar）

    B. 啊，我的祖国
        你美如锦绣
        无论我走到何方
        眼前都闪现着
        你的壮丽河山。
        我心中埋藏着一个心愿
        为了你

④ 梁立基：《印度尼西亚文学史》，北京：昆仑出版社，2003年版，第576页。

亲爱的祖国

我愿做个好男儿

献出我的一切。

不是为了争名利

不是为了求权势

只是为了祖国,

奉献我一颗赤诚的心。

即使要把我的灵魂

与躯体分开

我也仍要把你

亲爱的祖国支撑。

——《我的心愿》,作者:马苏里(Masuri S. N)

C. 衣裳褴褛,

身躯佝偻,

拄着拐杖,

沿街乞讨。

啊,命运

到底什么时候

才能改变?

真主啊,期待着您的恩赐。

风里来雨里去,

拖着疲惫的身躯,

伴着辘辘的饥肠,

迎接漫漫长夜。

睡在屋檐下,

枕着石头,

盖着露水,

忍着饥寒,

期待曙光到来。

——《穷汉的命运》,作者:苏乌德·拉希姆(Suud Rahim)

　　从以上这些作品可以看出,诗歌作为最具武器性的文体,以其饱含激情的语言,吹响战斗的号角,在战争年代的确起到了鼓舞民众斗志、反抗法西斯暴政的作用。从作品风格上来看，日本统治时期的马来诗歌深受印尼"新作家派"的影响。当时"新作家派"的著名诗人凯里尔·安瓦尔（Chairil Anwar）和阿米尔·哈姆扎（Amir Hamzah）的诗作成为了广大马来青年诗歌创作者们的楷模。这些诗歌在形式上比战前的马来现代诗都更进一步地摆脱了旧体诗的框架和束缚，喜爱采用西方现代派表现主义手法，更加离经叛道，更加自由化，也更加能够反映时代的风云激荡和巨大变革。

综上所述，在日本占领马来亚这片土地的三年半时间内，马来文坛经历了痛苦的蛰伏期和蜕变期。由于日本侵略者实行"分而治之"的政策，马来语言文学还能在一定的空间内继续存在和适度发展，但总体而言，它也远不及战前那么繁荣。除了一些慷慨激昂的抗日诗歌，这个时期没有留下太多值得称道的文学作品，反而出现了一批为侵略战争歌功颂德的媚日文学作品，这一方面是因为日本侵略者的欺骗、蒙蔽和压制所致，另一方面是因为马来族文学创作者们在一个较短的时期内还来不及认清日本帝国主义的法西斯侵略本质和真实意图，从而被侵略者所利用，沦为其政治宣传工具。战后马来西亚文学界很少对日本统治时期曾经撰写过媚日小说的文学家提出严厉的批评，就是基于这样的原因。无论如何，随着历史的一步步发展，正直的文学创作者终于走向清醒和觉悟，在太平洋战争后期已经出现了一些对日本统治之下人民困苦生活有所反映的作品和借古讽今影射社会现实的作品，相比于那些毫无文学价值可言的媚日小说，这两类作品的艺术价值和社会价值应该受到肯定。在日本法西斯当局的高压政策之下，一部分作者巧妙地利用侵略者创办的刊物对侵略者进行消极抵制和隐晦攻击，堪称难能可贵。在日本统治时期结束之后，更是涌现了一批控诉日本侵略者罪行的马来文学作品。总而言之，这个时期是一个特殊的历史时期，是马来民族进一步走向民族觉醒、追求民族独立的历史阶段，它培养了一批民族意识浓厚的马来族文学青年，这些青年们在战火中经历了迷失、磨砺和成长，成为了战后发展马来现代文学的骨干力量。太平洋战争一结束，马来亚人民就开展了轰轰烈烈的争取国家独立的斗争，随着政治运动的蓬勃发展，现代马来文学也进入了战后百花齐放的大发展时期，并对独立之后的马来西亚文学产生了深远的影响。

第二节　意识形态冲突与文艺观论争

一、印度尼西亚人民文协与"45年派"

1949年12月7日荷兰根据《圆桌会议协定》将"主权"移交给印尼联邦共和国政府，至此轰轰烈烈的"八月革命"遂告结束。"移交主权"后，印尼的局势依然动荡，殖民主义势力不甘心退出历史舞台，一方面通过傀儡帮继续搞分裂活动，一方面支持地方叛乱，扶植极右势力。在这样的背景下，印尼国内阶级矛盾不断上升，不满和失望情绪更加高涨，各派政治势力的较量日益剧烈。这时新中国的成立大大改变了世界的格局，给印尼的革命力量以极大的鼓舞。在国内外形势急转直下的情况下，印尼共产党从1948年"茉莉芬事件"的挫折中恢复过来，重新领导无产阶级的革命运动。为了动员群众和组织群众，重振革命士气，一部分左翼作家认识到需要有一个革命的文艺为之服务，于1950年8月17日成立了人民文化协会（简称人民文协）。[①] 人民文协是印尼现代文学史上第一个有组织有纲领的革命文艺团体，它提出"文艺为人民服务"的口号，把全国革命和进步的文艺工作者团结到自己的周围，形成从未有过的浩浩荡荡的革命文艺大军。

人民文协成立不久，便同以耶辛为代表的文艺思潮就"45年派"问题展开了激烈的论战。"45年派"是从"文坛派"改称而来。1946年11月以现代派诗人凯里尔·安瓦尔为首的青年诗人和艺术家在雅加达成立了"文坛派"。起初"文坛派"对"八月革命"还满怀热情和期望，他们的作品也反映了革命初期朝气蓬勃的新气象。但随着革命形势的不断恶化，他们越来越对革命感到失望和沮丧，受"普遍人道主义"和"普遍性文学"的影响也越来越深。1949年凯里尔·安瓦尔去世后，罗西汉·安瓦尔把"文坛派"改称为"45年派"，而凯里尔·安瓦尔便成了"45年派"的先锋。"45年派"这个名称一提出便引起激烈的争论。"新作家派"的老一代作家不承认所谓"45年派"的存在，认为他们只不过是"新作家派"的延续，并没有质的区别。50年代的左翼作家则认为他们没有资格采用"45年派"的名称，因为他们背叛了民族革命的原则。

究竟什么是"45年派"？ 是一个文艺组织，还是一种文艺流派？当初"文坛派"成立时并没有发表宣言，也没有提出自己的文艺纲领，其概念很模糊，没有一个科学的界定。在这种情况下，那些坚持"45年派"说法的人便于1950年2月18日发表《文坛派宣言》，阐明自己的文艺观点和立场。他们以世界主义反对民族主义，以普遍人道主义反对民族性和阶级性。"45年派"的坚决捍卫者文艺评论家耶辛说："'45年派'不服务于任何一个主义，但服务于涵盖所有主义好的方面的人道主义。"他还说："我试图以普遍人道主义作为特征来概括'45年派'的本质，而我所看到的也正是这样一个本质。"由此可见，所谓"45年派"已成了"八月革命"时期受西方资产阶级现代文艺思潮影响的"普遍人道主义"和"普遍性文学"的主要代表。[②] 所以，当50年代出现两种文艺路线斗争的时候，耶辛便成了代表革命文艺路线的人民文化协会的对立面，"45年派"的问题也就成了双方争论的第一个焦点。

关于"45年派"问题的论战实质上是无产阶级革命文艺路线与资产阶级"普遍性"文艺路线的第一次较量。人民文协的克拉拉·阿库斯迪亚在《致"普遍性"艺术家》一文中对耶辛的"45年派"论点进行较系统的批驳。他首先指出："一个人有什么权利使用'45年派'的称号，假如他自己没有积极参加战斗？"克拉拉认为"45年派"的先锋凯里尔·安瓦

---

① 梁立基：《印度尼西亚文学史》，北京：昆仑出版社，2003年版，第646页。

② 梁立基、李谋：《世界四大文化与东南亚文学》，北京：经济日报出版社，2000年版，第450页。

尔的大部分诗作"从内容上讲,不代表'45年派',因为他宣扬的是个人主义",而"个人主义的文学是排他性的,它不谈人民大众的生活,因而对资本主义无害,反而可以成为资本主义的代言人"。他承认凯里尔·安瓦尔"给文学带来了新的形式,与新作家派不同的新颖的形式,但凯里尔·安瓦尔带来的文学形式的革新没有涉及内容,只涉及形式而已。凯里尔·安瓦尔开始了文学作品在形式上的改革,这是他对印尼文学发展的贡献,然而凯里尔·安瓦尔同时也给我们的文学带来了个人主义和无政府主义,这是他不健康的一面"。总之,他认为"'45年派'没有把文艺当做武器去改善全体人民的生活,去实践和实现1945年独立宣言的要求",所以没有资格自称为"45年派"。[①] 而耶辛则把为人民大众的文学和反映工农斗争的文学视为"有倾向性的"、"为宣传服务的"和"服从政治的"文学,因而不具"普遍性"。他说"45年派"作家是"普遍人道主义"者,"他们反对的矛头主要指向一切的不公正,不管何人所为,不只对着一个民族,一个主义,而是对着人性的丑恶面,不管来自哪一个民族和哪一个流派。"

由此可见,有关"45年派"问题的争论已经超出一般流派问题的争论,它是两种对立的文艺路线的直接交锋。以人民文协为代表的革命文艺路线主张文艺为广大人民服务,要求表现劳动人民的生活和斗争,强调文艺的阶级性和革命武器的战斗作用。而以耶辛为代表的资产阶级文艺路线则主张文艺为"普遍人道主义"服务,要表现普遍的人性,反对阶级性和政治倾向性。

这两种文艺路线可以说泾渭分明,而且两者间的对抗和冲突随着国内政治斗争的激化而愈演愈烈。代表无产阶级革命文艺路线的人民文协,一方面受国外社会主义国家革命文艺思潮的影响,一方面受国内左中右三种势力政治斗争的牵制,成为政治斗争的重要工具。许多进步的作家,其中不少是"八月革命"时期的著名作家,先后都加入了人民文协,使人民文协迅速地发展壮大起来而成为当时最强大和最有战斗力的文艺组织。而那些坚持"普遍性文学"的作家则以耶辛为旗手,以他主编的《小说》月刊为主要阵地,继续与人民文协相对抗。进入60年代,随着国内政治斗争的尖锐化,文艺战线的火药味也越来越浓,双方都在加强攻势。1959年人民文协在梭罗召开第一次全国代表大会,强调:"政治没有文化还行,而文化没有政治则不成。因此,在一切活动中,我们的口号必须是:'政治是统帅'。"代表大会之后,人民文协发展得更快,全国都有其组织,会员达50万人,成为印尼历史上最强大的文艺大军。[②] 之后,人民文协继续开展文艺战线上的两条路线斗争,把反资产阶级文艺路线的斗争推向了高潮。

面对人民文协的强大攻势,以耶辛为代表坚持"普遍性"文艺路线的一批作家也于1963年8月17日发表《文化宣言》,以普遍性的文艺反对政治性和阶级性的文艺,以强调

① 梁立基:《印度尼西亚文学史》,北京:昆仑出版社,2003年版,第647—648页。
② 梁立基:《印度尼西亚文学史》,北京:昆仑出版社,2003年版,第653页。

自我和突出个人的"普遍性文学"反对为人民服务的人民文艺。所以其矛头主要是对准人民文协，因此人民文协也立即做出了强烈的反应，把"文化宣言派"当做主要的打击对象，集中揭露其实质和批驳其言论主张。《文化宣言》的发表把反对人民文协的力量动员起来，在军人势力的支持下，于1964年3月在雅加达召开了全印尼写作者大会并成立了印尼写作者联合会，准备向人民文协的文艺路线发起总攻。然而这个组织还没有来得及运作就被总统令所取缔。而人民文协和无产阶级革命文艺路线的胜利也没有维持多久，1965年9月发生"九·三〇事件"，右派军人上台，人民文协被苏哈托政权取缔，所有革命和进步的作家被捕而失去人身自由。从此无产阶级革命文艺路线从印尼的文艺阵地上消失了，而印尼两种文艺路线的斗争也暂告一个段落。

印尼两种文艺路线长达15年的斗争是政治较量在文艺战线上的反映。彼此的胜败是由政治斗争的结果所决定而不是文学艺术成就上互相竞争的结果。从文学创作来讲，尽管这个时期并没有出现有分量的佳作或可以引以为豪的作品，但印尼文坛还是呈现出了欣欣向荣的景象，掀起了印尼现代文学的一个创作高峰。

人民文协成立后，一方面展开反对以耶辛为代表的"普遍性"资产阶级文艺路线的斗争，一方面积极探索革命文学新的创作道路，提倡社会主义现实主义（后改称"创造性现实主义"）的创作方法，要求思想性和艺术性的完美结合，强调"有革命的内容和民族的形式"，把革命现实主义和革命浪漫主义结合起来，同时主张"普及基础上的提高，提高指导下的普及"，要求作家"下基层"体验劳动人民的生活，同工农打成一片，努力反映和表现他们的生活斗争和思想感情。人民文协的作家按这些要求去实践，他们的创作及时地反映革命斗争的现实，自觉地为现实的革命斗争服务。所以他们的作品一般比较紧跟形势，每当出现重大的政治斗争，必有相应的作品问世，及时反映那场斗争，发挥革命文艺的战斗作用。不少"八月革命"时期的著名作家，如阿斯哈尔、律怀·阿宾、普拉姆迪亚·阿南达·杜尔、乌杜依·达当宋达尼、鲁吉娅等也先后加入了人民文协。

人民文协时期，诗歌创作率先形成繁荣，涌现一些优秀的诗人，如塔尔达、班达哈罗、阿卡姆·韦斯比、阿南达·古纳、哈迪、里沙哥达、古斯尼·苏朗等。塔尔达常用笔名克拉拉·阿库斯迪亚，是人民文协的发起人之一，并首任人民文协的总书记。他的诗集《感物咏志》（1957）是贯彻人民文协文艺路线的第一部诗集。塔尔达在表现劳动人民的苦难生活和思想感情方面与人民文协以外的诗人有原则性的区别，他是站在劳动人民的立场反映劳动人民的生活和疾苦的。班达哈罗的诗集《来自饥饿与爱情降临的地方》（1957）是这一时期个人诗歌创作的最高成就，他以革命现实主义和革命浪漫主义相结合的创作方法集中表现了当时革命人民高昂的精神风貌和义无反顾的革命决心，在革命群众中间起了战斗号角的作用。这部诗集可以说是人民文协的政治宣言诗，由于艺术性高而受到好评，曾获1960年全国民族文化协商机构的诗歌优秀奖。此外，众多进步诗人还携手联袂，将个人的一腔激情汇聚成充满时代精神与民族热情的诗集，《米饭与茉莉》是这类群体性创作的代表。[①]

这一时期的小说创作后来居上。卓别尔的短篇小说集《逐日》，苏吉尔蒂·希斯娃蒂的短篇小说集《天堂在人间》，以及梭勃伦·艾地的中、短篇小说集《1926年火炬》与《来自流放地》，也都是所谓"创造性现实主义"的代表作，是当时革命人民的生活和斗争的真实写照，从不同侧面反映了劳动人民的现实生活和斗争。普拉姆迪亚这一时期尽管创作不丰，但其《南万丹发生的故事》与《铁锤大叔》也为这股热流推波助澜。

人民文协最著名的作家是巴赫迪尔·赛坎。他在文艺民主化浪潮的激励下，接连推出了《浪花与爱情》、《蜜之囚》、《火山下的红岩》等名剧。另外他也写短篇小说，其中《养老金》和《明天》曾获奖。老作家巴格里·西里格尔也发表过一部剧作《赛查与阿丁达》，取材于荷兰著名的人道主义作家慕尔达杜利的作品《马克斯·哈夫拉尔》，揭露19世纪荷兰殖民主义者对印尼人民的压迫和摧残。

60年代初加入人民文协的乌杜侬·达当·宋达尼后来也成为人民文协主要的剧作家。1962年他发表的剧作《再见，步入教的孩子》以及1964年先后发表的两部剧作《希·萨巴尔》和《希·甘彭》，都是以下层人民的苦难生活为题材，反映了普通大众的疾苦和悲欢。体现了人民文协要求将艺术生命植根于工农和劳动人民这一厚土沃壤中的特征。

总的说来，人民文协把"文艺为人民"当做自己的文艺方向，要求文艺表现工农和劳动人民的生活和斗争，要为革命的政治斗争服务，发挥文艺的战斗鼓舞作用，所以他们的作品一般比较短小精悍，政治色彩浓厚，像一把把匕首刺向敌人的胸膛。但由于人民文协的作家多半是在政治斗争的风口上进行创作的，受主客观条件的限制他们很难从事长篇作品的创作，因此创作成就不能不受一定的局限。人民文协以外的作家大多受西方现代各种文艺流派的影响，以各自不同的创作方法来反映他们眼中的社会现实。一些作家仍以暴露文学为主，如莫赫塔尔·卢比斯的小说《雅加达的黄昏》（1957）侧重于暴露雅加达社会的贪污横行和道德沦丧。德里斯诺·苏玛尔佐的小说《大宅》和《特殊文人伊玛姆》以揭露和讽刺一些文人的丑恶面貌为重点，也属于比较成功的作品。

50年代中后期，印尼文坛崛起一群青年，他们以阿育普·罗西迪为代表，自称为"最新一代派"。这些文学新人以其思想的激进及手法的创新，引起社会的注目。他们反对"45年派"的世界主义倾向，主张植根于本民族的土壤，把地区性的民族文化与世界性的普遍文化结合起来，创造出印尼自己的民族文化。这一派也不赞同人民文协的文艺路线，对印尼现代文学的发展颇有影响。

总之，"移交主权"时期，世界文艺思潮对印尼的影响主要来自两个方面，一是来自社会主义国家的无产阶级革命文艺思潮，一是来自西方资本主义国家各种现代派的文艺思潮。这两种对立的文艺思潮和国内左中右三种力量的矛盾直接影响了印尼文学在这个时

---

① 郁龙余、孟昭毅：《东方文学史》，北京：北京大学出版社，2001年版，第513页。

期的整体发展，具体表现为两种对立的文艺路线斗争贯穿了这一时期的始终，成为这个时期文学发展的主要特征。这是在国际国内特定历史条件下印尼文学发展史中的特殊篇章。

二、两种文艺观在战后马来文坛的交锋

20世纪50年代，在第二次世界大战刚刚结束不久的亚洲，一方面是各国人民的民族独立运动风起云涌，另一方面是本地知识分子如饥似渴地学习和吸收西方先进文化。躁动与不安是这个时代的特征，独立与革新是这个时代的呼声，马来文坛也不可避免地被卷入到这股时代的洪流当中。从二战结束到独立前夕这段时期（1945年8月至1957年8月），现代马来文学经历了一段狂飙突进式的发展阶段，"为什么而艺术"成为了当时文坛的焦点问题。年轻的马来作家们为此爆发了一场大规模的论战，形成两个阵营，一方支持"为社会而艺术"，一方支持"为艺术而艺术"。参与双方不但引经据典、唇枪舌剑地进行辩论，还笔耕不止、勤奋实践，创作出了一大批现代马来文学的经典之作。这场论战对马来文学后来的发展产生了极其深远的影响，奠定了现代马来文学的理论基础，造就了一批才华横溢的马来作家，其效果时至今日仍然清晰可见。

论战发生的历史背景

1945年8月，日本战败投降，由于在反法西斯战争中马来亚各族人民民族觉醒和独立意识不断增强，英国无法按其原定计划顺利恢复对马来亚的殖民统治，只得提出建立一个给予马来亚各族人民平等权利的"马来亚联邦"（Malayan Union），这一计划遭到了马来族的强烈反对。面对声势浩大的反对运动，英国不得不收回该计划，另建立"马来亚联合邦"（Persekutuan Tanah Melayu）取而代之，并借此恢复了对马来亚的殖民统治。1948年6月，重新站稳脚跟的英国殖民政府颁布紧急状态法，宣布马来半岛进入紧急状态，以法西斯手段镇压马来亚人民的反殖民主义斗争。所有左翼政党和群众团体都被宣布为非法，所有进步报刊杂志都被封禁，整个马来半岛陷入白色恐怖之中。在这一时期，英国殖民者实行了惯用的"分而治之"的伎俩，把主要矛头对准以华人为主的马来亚共产党，而对马来族则采用"笼络"的手段，这从客观上给马来族进步知识分子提供了相对宽松的活动空间。

文学是时代的一面镜子，这一时期的马来文学主要反映了上述历史背景，具有鲜明的时代特征。这一时期从事文学创作的大多数是那些积极参加反殖民主义斗争的知识分子。1950年8月6日，19位平均年龄不到30岁的马来族进步文学青年在新加坡成立了名为"50年代作家行列"（Angkatan Sasterawan 50，简称ASAS 50）的文学团体。该团体的主要宗旨是以语言和文学为工具去唤醒民众、教育民众，提高他们的政治觉悟，促使他们积极投入到争取国家独立、社会公正、生活安宁、国家繁荣的政治运动中去。ASAS 50从创建之初就非常注重发挥文学的社会功能，成员们以极大的热情探讨了新时期文艺的发展方向、创作道路及文艺理论等方面的问题。在讨论过程中，出现了两种截然不同的声音。以阿斯拉夫为代表的一派主张以革新落后的马来语言与文学作为革新政治、改造社会的途径，明确

指出文艺的功能就是为社会服务，在当时就是要为反殖民反封建、争取国家独立和社会公正的斗争服务。他们提出了"为社会而艺术"（seni untuk masyarakat）的口号。而以哈姆扎为首的另一派则反对将文学艺术作为政治斗争的工具，他们认为强调文艺的社会功能就必然导致它沦为政治宣传品而失去其艺术特征。他们认为艺术就是艺术，它的主要功能就是给人类以美的享受，因此针锋相对地提出了"为艺术而艺术"（seni untuk seni）的口号。于是，一场由于艺术观的碰撞和冲突而引发的论战开始了。

几个代表性人物

要想对这场论战有一个比较全面、深入的了解，首先必须对论战中的几位重要人物有所了解。首先对这场论战中处于风口浪尖上的几位现代马来文学家做一简单的介绍。

坚持"为社会而艺术"的主要作家：

阿斯拉夫是著名的马来语言学家和文艺批评家。他对现代马来文学的贡献，不仅仅在于创作、翻译了不少优秀的小说和散文作品，更在于他对"为社会而艺术"这一艺术观念的极力鼓吹给整个马来文坛带来了巨大影响。他是ASAS 50的第一任宣传干事，事实上也确实发挥了巨大的宣传作用。在这场论战中，他先后撰写了数十篇文章（包括论文、随笔、评论和杂文），详细而系统地阐述了他对ASAS 50的创作道路以及新时期马来文学改革方向的看法与主张，成为"为社会而艺术"一方当之无愧的旗手。正是由于他不遗余力地推介、阐述并发扬"为社会而艺术"的文艺观，才使得这一"舶来"的理念迅速被马来文坛和马来社会所接受，从而使"为社会而艺术"的一方在这场论战中始终占据上风和主流地位并最终大获全胜。

克里斯·玛斯是ASAS 50组织的第一倡导者和发起人，也是现代马来文学史上举足轻重的人物。他的文学成就主要体现在短篇小说这一创作领域。在他的文学活动中，终其一生都在坚持不懈地实践着"为社会而艺术"的文艺思想。他为现代马来文学创作了许多优秀的现实主义短篇小说力作，如《一个贵族的遗嘱》（1946）、《从瓜拉色曼丹来的小领袖》（1956）、《我们村的一排商店》（1965）等。他同时也是马来西亚国家文学奖的第一位获得者（1982），评委会对他的评价是："克里斯·玛斯是现代马来文学早期发展阶段的重要文学家和思想家。他对短篇小说这一文学形式在马来西亚的发展做出了巨大的贡献，他是马来西亚文坛的中流砥柱。他是现代马来文学几次变革的倡导者，他的创作实践为现代马来文学的发展奠定了基础，其作品质量之高、手法之细腻、语言之优美使其不愧为作家们的学习榜样和典范。"[①]

乌斯曼·阿旺是ASAS 50的组织者和领导者之一，他一生都在追求人类的平等和博爱，创作了许多富有战斗性的现实主义诗歌、小说和戏剧。人民大众是他最关注的对象，人道主义是他贯彻始终的精神。最为难能可贵的是，他没有像许多马来族作家那样陷入狭隘的民族主义，而是始终不渝地坚持呼吁民族团结，化解种族隔阂，甚至在马来西亚

---

① A. Rabim Abdullah, *Koleksi Terpilih Keris Mas*（Kuala Lumpur: Dewan Bahasa dan Pustaka. 1995）, p.24.

国内反华气焰一度甚嚣尘上的年代挺身而出捍卫华族利益。他的诗歌主要收录在《波涛》（1961）、《刺与火》（1967）、《天边》（1971）和《问候大地》（1982）等诗集中。他在戏剧创作方面的成就也非常突出，尤其以歌颂富有反抗精神的马来传奇英雄杭·哲巴特的历史剧《一个英雄之死》，揭露官场贪污腐化、徇私舞弊的讽刺剧《肯尼山的客人》和批判封建等级制度、追求人性自由的爱情剧《乌达和达拉》这三部作品最为人们所称道。他的作品被译成英文、中文、韩文、法文、泰文、意大利文、俄文等十多种文字。他可能是马来西亚诗人中诗作被译成他国文字最多，并在国外成名的诗人。[①]

坚持"为艺术而艺术"的主要代表作家：

哈姆扎是这场论战中"为艺术而艺术"一派的领军人物。他从青年时代就在马来文坛崭露头角，擅长写小说，从战后到独立前夕这段时间共发表了200多篇短篇小说和6部中长篇小说。他也是ASAS 50的创始人之一，并担任该组织的第一任主席。在ASAS 50组织的成员当中，他是一位"多产的、活跃的、思想开放的文艺批评家"。[②]有趣的是，他虽然在文艺批评领域不遗余力地鼓吹"为艺术而艺术"，但在文学创作实践中却进行了现实主义的尝试，从不同侧面反映当时的社会现实。他最著名的长篇小说《那个家就是我的世界》（又名《私生子》，1951）描写一个马来贵族家庭的矛盾冲突，充满了错综复杂的人物关系和感情纠葛，小说情节跌宕起伏，文笔细腻优美，深受广大读者青睐。[③]该小说偏重写作技巧，文笔华丽，具有明显的唯美主义倾向，但同时也揭露了马来贵族道貌岸然的外表下冷酷无情、虚伪狡诈的阶级本性，深刻反映了上层社会的腐朽没落，具有一定的批判现实主义色彩。因此，笔者认为他的"唯美主义"多少有些口是心非。

罗斯玛拉是50年代马来文坛一位比较活跃的青年作家，他曾经积极参与ASAS 50的创建工作，并担任该组织第一任副秘书长，但不久因为不赞同ASAS 50所倡导的"为社会而艺术"的文艺路线而追随其好友哈姆扎一同退出该组织。他和哈姆扎一样极力提倡"为艺术而艺术"的创作观念，反对文学为政治服务。从1949年到1956年，他先后发表了《穿绿色衣服的女人》、《为圣洁的爱献身的茉拉蒂》、《年轻的画家》、《球台》等4部长篇小说和一些短篇小说。其作品大多以爱情和市井生活为题材，采用平铺直叙的手法，缺少对人物心理的刻画，流于平庸。代表作是带有自传体性质的小说《年轻的画家》。[④]他的这些小说从题材上脱离了当时如火如荼的反殖民主义斗争，淡化了作品中的政治色彩，以对"小我"世界的刻画逃避了尖锐的现实矛盾，带有明显的个人色彩。

论战的具体情况

这场论战从始至终与ASAS 50的命运密不可分，它发端于该组织的成立，爆发于该组

① 《马中友谊之歌——乌斯曼·阿旺、陈昊苏诗选》，吴宗玉译），Kuala Lumpur: Dewan Bahasa dan Pustaka, 2003.
② Sahlan. Mohd. Saman, *Tokoh dan Kecenderungan Kritikan Sastera Mutakir*（Bangi: Persatuan Penulis Selangor, 1999），p.11.
③ 王青：《马来文学》，北京：外语教学与研究出版社，2004年版，第143—144页。
④ 同上，第146页。

织的成熟，并最终导致该组织的分裂。

（一）论战的过程

在ASAS 50成立之初，成员们多是从事小说创作而不是文艺批评。后来，随着阿斯拉夫、克里斯·玛斯、沙默德·伊斯梅尔、乌斯曼·阿旺、玛苏里和哈姆扎等人的不懈努力，作家们以刊物《马来短剑》（Keris Melayu）为园地，使马来文学批评的创作出现了一个高峰。随着文学创作活动在深度和广度上的不断发展，"艺术为什么服务"成了当时青年作家们最热衷于讨论的话题。ASAS 50在这个问题上出现了针锋相对的两方。两派作家为捍卫各自秉持的艺术观撰写的文章大大丰富了这一时期马来文学批评领域的创作。

"为社会而艺术"的观点得到了ASAS 50中大多数作家，如阿斯拉夫、沙默德·伊斯梅尔、克里斯·玛斯、乌斯曼·阿旺、玛苏里、阿瓦姆·伊尔·萨尔卡姆和巴克蒂亚尔·贾米里的支持。这些作家的创作具有鲜明的目的性，思想性也极强，他们希望读者在阅读这些作品的过程中有所思考，有所领悟，从而唤醒读者心灵深处的民族意识。在这些作家看来，一部作品如果不具有社会功能，而是无意识、无目的的创作，那就不能算是成功。追根溯源，这一思想滥觞于19世纪欧美现实主义文学。首先，它把文学作为分析与研究社会的手段；其次，它以人道主义思想为武器，深刻地揭露和批判社会的黑暗，同情下层人民的苦难，提倡社会改良；第三，普遍关心社会文明发展进程中人的生存处境问题，表现出作家们对人的命运与前途的深切关怀。

这种创作思路和理论遭到了以哈姆扎为代表的一小部分成员的反对。这一部分作家信奉的是现代欧美文学中唯美派"为艺术而艺术"的理论，即对激烈的阶级斗争的恐惧和厌恶，对功利主义虚伪道德的愤慨，希望在超政治、超现实的艺术象牙塔中寻求安慰和满足。他们反对艺术服务于政治，反对艺术受制于金钱。既反对文学的政治功能，也反对文学的道德教化。于是，绝对的、至高无上的美，便成了艺术追求的唯一目标。[①]他们认为，只注重社会功能，否定文学的审美价值，把文学作品异化成政治宣传的工具，这必将导致读者在阅读这类作品时无法获得审美愉悦和内心深处的满足。他们把文学作为满足教育和娱乐需要的一种工具，强调满足审美需要的重要性。

在这场关于文学功能的辩论中，阿斯拉夫和他的支持者们的论文和评论大多刊载在《时代先锋》（Utusan Zaman）周刊和《宝石》（Mastika）月刊上，他本人连续撰写并发表了《ASAS 50的发展方向》、《寻找马来文学革新之路》、《文学的价值》、《马来新文学的理念》、《"为社会而艺术"的实质》、《改革中的幼苗》等一系列文章，笔锋所至，纵横捭阖，为在马来文坛推广"为社会而艺术"的理念大力鼓与呼。他们主张以文学为武器，希望每一位作者致力于创作为社会底层服务的文学作品；主张一切从现实出发，而不是建立在虚无缥缈的理论之上。他曾经这样说道："只有在以人民群众为创作对象时，艺术才具有了

---

① 郑克鲁：《外国文学史》，北京：高等教育出版社，1999年版，第346—347页。

至高无上的价值。"①

与此同时，以哈姆扎为代表的一方也毫不示弱，哈姆扎于1950年5月在《宝石》月刊上发表了《寻找马来文学的革新之路》一文，与阿斯拉夫展开正面交锋，随后又在《宝石》和《时代先锋》杂志上先后发表了37篇论文，进一步阐述自己的观点。哈姆扎坚决反对文学的社会功能，反对让作家成为某种政治宣传的工具。由于哈姆扎的支持者只是一小部分人，他的文章在ASAS 50的"主阵地"《时代先锋》和《宝石》上逐渐失势，随后他转战《娱乐》（Hiburan）月刊，继续阐述自己的见解。但由于种种原因，他的"勇敢"和"坚持"没能持续到最后，到后来他的论调慢慢发生了变化，采取了比较折中的创作态度，这从他的小说作品中就可以看出来。

显而易见，这场论战的双方并非势均力敌，ASAS 50的绝大多数成员都站在阿斯拉夫一边，而哈姆扎始终是少数派。根据当事人的回忆，阿斯拉夫在引述西方学者的观点时更加驾轻就熟、游刃有余，而哈姆扎只是坚持着自己的一家之言，缺乏足够的理论素养。②总而言之，在马来文学批评这一领域，ASAS 50居功至伟。在这一时期由ASAS 50成员创作的501篇评论文章中，有75%是讨论文艺的功能以及有关文学的转变、革新和发展等课题的。不可否认的是，在这场论战中，也存在着一种否定文学的审美价值的论调，这是ASAS 50的一个瑕疵和不足。

（二）论战的结果

"风乍起，吹皱一池春水。"这场关于文艺路线与创作道路的论战使得战后马来文坛一时风生水起、空前活跃，出现了前所未有的革新和创作高潮。但可惜的是，由于当时参与论战的作家大多年轻气盛，两派在辩论时都掺杂了太多的个人情绪和感情色彩，从而导致论战朝着非理性的方向发展，逐渐失去了纯粹性和纯洁性，最终演变为相互间的人身攻击，伤害了彼此的感情，也直接导致了ASAS 50组织上的分裂。1954年4月，主张"为艺术而艺术"的作家在哈姆扎和罗斯玛拉的率领下宣布退出ASAS 50，另起炉灶成立了一个名为"新一代马来写作者联合会"（Persatuan Angkatan Persuratan Melayu Baru）的组织。这个新的组织虽然打着"为艺术而艺术"的口号，但是并未能创作出具有一定数量和质量、能够体现这一思想观念的文学作品。由于指导思想的模糊和创作力量的薄弱，"新一代马来写作者联合会"在马来文坛被迅速边缘化，逐渐失去其影响力，进而销声匿迹。而主张"为社会而艺术"的一派，由于其理论和实践顺应了当时马来亚社会的要求，并且创作出了一大批高质量的现实主义文学作品，因而获得了马来社会的广泛支持。

论战的意义及对现代马来文学的影响

阿斯拉夫与哈姆扎及其支持者们关于艺术功能的这场论战具有浓厚的启蒙色彩，在

---

① Othman Puteh, "Isu-isu Signifikan dalam Kritikan Kesusasteraan Melayu," *Dewan Sastera*, (1999) p.44.
② AM Thani, *Esei Sastera ASAS 50* (Kuala Lumpur: Dewan Bahasa dan Pustaka, 1981).

马来文学领域产生了极其深远的影响。经过这场论战，马来作家们对于如何把握正确的文艺方向与创作手法、提高文艺理论修养等问题都进行了深入的思考。论战刺激了青年马来作家的创作热情，促进了现代马来文学的健康发展。在马来民族还没有摆脱殖民统治的时代，这场论战使得马来文学第一次走上了时代的前台，与整个国家和民族的命运紧密地结合到了一起。

经过这场论战，"为社会而艺术"的主张在马来文坛占据了主流地位，ASAS 50组织中的骨干分子成为了日后马来西亚文坛的中流砥柱，他们的意识形态和创作实践，左右了整个马来文坛的发展方向。直至今日，马来文坛的主流仍然是主张"为社会而艺术"的现实主义派作家。这些作家用马来语创作的大量文学作品，一方面极大地丰富了马来西亚现代文学宝库，另一方面也迎合了马来西亚执政当局积极推广马来语言文学、巩固马来语的"国语"地位这一基本国策。这是因为，在多元种族、多元文化背景下的马来西亚，马来执政精英与马来知识分子都一致地把文学当作能够启动马来语文以及建构国家文化的重要机制，这大概是"为社会而艺术"的文艺思想上升到官方意识形态的一种具体表现。马来西亚的第二任及第三任总理，直接促成了几个马来文学机构的成立，并且鼓励设立各类马来文学奖，如设立了"国家文学奖"，而这一代表马来西亚文学最高荣誉的奖项获得者，绝大多数都是那些走"为社会而艺术"创作道路的文学家，如克里斯·玛斯、乌斯曼·阿旺、阿·沙默德·赛义德等。这充分表现了官方对马来文学塑造国家身份（national identity）与构建主体民族意识形态作用的高度重视。[①]曾经担任马来亚大学校长的著名马来学者莫哈末·泰益·奥斯曼（Mohd. Taib Osman）就曾指出："在各种艺术门类当中，文学是建构国家身份的最重要机制：因为它所运用的是语言，即人类日常沟通的最高级形式；再者，在马来西亚，文学可以成为个人'社会化'的重要工具。"[②]如是观之，马来文学与国家政治有着千丝万缕的联系，是建构官方意识形态的最重要的话语机制，而这种把文学与社会，进而与民族命运和国家政治紧密联系起来的思维方式，正是发端于20世纪50年代那场著名的论战。

不可否认的是，虽然由于特定的历史条件和自身的缺憾，以哈姆扎为代表的"为艺术而艺术"一派在那场论战中始终处于弱势地位，但他们也为现代马来文学的发展做出了自己的贡献。作为"非主流"的一方，他们用自己的声音和作品做出了勇敢的探索和有益的尝试，从而丰富了马来文学的创作，开拓了马来文学的发展思路。虽然他们的观点失于片面，但他们对文学的形式美和主体性的强调具有别开生面的参考价值。通过他们的努力，现代主义文学在马来文坛获得了一定的生存空间。尽管这种努力在50年代严酷的政治环

---

① 许文荣：《马来西亚政治与文化语境下的华文文学》，马来西亚：南方学院出版社，1999年版。

② Sohaimi Abdul Aziz, *Kesusasteraan Kebangsaan Malaysia dalam Alaf Ke-21*（Kuala Lumpur: Dewan Bahasa dan Pustaka, 1998）. pp. 73-74.

境下多少显得有些不合时宜，但他们播下的种子毕竟在后来的马来文坛发出了嫩芽：50年代中期至60年代初，马来朦胧诗派崛起，使马来新文学的现代主义精神初露端倪。1955年，马来诗人诺尔、阿明和加扎里发表了被认为晦涩难懂的朦胧诗，正式掀开了马来文学的现代主义思潮。70年代以后马来文坛出现的荒诞小说、超现实小说、新小说、非传统小说等名目纷繁的现代小说更是直接继承了"为艺术而艺术"的衣钵，成为现代马来文学领域里特立独行的一群。"一枝独秀不是春，万紫千红春满园"，文学是需要丰富性和多样性的，在这一点上哈姆扎一派功不可没，这使得他们同样有理由在现代马来文学发展史上占据不可替代的一席之地。

三、缅甸"新文学"运动

第二次世界大战波及缅甸，给缅甸人民带来了巨大损失和磨难。但同时，它也又一次拉近了缅甸人与时代、与世界的距离。战后世界两大阵营的形成，西方各种资产阶级思潮和无产阶级革命思潮的对抗，缅甸社会关系的变化和重组，必然对文学产生巨大的影响。战后初期，缅甸文坛呈现一派复苏景象。各种杂志刊物如雨后春笋，几乎平均每天有一部新书出版。人们在经历了三年战争的窒息后，精神上的饥渴丝毫不亚于物质生活上的窘迫。战争的经历，国家、民族、个人命运的变迁，使一些作家的人生观和艺术观都发生了显著变化，在对社会现实和民族前途命运的冷静思考中浪漫主义热情在向现实主义归趋，现实主义精神得到了深化和张扬。阶级性和人民性成为该时期衡量文学作品的一个重要尺度。

1946年12月4日，达贡达亚（1919—　）创办的《达亚》①杂志出版，率先喊出了"新文学"的口号。达贡达亚战前就读于仰光大学英语系，是红龙书社、缅甸共产党、大学联合会、《孔雀之声》培养出来的进步作家，他亲历过1936年大罢课和1938年反英运动，与德钦哥都迈有过密切交往，又经历过二战、内战的磨砺。早在30年代，他就涉足政治，通过红龙书社阅读进步书籍，接受了社会主义思想和无产阶级革命思潮的影响。大学的专业又给他提供了广泛涉猎外国文学作品的条件，他在自传中回忆当时的经历时，特别提到了高尔基的《母亲》给他留下的深刻印象。这些履历无不对他文学观的形成产生重要影响，也是他战后提出"新文学"口号的思想基础。《达亚》《星》杂志的名称取"启明星"之意，昭示着即将出现的新文学曙光。达贡达亚为杂志第1期撰写了题为《新文学》的社论，指出"随着时代的发展，文学也应有所创新"，提出了创造新文学、复兴民族文化的口号。杂志不仅刊登具有新思想的文学作品和反映音乐、绘画、戏剧等艺术领域新观点的文章，还用大量篇幅介绍马克思列宁主义的文学观、别林斯基的美学理论、毛泽东的文艺思想。高尔基、鲁迅等无产阶级文学家的创作思想和作品也开始被介绍给缅甸读者。《星》杂志的读者群中，教师、学生、具有革命思想的青年知识分子和中产阶级占大多数。他们通过《星》杂志，不仅重新认识了浪漫主义诗人那信囊等缅甸古代诗人、作家，而且熟知了世界

---

① "达亚"为巴利文taya音译，意为星座，故《达亚》又译《星》。

文坛上很多著名诗人、小说家、戏剧家和音乐大师、绘画大师。从《星》的文字中，他们领略到艺术之美，也体味到现实生活。它不仅生动地反映缅甸人民的反法西斯斗争，也反映亚洲、非洲及全世界人民反帝反殖争取民族解放、建立社会主义制度、维护世界和平的心声。从那一时代走过来的作家对《星》杂志都深有感触，都会被其鲜明的革命思想所感染，被其新颖的艺术手法所吸引。一些革命知识分子和进步文学爱好者对杂志给予了极大关注和支持。实验文学领袖佐基、敏杜温和貌廷等著名作家都非常支持杂志，佐基称赞《星》在反映缅甸文化方面观点新颖，写作手法独到，是缅甸文坛一件令人鼓舞的事情，他说"《星》杂志努力满足缅甸人想了解熟悉世界文明和缅甸文明的需要，号召人们在政治时髦的时候不应忽略和忘记文明"；敏杜温则称《星》是"实验文学的再实验"；貌廷经常应约为《星》杂志撰稿，翻译外国文学作品。

与此同时，吴登佩敏在1948年1月《加尼觉》杂志独立节专刊上发表了题为《使历史倒退的作家》一文，针对文学界出现的消闲文学现象和"纯艺术"主张，点名批评了一些有影响的作家，言辞激烈地抨击了"为艺术而艺术"的资产阶级观点。文章指出："当代表垄断资本家利益的帝国主义旧势力与反帝民主力量处于对抗情况下，进步的文学就应该站在反帝民主力量一边。"吴登佩敏的文章在缅甸文坛引起了轩然大波，一场有关文学创作目的的大辩论就此展开。

翌年9月，吴登佩敏又就这场辩论，在《同志》杂志上发表了《关于今日人民文学的种种问题》一文，确定了"人民文学"的概念。他认为："站在包括农民、工人、城市贫民、摊贩、职员和其他劳动人民在内的广大人民一边，在人民解放进步事业中起鼓动、组织作用的，或是在反对人民的敌人的斗争中起积极作用的文学便是人民文学。"吴登佩敏在文章中还强调了文学的阶级性问题。在两种文艺观的辩论中，"新文学"、"人民文学"、"社会主义现实主义"等概念开始被使用。而随着辩论和创作实践的深入，人们对新文学的认识也逐渐提高。

1950年2月出版的《新文学》杂志第1期指出："新文学应该是站在劳动阶级一边，批判当今资产阶级社会，反映群众革命斗争和群众生活的，不满足于当前社会制度的，向前看的进步的文学。"1950年5月，达贡达亚在《星》杂志停刊前的最后一期上发表了《新文学——产生与发展》的长文，全面深刻地阐述了他的新文学理论。指出新文学的核心是"为人民而艺术"，它包括新思想和新创作方法。新思想即批判资本主义制度、反映和表现工农大众和被压迫者的生活与斗争，新创作方法即能够反映新思想的写作艺术（批判现实主义、社会主义现实主义）。他说，《星》杂志在组织和实践新文学的四年历程中与反动的让时代倒退的资产阶级思想作斗争，拥护并接受新社会制度的理论，反映人类历史上劳动人民大众的伟大作用，昭示文学的伟大任务，指出文坛中存在的问题并进行批判。因此，《星》在实践新文学的过程中起到了革命的、进步的、批判的、斗争的、革新的和建构科学理论的多重作用。不难看出，新文学明显受到苏联文学和中国文学的影响，在当时历史条件下，它代表着革命的、进步的文学。

在《星》、《加尼觉》、《同志》、《新文学》、《人民》等杂志和达贡达亚、吴登佩敏等著名作家的积极推动下，新文学运动轰轰烈烈地展开了。缅甸文坛一大批青年作家和诗人活跃在新文学创作活动中，除达贡达亚外，貌基林、八莫丁昂、貌奈温、林勇迪伦、妙丹、敏新、林勇尼、德钦妙丹、昂林、觉昂、杰尼等都在作品中大胆揭露政府的腐败、资产阶级的贪婪；描绘广大人民在资本家、地主的盘剥下的痛苦生活；无情批判资产阶级社会所造成的一切罪恶。在后期作品中更多地揭露国内战争给民族带来的灾难，发出了停止内战、实现国内和平的呼声，在揭露、抨击、申诉、批判中流露了作者们的反抗要求。达贡达亚本人带头在《星》杂志上发表新诗歌和短篇小说。

当时在新文学运动内部关于文艺观的争论及批判斗争亦相当激烈，对达贡达亚本人及《星》的评价有赞扬、支持的，也有批评、指责甚至讽刺、诽谤的。达贡达亚主张现实主义文学，强调文学艺术的社会功能和教育宣传作用，但他的诗歌和小说风格多样，有充满革命豪情的，也有洋溢着浪漫和唯美色彩的。他的一些小说作品融入了诗歌风格，融音乐、色彩于一体，文字瑰丽绮艳，有时甚至带有欧化语杂糅的痕迹。正因此，他受到持激进"人民"文学观的昂林、貌南威、吴登佩敏等作家的批评，称他的"新文学"只侧重于形式的新颖，并没有阐明文学创作中最根本性的问题。说他高喊的"新文学"不过是"新词"、"新浪漫"的代名词，混淆了"人民文学"的概念。不否认在这些评价中有些批评是较为客观的，但有一点可以肯定，达贡达亚在新文学运动中的作用和对青年作家的影响不可低估。由于国内政治形势急剧变化及作家队伍内部争夺"新文学"创始人桂冠而造成分裂等原因，《星》杂志在创办四年后不得已而停刊。但新文学思想的影响依然存在，仍有大批青年作家在新文学道路上继续探索。

该时期重要的现实主义作家有敏新（1927—1986）、曼丁（1916— 1997）、昂梭（1926—　）、丁山、敏昂、韦林（1900—1979）、林勇迪伦（1917—）、杰尼（1922—1974）等。

曼丁笔下的农民形象哥坡龙（《哥坡龙》，1956）老实憨厚，安贫知命，世代生活在社会最底层，无论日本法西斯统治时期还是内战时期，首当其冲遭遇灭顶之灾的总是他们，反映了农民的生活境遇。

丁山的《庙祝吴漂蒂》是一篇别具一格的作品。庙祝在缅甸人观念中一般是寄居依附于寺庙、愚钝无能的人。而丁山笔下的吴漂蒂识字，精明，有一定阅历，还略懂一些科学知识，而且疾恶如仇。他通过暗中查访，以确凿证据让那些利用农民愚昧无知的弱点谋取私利者们的丑恶大白于天下，用事实真相让人们看清了那些长期束缚农民的可怕的陈腐观念、旧思想意识和令人发指的乡村落后习俗。

林勇迪伦的《渔民》短篇系列以渔民郭基纽、玛南恩夫妇为典型人物描写伊洛瓦底江三角洲央冬镇一带渔民的生活。渔产批发商勾结渔霸、高利贷主以远低于市价的价格一条不漏地收购渔民捕来的鱼，使渔民受到层层盘剥。渔家的女人成年累月跟船捕鱼，却喝不上一碗鱼汤，有的甚至孩子都生在了船上，有的渔民为了买到一张渔网甚至卖儿卖女。天灾人祸使渔民的生活惊心动魄又辛酸悲惨。反映了靠辛勤的汗水以捕鱼为生的渔民和靠渔民们捕来的鱼发财致富的渔行老板之间天壤之别的生活。

杰尼的《渔夫》（1958）则以渔民郭当盛为中心人物，如实反映了渔村的生产关系，描写了渔民遭受几层剥削，冒着生命危险从事在佛教国家里被认为是造孽的捕鱼生活的现状，以及渔民们对社会主义生活的向往。

吴登佩敏的《独立以后才……》（1948）、《一个三等摊位》（1951）、《划船断桨的韦盛》（1955）等短篇小说深刻反映了独立后的缅甸，由于社会性质没有得到根本改变，劳苦人民仍然处于被压迫被剥削的地位，没有真正的出路。《廉洁运动》（1957）通过贪污受贿的官员故设陷阱把小公务员作为垫背的事实揭露官场的黑暗。

达贡达亚的短篇小说《偷石油的人》（1950）描写缅甸独立前夕，被英殖民者解雇的油田工人因生活所迫不得不夜间偷石油以卖钱糊口。作品借孩子之口发出了"究竟谁是偷石油的人？！"的愤怒质问，表达了作者强烈的爱国主义思想和反帝反殖精神。

敏新的《在马路上》（1962）是一部短篇小说集，作者以自己在大街小巷的亲身经历和所见所闻的小事为素材，歌颂劳动人民的质朴、勤劳和高尚品德，同时反映他们生活的艰辛。该作品获得了1962年度国家文学艺术奖短篇小说奖。

现实主义强调真实性，要求按照生活的本来面目来描写，但并不是照搬和复制，而是经过了作家的主观思考和审美过滤，作家的价值观念、爱憎态度都渗透在叙述和描写中。敏昂、韦林都是以乡土文学著称的作家，他们通过作品让读者了解农民的生存状态和思维方式，有时也写城市贫民的生活。昂梭的笔下是上缅甸干旱地区，那里的德玛村、那里的乡俗和貌鲁拉们的酸甜苦辣。此外还有很多作家在新文学思想影响下揭露社会的不公和劳动大众的苦难哀伤，塑造了一系列栩栩如生的人物形象——工人、农民、海上渔民、狩猎者、养蜂人、驯象人、放筏工、艺人、司机、扒手等社会底层人物，创作出许多优秀的现实主义短篇小说作品。现实主义创作方法与战后缅甸的文化生存环境最为契合，其揭露性、批判性得到张扬，成为相当一个时期占主导地位的文艺思潮，而浪漫主义等其他思潮则在沉重的现实面前被民族责任和历史使命所包裹。

该时期诗歌创作也有了新发展。佐基的《在1948独立日》（1948）、敏杜温的《大花紫薇树桩》（1949）等在风格上较之战前的实验诗歌都有了明显的变化。战后诗人群中有实验文学运动时期就颇有影响的佐基、敏杜温、达贡达亚、努茵、敏友威、内达意等，也有战后崭露头角的八莫纽内、吞奈内、当内瑞、摩喜、吉埃、铁拉悉都、贡温等。他们中间大部分人沿着实验诗歌的创作道路继续发展，也有一部分人异军突起，另开一代诗风。这就是以达贡达亚、吉埃为代表的"达亚"诗派。"达亚"诗派因其代表性作品集中发表在《达亚》（《星》）杂志而得名。

达贡达亚在战后谈到诗歌创作时说过："缅甸在战争期间丰富了很多新经验，在新时期又遇到很多值得写的新事物。要将新内容创作成适应新时代的诗篇，就要创造新词汇和新结构。而新内容必须是反映贫困人民生活的，诗歌必须为人民而创作。"达贡达亚以这样的新诗歌观念引领了一场新的诗歌潮流，他写国内战争的废墟、罢工营地、工厂工人、城市边角的贫民区等，题材十分广泛。如反映反法西斯斗争的《三月革命》（1947）、《雾霭中的森林》（1950）、表达民族解放必胜信念的《民族》（1947）、《风暴中的诗歌》（1947）、《红星》（1947），歌颂罢工工人坚强意志的《山合欢树的见证》，支持进步文学的《主流》（1949）等。与实验诗歌最大的不同，是这些诗歌拉紧了与时代、与现实、与大众联结的纽带，直接反映人民的生存状态，表现缅甸人民反帝反法西斯，争取民族解放和独立的斗争，以现实主义为创作原则，其主导风格是贴近时代主流，内容单纯明朗，情调高亢激越，富于革命精神和战斗精神。

《三月革命》是达贡达亚的代表诗作。1945年3月27日缅甸人民发动抗日武装起义全面投入反法西斯战争，这是缅甸民族解放运动中具有重大历史意义的事件。《三月革命》即是以这一伟大事件为题材谱写的壮丽篇章。诗歌用写实手法再现反法西斯斗争岁月，用象征手法抒发革命豪情和对民族解放的必胜信念。夜色中秘密运送武器的小船，偷袭敌人据点的游击战士，掠过河面的枪声，月光下盟军空投的军事给养，还有燃烧的村庄、逃生的人群、疲惫的狗叫……一幅幅战争画面历历在目，而那划过地平线迅速笼罩天际的红色曙光，刷刷的落叶，三月里蓬勃的新绿，红叶背景上的白色蓟罂粟花，又无一不带有象征意义。整个诗篇犹如一幅黑白与彩色相间的画卷，又好像多种声音的交响，读它就像欣赏一部视听作品。

"达亚"诗派的新诗歌之所以在诗坛引起震动，并非仅仅因为它的革命性、进步性，这并不足以使它成为一个独立的流派，更重要的原因是由于它的丰富性和多面性。除表现现实斗争的题材外，新诗歌还有其另一面，即对内心世界、心理真实的艺术表现。如达贡达亚的《银船上的吻》（1946）、《错觉》（1949）等诗歌都借助了内心独白、梦幻等手法表现人的内心感受，在表现手法上迥异于以往的爱情诗，带有现代主义色彩。在这一方面与达贡达亚一脉相成，且倾向性更强的是女作家吉埃。

吉埃（1929— ）在战后曾师从印度人学习英文，1948年入仰光大学专修医科，50年代初弃医从文在仰光大学英语系任过助教，阅读了大量英美文学作品和西方文论。《幽灵》（1947）是吉埃的代表性诗作。《幽灵》表现一个渴望爱的少女在孤独的夜晚坐卧不宁、欲理还乱的内心情感，用幻觉构建起一个孤独、恐惧、忧郁、自卑的心灵世界。灵魂与肉体、虚幻的"我"与真实的"我"时而分离，时而重合，时而复沓，那个瞬息不宁的幽灵，忽而在老树下草丛里与"我"相遇，忽而又在房门口阳台上与"我"对视，一会儿蜷缩在冰冷的河底，一会儿停歇在山合欢树间，转眼又跪拜在佛祖前……作者用瞬间的视角变换、虚实结合的手法，将抽象内在的复杂情绪外化到一个个生动可感的具体意向上。吉埃的诗远离战争与革命，疏离时代与生活，精心营造一个建立在"自我意识"之上的个人情绪世界，被评论家认为是缅甸文坛最早的存在主义诗作，这在缅甸当时的时代氛围里是特立独行的。

达贡达亚、吉埃的诗歌表现出的现代主义倾向招致许多"人民文学"作家的抨击，说达贡达亚的诗歌是与"新文学"口号一起诞生的超现实主义文学。昂林发表文章首先肯定了达贡达亚的进步性，同时批评他过分刻意地追求"美"和虚幻的世界，标新立异，以致走上了脱离社会现实生活的歧途，是犯了文学上的幼稚病，而及时医治这种病的良药就是现实主义。对此达贡达亚保持了沉默。显然，达贡达亚在奉行现实主义的同时并不反对借鉴现代主义技巧和方法。他认为，反映新内容、新经历、新体验就少不了崭新的多姿多彩的新词汇、新创作方法和新格律。"达亚"诗派在诗艺上的创新主要表现在以下方面：

一是放松格律。达贡达亚认为，在编织起来的诗歌花朵中，格律不是花，而只是贯穿其中的线。当今已不是吟咏诗歌的时代而是通过印刷品看诗的时代，诗歌从听觉艺术变成了视觉艺术，因此听觉上的韵律没有传统诗歌那样重要了，不需要用格律来雕琢诗情，而要让诗情自然流溢，形成自然的节奏，内在的韵律。不能为了押韵而舍弃达意的好词，应冲破格律的束缚。诗歌形式以四言诗为基础，他说，"在反映时代的新内容和表达内心感受时四言诗是最有张力的一种诗歌形式"。"弓背越柔软越有弹性，射出的箭就越有力量。同样，四言诗正是由于自身的柔韧和张力使它至今强劲不衰"。达贡达亚的诗基本不使用严格的4-3-2押韵法，只押4-1、4-2、3-1、3-2韵，较为灵活。也不拘泥于四言诗的形式，如在一些诗歌中打破诗节尾句5、7、9、11的字数限制和尾句以动词结束的惯例而以名词收句，诗中运用随情绪起伏和感情急缓而自然流露的白话句等等。

二是创新词汇。为新诗创造新颖别致、内涵丰富的现代语汇，特别擅长运用一些富有音乐感、色彩感的词汇。一些源自缅甸古典文学的词或语汇，经改造后更增加了美感和时代感，很受读者欢迎。但也有个别新词直接译自外国流行作品，由于奇异前卫或不符合缅甸人的审美习惯而遭到非议。

三是丰富表现技法。达贡达亚和吉埃都对音乐、绘画有所涉猎，他们善于将音乐、绘画的一些表现技法运用到诗歌创作，在传统的表现技法中融入西方的美学元素，包括当时不为大多数缅甸人所接受的现代主义的表现手法。

"达亚"诗派的创新拓展了缅甸新诗的发展空间，使新诗变得更加丰富和成熟了。达贡达亚开缅甸自由诗之先河，回击了那些认为唯格律才是诗的守旧派和老学究们，也给了那些谈"韵"色变、裹足不前的人以勇气和力量。但同时也出现了一些文学青年盲目效仿趋新的现象，有的人盲目追随无韵诗道路，由于缺乏文学功底，使诗歌失去了应有的美感，甚至完全破坏了诗歌的美学要求。还有的人对吉埃的诗过于模仿，不得其精要，最后走上歧途。但无论怎样，"达亚"派诗歌丰富了缅甸新诗现代性的多面性格，作为现代诗坛的一支领潮的诗歌流派，为缅甸诗歌的现代化推进作出了卓越贡献。虽然《达亚》（《星》）杂志创办的时间并不长，但"达亚"诗歌留给缅甸诗坛的影响却是持久深远的，它不仅影响了战后一代人，也影响了整个现当代的缅甸诗人。达贡达亚对文学的社会功能和艺术形式的双重关注给其文学创作带来了一种张力，造就了他个人的文学成就，同时也奠定了他在文学史上的地位。

新文学运动作为缅甸文学现代性进程的一个有机组成部分，其文学新方向的确立和它所带来的艺术形式的革新都是不容忽视的。

四、泰国"文艺为人生，文艺为人民"创作思想

第二次世界大战后，世界形势的特点是以美国为首的资本主义阵营和以苏联为首的社会主义阵营的对立和斗争，反映在意识形态上，文学上也是两个堡垒，阵线分明。在泰国，当时有亲王室的《文学界》和《巴里查》杂志所组成的团体，有官方支持的"文学俱乐部"，创作的作品多为歌功颂德或附庸风雅，内容远离生活，政治观点与进步潮流格格不入，在读者中的影响不大。1950年，不属于上述派别的作家成立了作家联合会，他们讨论了作家的任务和责任、文艺的目的、文艺与政治的关系等重大问题，先后提出了"文艺为人生"和"文艺为人民"的口号。因特拉尤翻译了毛泽东的《在延安文艺座谈会上的讲话》，列宁、斯大林、高尔基、鲁迅等关于文艺问题的论文也被陆续介绍到泰国。文艺评论家班宗·班知达信、诗人乃丕、作家社尼·绍瓦蓬（1918—　）用历史唯物主义观点系统地论述了"文学艺术的源泉是人类的社会生活"，"社会生活决定了作家、艺术家的思想"，"文艺应为生活服务，是阶级斗争的一翼"，指出作家不应该仅仅是观察家，而要亲身参加斗争。他们用新的世界观和文艺理论评论了泰国古典作品和当代作品，产生了重大的影响。

"文艺为人生，文艺为人民"文学运动，其实质是无产阶级领导的进步文学运动，其作品既包括革命现实主义作品，也包括新的批判现实主义作品，如西巫拉帕的《后会有期》、《向前看》，社尼·绍瓦蓬的《婉拉雅的爱》、《魔鬼》，西拉·沙塔巴纳瓦的《生活的奴隶》、《人间悲剧》、《这块土地属于谁》，伊沙拉·阿曼达恭的《自由之歌》、《罪恶的善人》，素瓦·哇拉迪罗的《上帝》、《浴血的土地》，奥·差亚瓦拉信的《瓦比的半个月亮》，奥·乌达恭的短篇小说，乃丕、乌切妮、集·普密萨的诗，以及青年作家隆·拉狄万、杰·节达纳探、西·沙拉康、纳·布拉纳的创作等。这些作品以其崭新的形象，开辟了泰国文学历史的新纪元，使泰国无产阶级和劳动人民第一次有了自己的文学。

在"文艺为人生，文艺为人民"这场无产阶级领导的进步文学运动中，西巫拉帕（1905—1974）充当了旗手的角色。1938年銮披汶上台后，泰国政府加强了对文化界的控制，时任全国报业协会主席的西巫拉帕拒绝了銮披汶的笼络。太平洋战争爆发后，西巫拉

帕由于反对泰国政府卖国求荣、为虎作伥的政策遭到过逮捕。1947年7月，西巫拉帕作为一名政治学的学者去澳大利亚从事了两年研究工作，在那里他接触和研究了马克思主义学说和社会主义思想，目睹了工人运动，思想发生了重大变化。1949年2月26日，西巫拉帕回到泰国，出版了他和他夫人合写的在澳大利亚的考察记《我的见闻》，立刻投身到当时开展得轰轰烈烈的进步文学运动中去。1952年西巫拉帕以及其他一些进步人士以"在国内外制造动乱"的罪名被銮披汶政府逮捕，判刑十三年四个月。1957年2月21日逢佛祖诞辰两千五百周年被大赦释放。在被监禁期间西巫拉帕坚持写作，长篇小说《向前看》的第一部《童年》就是在狱中完成的，此外他还翻译了高尔基《母亲》中的一些章节。

西巫拉帕后期的作品有中篇小说《后会有期》(1950)，长篇小说《向前看》的第一部《童年》(1955)、第二部《青年》(1957，未完)，此外还有短篇小说、报告文学、政论、专题文章、演说和翻译等。《后会有期》写的是一个无所事事的泰国留学生勾梅在澳大利亚受到教育，走上了新的生活道路，立志献身于人民的故事。小说通过人物的对话，写出了"物产富饶，人民贫困，社会充满了剥削和压迫的非正义"的泰国现实，明确指出"只有社会主义才能解决国家的根本问题"。《向前看》是作者最后的一个长篇，是计划中的三部曲，但没有完成。第二部《青年》只写了十九章。《向前看》的主人公是一个来自穷乡僻壤的苦孩子詹塔，作品通过他的身世、他在瓦查林公馆和贵族学校泰威特·兰沙律书院的遭遇，以及他走上社会后的觉醒，再现了1932年泰国资产阶级革命前后的社会生活，真实地刻画了那一时期各阶层人物的思想面貌。这部作品把革命者放在历史的中心地位，把推动历史前进的人民群众当作小说的主人公，时代哺育着他们，他们也经受着时代的考验。这种对待历史、对待人民群众的态度是以前的文学作品所不具备的。

这一时期西巫拉帕在短篇小说的创作上也取得了很大成绩，这些作品，有的向青年提出了为谁学习、为谁服务的严肃问题，塑造了追求真理、毅然抛弃传统升官发财道路的觉醒青年一代的形象，如《新的道路》、《回答》；有的歌颂了劳动人民的优秀品质，揭示了谁养活谁的真理，如《帕罗姆老头》、《帮帮忙吧》；有的塑造了为新社会的诞生而去拆毁社会阶级高墙的叛逆青年的典型，如《那种人》。这些作品在1973年10月14日运动中成了青年的行动指南和生活的教科书。西巫拉帕在文艺理论上也有重要建树。他运用辩证唯物主义和历史唯物主义的观点，阐明了"文学是现实生活的反映"，"是受历史制约的"，作家应该重视"对生活的态度"，并且"寻求在那个时代所能寻求到的艺术手段和经验"，使作品更加完美，这对当时蓬勃兴起的进步文学有指导意义。西巫拉帕后期的作品从整体上把握住了时代的特点，他对腐朽事物的暴露是着眼于其必然灭亡的基点上，对新事物的歌颂是着眼于新事物必然战胜和代替旧事物这一历史发展的趋势上，这就使他的作品达到了一个新的高度。这些作品不但能给人们以艺术上的享受，而且给了人们以思想上的启迪、斗争的勇气和信心，对泰国文学界有划时代的意义。

在"文艺为人生，文艺为人民"的文学运动中，社尼·绍瓦蓬（1918—　）做出了杰出的贡献。他的长篇小说《婉拉雅的爱》（1950）和《魔鬼》（1957）是这一文学运动中的两部重要作品，特别是后者更是泰国50年代文学所取得最高成就的标志。社尼·绍瓦蓬进入外交部以后，大部分时间在驻外使馆工作，他耳闻目睹了法西斯暴行和欧洲各国人民反法西斯的可歌可泣的斗争，看到欧洲各国日益高涨的民主运动，于是，他的思想发生了很大的变化，从一位不断追求和探索的迷惘的作家变成了一位肩负历史使命的作家，他思想的这一巨变，具体反映在《婉拉雅的爱》这部长篇小说中。与四十年代以前的泰国文学相比较，《婉拉雅的爱》的内容是崭新的，在作者笔下，正面人物有了与以往不同的世界观、幸福观和爱情观，他们追求的是新的人生价值。作者在观察事物、塑造人物上使用了辩证唯物主义和历史唯物主义的方法，这就使这部作品和一般的批判现实主义作品在思想上区别开来。

如果说《婉拉雅的爱》是社尼·绍瓦蓬用新的创作方法初试身手的话，那么《魔鬼》却是把"文艺为人生，文艺为人民"文学运动推向了成熟阶段，它是社尼·绍瓦蓬的代表作，在深刻的思想内容和比较完美的艺术形式的结合上创造了一个典范，成了泰国现代文坛不可多得的佳作。《魔鬼》是一部具有强烈的反封建色彩的小说，是描写社会冲突主题比较深刻的成功之作。小说通过青年男女乃赛和叻差妮的曲折而动人的爱情故事，揭露了第二次世界大战后泰国的社会矛盾，刻画了反对封建势力的具有新思想的年轻知识分子，描绘了泰国农村的生活图景，歌颂了劳动人民互相同情、团结互助的高贵品质。《魔鬼》这部小说的篇幅不长，但反映的社会面很广阔，它从城市写到农村，从贵族写到平民，中间还有抗日斗争的插叙。由于作者掌握了洞察复杂事物的辩证唯物主义和历史唯物主义的科学方法，看清了人类社会发展的规律，加上作者的艺术表现能力，使他对封建势力和社会黑暗势力的攻击不但有切中要害、痛快淋漓的感觉，而且有横扫千军的磅礴气势，这是一般揭露黑暗的小说难以做到的。《魔鬼》代表了泰国50年代"文艺为人生，文艺为人民"文学活动的最高成就，把它列为泰国现代最杰出的文学作品之一是当之无愧的。

在"文艺为人生，文艺为人民"文学运动中，还有很多作家在反对专制、反对独裁、反对压迫、反对剥削、反对战争，争取民主和世界和平的旗帜下，写出了表达人民意志和感情的作品。如奥·乌达恭、伊沙拉·阿曼达恭、西拉·沙塔巴纳瓦和隆·拉狄万等。

奥·乌达恭（1924—1951）创作的作品虽然数量不多，但篇篇都是精品。他的笔触及了当时社会生活的许多方面，有城乡的差别，贫富的悬殊；有灵魂上的忏悔，也有父子的真情；有坚贞不渝的爱情，也有欲望和理智的冲突。他的短篇小说《在泰国的土地上》、《在解剖室里》、《查弄》、《黑色的本能》、《坟墓上的婚礼》等都是泰国现代短篇小说的名篇。

伊沙拉·阿曼达恭（1921—1969）是一位旗帜鲜明、对剥削阶级嫉恶如仇的作家。他和社尼·绍瓦蓬同时崛起于四十年代初。他的作品很多，长篇小说有《罪恶的善人》、《毁灭的土地》、《我是不会退却的》等，短篇小说集有《黑暗时代》、《圭俞博折翼记》、《哭与笑》、

《国家事件》、《自由之歌》、《各有上帝》等。伊沙拉·阿曼达恭的作品富有激情，他在作品中揭露黑暗，歌颂光明，嬉笑怒骂，皆成文章。

西拉·沙塔巴纳瓦（1918—1975）在他创作的前期，即"文艺为人生，文艺为人民"时期，是一位成就卓著的作家。他来自于社会底层，阅历丰富，熟悉人民的生活，这成了他创作的源泉。生活的困顿，又培养了他爱憎分明的感情。他的前期作品尖锐泼辣，富有讽刺意味。他著有30余部长篇小说，300多篇短篇小说，此外还有评论和剧本等。较有代表性的长篇小说有《这块土地属于谁》、《生活的奴隶》、《必须偿还的债》、《人间悲剧》以及《明天一定有朝阳》等。他的短篇小说构思巧妙，视角独特，意味深长，如《我所不认识的世界》、《在法庭上》、《在荒林里》、《已经晚了》等。

隆·拉狄万（1932—1974）是一位工人出身的记者、作家，他一生写了4部长篇小说和百余篇短篇小说，作品大多取材于劳动人民所遭受的压迫和不幸，与不合理的社会制度和社会现实相抗争，泰国的军事独裁统治被推翻以后，他的作品得到广泛的传播。在隆·拉狄万的笔下塑造的大多数是社会底层的人物，如农民、工人、司机、妓女等，题材大部分也很细小，但生活气息很浓厚。他关注农民，在《仇恨使他成为了大盗》中就写了受尽恶势力强取豪夺的农民在走投无路之际，儿子为父亲报仇的故事。个人复仇其实解决不了整个社会问题，但也反映了政府的腐败，社会矛盾尖锐、官逼民反的现实。他关注工人，创作的作品有《一个女工的秘密》、《等到明天黄昏》、《不再有明天》等。

1958年10月20日，陆军元帅沙立联合他侬上将、巴博上将发动政变，废除了宪法，解散了议会和政党，实行起比原来更加严酷的军人独裁统治，剥夺了人民的一切民主自由权利。他们封闭报刊，逮捕作家，查禁书籍，轰轰烈烈的"文艺为人生，文艺为人民"文学运动被镇压下去。进步作家人人自危，西巫拉帕流亡中国，直到逝世也有国不能归。社尼·绍瓦蓬侥幸逃脱了被逮捕的命运，但他的创作也被扼杀了。在创作上转变最彻底的是西拉·沙塔巴纳瓦。沙立政变后，他仍然写了大量作品，主要是媚俗的长篇小说，揭露黑暗，抨击社会的锋芒已不复见，内容多为艳情和打斗。一场轰轰烈烈的"文艺为人生，文艺为人民"文学运动被一次政变镇压下去，直到1973年10月14日大规模流血事件以后，这种进步文学才再次被青年所喜爱，现实主义文学才再次复兴。

第三节　现实主义文学的发展和繁荣

一、克立·巴莫的《四朝代》

克立·巴莫（1911—1995）以两栖学者的盛名享誉泰国政界与文坛。他出生于泰国中部信武里府巴莫家族，是国王的族亲。十五岁中学毕业后赴英国留学，获牛津大学哲学和政治经济学学士学位。归国后先后执教于法政大学和朱拉隆功大学。

　　提起克立·巴莫，人们首先想到的是他的著名政治家的头衔。自1946年竞选议员进入政界起，他长期活跃于泰国政治舞台，历任国会议员、议长、内阁部长等职，直至出任第三十七任内阁总理。1975年，克立·巴莫以总理身份率团访问我国，与已故周恩来总理签署了中泰建交条约，写下了中泰两国关系史上崭新的篇章，在政界名声大振。

　　克立·巴莫还拥有著名文学家的桂冠，自40年代末便以博学多才蜚声文坛。1950年，他创办了泰国发行量最大的报纸——《沙炎叻日报》，后又相继创办《沙炎叻周刊》和《超公月刊》。他的数量繁多的著述，体裁广泛，内容丰富，小说、戏剧、诗歌、文艺评论及翻译等无所不包，文学、艺术、语言、政治、经济、宗教及民俗等均有涉足。除此之外，克立·巴莫几乎每天都为报纸专栏撰稿，并担任电台专题节目主持人。

　　在克立·巴莫大量的著述中，最引人注目的，当推他的小说创作。以辛辣讽刺著称的短篇小说，早已为广大读者交口称赞，《殊途同归》《芸芸众生》《封建洋人》等长篇小说的发表，更在文坛上引起了一阵又一阵的轰动。然而，克立·巴莫最杰出的代表作，当属长篇小说《四朝代》（1953），这是一部现代泰国文学中最伟大的作品，奠定了克立·巴莫在文坛的领袖地位。

　　《四朝代》自1950年起连载于《沙炎叻日报》。小说刚开始发表，那引人入胜的情节，鲜明生动的人物便紧紧扣住了读者的心弦。作品刊载不久，就在泰国刮起了一股《四朝代》旋风，大有曼谷纸贵之势。不少读者投书询问小说内容是否真人真事，女主人公是否确有其人。许多人关心着女主人公的命运，焦急地等待着第二天的报纸。当写到女主人公喜结良缘时，有人寄赠礼品致以祝贺；当写到女主人公身怀六甲时，有人寄送水果表示慰问。更有人在研究了自己的家谱后，得出女主人公是自己家族一员的结论。还有人在考证了巴莫家族谱系之后，认定《四朝代》是巴莫家族史。泰国著名文艺评论家巴查·敦拉耶探指出："读者的欢迎标志着作品的极大成功，读者对作品中人物的种种猜测更是证明作品成功的鉴定书。"最后，克立·巴莫不得不在《沙炎叻日报》载文释疑：《四朝代》中"无一真实人物，无论是主人公珀怡还是其他角色，均属虚构"。他还指出：与演剧时虚拟假设的背景、有血有肉的演员相反，《四朝代》的故事背景完全真实，而书中人物却纯属虚构。一言以蔽之：真的舞台，假的演员。

　　让我们先看一下这个"真的舞台"吧。

　　19世纪末20世纪初，泰国经历着历史上从未有过的痛苦变革。自1855年英国迫使泰国签订第一个不平等条约起，西方资本主义涌入泰国，带来了一个又一个的灾难。国内经济每况愈下，人民生活苦不堪言，边民造反此起彼伏，封建统治摇摇欲坠。为了支撑风雨飘摇的王室政权，曼谷王朝五世王（又称拉玛五世）效法欧美，励精图治。他先后多次出访欧洲，在国内实施了一系列富国强兵的措施。然而，西方资本主义列强的目的，是使泰国殖民地化。他们不但在经济上疯狂掠夺，对领土也不断提出无理要求，强占了泰国的大片土地，索走巨额赔款。同时，随着资本主义文化渗入泰国并大肆泛滥，更在朝野上下形成了一股崇尚西方文化的潮流。五世王辞世后，六世王、七世王皆效法前贤，苦心经营，却仍然回天乏力，局势愈发不可收拾。1932年6月25日泰国发生政变，结束君主专制，实行君主立宪制。

《四朝代》反映的正是这一风云变幻的时代。作品以五世王中期到八世王末期（1882—1946）泰国上层贵族社会的生活为背景，描述了封建制度衰败、资本主义初兴的历史过程。而这一切，都是通过一个封建贵族家族盛衰兴亡的故事来加以敷演的。这个故事的主人公，就是作品中精心塑造的封建贵族妇女的典型形象——珀怡。

珀怡是侯爵之家的庶出女儿，10岁入宫服侍贵妃。宫廷生活使她饱受封建文化的濡染，成长为具有标准封建美德的少女。她美丽、端庄、娴静、善良，对主人的忠心耿耿博得了贵妃的青睐与宠爱，对他人的友好宽容赢得了众人的喜爱与尊敬。珀怡所处的特殊地位，使她目睹了宫廷内部的种种矛盾和斗争，察觉到封建制度日趋没落的端倪。她外嫁成为另一贵族家庭的贵妇人之后，仍与王宫保持着千丝万缕的联系并密切注视着王宫内发生的每一个变故。在这个泰国历史上最动荡的年代，作为泰国封建社会缩影的珀怡的家庭，也同样经受着一连串的冲击。贵族本家没落破败，兄弟姐妹潦倒沉沦，父亲颓然与世长辞，争权失势丈夫离世。发兵勤王浴血奋战的长子被捕入狱，获释后看破红尘遁入空门；鼓吹推翻王室，满腔热情奋斗的次子，面对纷纭变幻的政局陷入困惑；倜傥不羁、只善纸上谈兵的三子在事业中一事无成，客死他乡；崇尚西方、爱慕虚荣的女儿嫁给投机钻营、卖国求荣的新贵。而这个唯利是图的东床快婿，在珀怡病卧床榻时，竟然乘人之危高价兜售药品……在这接踵而来的打击面前，珀怡仍然顽强地维系着她那贵族家庭的门第。然而，坦然自若的外表掩饰不住她内心的困惑、迷茫、失落和悲伤。世事艰辛，病魔缠身，使她生活的勇气逐渐丧失。但是，每况愈下的王室与家庭回光反照的希冀，使她去意彷徨。最后，当她无限尊崇的八世王饮弹殒命的噩耗传来时，珀怡终于心力交瘁地离开了人世。

《四朝代》有两条主线，一条是珀怡出生的显赫之家，一条是宫廷，但都是通过珀怡的生活贯穿起来的。珀怡的父亲皮皮特身居侯爵，他锦衣玉食，终日无所事事，追求享乐。虽已妻妾成行，奴仆成群，但他并不满足。他治家无方、大权旁落。早已掌握了家庭经济大权的大女儿坤文为了巩固自己在家庭中的地位，用不断给父亲纳妾的方法排除异己，还将自己的仆人送给弟弟做妾以便控制他。在这个家庭里妻妾之间明争暗斗，奴仆之间互相倾轧，兄弟姐妹之间地位悬殊、势不两立，而争夺的中心是权力和财富。这里有阴险、贪婪的专制，有男盗女娼的败家子，也有压迫者和被压迫者。皮皮特去世前还可以成为家庭统一的象征，他一死，这个家庭便分崩离析。自以为得计的坤文虽然成了这个家庭的继承人，但她抵挡不住自己亲弟弟这个无赖汉无休止的榨取，最终家产被荡涤一空，昔日雄伟壮观的贵族之家成了一个贼窝，成了一个荒凉的晾衣场，若不是珀怡的努力，连这个宅子也保不住。

从这里我们不难看出，这个家庭是被内里蛀空的。

如果说小说对皮皮特这个贵族之家的没落是实写的话，那么作者对宫廷的衰微则是虚写的，它是通过一个侧面——与珀怡的生活紧密相连的一个公主王府的侧面来写的。在珀怡幼年之时，宫殿巍峨壮观，门前车水马龙，人们衣饰华美，礼仪盛大隆重，爱好的花样常常翻新，对西方的时尚趋之若鹜。但是经过几十年的沧桑，随着国家经济的拮据、革命的发生、王权的衰落，老年的珀怡看到的则是另一番景象：王宫残破荒凉，贵人已逝，十殿九空，宫女生活无着，成了被人忘却的遗民。作者虽然流露出"流水落花春去也"的怀旧情绪，但读者却从中可以看出这一趋势是不可逆转的。这是历史的必然，是一个时代的产物。

克立·巴莫在《四朝代》中，精心地塑造了珀怡这一不朽的艺术形象，赋予了活跃于真实历史舞台上的这一假演员以旺盛的艺术生命力，导演了一场波澜壮阔的历史活剧。作者在情节编排、人物塑造、结构设置、语言锤炼等方面倾注的心血，令人叹服，而在成功地运用"视点"这个为小说创作所特有的表现手法方面更是值得大书特书。

"视点"原为绘画透视理论中的一个术语，指画家观察的角度，是画家视线的出发点。作为小说表现手法之一的视点，是指作家叙述的角度，作家与故事的关系，以及选择何种身分充当故事的叙述人。根据在作品中叙述角度的不同，视点可细分为大视点与小视点、外视点与内视点、远视点与近视点等。

《四朝代》这样一部鸿篇巨著，洋洋洒洒，近百万言，描写了曼谷王朝五世王中期到八世王末期四个朝代半个多世纪，自王宫深院到民间闾巷，再到欧美诸国的广阔地域，从国王嫔妃、达官贵人到贩夫走卒等数十个人物。时间跨度不可谓不大，空间范围不可谓不广，登场人物不可谓不多。在创作时，既需要笔意纵横，大跨度广视角地展现社会变革，又需要精雕细琢，多侧面深层次地刻画人物内心活动。因此，仅仅使用一个固定的视点轮番扫描，难免顾此失彼，挂一漏万，是远不能满足创作需要的。克立·巴莫在这部作品中将大视点与小视点合理地配置，各取所长，拾遗补缺，最大限度地减少了描写的"盲区"。

所谓大视点，是指从事创作时，作者置身局外，俯视事态发展的全部时间与空间，以全知全能者的身份洞察一切，对事态发展进行客观的描述。运用大视点手法时，作者可以自由地编排情节，刻画人物，甚至直接出面分析人物的行动，解释人物的感情活动。由说书演变而来的中国传统小说以及欧洲文艺复兴时期的小说，基本上都属于采用大视点描述的类型。大视点描述范围较为广泛，特别是在表现大范围的社会生活时尤为适宜。

《四朝代》中，记录了五世王、六世王晏驾，七世王逊位，八世王遇刺身亡，六世王、七世王登基大典，导致君主立宪政体建立的1932年6月政变，二战中日本侵占泰国等一系列重大事件。在描述这些重大事件时，克立·巴莫选用大视点的表现手法，让作者从全知全能者的视点出发，进行客观的叙述和介绍。由于选择了能够统观全局的最佳视点，作品成功地将如此丰富的内容连成一气，贯穿成篇，使读者对事件的来龙去脉、发展过程有一个全面的总体的了解。

所谓小视点，是指从作品中具体人物的角度出发，描述在具体的时间和空间中所发生的事情。运用小视点时，作者让作品中的人物出面，直接叙述自己的经历和心理感受，从而更有力地感染读者。英国作家毛姆曾说过："当某人告诉你，他所说的事就是他耳闻目睹的亲身经历，你便会倾向于认为他对你所说的是实话。"因此，采用小视点进行叙述，与读者欣赏的心理更为接近，人物形象也显得更加真实。

作品以女主人公珀怡为主线，塑造了与之相关的大大小小数十个人物，编导了由这些人物演出的一幕幕错综复杂的悲喜剧。在对这些人物及事件进行描写时，作者隐身幕后，及时地转换视点，从女主人公珀怡的角度出发，娓娓道来。小说从珀怡10岁入宫起笔，以她心力交瘁离开人世终篇。这种以小视点记述事情发展过程的手法，使读者仿佛与主人公一起，在目睹芸芸众生的千姿百态，在体味人情世故的苦辣酸甜，在不同的年龄层和朝代一起生活，其情其景，感同身受。正如前面提及的评论家巴查·敦拉耶探所言：作品"复活了前一个时代的历史，把读者带回到那个动乱的时代。……作品给人以亲切感，生动的形象紧紧地抓住了读者。主人公一生中的痛苦与欢乐，悲愁与幸福拨动着读者的心弦，震颤着读者的情感。珀怡的不幸曾引出多少读者的眼泪，珀怡的如意又激起多少读者的欢欣"。克立·巴莫本人也说："有时写得入神，似乎书中人就在身边，指导作者如何下笔。"作者在描写具体人物事件时所使用的小视点的手法，确为写活人物事件的生花之笔、点睛之笔。

恩格斯于1888年致英国女作家玛·哈尔奈斯的信中指出：要"真实地再现典型环境中的典型人物"。这一精辟的论述，指明了叙事文学典型塑造中的核心问题。能否成功地塑造典型人物，是小说能否具有艺术生命力的关键所在。

所谓典型人物，是指在作品所展现的典型环境中形成的具有丰满、鲜明、独特的个性，又足以表现出一定历史阶段社会生活某些特定方面的本质和规律的人物形象。由于经历、教养、环境、遭遇等因素的不同，典型人物各有不同的思想感情、心理状态、习惯爱好、气质风度以及独特的修养、性格语言等。因此，要塑造好典型人物，在这些方面都必须花费一定的笔墨。其中至关重要的一条就是要开掘人物的心理，进行深入细致的刻画。克立·巴莫就是深知此中三昧的。他在作品中成功地塑造了珀怡这样一个典型人物，其中一条值得称道的经验，就是将外视点与内视点有机地结合起来，真实地揭示了人物心理活动的丰富性与复杂性。

视点的作用，主要可以归结为两点：一为叙述事物的发展过程，一为表现人物的心理活动。前者主要表现人物感官所感觉到的外部世界，即所谓的外视点；后者主要表现人物心理活动的内心世界，亦即内视点。

不少作家因袭传统模式，在进行心理描写时，往往先集中笔力叙述某一事件，然后再披露人物对此事件的心理反映。这样将外视点与内视点割离开来，把现实生活中本来是零乱、分散、若明若暗的心理活动，予以条理化、集中化、鲜明化。然而，这种描写心理的"保留剧目"流露出太多的斧凿之痕，难免造成形似神非、婢作夫人的现象。

英国女作家弗吉妮亚·沃尔芙指出：在生活中，头脑接受着千千万万个印象，就像无数微尘不断落下。作家的任务，就是要在万千微尘纷坠心田时，按照落下的顺序把他们记录下来，指出每一事物给意识印上的痕迹。克立·巴莫不法常可，摆脱前人的窠臼，将外视点与内视点巧妙结合起来加以运用，对人物内在精神世界进行传神的刻画，并进而为塑造典型人物服务。

且以小说中珀怡进宫的一段描写为例：

年仅10岁的珀怡跟随母亲进宫。这个从未离开过家门、尚未涉世的小姑娘突然进入皇宫，所见所闻，无不与她原来的经历迥然相异，形成强烈的反差，在其脑际刻下深深的印象。被珀怡误认为"寺庙"的金碧辉煌的皇宫，贴敷金箔不准踩踏的门槛，穿着泰国民族服装却又配戴着臂章的王宫女守门人，雍容华贵、仪态万方的贵妃，以及阍寺、掖庭、坤颖、皇语[①]等闻所未闻的话语。所有这一切都令她目不暇接，耳不暇听。然而，透过主人公的视点，这些毫无意义、貌似紊乱的画面缀接，都变得寓有含意了。这些画面又不断触发主人公的思绪，引起她种种复杂的心理活动。激动、惊奇、恐惧、欣喜，渴望、羞怯……作者既未游离于人物之外做客观表象的描摹，也未静止地描写人物心理活动，而是通过主人公的视点，一面反映出客观外界出现的纷繁万象，一面记录下人物对这一切的心理反应，并从这些反应中表现出主人公的性格内涵，进而活灵活现地描绘出主人公的个性形象。这些貌似杂乱无章的表现方法，实则蕴含着极为丰富的内容，酣畅淋漓地将珀怡塑造成形神兼备的"熟悉的陌生人"形象。

要想塑造好典型人物，必定要展示好典型环境，二者是互相依存互相制约的。典型环境，是指环绕着人物，影响人物思想性格的形成和发展，并促使人物行动的外部条件的总和，它包括时代氛围和具体场景两个方面。人物的典型性，固然离不开特定的自然条件、风情习俗和物质生活状况等，但对人物思想性格的形成具有决定意义的，主要是在特定的时代氛围下，人与人之间的关系和相互间的联系，以及由此造成的特定情势。环境，特别是具体、独特的人与人之间的环境关系，对人物性格的形成和发展具有最基本的制约作用。

作者在《四朝代》中，注意到典型人物与典型环境的关系，特别是对人物思想性格起决定作用的人与人之间关系的重要性，在描写人与人关系时，将远近视点两种手法穿插使用。或以近视点抵近观察，详描细写，或用远视点遥观远望，虚笔勾勒。这样，不仅在描写众多人物，即使是围绕某一人物进行描写时，都体现出重点与层次性。试以作品中对珀怡的小儿子奥德以及女婿塞维的描写为例。

---

① 阍寺，指宫中守门人。掖庭，指皇宫中嫔妃们的住处。坤颖，冠于贵夫人名前的尊称。皇语，宫廷用语。

作品对奥德采用"近——远——近"的手法，开始以近视点短距离进行工笔画式的原色写真，使其音容笑貌、举手投足皆跃然纸上，惟妙惟肖地托出一个留洋归来、满腹经纶、富有正义感却又无所事事的贵族青年的造型，同时也描摹了珀怡对小儿子的偏爱以及小儿子对珀怡思想上的影响。日后，奥德决定去南方开矿，闯一番事业，毅然决然地辞母远行。这时，描写从近焦转为远焦，奥德在矿山饱受挫折与磨难的情形通过书信等方式粗线条地勾勒出来，一个只善纸上谈兵的青年形象跃然出现在读者面前。而距离的拉开又将珀怡对小儿子牵肠挂肚的慈母之情从新的侧面加以描述。当视点再一次从近距离对准奥德时，这位原打算衣锦荣归的少爷已经变成了客死他乡的一堆白骨。在事业中一败涂地最后连命也搭上的奥德，使珀怡万念俱灰，生活的勇气丧失殆尽。

作品对塞维则是采用"远——近——远"的手法。开始以远视点进行大写意式的描写，使人对长袖善舞的塞维的卑劣行径如雾里看花，不甚了了。然而，当珀怡病卧床榻、急需用药时，塞维出现了。视点从远焦转为近焦，一个在岳母病重时竟然乘人之危高价倒卖药品的恶棍形象，出现在取景框里。假面蜕去，原来依稀朦胧的造型一下子变得纤毫毕现。对以后塞维逍遥法外继续作恶的描写仍然是用远视点的手法，但由于有了前面由远到近的视点转换，后来的远视点仍然能继续清晰地将塞维的劣迹暴露纸端。远近视点的交替使用对典型环境的描述起到了重要的作用。

二、普拉姆迪亚的四部曲

普拉姆迪亚·阿南达·杜尔是印尼独立以来最有代表性、最有成就同时也是最有声望的作家。他一生坎坷，先后两次入狱，时间长达近二十年，但艰难的人生道路、峥嵘的狱中岁月不但没有摧垮他的意志，反而把他磨炼成坚强不屈的战士，同时也把他造就成印尼"迄今为止最伟大的作家"。

普拉姆迪亚于1925年出生在中爪哇的一个小城镇布洛拉。父亲是一位民族主义者，母亲是虔诚的伊斯兰教徒，他们对孩子管教甚严，对其心灵的成长和日后的创作具有很深的影响。普拉姆迪亚17岁时在雅加达为日本新闻机构做打字员，从那时开始爱好文学。日本战败后，普拉姆迪亚即投身"八月革命"。1945年10月成为印尼国民军前身——人民保安队成员，奔赴芝甘北前线。第二年，他以中尉新闻军官身份参加著名的格拉旺—勿加西战斗，从事战地报道，开始创作生涯。普拉姆迪亚的整个创作活动大致可分三个阶段：一是"八月革命"时期（1945—1949）；二是从苦闷彷徨走向政治成熟时期（1950—1965）；三是文学创作的巅峰时期（1966— ）。

第一个阶段是普拉姆迪亚创作热情高涨的时期。他在这个时期写的长短篇小说主要反映"八月革命"的起落，描写革命烈火中出现的形形色色人物，从独立战士到时代渣滓，呈现出纷繁复杂的时代画面。其中《勿加西河畔》描写了"八月革命"初期热血青年如何响应祖国的号召参加著名的格拉旺—勿加西战役，是印尼文学史上第一部反映"八月革命"的文学作品，最早塑造了抗战爱国战士的形象。1947年，普拉姆迪亚到雅加达任自由之声出版社编辑。同年7月，奉命印发号召人民抵抗荷兰殖民军入侵的传单，被荷兰军队逮捕，投入狱中。直至1949年底"移交主权"前夕，他才作为最后一批政治犯获释。在殖民主义者的狱中，普拉姆迪亚迎来了他的第一个创作高潮。短暂的两年时间里，他克服巨大困难完成了三部短篇小说集：《革命随笔》、《布洛拉的故事》和《黎明》，计23篇；三部长篇小说：《追捕》、《被摧残的人》和《游击队之家》。

这些作品的主题和所描写的人物多半是从作者自己走过的人生道路上摄取的，都是作者特别熟悉和难忘的，因此写得真切感人。归纳起来可分为两大类：一类是作者的童年回忆，写童年时代家乡小人物的可悲命运，反映二次大战前印尼劳苦大众在殖民统治下过的苦难日子。另一类是以作者在"八月革命"烽火中的经历为基础，写他被荷兰兵逮捕的经过和狱中的煎熬，写他见到的战乱年代形形色色的人物以及他们的悲惨遭遇。这类作品反映了"八月革命"的一起一落以及人们复杂的矛盾心理。从中可以看到作者的民族主义立场和"普遍人道主义"思想经常处于尖锐的矛盾和对立之中，而最能反映这种矛盾和对立的是他这个时期的代表作《游击队之家》。小说的主人公萨阿曼是城市游击队员，他为了民族独立不得不牺牲自己的"人性"而去从事杀人。他先后杀死了五十多个敌人，还跟他的弟弟一起亲手杀死当荷兰雇佣兵的父亲。他感到自己罪孽深重，但为了民族独立，他没有别的选择。被捕后，他反而感到心中坦然，如释重负，因为只有死才能摆脱精神矛盾的痛苦，赎回失去的"人性"。所以当宣判他死刑时，他拒绝上诉请求赦免，甚至为他所感化的监狱长要放他逃跑时，他也予以拒绝。小说从萨阿曼被捕后展开情节，描写他的家庭在三天三夜里遭到毁灭的经过。作者通过这个游击队之家的悲惨遭遇着重表现了战争所带来的深重灾难和印尼人民为民族独立所付出的巨大牺牲。尽管对战争毁灭人性感到痛心，但作者认为这是争取民族独立所必须付出的代价，因此还是将民族独立置于人道主义之上。

普拉姆迪亚第一阶段的创作，以其重大的主题、激越的思想、鲜活的题材及可观的数量，引起社会轰动。它已基本显示出作家未来创作的政治倾向：坚定的民族主义立场和强烈的人道主义情怀。尽管这时的作品尚未达到艺术上的成熟期，但评论界已赞誉其小说之美为"普拉姆迪亚风格"。[①]

第二阶段是普拉姆迪亚生命的旺季，但却不是他文学创作的黄金季节。1949年底"移交主权"后普拉姆迪亚获释，但他出狱后所面对的社会现实是，百业萧条，贪污成风，为独立斗争作出巨大贡献和牺牲的劳动人民不但没有享受到独立的果实，反而生活越加贫困化。普拉姆迪亚对这样的现实感到非常失望和沮丧，对前途感到茫然和彷徨。这时期他的作品更多地描写被压在社会最底层的小人物的悲惨命运，暴露和鞭挞社会的丑恶现象，愤世嫉俗之情溢于言表。这时期最主要的作品是中篇小说《镶金牙的美人米达》（1953）和

---

① 郁龙余、孟昭毅：《东方文学史》，北京大学出版社，2001年版，第517页。

《贪污》（1954）（又译《诱感与堕落》）。

《镶金牙的美人米达》描写一个天真无邪的美丽少女米达如何被黑暗社会一步步推入火坑，揭示了社会罪恶对男女青年的毒化。《贪污》是普拉姆迪亚这个时期写的最有社会意义的作品，通过一个贪污官员的自白，向人们揭示一个人在歪风邪气的包围中，如何一步一步地陷入贪污的泥坑而不能自拔。其社会批判矛头指向官僚体制，通过政府一官员以权谋私、贪污腐化的堕落，抨击了现行的权力机构。

1956年普拉姆迪亚应邀到中国参加鲁迅逝世20周年纪念大会，新中国展示出的社会主义制度的强大活力使他开始扭转自己的政治倾向，回国后开始接近进步的文艺组织，在文学创作方面也开始了新的变化。1957年普拉姆迪亚发表《吊桥与总统方案》一文，标志着他摆脱前一时期政治彷徨和徘徊，结束思想苦闷，决心走上文艺为人民服务的道路。1959年加入人民文化协会之后，他有了新的认识、新的立足点和新的奋斗目标，更自觉地深入到劳动人民中间去了解他们的疾苦和斗争。这个时期他创作的作品更富有人民性与战斗性，摆脱了暴露文学的局限性，迈向更广阔的现实主义创作道路。

这一阶段的重要作品有《南万丹发生的故事》（1958）和《铁锤大叔》（1965），这是他第一次直接描写工农斗争的中篇小说。前者是以20世纪50年代初"伊斯兰教国运动"的叛乱为背景，描写贫苦农民和恶霸地主的生死斗争，在军民的通力合作下，通匪的恶霸地主终于被揭露出来而就范。后者是以1926年的第一次民族起义为背景，描写一位修鞋工人以大无畏的革命精神参加起义的经过，在弹尽粮绝之后他仍拒不投降，最后壮烈牺牲。

这个时期普拉姆迪亚最有分量的作品是长篇小说《渔村少女》，从1962年开始在《东星报》连载，1965年"九·三〇事件"后中断。据作者说，《渔村少女》是三部曲中的第一部，该三部曲在1962年均已完稿，可惜后两部在"九·三〇事件"发生时被毁了。[①]《渔村少女》通过一个渔村的贫苦少女嫁给城里的贵族老爷后所遭到的种种歧视和凌辱，从深层的社会文化角度揭露和批判了封建制度和封建传统观念对人性的摧残。尽管这一时期作家的创作实践尚未跟上其思想飞跃，但他的黄金创作季节已在酝酿之中。

第三阶段是普拉姆迪亚文学创作的收获季节，无论是质量还是数量，普拉姆迪亚这一时期的创作都达到了最高水准。1965年印尼发生"九·三〇事件"，普拉姆迪亚被捕，在相当长的时间内他从文坛上销声匿迹了。但14年之后，走出囚笼的作家向人民展示出他铮铮铁骨与不朽的思想。其实，在布鲁岛拘留营十多年的苦役生活中，普拉姆迪亚并没有停止创作，他克服了种种困难继续进行创作，先用口述给难友们听，有了条件之后再写成书稿，据说他前后创作的小说不下十余部。其中最杰出的是被命名为布鲁岛四部曲的长篇小说《人世间》（1980）、《万国之子》（1980）、《足迹》（1986）和《玻璃屋》（1988），而最长的小说是《逆潮》。

---

① 梁立基、何乃英：《外国文学简编》，北京：中国人民大学出版社，2004年版，第328页。

　　1979年底普拉姆迪亚获释出狱，第二年8月和9月《人世间》和《万国之子》相继正式出版，轰动了国内外文坛。仅一部《人世间》即在国内引起极大的反响，并被以最快速度译成多种文字，迅速传遍世界。在鹊起的赞誉中，有人认为这部小说"不会比那些荣获诺贝尔奖金的巨著逊色"，这部小说"将进入世界文学之林"。舆论界提名他为诺贝尔文学奖候选人的呼声越来越高，甚至著名的荷兰文学评论家德欧也认为，如果普拉姆迪亚的后几部小说仍能保持已达到的水平，那么对他的提名就应该"予以认真的考虑"。然而普拉姆迪亚博得一致好评的小说却被印尼的"新秩序"政府宣布为禁书，并禁止在印尼全境收藏和传播。1981年9月英国、荷兰等14个国家的28位作家联名写信给印尼新闻界，对查禁普拉姆迪亚的近作表示强烈抗议。[①]

　　普拉姆迪亚的四部曲之所以有石破天惊之功主要在于它内容上和艺术上的不同凡响。四部曲通过感人的艺术形象深刻地反映了1898年至1918年印尼民族觉醒的历史进程。像如此重大的历史题材在印尼文学史上还是第一次出现。

　　《人世间》是普拉姆迪亚"布鲁岛四部曲"之一，堪称作家整个文学创作的代表作。即使同这"四部曲"的其他三部相比，在思想深度与艺术水准上也高出一筹。小说主要描写印尼民族觉醒的萌芽阶段，通过对温托索罗这一印尼土著妇女坎坷命运和倔犟成长的描述，揭露了殖民主义奴役印尼的血腥历史，肯定了印尼人民反抗外来压迫的正义斗争，弘扬了爱国主义、民族主义的伟大思想。

　　小说的故事发生在1898年泗水附近一家荷兰人的大农场。主人公之一温托索罗14岁时被父亲卖给荷兰人、糖厂经理梅莱玛当"姨娘"。这是没有合法地位与婚姻关系的侍妾身份。温托索罗不屈服于命运的摆布，经过自己的勤奋好学和刻苦努力从白人主子那里学到了西方现代文化知识和管理技能，终于成为"逸乐农场"的实际掌管人。但她的儿子罗伯特向着白人父亲，自认为白人，瞧不起土著人。她的女儿安娜丽丝则向着母亲，自认为是土著人，乐于同土著人交往。另一个主人公叫明克，代表印尼新型的知识分子。他父亲是土著县太爷，他自己是当时泗水荷兰高级中学里惟一的土著学生。整个故事围绕着温托索罗姨娘一家的变化而展开。明克与安娜丽丝相爱，得到温托索罗姨娘的赞许，但遭到罗伯特父子的极力反对。一天，从荷兰来了一位叫毛里茨的年轻人向梅莱玛兴师问罪。原来梅莱玛在荷兰已经有了妻室，那个年轻人就是他的儿子。从那以后，梅莱玛便一蹶不振，丢下农场不管，整日在外过浪荡生活，最后在一家妓院里中毒身亡。法院欲加罪于温托索罗姨娘和明克，说成是土著人对白人的谋财害命，但因无确证而未果。明克中学一毕业就与安娜丽丝按伊斯兰教的仪式结婚，但他们的幸福日子不长。安娜丽丝的异母哥哥毛里茨向白人法院提出财产继承权的问题，同时援引白人的法律要求把未满18岁的安娜丽丝遣回荷兰归他监护，不承认安娜丽丝与明克的夫妻关系。明克和温托索罗姨娘为维护自身的

---

① 　梁敏和、孔远志：《印度尼西亚文化与社会》，北京大学出版社，2002年版，第182页。

权利进行了不屈不挠的斗争，他们向社会和伊斯兰教界发出强烈的呼吁，震撼了荷属东印度，甚至引起了马都拉人的武装暴乱。最后荷兰殖民当局不得不出动军警进行镇压，包围了"逸乐农场"，把他们两人软禁起来，最后把安娜丽丝强行遣返荷兰。

从以上的故事梗概中可以看出，这部小说并非一般的描写男恩女怨的爱情故事。作者在谈到这部作品的创作时说："故事本身是描写一个受压迫的妇女，她正是由于受到压迫而变得坚强起来。"又说："我只不过希望土著人被人踩在脚下时不至于被踩扁，不至于被踩成薄片。越是受压迫，就越要起来反抗。"这些话道出了作者在小说中所力求表现的主题思想。①《人世间》就是要向人们揭示印尼民族是如何被荷兰殖民统治者踩在脚下的，而他们又是如何越受压迫越要起来反抗的。印尼的现代民族觉醒就是从这种压迫和反抗中被激发出来的。

《人世间》不仅反映出普拉姆迪亚成熟的小说创作艺术，而且堪称20世纪印尼现实主义文学的典范。小说所展示的印尼社会，以爪哇为大环境，以19世纪末20世纪初为背景，这体现出作家对社会与时代本质的深刻理解。爪哇尤其是泗水，是印尼历史发展的窗口，是民族文化与西方乃至世界文化的接壤地，也是民族压迫导致的民族冲突的最前沿。世纪交替时期发生在这里的民族自觉运动，是现代印尼人民反帝、反殖斗争的序曲。《人世间》因此具有巨大的历史、社会容量。处于这典型的时代与社会氛围中心的，是温托索罗的"逸乐农场"。它是这段历史与当时社会的缩影，也是人物性格构成典型性的具体环境。在那里所发生的一切，与其说是家庭的矛盾和冲突，不如说是民族的矛盾和冲突更为确切。在这个家庭里，可以看到有一条不可逾越的种族界线把一家分成两个阵营：一个是以梅莱玛、罗伯特和毛里茨等为代表的白人殖民统治者阵营；一个是以温托索罗、安娜丽丝、明克等为代表的受殖民压迫的土著人阵营。双方围绕着爱情、婚姻、财产等而展开的复杂斗争，在一定意义上可以说是殖民地社会的基本矛盾在这个家庭里的反映和体现。在人物的塑造上，作者也下了很大的熔铸工夫，力求使每个人物都能代表一定的典型，同时又寓以一定的象征意义。温托索罗是作者用浓墨重彩刻画的中心人物，她不仅是"姨娘"的典型人物，也是印尼民族从长年的沉睡中开始觉醒的象征。明克是作者精心刻画的另一个中心人物，他既是一个具有民族自尊心、不愿低声下气的新型知识分子的典型，也是印尼民族在接受西方先进文化影响之后开始觉醒起来的象征。其他出场的众多人物也都带有一定的典型意义和象征意义，描绘出印尼民族觉醒前夕殖民地社会的众生相。殖民主义对印尼社会、经济、文化结构的改造，以及由此引发的各种冲突，通过这一家庭内成员间的矛盾、斗争，得到揭示，而且是深入到社会结构深层的本质性揭示。这种艺术见地与功力，在印尼文学史上是不多见的。②

①　梁立基：《普拉姆迪亚·阿南达·杜尔及其创作》，载《东方研究文集》，1982年版，第221页。
②　居三元：《禁锢十四年 新著震文坛——评印尼长篇小说〈人世间〉》，载《东方研究文集》，1982年版，第235页。

　　四部曲之二《万国之子》把描写印尼民族觉醒的历史画卷进一步向前铺展，呈现出更加广阔和纷繁的生活斗争画面。小说仍以泗水温托索罗姨娘的家庭为中心，但通过扩大主人公明克与外界的接触面，特别是与东方被压迫民族和国内被压迫农民的接触，把体现在明克身上的民族觉醒过程置于更加广阔的国际和国内的历史背景之下，从而烘托出象征民族觉醒的明克不仅是本国之子，也是万国之子这个主题。在这部小说里，可以看到描写的重点已从温托索罗姨娘转移到明克身上。这是历史的必然，因为在印尼民族运动史上首先揭开民族觉醒序幕的就是受西方教育的新型知识分子，而明克正是代表这个新兴阶层中最先觉醒的先驱者。

　　小说以安娜丽丝的死作为序幕，这象征着一个历史阶段的结束。从此明克将走出个人的小天地，到广阔的社会去寻找民族解放的出路。他如饥似渴地从东方其他民族的斗争中吸取营养来充实和激励自己。当时中国清末反帝反封建的民族民主运动给了他以极深刻的印象。在这里，作者成功地塑造一个代表清末革命志士的正面形象许阿仕，与《人世间》里代表华人腐朽落后势力的反面人物阿章形成了鲜明的对比。许阿仕的革命活动使荷兰殖民统治者和华人的反动势力惊恐万状，但却博得了明克和温托索罗姨娘的高度赞赏和同情，他们甚至不顾危险资助和掩护许阿仕的革命活动。明克和许阿仕的战斗友谊象征着两大民族在争取民族解放的斗争中从来都是互相同情和互相支持的。除了学习其他国家民族解放斗争的经验，作为贵族出身的新型知识分子，明克还必须深入了解自己的民族和人民，这样他的民族觉醒才会有坚实的基础。温托索罗姨娘带他回乡探亲就是为了给他补上这一课。其间有两件事给了他以极大的震撼和教育：一件是温托索罗姨娘的侄女苏拉蒂非同寻常的遭遇。她与当年的温托索罗一样，被迫嫁给糖厂的白人经理当"姨娘"，但她的反抗更加惊心动魄和可歌可泣，已经从消极反抗走向积极反抗。另一件事是当地农民的反对荷兰糖厂夺地的斗争，他们最后遭到了残酷的镇压。这两件事使明克认识到殖民统治和现代资本的罪恶本质，同时也使他了解自己民族的苦难和自己力量的源泉，这对他日后的斗争起了十分重要的作用。小说以梅莱玛在荷兰的儿子毛里茨前来接收"逸乐农场"的全部财产作为结尾，表面上是殖民势力取得了胜利，实际上毛里茨是作为被告出场的，受到了正义人民的审判。从此明克彻底离开"逸乐农场"，走上新的征途。

　　《足迹》向人们描述的就是明克如何开始走上新的征途，展示出更加壮观伟烈和激动人心的历史画面。如果说在前两部小说里的明克还处于民族觉醒的自在阶段的话，那么在《足迹》里他就已开始进入自为阶段了。整个故事的舞台中心从商业城市泗水转移到政治中心巴达维亚，从19世纪过渡到20世纪。这个转移具有划时代的意义，因为印尼现代民族觉醒和民族运动的起点正是20世纪初的巴达维亚。明克从自身的痛苦经历中，开始认识到唤起民众和组织民众去争取民族民主权利的必要性和重要性。小说通过充满传奇色彩的故事情节,步步深入地描述明克为唤起和组织民众所进行的不屈不挠的斗争。[①]

特别值得一提的是,在小说中作者以巧妙的艺术构思和高超的艺术手法把印尼民族运动与世界历史发展的潮流有机地联系起来,特别赞扬印尼和中国的优秀儿女在民族解放斗争中的相互同情和相互支持。小说里明克与华人姑娘洪山梅的结合不仅充满爱情的浪漫情调,也生动地表现了两大民族在民族运动中的战斗情谊。小说以明克被荷兰殖民政府流放外岛而告终,但这不是明克从事民族解放斗争的最后结局,更加艰巨和更加复杂的斗争还在后头。[②]

《玻璃屋》是四部曲的终曲,经过好长一段时间之后才得以面世。小说描写明克在民族运动初兴时期的战斗历程。为了唤起民众和组织民众,明克创办了民族报纸和创建了第一个民族政党,把星星之火点燃起来,逐渐形成燎原之势。荷兰殖民统治者对于印尼民族觉醒的兴起感到非常惊恐,他们绞尽脑汁,采取各种措施,要弄各种阴谋诡计,企图把它扼杀于摇篮。他们把整个殖民地变成一个"玻璃屋",使屋里土著人的一举一动都受到他们的严密监视。明克就是在这样险恶的政治环境下不屈不挠地进行他的民族斗争。

在"新秩序"时期,普拉姆迪亚四部曲的出版经历了非常艰难和曲折的过程。如此杰出的文学巨著竟然在印尼被列为禁书,无疑是一个时代的错误和悲哀。但是普拉姆迪亚对印尼文学的卓越贡献毕竟是谁也无法否认的,1995年他荣获菲律宾前总统麦格赛赛命名的文学奖,就是一个证明。一位评论家说:"普拉姆迪亚·阿南达·杜尔从印尼文坛上销声匿迹近15年后发表的第一部作品,证明他仍不失为印尼迄今为止最伟大的小说家。"[③]

总之,普拉姆迪亚·阿南达·杜尔是印尼现代文学最优秀的代表,20世纪印尼文学史上最重要的作家。他的创作为印尼文学赢得了世界性声誉。他走过的创作道路十分曲折,受到过不同文艺思潮的影响,一度曾被奉为"45年派"的代表作家,后来又被视为人民文协的主将。他创作的小说不但数量最大,质量也最高,展现了印尼独立后整个历史发展的进程,反映了印尼民族在殖民主义压迫下和争取民族独立的过程中所经受的种种苦难。可以说,在20世纪的印尼文坛上,没有其他作家的作品在反映时代本质的广度上和深度上能和普拉姆迪亚的作品相媲美。

三、缅甸长篇小说的丰富形态

1948年1月4日缅甸迎来了独立的曙光,揭开了民族历史新的一页。但新生的缅甸所面临的政治经济形势依然异常严峻复杂,国内民族矛盾和阶级矛盾日趋尖锐,内战频仍。这一充满坎坷磨难的社会历史进程和民族命运的重大变迁,不能不影响和驱动着文学内在成因的剧烈变化,使缅甸文学在重建中进入了一个崭新的发展时期。战争的经历和战后

① 梁立基:《印度尼西亚文学史》,北京:昆仑出版社,2003年版,第747页。
② 同上,第748页。
③ 梁敏和、孔远志:《印度尼西亚文化与社会》,北京大学出版社,2002年版,第182页。

日益紧迫的民族独立的时代要求及独立初期内战的严峻形势都丰富了创作题材，也激发了作家们的创作热情。在经过血与火的洗礼和生存情势的危迫重压下，缅甸作家对社会人生的观察更为冷静，思考更为深刻，对各种文学资源的选择、吸收、整合更为客观，生活经历和积累更为丰富，这些都体现于独立后缅甸长篇小说对现实题材的选择和对现实主义创作原则的坚持。

长篇小说区别于其他文学样式的基本点在于它铺展广阔社会生活的特殊艺术功能。不论创作观念发生怎样的变化，对广阔社会生活的描写始终是长篇小说生命素质中最为稳定的基因。独立后半个多世纪以来，缅甸长篇小说充分发挥了自身形式宏阔厚重的优势，以多彩多姿的艺术形态和风格，寻求多种表现力和折射力，多视面、多角度地反映了纷繁浩瀚的缅甸社会生活，塑造出各种各样的人物形象。

历史小说

继20世纪20—30年代缅甸文坛曾出现历史小说的创作密集期后，独立初到60年代前后，文坛再次出现了历史小说的创作密集期。除《铁与血》（1951）较早和《杜温那崩米地狱·杜温那崩米天堂》（1978）稍晚之外，其他有影响的作品均集中在1959—1970十余年中：《不再做亡国奴》（1959）、《敏纪瑞拉仰》（1962）、《蒲甘人》（1964）、《彬谬人》（1965）、《缅甸北部》（1966）、《情系瑞波》（1967）、《班瓦战线》（1967）、《誓死捍卫伊洛瓦底》（1969）、《勇敢的波欧达玛》（1970）等。

如果说，30年代历史小说创作热潮的出现更多是受了特殊历史时期社会环境、时代氛围的驱动的话，那么，60年代又一次历史小说创作热潮的掀起则更多体现了作家们对社会生活的现实主义思考。由于历史遗留和现行政策等方面的原因，缅甸自独立之后，民族问题一直困扰着缅甸社会。60年代以来民族矛盾进一步发展，民族问题更趋复杂，内战频起，给缅甸的社会经济发展带来严重不利影响。而同一时期，缅甸周边局势也动荡不安，战火不断。这种内忧外患的特定历史原因又一次激发了作家们的创作冲动，又一次驱使他们将创作视点聚焦历史，力图从历史中捕捉到某些与今天以至未来的重要联接点，并将它形象地表现出来，让历史与现实沟通。于是历史小说再次出现了一个创作热潮。这时期的历史题材小说是与战争题材、独立斗争史、反法西斯革命斗争史题材小说共同出现的，带有鲜明的现实主义特色。从创作者们的情况来看也有一些共同点。这批历史小说的作者基本上都是30年代前期出生，战后或50年代初期步入文坛，经十余年的创作经历，开始进入创作成熟期。如，德格多蓬内（1930—2002），1949年开始正式发表诗作，两年后开始小说创作，1959年发表长篇历史小说《不再做亡国奴》；敏觉（1933—1991），1950年开始在杂志上发表小说，1964年创作长篇历史小说《蒲甘人》，同类作品还有《勃固人》；纳内（1933—　　），1950年发表第一篇诗作，此后在各类期刊杂志发表文章、小说、评论、翻译作品等，1966年发表长篇历史小说《缅甸北部》第一卷，次年发表第二卷；钦瑞乌

（1933—　），摩诃瑞之女，1946年步入文坛，1961年发表反映革命史的长篇《我们的故乡》，1967年发表长篇历史小说《情系瑞波》；新彪遵昂登（1928—　），1951年步入文坛，1970年发表长篇历史小说《勇敢的波欧达玛》。另外，一些稍早期的历史小说家60年代也进入了创作多产期，如南达（1919—1982），继独立初期发表《铁与血》（1951）后，60年代后期又连续发表了《出征苍穹》（1967）、《血染孔雀旗》、《誓死捍卫伊洛瓦底》（1969）。还有《敏纪瑞拉仰》、《彬谬人》的作者韦林（1900—1979）和《妙瓦底战线》、《班瓦战线》的作者德格多南达眉（1922—1986）等。这些作家年富力强，思想敏锐，笔锋犀利，在对生活进行艺术概括时，他们的目光所追寻的已不仅是个别历史人物的足迹或某个事件过程的再现，而是站在时代和社会的基点上，在冷静的现实观照下回顾历史生活，从中寻求出深刻的历史教训和发人深省的生活哲理，将他们对现实的理解、对社会本质的认识、主观情感、政治观点及理想追求都寄托和熔铸于这些历史长篇小说。也正因此，60年代前后出现的历史小说较之30年代的同类作品，无论思想水平还是艺术水平都有了较大幅度的提升。

取材于历史的文学作品，都是作家现实意识和情绪的载体。缅甸历史小说作为历史文学的艺术品种之一，它所传递的社会意识不是单一的，而是丰富的，作家在其创作中理性意识的主导作用十分明显，民族意识、历史意识的体现尤为突出。在对一些典型作品的解读分析中，可以强烈地感受到理性的支配力量和不同文本中这些理性意识内涵的变化和差异。

《不再做亡国奴》是一部注入了强烈的民族意识的历史长篇，自问世后多次再版，并被搬上了银幕。小说以宏阔的场面展现了封建王朝末期缅甸宫廷内外的激烈纷争和社会生活面貌，以确凿的史实艺术再现了缅甸怎样从独立自主的国家一步步沦为帝国主义殖民地的惨痛经历，揭露了帝国主义怎样凭仗他们的坚船利炮和施展欺骗愚弄的政治手段一步步将缅甸这样一个弱小民族推入灾难深渊的黑幕。帝国主义者、殖民主义者在历史舞台上的丑恶表演和民族被奴役的屈辱历史激起当代缅甸人的强烈感悟和对现实的联想，民族团结、民族独立和不甘为奴的民族精神得到进一步升华。

在这部小说中，读者能感受到一种强烈的悲剧美学效应。"悲剧"概念是审美范畴的概念，它是能激起人们产生审美愉悦的一种悲剧性意识。悲剧概念的内涵是随着社会历史的发展而发展的。真正从美学范畴上最早确立悲剧性概念的独立意义的是黑格尔。他用矛盾对立的观点来说明悲剧性在艺术上能产生快感的根本原因。在其之后的悲剧理论中，在承认由冲突而导致悲剧性这一点上基本都沿袭了黑格尔的观点。但在19世纪末20世纪初出现的悲剧理论中，在矛盾对立的具体内容上则有多种阐释。其中马克思主义的悲剧观着重于从客观社会根源来揭示悲剧性的产生，认为悲剧性来源于社会生活中新旧力量之间的矛盾冲突，来源于具有社会必然性的经济、政治、观念的矛盾冲突。这也就是历史的必然要求与这个要求的实际上不可能实现之间的冲突。它使有价值的东西遭到毁灭，从而引起人们的惋惜、悲痛，激发人们的同情、深省。这一理论对文学创作产生了重要影响。缅甸历史小说中的悲剧意识，是在马克思主义悲剧理论广为传播的影响下和缅甸社会历史的特殊土壤上形成的。很多小说浓重的悲剧气氛与作品描写的历史事件的特殊背景有关。如《不再做亡国奴》、《瑞宋纽》、《班瓦战线》、《誓死捍卫伊洛瓦底》等等一些描写缅甸遭受帝国主义侵略由封建国家沦为殖民地国家的历史的作品都体现了这种强烈的悲剧意识。

《不再做亡国奴》所体现的悲剧意识是比较丰富的。在帝国主义与缅甸民族主义的对立中，在社会政治势力的矛盾斗争中，殖民主义、帝国主义非正义势力的强大，缅甸民族正义力量的弱小和被征服、被奴役，必然导致悲剧的产生。缅甸末代国王锡袍和王后被英军劫持、押离曼德勒王宫的民族耻辱的一幕将人们推向窒息感、哀伤感和绝望感的极点。而当缅甸人将悲痛和仇恨化作力量投入抗英武装斗争时，又给小说的悲伤氛围注入了壮烈、崇高和激越。这是《不再做亡国奴》所产生的悲剧美学效应。而贯穿其间的缅族民族英雄波妙吞之子波杜林与掸族登尼土司之女苏信乌之间的爱情线索更令小说情节荡气回肠，催人泪下。由于民族叛徒的出卖，英军包围了波杜林、波觉康队伍的驻地，在与英军浴血奋战中苏信乌饮弹倒下了。夜幕中，当苏信乌在波杜林的怀中慢慢闭上双眼时，一对历尽磨难的恋人的生死诀别，一段真挚美好的爱情的惨烈结束，再次激起人们强烈的悲悯之情。面对祖国沦丧、爱人阵亡，波杜林悲痛欲绝。小说将人物命运与国家、民族的历史沉浮、荣辱兴衰维系在一起，相互映衬，使小说的悲剧氛围更为浓烈。但是作者没有就此让小说结束。在结局篇，战友波觉康坚定的话语让波杜林从悲痛中清醒："过去的就让它过去，我们还要继续向前走下去。你看……纳茂上空闪烁的那颗星不正是我们的未来之光吗？"纳茂方向是缅甸抗英志士们开展游击战争的地方，它预示着以波敏仰、波欧达玛等人领导的上缅甸长达十余年的抗英武装斗争拉开了序幕。"未来之光"正是小说为悲剧氛围注入的希望之光。

历史小说通过描写历史人物和事件，再现一定历史时期的生活面貌和历史发展的趋势。历史舞台的存在是客观的，如何认识与表现活动在这一历史空间的人物，或者说选择和确认谁是这个历史舞台的主角，则要受到作家创作意识的支配了。在绝大多数缅甸历史小说中，君主帝王、皇亲国戚、文臣武将或有皇家血统的宫廷人物、历史人物等是当然的主角，当然的英雄豪杰。人民群众和平民百姓很少成为作品的主人公。而我们注意到，《蒲甘人》、《铁与血》等作品所体现的历史意识和视点投向则与一般历史小说有较大不同，立意有明显变化和差异。

《蒲甘人》的作者敏觉在小说前言中写道："我要努力表明这样的观点，历史的发展过程不是因帝王、英雄豪杰的个人行为而产生，而是取决于民众的意愿。同样我真诚希望通过作品表达任何国家和民族都反对侵略扩张、反对战争的强烈呼声和要求。基于这样的观点和愿望，我创作了《蒲甘人》。"正如作者所说的那样，小说中再现的历史不是某一个人、某一个集团的历史，而是人民群众的斗争史。13世纪那罗梯诃波帝王统治下的蒲甘时期，王朝日趋衰落，国内政局动荡、风雨飘摇，国外鞑靼军队咄咄逼近。小说塑造了这一历史年代一批誓死捍卫国家主权，英勇抗击外来侵略，富有勇敢精神、智慧和力量的农民英雄形象，歌颂了人民热爱土地、热爱和平、反对战争的美好愿望。它所表现的主题是巩固国家主权远比反叛或拥戴某一个帝王或统治者更重要。反对侵略、反对战争、要求和平不仅仅是一个国家一个时代的任务，而是每一个国家每一个时代的任务。

《铁与血》是战后缅甸历史小说创作的里程碑，它截取的历史年代与《不再做亡国奴》等一些作品基本相同，即19世纪后半叶缅甸末代国王锡袍登基前后至封建王朝崩溃之初的一段时期。所不同的是，《铁与血》重点落笔普通人的生活，通过普通人的命运折射出缅甸从封建到半封建半殖民地再到完全殖民地化过程中整个社会的激烈动荡。小说主人公貌纽和貌梭两兄弟是普通平民的儿子。兄弟两人个性突出，哥哥粗犷豪爽、武艺超群，广交朋友，一把大刀走天下；弟弟冷静睿智、文才出众、外柔内刚。哥哥疼爱弟弟，弟弟敬重大哥。二人的性格合一，正是作家心目中理想的民族性格。当貌梭出于侠义助人却无辜卷入有外国势力参与的宫廷政治旋涡而身陷图圄被害致死后，貌纽就下决心为兄弟报仇，表现了坚强不屈的民族正气。《蒲甘人》、《铁与血》，还有《勃固人》、《彬谬人》等一些作品都凸显了人民群众在社会历史发展进程中的创造性作用，在解释历史现象、揭示历史动因时体现出了不同于传统的意识倾向。

70年代以来，缅甸历史小说的创作没有再次形成高潮，作品数量有限，但历史小说的思想和艺术内涵更丰富了。《杜温那崩米地狱·杜温那崩米天堂》的作者、当代作家漆乌纽（1947—　）在《历史小说创作者的经验》①一文中说："阅读历史书籍、查阅历史资料只是创作历史小说的一个必不可少的步骤，但并不是最主要的。最主要的是创作过程中不断触发的灵感，是怎样接近历史人物、让他们复活，怎样塑造人物性格和人物之间的关系。"当代作家们更加注重历史文学作品与史书的区别，使历史小说渗入和包含更多创造性思维和主观审美感受，让历史与现实结合得更为紧密。缅甸历史文学的当代意识会越来越强烈，对历史与文化的现代性审视视野会越来越宽广。

政治小说和独立斗争史小说

独立之初，缅甸文坛勃然兴起一场被冠以"新文学"、"人民文学"的文学运动，它不仅造就了一代作家，为正在饥渴于精神食粮的缅甸读者奉献了一批优秀作品，而且它的思想对缅甸文学的发展产生了广泛、持久的影响。20世纪50年代初期的政治小说，有些与社会政治紧密挂钩，有些与社会政治既联系又保持一定张力。这些作品的作者把自己的生活观照和创作实践同缅甸人民所进行的伟大事业连接在一起，使自己成为缅甸历史演进中脉搏相通的组成部分。

---

① ［缅］貌漆吞主编：《作家与作品》，仰光：阿曼底文学出版社，1999年版，第179页。

郭郭（1922—　）的《光明在即》（1952年初版，1963年再版）是1945年反戈日本和战后及独立初期缅甸政治路线斗争形势的真实写照。小说围绕民族团结、社会主义主张等问题，反映人民的生存状态和士兵思想状态。

达贡达亚（1919—　）的《莲花清水》（1953）是一部以1950年前后缅甸推进国内和平、世界和平、人民民主和人民作家独立运动为背景创作的小说，1954—1956年在《同志》杂志连载时就引起广泛关注和热点讨论，1963年出版单行本。小说中，作者将自己所跻身的文学界情况和亲历的世界和平大会情况作为历史资料放入作品，虽然一些人物用了化名，但所指仍一目了然，不免隐含褒贬，有攻击某一党派之嫌，所以成为一部有影响的政治小说。

德格多南达眉（1922—　）的《南达布莱》（1950）也是反映战后及独立初期国家政治斗争和人民生活的小说。在青年读者中有广泛影响。以政治观点为基础反映政治运动的小说，其命运必然随政治形势变化而沉浮。该小说于1950年初版，1963年又再版，初版时曾被政府列为禁书，也被"现实主义"进步作家批评为"革命浪漫主义小说"。1950年正值缅甸内战时期，而1963年是"和平谈判"时期，一部小说也经历了不断变幻的政治风云。

吴登佩敏（1919—1978）是缅甸著名政治活动家、新闻工作者和作家。30年代就以《摩登和尚》、《罢课学生》、《新时代恶魔》等作品蜚声文坛。政治家、文学批评家、作家等身份上的重合，独特的经历和地位，丰富的生活积累，开阔的创作视野和深厚的文学功底，使他的很多作品具有高度现实意义和鲜明的时代性。《道路已经出现》（1949）以1945年6月至1947年6月缅甸独立斗争运动组织工作为背景，用文学形式引导和促进左派分裂力量的和解谈判，走向团结与和平。《旭日再冉》（1958）是吴登佩敏的代表作。小说以反帝民族解放为主题，用纪实和艺术虚构相结合的风格再现1936年至1942年缅甸独立斗争史。从1936年大学学潮、我缅人协会领导的德钦运动、1938年的工农学联合运动、借助日本人的力量驱逐英殖民主义者的青年运动，到1942年为反戈日本法西斯做准备，波澜壮阔的历史风云和浩瀚的社会生活尽收卷中，历历在目。小说中塑造了大学生、德钦党人、政治家、教师、商人、土地丈量员、报社领班、退休官员、卖油炸瓠瓜饼的小贩、马车夫、算命先生、理发员、刻图章工匠、失业者等等各阶级、阶层的人物数十个。通过人物的命运折射时代风云和社会变迁。小说主人公———一位普通大学生丁吞，就是在这样的历史激流和社会熔炉中，从幼稚、单纯走向觉醒、成熟，最后锻炼成为民族独立斗争中的中坚力量。

阶级意识小说

缅甸独立以来，在"新文学"思想影响下，文坛出现了大批带有较为鲜明的阶级意识的长篇小说作品。作家们站在劳动阶级和被压迫阶级立场上，揭露政府的腐败、资本家和地主阶级的贪婪，批判资产阶级社会所造成的一切罪恶，反映处于被剥削被压迫地位的广大工人、农民、劳动者的痛苦呼声和斗争生活。

德格多温（1929—　　）的《前进》（1956）是一部反映林业工人的小说。战后进步青年作家积极创作进步小说，但很多作品虽站在工人阶级立场上，却较少真正反映工人生活，大多反映进步知识分子阶层。《前进》是战后第一部以工人生活和斗争为主线的作品。虽然作品整个基调比较悲观，过多描写工人的窘迫生活、挣扎和泪水，而没有将他们坚强乐观的一面表现出来，艺术上也不够完美，但仍不失为一部有代表性的作品。

德钦妙丹（1921—　　）的《玛摩水》（1952）通过被地主儿子玩弄后又抛弃的女仆玛摩水与她的私生女的悲哀命运，谴责地主阶级的罪恶，无情揭下他们道貌岸然的假面具，对受欺压妇女表达了极大的同情。

林勇迪伦（1917—　　）的《公奴》（1954）通过雇农达拉的自述，控诉地主对农民的剥削迫害，用他在狱中以及被释放后在仰光流浪的经历反映了社会的黑暗和贫苦大众被摧残的情况。

坡觉（1940—　　）的《黑黑的油红红的血》（1972）反映英殖民统治时期若开油田工人与英国垄断资本家之间的斗争。

纳内（1933—　　）的《没有结束的斗争》（1962）突出反映了反帝民族解放运动中走上背叛民族道路的帝国主义买办、走卒与进步的人民之间不可调和的斗争。

貌奈温（1930—　　）的《农奴之子》（1964）以1938—1947年的民族独立斗争为背景，记述农奴阶级在帝国主义和地主阶级双重压迫下水深火热的生活，反映组织起来的青年政治力量的斗争情况和小资产阶级与贫雇农之间的矛盾。

貌貌漂（1930—　　）的《春雾茫茫》（1967）反映棕榈工的生活和棕榈工与棕榈主之间的阶级矛盾。小说内容紧密贴近60年代缅甸政治形势和经济政策，与国家政治经济理论相一致，围绕建立社会主义制度，走合作化、集体化道路，提高改善棕榈工的生活条件和水平这一主题，加入了很多篇幅的讨论、演讲、表格、资料等内容，一定程度上削弱了人物情感性格的塑造。

觉昂（1928—2000）的《关键时刻团结起来》（1970）是一部反映桥梁工地工程技术人员和工人生活的小说。工人们在设备、施工条件、自然条件、社会条件都十分艰难的条件下完成了桥梁建筑工程。

文化寻根小说

自西方文化与缅甸文化有接触以来，两种文化在缅甸的冲突和斗争就一直没有停止过。在缅甸文坛，文化寻根和维护、弘扬民族文化的文学佳作也不断问世。加尼觉玛玛礼（1917—1982）深刻揭露西方生活方式对缅甸妇女危害的《不是恨》（1955）、昂林（1928—1984）抵制和反对西方文化对民族音乐侵蚀的《野茉莉》（1960）、德格多妙盛（1937—1988）振兴发展民族乐器编鼓艺术和戏剧艺术的《艺坛新秀》（1978）等是反映这一主题的代表作。

　　加尼觉玛玛礼（1917—1982）是缅甸现代女作家中的佼佼者。早在30年代就在报刊上发表进步文章，40年代开始文学创作。在近40年的文学生涯中，她创作了十余部中长篇小说和两部短篇小说集。《不是恨》是1955年度缅甸文学宫文学奖获奖作品。加尼觉玛玛礼的作品充满时代气息，反映出人民要自由、民族要独立的强烈愿望，同时饱含对劳动人民的同情，对妇女生活、女性命运的关注，尤其是对带有悲剧色彩的女性命运倾注了更多的关怀。《不是恨》中的主人公"薇薇"就是这类女性的代表。她们都曾为自己的幸福追求过抗争过，但最终没有摆脱悲剧的命运。作家把女性命运和情感放到家庭和社会的文化环境中加以展现，其中突出的不是女主人公的"个体"意识，而是能够代表一个时代一个民族女性命运的"群体"意识。这就使得这些女性形象的内蕴更为丰富，作品的社会意义更为深刻。

　　《不是恨》的社会背景是二次世界大战前殖民统治时期的缅甸社会。城镇稻谷商的女儿薇薇——一个美丽、聪颖、纯情、善良的姑娘，爱上了英国稻谷公司派到镇上来的代办吴苏汉——一个受殖民主义奴化教育熏陶、西服革履、从内到外完全西洋化了的缅甸人。薇薇感怀于吴苏汉温柔的注视、斯文的仪表谈吐，羡慕并暗暗效仿他讲究的西方生活方式，由崇拜敬仰发展成为无怨无悔的爱情。这种神奇的魔力般的力量使薇薇不顾家人反对投入了吴苏汉的怀抱。但婚后不久她就发现，她并不真正了解吴苏汉。吴苏汉鄙夷自己的民族、同胞，对祖国前途、民族命运漠不关心，自私冷漠，缺乏最起码的人情味。他对薇薇的爱也极为自私，要求一切顺从他的意志，甚至不让薇薇与近在咫尺的娘家亲人来往。生活的实践使薇薇感到她再也不能忍受吴苏汉"爱情"的折磨，她想跳出鸟笼呼吸自由空气。就在她决定随当尼姑的母亲上实皆山长住时却发现自己已怀有身孕，而且患上了肺病，使她陷入身不由己的境地，最后在精神忧郁和病痛中结束了年轻的生命。她在总结自己的悲剧命运时说："我不是恨他，只恨自己爱上了他。"这句话确实发人深省，寓意深刻。小说描写的时代，正是西方文化全面渗透缅甸社会的时代，是西方资产阶级生活方式、道德观念与缅甸传统的古朴生活方式、道德观念冲突和并存的时代。在这样的时代里，一些缅甸人完全被西方文化所奴化，丢失了自己的民族精神和民族性格以及传统文化中最有价值的东西。也有一些缅甸人对西方文化盲目崇拜，模仿效颦，终因不可消融而痛苦，落入可悲的深渊。小说中的薇薇，作为女性，她是男性专制家庭和痛苦婚姻的牺牲品；作为缅甸人，她又是西方文化的牺牲品。加尼觉玛玛礼以其独特的女性视野和敏锐的洞察力揭示了当时缅甸社会生活的本质，使作品起到了生活教科书的作用。同时在艺术创作上，通过细腻生动的心理刻画塑造人物性格，运用对比、陪衬、渲染、烘托等技巧，达到强烈的悲剧效果，表现了作家运用和驾驭语言的能力。

　　昂林的《野茉莉》通过一个普通的缅甸弯琴手郭巴楷的从艺道路和爱情经历，表现弘扬民族音乐，维护民族文化的主题，小说情节曲折跌宕，动人心弦。

　　德格多妙盛（1937—1988）是两次国家文学奖得主。她的短篇小说集《雨夜》摘取了1965年度国家文学奖短篇小说集一等奖的桂冠，长篇小说《艺坛新秀》荣获1978年度国家文学奖的长篇小说奖。德格多妙盛从学生时代就开始文学创作，大学毕业后仍笔耕不辍，70年代后期起成为专职作家。主要作品集中在70年代和80年代初期。《艺坛新秀》是一部描写当代缅甸民族音乐工作者生活与奋斗的作品。小说主人公瑙都是一位年轻而出色的编鼓手，但他的身世却充满了辛酸的泪水。他的祖父和生母都是伶人。祖父是编鼓手，因爱上了有钱有势人家的女儿而死于非命，留下一遗腹子，即瑙都的父亲吴貌貌。生母是阿迎舞女演员，也因低贱的伶人出身而未能与相爱的人正式结合。吴貌貌的外祖母是一个既有权势又充满世俗偏见和封建意识的老人，她不仅一手破坏了自己的女儿和外孙两代人的婚姻，也使自己的曾外孙瑙都在家中备受歧视。瑙都是在7岁时，因母亲病故，才由姨母送至当区长的父亲吴貌貌处的。虽然得到吴貌貌的照应，但却经常受到曾外祖母和同父异母兄弟的欺负和虐待，只能睡在车库的阁楼上，放学回来还要不停地帮家里雇佣的园丁干活儿。坎坷的生活磨砺了他自强不息的性格，高中毕业前夕瑙都搬回到姨母家居住。姨母也是一位昔日的女伶，现在已是剧团的女主角。她待瑙都如同亲子，为了瑙都她终身未嫁，并满足了瑙都上大学的愿望。瑙都在学校假日经常到姨母的剧团去，耳濡目染，逐渐对缅甸传统音乐产生了浓厚兴趣，中途辍学进了剧团工作，边工作边完成了大学学业。他悉心研究缅甸民族乐器，勤奋学习，终于成为一名优秀的编鼓手。小说中的瑙都和瑙都的女友南加纽都是新型知识分子，他们不图名利，一心只求缅甸民族音乐戏曲的创新和提高。他们的牺牲精神，奋发努力、创立新风的高尚风貌以及老艺人兢兢业业、一丝不苟的精神都给读者留下了深刻的印象。

　　德格多妙盛对民族传统文化的热爱使她的作品凝聚着一种民族文化"情结"。对昔日伶人备受歧视遭遇的同情，为今日艺人社会地位日益提高而欢欣的心情，对缅甸传统音乐戏曲不断推陈出新进步发展的鼓励和期待都充溢在作品中。为创作好《艺坛新秀》这部小说，德格多妙盛专门深入剧团，了解和体验艺人的生活，学习缅甸传统音乐戏曲。这不仅使她在描写缅甸音乐戏曲的悠久历史和深奥学问时游刃有余，也使她在把握各类人物性格上准确细腻，从而使她的作品能够具有源于生活的艺术真实，并能将自己的审美情感融入其中。这同时也说明了作家对待文学创作的严肃、谨严的态度。小说主人公虽为男性，但小说中的几位女性形象，如昔日伶人姐妹及今日剧团的青年女演员等都在作家笔下流露出丰富细腻的内心情感，催人泪下。整个故事情节是由几个人物的回忆片断连缀而成的，叙述手法颇为新颖。

农村和民族地区改革发展小说

　　敏昂（1916——）的《穹隆原野》（1948）是一部以推进农村改革发展为主题的小说。小说问世的年代正是缅甸奉行马克思主义与佛教"混合的社会主义"政治原则的时期，在这一政治背景下，小说突出强调了缅甸独立后想继续从政的人要到农村去，同农业劳动者一起全身心投入农村改革与发展的政治主张，指明在农村改革发展过程中要坚持社会主义原则，走集体化道路。小说主人公昂梭是作家笔下塑造的一个富于自我牺牲精神的社会主义英雄主义形象。通过昂梭在农村筹办图书馆、学校和集体谷仓等情节凸显他正直、勇敢和锲而不舍的精神。小说力拨单纯描写爱情生活的消闲文学倾向，直面现实，激励青年知识分子投身社会革命，有其独到之处。

那加山貌基辛（1931—1978）的《山区盛开平原花》（1964）是一部以边疆少数民族发展和民族团结为主题的小说。小说主人公杜塔梅大夫和貌貌觉老师都有志于那加山区少数民族的服务工作，起初双方因互不了解而发生了戏剧性的误会。当真情大白时两人便成了志同道合的好伴侣。小说取材于作者长期生活的那加山区，他对这个地区的民情风俗和人民的思想感情有着深入的了解，因此故事和人物都带着源自生活的淳朴、诚实的特色，生动感人。

奔蓝（1936— ）的《流淌不息的山泉》（1967）是以钦族山区发展为主题的小说，取材于偏远的钦山区，这里的民族风俗、地域文化、自然景观，这里的教育、卫生状况以及作者有过工作经历的勘探业、矿业都是小说描绘的内容。主人公觉楷是地质勘探公司的官员，从仰光来钦山区的勘探站执行公务。途中在飞机上与钦族女青年玛迪达（曼诺）邂逅。玛迪达是一位致力于家乡教育和卫生事业的知识青年，两人在工作接触中建立了感情。当觉楷完成任务即将返回仰光时，玛迪达则要面对恋人和家乡的选择。清澈凉爽的山泉汩汩流淌，永远不会干涸。玛迪达对自己民族的情谊也像家乡的山泉一样永远不会枯竭。小说题目的立意即在于此。小说的最后，觉楷奉命返回仰光，他一直在犹豫是否留在钦山区长期工作下去。飞机即将起飞之际，玛迪达终于赶到，决定跟觉楷走，理由是既为山区发展也为平原繁荣而工作。这一结局不免使小说人物变得苍白无力，也使小说主题有失鲜明。而以缅族青年与少数民族姑娘恋爱的故事来表现民族友谊也显俗套。

都市和社会写实小说

20世纪60年代后期以来，文学与社会政治的关系较之独立初和50年代有松动的趋势，作家们的取材领域更加开阔，艺术方法更加灵活多样。其中社会写实小说是一个值得注意的文学现象。这类作品特别关注普通人的生存状态，以关切、认同的态度描述和表现城市底层生存的艰难，个人的精神困窘等，从中探索人性问题。

貌达耶（1931— ）的《站在路上哭》（1969）真实反映了出租车司机的生活。为创作这部作品，作者曾先后以交通协管员、售票员、出租车司机的身份深入基层体验生活，获得了宝贵的第一手素材。小说以出租车司机梭觉从早到晚一整天的经历为线索，写出了他们的辛苦，他们的诚实以及他们的委屈。

尼佐（1941— ）的《素丽塔路的微风》（1976）将关注焦点转向城市下层的市民生

活。反映了手工业者、屠宰场工人、三轮车夫、鱼贩子、鱼汤米线小摊主们的生活。真实客观地摹写了城市贫民阶层生存的酸辛、物质的窘迫和在为生存挣扎中表现出来的积极与乐观、软弱与卑微。

玛珊达（1947—　　）的《影子》（1977）以1955—1975年二十载城市社会变迁为背景，通过三个从小一起长大的同窗好友不同的人生经历和追求，反映家庭、父母对子女道德成长的影响。关于小说名字"影子"，作者在小说开篇前这样解释道："美的心灵是美的，丑的心灵是丑的。他心灵的影子会反映在他的生活中，一些影子很美，而一些影子却很丑。"这正是作者对小说主旨的阐释。

貌瑞宋（1942—　　）的《离家出走》（1979）写的是一个城市青年的成长道路。反映了一些影响青少年道德成长的社会问题以及家庭、社会对青少年的责任。

摩摩茵雅（1944—1990）的《消失的路》（1974）通过一位年轻的知识女性在建立家庭过程中所经历的挫折境遇，反映了作家对种种社会问题，尤其是妇女命运问题的困惑和无能为力。作家将自己对妇女命运、妇女问题的深情关注与思索包蕴于作品之中，为读者提供了真实的生活画面和耐人寻味的故事。

摩摩茵雅的《玛杜丹玛沙意》（1982）也是一部直面女性人生的内涵深刻的作品。小说是以母亲和女儿两条故事线索，展示出两个层面的女性写作主题。一个层面表现女性为争得自身的生存权利和社会地位而与命运抗争的主题，母女两代的人生历程是一部充满着血泪与人情的奋斗史，它描述着在缅甸这样一个相对贫困、宗教氛围浓厚的国度里，女性的生存状况和她们的抗争方式，显示出动人的人性力量。另一个层面则探讨佛教文化的作用及其理论价值，藉此寻找女性伦理精神的归宿。我们看到，在缅甸，佛教与知识素养、与普及教育结为一体，是生活于底层的普通人（包括女性）获得知识，唤醒理性的必由之途。小说中女儿对佛经的研读、修行的过程最终成为她理解母亲、理解人生，觉醒、拚搏、追求的过程，如此才有她的离母出家，两次还俗以至终归佛门的经历。她是在这一过程中一次次升华着对女性人生的思考。在这一层面里，关涉佛教文化与思想的文字不仅仅是对缅甸丰厚深广的社会生活、文化心理的描述，更重要的是作为一种理想境界象征，寄托着作者对理想化女性人生的期望、理解与笃信，从而深化了作品的精神内涵。作者对自己置身其中的女性世界倾注了更多的关心和更深层次的发掘，立足于在广阔的生活背景下凸现女性的命运，描绘女性被压迫的生存状态、精神心理和她们的抗争与追求。在艺术上，摩摩茵雅不拘一格，她将客观现实的剖解与主观精神的展示融为一体，多角度、多层面地表达着对女性与人生的深刻思考。

20世纪50年代后期缅甸文坛曾兴起一股"牢房文学"。一些因抨击时政而入狱的作家以狱中见闻为题材或以犯人为原型创作了很多反映缅甸社会现实的作品，如八莫丁昂的《月有阴阳圆缺》（1957），人民报吴拉（1910—1982）的《随风飘荡》（1957）、《监狱与人》

（1957），妙丹丁（1929—1998）的《在黑幕下》（1960）、《第十次坐牢》（1961）等。这批小说也都集中反映了社会环境对人，特别是青少年的影响。

情感小说

爱情是人类情感中的一种客观存在，也是文学作品中一个永恒的母题。每个时代的作家都以各自独特的方式演绎各种各样的"爱情"文本，赋予它不同的蕴涵和意义。当代缅甸的作家们也大多将爱情融入文化、人性、道德及人的性格行为，关心人的心理现实和个体的感性生活经验，探索情感、心理的丰富性。

友瓦底钦乌（1930—　）的《初恋》（1952）将爱情置于发展民族文化的主题之下加以表现；吉埃（1929—　）的《疲惫地回家》（1953）热衷于个体精神体验；当内瑞（1931—　）的《善与恶》（1960）重在揭示性爱欲望膨胀的恶果；友瓦底玛拉登（1928—　）的《吉祥的大地》（1966）在小说编织的多角恋爱网中探索人性的丰富性和复杂性，小说于1970年改编成电影《爱恨两难》；纽温（1924—　）的《漆黑的夜》（1967）讲述了一段流浪儿与名门闺秀之间真挚感人、催人泪下的爱情故事。

德格多蓬内（1930—2002）的《雨夜白色之梦》（1962）是一部将爱情与心理学糅合在一起的惊险推理小说。他的另一部小说《别了，夏日之夜》（1980）则通过一对男女青年的爱情线索，揭开了一些"文学新秀"靠剽窃和冒名顶替等卑劣手段，在竞争中击败崇高的对手，迅速成名的"秘诀"，描绘了一场真善美与假恶丑的斗争。当美丽、善良、秀外慧中的女大学生玛纽腊发现自己已经深爱上了的青年作家梭伦纽（内宁貌）原来是一个窃取他人创作成果的卑鄙小人时，她从玫瑰色的爱的梦幻中觉醒，毅然离开了梭伦纽，让他们之间的一切有如"离别的夏夜"，伴随着心灵的创伤永远结束。

还有一部分小说则超越男女之爱，进入人类更博大的爱和情感世界。摩摩茵雅（1944—1990）《别无他求》（1974）中的母爱；登丹吞（1932—　）《任何图画都描绘不出》（1965）中的父子情；钦宁友（1925—2003）《梅》（1959）中的亲情、友情、爱情……都在作家的笔下呈现得多姿多彩。

军旅小说

铁拉悉都（1932—　）的力作《奔流不息的伊洛瓦底》（1977）是站在1962年的时间基点上对1949—1962年十三年缅甸社会政治形势和一系列事件，尤其是国内战争进行回顾的小说。缅甸的主动脉伊洛瓦底江正是这一系列国家中心事件的象征。小说主人公昂喜亨的个人经历和军旅生活也在这十三年时代背景下展开。学生昂喜亨，战士昂喜亨，诗人昂喜亨，歌曲作家昂喜亨，昂喜亨的爱情与战争经历……确切地说，是用昂喜亨的经历将这十三年间缅甸的国内战争史贯穿和记录了下来。因此，小说为研究缅甸政治和内战史提供了重要资料，被称为一部缅甸内战史、政治史和作者的"自叙传"。

在独立后缅甸文学创作的整体格局中，长篇小说作为一个重要的文学类别占有举足轻重的位置。它们始终坚持现实主义创作方法，以自身的开放性和包容性浓缩着历史的沧桑和民族的荣辱兴衰，凝聚着作家的思想和艺术智慧，也包容着作家思想、艺术上的成败和得失。我们将用历史的、美学的眼光关注这一生长于缅甸深厚民族土壤之上的文学现象，期待它的新发展。

四、柬埔寨现实主义文学的繁荣

受到西方现实主义文学思想的影响，柬埔寨现实主义文学在19世纪中后期就开始萌芽，到20世纪30、40年代已有一批经典作品出现，如《梭帕特》、《枯萎的花》等等。独立之后一度出现了现实主义文学创作的高潮，特别是20世纪70年代，一批反映柬埔寨人民反殖救亡运动的小说得以出版。这批小说以事实为依据恢复了历史的本来面貌，将许多不为人知的历史内幕一一展现在人们面前。最具代表性的作品有德格和迪娥姆的《野人村》（1971）、邦程莫（Boun Chan Mol）的《政治监狱》（1971）和《高棉人格》（1972）。

《野人村》创作于1965年，1971年公开发表，是反殖进步小说的杰出代表。作品以1925年发生在格朗留乡的"4·18农民起义"事件为故事原型。不断增加的苛税让磅清扬省罗粒咩县格朗留乡的农民们无法生存，最终，在君和娄两位勇士的领导下，农民们揭竿而起，与法国殖民当局及其走狗们进行了殊死斗争，杀死了法国当局在磅清扬省的执行官巴德斯和一名走狗翻译孙恩，一名士兵，震惊了法国当局和柬埔寨王室。"4·18农民起义"在当时并没有留下太多资料，作者经过数年的调查取证，通过询问当地的老人和一些亲身参于起义的农民战士，才得以完整再现事件的全过程。起义取得了一定的成果，但由于过于急躁和骄傲，缺乏合理的战略目标和战略实施方案，没有一个坚强有力的领导团体，胜利的果实没能保持很久。作者认为，这是一场轰轰烈烈的农民起义运动、民族主义运动和爱国主义运动，是柬埔寨无产阶级革命运动中的一笔宝贵的财富，值得永久铭记。在法国人的胁迫下，柬埔寨国王于当年4月27日颁布的王令中将格朗留村称作"野人村"。作者认为，"野人"的称谓恰恰可以反映生活在殖民者奴役下的农民们走投无路、近乎绝望的精神状态，这部作品的名字也由此而来。作品生动刻画了仗势欺人、卖国求荣、欺压百姓，夺去人民赖以生存的土地的殖民者走狗，以及道貌岸然，心肠狠毒，对百姓们施以惨无人道的压迫和剥削的法国殖民官员的丑陋形象。通过对村民们英勇事迹的描写，反映出在法国殖民者的铁腕统治下人民所遭受的巨大苦难，以及柬埔寨人民与法国殖民统治者及其走狗们、封建势力的尖锐矛盾，歌颂了人民的觉醒、坚定的爱国主义信念和追求自由和解放的勇气。小说创作时正值柬埔寨国内政治斗争日趋复杂，美帝国主义伺机对柬实施侵略的时期。通过反思历史，作家希望能提醒民众认清傀儡政府的真实面目，警惕来自美帝国主义的新殖民枷锁。

邦程莫是柬埔寨历史上一位著名的反法英雄、抵抗运动作家。他从年轻时就开始参加反法斗争，逐渐成长为一名坚定的爱国主义斗士。20世纪30年代末至50年代初，柬埔寨国内掀起了反法革命浪潮。1942年9月18日，法国殖民者在金边逮捕了两位著名的僧王，指控他们在传经时传播不法言论。第二天，五百多名僧侣、爱国义士前往法国官府示威抗议，遭到法国当局的残酷镇压，包括当时仅21岁的邦程莫在内的起义领导者遭到法国当局的关押，并送往德罗拉岛监狱服刑。1945年，日本人释放了德罗拉岛监狱中的囚犯，邦程莫回到祖国。但没过多久，日本战败，法国人又回到柬埔寨，对曾经的反法人士重新进行大规模的搜捕。邦程莫不得已流亡到了泰国，并在当地组建了伊沙拉军，继续进行反法救国斗争。他于1971年出版《政治监狱》以自己在1942—1945年革命浪潮中的亲身经历，还原和揭露了法国殖民者的虚伪嘴脸及斗争的严酷，歌颂了抗法英雄们的英勇事迹。《政治监狱》不仅在当时的柬埔寨国内引起轰动，还引起了国外文学界、历史学界的关注。泰国的一本文学、历史类杂志曾专版对这部作品进行了评论。

70年代至90年代，面对持续不断的战争和极权统治的残酷现实，柬埔寨国内的现实主义作家们失去了用鸿篇巨制来反映历史演变的雄心，国内文学领域出现通俗小说的相对繁荣。长期受到精神桎梏的人们对精神食粮的渴望非常强烈，以都市或乡村生活为题材，描写饮食男女的日常琐事的通俗文学作品最迎合普通百姓的口味，出现了一批深受百姓喜爱的巴萨剧剧本、手抄本通俗小说。如孙·索万妮女士（1957— ）[1]的巴萨剧剧本《铁蒂花》《靓女的故事》《帅哥》等，毛桑囊（Mao Samnang）女士（1959— ）[2]的《强盗头子龙卡烈》《日落不再升起》《西南汛风》《舢板的心脏》《海沙粉末》《遗留的耳坠》《金色的小龟》《三色彩虹》《金色笼中的八哥鸟》等。通俗性是这一时期文学作品的普遍特征。作品虽然在不同程度上也具有某些如渴望民主、自由、平等、追求个性解放等思想内涵，但更多的情节给人感觉还是以纯粹消遣娱乐为目的而设置。这也反映出当时柬埔寨的时代特征和文学发展的艰难处境。

1993年，在联合国驻柬临时权力机构的组织和监督下，柬埔寨成功举行大选，柬埔寨临时联合政府正式成立。自此，历经二十多年战乱的柬埔寨终于迎来了和平，进入国家重建的新历史时期。在战火和政治斗争中饱受摧残的柬埔寨文学也开始得到恢复。

文化与艺术部下属的文化出版物委员会每年轮流提供不同的奖项和奖励来激励作者们提交手稿，这些奖项有：吴哥文学奖、因德罗黛维王妃文学奖、安东国王文学奖、苏拉玛里特国王文学奖、洪森文学奖等等。许多非政府组织是这些奖项资金的主要支持者。1993年，柬埔寨作家协会作为一个独立的非政府组织得以重建。到2002年作家协会共有超过200名会员，据称其中有一小半人是全职作家。联合会在育波（You Bo）的领导下为写作者们提供培训课程，在柬埔寨王室（资助"西哈努克文学奖"）和首相（资助"1月7日文学奖"）的支持下，举行文学竞赛来激励新作品的问世。虽然目前由于缺乏资金而中止，

---

[1]　著名的剧作家兼导演，曾在1996年前后担任过柬埔寨文艺开发署副主任。索万妮的各类文艺作品有上百部，其中比较有影响力的约20部。曾在各种文学评选中获得过七枚金质奖章，还曾获得柬埔寨部长协商会议颁发的银质奖章一枚。

[2]　柬埔寨最著名的手抄本小说作家。她的作品文笔清新自然，题材特别贴近现实生活，容易引起读者的共鸣，深受读者喜爱。

但这两项竞赛在早期成功地举行了五年，每次都收到超过100部参赛作品，成功地培养了一批富有创造力和文学造诣的青年作家。

20世纪90年代以来，柬埔寨的通俗小说得到了较大的发展，小说在内容上更贴近现实，在艺术性上，构思更加巧妙，描写更加细腻。如《死亡爱情》、《艺术之家》、《生命之疮》、《卖身》、《爱情命运》、《刽子手》、《女人质》、《孪生姐妹》等都是这一时期涌现出来的较优秀的作品。受到西方精神分析学说的影响，一些作家开始尝试从心理现象分析来创作与塑造人物，如索格尔特的短篇小说《杀手》（1996）就以出色的心理描写、扑朔迷离的情节设置吸引了大批读者，成为20世纪90年代柬埔寨通俗短篇小说中的佼佼者。小说讲述了一个因爱成仇的故事。故事从一起凶杀案开始，金边的一位富商在家中被人杀害，负责查案的警察维杰特正好是这位富商女儿的男友。维杰特根据在犯罪现场找到的一盒录像带上的线索，只身前往磅逊港追踪凶手，却遇到了儿时的挚友简达姑娘。最终维杰特发现简达就是杀害富商的凶手，而杀人的动机只是源于对富商女儿努特小姐能够得到维杰特的嫉妒。简达杀人之后，故意留下线索将维杰特引至磅逊港，希望能用柔情让他回心转意，但维杰特对简达只有兄妹之情。当知道真相后，念及往日情意，维杰特不忍实施抓捕，转身离开，万念俱灰的简达最终饮弹自杀。该作品采用第一人称为叙述角度，对主人公维杰特矛盾、纠结、复杂的心理活动和面对简达时情感与理智的激烈斗争的描写是作品中最出彩的部分。

进入21世纪，柬埔寨出现通俗文学向现实主义靠拢的倾向。面对柬埔寨社会贫富差距加大、社会风气腐败、长年战争带来的人性扭曲，国家表面的快速发展和进步掩盖不住民不聊生等残酷事实，一批新崛起的青年作家深入社会，关注社会问题，从严肃文学中汲取营养，让通俗文学向现实主义文学看齐，对社会的丑恶与病态进行了程度不同的揭露，写出一批有社会意义的作品。如：邵洛郝的《疯狗阿毛》（2004）、育·索彼的《我的BA学位》（2004）、索波帕的《树叶》（2004），班琼的《悲惨的鹈鹕》（2005）、索彭的《昆大叔毁了汽油罐》（2005）、查克·罗斯的《真相》（2005）、鄱·森的《左轮手枪》（2005）、高塞哈的《船》（2006）、涅姆索帕的《大地之王》（2006）、育·索彼的《太阳依旧升起》（2009）等等。

在现实主义文学的区分中，我们经常会看到所谓经典现实主义和新现实主义的字眼，前者认为人类的悲观主义植根于人性，而后者认为悲观主义根源于国际体系的性质。结合现当代柬埔寨社会的处境来看，许多文学作者所关注的高棉民族的苦难和悲剧，却是源自于这两者的结合，内忧和外患的相携而至。高塞哈（Kao Seiha）2006年的获奖作品《船》就是其中的典型代表。小说中的人物和事件，我们几乎可以在近现代柬埔寨历史上——入座地找到其对应。色恩大叔家取材珍稀木料、雕刻精美的船，历经数代，为一个家庭提供住所和生存之本。然而在自然和外界的强力之下，这艘船却不再像以前那样风光，不再能提供充足的营生，甚至不能在风浪中靠上往常的港口。为了生存，色恩大叔换出了一支船桨，使得这艘船上的人得以苟延残喘，但却无疑使船的行进更加举步维艰。尽管如此，为了家族和传统的重托，色恩大叔没有交出船的主权，没有放弃对它的操持。但当这艘船交给下一代之后，他们却用它来交换陆上的住所和今后的工作，以度过当前的困难。妈妈和弟弟不同意，哥哥却任凭外国人欺凌自己的胞弟，最后也仅换来一份差强人意的工作，而为了这份工作，他不得不变本加厉地对待本族人。所有的读者都会在读后建立起这样的一个对应，船——积重难返的柬埔寨社会，大叔——经典文化和历史传统，兄弟——国内不同的政治派别，外国老板——干预柬埔寨内政的外国列强。虽然在文学的解读中我们力避对号入座，但作者能将这些对应关系揭示得这样清晰，却又不露痕迹，实在不能不说是当代柬埔寨文学的一朵奇葩。作者在矛盾冲突的一层层激化中，极少说教，却叫人读到了沉重，新旧人性和国际体系的双重压迫，一内一外，使得这艘华美的老船无从选择，在角力中失去了主权，改变了样子，却没能换来它的属民们一个美好的生活，这样的结局，只能使人扼腕叹息。

获得2006年努·哈齐文学奖短篇小说类作品一等奖的班琼（Pen Chhornn）的作品《黑暗之路》采取第一人称的视角，以接近自然主义的方式展开情节，无疑是极力在契合还原生活真实、典型化的形象和描写方式的客观的现实主义表述特征。斯玛特的大学生身份暗示着他是处在相对纯净环境中的人物，对真正的社会比较无视，但他有着了解接触社会的愿望，这便为他以后所有的行为找到了动因。而他的第一手资料却是通过与沙维大叔的攀谈得到的。了解这些，促使斯玛特进一步展开了他的体验行动，在酒吧、在赌场、在歌厅以及后来在路上被流氓抢劫，亲见沙维大叔家遭遇土地被占，他目力所及和体验，感受到的都是黑暗和失望，但斯玛特的这些亲身体会，为读者展现了更多的生活外观和细节，冷冰冰的现实在大学生身上折射得分外僵硬，但作者却没有过多地向斯玛特的内心掘进，只让这不人道的社会现实向读者施压，把社会对人的异化在有限的人物身上得以放大。斯玛特的社会探险始于他的思考：我如何能保持健康？什么样的工作能给我带来更多的收入？我如何赢得尊重？我应该用哪种方式爱我的祖国？其实这些追问中的任一个，把"我"放大成"柬埔寨社会"，这些命题依然成立且咄咄逼人。斯玛特试图停止思考并找一个可靠的学习榜样，以消除自己的这些困扰，"追随他的脚步将我引向成功"。在他的追寻过程中，斯玛特甚至指名道姓地历数他读过的哲学著作：甘地、马基雅维利、孔子、亚里士多德，但他们不能给他指引，这些人所代表的文明也不适用于当代的柬埔寨社会。在与大叔攀谈的过程中，沙维大叔更是直截了当地问："我们国家的现状是怎样的？我们能和日本或者美国一样发达吗？"这一切的追问都直指当代柬埔寨社会及其前途而来，虽然斧凿的痕迹非常明显，甚至沙维大叔的故事一个接一个，为情节而情节，恨不得把柬埔寨社会存在的滥伐森林、侵占土地、失业率高、武器被盗、工人罢工、贪污腐败、明星丑闻、交通事故频发、教育水平低下、僧人不受尊重、赌场洗钱等诸多社会问题一股脑全盘托出。但所有人都不得不承认，这就是柬埔寨，一个人们身处其中，想了解想爱戴想为之服务的柬埔寨，虽然许多时候，这个社会给人的失望远大于人们自身的迷惘。总体而言，作者的表达手段是单一而稚嫩的，但却带给了读者以广阔的社会视野。一般而言，现实主义的脚步止于对生活的真实还原，但对柬埔寨国家和现状的担忧却让作者迫不及待地让斯玛特为其代言，他希望上层不要只碌碌于为自己捞钱和升官，领导人们"能有和我一样的经历，能够为在迷雾中摸索着为未来而奋斗的人们点一盏明灯"。但这样的现身说法依然是客观的，不带什么主观色彩，这或许也是现代柬埔寨社会的窘境使然，故事简单、朴拙，但发人深省。

还有许多柬埔寨当代小说，虽然处在现实主义文学繁盛的时期，但或许是由于这个日新月异变动不居的社会使然，不得不借重于现实以外的形式，来写现实的问题。涅姆索帕（Nhem Sopha）的《大地之王》就是这样一部作品，在和平相处了若干年之后，本自同根的两个动物族群为了有限的资源，同时也为了生存，在内忧外患中暗自角逐，寻找出路。狼和鳄鱼的包围使得这种角逐令人窒息，族群间的尔虞我诈，相互倾轧，加重了这种争斗的张力，再加上种种误会和复仇，终使积怨越来越深，而在突围的过程中，获利的无疑是觊觎已久的第三方，而失去团结的族群，远离的家园，使得另辟领地的路格外艰险。在这部小说里，很难说作者对生活做了怎样的再现，但其中的形象，却都充分地表现了现实生活的典型特征。假托动物族群的主观描写，却使得幕幕场景更加客观，典型性亦不言而喻。整部作品没有说教，也不涉及道德的描写与拷问，但却让亲历或关注这个历史悠久的社会的当代图景的人，无不颔首称然。西方小说中，借动物视角或生物视角写人性的作品并不少见，但《大地之王》中的东方气息，扎扎实实地把当代柬埔寨社会的影子投射到了幕布之上，在纷乱与苦难之间，为读者留下最后的亮色与期盼，期望这个社会在付出惨重代价之后，能够找到自己的道路，建立自己的家园，实现内部的融合。

西方文学中的现实主义文学思想从一开始就受到柬埔寨作家们的推崇，这与高棉民族重叙事轻抒情的文学传统是密不可分的。重客观现实、轻主观内心的思维定势，是柬埔寨文学在向现代文学过渡的过程中现实主义思潮始终占据主流的主要原因。

总的来看，进入21世纪后，柬埔寨现实主义文学逐渐摆脱通俗性的状态，开始尝试将文学用作分析与研究社会的手段，为人们提供了处于转型期的柬埔寨社会丰富多彩的画面，具有较高的认识价值。但如果把这些作品放到世界现实主义文学体系中看，确实还显稚嫩，比如，作品无论是叙述角度，还是创作技巧均比较单一，语言浅显直白。在情节展开方式上几近自然主义，平铺直叙，似乎为情节而情节。另外，尽管在体裁上、风格上出现许多新特征，但受传统文学思想的影响，作品在主题思想中仍然带有深厚的宗教色彩和根深蒂固的民族传统意识。比如青年作家育·索彼（1980—　）的短篇小说《我的BA学位》中的主人公在一家人的无私奉献和支持下，克服重重困难，最终完成学业、取得学位，他却难掩内心纠结，决心要用一辈子的时间来"做个好儿子，好哥哥，好公民"的同时，首先要做的还是"剃度出家，在佛主的荫庇之下，寻求内心的宁静和平和"。柬埔寨作家大多固守着本民族传统的道德观和价值体系，作品中体现的道德观单纯明了，美与丑、善与恶的界限泾渭分明，不带丝毫的模糊性。比如索波帕（1958—　）的《树叶》讲述一个高官的儿子不与父亲同流合污，正直善良，凭借自身的努力，逐渐成长为一位为穷人谋福祉的NGO组织执行官的故事。故事中的人物设置，父亲是恶与丑的代表，儿子则是善与美的化身，二人身上明显的反差一眼即可看透，作者还在结尾处引用"落叶也能远离树根"的谚语，不厌其烦地对其善恶观进行强调。大多数作品承载着宣扬传统伦理道德的功能，经常在原本流畅的故事情节中插入大段的说教与议论，"文以载道"的倾向非常明显。此外，作品所体现的人生观总是积极乐观的，尽管也有对社会不公、黑暗面的批判，对社会问题的忧虑和对改革的憧憬，但与充斥着迷惘、颓废、失落无助的西方现实主义作品不同，作家们对整个民族的前途和族人的优秀品质还是充满信心的。这样的信心应该归功于高棉民族长期以来所受到的佛教文化的教育和熏陶，共同的信仰使整个民族具有较强的凝聚力和自信心。正是这种坚定的民族自信心也在一定程度上促成了柬埔寨现代文学自身特色的形成。

五、老挝现实主义文学

老挝人民民主共和国成立以后，宣布开始进入社会主义改造和建设阶段。其在内政外交上强调要加强和维护同越南的"特殊关系"，发展同苏联和"社会主义体系"的团结友谊；在经济上照搬苏联模式，实行农业合作化、工业国有化、商业统购统销、关闭自由市场、限制商品流通和企业吃大锅饭等政策；思想意识上强调要坚持马列主义、维护革命传统、加强社会主义教育及坚持文学为社会主义改造和建设服务等方针、路线。这些都在老挝作家的作品中得到了反映。

在20世纪70年代中至80年代末这一时期里，老挝文学作品侧重于发挥其政治思想教育功能，作品题材较为狭窄单一，主要突出对过去抗法、抗美救国斗争以及现实社会主义改造和建设生活的描写。

1945年到1975年长达三十年的抗法、抗美救国战争，为老挝人民民主共和国成立后的文学创作提供了丰富的素材。革命文学在文学创作中仍占据了相当重要的地位，一大批记录老挝爱国军民的抗战生活、颂扬爱国主义的作品不断涌现。其中最为著名的有通舍·科旺沙的《越狱》。

《越狱》是通舍·科旺沙根据抗美救国战争时期真实的历史事件改编的：1959年7月，在美国的支持下，培·萨纳尼空右派政府将包括苏发努冯在内的16位爱国阵线领导人诱捕，关押在专门的监狱中，并派被视为对右派政府忠心耿耿的青年学生去看守，这其中就有作者通舍·科旺沙。在长达一年的看守中，以通舍·科旺沙为首的9名年轻人逐渐被爱国阵线领导人平易近人的作风、忧国忧民的爱国情怀所感化，他们决心帮助爱国阵线的领导人越狱。在经历了种种困难后，9名年轻看守配合16位爱国阵线领导人成功逃出监狱，安全地回到解放区，他们也光荣地加入了老挝人民解放军。作品以亲历者的讲述，真实地再现了这一历史事件，并成功地塑造了以苏发努冯为代表的这一领袖群体，展现了他们为国家的独立和民族的解放而不懈斗争的伟大风采。

除《越狱》外，其他反映抗美救国斗争的作品还有苏万吞的《第二营》续集、《两姐妹》续集、《两岸》、《党的女儿》，坎良·奔舍那的《西奈》续集、《自那以后十七年》，占提·敦沙万的长篇小说《生活的道路》续集，以及革命斗争回忆录《黑暗中的光明》、《生命风暴》、《在和平的日子里相见》等等。

除抗战题材外，与社会主义改造和建设事业相关的题材也进入了作家们关注的视野，涌现了一批反映新生活、歌颂社会主义制度优越性的作品，如马腊沙旺的短篇小说《邦那之花》，乌厅的《太阳照在东娘岛上》，坎平的《明天的曙光》，万平的短篇小说《可爱的家乡》等。

老挝人民民主共和国成立初期，在农村曾经掀起成立合作社、走合作化道路的高潮，甚至认为谁不加入合作社、搞个体生产就是走资本主义道路。马腊沙旺的短篇小说《邦那之花》就是在这种形势下产生的，内容主要为讲述合作社依靠集体的力量战胜天灾、获得丰收的故事；乌厅的《太阳照在东娘岛上》则讲述一个误入歧途的女子被改造成社会主义新人的故事；坎平的《明天的曙光》主要描写一个好吃懒做的青年，在青年团组织的教育下，成长为一个水利建设标兵的过程。

文学作品是对社会现实的反映。老挝解放初期，由于听信敌人的虚假宣传，原王国政府控制区的人民对共产主义及新生的老挝人民民主共和国政权产生了极大的恐惧，他们纷纷通过各种途径逃离老挝，以为到了国外就能过上幸福的生活。结果却事与愿违，在国外，由于语言不通，风俗习惯不同，加上民族歧视，大多数人只能靠打苦工来艰难度日，于是都心生悔意，纷纷给祖国的亲人写信，倾诉他们的苦衷，表达对祖国和亲人的思念。作家万平的短篇小说《可爱的家乡》就是对这一历史事实的描写。

20世纪90年代以后，随着东欧剧变及苏联解体，老挝的内政外交政策也作出了较大调整，开始改变过去完全依赖越南及苏联的做法，采取务实主义，实行革新开放政策，社会意识形态也趋向宽松。文学创作不再是单纯的正面宣传，逐渐趋向多样化和个性化，开始关注人们的个人权利及反映社会现实生活，出现了一些真实反映社会面貌、揭露社会阴暗面的作品，如作品《男子汉》等。在对抗法、抗美救国战争题材的处理上，也倾向于多元化表现，开始关注在战争环境下人的内心世界，展现人们对爱情、幸福及高尚情操的追求，如作品《夜宿密林》（1999）等。

老挝社会经济发展落后，文化事业极其不发达。政府倡导进行正面的新闻报道和文学创作，因而文学作品中描写革命历史故事、歌颂爱情的比较多，直接批评社会问题的不多见。著名作家隆赛·琅帕西的短篇小说《男子汉》也是一部歌颂正面人物的作品，小说塑造了一位自信、勤勉的青年人的形象，赞颂他敢于接受挑战的精神。与以往作品一味进行正面宣传所不同的是，我们看到，作品中隐含着对老挝现代社会普遍缺乏独立、自强、顽强拼搏精神的批评，它似乎在大声疾呼：老挝社会要想摆脱贫穷落后的面貌，必须要有一股子拼劲，必须全社会清除慵懒、闲散、得过且过的风气，树立奋发图强的正气。只有这样，国家才能发展，才能屹立于世界民族之林。

小说平铺直叙，没有刻意追求语言的优美，故事情节非常简单，完全以时间为顺序，描写了两个月里发生的事情。主人公叫斋康，是一名交通部的工作人员，同时也是一名很有志向的业余作家，对文学非常爱好和投入，并已小有名气。连通老挝和越南的九号公路建成后，总理与各国使节都要来参加公路开通仪式。遵照总理要求，承建该工程的省军区司令部要在公路开通仪式前把历时十三年的公路建设历程写成书，届时将把书分发给参加仪式的贵宾。但时间紧迫，很难找到能胜任写作的人，而这时离公路开通只剩下两个月的时间了。在接到写书邀请后，斋康承应了下来。这个挑战的艰巨性他是知道的，此前这项工作其他人做过，但一直没有完成，无非是这些人拈轻怕重、患得患失的心理使然。斋康也不是没有考虑得失的问题，要是能在60天内圆满完成写书任务，定会倍受领导器重，当然皆大欢喜；而一旦不能如期完成，则信誓旦旦作出的保证将难以收场，不但仕途不顺，在写作方面积累下来的名声也将深受影响。这里，作家传达出对两种现象的批评：首先，这条全长244公里的公路竟用了长达十三年的时间才竣工，其建设速度令人咋舌；其次，如果说公路是日本援建项目，老挝政府没有任何投入，因此任工期一拖再拖，主动权还不完全在老挝人手里的话，那么用本国文字记录本国公路建设成就这样自己力所能及的事情仍然久拖不决，就完全反映了老挝人自身的懒惰和散慢。作家的民族自尊心受到了伤害，也为国人无所作为的行为深感羞愧。主人公就是作家心目中一个要改变这种状况的人物，他的使命跃然纸上。

在往下的叙述中，任务的艰巨性、紧迫性与人们漫不经心的工作态度、习惯性闲散的工作氛围形成强烈反差。作家以客观的笔调不愠不火地描写着事件的进展。斋康到达省军区司令部后，受到热情的接待和夸张的恭维，一系列宴请之后是观光游览，还美其名曰考察。因其在写作方面早有名气，各单位的演讲邀请纷至沓来，爱好文学的女学生不断慕名前来请教，斋康似乎陶醉在这种令人晕眩的荣耀里，转眼间就过了一个星期。而有关公路建设的资料依然未能收集，写作的构思无从搭建。不过这也没什么不正常，大不了书不能如期出版，晚一些时候也无伤大雅，大家都习惯了拖延，况且时间这么紧，几乎是不可能完成的，到时随便编一个理由就是了。这正是作家看到的社会的一大弊端，人们总是以一种习惯了的慢节奏对待工作。十三年的时间修建一条公路在大家看来除了伟大没有什么可挑剔的，那么两个月时间写一本书对谁都是苛刻的，不能按期完成是无可非议的。正当大家对此已习以为常的时候，作家笔锋一转，斋康从这种盲目乐观和陶醉中清醒过来，他意识到自己的理想能否实现就看这次写书的结果了，一旦失败将名誉扫地，永无翻身之日。而对国家来说，也将在前来参加仪式的外宾面前，让老挝人散慢、拖拉的坏毛病再一次公开上演。在斋康看来，这是每一个有民族自尊心的人所不能容忍的，他不能给国家抹黑，他不是一个不负责任的人，既然接受了任务，作出了承诺，就一定要抓紧时间完成。在随后的时间里，他谢绝了一切无关邀请，白天驱车到公路工地上实地考察，与工人们促膝谈心，了解公路建设过程中的一些可歌哥泣的故事，晚上专心搜集整理材料，每天只睡三四个小时。由于天气炎热和紧张的写作，他多次中暑发烧而住进医院。读者或许一直在期待着高潮的出现，想象着可能还会有什么更深层的主题，但是没有。作家也许原本就不打算写出什么惊人的大作，他只是平平淡淡地讲完了故事。斋康带病坚持写作。最后，一百多页的印刷好的作品终于在公路开通仪式前两天送到了省军区司令部。一个不可能的"神话"在这个勇于挑战的人面前变成了现实，作家心中的"男子汉"形象塑造完成。

作家笔下的"男子汉"不是抗美救国战场上的英雄，也不是社会主义建设中的积极分子，而是一个能够恪尽职守的普通工作人员。但这样的"男子汉"却是与老挝国情相适应的。老挝社会经济文化发展落后，长期以来遭受别国统治和干涉。然而在建立起人民当家作主的政权以后却未能很快把人民的观念改变过来，人们习惯于接受外来的援助，不愿意依靠自己的力量改变自己的生活。老挝穷而不困，由于自然条件比较好，人民容易从大自然中得到生产生活资料，历来没有"温饱"问题的困扰。因此，多数人没有危机意识，从不担心明天的生计。由于自给自足的经济形态占统治地位，国家没有足够的资金用于发展公共事业，只能依赖于国际社会的援助。同时，贫穷也滋长了一种畏难情绪，对依靠本民族的力量发展生产失去了信心。这就是老挝社会长期得不到发展的原因之一。作家敢于触碰民族性格的弱点，以求重塑民族精神，表现了强烈的使命感和责任感。小说最后，斋康在回首都万象前，对前来送行的女学生说起他的愿望：作为一个业余作家，他最想看到的是老挝的作家及作品，能够更多地为世界所了解和认可。老挝有不少好的作家，也有不少好的作品，可惜只是在老挝流传，要是能译成外文，像老挝这样的不发达国家一定像其他国家一样受到尊重。这时斋康的形象丰富立体起来，他不仅是为自己的理想而奋斗的普通业余作家，也是维护老挝在国际社会中自信、自强民族形象的代表，表达了作家内心强烈的民族独立、自立的意识。

《夜宿密林》是老挝著名作家占提·敦沙万的一篇短篇小说，1999年该小说为占提·敦沙万赢得了"东盟文学奖"的荣誉。这是东盟最高的文学奖项，也是老挝作家第一次获此殊荣。《夜宿密林》故事情节非常简单，叙事平实无华，语言通俗易懂。整篇小说只有两个人物，主体部分是仅在一天的时间里发生的事情，粗看似乎平淡无奇，不会有太深的思想意义。但从作者的经历和老挝社会这个大背景来考察，我们可以发现，该短篇小说实际上体现着作者鲜明的道德观和民族观，是对战争环境下美好人性的揭示和展现。

故事发生于1960年的雨季，那是老挝抗美救国战争进入白热化的阶段。万象省委派遣妇联主任梅婕同志到淮崴山区组建妇女联合会，而同行担负保卫任务的便是小说的另一主人公——小伙子亚哲。从万象省政府到淮崴山区并不太远，仅一天的路程，所以组织上对男女同行并未觉得有何不妥。但故事的发生总是在意料之外的，天下起了大雨，他们不得不在林中过夜，于是这一夜的考验便是整个故事的高潮与升华之处。作者意欲通过这一夜发生的故事来体现主人公高尚的革命道德，并为以后两人的爱情发展作一个铺垫。

梅婕和亚哲都还未婚，两人虽常见面，但相互之间并不了解。梅婕是一位矜持、严肃，有些传统的女性，从不与男性玩笑打闹，甚至当同伴夸自己漂亮时都觉得不好意思，"常羞红了脸"。而亚哲是个怎样的人呢？小说并不急于说明，我们看不到他的过去，他的"现在"也是神秘而令人不由得担心的，因为他不喜欢说话，不爱理人。老挝有句俗话说"会叫的狗不咬人，会咬人的狗不叫"。这个神秘莫测的人让梅婕感到了压力和担心，所以一开始两人上路的时候，她便多了个心眼，让亚哲走在前面，自己谨慎地走在后面，两人相距四五米，而她手里还紧握着一把小刀，以防万一。老挝人深受佛教思想的影响，互相尊重、互相爱戴之风已深入人心，因此人与人之间相处融洽，较少攻击性。同时老挝人性格率直自然，言语少拘束，保持着一种原始的自然和纯朴，男女之间特别是熟人之间玩笑逗乐，并不有违风化。但那是在大庭广众之中，如何大胆放肆都只是言语上的无礼。现在梅婕与亚哲两人则是在荒无人烟的山林里，两个人前后距离再远都无法回避孤男寡女这种尴尬的氛围，梅婕出于女性的敏感，更是无法放松自己紧张的神经。作者在描写梅婕的诸多心理活动和行动细节的同时，似乎又有意地不提亚哲，没有描写亚哲的外貌、话语，让人感觉亚哲像是一个蒙着面巾的人，让我们看不到他的真面目，不由得为梅婕担心起来。在近六十里的山路中，两人没有说过一句话。亚哲只是闷着头一个劲走路，甚至于有时把梅婕远远地抛在后面也不回头照顾一下。这也许是因为梅婕的提防心理触怒了亚哲，伤了他的自尊心。要真是这样，亚哲的疏远倒能让梅婕有一种安全感。但前面的路到底会发生什么事，梅婕依然心里没底儿。梅婕又累又饿，实在走不动了，不得不要求亚哲停下来休息。故事也就从这个时候出现转折，亚哲的正面形象逐渐突显出来。作者这时候才把更多的笔墨用来写亚哲：

亚哲砍了芭蕉叶铺在地上，把饭菜摆上让梅婕吃，自己却远远地削手指甲去，以避有意亲近、讨好之嫌……

老挝六月的天说变就变，暴雨和冰雹倾盆直下。亚哲砍了树枝和芭蕉叶搭成一个小棚子，让梅婕躲到里边儿，并把自己的雨衣和雨帽也给了梅婕。梅婕开始懊悔自己多心了，但当她请亚哲一起到棚子里来躲雨时，亚哲并没有答应，仍然远远地躲在一棵小树下……

到此，应该说亚哲的形象已基本形成轮廓，他性格内向但并非愚笨，虽不善表达却处处能为他人着想。更难能可贵的是他能用行动恰如其分地、没有丝毫做作地表明了自己的品格，体现了一个革命者高贵的思想品质。梅婕不再用有色的眼镜看待亚哲了，她对他已经没有了戒心，取而代之的是油然而生的感动和敬意。但这并不是故事的高潮，当雨停的时候，他们发现横在他们面前的河流暴涨，过河已不可能，只能等到水流小的时候才能过去，这就意味着他们得在山林里熬过一夜。无论梅婕对亚哲多么放心，但对如何度过这漫长的一夜，她还是不敢想象，但她只有面对现实。而亚哲似乎并未觉得这一夜将会有何特殊，他只是做他该做的事：

他又砍了几根树枝搭起了小棚，当然这是为梅婕准备的……

他捡来柴禾生起了火，梅婕吃上了热饭，烤上了火……

梅婕开始有意地观察起这个男人来：黑黑的眼珠，浓浓的眉毛，方正的脸庞，健壮的身躯。这在梅婕的心里是一个可靠的男人的形象，而绝不是那种乘人之危、乘虚而入的小人。她甚至开始喜欢上了这个男人。夜里，梅婕睡着的时候亚哲一直在一旁生火。当梅婕被野兽的叫声惊醒的时候，发现亚哲背靠在一桩木墩上睡着了。野兽的叫声把梅婕吓着了，她本能地跑到亚哲身边。这时她已对亚哲有了一种依赖，也许她在潜意识里希望能依偎在亚哲的身上，因为亚哲的存在给她一种安全感。而亚哲当然也明白，这样"贴身"的保护和关怀是自然、纯结的，但他也没有这么做。他淡淡地告诉梅婕说那声音只不过是麂子的叫声，安慰说"只要有我在，你会没事的"，并利索地拉了一下枪栓，以特殊的方式让梅婕放下心来。

就在这样淡淡的描述中，亚哲高尚的品德形象逐渐丰满，其人格魅力也得到了完全展现。亚哲是一个表面冷漠，内心却热情如火的人，他有着很高的修养，尊重妇女，关心他人，内心没有丝毫不正当、不纯洁的思想。当然，所有这一切并不仅仅跟人物个人的修养有关，为体现文学作品的政治思想教育功能，作者自始至终都不忘提及的一点就是：这是跟党（当时的老挝人民党）的教育分不开的，是党的思想沐浴和铸就了青年一代的高尚情操，这也是作者所有作品的一个主旋律。

此外，在作品中，作者还流露出对民族平等、民族和睦思想的追求。作者占提·敦沙万在五岁时其父亲即因与老挝"伊沙拉"（老挝自由阵线组织）有联系而被殖民当局逮捕，六岁时母亲带着他四处流浪，最后在一个苗族人聚居区安顿下来。母亲在一个苗族头领家里做活讨饭吃，但不久便因病离开人世。占提·敦沙万不得不接替母亲继续在苗人家里干活，尝尽了苦楚。这实际上也是当时苗族人民的共同遭遇。一直到十一岁以后，他才逃到解放区并参加了部队，接受了文化教育。这些童年的遭遇以及在解放区的所见所闻对他以后的创作产生了深刻的影响。他深深地体会到，老挝各族人民正在遭受殖民主义的压迫和剥削，尤其是边远山区的少数民族更是生活在水深火热之中。因此，在他的作品中，很多是以苗族人民的苦难为素材的，表达了民族苦难的根源是殖民主义侵略，出路在于团结自强的思想。老挝建国后，老挝社会的文化水平、经济发展程度差距仍然很大，而民族间的矛盾还没有得到彻底解决。如苗族还有一些反政府武装继续与政府对抗，使得国家长期不能稳定地发展经济，这使占提·敦沙万忧心忡忡，在其作品中"民族平等、民族和睦"的思想主张便越来越明显。

《夜宿密林》这篇小说的主题并非民族问题，但细读之后，我们仍然发现，占提·敦沙万的上述民族思想也在这篇小说中得到体现。小说中的主人公是哪个民族的人并不重要，他们与故事情节发展和思想的构筑并无太大关系。但作者仍然没有忘记留给读者一个自己思想的印记。小说一开始介绍与梅婕同行的人亚哲时便提到他是苗族人，随即便叙述到梅婕让亚哲走在前面以防万一的心理。梅婕的担心除了亚哲与她不熟之外，恐怕与亚哲是苗人有些关系，因为社会上对苗族总是有些偏见的。这一点在小说中也得到了印证。小说提到在梅婕被麂子惊醒而亚哲给予安慰后，便不由得浮想联翩，完全改变了她长期以来一直认为苗族人"缺乏教育，只会干粗活"的看法，她的看法也就是社会的看法，这就证实了老挝社会对苗族人普遍有偏见。现实生活中我们也看到，苗族人在一定程度上还是"愚昧、贫穷"的代名词，在社会地位上不平等，也得不到应有的尊重。小说在写到梅婕对亚哲有了看法改变以后插叙亚哲做事踏实，在每月的总结会上总被评为先进分子。这是这篇短篇小说第三处对亚哲——实际上是对他所代表的"苗族人"进行形象描绘，恐怕不能说这完全是作者的无意之笔，而是作者给苗族人作的一个平反，作者要消除社会对苗族人的种种不公正的态度，竭力体现老挝各民族同等优秀的思想。这一思想在小说的最后部分又着重画了一笔：

前线给梅婕发回了电报：亚哲同志，苗族人民的优秀儿子，1960 年 12 月 13 日在保卫首都万象的战斗中英勇牺牲……

亚哲的优秀，便是全体苗族人民的优秀。作者目的在于肯定老挝各族人民在民族解放战争中的同等地位和作用，进一步强化民族平等的思想。

梅婕和亚哲相爱了，亚哲一直不敢表白，而梅婕也没有主动。也许亚哲有一种自卑心理，这是更为不可取的，一个民族要取得平等的地位，首先要对自身有信心，要敢于争取。所以作者安排了一个让他们敢于表白的机会：1960 年的 8 月，万象军队第二伞兵营营长贡勒大尉发动军事政变，宣布支持和平、中立、民族和睦的政策。亚哲所在的部队受命前去增援。在这生离死别的时候，两人终于互相吐露了心声，梅婕深情地告诉亚哲她会等他回来。在现实生活中，苗族人与老挝主体民族老龙族相爱通婚的例子并不多见。作者显然是有意安排这一段情节的，表达了作者渴望民族和睦、民族融合的强烈心情。

　　总之，作者在这篇小说中所构筑的人物道德形象是比较成功的，相对于其他一些作家的文学作品来说，这篇小说构思新颖，文笔清新，描写简约，作品从人性及道德等角度对抗美救国战争作出新的诠释，改变了战争题材文学宣传战争、鼓舞士气的简单化窠臼，让人有耳目一新之感，是老挝文学作品中难得一见的好小说。小说中流露出来的民族感情也是非常自然的，丝毫没有主题重叠杂乱的感觉。特别是作者在文中所赞颂和倡导的道德和人性美，所隐含的民族平等意识更是把小说的境界提高了一个层次，成为小说能得到国际认同的一个重要因素。

六、菲律宾现实主义文学

　　菲律宾1946年获得国家独立后，政府规定以他加禄语为基础的菲律宾语和英语为官方语言，因此这两种语言的文学作品发展较快。以英语作家为主的菲律宾笔会中心于1958年成立，会员约70人；以菲律宾语作家为主的菲律宾作家协会于1974年成立，会员有200余人。在这两个团体的推动下和"帕兰卡文学纪念奖"等多种文学奖常年评奖活动的促进下，涌现出一批著名作家和优秀作品。文学的主要思潮仍然是爱国的民族主义，作品的主题多为热爱家乡、争取民主自由、歌颂纯洁爱情、反对殖民主义和反映人民的苦难与要求等，具有强烈的现实主义色彩。

　　1. 小说创作

　　战后，菲律宾虽然获得名义上的独立，但实际上仍受美国控制，争取民族独立解放的斗争依然十分艰巨，因此菲律宾爱国作家们创作了不少以揭露美国的经济侵略和帝国主义的文化腐蚀为题材的反帝爱国小说。例如：他加禄语作家拉莎罗·弗兰西斯科的长篇小说《你在北方》（1948），写菲律宾民族资本家桑托斯在仙加洛斯镇上经营运输业，与美籍犹太人汉逊竞争失败后，纵火焚烧掉了自己的全部产业。结果汉逊没有竞争者，因而牟取暴利。镇上的民众，极希望有其他资本家投资同他竞争。这时另一个外国人奥丝珊参与进来，两个外国人互相争夺。后来，奥丝珊联合桑托斯，仍旧敌不过汉逊。生意失败后奥丝珊自动离开了镇上。桑托斯经历了一连串打击，领悟到自力更生的重要性，在仙加洛斯镇无法立足的他不得已也远走他乡。阿马多·赫尔南德斯的长篇小说《野鸟》（1969）则反映了50年代菲律宾社会的各种矛盾，谴责美国商业资本操纵菲律宾，造成社会混乱、道德堕落。

　　在英文长篇小说方面，作家们经历了太平洋战争的战火洗礼之后，写出了以战争创伤为题材的小说。其中斯蒂文·哈维拉纳的《没有见到黎明》（1947）写农民卡丁为了给父亲和儿子报仇，参加抗日游击队。他和女友罗辛火烧日军弹药库后，双双被捕，罗辛独自承担责任而被砍头。卡丁获释后，杀死了告密者，袭击了日军，最后也遭到伏击而牺牲。此类小说还有胡安·拉亚的《这个村社》（1950）和廷坡的《夜里的警戒》（1953）、《不仅是征服者》（1958）等。

　　另外，不少作家精心运用富有民族特色的风俗场景和民族风情来反映历史背景，表达时代精神，发掘沉积在人民生活深处最能体现民族心理的潜流。较有特色的有阿勒杭德罗·罗彻斯短篇小说集《公鸡和鸢》（1959），贡萨雷斯的富有民都洛地方色彩的长篇小说《感恩季节》（1956）和《竹竿舞演员》（1960），以及阿塞拉纳的短篇小说《黄色的围巾》（1953）等。

在菲律宾现代文学史上，获得国际声誉的现实主义小说家，当推被誉为"文坛巨匠"的弗·西·何塞和侨民小说家比·恩·桑托斯等。

弗兰西斯科·西翁尼尔·何塞，毕业于圣托马斯大学。历任杂志编辑、土地改革部顾问和菲律宾笔会中心主席等职。著有以其故乡罗萨勒斯镇为背景的系列长篇小说，即：描写伊洛干诺人在各个历史时期反对外国殖民统治的《主要的哀悼者》、《世系图》和《伪装者》（1962），描写农民起义的《我的兄弟、我的刽子手》（1972），反映当代社会生活的《假面具》（1979）和叙述马尼拉一个繁华区之变迁的《埃米尔塔》（1985），以及短篇小说集《黎明的故事》等。

何塞的优秀短篇小说《偷神像者》（1959）写一个叫山姆的美国青年，供职于美国设在马尼拉的情报部门。他非常喜爱菲律宾各民族的民间艺术品，想在回国之前弄到伊富高人视为圣物的小神像作为纪念。他的助手腓力是伊富高人，违背族人的意愿离开家乡到马尼拉工作已经很长时间。腓力向往城市生活和西方的现代文明。在腓力的陪同下，山姆来到伊富高人生活的小镇。小镇四围环绕着高山梯田，民风纯朴，风景优美。山姆他们想尽办法也没有买到那种小神像。后来腓力决定去自己爷爷那里偷，但不久即被爷爷发现，山姆情急之中失手杀死了爷爷。面对着爷爷的遗体，腓力感到后悔万分。他决定留在家乡，重新穿起民族服装，专心雕刻新的小神像，做一个传统的伊富高人。这部作品反映东西方文化观念的巨大差异及其对菲律宾人生活和内心世界造成的冲击，具有很深刻的现实意义。另一篇轰动文坛的短篇小说《英雄》（1980），采用多种艺术表现手法，描写为抗日而伤残的爱国战士代俄斯，复员后当了30年的中学教师，除了一副拐杖，他没有得到国家的任何报偿，而贪生怕死、谎报战功的中尉布雷佛却获得英雄勋章，步步高升。代俄斯的独生女琳达大学毕业后，请求布雷佛为她介绍工作，竟然被布雷佛强奸，后又被迫当导游女郎接待日本游客。代俄斯退休后无钱治病，还要靠女儿向"过去的敌人"卖身才能活下去。这种悲惨而屈辱的遭遇深刻地暴露了菲律宾上流社会的黑暗腐败和下层小人物的不幸。何塞的小说充满忧国忧民的情感，注重抨击社会中的不公正现象，对弱小者抱有深切的同情。

比恩维尼多·恩·桑托斯，毕业于菲律宾大学和美国伊利诺大学，获英语硕士学位。他常以旅美菲侨为题材，描写他们对生活的热爱和追求，以及怀恋故土的情怀和心灵上的孤独和创伤。著有《火山》（1965）和《为何要留恋旧金山》（1979）等五部长篇小说、《你们、可爱的人们》（1955）和《苹果的香味》（1979）等四部短篇小说集、描写太平洋战争给菲律宾人民带来巨大创伤的诗集《受伤的雄鹿》（1956）等。短篇小说《移民的苦恼》曾获1977年美国密苏里大学小说奖，也最能体现桑托斯现实主义的风格。小说描述旅美的菲律宾姑娘莫尼卡为了获准在美国定居，嫁给一个丧妻而又伤残的美籍老菲侨的故事。其中对人物形象与人物个性，以及相亲过程的刻画十分生动幽默，真切地反映出美国法律对菲侨的种种限制以及菲律宾人的热情纯朴、在逆境中能同舟共济、克服困难的可贵品格。另一部短篇小说《苹果的香味》写"我"在美国小城卡拉马索偶遇一位菲侨法比亚。他居住在乡下，生活很穷困，但对"我"却非常热情。在与他交往的过程中，"我"深切感受到他对祖国和故乡的不能割舍的眷恋。作品文笔细腻生动，充满了感伤。

2. 诗歌创作

战后的菲律宾诗坛，由于民族主义思潮的高涨和政府普及菲律宾语和英语的政策，诗歌创作以菲律宾语和英语为主。许多诗人都能用这两种文字写诗，他们以大量的抒情诗，抒发爱的欢乐与恨的悲愤，并描绘椰林蕉雨的热带岛国田园风光，同时也创作了许多爱国忧民、怀古思今和言志咏物的诗篇。其中现实主义诗歌的代表作家是后来被政府追认为"国家艺术家"的阿马多·赫尔南德斯。

赫尔南德斯出身贫寒，曾参加抗日游击队，战后任全菲工会主席。1951年因反对政府派兵参加侵朝战争，被捕入狱，后无罪释放。从1962年起他陆续出版了诗集《咫尺天空》（1962）、《米粒》（1966）和《自由的国家》（1969）等。赫尔南德斯怀着沉重的忧患意识关心祖国和人民的命运，勇于正视现实、抨击黑暗，并以凝练的语言反映重大的社会问题。其著名诗篇《铁匠》，节奏明快，寓意明晰，情感真切，表现了劳动人民的坚忍意志和英雄气概。诗中写道：

> 虽然钢铁不能闪光／但其价值不可估量／铸成铧犁，养育大众／铸成武器，保国卫乡／看那铁匠，坚强如钢／不显傲慢，静坐一旁／黝黑双手，牢牢握紧／生存自由、民族尊严。[①]

他的讽刺诗《外国人》，对崇洋媚外、奴气十足的人物的丑态和民族劣根性进行了充分的揭露、讽刺和鞭挞。他的《两个时代》则反映纯朴的农村少女进城后，被追逐金钱和享受的现代都市文明负面因素所腐蚀走向堕落的境况。从中我们能感触到作者对病态的都市文明给人性带来伤害的深深的忧虑。诗中写道：

> 我爱你，美丽圣洁的姑娘／你好比那芳香的茉莉花，洁白纯朴／温柔的明眸给人带来希望之光／……／时间飞快流逝，……／那天，马尼拉的再次相遇／竟会是在上流社会的舞会里／你胸前的项链、臂腕上的金光／这一切刺痛了我的心房。
> ……／尽管我不愿承认，可良知告我事实／你出卖了自己，失去了人的尊严。[②]

---

① 转引自高慧勤、栾文华主编：《东方现代文学史》（上册），福州：海峡文艺出版社，1994年版，第732页。
② 同上，第732页。

赫尔南德斯的诗作主要以贫苦工人的生活为题材，具有强烈的工农情感和民族意识；诗风质朴无华、感情真挚沉郁而富有音乐感，因此被誉为"工人诗人"。除赫尔南德斯之外，另一位重要诗人巴东布亥战后曾发表《我看见那割下来的头》、《圣诞树》和《这就是他们的罪状》等诗，揭露反动集团篡夺抗战的胜利果实、镇压人民的反动本质。曾任菲律宾作协主席的阿马里奥，60年代出版了《创造者》、《吼声》等菲律宾语诗集，以表达社会抗议为主题，反映贫苦大众和底层社会的不幸，在当时也引起较大反响。

3. 戏剧创作

菲律宾独立后，文化教育界十分重视发扬民族戏剧，先后成立了"音乐喜剧基金会"和"东方艺术戏剧表演团"等团体，再加上"阿伦娜剧作奖"和"帕兰卡文学纪念奖"评选活动的推动以及剧作家的努力，戏剧创作呈现繁荣局面。这些剧作大都反映社会现实和人生问题，批判腐朽的道德观念和崇洋媚外的奴化思想，倡导高尚情操和爱国精神，具有鲜明的民族风格。这里首先要提到的两位剧作家是华奎因和格雷洛。

尼克·华奎因笔名奎亚诺·德·马尼拉，1947年到香港圣阿尔伯特学院攻读神学两年，后任《菲律宾自由周报》编辑。其作品重视反映过去的历史、文化和宗教，并"在美国化的现状中寻求菲律宾的本质"，"把信仰与自由和谐地糅进幻想之中"。其优秀剧作有反映珍惜文化传统、表现民族气节的《菲律宾艺术家的自画像》和反对禁欲主义的《父与子》等。

《菲律宾艺术家的自画像》（1952）系三幕悲剧，主要描写老艺术家唐罗伦佐和两个女儿保护一幅自画像的故事。这幅巨画以战火中的都市马尼拉为背景，画一个青年背负一个摔伤的老人，此一老一小都是画家本人的形象。唐罗伦佐将此画作为宝贵遗产赠给两个未婚的女儿，而她们不管生活如何困难以及亲友如何劝说，也不管外国人愿出多少价钱，始终不肯出售这幅珍品。最后在太平洋战争爆发前夜，她们把画和房子一起烧掉，以防落入敌人之手，表现了不屈的民族气节和珍惜民族文化传统的精神。它被公认为菲律宾战后一部具有重要意义的名剧。

另一部三幕情节剧《父与子》（1975）系根据作者本人的成名作、短篇小说《三代人》改编。剧情写年近八旬的前"马车大王"蒙松，中风在床，由舞女贝西埃陪伴照料，形同夫妻。蒙松之子马凯洛对此不能容忍，愤而赶走贝西埃，并以一台电视机来代替她。但蒙松却因此大发雷霆，又哭又闹，弄得一家不得安宁。他酒后一一呼喊昔日情妇的名字并误把儿媳当作过去的情妇。蒙松之孙季通不忍祖父受此折磨，决意找回贝西埃，但受到他的父亲的反对。贝西埃回来后不久，老人蒙松就离开了人世。贝西埃相信还有许多老人需要她来帮助度过人生的最后时光。此剧展示了三代人的感情世界，告诉人们不应被虚伪的禁欲主义束缚，应该大胆追求人的自由与解放，体现出浓厚的人文主义思想。

威尔弗里多·马·格雷洛被誉为菲律宾当代杰出的剧作家和不知疲倦的戏剧导演，著有8部剧作集。其著名独幕剧《三只老鼠》（1962），是一部描写因婚外情而导致幸福家庭走向破灭的悲剧。剧情围绕27岁的商人贡萨洛和19岁的妻子妮塔，以及他以前的男同学、25岁的阿德里安而展开。贡萨洛婚后不久便发觉其妻与阿德里安关系暧昧，后又发现其妻常常背着他和阿德里安幽会。在他的再三追问之下，妮塔只好吐露实情，承认自己的不轨。后来贡萨洛在咖啡里下毒，将阿德里安毒死。事后夫妻二人因分别犯下了十诫中所说的谋杀罪和通奸罪，也双双服毒自杀。此剧情节紧凑，整个剧情发展过程充满紧张气氛且合乎情理，具有强烈的艺术感染力。格雷洛的其他作品还包括《在修女院的半小时》、《被遗弃的房子》等。前者描写一位教会学校的女生因被禁止写情书谈恋爱而用自杀来表示反抗的悲剧，后者反映的是由于父母专制而导致的家庭和社会问题，发人深省。

除上面提到的华奎因和格雷洛以外，从20世纪中叶至今，菲律宾重要的现实主义剧作家和作品还有：弗罗伦蒂诺的《世界是一粒苹果》、阿·伊·克里斯托巴尔的《审判》、罗兰托·提尼欧的《贫民窟的生活》、鲍尔·杜莫尔的《对施拉彪老人的审判》、阿·格·乌兰莎的《临刑前的黎明》、阿尔芳的《大米》和《乞丐》、波妮发秀的《产妇塞邦·罗卡》等。曾获法国"法兰西学院骑士荣誉勋章"的女剧作家莫莲诺的揭露贪婪米商的《伪爱国者》（1960）和另外一个剧本《黑狼》（1969），尤其值得重视。

第四节　文学多元化发展

一、新时期越南文学的蓬勃发展

1976年，越南实现了南北统一，越南社会主义共和国成立，全国步入社会主义建设的新阶段。社会出现了前所未有的新情况和新矛盾，人们的思想意识也在产生新的变化。尤其是越南南方的人们，他们比北方更处在一个新旧急剧变化的时代，人们思想彷徨，行动无措。这些都反映到了越南作家、尤其是南方作家们的文学作品中。1986年12月，越共"六大"确定经济上对外开放的革新方针。社会意识形态趋向宽松，社会民主生活有了可喜的变化，个人追求和个人意识开始觉醒。文学开始关注人们的个人权利，也就是说人本主义的观点逐渐取代阶级的观点。在文学作品中，人的形象也从单一化趋向多样化、个性化。文学的审美标准和价值趋向也随之发生了一定变化，文学逐渐摆脱政治的传声筒和图解工具的地位。民主精神和人本主义开始成为这一时期文学作品的重要内容。文学的创作方法从单一的社会主义现实主义走向较为多样的创作方法。越南文坛出现了一些真实反映社会面貌、揭露社会阴暗面以及对社会主义历史条件下人性、爱情以及家庭进行剖析的优秀作品。在对过去抗法、抗美救国战争的描写上，更加大胆，更加真实，倾向于全方位的研究和剖析，更加深刻地展示战争的残酷，追忆越南人民在战争中的巨大牺牲，唤醒人们对和平的珍视意识。有些文学作品追踪战争中的英雄在战后的命运。1976年以后，尤其是革新开放以后，随着市场经济的兴起，个人意识的觉醒，知识分子开始成为不少作品的主人公。因为知识分子最能承载作者对时代的思考和忧患意识。

这一时期是越南文学蓬勃发展的一个时期，产生了一些颇有艺术水准的作家，如阮凯、阮孟俊、朱文、麻文抗、阮明洲、黎榴和阮氏玉秀等；诗人有友请、刘光雨、光勇和阮科恬等以及女诗人有春琼、林氏美夜和范氏莲等。

阮凯（Nguyễn Khải，1930—   ）辛勤耕耘，收获丰硕，取得了骄人的成就。2000年，阮凯获得第二届胡志明文学艺术奖。小说《岁末的会晤》（Gặp Gỡ Cuối Năm）是阮凯的代表作之一。小说讲述的故事发生在越南全国解放5年后的一个大年除夕。在原西贡上流妇女黄夫人家里，主人置办了一桌迎接新年的丰盛宴席，参加者有国家行政学院的教授、参议员、情报人员和革命作家。他们身份、地位和政见不同。他们海阔天空，无所不谈，从家事到社会上的事情以及国家的大事。这是新世界与旧世界的对话，这是新思想与旧思想的对话。他们的对话展示了他们不同的人生态度和价值追求，表现了他们鲜明的性格特点。他们之间的对话让黄夫人见识了旧政权政治舞台的"后台"所发生的秘闻以及现在革命时代生活的巨大变化。黄夫人从过去"拒绝新生活、新秩序、原地不动"到被革命作家的论辩所感召。宴席上其他旧时代的人物也开始调整自己的思维习惯，旧思想开始逐步转向。这是新时代、新思想的推动力和感召力。作品众人皆"欢喜"的结尾，显然带有一点作者的主观愿望。一般来说，意识形态的东西是难以在短时间内彻底解决的。

作者把故事放在一个跨度很小的时段内——一个晚上，准确地说只有5个小时；把人物放在了极小的空间内——一间房子里的一张饭桌上，让各种人物在这个极小的空间内不得不发生碰撞，这是作者的良苦用心和精心安排。

在《岁末的会晤》中，阮凯成功地把话剧中的对话运用到小说中去，并作为一种主要的创作方法去使用。作者通过人物的对话展开故事，通过对话暴露矛盾，通过对话把故事推向高潮。在人物的对话中，我们看到了各种人物的观点，也看到了人物的性格特征。

阮凯喜欢采用对话，甚至还有心灵的对话，这是作者习惯采用的一种创作手法。因此，阮凯的小说所塑造的人物形象不少倾向心灵、思想的挖掘，而非表层的形象刻画。

在小说《圣父与圣子及……》（Cha Và Con Và…）中，作者采用了人物的心灵对话。《圣父与圣子及……》是一部宗教题材的小说。阿书宗教学校毕业后，来到一个天主教教区担任教父，他虔诚奉主，严格遵守教规，不断努力，想成为一名模范的教父。但他所面临的现实是社会主义的社会，他究竟如何跟新的社会"对话"呢？在新的历史环境下，天主教日渐退缩到社会的一角，失去人们精神世界"主宰"的地位。教父、牧师们的生活陷入了冷清、无聊的境地。教父阿书坚定的意志和未来的理想面临严峻的考验。加之，反动势力披着天主教的外衣进行反共活动，更缩小了天主教的生存空间。政府和社会对教父阿书以及牧师们采取了感化和包容的态度，他们也开始融入新的生活。教父阿书对"执政共产党人"的偏见也在逐渐冰释。他认识到："跟随教友，顺从教友的意愿就会融合到社会中。教友是基础，教友是源泉，革命由此而生，教会由此而存，而不能颠倒两者的关系。"最后教父阿书的自我"赎罪"，真正"完成"了他的自我转变。文章的结尾有一点幽默之感：阿书的口头禅"我以圣父、圣子和圣灵的名义饶恕你的罪孽"变成了"我以圣父、圣子和教民的名义……"。

《圣父与圣子及……》提出了一个宗教与社会主义关系的严肃问题，是一个新时代出现的新问题。作者对此进行了有益的探讨。

从上述两部小说，我们看到阮凯思想睿智，能够抓住时代的主要矛盾，并以文学的形式揭示这些矛盾，在历史的发展趋势中解决这些矛盾。他笔锋犀利，对过去时代残留的旧势力和旧思想进行了非常有力的扫荡。这充分体现了作者的历史使命感和责任感。

《人的时间》的问世标志阮凯的小说已经从关注政治事件转向关注人性、人的心灵和人的道德等人生问题，关注个人命运与历史、社会的关系。这是一部以记述人物事件为主，夹杂着大量思辩内容的随笔式的小说。作品中的人物均在小说一开始就对"人的时间"、对人生的意义进行了概括。随后在文章中，各种人物又对"人的时间"进行了全面的探讨。

阮凯的文学创作带有浓厚的理性思考、思辩的特色，他善于通过人物的语言、对话，挖掘人物的内心世界，塑造人物的形象。他塑造的人物思想丰富而行动较少。

朱文（Chu Văn, 1922—1994）小说《星转斗移》（Sao Đổi Ngôi）真实地再现了抗美救国战争的尾声以及战争结束后进入和平时期的生活现实。往日的战斗英雄在和平时期所面对的是琐碎的日常生活。战争中崇高伟大与和平时期平凡普通形成了鲜明的对比。作者把人物放在了历史大转折时期的惊涛骇浪中，让他们去搏击。

作品运用第一人称"我"，将自己及其周围人对陶氏柳亲眼目睹或者听他人讲述的方方面面，一一道来。陶氏柳是作品的主人公，她命运不幸，经历曲折坎坷。柳从小就生活在父母离异的家庭里。家庭问题使她长期遭受世人的漠视和偏见，甚至不能加入青年团组织。柳参加了青年冲锋队，又从青年冲锋队转到工兵部队。在工兵部队，她是有名的爆破能手。最后，她被调到军事运输队，担任教导员，负责运输营的工作。一次，在向北方运输重伤员的途中，有一名道德败坏的男司机故意折磨车上的伤员。柳忍无可忍击毙了这个可恶的家伙。柳主动来到军事法庭接受处罚，她被判入狱。出狱后，她被剥夺了军籍和党籍，回乡劳动。柳并没有丧失生活的勇气，她经过不懈地奋斗，重新赢得了人们的信赖和尊敬，找到了自己在生活中的位置。后来，她成了山（作品中的"我"）的妻子。在丈夫山重新入伍后，她只好一个人一边抚养烈士的孩子，一边等待丈夫的回来。

小说中主人公阿柳是一位嫉恶如仇、刚正不阿、善良真诚和坚强不屈的越南妇女的典型形象。她并非十全十美，有感情用事、急躁等缺点。但无论怎么说，阿柳仍然是一位当之无愧的女英雄、女豪杰。她的言行、事迹在平凡中见出伟大，可歌可泣。作者塑造的阿柳的形象真实可信，是典型形象塑造的成功范例。同时，作者也刻画了怀、灿、康、芒和山等革命战士群体的形象，讴歌他们之间浓浓的同志情和战友情。

小说故事情节曲折，跌宕起伏，引人入胜。阅读《星转斗移》，我们禁不住为陶氏柳的不幸的遭遇和命运而掬一把同情之泪，同时又为她身处逆境而不屈不挠的坚强意志而折服。

《星转斗移》立意深邃，它向读者了阐释这样一条真理：世界"星转斗移"，人生变化莫测。有湛蓝晴空，又有乌云蔽日；有风和日丽，又有风雨交加。只要敢于搏击长空，把握住方向，蔚蓝的天空终究会属于自己。命运之神也会垂青自己！

朱文的小说在塑造革命战士的形象方面有自己的独特之处。他不仅把他们放在宏大、壮烈的战争环境中去刻画，而且还把他们放在平凡、琐碎的日常生活环境中去塑造。尤其是把他们放在逆境中去表现他们不畏险阻、敢于牺牲的英雄本色。同时，朱文并不回避他们英雄背面作为一个人的七情六欲以及他们所存在的缺点。朱文所塑造的革命战士是贴近生活真实的人。因此，这些形象鲜明突出，栩栩如生，具有极强的感染力和说服力。

阮孟俊（Nguyễn Mạnh Tuấn，1943—　）是抗美战争结束后崛起、个性鲜明、成就突出的一位年轻的批判现实主义作家。小说《面对大海》（Đứng Trước Biển）敢于正视越南统一后社会中的主要矛盾，抓住了发生在南方过渡时期的主线——路线斗争、阶级斗争。在经历了近30年反抗外敌的斗争后，人们又进入了一场新的斗争。斗争的一方是坚持社会主义道路的革命力量；另一方是反对社会主义改造的敌对势力。在这场激烈的斗争中，人们有悲伤与欢乐、酸楚与甜蜜、痛苦与幸福。这是一幅勇敢行动、崇高牺牲和真挚感情与卑鄙行为、盲目冒进和草菅人命相互交织的水墨画卷。

阮明洲（Nguyễn Minh Châu，1930—1989）是越南战后描写战争题材独具特色的作家。阮明洲在反映伟大的抗美战争、歌颂伟大的军人方面取得了卓越的成就，他荣获1984—1989年国防部颁发的特别奖。特别奖对他所有的描写战争和军人题材的小说都给予了充分肯定。阮明洲为了写好战争题材的作品，曾经几十次南下战火纷飞的平治天—顺化地区，亲眼目睹战争的场面，体验战争的生活。

阮明洲的短、中篇小说是他文学创作的精华所在。《森林边的月光》颂扬了战士如月光般的纯洁爱情。《战争之路边》就像一首古典情诗，描述了一个女子30年默默等待着毫无音讯的一个兵。这个女子在路边建起了一间小房子，期望着有一天，他的兵哥哥会不期而至。与《战争之路边》所体现的思想截然不同的是，《急行轮船上的妇女》力图探索、挖掘妇女内心世界，突出她们对个人价值的重视和个人幸福的追求。另外不少作品是阮明洲在战争题材之外的新拓展，就是向历史新时期的现实生活迈进。如《盗贼》等开始涉及人们日常生活中的道德衰退等不良现象。《图画》展示了一个画家自我意识的挖掘、自我灵魂的暴露。《来自故乡的客人》是得到评论家首肯的一篇短篇小说，它成功塑造一个名叫孔的农民典型形象。孔一辈子面朝红土，背朝天，勤劳能干，但他带着浓厚的封建思想，他自私和狭隘，把自己的老婆当成了生孩子的机器和自己的生产工具，他胆小怕事，思想保守陈旧。孔的思想、行为与社会主义建设时代的新道德、新思想发生了强烈的碰撞。文章的结束，作者写孔陷入了孤立、孤独的境地，昭示着他将在新时代面前走向消亡。《远行的船》体现了作者对艺术与生活的思考。《风暴》批判了在战争到社会主义建设的历史转折时期人们面对困难而动摇，甚至背叛人民的行为。《与绿树共存》则表达了作者对未来美好前途的展望。

在阮明洲的短篇小说中，作者满怀一颗对妇女的关爱和同情之心，塑造了一批形象各异、个性鲜明甚至有棱有角的妇女形象，颂扬了越南妇女传统和现代的一些优秀品质，展现了越南妇女的勇敢、聪明和能干的人格魅力，同时也批评了她们中存在的自私和个人主义等缺点。

阮明洲的短篇小说走过了一条从讴歌到批判、从表层到揭示人性深层的过程。他所走过的路，标识了70、80年代越南文学的发展里程。

麻文抗（Ma Văn Kháng，1936—　　）是越南南北统一之后、蜚声文坛的重要作家。他的长篇小说《园中叶落的季节》（Mùa Lá Rụng Trong Vườn）通过描写河内阿平老人一家的家庭变故，展示了抗美战争后历史过渡时期人们的家庭婚姻观念的变化。家庭，这个一向被视为"避风港"的安稳地带，一夜之间变成了"风浪四起"的是非之地。就像小说所叙述的那样：一年后，园中的树叶凋谢了；经过激烈冲突之后，一切都变了。长期以来由于社会环境的制约，个人的家庭生活是被忽视的。战争结束后，人民成了国家的主人，个人的生活受到重视，但也面临着前所未有的考验。正如作品中提出的那样："作为社会细胞的家庭在有很多困难的新生活建设时期会牢不可破吗？"作者在小说中提出了新的历史条件下个人、家庭和社会三者关系问题以及个人对生活的责任问题。

小说的主人公阿李是阿平老人家的儿媳妇，她漂亮、聪明伶俐，是她一直操持着这个家。后来在社会环境的影响下，阿李慢慢地变了，她耐不住贫困与寂寞，开始放纵自己，追求享乐，最后背离了这个家庭。当然，阿李的离家出走，与其丈夫阿东的冷漠、生硬也有一定关系。

麻文抗在对家庭问题上是辩证的，一方面他不回避新时代家庭的变故，同时作者也肯定了传统的家庭观念，歌颂了虽然生活很苦但仍然相互厮守的幸福夫妻阿仑和阿凤。作品中的两对夫妻有迥然不同的结果：东和李夫妻关系的破裂；仑和凤从一而终。这有社会环境的原因，也有个人的主观原因。如果说阿东笨拙、无责任感和思维简单，那么阿仑则能干、有理想、富有智慧和热爱生活；如果说阿李追求平庸、见钱眼开，那么阿凤则富有爱心和牺牲精神。不同的人，不同的追求，导致了不同的结果。

作品语言朴素、明快、富有形象性。麻文抗的景物描写出色，他的笔如有神助，稍加润色就赋予了周围的景物以生灵之感。

长篇小说《没有结婚证的婚礼》（Đám Cưới Không Có Giấy Giá Thú）是继《园中叶落

的季节》之后的又一篇力作，它出版后引起了越南文坛的强烈反响。从题目上看，这部作品似乎是讲述一场不同寻常的婚姻的。其实它叙述的是河内一所中学教师们生活和工作状况。《没有结婚证的婚礼》真实地反映了在社会变革时期，在经济革新大潮的冲击下，知识分子清贫的生活和岌岌可危的婚姻以及人们矛盾、彷徨的内心世界。可以说，麻文抗的《没有结婚证的婚礼》是南高的《残生》在80年代的翻版。

作品的主人公阿嗣是河内第五中学的语文教师。他埋头钻研，业务水平高，责任心强，是一位好老师。他在清苦的生活中，默默地奉献着。他一家住在有一个小阁楼的一间房子里。小阁楼是阿嗣攻读、钻研的地方。每天，他"骑着一辆破自行车，车后夹着一本安南—葡萄牙词典"。他的生活是两点一线——学校和他家的阁楼。对他清贫的生活，小说还有一段形象的描写。有一次，阿嗣和他的朋友阿轲逛街，无意中来到了饭馆林立的食品一条街。"（阿嗣）都43岁了，从来没有、一次也没有来过这里，也不知晓这些美味。"他们离开了食品街，来到了菜市场，看到"一捆空心菜已经达到50盾，这差不多相当于一个中学教师工资的四分之一"。

阿嗣潜心钻研的平静生活开始被打破：他的妻子阿钏，辞掉了图书管理员的工作，干起了小买卖。之后，阿钏又与他们的邻居阿琼一起经商，阿钏最后背叛了她的丈夫，与有钱的阿琼搅和在一起。妻子的背叛对阿嗣来说无疑是晴天霹雳！在妻子的眼里，他一个满腹经纶、堂堂的中学三级语文教师竟然失去了魅力！阿嗣明白，"穷"是这一切的根源。他最后无奈地放弃了他心爱的事业而去追求一种新的生活。

在颂扬阿嗣、数学教师阿述等人勤勉工作以及学校打鼓人（上课以打鼓为号）恪尽职守、诚实善良的优良品质的同时，小说也毫不留情地抨击了校长阿锦不学无术、投机钻营和支部书记阿阳的思想僵化、刻板教条以及学校内部存在的弄虚作假等种种弊端。

麻文抗对"社会的净土"教育园地的揭露和"人类灵魂工程师"的抨击是极为大胆的，它无疑触及了一根敏感的神经，在当时越南文坛引起了激烈的争论。发现社会问题、揭露社会问题是作家的责任，麻文抗在此方面是称职的。虚假的歌功颂德，粉饰社会已经遭到越南文坛的唾弃。

黎榴（Lê Lựu，1942—   ）是一位军队作家，同时又是一位被国外认为"具有民族特色的作家"。1975年，黎榴的第一部小说《开发森林》问世。它以不同的视角描写了战争中人们英勇、悲壮的命运。可以用范进术的两句诗来概括黎榴的这部小说，那就是："菊苦忘记自己内心的苦，溪边展放任蜂飞。"黎榴作品的人物主要是农民，有时是扛枪的农民。80年代，当战争的枪声沉寂之后，黎榴出版了一部唤醒人们记忆的长篇小说《逝去的时代》，小说讲述了农民江明柴在过去从建国到祖国解放的30年中的命运变迁。《逝去的时代》是越南文坛较早以叙述历史与探索人的心灵、人性相结合为创作倾向的一部作品。

志飘是著名作家南高培育的一个30年代的典型文学人物。不曾想，志飘在80、90年代又有了"子孙"，这就是范诚的《后志飘》和阮德懋《志飘销声匿迹？》。

范诚（Phạm Thành，1943—　）的《后志飘》（Hậu Chí Phèo）讲述的故事极为有趣：众人以为南高活着的时候，志飘就死了。谁曾想到天下又在谈论志飘：志飘娶妻；志飘到西方国家留洋；志飘考上研究生；志飘走上坊、乡的领导岗位。时代变，志飘也在变。划破脸皮耍赖的事情已经成为过去，只存在于百户老爷的时代。这就是范诚的《后志飘》给我们塑造的新时代志飘的形象。《后志飘》给我们留下一段深深的思考。

阮德懋（Nguyễn Đức Mạnh，1948—　）的《志飘销声匿迹？》（Chí Phèo Mất Tích）讲的是：李卯，豪富村人，他的父亲赌博输了，卖掉房屋后，逃离了故乡。李卯和他的母亲投靠了他的叔叔。他的母亲捉螃蟹时，遭毒蛇咬而死。李卯长大后，独自在村外草房中居住。后来，他爱上了一位俊秀、善良的姑娘鹤。新婚之夜，李卯发现鹤姑娘已经怀孕。从此，他打妻子，酗酒闹事，变成了豪富村的"志飘"。李卯后来因偷盗被投进了监狱。李卯与阿鹤分开后，又把街头流浪的中年妇女领回家做了老婆，不料他领回了一位母夜叉，骂亲戚、骂村民，结果这位母夜叉被赶走了。李卯也被家族开除了。后来他父亲死了，他成了无依无靠、举目无亲之人。李卯又四处流浪了，去哪里谁也不知道……

从南高的志飘到范诚和阮德懋的志飘，他们是不同时代某类国民形象的典型代表，三位作家的三位"志飘"是对不同时代人性的解剖。

阮氏玉秀（Nguyễn Thị Ngọc Tú，1940—　）的《下季的种子》获得1986年越南作家协会小说奖。《下季的种子》（Hạt Mùa Sau）围绕着一个农科所的育种而展开了知识分子中间美与丑、善与恶的斗争。小说成功地塑造了三类人物：一类是以朝、忠、义、好等为代表的在科研工作中忠诚老实、勤勤恳恳和在生活上关心他人的优秀知识分子；另一类是以炳、胜、辊等为代表的贪婪、虚伪、霸道和见利忘义的知识分子；介于中间的一类人物是以康、希等为代表的冷漠、摇摆的知识分子。作者并没有把这些人物单一化、脸谱化，人物的处理给人以活灵活现的真实感。同时，小说反映了更广阔的社会现实，触及到了80年代越南社会上的一些重大问题，如腐败问题等。如以显为代表的经济腐败和以让为代表的思想、生活作风的堕落等。

《下季的种子》标志着她在《晚香玉》和《村庄的土地》之后小说创作的一个新的突破。在小说中，阮氏玉秀真实而生动地塑造了一批形态各异、丰满多姿的农业科技人员的形象。另一个成功之处是她批判社会丑恶现象的笔锋比任何时候都锋利和尖刻。也应当指出，《下季的种子》由于是多线描写、人物过多，显得有点繁复之感。

友请（Hữu Thỉnh，1942—　）是一位战火中成长起来的诗人，他的诗作主要有长篇诗歌《进入城市的道路》、《从战壕到城市》和《海的赞歌》以及诗集《冬季的信》等。其中《进入城市的道路》获得1980年越南作家协会诗歌奖。

《进入城市的道路》描绘了1975年春季发生的胡志明战役。作者并没有完整地叙述整个胡志明战役的历史过程，而是选取了具有代表性的场景来描述和抒发情感，如行军、钻地道、长山的生活、母亲送子、妻子等待丈夫等生死离别的感人场面。作者是这次战役的参加者。这篇长诗是战火中诞生的，是用血肉铸就，决非书房的笔墨之作。诗歌感情饱满、激情振奋、诗句凝练、余味无穷。无独有偶，青草的长篇诗歌《到达海边的人们》也是描写胡志明战役这一题材。

假如说我们读青草《到达海边的人们》，听到的是大海的波涛；那么我们读友请《进入城市的道路》听到的是滚滚向前的车轮轰鸣声。友请和青草的共同之处就是以感情奔放、浓烈的长诗从多个角度和方面：前线和后方、民族与时代、胜利与牺牲，展现了波澜壮阔解放南方的人民战争。

刘光雨（Lưu Quang Vũ，1948—1988）是一位诗人和剧作家。他的诗歌《与阿哥同在》抒发了阿妹对阿哥的无处不在的纯真感情：

> 当我远行的时候，有个人在熬夜期盼，
> 当我痛苦的时候，只有阿妹一个人来到我身边，
> 我在爱的火焰旁边无忧无虑，
> 我开怀畅笑的时候是阿妹高兴之时。
> 我迷路，阿妹送我返程。
> ……　……

青草（Thanh Thảo，1946—　）是80年代的一位重要诗人。青草的诗歌是越南诗歌发展到80年代的新亮点，他的诗歌有异常清新的审美趣味，他的诗歌是人物内心思想的涌动，是外部世界在作者心灵深处的沉淀，含蓄、静谧，毫无喧嚣之感。

春琼（Xuân Quỳnh，1942—1988）是一位60年代崭露头角、80年代达到辉煌的女诗人，她与刘光雨是一对文人夫妻。春琼是20世纪文学中的"胡春香"，人们为她的美丽、真诚、淳朴、热爱生活、乐观向上以及泼辣勇敢的品质所吸引，为她美妙绝伦的诗歌所倾倒。春琼就像沙漠中冒风沙、抗干旱的一株仙人掌，为了美化生活，她挤干了自己身上的水分供养了奇妙的花朵。1989年，她出版了诗集《竹节草花》，1990年获得越南作家协会诗歌奖。下面是春琼《竹节草花》的精彩诗句：

> 树木在没水的河滩中摇曳，
> 地球转动在变换着季节。
> 何人在树丛后轻轻呼叫着我的名字？
> 当初我们踏过的草径也是一片秋色。
> 白云随着风飘向远方，

心如蓝天明澈透亮。

竹节草吸含了人间苦涩，

心中的诗歌就让她随风飘荡。

路旁开满竹节草花，

竹节草花开在了阿妹的衣衫。

温柔的爱语仿佛空中青烟，

阿哥的心思坚定不变？

　　1976年以来的新时期是越南文学蓬勃发展的时期，是越南文学创作日趋多样化的时期。这一时期，越南文学逐渐摆脱政治的传声筒和图解工具的地位，文学内容更加丰富，真实反映社会面貌、揭露社会阴暗面以及对社会主义社会历史条件下人性、爱情以及家庭进行剖析的优秀作品不断呈现于越南新时期文坛；文学流派、风格异彩纷呈，绚烂多姿。

二、印度尼西亚的现代派作品

　　1965年9月底印尼发生了震撼世界的"9·30事件"，印尼的政局发生大逆转，军人势力借机对左翼和进步力量进行严厉打击。印尼共产党遭到残酷镇压，人民文协等革命和进步组织被宣布非法而遭取缔。随后，苏哈托用"逼宫"的办法逐步逼苏加诺总统交权，在1967年完成了政权的更迭，从此印尼进入了所谓的"新秩序时期"。

　　苏哈托上台后致力于振兴萧条的经济和调整对外政策方略，但是出版业的不景气难以很快为文学的发展提供稳固的阵地。尽管1968年纯文学艺术性杂志《地平线》的创刊表明印尼文坛开始出现了希望，但真正的转机是从70年代开始。其主要标志有以下几个：一是首都雅加达和地方的一些主要报纸地位上升，销量回增，使得其版面扩大并对文学作品开放了较固定的阵地。二是阿里·萨迪金市长拨款资助在雅加达成立"大图书出版社"（1971），以出版文学艺术书籍为主。这刺激了文学市场的复兴。后来发行《罗盘报》的格拉美迪亚出版社也开始大量发行通俗小说，而一度停出文学书籍的"古农阿贡出版社"逐渐恢复了对文学的兴趣。三是在阿里·萨迪金的资金和鼓励下，在雅加达建立了一些艺术活动园地、研究机构和教育机构，同时设立了一笔艺术奖励基金。印尼政府从1971年起向优秀艺术家颁发"艺术大奖"。四是从70年代开始，学术氛围日益浓厚，各种文学研讨会、学术交流会频繁举行，知名刊物、基金会和研究所等机构经常举办写作大奖赛、国际写作活动等，这一切无疑刺激了文学的发展，优秀作家和作品不断涌现。[1]

　　这一时期印尼文坛出现了两种现象，一是西方各种现代主义流派的时兴，一是通俗文学的泛滥。由于苏哈托政府对西方实行开放政策，欧美各现代主义作家作品及艺术思想、表现手法的输入使印尼出现了一批现代派作家，并在文坛形成"厚势"，小说界也一

---

[1]　龚勋：《战后印度尼西亚小说创作及发展》，未发表论文，第8—9页。

度兴起"哲学玄思"风气。不少作家以搞"试验文学"为名，纷纷向西方现代派看齐，热衷于形形色色的标新立异。例如有的纯粹是为了赶时髦，发表由电子符号组成的所谓"电子小说"，里面没有几个文字，看了令人莫名其妙。此类无奇不有的作品没有什么文学价值，只是昙花一现，很快就被人遗忘。但也有严肃认真的作家，他们接受西方现代派文艺思潮并不是在赶时髦，而是想从中找到新的文艺理念，新的创作方法和新的表现形式。很多作家经历了50、60年代的风风雨雨和政治风波之后，对于社会的不合理性和荒诞性、人性的异化和道德的沦丧感到迷惑不解，产生了恐惧感、荒谬感和孤独感，认为人与人之间难以沟通，缺乏善意和理解，人生迷失了方向。这时他们从西方的荒诞派那里找到了可借鉴的创作方法，用最荒诞的形式表现当代社会的荒诞性以及当代人对常规理性和客观真理的疑惑及由此而产生的复杂心理状态。[①] 在这方面具有代表性的作家有伊万·希马杜邦、布迪·达尔玛、布杜·威查雅和达纳尔托等。

伊万·希马杜邦（Iwan Simatupang，1928—1970）是印尼现代派小说的鼻祖。他出生于苏门答腊北部的希波尔卡，受法国战后哲学思潮影响很大，对中国古典绘画和西方现代画派深有研究。与传统小说相比，伊万·希马杜邦的小说从形式到内容都具有强烈的反叛意识，读者往往被他的小说带入非理性的思维空间而不是具体的现实生活，经过一番艰难的解读之后陷入痛苦的冥思。印尼著名文学评论家耶辛认为，伊万·希马杜邦的小说"是对生存和人生问题的揭示与探讨"，他和当年的凯里尔·安瓦尔一样，"为印尼文学史打开了新的篇章"。[②]

伊万的小说追求"反主题"、"反情节"、"反高潮"，是典型的法国式的"反小说"，这与他1954年到1958年这五年在欧洲的生活经历不无关系，他亲历了欧洲存在主义哲学思潮的兴起和法国"新小说"的出现，由他开山的印尼现代派作家大都师承于法国"新小说派"倡导者阿兰·罗伯—葛利耶（Allain Robbe-Grillet）。此外，存在主义作家萨特、现象学派代表人物海德格尔对伊万的影响也很大。他的主要作品大都是在他去世后才为人重视。

伊万的代表作主要有《祭奠》（1969）、《红中红》（1968）、《干旱》（1972）等。其中《祭奠》写于1961年他从欧洲回国之后，但到1969年才正式出版，并立即受到广泛的重视，1976年获"东盟文学奖"。

《祭奠》是印尼第一部打破传统和常规写法的"反小说"的小说。主人公没有名字，原是一位很有前途的天才画家，在面临妻子的突然死亡时完全丧失了生活的意志和目标，像一个精神分裂症患者一样，放弃了所有的物质财富，开始过一种四处流浪的生活。他每天都要到路口等候亡妻前来接他，天天如此，全市都知道，习以为常。所以，他的"不正常"被社会看做是"正常"了。原画家最喜欢的工作是刷漆刷粉，后来被坟场管理员聘去做粉

---

① 梁立基：《印度尼西亚文学史》，北京：昆仑出版社，2003年版，第717页
② Damin Toba, *Novel Baru Iwan Simatupang*（Jakarta: PT Pustaka Jaya. 1980），p.5.

刷坟场外墙的工作。于是他恢复了"正常",每天认认真真地刷墙。然而他的"正常"却被社会看做是"不正常",从而引起全市的大恐慌。市长立刻召开常委会紧急会议并做出决议:"立即停止刷墙工作,直到情况和笼罩我们可爱城市的异常气氛过去。"这件事甚至惊动国家元首和内阁总理前来视察,闹得沸沸扬扬。整个故事没有连贯性的情节,人物都没有名字而以职位代称。作者以非理性对待理性,以无意识对待意识,以支离破碎的片断代替完整合理的总体结构,这恰恰是作者为了表现社会的荒诞性和人性的异化。[①]在荒诞的背后可以感受到作者对现实社会的不满和嘲讽,特别是对官场和高官们的丑态揭露和嘲讽得比较深刻。

《祭拜》中的主人公是用一种非理性的主观精神来体现世界的本质和存在的意义——生活的真实只存在于人的主观世界之中,一切有型的物质的存在都是不重要的。从物质上说,我们的存在"最终不过是将要埋葬在那些古老的尸体上的新的尸体而已"。[②]"我们的主人公"在妻子死后,将自己所有的成名作都抛入了大海之中,离弃了作为一名著名画家优越的物质生活,开始四处流浪,在流浪中寻找人生的价值和意义,在自己的主观感受中把握存在的真实。这一人物形象很明显地体现了存在主义哲学观点。存在主义认为,主观精神体现了世界的本质,真实性只存在于人的主观世界中。

《红中红》的主人公在独立革命中成为英雄人物之后却陷入了迷茫与困惑,他完全看不到他个人的存在与他生活在其中的社会之间有什么联系,一次一次地问自己人活着的意义。所以,他宁愿放弃作为一名革命英雄应有的精神上的荣耀和物质上的享受,而选择像精神病患者一样居无定所的流浪生活。因为世界存在的意义是人赋予的而不是相反,他只在乎自己生活的自由,自己的主观感受。

《干旱》也是部没有情节的小说,人物也没有名字和性格特征,只称他为"我们的主人公"。他是学哲学和历史的大学生,才华横溢,甚至超过了他的老师。但他不求个人的飞黄腾达而甘愿到一个干旱的移民区去工作。为了克服可怕的干旱,他坚持不懈地深挖井,哪怕把地球挖穿。他的同事们忍受不了艰苦,纷纷离开他跑回城里,而他却一直坚持挖井直到有一天晕倒在地。他被送往城里的医院,在那里遇到了过去的同事,如今他们个个因贪污而发大财,过着豪华的生活。他们约他回城里一起干,可他拒绝了,仍然回到移民区继续他的事业。他终于建成了一座城市,但不久被暴风雨所摧毁,他无可奈何地陷入对生活的失落和迷茫……在充满贪污腐败和自私自利的社会里,像"我们的主人公"那样的人是根本不存在的,作者以不存在的人来对照存在的人,让人们看到现实生活中人的真实面貌,同时也在呼唤像"我们的主人公"那样的人出来领导,把荒芜干旱的家园建设成美丽的城市,然而这只是作者的幻想罢了。

---

① 梁立基:《印度尼西亚文学史》,北京:昆仑出版社,2003年版,第718页。

② Jakab Sumardjo, *Sinopsis Roman Indonesia*(Jakarta: Penerbit Alumni, 1983), p.62.

在印尼文坛，伊万的小说中第一次出现没有名字的主人公和人物，他们都是在现实生活中被抽象化了的人物模特而非血肉之躯。小说并不直接地再现客观现实，而是通过对主观世界的表现，间接地反映客观现实，其语言犀利，情节荒谬，显意晦涩，哲理深厚。伊万所开的风气是让读者和批评家绞尽脑汁进入他的作品，用感受、情绪和非逻辑的理智去认识和体会生活。作品中人物流浪汉般的非理性的荒诞生活是对现实生活中人的存在的不合理性的不满、否定、批判和反抗，故事的发展反情节和反常理，带有浓厚的虚无主义和悲观主义色彩。

伊万小说对传统的反叛，人物形象塑造的从理性到非理性、从客观到主观的这一转变具有深刻的社会文化根源。伊万所处的时代从世界范围来看是一个充满矛盾和巨变的时代，随着二战的结束，传统道德和价值观念的破灭导致了普遍的信仰危机和精神危机，空虚和绝望的情绪笼罩着整个思想界。从印尼国内来看，印尼独立以后进入了一个相对稳定的时期，人们远离了在传统束缚中挣扎、向荷兰殖民者怒吼的时代，在拥有安定舒适生活的同时，也丧失了为自由而斗争为独立而冲锋的激情。在印尼由革命向发展转型的这样一个时代中，随着经济建设的不断发展，人们在物质上得到了从未有过的满足，而人精神世界的衰落与之形成了严重的逆差。精神的"荒漠化"导致了人的价值的贬抑和异化。对于广大的中产阶级知识分子来说，现代社会既使他们获得舒适的生活享受，又使他们深感苦闷、空虚、惶惑不安，他们觉得世界变得越来越令人难以理解，像是走进了一个没有出口的迷宫，感到惊恐、困惑、孤立无援，看不到出路和希望。对他们来说，人类已有的文化已不能解释生活的迷茫，只能让非理性的直觉去把握世界的混乱和荒谬，探究个人本体在荒谬世界中的境遇和感受。伊万小说中的这些人物正是这一普遍的精神危机的反映，他们寂寞空虚、迷茫苦闷，生活理想的丧失让他们失去了理性。[1]

伊万这种反传统的荒诞小说为他赢得了声誉，同时也在印尼文学界引起了争论，有评论家甚至认为"伊万的小说开始了印尼小说迄今为止最为激进的一场革命"。其实伊万的作品是对传统的现实主义小说的反潮流，是西方现代派在印尼文坛的回响。[2]

紧接伊万之后的是另外三位比较有名的现代派作家：布迪·达尔玛、布杜·威查雅和达纳尔托。布迪·达尔玛是研究英美文学的"学院派"人士，文学理论功底深厚，与伊万基本上属一个类型，只不过布迪是搞文学研究的，伊万则是艺术和哲学。布迪深受现代派文学鼻祖卡夫卡的影响，其代表作《批评家阿迪南》（1974）就有脱胎于《审判》的痕迹。布迪在赴美留学期间曾以当地人物和生活为素材创作了一些长短篇作品，但真正使他饮誉东南亚的还是他的长篇小说《奥连卡》。该小说结构新颖、图文并茂，新闻图片、报刊摘章的嵌入虽然使读者难以捉摸作者的主观意图，却从技巧上丰富了作品的装饰性。它在获"雅

---

① 王辉：《非理性的自我存在》，载《东方语言文化论丛（第19卷）》，2000年版，第248页。

② 梁立基：《印度尼西亚文学史》，北京：昆仑出版社，2003年版，第720页。

加达艺术研究所长篇小说大奖赛"头奖后，又获得了"东盟文学奖"。布迪创作强调"灵感突发"，"主题唤醒"，往往由某一普通的现象引起"神思"。在宾馆里，看见一个电梯管理员都会"莫名其妙"地做出一篇文章。[①]布迪小说给人的总感觉是：冷酷，充满对社会荒诞性的冷嘲热讽。

1944年出生于巴厘岛的布杜·威查雅与布迪有一定相似之处，但他主要是学表演艺术和法律的。布杜刚步入小说领域时还是个好幻想的中学生，后来所学的电影戏剧表演使他受欧美现代电影、戏剧影响很大。加缪、尤内斯库、贝克特等人的"荒诞剧"，普鲁斯特、乔伊斯等人的"意识流"手法都在布杜总带有"法学"味道的小说中留下了自己的影子。布杜的第一部小说《当夜色深沉》发表于1971年，其实是1964年的作品。这部小说采用比较传统的写法，讲巴厘社会的一个故事。他于1973年发表的小说《工厂》写于1968年，是一部过渡性的作品，把社会的现实性和荒诞性结合起来。小说描写一个工厂的劳资纠纷，由于无法相互沟通和协调立场而最后导致工厂被烧毁……作者采用电影剪辑的手法把各种片段交接在一起，场景的变换呈跳跃式。

布杜的成名之作是发表于1973年的长篇小说《电报》。作品讲一个年轻人于恍惚之中似乎收到了关于他母亲病故的电报，他必须立即回乡奔丧。但小说刻意描写的是主人公的精神错乱，他把现实与虚幻混合在一起，把生活的过去、现在和将来搅在一块，弄不清自己是存在于现实还是虚幻之中。这部小说没有前后连贯的情节，很难说清其故事梗概。作者让故事顺着主人公的有意识、无意识和下意识的时隐时现而不断地流动，让读者也跟着东奔西跑而"精神错乱"起来。现代电影艺术中"蒙太奇"手法的运用、类似拉美"结构现实主义"的叙述手段配上克里斯蒂侦探小说式的"悬案"的故事情节，使《电报》成为令人猜不透又似乎能道得明的谜。

布杜于1977年发表的小说《车站》被认为是他最成功的作品。这部表现人性失落和孤独感的小说以火车站作为背景。火车站上熙熙攘攘的人流、嘈杂的人声、污秽的地板象征着社会的乱七八糟和乌烟瘴气。而主人公是一个来路不明的老人，他只觉得自己必须动身，但不知道要去哪里和干什么。必须动身的潜意识把他带到火车站，从而开始他的灵魂在火车上噩梦般的漫游。当火车到站时，灵魂找不到自己的躯体，原来躯体还留在原来的火车站上等着买票。小说极力表现人世间的冷漠、无情、混乱和空虚，那老人代表被社会压得喘不过气的弱者，他孤独和空虚的灵魂在寻找人们的同情和关怀，但结局还是回不到自己的躯体。

布杜是70年代最多产的作家和剧作家，在当时的印尼文坛，只要他参加大奖赛，肯定会获奖，不仅在国内年年获奖，还曾获得过"东盟文学奖"。他于1978年发表的小说《输了》，同样深受西方现代电影戏剧的影响，采用的意识流手法颇像"蒙太奇"，有浓厚的荒

---

① 龚勋：《战后印度尼西亚小说创作及发展》，未发表论文，第8—9页。

诞派色彩。此外，他还写了不少剧本，有《海洋在歌唱》、《某人》、《唉哟》、《扑通扑通》等，都属荒诞派的戏剧作品，对印尼戏剧的发展有很大的影响。

另一位现代派作家是来自爪哇的达纳尔托。达纳尔托是学绘画造型艺术的。他的现代派作品多与自己的绘画图题（以图为题）或图文（以图为文）相搭配，而且经常以"重复"手法强调某个词或音节，甚至某句话，使得一篇小说不仅由文字，而且由图画和音响效果构成。他的小说中总有宗教般神秘的故事和宗教性观念的人物，而且经常能听到呼唤"真主"的声音。此外，达纳尔托的小说具有浓厚的爪哇传统文化色彩，笼罩着爪哇泛神论和神秘主义的气氛。小说中可以看到各种异乎寻常的事碰到一起，一切最荒诞的事都可能发生，从短暂中看到了永恒，在永恒中看到了短暂。他以爪哇的独特方式吸收西方现代派的艺术，把西方的典型人物融入爪哇的神话人物。他喜欢阴森的坟地、惨烈的战场和寂静的旷野夜晚，写得富有诗意。他的故事很怪诞，主要表达这样一个思想，即真正的实在是单纯，要排除一切欲念，回到单纯的自我，拒绝任何装模作样，而最好的人生就是从历史舞台上消失。①达纳尔托可以算是印尼"本土宗教文化特色"最浓厚、作品最难懂的现代派作家，其短篇小说《琳特利克》曾获奖，其他作品还有短篇小说集《科德罗普》和一些剧本。

当荒诞派文学盛行的时候，一些地方出生的作家，却朝相反的方向发展，从"向外看"转为"向内看"，回归本乡本土的传统文化寻找灵感和创作源泉。他们仿佛又把我们带回到20年代和30年代的时代主题，如新老之间的矛盾、传统与现代的冲突等等，但不是简单的重复，而是从更高的层面上重新审视。他们的小说比较贴近现实，反映现实社会存在的各种矛盾。他们分布于全国各地，把各地方文化融入到印尼文学中来。到了80年代，这种发展趋势方兴未艾，其中爪哇作家和爪哇文化的影响和作用尤为突出，出现了"印尼文学爪哇化"的现象。不仅作者是爪哇人，而且反映的是爪哇人的价值观、人生观和道德观。这可以说是对"普遍性文学"的反拨。阿尔斯文托的《花裙腊染匠》（1985）、芒温威查雅的《织巢莺》（1988）、里努斯的《巴利延的自由》（1986）以及阿赫玛·多哈里从1981年至1986年陆续推出的三部曲《爪哇舞妓》（分别题为《巴鲁村的舞妓》、《清晨的扫帚星》和《月晕》）等都是"文学爪哇化"的代表作品。这些作品对爪哇各阶层人物在时代变迁和新旧交替中文化心态的变化作了细致的剖析，别具一格。

总体而言，印尼是东南亚国家中受世界无产阶级革命文艺思潮和世界各种资产阶级文艺思潮影响最大的国家。在以"八月革命"为主旋律的时期，文学创作与民族革命斗争紧密相连，两种文艺路线斗争尖锐激烈，涌现出一大批有才华的作家。进入新秩序时期后，欧美各现代主义作家作品及艺术思想、表现手法的影响使印尼出现了一批现代派作家。尽管他们的作品引发了不少争议，但无论如何，印尼的现代文学由此呼吸到了新鲜的空气，展现出强劲的活力。

---

① 梁立基：《印度尼西亚文学史》，北京：昆仑出版社，2003年版，第722页。

三、走向繁荣的当代马来文学

当代马来文学，大致经历了三个阶段，即：一、独立初期（1957—1969）蓬勃发展的阶段；二、20世纪70年代相对萧条的时期；三、20世纪80年代之后在政府主导下的发展和繁荣阶段。1957年8月31日，马来亚宣布独立，英国殖民统治者正式将政权移交给以东姑·拉赫曼为首的马来亚联盟政府。1963年7月9日，英国、马来亚、新加坡、沙捞越[①]和沙巴在伦敦签署关于成立马来西亚的协定（1965年8月，新加坡退出马来西亚成立了新加坡共和国），同年9月16日马来西亚宣告成立。马来西亚获得独立后，政府致力于推广马来语，弘扬马来文化，鼓励文艺创作。在"50年代作家行列"的影响下，马来文坛出现一批新作家。他们的作品大多描写底层社会的贫困，帝国主义的奴役以及现代化建设和种族融合等。1958年以后，马来西亚国家语文局开始举办全国性的文学创作竞赛，促进了文学创作的发展。

两大全国性作家团体

马来西亚全国作家协会（Persatuan Penulis Nasional Malaysia，简称"PENA"）：1962年2月，在"50年代作家行列"的倡议下召开了"全国写作人大会"，会议决定成立"马来西亚全国作家协会"，以取代已经完成了历史使命的"50年代作家行列"。"作协"成为新时期团结全国马来族作家和文学爱好者、促进马来语言与文学发展的重要文艺团体。乌斯曼·阿旺和克里斯·玛斯分别担任了首届"作协"的正、副主席。

1962年9月2日，即马来亚独立5年后，马来西亚全国作家协会才正式得以注册。此后，马来西亚全国作家协会变得非常活跃，经常与国家语文局合作举办各种形式的文学活动，被公认为是马来西亚最重要的作家协会。国家语文局还委派"作协"副主席、著名文学家克里斯·玛斯创办了马来西亚第一份严肃文学期刊《文学月刊》（Dewan Sastera），为作家和广大文学爱好者提供了一块高质量的创作园地，为全国读者提供了一份高水平的文学读物。

马来西亚全国作家社团联合会（Gabungan Persatuan Penulis Nasional Malaysia，简称"GAPENA"）：1957年马来西亚独立以后，无以数计的文学会纷纷成立，它们为了国家的语言、文学和文化的完整而战斗。然而，这些文学会的努力缺乏协调，也缺乏统一的民族目的。认识到这个弱点后，全国作家协会决定将所有的协会拉到一起，统一在一个组织名下。另一方面，由于独立之后马来西亚国内出现了新的社会矛盾，政府意识到加强舆论导向对民众的影响力，所以加强了对全国文艺界的管理和指导。于是，在政府授意下，1969年9月20日由13个文学会在国家语文局召开了大会。结果，在1970年10月23日正式成立了包括13个奠基成员的"马来西亚全国作家社团联合会"。

"马来西亚全国作家社团联合会"的成立有以下目的：其一，团结用国语（马来语）写

---

① 今译"砂拉越"。

作的作家；其二，为保护全体作家的权益而奋斗；其三，给予该协会以道义和物质支持；其四，为本地作家提高其写作才能提供机会；最后，通过官方语言——马来语来团结全体马来西亚人。

以上两个作家团体，在推动马来文学的发展上都不遗余力，并发挥了决定性的作用，然而所扮演的历史角色却不尽相同：前者具有强烈的民间色彩，诞生于独立之初现代马来文学风生水起蓬勃发展之际，为民族独立、文学进步和文化发展鼓与呼，开一时风气之先；后者自成立之日起就采取与官方密切合作的立场，代表了马来西亚政府对于文学发展的"正统"思路，这直接导致了20世纪70年代马来文学中揭露、批判社会阴暗面作品的缺失，取而代之的是鼓吹"大伊斯兰主义"和马来族特权的"官方文学"，从某种程度上造成了20世纪70年代马来文坛的单调和乏味。

著名作家及作品简介

从20世纪50年代末到60年代末是马来文学生机勃勃的发展时期，文坛上出现了前所未有的繁荣景象。1958年，国家语文局主办了第一届全国长篇小说创作比赛，自此拉开了当代马来长篇小说创作的序幕，也开创了以官方所设奖项来主导马来文学发展方向的历史。这一时期出现了三部著名的长篇小说，分别是沙默德·赛义德的《莎丽娜》（1961）、阿连那·瓦蒂的《圈套》（1962）和夏嫩·阿默德的《荆棘满途》（1966），这三部作品被公认为代表了当代马来文学的最高水准。《莎丽娜》是沙默德·赛义德的成名作，第一届全国长篇小说创作比赛的获奖作品，也是第一部具有国际水准的马来语长篇小说。它的出版标志着当代马来西亚文学走向新的繁荣。小说描写一个少女被日本帝国主义者侮辱而沦为妓女的遭遇，揭露帝国主义侵略战争所带来的祸害。作者因此获得"文学战士"称号，并于1979年在泰国获东盟文学奖。《圈套》是阿连那·瓦蒂创作的第四部长篇小说，被公认为是他写作最成功的一部作品，获得了1962年国家语文局举办的小说创作比赛的荣誉奖。小说主要是反映刚刚摆脱殖民统治走向独立的马来亚在建国初期出现的社会问题。小说人物涵盖马、华、印三大民族及原英国殖民统治者，被认为是马来亚社会的缩影。《荆棘满途》是夏嫩·阿默德的代表作。夏嫩·阿默德擅长创作农村题材的小说，因为他长期生活在农村，对马来族农民的贫穷落后有着切身感受。小说描写一个九口之家的农户遭遇天灾的痛苦经历，具有悲天悯人的现实主义情怀。其他获奖的长篇小说还有哈桑·阿里的《漫游者》（1964），阿连那·瓦蒂的《人质》（1971），伊卜拉欣·奥玛尔的《偏僻的村庄》（1964），卡蒂佳·哈西姆的《白鸽又在飞翔》（1972），阿卜杜拉·侯赛因的《连锁》（1971），安瓦尔·里查万的《艺术家的最后光阴》（1979）等等。这时期的短篇小说有收入18位作家作品的选集《对抗》（1968）和收入17位作家作品的选集《奖》（1972），汇集了40年代末至70年代的作品60篇，集第二次世界大战以后优秀短篇小说之大成。

20世纪70年代后期，马来西亚文化界受当时世界伊斯兰复兴运动的影响而掀起了一股宗教热潮，宣扬宗教、宿命思想、神秘主义等题材的伊斯兰文学一时成为主流，这导致了这一时期文学创作的单调和艺术性的缺失，有识之士纷纷对那些内容肤浅、千篇一律的作品提出了质疑，结果引发了一场"什么是伊斯兰文学"的大讨论，这场辩论延续到80年代中期才不了了之。随着国家经济的腾飞，政府的施政方针趋于灵活与务实，民族矛盾和社会矛盾逐渐缓和，文化领域出现了比较自由宽松的环境，文学创作又重现繁荣和多元化的景象。这一时期马来西亚文学界公认最具有影响力的四部长篇小说分别是：夏嫩·阿默德的《斯冷埂》、欧斯曼·吉兰丹的《斗士》、阿卜杜尔·达立卜·穆罕默德·哈桑的《红豆树》和沙默德·赛义德的《晨雨》。《斯冷埂》是夏嫩·阿默德继《荆棘满途》之后另一部备受赞誉的农村题材小说，其主题是剖析马来农民的保守思想与社会发展之间的矛盾，以及马来传统村社文化与现代文明的冲突。《斗士》所反映的是政治斗争的险恶，小说中将农村中的斗牛比赛与城市中的政治斗争相提并论、巧妙类比，认为二者目的相仿，殊途同归。《红豆树》获得了1976年"马来西亚作家社团联合会"小说创作比赛第一名，是首部获此奖项的长篇小说。该作品开了当代马来小说以人物心理活动为主线的先河，是一部文笔优美、语言生动的爱情题材小说。《晨雨》是沙默德·赛义德的另一部著名长篇小说，发表于1987年。有人认为该小说是受美国现代作家拉尔夫·埃利森（Ralph Ellison）的著名小说《隐形人》（Invisible Man）的影响。小说情节交叉跳跃在现实与幻觉两个不同的时空，作者运用了超现实主义的创作手法，尤其是借鉴了当代流行于拉美的魔幻现实主义的写作技巧，作品反映变革中的马来社会的各种矛盾冲突，内涵深刻，手法奇特。

诗歌方面，50年代末期出现"朦胧诗派"，追求形式主义的美，内容晦涩难懂，其代表人物有扎查里、努尔、阿明等。这时期诗歌创作的主力是具有爱国主义精神的"50年代作家行列"诗人，如乌斯曼·阿旺、马苏里等，以及新成长起来的一批学院派诗人，如卡希姆·阿默德、卡玛拉、瓦哈卜·阿利等。学院派诗人的作品在题材手法方面都有新的开拓。60年代中期出现了标榜不落任何流派窠臼的三诗人——拉蒂夫·默希丁、巴哈·扎因、穆罕默德·哈吉·沙勒，他们的诗歌创作和文艺思想在70年代以后的马来西亚诗坛有一定的影响。拉蒂夫·默希丁的《湄公河》（1972）、巴哈·扎因的《真情之延宕》（1973）、穆罕默德·哈吉·沙勒的《有识者游记之二》（1975）等都是风靡一时之作。1979年出版的诗集《时代小桥》，汇集了从30年代至70年代马来西亚著名诗人的作品，具有鲜明的时代感和民族特色。20世纪70年代末至90年代，在马来诗坛上出现了一批脱颖而出的新秀。他们大多受过高等教育，有的还到过英美等西方国家留学，思想比较开放，在创作上热衷于引进当代流行于西方的各种诗歌流派和形式。他们的出现使得这一时期的马来诗坛呈现出绚丽多彩的局面。其中的佼佼者有山姆素汀·贾法尔（诗集《风声丝丝》，代表作《带酒窝的少女》）、吉哈提·阿巴蒂（诗集《沸腾的血》、《红色的旗帜》，代表作《我们要活》）、达尔玛·维惹亚（诗集《幻觉中的色彩》，代表作《塔朗村》）等。

马来西亚的戏剧创作，在20世纪60年代已由传统的"邦沙万"剧发展到具有现实主义特征的现代剧。卡拉·德瓦达的《亚答屋顶》（1963），乌斯曼·阿旺的《从星星到星星》（1965）、《肯尼山的客人》（1968），卡兰姆·哈米地的《霉运与幸运》是这一时期的代表剧作。剧作家萨哈罗姆·侯赛因创作的历史剧《丹戎布德里的驼子》（1960）也是在马来亚颇具影响的优秀作品。20世纪60年代最受观众青睐并引起文化界广泛争议的一部戏剧是乌斯曼·阿旺的《一个英雄之死》，其主要情节与《杭·杜阿传》中的相关章节大同小异，但核心人物已经由杭·杜阿转为杭·哲巴特。作者用自己独特的历史观点大胆改编了对马来社会有着深远影响力的《杭·杜阿传》，对原书中已经盖棺定论的"反贼"杭·哲巴特进行了彻底翻案，并对其寄予深切同情和大力褒扬，旗帜鲜明地指出：为维护正义敢于造反的杭·哲巴特才是真正的马来民族英雄。《杭·杜阿传》中杭·杜阿杀死杭·哲巴特的行为被描绘为顾全大局、大义灭亲的崇高典范，而在《一个英雄之死》中这一举动则被赋予了违背人性、是非不分的色彩。杭·杜阿对封建君主的无限愚忠遭到了毫不留情的鞭挞，而杭·哲巴特的反抗精神则受到了饱含激情的褒扬。该剧反映了现代社会中马来民族英雄观的演变，对于塑造马来民族的民主与反抗精神起到了振聋发聩的启蒙作用。除此之外，乌斯曼·阿旺的戏剧代表作还有创作于1972年的著名爱情悲剧《乌达与达拉》，该剧不但歌颂了下层人民纯洁高贵的爱情，还深刻揭露了马来农村的封建剥削制度，是马来西亚迄今为止最受欢迎的歌剧。以上两剧都是马来西亚戏剧舞台上长盛不衰的王牌剧目。20世纪70年代之后，马来西亚的戏剧界出现了受西方现代主义文学思潮影响的剧目，这些作品模仿"表现主义"、"荒诞主义"、"黑色幽默"等西方现代流派的表现手法，与以往反映现实题材的戏剧大异其趣。这类剧的作者大多是受过西方高等教育的知识分子。他们所关注的问题不再局限于本国、本民族社会的范围，而是将视野扩展到整个世界，在反映人与人、人与自然的错综复杂关系中突出人道主义思想。从事这一类戏剧创作的代表性作家有：哈达·阿扎德·汉——代表作《群像》（1980）、《嘘！》（1986）、《命运》（1987），约翰·贾法尔——代表作《公主》（1981）、《通向何方》（1984）、《夜雨》（1986），赛伊德·阿尔维——代表作《霹雳爷》（1979）、《阿郎戏剧三部曲》（1983）。

"国家文学奖"及获奖作家简介

1981年马来西亚政府为进一步推动马来文学的发展而专门设立了"国家文学奖"，颁发给对发展马来文学作出卓越贡献的作家。获奖者被授予"国家文学家"（Sasterawan Negara）的荣誉。"国家文学奖"是马来西亚文学奖项的最高荣誉，候选人要通过政府专门设立的评审委员会的评审，符合条件者才能获此殊荣。原则上是每年评选一次，但若当年无合适人选宁可空缺而绝不降低条件。实际上，从1981年至2010年，只有10位作家获此殊荣。这充分体现了该奖项至高无上的荣誉特性和宁缺毋滥的严苛条件。

"国家文学奖"包括以下具体内容：

（1）由国家元首亲自授予获奖者"国家文学家"荣誉证书；（2）奖金为马币现金三万元；（3）由政府有关部门给获奖者提供必要的物质帮助使其能安心搞创作；（4）国家语文局给获奖者提供出版作品的优惠条件；（5）获奖者可享受在全国各地的公立医院头等病房的免费医疗待遇。

"国家文学奖"评审委员会成员由文艺界、学术界、宗教界和社会工作部的精英分子组成，由政府总理直接遴选委任。评审委员会下设秘书处处理日常事务。秘书处设在国家语文局。

"国家文学奖"候选人必须是马来西亚公民，是以马来语写作的作家。要由合法机构或权威人士向秘书处提名并以书面形式详细评介被提名者的作品、文学活动以及对发展马来文学的贡献。评审委员会要指定专人在颁奖仪式上对获奖者作全面的介绍与评介，获奖者也必须在仪式上致答词。[①]

下面按照获奖时间顺序分别介绍荣获"国家文学奖"的10位作家及其代表作：

1981年：克里斯·玛斯（1922—1991）

生于马来半岛彭亨州，"50年代作家行列"的创建倡导者，"为社会而艺术"的主要倡议者和实践者。发表过几部长篇小说，但主要成就为短篇小说，他的许多短篇小说已成为现代马来文学宝库中的精品。代表作有短篇小说《马来亚丛林英雄》（1946）、《神圣的牺牲》（1948）、《前仆后继》（1962）、《蒂蒂旺沙之子》（1967）、《希望之林》（1988）。

1982年：夏嫩·阿默德（1933—　）

马来西亚少有的几位学者型作家之一。身为马来西亚科技大学的教授，发表过许多重要的学术论文，但为他赢得更高声誉的是他的文学成就。夏嫩创作过多部农村题材的长篇小说，并且大力提倡发展伊斯兰文学。代表作有长篇小说《灰烬》（1965）、《荆棘满途》（1966）、《部长》（1967）、《斯冷埂》（1973）、《垃圾》（1974）、《残缺的旗帜》（1989），短篇小说集《狗儿们》（1964）、《红尘》（1965）、《结束了》（1977）。

1983年：乌斯曼·阿旺（1928—2001）

生于柔佛，家境贫寒。在争取马来西亚独立运动中他是一名勇敢的斗士，在马来语言与文学领域他是一位勤奋的耕耘者，一位真正的爱国主义诗人。发表了大量的诗歌、长篇小说、剧本。一生追求种族和睦与平等，是中国人民的老朋友，于1992年创建马中友好协会并长期担任会长，直至2001年辞世。代表作有诗歌《波涛》（1961）、《刺与火》（1967）、《问候大地》（1982）、《乌斯曼·阿旺诗歌选集》（1987），剧本（集）《肯尼山的客人》（1968）、《从星星到星星》（1965）、《乌达与达拉》（1976）。

1986年：沙默德·赛义德（1935—　）

生于马六甲，自20世纪50年代起就笔耕不止，在诗歌、小说、剧本、文艺评论等方

---

① 王青：《马来文学》，北京：外语教学与研究出版社，2004年版，第215页。

面全面开花，结出累累硕果，是一位名副其实的文学多面手。曾长期从事新闻出版工作，多才多艺的同时，以长篇小说著称，被公认为当代马来文坛最成功的长篇小说家。代表作有长篇小说《莎丽娜》（1961）、《河水缓缓地流》（1967）、《海岛之滨》（1978）、《晨雨》（1987）、《月亮与英雄》（1990），短篇小说集与诗歌集《野火》（1962）、《山花》（1982）、《含羞草的种子》（1984），话剧《破裂的道路》（1980）。

1988年：阿连那·瓦蒂（1925—2009）

生于印尼的望加锡，青年时代曾长期从事海员工作。1974年受聘于东沙巴学院担任高级研究员，曾作为访问学者出访美国、荷兰、日本等国。他的文学创作具有广阔的国际视野，他深信不论是发达国家和发展中国家都有许多共同点，人类的情感是相通的。代表作有长篇小说《三次旅行的故事》（1959）、《夜赴首都》（1961）、《汹涌澎湃》（1963）、《圈套》（1965）、《人质》（1980）、《坟墓上的花朵》（1987）、《蓝色的郁金香》（1987）、《绽开的樱花》（1987），短篇小说集《人类行为》（1960）、《煤炭》（1984），学术著作《马来文学发展史》（1964）。

1991年：穆罕默德·哈吉·沙勒（1942—　　）

生于霹雳州的太平镇，从小热爱莎翁戏剧，1973年获得美国密执安大学文学博士学位，现任马来西亚科技大学文学系教授。在文学领域，主要从事诗歌创作。身兼数职，既是诗人又是文学翻译家，曾把许多英美文学作品译成马来语，并对马来文学的理论建设、马来古典文学名著的整理和研究做出了杰出的贡献。代表作有诗歌集《游子之歌》（1973）、《这也是我的世界》（1977）、《时间与人》（1978）、《马来史诗》（1981）、《来自此岸》（1982）、《假如、或者、所以》（1988）、《音符》（1998），学术著作《诗歌创作经验》（1984）、《马来作家的思想意识》（1991）、《马来音韵学的探讨》（1992）。

1993年：努尔汀·哈桑（1929—　　）

生于槟城，马来西亚久负盛名的剧作家和话剧编导，但他大半生的职业却是美术教员，擅长绘画，具有较高的艺术天赋。1962年赴英国伦敦大学深造，学习观摩西方现代派话剧，"先锋派"、"实验派"、"荒诞派"等剧作都是他涉猎的对象。回国后致力于推动话剧活动，创作了许多优秀剧本，以写作态度认真严肃著称，是唯一一位以戏剧成就获奖的"国家文学家"。代表作有剧本《不是风吹野草》（1972）、《别杀害蝴蝶》（1979）、《门》（1979）、《五根顶梁柱矗立着》（1979）、《海角之子》（1980）、《1400》（1981）、《女鬼》（1983）。

1996年：阿卜杜拉·侯赛因（1920—　　）

生于吉打，从18岁开始尝试小说创作，写作生涯长达五六十年。青年时代在东南亚各国漂泊，从事过各种不同的职业，期间担任过多家报刊杂志的通讯员，后以长篇小说成名，同时还擅长翻译外国文学作品和撰写传记文学，并编纂了多部词典。代表作有长篇小说《不要，请不要》（1964）、《落入陷阱》（1964）、《事件》（1965）、《我不要求》（1967）、《咱们的吉隆坡》（1967）、《连锁》（1971）、《钻石》（1973）、《水上的泡沫》（1980）、《最后的协奏曲》（1980）、《走进光明》（1983）。

2001年：欧斯曼·吉兰丹（1938—2008）

生于吉兰丹州首府哥打巴鲁，自青年时代起就从事马来文学创作，1983年获得马来西亚科技大学文学硕士学位，1995年获得马来西亚国民大学文学博士学位，后在该大学担任教师直至退休。创作颇丰，在诗歌、短篇小说、长篇小说、文艺批评等领域都卓有建树，共发表182篇短篇小说和12部长篇小说，以及大量文学研究论文。代表作有长篇小说《意义》（1966）、《冲突》（1967）、《海风东来》（1969）、《赌博》（1973）、《冠军》（1973）、《斗士》（1980）、《行走空间》（1989）、《一个女人的面孔》（1990）、《穆斯林教师》（1991）、《哥打巴鲁人》（2003），及5部短篇小说集。

2009年：安瓦尔·里查万（1949—　　）

马来西亚著名小说家，生于雪兰莪州大港，1973年毕业于马来亚大学，是新经济政策下造就的新一代马来文学家。曾在国家语文局任职长达30余年，2005年退休后不久出任国家艺术学院文学院院长。代表作有《最后行程》（1971）、《世界是一栋公寓》（1973）、《战后》（1976）、《艺术家的最后光阴》（1979）、《黄金群岛的自白》（2001）。

四、泰国文学创作的多元化

1973年10月14日，泰国青年学生示威游行，要求制定宪法，结束军人统治，呼吁自由和民主，遭到当局的镇压，酿成了10月14日大规模流血事件。大规模流血事件发生后，现实主义作品再次回归，"为人生，为人民"的作品成了70年代青年生活的向导和斗争的武器。1976年10月6日军人总理他宁上台，对学生、工人和农民领袖进行镇压、逮捕和杀戮，思想活跃的空气一扫而光，泰国文学再次步入低潮。1977年江萨上台后，对思想、文艺的控制有所松动，泰国文学才开始慢慢复苏。1978年以后，泰国文学渐渐趋向多元化，以前存在的文学派别、文学思想的对立和斗争渐渐消失，文学创作再没有共同关心的主题，各种风格、各种流派的作家层出不穷。

10月14日运动和10月6日的屠杀之后，一些有正义感的作家力图反映这些重大事件，如维特亚恭·强功的中篇小说《春天一定会到来》，作者通过小说中的外国人之口，评论了泰国的10月6日事件以及泰国的经济和社会问题。老作家素瓦·哇拉迪罗（1923—　　）在70年代末接连写出了《剩余的时间》、《红鸽子》和《同一国土》（1978）三部影响巨大的作品，正面地描写了革命斗争，客观而真实地反映了当时泰国群众革命运动的实际情况。

反映社会的弊病和人民的痛苦是作家不变的关切点，但为了适应泰国文学现实环境的需要，作家在处理这类题材的方法上有各自的特点，大体来说有两种风格，一种是在行文上常常避去锋芒，在表现手法上追求诗化和散文化，被称为"新浪潮"作家；另一种手法比较传统，叫做"写实派"。"新浪潮"作家以前通过写诗和短篇小说提出一些令人关注的社会问题。1976年10月6日屠杀事件以后，政治气候严酷，限制了创作自由，他们便用散文的语言、诗的语言去写小说，在小说中又常常夹杂一些诗，用这种曲折的方法来表达自己的思想和感情。最早引起人们注意的作品有皮奔萨·拉宽奔、尼班和素奇·纳宋卡的作品。

皮奔萨·拉宽奔的小说用浪漫的笔法反映了边远地区人民生活的贫困和苦难，他的中篇小说《山谷阳光》以泰国最北部的边远地区为背景，以自己去那里做教员的生活体验为依据，大自然的美景，贫困的农村，纯朴的民风，立刻引起了大学校园的反响。《青青的草原》（1976）反映了作者认为儿童应该摆脱死板教育制度、享受自由生活的观点。《天蓝色的鸟》写的是一对青年男女放弃安逸的城市生活而到农村工作，他们想改造社会，建设国家，但现实无法使他们实现抱负。尼班的作品笔调明快，语言生动，他的第一部小说《蝴蝶与鲜花》（1978）获得了成功。素奇·纳宋卡创作的作品有《申赛丽》（1978）、《精工精工》和《屠杀》（1981）。《申赛丽》通过主人公申赛丽的叙述，写了曼谷一个工会主席和老百姓一道与地方恶势力作斗争；《精工精工》揭露了南方四个府官场的腐败，指出农民夺地是官逼民反的结果；《屠杀》揭露了贪官污吏的腐败和罪恶行径。"新浪潮"作家们对儿童文学的创作也有贡献，他们创作的儿童小说的一个共同特点是展示了孩子们天真无邪的纯洁心灵，他们热爱大自然，反感学校和家长的严格管束。

"写实派"作家中比较出名的有康喷·本他威、尼米·普米塔温（1935—1981）和康曼·昆开。康喷·本他威的作品反映了东北部人民的生活，如《东北的儿女》（1976）写了东北部的天灾和贫穷；《东北血》写了东北青年的苦斗和挣扎。尼米·普米塔温的作品反映的大多是教育问题，他的作品有《金脖圈儿》（1975）、《把象草献给老师》（1974）等。康曼·昆开也是一位反映教育问题的作家，他创作的作品《民办教师的手记》于1977年获奖。

1973年10月14日大规模流血事件和1976年10月6日屠杀事件后，作家对通俗小说的创作调整了内容和写作手法，开始关注政治。1973年以后成名的通俗小说作家关心政治并把它写入小说之中，格莎娜·阿速信（1931— ）就曾坦言两次事件对她创作方向的改变起了促进作用，她在长篇小说《转向的风》中就表达了她对国家前途的忧虑。女作家西法在《火色的爱情》中对青年学生运动表示了同情；刚刚走红的女作家当斋的两部长篇小说《女部长》和《发光的烛火》充满了政治内容；南特娜·维拉春创作的小说《奔波赛游记》和《孔雀喷泉》反映了泰国的社会现状。这些女作家对社会的丑恶进行了不同程度的揭露。

这一时期的女作家在创作上开始倚重心理学，心理小说出现了。泰国的心理小说是由家庭小说演变而来的，开创这类小说先河的是作家西法，她的长篇小说《啊，玛达》（1971）写的是家庭生活，女主人公在家里主宰一切。小说中不少人物是性变态者、性虐待狂，作者用心理学来说明，主人公性格的形成是人为因素造成的。《啊，玛达》问世后，不少作家相继效仿，把性变态者作为小说的主要人物和次要人物，如腊·娄加纳的《失落的爱情》（1973），格莎娜·阿速信的《莲茎宝座》，素婉妮·素坤塔（1932—　）的《爱儿》、《爱的锁链》（1974）等。格莎娜·阿速信甚至将性变态作为主要内容写成了《紧闭的大门》（1976）和《主根》。写这种心理小说最出名的是素帕·素婉和沃·维尼查亚恭。素帕·素婉专攻过心理学，当过心理医生，她在《影子》中写了一个在一次灾难中失去了生殖器的男子的变态心理。在《日落山阴》中写了一个不喜欢男人而喜欢女人的女人，而在《月影》中又写了一个与此截然相反的人物。在《雾中之爱》中，她表达了孩子受大人严格管束，会使孩子产生变态心理的观点。

　　80年代以来的作家在观察生活、认识生活和体验生活上有了较大的提高，创作的作品在反映生活的深度和广度上有很大的进步。

　　这一时期的泰国短篇小说从内容上看涉及了社会生活的方方面面，刻画的人物有农民、工人、小贩、乞丐、妓女、医生、儿童等等。比较出名的作家有沃·维菩、伊·潘沾（1951—　）、阿萨西立·探马错（1947—　）和查·高吉迪（1954—　）。沃·维菩的代表作《献给活着的人》（1980）写的是中年小贩本玛奉行明哲保身的信条，在强奸、抢劫、凶杀等犯罪行为面前不敢挺身而出的故事。作者从一个独特的角度展示了泰国的现实社会生活和人们的精神面貌，是一篇针砭时弊、具有强烈生活气息和发人深思的优秀作品。伊·潘沾的代表作《山岩的伤痕》（1981）写的是一个采石工人品·南帕来致残、惨死的遭遇，他运用环境和气氛的烘托来刻画人物的简练手笔和对采石工人生活的深入了解令人钦佩。阿萨西立·探马错在写作上有自己独特的风格，他的作品质朴而清新，在短篇小说《舞娘》（1980）中他提出了一种与市俗相反的价值观和审美观，讴歌了渔家女的劳动美和质朴美。查·高吉迪十分关注泰国的社会风气，他的短篇小说《交尾狗》从正面谴责了西方对泰国社会道德的污染。小说写一个老头被狗咬了，从此见狗便打。由于年纪大了，眼神不好，把在泰国海滩上群交的西方游客误认为黄狗在交尾，用棍棒打他们。小说用诙谐的手法提出了一个严肃的道德问题。

　　在现实主义文学方面，查·高吉迪在创作上突破了以往的老框框，在选材上大胆创新，这不但使他的作品有了一个新的境界，也给文学界以有益的启示。他的第一篇小说《失败者》得了"楚卡拉盖"奖，后来又在1979年底得了泰国作家协会短篇小说鼓励奖。1981年出版的《判决》影响很大，受到评论界的广泛赞扬。泰国书籍评选委员会和联合国教科文组织泰国委员会于1982年把它推选为1981年最佳长篇小说，接着这部小说又获得了1982年度东盟文学奖①。《判决》中的主角是一所学校里的杂役，名字叫做发。父亲死后，发照顾着年轻的精神有些不大正常的继母。日子久了，人们便捕风捉影说他和继母有染，他有口难辩。在人们眼中发成了大逆不道的人，被排除在社会生活之外，失去了人的尊严和价值。他开始借酒浇愁，以至上瘾，因而被学校辞退了。学校校长趁机侵吞了他存在自己手

－－－－－－－－－－
① 泰国、印尼、菲律宾、新加坡、马来西亚等东南亚国家于1979年设立的地区性文学奖。

中的五千二百铢存款。发向校长索要，校长不给他，人们也不相信他，他成了中伤别人的罪犯，被警察逮捕了。由于校长出面说情，他又出面道歉，这才被释放。精神上的折磨早已使发染上重病，在他获得自由的当天晚上就死了。他最憎恨的校长成了他葬礼的主祭者，他的尸体成了新建的焚尸炉的实验品。这部作品的独特之处是主人公的悲剧并不是由具体形式的剥削和压迫造成的，而是由人们传统的偏见、世俗的眼光所造成，反映的主题发人深省。

1983年查·高吉迪的另一部中篇小说《平常事》（1983）问世，用第一人称叙述了一个简单的情节，在一座古老的木屋里，住着四五户人家，人们鸡犬之声相闻，但却难得往来，彼此间把别人与己无关的苦痛一律视为平常事。小说没有什么紧张的情节，作者从一些微不足道的小事上捕捉到了带有普遍意义的社会问题，展示了现实社会人与人之间关系的冷漠。《平常事》发表后，查·高吉迪获得了很大成功，成了文坛名人。此后他在1984年出版了短篇小说集《腰刀》，1987年出版了中篇小说《水中漂起的烂死狗》，1988年出版了长篇小说《疯狗》，后来他去了美国，回国后于1995年出版的中篇小说《时间》再次获得东盟文学奖。

80年代以来泰国有名的作家及其作品还有：

尼空·莱瓦，素可泰府人，于1983年创作了第一部小说《巨蜥和烂树枝》，获得泰国国家图书发展委员会鼓励奖。小说《高岸，重木》获得1988年东盟文学奖，后被翻译成英文。1984年完成的小说《树上的人》被短篇小说集《泰国人应当阅读的100篇小说》收录。此外，尼空·莱瓦还创作了多部儿童文学作品，如小说《献给妈妈的礼物》、《漂亮的东西》等。

格鲁蓬·颂潘，博他伦府人，在《民意周刊》上发表的第一篇短篇小说是《像灿烂的太阳》。此后，创作了多部短篇小说，如《断桥》（1991）、《其他地方》（1996）、《下雨》（1998）、《山谷中的巫师》（1998）、《独自养育的人》（2002）、《生命的开始》（2003）、《国家寓言》（2006）和《小生命》（2007）。其中《其他地方》获得了东盟文学奖。

查麦蓬·桑展是一位才华横溢的女作家，尖竹汶府人，从1971年开始投身文学创作，创作了多篇小说、诗歌、特写和政治评论，尤其重视儿童文学作品的创作。她创作的小说有《忍耐的女人》（1989）、《女人啊》（1990）、《摩托车女孩》（1995）、《初升的太阳》（1997）、《清爽的早晨》（1999）、《这个家有猫和狗》（2000）、《理想的家》（2001）、《令人心旷神怡的房间》（2002）、《夏季盛开的鲜花》（2003）、《周六下午周日早晨》（2004）、《盛开不知凋谢》（2005）。创作的儿童文学作品很多，曾经获得泰国国家图书发展委员会奖励的作品有《心中的书》（1990）、《一个男孩的故事》（1991）、《亲爱的，请读这本书》（1996）、《这个家有爱》（1999）、《戴眼镜的爷爷》（2000）、《大娘啊》（2001）、《妈妈和孩子一起种树》（2002）、《在街对面问好》（2003）、《夜色中的小女孩》（2005）。

布拉达·云（1973—　）是近年来泰国的一位多产作家，在小说、电影剧本创作和翻译文学作品中都有涉足。创作的短篇小说有《天使之城》（2000）、《可能》（2000）、《洪灾》（2001）、《移动的部分》（2001）、《真实的故事》（2002）、《山脊中的碰撞》（2004）、《清洗尸体》（2005），长篇小说有《雪莲》（2002）、《大熊猫》（2004）、《雨一直下》（2005）、《在雪中卧睡》（2006），电影剧本有《最后的大学时光》（2003）、《海浪》（2006），翻译作品有《像狗一样走路的人》。布拉达·云在2002年获得了东盟文学奖，年仅29岁，现在泰国继续进行文学和音乐创作。

帕努·戴维（1980— 　）是近年来泰国文坛冉冉升起的新星，泰国最受欢迎的青年作家之一，他创作的小说集《掉入湖中的作品》获得泰国第一届青年作家奖最佳作品，并入围2008年东盟文学奖提名。此外他还创作了小说集《知道的人 醒着的人 悲伤的人》、《天堂中的孤儿》，话剧《漂亮了就爱》（被评为2002年最佳话剧作品）。

1978年以后，泰国文学渐渐趋向多元化，以前存在的文学派别、文学思想的对立和斗争渐渐消失，文学创作也不再有共同关心的主题，各种风格、各种流派的作家都有机会崭露头角，出现了不少有成就的作家。

五、缅甸短篇小说的异彩纷呈

20世纪80年代以来，伴随着经济全球化和世界文化格局的多元化，以及缅甸国内政治经济体制的改革，缅甸文学开始走出"闭关锁国"的阴影，开放意识日益增强，对外文化、文学交流也更加活跃。现代域外文学思潮的影响与缅甸文学自身运作的相互作用，异质文学之间的融会互补、兼容并包，推动了缅甸文学的现代化进程，成就了缅甸文学的丰富性。

缅甸短篇小说的发展走过了坎坷的历程。50年代缅甸作家接受的外来影响较为单一，文学界翻译介绍的都是清一色苏联、中国等国的文艺思想和进步文艺作品。1962年7月缅甸社会主义纲领党建立后，公布了《关于文学和报刊杂志的基本原则暨繁荣服务于人民的文学的意见》。同年11月，在仰光和平岗，由联邦革命委员会文化部主持召开了"国家文学大会"，会议提交15篇论文，内容涉及文学的社会功能、内容与形式的关系、文学批评的标准等诸多问题。作家达贡达亚作了题为《社会主义现实主义文学》的发言，全面阐述了该文艺思潮的产生发展及基本特征。大会提出要依据国情制定文学批评的原则，将反对帝国主义争取民族解放、工农阶级立场、维护发展民族文化和民族团结友谊放在首位。[①]此次大会的召开引发了一场一直持续到70年代中期的文学批判热潮和理论争鸣，思考和讨论的焦点集中在文学的目的、作用、任务、影响、效果等问题上。在讨论中社会主义现实主义得到推崇，政治标准被强化，阶级斗争观念被凸显，充满幻想色彩的浪漫主义、唯心主义、人文主义和人性论受到批判。在这样的文学环境和气候下，缅甸文学创作基本是在既定的轨道上发展，偶尔也有带探索锐气的作品出现。70年代中期以来，随着缅甸新宪

---

① 参见［缅］妙新：《文学批评》，载《文学批评论文集》，仰光：文学宫出版社，1986年，第67—68页。

法（1974）的通过和缅甸国内政治、经济、社会和文化状况的一系列变化，激进的文学批判尘埃落定，热情之后作家们开始冷静反思和审视一些文学现象和理论问题。

一个值得注意的现象是，60年代以来缅甸文学界对外国文学作品的译介开始增多，而且产生了广泛影响。与独立之初新文学运动时期翻译作品题材单一的状况形成鲜明对照的是，60年代以来对西方现当代文学作品的译介规模和种类都大大增加。西方文学在进入20世纪后已经开始脱离原来的轨道，走上了一条艰涩而复杂的道路。其中一个重要特征就是流派纷呈，尤其是现代主义文学更表现出鲜明的流派特征。象征主义、表现主义、意识流小说、存在主义、新小说派、黑色幽默、魔幻现实主义等等都有自己与众不同的特征和哲学、心理学背景。与现代主义小说形成双峰并峙又彼此盘根错节、交融互渗的20世纪现实主义小说也呈现出多元化创作趋向。传统小说中完整的故事、连贯的情节甚至人物的性格等都统统淡化了，更多的是专注于人类普遍的生存境遇，是意象的塑造、内心独白、自由联想、蒙太奇、时空跳跃等。《英国大百科全书》第十五版1974年全面修订时对短篇小说的释义也做了修改，小说结构由原来的"情节"变成了"心理片断"，内心活动代替事件冲突成为小说的重心。20世纪西方文论和各文学流派的发展动态受到缅甸作家的广泛关注，文化融合观念逐渐成为他们的基本观念，而外国文学的翻译和评介是学习、借鉴外国作家的创作经验和艺术方法的有效途径。

作家德都的《人生与文学》（1961）可以看作是一部先导性的著作。该书分小说理论研究和世界小说评介两部分：第一部分在"文学与人生"、"小说的价值功能"、"小说理论"、"小说家的修养"、"小说形式和主旨"、"小说人物"、"小说与小说家"等标题下，以翔实的资料对世界文学中的一些著名作家、小说、小说人物等进行了评论；第二部分精选32部世界小说逐一进行个案分析，每部小说的分析含故事梗概、作家评介和作品赏析。其中包括伏尔泰的《憨第德》、托尔斯泰的《战争与和平》、赫尔曼·黑塞的《悉达多》、加缪的《局外人》等。这本书让缅甸读者，特别是青年作家对外国小说理论、技法有了更多更全面的了解，为缅甸文学提供了一本有价值的参考书。

该时期缅甸翻译出版的有影响的外国文学作品有：1964年巴耶古翻译的德国作家赫尔曼·黑塞的《悉达多》（1922）；1965年妙丹丁翻译的托尔斯泰的《战争与和平》（1863—1869）；1968年貌苏新翻译的海明威的《老人和海》（1952）；1969年东敦哥哥基翻译的高尔基的长篇小说《母亲》（1906）；1969年觉莱乌翻译的美国作家斯托夫人的《汤姆叔叔的小屋》（1852）；1972年钦礼敏翻译的法国作家圣埃克苏佩里的《小王子》（1943）；1973年巴丹（丹米格）翻译的美国小说《海鸥乔纳森》（1970）；1975年纽纠翻译的美国现实主义作家杰克·伦敦的小说《海狼》（1904）；1975年廷林翻译的法国存在主义作家阿尔贝特·加缪的代表作《局外人》（1942）；1976年觉昂翻译的法国著名思想家伏尔泰的名著《憨第德》（《老实人》）（1759）；1978年妙丹丁翻译的美国作家玛格丽特·米切尔的《飘》（1935）等。

70年代缅甸文学界还悄然兴起译介和评述外国短篇小说的热潮。《世界短篇小说选》（1972，貌廷译）、《20世纪世界经典短篇小说选》（1974，妙丹丁译）、《莫泊桑短篇小说选》（1976，貌廷译）、《外国新方法短篇小说选》（1977，佐基译）、《20世纪外国短篇小说选》（1977，纽纠译）纷纷面世。貌廷的《世界短篇小说选》收入俄国、美国、英国、法国、德国、挪威、印度、日本等15个国家的著名作家的36篇作品，并附作家简介和作品简评。包括19世纪俄国批判现实主义小说家契诃夫、19—20世纪之交法国现实主义文学的重要代表法朗士、美国另类作家爱伦坡等等。小说类型有浪漫主义、现实主义的，也有心理小说、科幻小说等。它大大开阔了缅甸读者的眼界，使缅甸人对世界小说发展有了更多了解。

上述这些翻译作品，从原作产生的年代看，自18、19世纪至20世纪都有，20世纪的作品居多。从创作方法、流派看，浪漫主义、现实主义、社会主义（无产阶级文学）、现代主义（存在主义）、畅销书等等无一不有。翻译作品的影响不仅仅是作品本身，重要的是打开了缅甸作家的眼界，引进了外国文学的文学思潮，为缅甸作家的创作探索开拓了视野，提供了取法的途径。从对外国文学作品的译介和对不同国度、不同流派风格作品的兼收并蓄的"接受"态度，可以看出缅甸作家的创作环境在逐渐宽松，创作视域在逐渐拓展，特色的民族精神文化与世界性文化相互影响、相互渗透，流派纷呈的外国文学思潮在潜移默化中影响着缅甸作家的创作。可以说，对西方文学作品的翻译有力地推动了缅甸文学的多元化发展。

60—70年代有影响的短篇小说作品有：钦瑞乌（女，1933—　）的《云》（《妙瓦底》，1965年第1期）是一篇揭露政府官员腐败的作品，"云"的意象具有象征内涵。小说开篇写道："云统治着一方天空。能遮蔽月光的云层就是空中之王！云可以居高临下俯瞰大地，也可以凌驾于大海之上，脚踏于高山之巅。同样，在现实中也有一个与云一样的阶层，这就是上层的权贵们。"小说刻画了一个利欲熏心的政府高级官员，对上阿谀逢迎，对下尖酸刻薄，在这一人物身上人们看到了灵魂丑恶和官场黑暗。

敏觉（1933—1991）的《愿人神共念善哉》（1970）用两个字型对称的缅文数字作为象征符号影射社会上学非所用的现象，在小说技巧上有一定突破。

刀达瑞（1919—1995）的《正义与勇敢》（《获奖短篇小说选》，1974）是一篇寓教益于形象之中的作品。通过村长吴昂敦这一典型人物让读者认识到正义与勇敢是相互依存的，一个人无论体魄多么强健，如果违反了时代的道德规范，在正义面前也会胆怯。《挥金如土的人》（同上）是通过艺术形象表现善与恶，唤起人们心中的是非感和道德感。使人认识生活的意义，金钱使人富有，但物质富有不等于也代替不了精神富有。

80年代以来，缅甸文学进入了借鉴、融合、多元发展的新阶段。突出表现在短篇小说的创作上。伴随着文学期刊增多和新作家辈出，缅甸短篇小说从数量到质量上都发生了明显拓展。风格不一的作品的竞相涌现和文艺批评的蓬勃开展共同推动了短篇小说"黄金时代"的到来。该时期最突出的作家当推摩摩茵雅（女，1945—1990），她以对社会生活的深刻理解和精湛严肃的小说艺术摘取了1980、1982、1986三个年度的国家文学奖之短篇小说奖的桂冠。1991年由文学界出版社编辑出版的《（纪念摩摩茵雅）80年代最佳短篇小说选》较全面地反映了该时期短篇小说创作的成果。

缅甸文艺批评家昂丁在对1983年10月至1984年11月缅甸216种杂志刊载的1085篇短篇小说进行研究后所写的《短篇小说年终报告》（1999）将该时期缅甸短篇小说分为"无主题"小说、"主题"小说、"专题"小说等几类，从创作方法上又分现实主义和现代主义两种。无主题小说指通俗小说、言情小说等，一般不大关心当代社会现实中的重大问题，要么只纠缠于一些琐屑的日常小事或私人性经验，要么完全杜撰虚构，内容浅俗。主题小说包括爱国主义主题（军旅、战争、异质文化冲突等题材）；劳动者思想主题（歌颂工人、农民、公务员、警察等各条战线劳动者崇高思想品格的题材）；社会问题主题（婚姻、家庭、道德、代际关系、毒品等相关题材），内容贴近社会现实。专题小说以维护艺术的"严肃性"为主题，专门反映文艺界（文学、美术、音乐、舞蹈、影视、戏剧等）在社会"商品化"趋势影响下出现的诸种现象和作家、艺术家在价值观念上产生的复杂心理情绪。现实主义小说直面社会人生的重大现实问题，囊括都市题材、乡土题材、社会分析小说等，主要反映农村和城市贫民及中产阶级下层的生存状态及工作生活境遇，特别是一些艰苦、危险行业、鲜为人知的特殊行业及社会底层的状况，并力图开掘这些内容的深义，揭示其深刻内涵。现代主义小说则充满各种创新、探索和实验，昂丁称这类短篇小说是疏离缅甸民族传统思维方式和审美观念的西方式的表现形式，他认为应该寻求一种既不固守传统又不疏离民族认同感的恰当的表现形式。这种对西方现代主义创作方法既不完全认同也不完全排斥的态度代表了多数缅甸作家的理性选择。而现实主义小说和现代主义小说中又有重叠、交叉、渗透现象。从这些较为客观的分析中我们已基本可以了解到80年代中期缅甸短篇小说的总体风貌。比起此前任何时期，80年代以来的缅甸短篇小说无论内容还是形式都更加丰富，进入90年代后更加呈现出多元发展的趋势。

该时期重要的短篇小说家有老中青几代作家，既有战前或战后初期就步入文坛的老一代作家达贡达亚、达度（1918—1991）、刀达瑞、廷林（1916—1996）、新彪遵昂登（1928— ）、妙丹丁、钦宁友（女，1925—2003）、敏觉、钦瑞乌、貌达耶（1931— ）、貌龙景（1938—1992）等，也有60年代开始小说创作的中年作家久久丁（女，1942— ）、耶乃博士（1944— ）、摩迎埃（女，1944— ）、迎觉（1945—1995）、摩摩茵雅、内苗丹（1943— ）等，而最引人瞩目的是一大批40年代后期和50年代出生，80年代开始在文坛崭露头角的新兴作家，代表人物有温喜都（1947— ）、貌凯板（1947—1995）、蒂洒尼（1946— ）、玛珊达（女，1947— ）、敏丹（1949— ）、佩敏（1949— ）、曼敏（1949— ）、桑温拉（1949— ）、内温敏（1952— ）、代吞岱（1952— ）、米蔷薇（女，

1953—　　）、哥优巩（1955—　　）、珠（女，1958—　　）等。这些年轻作家在短篇小说创作中表现出强烈的独立、探索、创新意识。

珠（1958—　　）是20世纪80年代以来缅甸文坛最有影响的女作家之一。1983年毕业于曼德勒医科大学。一位医科大学科班出身的毕业生，却义无反顾地走上了一条执著的文学之路。1979年她在大学就读时，就在当年曼德勒医科大学年刊上发表了处女作《将他留在历史中》，1981年又在《秀玛瓦》杂志发表小说《早恋》，从此正式步入文坛。1982—1987年，珠在《秀玛瓦》、《玛黑迪》等文艺期刊上先后发表了《最远的旅途》、《浪漫的幽灵》、《走向地平线》、《她的雨》、《漂流果》、《宽阔的视野》、《望远镜》、《一杯硫酸》、《遗嘱》等短篇小说，后以《将他留在历史中和其他短篇小说》结集出版。1987年长篇小说《永志不忘》的出版将珠推入了成功作家的行列并成为评论界关注的人物。1989年她在接受《玛黑迪》杂志采访时曾说过，"对一个作家来说，关注人类普遍的生存境遇比关注政治更重要。"[1]从中可见作家对自然和社会的人文关怀。同时，她也大胆接受和吸收西方现代主义表现手法。1991年她出版了第二部短篇小说集《没有天空的夜晚和其他短篇小说》，收入了1988—1991年的重要作品，较之第一部短篇集的女性题材，这一阶段的作品在题材范围上有很大扩展，如《林中路》、《没有天空的夜晚》、《火车》、《台球》、《与一个机器人的爱》、《寂静的声音》等。1994年她出版了第三部短篇小说集《爱的艺术和其他短篇小说》，《钓鱼》、《大地的情人》、《墙的另一面》等名篇都收入其中。1994年珠开始兼做出版发行人，成立了"珠文艺出版社"。其后她的创作进入了又一个丰产期，除长、短篇小说外，还写电影剧本，发表影评和生态、环境保护等各类文章。她的《像大海一样的女人》（1996）、《飘散了的云》、《必不可少的雨》（1992）等小说都被搬上了银幕，《独生子》（1990）拍成电视剧后又拍成了电影，深受广大观众和读者的喜爱。《浪漫的幽灵》和《望远镜》分别在1986、1987年被译成日文出版。

珠曾自述《望远镜》（1985）是她自己最中意的一部作品。[2]她的创作灵感都来自真实的生活或事件，她是一个宁肯抓住一线不确切的希望不言放弃，也不愿看到确切失败的人。这种性格在《望远镜》中演绎成女主人公对不辞而别、三年不归的丈夫的不懈等待。女主人公的思绪忽而清醒，忽而困顿，忽而梦幻，真实和错觉相互交织，意识流动构成了小说的逻辑整体。而小说的构思源自生活中作家从母亲那里不经意间获得的一个启示。

珠被缅甸评论界称为浪漫主义小说家，实际上她并不拘泥于某一种创作方法。她在接受媒体采访时直言不讳西方现代主义文学对她的影响。在她的《浪漫的幽灵》（1982）、《望远镜》（1985）、《墙的另一面》（1993）、《一个女人的告白》（1994）、《没有天空的夜晚》

---

① ［缅］雷哥丁：《缅甸短篇小说家》，仰光：优质出版社，2000年版，第158页。
② 参见［缅］珠：《灵感》，载貌漆吞：《作家与作品》（上），仰光：漂孟出版社，1999年版，第169—174页。

（1991）、《台球》（1990）、《爱的艺术》（1993）等短篇小说中都丰富地运用了心理描写、象征、纪实与虚构相互渗透等艺术方法，在文坛独树一帜。她所崇尚的是冲破思想束缚的自由创作，让主体意识在创作中自由翱翔。无论是对女性心理的揭示，对人生哲思的剖析，还是对自然、生态的关注，她都具有自己独特的审美力和想象力。她的创作不拘一格，在叙述技巧上广泛吸收西方文学营养和音乐、绘画、影视等多种元素，每一部作品都是一个内心世界的开启，一个灵魂的飞翔，每一部作品，无论长短，都能给人以心灵的震撼和不同凡响的冲击力。

代吞岱的系列短篇集《几何图高汶》（1990）以现实主义笔触展现家乡高汶码头一带昔日的图景。这些来源于童年的记忆，从孩童的目光，透视高汶的人和事、高汶的风物习俗，美的、丑的、善的、恶的，如同一幅幅几何图构成了高汶的整体图案。小说中将"高汶"拟人化，与小说人物融为一体的别具一格的修辞手法，清新、质朴、犹如淡色水彩画般的叙述描写都给人以一种特殊的亲和力。

内温敏坚持现实主义的写实原则，同时又在表现手法上加以拓展，在创作实践中不断寻求新的叙述形式。他曾以短篇小说集《最高的巫术》（1992）获当年国家文学奖的短篇小说奖。《遥控器》（1998）写的是现代科技产品与一个人的故事。主人公郭巴刚迷上了朋友家小孩手里的电视机遥控器，回来与妻子商量后，倾其所有甚至卖掉了乡下老岳父家祖传的一块土地，几经周折终于买了一台带遥控的进口电视机和与之配套的带遥控录像机。从此一手一个遥控器坐在电视机前就是郭巴刚的全部业余生活。一年后，他的老岳父因浑身浮肿一病不起去世了。前来吊唁的人们从郭妻的哀号声中得知，郭巴刚对遥控器的痴迷已从遥控电视机和录像机发展到尝试用遥控器操纵人，竟让他年迈的老岳父像电视画面一样前进、后退、静止、发声、静音……小说反思现代科技给人类带来的利与弊以及科技的飞速发展与一些人的愚昧无知形成的强烈反差。

蒂洒尼是一位诗歌、散文、小说多栖作家，重要作品是他的"人"系列短篇小说。1994年出版的《物质与人》短篇小说集，封面是作者自己创作的一幅立体派艺术绘画，这可以代表他的艺术风格，书中收入《房子与人》、《车与人》、《镜子与人》、《墨镜与人》、《金钱与人》等12篇"人"系列小说。在蒂洒尼笔下，人只作为人来看待，没有阶级等级之分，没有富贫贵贱之别，从大千世界形形色色的人的复杂心态中折射作者的人生哲学。"如果说眼睛是心灵的窗户，那么墨镜就像关闭这扇窗的门。"这是《墨镜与人》的开篇，接着作者列举了各种戴墨镜的人，说墨镜就是两个小小的伪装。小说结尾是一个戴墨镜的人在过马路时撞了车，人们都对他投以冷嘲热讽，而实际上这个遭遇车祸的人是个盲人。《人的轮廓线》（1994）用第二人称写就，叙述者一直在对镜自语，镜子里的"你"的神态、动作、性格特征及其与"你"有关系的父母、兄弟姐妹、朋友等都被勾勒得惟妙惟肖。语言刻薄、幽默。

敏丹的作品常被冠以"新风格"、"新感受"、"象征主义"①，他的作品大都蕴涵着哲思，消解故事情节和人物性格，将各种人、各种事件随意联系在一起。小说多以第一人称"我"讲述，和"我"在一起的还有"你"和"他"。如：

> 一个看上去不学无术的人对毫无目的地靠着路边的电线杆望着夜空的我问道："干什么呢？老弟！"
>
> 我不知道什么时候我成了他认识的对象，也不知道自己靠着电线杆看天空多久了。
>
> 我只知道天空一片漆黑，看不到星星和月亮，从不远处的河对岸掠过水面又绊过我吹来的风很新鲜，虽印象不深刻但我知道每当吸进一些空气时都要再呼出一些空气从而浪费了很多空气。
>
> …………
>
> 我怎么向他解释呢？"我干什么是你操心的吗？"我应该这样说吗？如果他说"不是我操心的，但我想知道"，我又怎样接他的话呢？我应该阻止他"想知道"的愿望吗？你怎么认为呢？
>
> （《先验论者的错误思考》，1996）

敏丹小说中的句子有的很短，有的超长，不拘泥于正常语序，好像由词汇的板块拼砌起来的句子长城。《树桩上的一只麻雀》（1983）、《不相信眼泪的人》（1987）等等都具有这样的特点。

佩敏是缅甸为数不少的医生兼作家之一，讽刺小说家。早期以翻译外国短篇小说而出名，曾翻译过加拿大畅销书作家阿瑟·黑利（1920—2005）的《最后诊断》（缅译名《医院》）、契诃夫的《第六病室》等作品。1986年开始短篇小说创作，之后分别在1990、1993、1995年出了三部短篇集。《日用消费品销售者》（1995）短篇小说集获当年国家文学奖短篇小说奖。佩敏的作品笔调幽默讽刺，《书奴》（1989）讽刺一个日夜钻书本堆，生活在超现实之中的人，《徒劳》讽刺的是一个不满现状一直想重新组合家庭的人因老婆去世而乐极生悲，结果一个月后自己也突然猝死。《富翁与富翁保护神的商谈》、《存在的痛苦》等作品都具有深刻的思想内涵。

从以上这些新兴作家的作品中我们可以感受到当代缅甸短篇小说的表现内容和艺术特征都在日益朝着丰富性、兼容性的方向发展。它承载着深厚的民族文化，融合着世界文学的丰富元素，也体现着缅甸作家在文学意识、观念、美学风格、艺术手法等诸方面的独特追求。

---

① 参见［缅］雷哥丁：《缅甸短篇小说家》，仰光：优质出版社，2000年版，第185页。

第五节　东南亚华文文学

华文文学在东南亚的诞生和发展，同中国人移居海外的历史密切相关。早在唐代，中国与外国的交通就相当发达，通商贸易比较频繁，随着对外贸易的发展，有不少中国人移居海外。鸦片战争以后，移居海外的中国人逐渐增多，尤其是闽粤沿海一带，每年都有大批破产之民背井离乡，到南洋谋生，在东南亚形成独特的华人社会。但是，那时漂洋过海到东南亚谋生的华人，绝大多数是贫苦农民，在国外旅居，干的也是最底层的体力劳动，没有从事华文文学活动的基础和条件。东南亚华文文学作品的出现，是在近代华文报纸创办之后。早期刊登在华文报纸上的华文作品，都是旧体诗词和文言小说，数量不多。东南亚华文文学的正式诞生，应该是在中国"五四"新文化运动之后。[①] 当时，新加坡的《新国民日报》（1919）、印尼的《新报》（1921）、泰国的《国民日报》（1927），是较早刊登具有新思想、新精神的白话文学作品的华文报纸。随后，旅居菲律宾的商人林健民于1934年前后创办了《天马》和《海风》两种文艺刊物，专门发表新诗和小说，菲华新文学的不少作者，就是从这两个文艺刊物走出来的。经过几代华人的努力，东南亚华文文学不但为中国的读者所熟悉，也开始引起世界文坛的关注。

东南亚诸国的华文文学走过了坎坷曲折的道路，人们一般以1942年日军占领南洋为界，将其划分为战前和战后两个阶段。东南亚各国战前的华文文学，实际上应被看做是侨民文学。因为当时在东南亚各国的华文作家，无论是当地出生的，还是从中国大陆南来的，都以华侨自居。尽管也有人提倡本地色彩，但总的说来，作家的思想大都带有强烈的侨民意识，文艺思潮的流向基本上也与中国保持一致。战后东南亚华文文学有了明显的变化，更加强调本地色彩，并逐渐离开中国文学的发展轨道。在各国获得独立之后，特别是20世纪50年代双重国籍问题得到解决之后，当地的华侨纷纷加入了所在国的国籍，他们便不再是华侨而被统称为华人或华裔，他们的内心也经历了从"落叶归根"到"落地生根"的转变。此后他们创作的华文文学，就不再是中国文学的一部分而成为各国民族文学的组成部分，华文文学所反映的，也不仅仅是华人世界里的问题，还有带世界性的普遍社会问题。战前侨民的华文文学与战后华人的华文文学是两种不同性质的文学，但二者有着深厚的历史渊源关系。[②]

一、新加坡、马来西亚华文文学

在历史上，新加坡和马来西亚同为英国殖民地。1957年8月，马来亚获得独立。1965年8月，新加坡从马来亚中分离出来，成为独立的新加坡共和国。所以在探讨1965年以前

---

① 参见饶芃子：《世界华文文学的新视野》，北京：中国社会科学出版社，2005年版，第127页。

② 参见梁立基、李谋主编：《世界四大文化与东南亚文学》，北京：经济日报出版社，2000年版，第144页。

的华文文学的时候，习惯上将新加坡和马来西亚合在一起叙述。

　　文学史家方修在《马华新文学史稿》中说："1919年前后，马来亚区邻邦——中国，掀起了一场轰轰烈烈的新文学运动……它的余波回旋荡漾，冲击到南洋各地……华族中一部分有着进步倾向的知识分子都接受了这一时代思潮的洗礼，发出共鸣：'他们开始用白话文体写文章、搞创作、发表思想。'"①的确，东南亚华文新文学的发展过程，始终受到中国新文学的深刻影响。东南亚华文新文学的发轫与中国"五四"新文化运动同步。1919年10月新加坡《新国民日报》的副刊《新国民杂志》出现了宣传"五四"新思想、新道德的白话文作品，它标志着东南亚华文新文学的诞生。新马地区一直是东南亚华文文学发展最好的地区。

　　事实上在二战之前，新马华文文学的作者，大部分是从中国大陆南来的作家，当地出生的较少。他们的作品大都以中国的城乡生活为题材，充满了浓厚的中国色彩和"侨民意识"。在文艺运动方面，整个新马华文文坛，基本上为中国的文艺思潮所左右。例如，1928年"创造社"、"太阳社"在上海倡导无产阶级革命文学，传至新马，于是就有了南洋"新兴文学"运动的勃兴；1937年，中国的抗日战争激发起新马华人的民族感情，抗战文艺运动也在新马文艺界掀起热潮。王哥空的《面包及其他》、林参天的《浓烟》、铁抗的《义卖》等便是这个时期涌现的较为优秀的作品。当然，这个时期像吴仲青、曾华丁等那样以南洋的风土习俗和社会生活为内容的作品虽然为数不多，但已透露出新马华文文学尝试建构自身的主体性和本土化的愿望。

　　1941年3月，日军相继占领新马等地，新马华文文学的发展几乎中断。二战结束后，新马华文文学得以复苏，而马来亚作为新兴民族国家开始了走向独立的历史进程，华族也经历了由华侨社会向华人社会转化的复杂过程，这一变动的曲折经历给新马华文文学以重大影响。1947年底，一些本地出生的青年作家提出了"马华文艺独特性"的口号，由于言辞激烈，引起了认同中国作家的不满，双方又展开了论战，但不久便结束了。"马华文艺独特性"的论争，使当地的华文作家，不论是土生土长的，还是从中国来的，都开始倾向于这样的观点：新马华文文学不应该总是中国文学的支流和附庸，不应以中国社会为主要描写对象，而应反映当时当地的生活，应具有自己的独特性。1948年6月，为了对付马来亚左翼分子，马来亚英殖民政府实施了紧急法令，管制民间的结社与出版活动，再加上一些南来作家如胡愈之等先后回归中国和中国大陆的解放，新马华文文学与中国文学从此分道扬镳，坚定地走上本土化独立发展的道路。方北方、韦晕、云里风、苗秀、姚紫、絮絮、李汝琳、姚拓、李过、杏影、曹兮、赵戎、刘思等的创作，在推进新马华文文学本土化方面起到了非常重要的作用。

　　二战之后的20年间，新马华文文学创作成果以小说最丰，共出版小说单行本290部。

---

①　转引自公仲主编：《世界华文文学概要》，北京：人民文学出版社，2000年版，第459页。

另有许多短篇小说散见于各种报刊杂志。方北方1954年出版的《娘惹与峇峇》曾经在马来亚轰动一时，小说对华族文化的维护，对华文教育的强调，对殖民教育的鞭挞激发了马来亚华人的民族意识和民族感情。苗秀的《火浪》是战后第一部长篇小说。它生动地描绘了太平洋战争爆发前后新加坡社会动荡不安的生活。苗秀的另一部中篇小说《新加坡屋顶下》是他的代表作，小说的主人公小偷陈万和妓女赛赛相爱，两人都极力隐瞒自己的真实身份，一次偶然事件使真相大白。他们同病相怜，相爱更深了，但他们会有美好的未来吗？作者通过描写社会最底层的小人物的生活，有力地揭露了逼良为娼的黑暗社会现实；通过展示小人物身上美好的内心世界，对他们的遭遇寄予了深切的同情。

另一位作家姚紫也很有特色，其成名作中篇小说《秀子姑娘》是一部描写异族男女的恋情并反映反对殖民统治呼声的作品。中篇小说《咖啡的诱惑》也是姚紫的力作，在50年代被拍成电影，轰动一时。主人公吴娟娟是男人的玩物，"如同一杯不加牛奶的咖啡"，"无聊的时候大可一喝，可是不多时，排泄器官就要把它挤掉了，正像咖啡本身也不想在消化器官里逗留过久"。读《咖啡的诱惑》，让人很自然地联想到中国现代作家曹禺的名剧《雷雨》。

1965年，新加坡和马来西亚分家，成为各自独立的国家，两地华文文学的发展也因受本国政治、经济等各种因素的影响而呈现出不同的面貌。

新加坡华文文学

新加坡独立后的最初几年，由于忙着经济建设，暂时顾不上文学事业，所以文坛显得有些沉寂。20世纪70年代以后，随着新加坡经济的腾飞，创作形势也发生了很大变化。首先是年青作者不断涌现，带来了整个文坛的青春和朝气。其次是各种文学团体相继成立，如"新加坡写作人协会"、"新加坡文艺协会"、"五月诗社"、"岛屿文化社"、"阿裕尼文艺创作与翻译学会"、"金声文艺学会"、"加东文友俱乐部"等等，这些团体大都拥有自己的刊物。队伍的壮大，园地的增多，带来了创作的兴盛，作品单行本的出版也有显著的增加。据估计，从1965年至1981年的16年间，在新加坡出版的单行本数量，超过了以前40多年在新马两地出版的总和。

总体上说，新加坡建国后几十年间，诗歌方面的创作成就最为突出。60年代末期，新华文坛深受西方现代主义文艺思潮的影响，同时也存在一批以牧羚奴、完颜藉、贺兰宁、南子等为代表的写实主义诗人，且在新华诗坛长期占据统治地位。传统的写实诗人认为现代主义诗人是"离经叛道"的异端，他们无法容忍诗歌界的"恶性西化"，以笔作武器向现代诗派宣战。于是60年代的新加坡出现了一场"写实与现代"的论争。这场论争最终使得新华文艺走向多样化，形成多种审美观念。到70年代中期，"现代"与"写实"渐趋合流，作家和诗人在文艺上的探索进入兼顾"横向移植"和"纵向继承"的新阶段。最有代表性的是"五月诗社"。"五月诗社"成立于1978年，刚开始只有文恺、淡莹、谢清、南子、流川和喀秋莎六个人。后来得到众多诗人的响应，队伍不断壮大。"五月诗社"以其多样的文学活动、旺盛的艺术生命力、创新的艺术表现技巧、深刻的民族文化蕴含，在新加坡文学界产生巨大影响，成为一时之景观。

遗憾的是，在小说创作方面，量增加了很多，质却没有超过建国前的水平。本时期大家公认的最优秀的小说作家要算是流军。战后30年来他笔耕不辍，迄今已出版短篇小说集《热爱土地的人》《暗渡陈仓》，中篇小说《玉镯的故事》《蜈蚣岭》，长篇小说《浊流》、《赤道洪流》等。他既善于写城市题材，又倾心于乡土小说，创作态度严肃认真，且富有社会责任感。他对人性的丑陋予以无情地鞭挞，而对真善美的追求又那样地执著，这些都令人印象深刻。在文学评论和文学史研究方面，方修、杨松年、苗秀、赵戎、周维介等人都有许多建树，其中以方修成绩最为显著。方修从50年代中期起，就开始努力搜集马华新文学史料，并在占有丰富资料的基础上，于60年代初完成了三卷本的著作《马华新文学史稿》，接着又编辑出版了16巨册的《马华新文学大系》。这些成果的问世为新马华文文学的进一步发展和走向世界奠定了良好的基础。

进入80年代以后，新加坡先后举办了"国际文学座谈会"和"国际华文文艺营"，邀请各国的华人作家畅谈写作经验，进行国际华文文学的交流。表面上搞得十分热闹，但实际上，新加坡的华文文学已在走下坡路了。从1984年起，华文降为第二语言，使青年学生阅读和使用华文的水平大为降低，华文作品的读者数量也因此锐减，这不能不给华文文学的发展前途投下浓重的阴影。进入90年代之后，情况有所改观，随着中国综合国力的增强，新加坡政府的华文教育政策有所调整，民众对华语和华文文学的重视程度有所提高。

马来西亚华文文学

1965年，新、马华文文学分家之后，分散了力量的马来西亚华文文学渐趋沉落。由于华文教育受到限制，华族学生华文文学书刊的需求量逐渐减少，社会日益商业化、娱乐化，广大华人多以直观的影视为主要"阅读"对象。华文日报如《中国报》《星槟日报》、《光华日报》等的副刊由日刊、双日刊改为周刊、旬刊、月刊甚至季刊，篇幅也缩小为半版。马华文学受到了政策和重商轻文的现代社会商业化思潮的双重冲击和挑战。马华文学的严肃文学更受到严峻的考验。为了扩大发行量，获得经济效益，只能迎合市民阶层的爱好，为数不多的副刊逐渐为"港式"作品占有，变为娱乐性的专刊。[①]

面对华文文学的窘境，吉隆坡《南洋商报》副刊《读者文艺》于1975年初率先揭开了"马华文学的前途"讨论的序幕。随后《星洲日报》副刊《文艺春秋》也参与进来，相关的争鸣一直延续到1976年。这场讨论和另一场由陈雪风发起的关于"马华文学现实主义与非现实主义"的讨论一起，促使马华文学觉醒起来。再加上马来西亚经济和文化不断发展，社会环境不断走向宽松和开放，1978年，拥有300名会员的"马来西亚写作人（华文）

---

① 参见江少川、朱文斌主编：《台港澳暨海外华文文学教程》，武汉：华中师范大学出版社，2007年版，第259页。

协会"成立，成为马来西亚华文文学从沉寂走向繁荣的标志。

除"写作人协会"之外，本时期比较活跃的文艺团体还有："南马文艺研究会"、"吡叻文艺研究会"、"天狼星诗社"、"大马华人文协"、"戏剧研究会"等。这些文艺团体都开展了许多活动，推动华文文学的发展，同时又致力于一个共同的目标，就是争取使华文文学成为马来西亚国家文学的组成部分。从70年代末起，马来西亚几乎每年都有由各文艺团体和华人社团举办的文学评选活动，同时设立出版基金，出版各种文学丛书。如"犀牛丛书"、"大马文丛"、"棕榈丛书"、"人和文艺丛书"、"今天文丛"、"东方文丛"、"涛声诗丛"、"德麟文丛"以及"天狼星诗社"出版的五套丛书等。新、马分家之后，马来西亚华文作家出版的单行本（包括港台出版的）有500本之多。潘雨桐、陈政欣、小黑、梁放、李永平、商晚筠、戴小华、吴岸、田思等人的创作对于推动马华文学的繁荣起到了至关重要的作用。而特别值得一提的是近些年来出现的马华新生代作家。他们大多生于马来西亚本土而留学于港台、欧美等地，如林幸谦、陈大为、钟怡雯、辛金顺、陈强华、林惠洲、黄锦树等，还有一些学成于本土的，如李敬德、林春美、黎紫书等。他们在"消解历史"、"解构经典"、"颠覆传统"乃至"逃遁自我"中寻求新的精神向度，追求乡土意味与现代气息的融合。他们把华文不只是看作一种媒介的工具，一种身份的认同，他们的写作也不只是承担起传承文化香火、维系华族血脉的使命，他们用华文创作，是在汲取着历史，又守望着未来。新生代作家给马华文学带来了强大的生命力。

虽然马来西亚还没有出现像新加坡的方修那样的文学史家，但马仑的《新马华文作家群像》和《新马文坛人物扫描》，以及云里风任总编辑、戴小华任副总编辑的《马华文学大系（1965—1996）》一套共10本的完成，为新马华文文学的研究同样提供了许多宝贵的资料。马来西亚华文文学成绩有目共睹，我们希望一切如云里风先生所说："只要全马文友们能够团结一致，大家抱着为马华文学献身的精神，相信马华文学这块园地，在2020年来临时，必然会开出灿烂的花朵，结出丰硕的果实来，那时我们所要争取将马华文学纳入国家文学主流之内的宏愿是必然可以实现的。"①

二、泰国华文文学

20世纪20年代，依附于泰国本地的华文报纸副刊，产生了早期泰国华文新文学。较有代表性的如子才的小说《拉夫歌声》、天心的诗歌《爱神》、《昨夜的梦》和散文《爱神与饥鬼》等。这些作品所反映的内容大多是对故国家园的回忆和眷念，无论形式还是内容，都明显带有中国新文学作品影响的印记。因此，基本上属于"华侨文学"或"侨民文学"的范畴。②

30年代中期，因为当时泰国政府还没有对华文文教事业实施限制性政策，华侨社会的

---

① 云里风：《云里风文集》，厦门：鹭江出版社，1995年版，第368页。
② 参见江少川、朱文斌主编：《台港澳暨海外华文文学教程》，武汉：华中师范大学出版社，2007年版，第280—282页。

侨校和华文报业相当繁荣，客观上形成了一个十分有利于华文文学发展的环境。一批文学青年开始效仿中国新文学作家们的做法，纷纷成立文艺社团。其中影响较大的是方柳烟、郑铁马等人的"彷徨学社"和许征鸿、郭枯等人的"椒文学社"。方柳烟的小说集《回风》、郑铁马的散文集《梅子集》、林蝶衣的小说集《扁豆花》、谭洪金的小说集《禁果》、绿流的散文集《椰夜篇》、黄病佛的散文集《死亡集》和《涂鸦集》等等，就是这一时期的代表性成果。这些作品高举"为人生""为社会"的旗帜，坚持现实主义的创作方法，形成了泰华新文学史的第一个浪潮。

30年代后期，日本发动侵华战争，泰华社会同仇敌忾纷纷响应祖国的召唤，积极投身于抗日救亡运动的洪流中。泰华作家也提出了"国防文学"的口号，以笔为战斗武器，创作了大量以抗日为题材的作品，产生了积极的作用。1939年末至二战结束前的五六年时间里，由于前有泰国军人政府的亲日排华政策，后有日本帝国主义的侵入，华校华报均遭封闭取缔的厄运，泰华社会几乎无文化教育可言，泰华文学失去了赖以维系的根基。

二战结束后，泰国政府调整对华政策，中泰两国签订了友好条约。这样泰国不但允许华人恢复被封被禁的华校、华文报刊，而且允许新办的华校、华报无条件注册。泰华作家队伍的构成发生了很大变化，一方面是迫于当时中国内战形势的严峻，一批有经验有水平的作家南来泰国谋生；另一方面是当时很多出外求学、工作的泰国华人因局势稳定回到泰国，跻身文坛。这两方面的作家主要有史青、吴继岳、巴尔、克夫、伍滨、周艾黎、连吟啸、陈陆留、肖汉昌等人。由于上述种种主客观条件的改善，加上经过战后几年的恢复积聚，泰国的华文文学在50年代达到了前所未有的全盛期，出现了陈仃的《三聘姑娘》、谭真的《座山城之家》这样的杰作。

50年代末至70年代初期，泰国政府对华政策又发生重大逆转，泰华文学再次陷入相当困难的境地。但是，泰华作家们并没有为严峻的形势所吓倒，而是坚持以韧性战斗的精神，为华文文学的生存和发展而努力。倪长游、方思若等人合作的两部长篇接龙小说《破毕舍歪传》和《风雨耀华力》，是这一时期耀眼的奇葩。这两部小说，借鉴了中国古代章回体小说和民国初年出现的集锦小说的形式，摈弃了集锦小说游戏人生、迎合小市民趣味的庸俗情调，而代之以深沉的忧患意识和严谨的现实主义创作态度，凸现出当时泰华社会不同阶层、不同地位、不同环境的各色各样人物的生动活泼的众生相，是一幅反映50—60年代泰华社会生活的生动历史画卷。1975年7月，中泰建交，但由于泰国政局的风云多变，短时间内泰华文学也无太大建树。

80年代以后，随着经济的繁荣和中泰文化交流的日益增多，泰华文学才再次迎来一个绚烂之春。这一时期的泰华小说，开始将审视的眼光扩展到整个社会生活的各个层面、各个角落：有的写出了经济的发展为人们提供了施展才能获取成功的机会，如黄重先的《许乌仕和他的运输马队》等；有的表达了传统文化在新的形势下所产生的困惑，如李栩的

《光华堂》、陈博文的《抉择》等；有的执着于对宗教的领悟和人生哲理的探索，如刘扬的《岔道口》、黎毅的《瞬息风云》等；有的则纯粹是以轻松悠闲的笔致赞叹或调侃社会的众生相，如范模士的《麻将官司》、朱健夫的《玩佛相的哀乐》等，其反映生活内容的广度和深度显然比以前更为宽阔、更为多样。而在艺术的表现形式上，也开始发生悄悄的变化，在传统的现实主义居于主导地位的坚实土壤上，出现了一些现代主义的试验品。琴思钢的《猫尸及其它》糅合了结构主义、象征主义、意识流等多种现代派的表现手法，写出了他对"一群身无恒产的都市新流浪者"命运的忧虑和同情；刘白的《回光返照》则是以梦幻的笔法写出了作者对日趋式微的华文文化事业的担心。

　　散文创作一直是泰华文学中成就比较突出的领域。散文的篇幅较为短小，形式较为自由，比较适合于"亦商亦文"的泰华作家商务之余零碎成篇的写作特点。各种统计资料显示，在所有已结集出版的泰华文学著作中，散文的数量一直高居榜首。司马攻的《明月水中来》、《故乡的石狮子》，梦莉的《烟湖更添一段愁》、《关山有限情无限》，年腊梅的《迷失的八哥》、《花缘》，陈博文的《雨声絮语》、《海忆》，还有白翎、白云、姚宗伟、白令海、林牧、伍滨、饶公桥、黄水遥等人的作品，都是各具特色的名篇佳构。

　　80年代的泰华新诗，也有着十分出色的表现。诗人们不但以大量的诗作现身于各大华文报纸的综合性文艺副刊上，而且以极大的热情用借刊的形式自己编发诗歌专刊。据统计，80年代出版的新诗诗集有：罗匡环的《一得集》、史青的《洪泛的河》、李少儒的《未到冰冻的冷流》及其主编的《桥》和《五月总是诗》，张海鸥的《曼谷天空下》、曾天的《微笑国度之歌》、巴尔的《海峡情深》和子帆的《子帆诗集》。在这些诗人诗作中，有的承续"五四"运动以来新诗的传统，有的另辟蹊径，转承西方现代诗风。沉寂多年的泰华诗坛，呈现出勃勃生机。

　　进入90年代以后，泰国民主政治稳定，经济快速增长，中泰友谊进一步加强。众多的华文报纸都相继增加或扩大了文艺副刊的数量和版面，文艺社团逐渐增多。除了80年代就有的"泰华写作人协会"（即现在的"泰华作家协会"）之外，"泰商文友会"、"泰华文艺作家协会"、"泰华文学艺术会"等文艺团体纷纷成立。大环境的趋好和作家们的努力耕耘，给90年代的泰华文学创作带来了累累硕果。在不到10年的时间里，泰华文学界出版的各种作品集超过60种之多。当然如此繁荣局面的背后也存在着隐忧。由于后继乏人，整个泰华作家队伍面临老化问题，至今还没有得到明显的改善，它成为当今困扰着泰华文学发展的最重要因素。

三、印度尼西亚华文文学

　　在中国"五四"新文化运动影响下，1921年印尼首都巴达维亚（即现在的雅加达）出现了《新报》和《天声日报》，棉兰出现了《南洋日报》。这些报纸都辟有文艺副刊，一方面转载中国的新文学作品，另一方面发表当地华侨作者的创作，这便是印尼华文文学的开端。

但是从20年代至30年代初期，印尼华文文学发展极其缓慢，作家、作品都显得很单薄。

1937年前后，日本帝国主义对中国的疯狂入侵以及中国人的奋起抗战，极大地激发了印尼华侨的民族感情。作为民众喉舌的华文报纸，则是大力配合国内的抗战形势，迅速报道国内有关战争最新消息。巴达维亚的《朝报》、万隆的《汇流》、泗水的《新村》、棉兰的《苏门答腊民报》等报纸的文艺副刊，更是成为刊登"抗战文学"作品的主要阵地。民族意识和抗战热情是这一时期印尼华文文学创作的主要特色。

1941年12月太平洋战争爆发后，日本占领了印尼群岛，开始进行残酷的殖民统治和掠夺。在此期间，所有的华侨社团、华侨学校和华侨报纸都被查禁和解散，因此在印尼沦陷的3年半时间里，华文文学几乎不复存在。但是，当时在新加坡从事抗日工作的一批中国著名作家和知识分子如郁达夫、王任叔、胡愈之、沈兹九、杨骚、高云览等人曾先后撤离新加坡潜入印尼苏门答腊岛等地避难，他们在印尼华侨中播下了种子，先后影响和培育了一批印尼华文文学的青年作家和编辑人才，为战后印尼华文文学的蓬勃发展奠定了基础。

二战结束后，苏加诺领导"八月革命"，开启了印尼独立建国的历程。随着国内形势的渐趋稳定，印尼华文文学又开始呈现新的生机。从这时起到50年代中期，各种各样的报纸副刊、文艺杂志相继复刊创刊，各种专题性的文艺比赛多次举办，各种形式的文艺团体和同仁刊物也相继涌现，小说《把孩子交给祖国》、《这就是爱情》、《母与女》、《两代》、《猪仔》，散文随笔《慕西河水缓缓流》、《怒吼的梭罗河》、《覆舟山短笛》、《让我们辛勤的劳动》，诗歌《在印度尼西亚》、《祖国，您是这样遥远，但又在我的身边》、《献给共和国的歌》、《雅加达的道路》、《写在当年收复西伊瑞安前夕》、《赤道线上的歌唱》、《你啊，印度尼西亚》，剧本《停电之夜》、《先生大马》等作品可视为这一时期印尼华文文学的代表性作品。这一时期，由于中国和印尼文化交流频繁，当时印尼华文文学从题材、内容到创作方法上都受中国大陆很大的影响。

从50年代中后期至60年代中期，由于印尼政府民族主义情绪的日渐抬头，其对华政策也发生了微妙的变化，印尼华文文学的发展受到种种制约。但是，华文文学事业在此阶段还是取得了不俗的成就，最重要的是由周颖南、林日顺等倡设的"翡翠基金会"及"翡翠奖金征文比赛"等活动，不但发现和培养了一批文艺人才，而且还推出了一批文艺作品集，如白流、冯世才等人的《盗火者的爱情》，曾宣、黄东平等人的《青春火焰》，钟子、林立等人的《万隆孩子》，坚学、马雄等人的《盼望》等等，产生了较大影响。

1965年，印尼发生政变，新政权采取极端的反华排华政策。所有华人社团、学校、华文报刊全部被封杀取缔，十万华人被迫回国，中国和印尼的关系全面恶化，印尼华文文学进入了禁锢期。印尼当局残酷地焚毁所有华文书籍，宣布"使用华文是非法行为"，严禁华文书报进口。全国只剩下一份由官方情报部门监督的半中文半印尼文的《印度尼西亚日报》。此时的印尼已经成为"全世界唯一不准华文存在的地域"，哪里还谈得上华文文学的生存与发展！不过，尽管生存环境如此严酷恶劣，华文文学血脉却没有断绝，仍有一些作家在默默耕耘。在他们当中，黄东平可谓是最为杰出的代表。这一时期黄东平完成了他的享誉海内外的《侨歌》三部曲，全景式地再现了20世纪20、30年代荷印殖民统治时期南洋华侨社会的生活，创造了印尼华文文学史的奇迹。

　　90年代之后，随着中国和印尼邦交正常化以及印尼当局对华人政策的逐步调整改善，印尼华文文学活动也逐渐显露出生机和活力。在新加坡、香港等华文文学界的帮助之下，印尼华文作家创作热情持续高涨。"绿岛文艺社"和"祖国文艺协会"的相继成立，使印尼全国各地的华文写作爱好者终于有了属于自己的"家"。而尤其值得关注的，就是一批印尼华文文学作品集的问世。其中，短篇小说集有阿五的《杏子》、《扑满》、《红珊瑚的故事》和《人约黄昏后》，林万里的《结婚季节》，白放情的《春梦》，袁霓的《花梦》，晓彤的《哑弦》，林万里选编的《印华短篇小说选》等；中短篇小说集有黄东平的《远离故国的人们》和《头家一估俚》等；散文集有柔密欧·郑的《夕阳红上白头来》，高鹰的《高鹰散文选》，莫名妙的《妙谈人生》，柯汉扬的《海外四十年》等；诗集有谢梦涵等三人的《三人行》，严唯真主编的《翡翠带上》等。印尼华文作家们艰苦的努力及其取得的不凡成就，已经获得了整个世界华文文学界的普遍尊敬，也让我们看到了世界华文文学顽强的生命力。

四、菲律宾华文文学

　　与东南亚其他国家一样，菲律宾的华文文学也是随着华文报刊的产生而产生的。然而，稍有不同的是，虽然菲律宾的华文报刊出现得较早，但菲华新文学的真正诞生却反而较为迟缓。对于中国新文学的潮流什么时候开始冲击菲华文坛，不论是文学界还是学术界，尚未有一致的看法。据菲华资深老作家施颖洲先生回忆说，30年代初期他在菲律宾华侨中学读书时，学校图书馆中早已有丰富的新文学书刊，譬如胡适的《尝试集》、鲁迅的《阿Q正传》、徐志摩的《志摩的诗》、老舍的《猫城记》等等。由此看来，将菲华社会接受中国新文学潮流影响的时间界定于20年代末30年代初应该是较为符合实际的。[①]

　　1934年前后，杨静堂等人创办的《洪涛三日刊》，林健民等人创办的《天马》和《海风》等杂志上，出现了从文体到内容都明显带有中国新文学痕迹的文艺作品，标志着菲华新文学的诞生。不久，李法西、林西谷、林健民等人组织了菲华历史上第一个新文艺团体"黑影文艺社"，蓝天民在《华侨商报》开辟了菲华报纸的第一个文艺副刊《新潮》，并以此为基础组织了"新生社"。新生社几乎囊括了当时菲华主要的新文学作者，成为30年代菲华文坛最重要的文艺团体。这时的菲华新文学，与中国新文学从形式到内容都可以说是息息相通，主题多是对现实人生的关注，对故国家园的怀恋等。

　　30年代中后期，日本帝国主义侵略中国，菲律宾爱国华侨积极行动起来，开展各种抗日救亡运动。1936年菲华"文化界抗日救亡协会"在马尼拉成立。菲华作家在《前驱日

---

①　参见江少川、朱文斌主编:《台港澳暨海外华文文学教程》,武汉：华中师范大学出版社,2007年版,第291页。

报》、《公理报》、《救亡月刊》等报刊上发表大量"抗战文学"作品,声援祖国的对敌斗争。1941年12月,太平洋战争爆发。日本侵略者的铁蹄踏遍了菲律宾诸岛,华侨遭受空前浩劫,华侨社团、学校、华文报刊均遭封闭。在这时期,菲华文学创作几乎成为一片空白。

1945年初,美军收复了马尼拉,经历战火残酷蹂躏的菲律宾开始了重建家园的历史进程。华侨社会在美国相对宽松的统治政策下摆脱了困境,菲华文学随着华文报刊的复刊和创办而得到发展。很多作家经过3年的禁锢后所释放出来的创作热情空前强烈。杜埃的《丛林曲》、施颖洲的《苦饭》、杜若主编的《钩梦集》、李润余的《海外》、伊静轩的《菲岛风光》、李成之的《碧瑶集中营》等,是这一时期的主要作品。其中小说《碧瑶集中营》以反映华侨的悲惨遭遇,揭露日本侵略者的暴行为主题,成就最为突出。

经过几年的战后重建,菲律宾社会呈现出初步繁荣的局面,华校、华侨社团也蓬勃发展起来,菲华文学迎来了鼎盛时期。以菲律宾"华侨文艺联合会"为代表的一大批社团的创办和一大批文艺著作的相继出版,是50年代初到70年代初菲华文学发展的重要标志。除了"文联"之外,20年间菲华文坛还先后涌现了"自由诗社"、"耕园"、"辛垦"、"飞云"、"新艺"、"默社"、"星座诗社"、"青年写作协会"等近20个文艺团体。如果按菲华文学史料专家、《菲华文艺六十年》一书的作者王礼溥先生的统计,60年来菲华文坛出版的文艺著作共有150余种的话,那么,这20年间所出版的就已占了总数的三分之二,由此可见其成绩之一斑。而这其中现代主义风格的创作尤其引人关注。

1972年9月,菲律宾总统马科斯宣布了"全国军事戒严令"。在"军管期间",严禁一切政党社团的活动,绝大部分报刊被封闭,菲华文艺从此进入冬眠期。1981年初,迫于国内外政治经济的压力,马科斯不得不宣布停止实施军事戒严令。全菲长达8年之久的军事管制的结束,使处于停滞状态的菲华文学得以重获生机。菲华文艺复苏的标志是改组后《东方日报》(改名为《世界日报》)创办《文艺》副刊。随后《菲华时报》的《岷江潮》、《联合时报》的《竹苑》、《环球时报》的《文艺沙龙》等也陆续复刊。除60年代以前建立的"晨光"、"耕园"、"辛垦"、"椰风"等文艺团体纷纷恢复活动外,华文作家们又成立了"岷江诗社"、"菲华文艺协会"、"菲华文艺联合会"、"青年文艺社"、"新潮文艺社"、"征航文艺社"、"千岛诗社"、"现代诗研究会"等新的社团。通过举办征文比赛,涌现出诸如吴涌泉的《安娜里沙》、陈丽君的《罗莎式的悲剧》、施柳莺的《茉莉花》、戴佩卿的《芳草碧连天》、刘纯真的《天堂路》等一批优秀的作家作品。

更为重要的是,这一时期的菲律宾华文文学,从艺术观念到创作风格都发生了可喜的变化。菲华诗人摆脱了60年代以来盲目学习西方现代主义的倾向,开始有意识地借鉴吸收现实主义、浪漫主义等艺术流派的长处,力求在多元融合中创新。正如菲华著名诗人和权所说:"与60年代比较起来,80年代的菲华诗人在创作态度上,显得谨慎而认真,并且蜕变风格,力求建立新的诗观,不断地在诗的艺术上探讨、实验与创造。"云鹤、林泉、和权、月曲了、庄垂明、陈默、谢馨等人是这一时期质量俱佳的杰出诗人。特别是云鹤的诗，不再如早期一味抒写情绪与瞬间的体验、感官的流动，而是开始表现人生深刻的一面，构思新巧，意境深远。在小说方面，不少作家似乎也意识到西方现代派的局限性，开始自觉不自觉地拉近了与现实的距离。施柳莺、施约翰、黄碧兰、黄秀琪、林泥水、林晋荣、陈琼华等人就是这一时期的代表性作家。在散文方面，作品数量最多。老作家施颖洲的《义山》、黄春安的《游子吟》、林泥水的《乡音乡愁》、张奕仁的《中国公园漫步》、晨梦子的《赤子情怀》、秋笛的《生计楼琐事》等，都在一定程度上反映了作家们对菲华社会现实人生的关注，表现了华人对传统文化的依恋和追寻以及他们无限的乡思、乡愁。所有这些，从整个菲华文坛来看，虽然还不能说具有广泛的代表性，但是，它们至少预示着在新的形势下菲华文学将会走上更加健康发展的道路。

五、越南华文文学

越南与中国山水相连，文化相通，几千年来交往不断。中国华侨主要聚居在越南南部的西贡等地。所谓越南华文文学，大体上是指以西贡为代表的华文文学。"五四"新文化运动兴起以后，祖国大陆的白话文学作品源源不断地传入越南。不过当地除了旧体诗词中出现内容有新意的"旧瓶装新酒"式的作品外，未见有用白话文创作的作品出现。

中国八年抗战成为越华文学发展的新起点。当时，叶传华、陈维新、林永福等一批文人学者从祖国大陆南来西贡，与当地华人作家一道，在中文报刊上发表了大量控诉日寇侵略罪行、激发民众抗日热情的作品，越华文坛从此诞生了白话新文学。这些作品在创作方法上继承"五四"新文学的传统，重视文学的社会功能，体现着强烈的民族意识和历史使命感。因此，人们形容本时期的越华文学，仍然是中土文学的延伸，是中国抗战文学的海外版。

1941年太平洋战争爆发，印支半岛不久便沦落于日本帝国主义的魔爪中，欣欣向荣的越华新文学被扼杀了。抗战胜利后，越华文学很快复苏，并迎来了快速发展的好时光。此时的中国大陆烽烟再起，而越南的社会环境较为安定。很多文化人从内地和港台来到越南，并在西贡、堤岸等地落脚，当地的华教事业和报业出现一派兴旺景象。华文文学创作异常活跃，在华文报副刊上经常发表作品的有雷家谭、山人、阿三、陈维新、慕水、若舟、吕惠红、尤津、刘十寒等。其间，一些人还出版了文集，如雷家谭的长篇小说《三月时光》、《小楼风雨黄昏》，陈维新的散文集《经纪外记》，陶亦夫的诗集《我的歌》，马禾里的诗集《都市二重奏》等。这一时期被称为越华文坛"史无前例的金色年代"。

1954年，随着日内瓦关于印支问题和约的签订，法军撤出越南，使越南、柬埔寨和老挝三国摆脱殖民统治，获得独立。但随之而来的是南北越的分割，成为两个截然不同的政治体制。北越起先并未采取严厉措施禁止中华文化传播与侨社的活动。1969年胡志明主席去世后，新的越共领导推行"排华路线"。对华人文化奉行"连根拔起"的政策，北越渐成华文文学的荒漠。在越南南方，美国很快取代了法国的政治地位，扶植以吴庭艳为首的越南亲美政治力量上台。由于南越政权对华人政策相对宽松，西贡、堤岸等地的华文报业蓬勃发展，近十家华文大报的文艺副刊又培养出一批文学新人，有的文学青年出版了颇具水准的文集，如诗集有大方的《无声的歌》、《小草集》，检枝的《检枝集》，谢振煜的《献给我心爱的人》；散文集有蛮蛰的《猎人》，大方的《抒情寄简》；小说集有李锦怡的《系》，大方的《爱情走在十字路口》等等。

1975年，西贡政权垮台，越南统一。执政的越共黎笋当局掀起了排华恶浪。西贡的华校被关闭，华文报刊被封闭。越南华人惨遭迫害，大举逃亡，"华人的文化事业，可说是进入结冰的状态，满园无数的荒草，嗅不出一丝清新的花香"①。惊魂甫定之后，那些流落到北美、澳洲、欧洲的越南华侨（或华裔），开始拿起笔写自己的逃亡经历和内心伤痕，创作了很多好的作品，在世界各地华人社会产生较大影响。

80年代以后，越南实施革新开放政策，制定了改善境内华商人士待遇的种种措施，准许华校复课，准许华人文化艺术团体成立并展开活动，不过华文报刊则只有一家，即胡志明市（原西贡）的《解放日报》。这家日报设有文艺副刊，编者还组织多项活动，为培养越华作者做出了很大的贡献。越华文学在新形势下渐渐复苏，文学爱好者又重新集合起来，其中经常发表诗作的有陈国正、银发、石头、李思远等，勤奋的散文作者有田青、余向耕、玉华、长风、江庄等，出名的小说作家有方方、旭茹、丘凌、张帆、金云梁等。踏入90年代，越南华文文学有了更进一步的发展，它的重要标志是出版了《越华现代诗钞》（由陆进义主编，河内民族出版社1993年出版），达到很高的艺术水准。经历大灾大难之后，越华文学如今后继有人，这让我们看到了整个东南亚华文文学未来广阔的发展前景。

---

① 柯诗杰：《执笔三年的感想》，越南《堤岸文艺》创刊号，1989年。

东南亚文学研究中文参考文献要目

一、总体文学类

[1]季羡林主编:《东方文学史》(上、下册),长春:吉林教育出版社,1995年。

[2]高慧勤、栾文华主编:《东方现代文学史》(上、下册),福州:海峡文艺出版社,1994年。

[3]郁龙余、孟昭毅主编:《东方文学史》,北京:北京大学出版社,2001年。

[4]梁立基、陶德臻主编:《外国文学简编》(亚非部分),北京:中国人民大学出版社,1998年。

[5]梁立基、陶德臻主编:《亚非文学作品选读》,北京:中国人民大学出版社,1998年。

[6]何乃英主编:《东方文学概论》,北京:中国人民大学出版社,1999年4月。

[7]王向远:《东方文学史通论》,上海:上海文艺出版社,1994年。

[8]陈岗龙、张玉安等:《东方民间文学概论》(第三卷),北京:昆仑出版社,2006年。

[9]孟昭毅:《东方文学交流史》,天津:天津人民出版社,2001年。

[10]季羡林主编:《东方文学作品选》(上),长沙:湖南人民出版社,1986年。

[11]张玉安主编:《东方神话传说》(第6、7卷),北京:北京大学出版社,1999年4月。

[12]季羡林主编:《东方民间故事精品评注丛书》(东南亚各国分册),沈阳:辽宁少年儿童出版社,2001年。

[13]梁立基、李谋主编:《世界四大文化与东南亚文学》,北京:经济日版出版社,2000年。

[14]贺圣达:《东南亚文化发展史》,昆明:云南人民出版社,1996年。

[15]张玉安、裴晓睿:《印度的罗摩故事与东南亚文学》,北京:昆仑出版社,2005年。

[16]张光军主编:《亚洲人文百科论丛》(语言·文学卷),北京:军事谊文出版社,2000年。

[17]江少川、朱文斌主编:《台港澳暨海外华文文学教程》,武汉:华中师范大学出版社,2007年。

[18]公仲主编:《世界华文文学概要》,北京:人民文学出版社,2000年。

二、国别文学类

[1]梁立基:《印度尼西亚文学史》(上、下册),北京:昆仑出版社,2003年。

[2]姚秉彦、李谋、蔡祝生:《缅甸文学史》,北京:北京大学出版社,1993年。

[3]栾文华:《泰国文学史》,北京:社会科学文献出版社,1998年。

［4］于在照:《越南文学史》,北京:军事谊文出版社,2001年。

［5］王青:《马来文学》,北京:外语教学与研究出版社,2004年。

［6］余富兆编著:《二十世纪越南作家》,北京:军事谊文出版社,2003年。

［7］李健:《泰国文学沉思录》,北京:世界图书出版公司,2007年。

［8］尹湘玲:《20世纪缅甸文学研究》,北京:国际文化出版公司,2008年。

［9］彭晖:《柬埔寨文学简史及作品选读》,北京:外语教学与研究出版社,2003年。

东南亚文学研究外文参考文献要目

［1］A. Teeuw. *Sastra Baru Indonesia*. Kuala Lumpur: Penerbit Universiti Malaya, 1978.

［2］A. Teeuw. *Pokok dan Tokoh dalam Kesusasteraan Indonesia Baru*. Jakarta: Penerbit PT Pembangunan, 1954.

［3］Dr. Liaw Yock Fang. *Sejarah Kesusastraan Melayu Klasik* (Jilid 1). Jakarta: Penerbit Erlangga, 1991.

［4］Dr. Liaw Yock Fang. *Sejarah Kesusastraan Melayu Klasik* (Jilid 2). Jakarta: Penerbit Erlangga, 1993.

［5］Dr. J. S. Badudu. *Buku dan Pengarang*. Bandung: Penerbit Pustaka Prima, 1982.

［6］E. Ulrich Kratz. *Sejarah Sastra Indonesia Abad 20*. Jakarta: Penerbit Kepustakaan Popular Gramedia, 2000.

［7］H. B. Jassin. *Kesusasteraan Indonesia Modern dalam Kritik dan Esei*. Jakarta: Penerbit Gunung Agung, 1962.

［8］Leo Suryadinata. *Sastra Peranakan Tionghoa Indonesia.* Jakarta: Penerbit PT Gramedia Widiasarana Indonesia, 1996.

［9］Maman S. Mahayana, Oyon Sofyan, Achmad Dian. *Ringkasan dan Ulasan Novel Indonesia Modern*. Jakarta: Penerbit PT Gramedia Widiasarana Indonesia, 1992.

［10］P. J. Zoetmulder. *Kalangwan Sastra Jawa Kuno Selayang Pandang*. Jakarta: Penerbit Djambatan, 1983.

［11］Umar Junus. *Perkembangan Novel-novel Indonesia*. Kuala Lumpur: Penerbit Universiti Malaya, 1974.

［12］Pamusuk Eneste. *Cerpen Indonesia Mutakhir: Antologi Esei dan Kritik*. Jakarta: Penerbit PT Gramedia, 1983.

［13］Wilkinson R. J. dan Winstedt R. O. *Pantun Melayu*. Singapura: Malaya Republishing House Limited. 1961.

［14］R. O. Winstedt. *A History of Classical Malay Literature*. Kuala Lumpur: Oxford University Press. 1969.

［15］Yahaya Ismail. *Sejarah Sastera Melayu Moden*. Petaling Jaya: Penerbit Fajar Bakti. 1976.

［16］A. M. Thani. *Esei Sastera ASAS 50*. Kuala Lumpur: Dewan Bahasa dan Pustaka. 1981.

［17］Francois-Rene Daillie. *Alam Pantun Melayu*. Kuala Lumpur: Dewan Bahasa dan Pustaka. 1990.

〔18〕V. I. Braginsky. *Erti Keindahan dan Keindahan Erti dalam Kesusasteraan Melayu Klasik*. Kuala Lumpur: Dewan Bahasa dan Pustaka. 1994.

〔19〕Tenku Iskandar. *Kesusasteraan Klasik Melayu Sepanjang Abad*. Brunei Darussalam: Jabatan Kesusasteraan Melayu Universiti Brunei Darussalam. 1995.

〔20〕A. Rabim Abdullah. *Koleksi Terpilih Keris Mas*. Kuala Lumpur: Dewan Bahasa dan Pustaka. 1995.

〔21〕Sohaimi Abdul Aziz. *Kesusasteraan Kebangsaan Malaysia dalam Alaf Ke-21*. Kuala Lumpur: Dewan Bahasa dan Pustaka. 1998.

〔22〕Sahlan Mohd Saman. *Tokoh dan Kecenderungan Kritikan Sastera Mutakir*. Bangi: Persatuan Penulis Selangor. 1999.

〔23〕Harun Mat Piah. *Pantun Melayu, Bingkisan Permata*. Kuala Lumpur: Dewan Bahasa dan Pustaka. 2001.

〔24〕Damiana L. Eugenio, *Philippine Folk Literature: The Epics,* University of the Philippines Press, 2001.

〔25〕Ordanico G. delapena, *The Birth of the Catholic Philippines in Asia*, U. S. A Xlibris Corporation, 2000.

〔26〕Asuncion David-Maramba, *Early Philippine Literature, From Ancient Times to 1940*, Second Edition, National Book Store, INC, 1971.

〔27〕Bienvenido L. Lumbera, *Tagalog poetry 1570-1898, Tradition and Influences in Its Development*, Ateneo de Manila University Press, 1986.

〔28〕Bùi Duy Tân chủ biên. *Tổng tập văn học Việt Nam*. Tập 6. Nxb. Khoa học Xã hội, Hà Nội, 1997.

〔29〕Bùi Duy Tân chủ biên. *Tổng tập văn học Việt Nam*. Tập 7. Nxb. Khoa học Xã hội, Hà Nội, 1997.

〔30〕Bùi Duy Tân. *Theo dòng khảo luận văn học trung đại Việt Nam*. Nxb. Đại học Quốc gia, Hà Nội, 2005.

〔31〕Bùi Văn Nguyên chủ biên. *Tổng tập văn học Việt Nam*. Tập 4. Nxb. Khoa học Xã hội, Hà Nội, 1995.

〔32〕Bùi Đức Tịnh. *Lược khảo lịch sử văn học Việt Nam* (Từ khởi thuỷ đến cuối thế kỷ 20). Nxb. Văn nghệ Thành phố Hồ Chí Minh, 2005.

〔33〕Dương Quảng Hàm. *Việt Nam văn học sử yếu*. Trung Tâm Học liệu Bộ Giáo Dục, 1973.

〔34〕Đinh Gia Khánh chủ biên. *Văn học Việt Nam* (Thế kỷ X- nửa đầu thế kỷ XVIII) (tái bản lần thứ năm). Nxb. Giáo dục, 2001.

［35］Phan Cự Đệ. *Văn học Việt Nam*(1900-1945)(Tái bản lần thứ năm). Nxb. Giáo dục, Hà Nội, 2001.

［36］Nguyễn Lộc. *Văn học Việt Nam* (Nửa cuối thế kỷ XVIII-hết thế kỷ X IX). Nxb. Giáo dục, Hà Nội, 2001.

［37］*Thơ chữ Hán Nguyễn Du* . Nxb. Văn học, Hà Nội, 1965

［38］Uỷ ban khoa học xã hội Việt Nam- Viện Văn Học. *Thơ Văn Lý Trần*. Tập III. Nxb. Khoa học Xã hội, Hà Nội, 1978.

［39］Văn Tân. *Sơ thảo lịch sử văn học Việt Nam*. Nxb. Văn Sử Địa, Hà Nội, 1959.

［40］Ernst Ulrich Kratz. *Southeast Asian languages and literatures: a bibliographical guide to Burmese, Cambodian, Indonesian, Javanese, Malay, Minangkabau, Thai and Vietnamese*. I. B. Tauris, 1996.

［41］Amratisha Klairung. *The Cambodian Novel: A Study of Its Emergence and Development* . PhD thesis, University of London, School of Oriental and African Studies.1998.

［42］Carrison, Muriel Paskin.*Cambodian Folk Stories from the Gatiloke*.Tokyo: Charles E.Tuttle.1987.

［43］社尼·维拉旺:《泰国文学》(泰文版)，曼谷:瓦塔那帕尼出版社,1959年。

［44］玉·瓦差啦沙田:《泰国作家与创作史》(泰文版)，曼谷:隆朗拉出版社,1963年。

［45］包·瓦差拉蓬:《四十位作家传略》(泰文版)，曼谷:东色格萨出版社,1962年。

［46］卡丹努·楚成:《泰国文学史》(泰文版)，曼谷:沃迪安思多出版社,1984年。

［47］川·碧盖:《泰国文学研究》(泰文版)，曼谷:曼谷出版社,1977年。

［48］奔加码·彭拉育:《泰国文学作品和文学基础知识》(泰文版)，曼谷:沃迪安思多出版社,1983年。

［49］西巫拉帕:《泰国现代短篇小说选》(泰文版)，曼谷:瓦塔那帕尼出版社,1958年。

［50］[苏]弗·柯尔涅夫著，高长荣译:《泰国文学简史》(泰文版):北京:外国文学出版社,1981年。

［51］吴佩貌丁:《缅甸文学史》(缅文版)(第三版)，仰光:漆达雅出版社,1977年。

［52］吴貌貌伦:《缅甸文学史》(缅文版)，仰光:茉莉文学出版社,1971年。

［53］马利克:《缅甸小说指南(第1—5卷)》(缅文版)，仰光:蒲甘出版社,1968—1973年。

［54］马利克:《缅甸小说指南(第6卷)》(缅文版)，仰光:新力量出版社,1990年。

［55］《专题文学论文集(戏剧与戏剧文学)》(缅文版)，仰光:文学宫出版社,1971年。

［56］《专题文学论文集(短篇小说)》(缅文版)，仰光:文学宫出版社,1979年。

［57］《专题文学论文集(长篇小说)》(缅文版)，仰光:文学宫出版社,1981年。

[58]《专题文学论文集(诗歌)》(缅文版),仰光:文学宫出版社,1983年。

[59]《专题文学论文集(文学批评)》(缅文版),仰光:文学宫出版社,1986年。

[60]《专题文学论文集(爱国主义文学)》(缅文版):仰光:文学宫出版社,1992年。

[61]德班貌瓦:《实验文学总论》(缅文版)(第二版):仰光:茉莉出版社,1977年。

[62]岱梭,敏友威:《文学评介》(缅文版)(第三版),仰光:茉莉文学出版社,1980年。

[63]貌漆吞:《作家与作品》(缅文版),仰光:阿曼蒂文学出版社,1999年。

[64]雷哥丁:《缅甸短篇小说家》(缅文版),仰光:优质出版社,2000年。

[65]铁拉悉都:《佐基诗歌论》(缅文版),仰光:缅甸瑞卑文学出版社,2003年。

[66]拉吞:《德班貌瓦与缅甸文学》(缅文版):仰光:北极星出版社,2004年。

[67]佐佐昂:《文学理论与文学批评》(缅文版),仰光:萌蕴出版社,2000年。

[68]吴丁瑞:《文学与艺术观念》(缅文版):仰光:北极星出版社,2004年。

[69]缅甸图书编委会:《20世纪缅甸最特别图书》(缅文版),仰光:缅甸图书出版社,2002年。

[70]《20世纪缅甸作家》(缅文版),仰光:知识出版社,2006年。

[71]波胜坎·翁达拉等:《老挝文学》(老文版),万象:教育出版社,1987年。

[72]波乔·嘉兰琅西:《老挝革命和革命文学》(老文版),万象:教育出版社,1993年。

[73]温乔·栾那翁等:《文学》(老文版),万象:教育出版社,1999年。

[74]文艺杂志社编:《民间文学》(老文版),万象:国家出版社,2003年。

[75]国家文学艺术研究所编:《老挝民间故事》(老文版),万象:文艺出版社,1994年。

[76]宋·皮伦:《高棉文学概况》(柬文版),金边:高棉出版社(AIK),2003年。

[77]柬埔寨民俗编委会:《柬埔寨民间故事集》(柬文版),金边:佛教研究院,1994年。

[78]苏梅姜等:《高棉文学》(柬文版),金边:首都出版社,1988年。

[79]李添丁:《高棉文学》(柬文版),金边:森伦沃出版社,1960年。

[80]金·萨姆:《柬埔寨文学史》(柬文版),金边:首都出版社,1961年。

[81]波多姆特拉·索姆:《东姆与狄欧》(柬文版),金边:佛教研究院,1962年。

[82]教育部:《评〈东姆与狄欧〉》(柬文版),金边:首都出版社,1989年。

[83]鸟·沙曼:《东姆与狄欧研究》(柬文版),金边:首都出版社,1966年。

[84]贡·索皮:《波多姆特拉·索姆:19世纪的伟大作家》(柬文版),金边:首都出版社,1971年。

[85]《林给的故事》(柬文版),金边:佛教研究院,1959—1968年。

[86]《高棉文学的历史》(柬文版),金边:金安出版社,1967年。

[87]林·哈安:《评〈拜林玫瑰〉》(柬文版),金边:森伦沃出版社,1959年。

后 记

　　本书为解放军外国语学院博士生导师钟智翔教授主持的国家级教学成果获奖项目和"十二五"国家重点图书出版规划项目，由解放军外国语学院亚非语系统一策划和组织编写。

　　本书采取史与论相结合的方式对东南亚文学发展状况进行研究。目前，国内对东南亚文学进行总体性研究的文学史专著尚未见到。在多数东方文学史著作中，东南亚文学所占比例很有限，有的按国别编排，有的只涉及个别国家的作家作品，难以反映东南亚文学史的全貌。已有的以专著形式呈现的研究成果，或是从世界文化体系传播影响的角度，或是以某一专题为中心对东南亚文学进行研究，均没有以史构相要求。鉴于此，我们旨在前人研究的基础上努力开拓创新，编写一部既凸显"史"的轨迹，又在一定的体系框架内深入"论"题、客观展现东南亚文学有机整体的区域性文学史著作。现在成书的这本《东南亚文学史概论》以"区域意识"和"经纬意识"为主导，尝试将构成东南亚文学史主体的诸多元素——思潮、运动、流派、作家作品和文学现象等等纳入整体研究的理论体系，以求在整体观与多元观相结合的学术视野下，客观描述和揭示东南亚文学的内在特质和流变规律；在纵向考察与横向关联、比较相交叉的多维层面上，研究和探寻东南亚文学的历史价值和美学价值。

　　一部优秀的文学史著作是历史性与主体性的结合，著述者首先应当尊重文学史史实，同时又要在文学史料的取舍选择和鉴别上体现出学术个性。构成文学史的要素是文学发展变化的综合的历史存在，具有稳定性的基本特性。因此我们的原则是尊重、吸收学术界认可的研究成果，并力求有所突破，把我们从第一手资料出发深入论题而提炼出的最新学术心得呈现出来。编写过程中引用的资料尽量注明出处。若因疏漏而未能一一列出的，在这里特表歉意和感谢。

　　东南亚文学的文化生存背景多元而复杂，不同国别文学的发展存在着差异性，已有研究成果和文献资料的积累也不平衡。因此我们对不同国别文学的论述在章节及篇幅上不搞平均主义和面面俱到，重在东南亚文学体系的建构和各民族文学之间内在联系的整体把握。

　　本书由尹湘玲教授主编，编写组成员为解放军外国语学院亚非语系东南亚方向学术带头人和教学科研骨干。编写过程中，发挥各自的东南亚语言优势和文学研究特长，认真查阅资料，阅读原著，切磋观点，力创新见。亚非语系主任、博士生导师钟智翔教授作为本书的策划人，对本书的总体立意、框架建构以及学术规范、撰写要求等都给予了宏观建议和指导。尹湘玲教授作为本项目的主持人，负责全书内容、结构的具体设计和统稿。书稿写作之时，正值我校迎接总部教学评估的关键时期，教学工作和迎评任务十分繁重，但大家克服方方面面的困难，加班加点，对书稿反复推敲，几经修改，终于保质按时完成了写作任务。

本书执笔者及分工如下：

导　论　尹湘玲；

第一章　概论 唐慧；第一节 一 徐方宇；二 钟楠；第二节 一 于在照；二 唐慧；三 尹湘玲；

第二章　概论 谈笑；第一节 一、二 尹湘玲、黄勇、钟楠、熊韬；三 于在照；四、五 唐慧；六 谈笑；七 张高杰；第二节 于在照；第三节 一 于在照；二 熊韬；三 黄勇；四 钟楠；五 尹湘玲；六、七 谈笑；八 张高杰；

第三章　概论 尹湘玲；第一节 一 谈笑；二 尹湘玲；第二节 一 张高杰；二 于在照；三 唐慧；四 尹湘玲；第三节 一 尹湘玲；二 唐慧；三 于在照；第四节 一 于在照；二 李健；三 尹湘玲；四 钟楠；五、六 唐慧；七 张高杰；第五节 一 于在照；二 唐慧；三 尹湘玲；四 黄勇；五 钟楠；

第四章　概论 尹湘玲；第一节 一 于在照；二 尹湘玲；三 钟楠；四 黄勇；五 唐慧；六 谈笑；第二节 一 唐慧；二 谈笑；三 尹湘玲；四 熊韬；第三节 一 李健；二 唐慧；三 尹湘玲；四 钟楠、陈超；五 黄勇；六 张高杰；第四节 一 于在照；二 唐慧；三 谈笑；四 熊韬；五 尹湘玲；第五节 张高杰。

本书的出版得到了解放军外国语学院亚非语言文学专业博士学位授权点、亚非语言文学国家特色专业建设点以及世界图书出版广东有限公司的大力支持。谨在此，一并致以诚挚的谢意。

虽然我们付出了很多努力，但终因学术视野及知识水平有限，加之签约的出版时间紧迫，故书中偏颇、错误在所难免，也不免会带有急就章的缺点，敬请学界同行、方家不吝批评教正。

编　者

2010 年 10 月

于解放军外国语学院